D1728719

SV

Walker Percy

Der Idiot des Südens

Roman

Deutsch von Peter Handke

Suhrkamp

Die Originalausgabe mit dem Titel
The Last Gentleman erschien 1966
bei Farrar, Straus and Giroux

Erste Auflage 1985

Druck: Druckhaus Thiele & Schwarz GmbH, Kassel
Printed in Germany

Für Bunt

Wer nicht vergessen kann,
wird nie ein Ziel erreichen.

Søren Kierkegaard, *Entweder/Oder*

Die Neuzeit ist im Entscheidenden zu Ende gegangen. ... Der Nicht-Glaubende muß aus dem Nebel der Säkularisationen heraus. Er muß das Nutznießertum aufgeben, welches die Offenbarung verneint, sich aber die von ihr entwickelten Werte und Kräfte angeeignet hat. ... Die Einsamkeit im Glauben wird furchtbar sein. Die Liebe wird aus der allgemeinen Welthaltung verschwinden. ... Um so kostbarer wird sie werden, wenn sie vom Einsamen zum Einsamen geht ... in der kommenden Zeit wird die Luft klar werden. Voll Feindschaft und Gefahr, aber sauber und offen.

Romano Guardini, *Das Ende der Neuzeit*

Der Idiot des Südens

Die Charaktere dieses Romans sind erfunden. Die beschriebenen Örtlichkeiten stimmen nicht in jedem Fall mit den tatsächlichen geographischen Gegebenheiten überein. Zwar ist New York New York, jedoch Stätten in Alabama, Mississippi und Louisiana sind frei ineinandergefügt worden. So etwa hat die hier vorgestellte südliche Stadt gewisse Ähnlichkeiten mit Birmingham, Alabama; aber die nahegelegene Universität hat mehr von der Mississippi-Staatsuniversität. Die Stadt Shut Off befindet sich nicht *Vicksburg gegenüber am anderen Mississippi-Ufer. Diese Freiheiten habe ich mir erlaubt aufgrund meines Eindrucks, daß die Region als Ganze, die Teile von Alabama, Mississippi und Louisiana umfaßt, bestimmte Züge aufweist, welche sie in vielem von den Vereinigten Staaten, ja sogar vom übrigen Süden unterscheiden.*

Erstes Kapitel

1.

An einem schönen Frühsommertag lag ein junger Mann nachdenklich im Central Park.
Sein Kopf wurde gestützt von dem zweifach gefalteten Rock, an dem das Futter nach außen gekehrt war, und war eingepaßt in eine Felsspalte. Der Fels ragte aus der Erde in einem Abschnitt des Parks, der die Große Wiese heißt. Daneben befand sich ein Fernrohr von unüblicher Gestalt, gerichtet wie ein Granatwerfer.
Im Laufe der folgenden fünf Minuten sollte der junge Mann zufällig zum Zeugen eines unscheinbaren, zugleich doch seltsamen Geschehnisses werden. Es war das Fernrohr, welches, eher versehentlich, zu einem Spions-Instrument wurde. Und das zufällige Ereignis sollte in der Folge auf ein ganzes künftiges Leben einwirken.
Er war ein ungewöhnlicher junger Mann (für heutige Begriffe vielleicht gar nicht so ungewöhnlich). Was ihn heraushob: er mußte alles wissen, ehe er imstande war, etwas zu tun. Zum Beispiel mußte er die Schwächen der andern kennen, bevor er sich überhaupt mit ihnen einlassen konnte.
Die meisten hätten den fraglichen Vorfall binnen Wochenfrist vergessen; nicht so er: mit seinem Leben an eine Schwelle gelangt, maß er ihm Bedeutung bei. Denn bis zu diesem Augenblick hatte er sich in einem Zustand der reinen Möglichkeit befunden, nicht wissend, was für ein Mensch er war, oder was er tun sollte – und daher in dem Glauben, jedweder sein und alles tun zu müssen. Doch nach dem Vorfall dieses Morgens nahm sein Leben eine Wendung in eine besondere Richtung. Er erkannte in der Folge, daß er nicht dazu bestimmt war, alles zu tun – höchstens ein, zwei

Dinge. Glücklich der Mann, der sich nicht einbildet, jede Möglichkeit stehe ihm offen.

Es war ein schöner Tag, wenn auch nur nach der Art der schönen Tage in New York. Der Himmel war ein gewöhnlicher Ostküstenhimmel, mildblau und verschleiert, das Blau mit Weiß unterlegt, gewichtlos: ein Mittel-Himmel, welcher allen anderen Himmeln zum Maß dient; und der Park, trotz seiner grünen oder nicht so grünen Blätter, gehörte eher dem Tierreich an als dem Pflanzenreich. Er roch nach Zoo. Das Gras des Vorjahrs war struppig und gelb wie eine Löwenmähne und stellenweise losgetreten, wo sich dann der alte Erdkörper zeigte. Die Baumstrünke waren abgeschliffen; an der Rinde hafteten Haarbüschel, so als hätte ein großleibiges Tier sich daran gerieben. Trotzdem – dachte er – ist es schön, einen Park zu erleben, der ganz und gar den Menschenmillionen offensteht, und in dem jeder Quadratzentimeter benützt und beansprucht wird wie ein Bärengehege.

Anstelle der üblichen Sammellinse war an das Fernrohr eine 35-Millimeter-Kamera angebracht, aber ein seitliches Okular erlaubte ihm von Zeit zu Zeit, sich darüberzubeugen und kurz durchzublicken. Es erschien dann der Simsteil eines Gebäudes, bei dem es sich zweifellos um eines der die Südseite des Central Park säumenden Hotels handelte. Doch das Instrument vergrößerte so stark, daß kaum zu unterscheiden war, welcher Bau da ins Blickfeld kam. Es war, als bilde das Fernrohr seine eigene Welt, mit Hilfe des prächtigen Schauspiels seiner Linsen.

Er wartete auf den Wanderfalken.

Am Vortag hatte er ihn gesehen, jedoch ohne ihn zu photographieren. Der Falke hatte sein natürliches Zuhause in der Wildnis des Nordens aufgegeben und sich angesiedelt oben auf dem Dach des Hotels. Von diesem Horst aus machte er Jagd auf die fetten Parktauben. Er pflegte an dem Gesims entlangzustolzieren, mit seinen gelben Augen das weiträumige dunstige Rechteck anzublinken – mit wilden, in den Höhlen versunkenen, von der Knochenumrandung fast verdeckten Augen –, und sich dann, wie düsenbetrieben, mit über dreihundert Stundenkilometern, die großen Füße voraus gleich einem Sturzflieger, herabzustürzen, die Tauben in der Luft zu schlagen, unter dumpfem Krachen und bläulichem Federgestöber.

Der Wanderfalke kehrte nicht an seinen Sitz zurück. Als der junge Mann sich anschickte, sein Fernrohr abzumontieren, lockerte er die Stützschraube, so daß der Lauf sich in die Waagrechte senkte. Er blickte noch einmal hinein. Da er ein wissenschaftlicher und zugleich abergläubischer Geist war, immer in Erwartung jener zufälligen Ereignisse, welche zu den großen Entdeckungen führen, konnte er nicht anders, als ein letztes Mal hineinzublicken – so wie jemand, der ein Telefonbuch aufschlägt, um den Namen, auf den sein Daumennagel zeigt, zu lesen.

Im Fernrohr erschien eine Frau, die auf einer Parkbank saß: dunkel wie eine Zigeunerin, obwohl es eine Weiße war. Sie hielt eine Zeitung in den Händen, und über ihrer Schulter war zu lesen: ». . . Verhandlungen gescheitert«.

Als er jedoch aufblickte, blieb sie unauffindbar. Das Fernrohr zeigte nach Südosten, wo die Große Wiese gesäumt wurde von einem Ahorndickicht: dort mußte sie sein. Ja, jetzt bemerkte er es: das Fernrohr zielte auf einen Laubausschnitt, und da durch auf den Gipfel eines der kleinen Felsblöcke, welche den Teich überragen.

Da war sie, nur ein paar Meter weit weg, durch die konzentrierte Optik von einem leichten Schimmer umgeben, so als säße sie auf dem Grunde eines sonnendurchleuchteten Ozeans. Ihr struppiges Haar strahlte Regenbögen aus. Ein Arm lag ausgestreckt auf dem Bankrücken, die Hand rußig von Druckerschwärze. Sie war eine zierliche und zugleich stämmige Frau mit starkem Haarwuchs und einem hübschen, freilich etwas mageren Gesicht, vergleichbar dem

eines Athleten – so als seien Kraft und Schönheit zuallererst in ihren Körper eingegangen.
Die Frau war nicht untätig. Sie tastete sich mit der schmutzigen linken Hand hinter die Bank, wo sie, da die Bank sich an dem Felsabhang befand, einzig mit Baumwipfeln im Rükken, sich ungesehen glaubte. Die blaue Hand tastete sich an einer Spalte hinab. Es handelte sich um eine altmodische Bank, vor vielen Jahren gegossen aus einem porösen, tuffsteinähnlichen Zement, in welchen Kiesel eingelassen waren wie Rosinen in einen Kuchen; ein trister, gelblicher Zement von der Jahrhundertwende, bei dem einem das Herz wehtat. Die Sitzfläche war gleichsam in Throne aufgeteilt durch verschnörkelte Scheidewände, nach hinten zu aufgewölbt, wo sie dann den Rücken sozusagen in die Bank einfügten. Unten war die Schnörkelwand mit der Bank verbunden durch einen Zapfen in Ornamentform. Die Hand suchte sich ihren Weg, die Schnörkelwand hinunter. Im Betrachten versprühte sie zu Regenbogenfarben und tauchte weg. Einen Augenblick später war auch die Frau gegangen – verschwunden in den blauen Strahlenkranz, welcher den Lichtkreis einfaßte.
Er handelte sofort. Es geschieht heutzutage oft, daß Leute nicht wissen, was tun, und so ihr Leben mit dem Warten auf dieses oder jenes Zeichen verbringen. Von solcher Art war auch der junge Mann. Hätte ihn an diesem Morgen ein Wildfremder am Columbus Circle aufgehalten und ihm folgendes Notizblatt in die Hand gedrückt: »Treffen Sie mich an der Nordost-Ecke des Lindell Boulevard und des Kings Highway in St. Louis, um neun Uhr früh am nächsten Donnerstag – ich habe Neuigkeiten von ganz besonderer Wichtigkeit«, so hätte er sich auf den Weg nach St. Louis gemacht (freilich: wie viele würden heutzutage nicht genauso handeln?).
Der kleine Hügel war leicht zu finden. Von der Bank aus übersah man den Teich, mit dem Grand Army-Plaza-

Gebäude im Hintergrund. Gegen Norden wurde das Gelände jäh abschüssig und wurde abgeschirmt von Liguster und Pappeln. Unten auf dem Vorplatz stellten Arbeiter Klappstühle auf und breiteten Flaggentücher über Gestelle, als Vorbereitung zu einer vaterländischen Zeremonie.
Er setzte sein Futteral ab und untersuchte die Rückseite der Bank. Der Zapfen, welcher die Trennwand zwischen dem dritten und vierten Thron – gezählt von der Fifth Avenue – befestigte, war locker. Man konnte ihn ein Stück aus seiner Nut herausziehen, worauf dann eine Art Scheinfach am Grunde der Trennwand erschien. Es war so eine Stelle, wie sie nur Buben aus der Nachbarschaft kennen (wenn es hier auch keine derartige Nachbarschaft gab): ein blinder Briefkasten, dem man eine Nachricht an jemanden überläßt: zu öffnen am 20. Mai 1995. Doch jetzt war da nur ein Stückchen Blech in Scheibenform, herausgeschnitten oben von einer Dose Orangensaft, gebogen zu einem Halbkreis, versiegelt mit Kaugummi. Er erbrach es mit einem Fingernagel. Es enthielt einen Fetzen Papier, vergleichbar einer Supermarkt-Quittung, worauf in violetter Schrift geschrieben stand:

Manche, die sagen, dein Übel sei Jungsein,
manche: der Übermut;

Manche, die sagen, dein Reiz sei Jungsein
und sanftes Treiben;
Reiz wie auch Übel werden geliebt,
mit mehr oder weniger Glut
Du bist's, der aus Übeln Reize macht,
welche dir bleiben.

Es war halb zwölf. Er steckte die Nachricht wieder ins Blech, das Blech wieder in den blinden Briefkasten, kehrte zu seinem Felsen in der Großen Wiese zurück, wo er sein Fernrohr aufstellte, und wartete.
Eine Viertelstunde nach zwölf kam ein Mädchen zur Bank, setzte eine braune Papiertasche ab, zog ohne Umstände den

Zapfen heraus und entnahm ihre Nachricht, welche sie dann ausdruckslos las, wobei sie ihr Sandwich verspeiste.
Sein Herz klopfte; es war die Liebe, auf den ersten Blick, und auf eine Entfernung von sechzig Metern; und sie kam weniger von ihrem guten Aussehen – ihren sanft gezogenen Brauen und dem festen Nackenrund, welches so geneigt war, daß zwei oder drei Wirbel sich darin abzeichneten – als vielmehr von einer gewissen verwirrten und zugleich kühlen Miene, an der er meinte, sich selber wiederzuerkennen! Sie war ein schönes Mädchen, und zugleich lässig, wachsam, kühl und verwirrt wie ein dreizehnjähriger Bub. Sie war er – nur besser. Er konnte sich vorstellen, mit ihr auf einer Bank zu sitzen und gemeinsam ein Erdnußbutter-Sandwich zu essen, ohne dabei ein Wort zu sagen.
Aber bevor er sich etwas ausdenken konnte, hatte seine Geliebte ihr Sandwich schon verzehrt, sich die Lippen mit Kleenex abgewischt, und war verschwunden. Als er zu dem Felsblock kam, war nichts mehr von ihr zu sehen.
Indem er den Schotterweg nahm, welcher den Teich säumt, durchquerte er den Westteil des Central Park, betrat das Gebäude des Y.M.C.A. und ging geradewegs hinauf zu seinem Zimmer, das möbliert war mit einem schmalen Bett, sowie einem stählernen Schreibtisch, lackiert in einer Weise, daß er eine Holzmaserung vortäuschte. Er verstaute das Fernrohr sorgsam hinter dem Rucksack, der im Wandschrank hing, entkleidete sich bis auf die Shorts, und lag dann auf dem Bett. Nachdem er eine Zeitlang hinauf zur Decke gestarrt hatte, schlief er ein. Er schlief tief, fünf Stunden lang.

2.

Er war eine angenehme Erscheinung. Obwohl nur mittelgroß und außergewöhnlich bleich, war er doch stark, schnell und beweglich. Abgesehen von einem tauben Ohr, war er vollkommen gesund. So ansehnlich er einerseits war, so schweigsam war er andererseits. Deswegen konnten die Mädchen wenig mit ihm anfangen. Männer dagegen mochten ihn. Sie merkten mit der Zeit, daß er umgänglich und gutherzig war. Er war einer von denen, an die sich Mitschüler gerne erinnern; sie hatten ihr Vergnügen daran, ihm den Arm um den Nacken zu legen und ihn herumzuschubsen. So gut er aussah und so liebenswürdig er war: er prägte sich einem nicht ein. Derselbe Witz wurde ihm in der Regel zwei-oder dreimal erzählt.
Aber er wirkte besser als er war. Obwohl er nach Kräften einnehmend war, fehlte da etwas. Es war nichts aus ihm geworden. Es gibt welche, die in der Schule gut sind und von denen man viel spricht und erwartet, und die danach immer weniger und weniger werden, bis man schließlich gar nichts mehr von ihnen hört. Der Höhepunkt ihres Lebens ereignet sich vielleicht im letzten Highschool- oder im ersten College-Jahr: ihr Leben hat da die Anmut von Algebra. Danach aber kommt die Frage: Was ist aus dem und dem geworden? Die Antwort: ein Achselzucken. Er war einer von denen, die aus dem Blick geraten.
Sogar jetzt noch erzielte er die Höchstpunktzahl bei psychologischen Eignungstests, besonders, was Problemlösung und Zielsetzung betraf. Nur: zwischen den Tests wußte er nicht, was tun.
New York ist voll von Leuten aus Kleinstädten, die nicht unzufrieden sind, verborgen in einem abgelegenen Winkel der Metropole zu leben. Hier bleibt man ohne Spur. Mag so jemand auch den ältesten Siedlern entstammen, einer noch so erinnerungsträchtigen Umgebung: jetzt hat er die Wahl

getroffen, zur Miete in der zweihunderteinunddreißigsten Straße zu wohnen, allmorgendlich Zeitung und Milch vor seiner Tür zu finden, und mit dem Liftmann zu schwatzen. In den Südstaaten-Stammbäumen gibt es regelmäßig einen Vetter, der im Jahr 1922 nach New York ging – und das ist auch schon alles über ihn. Man hört oft, Leute gingen nach New York, um da etwas zu werden: doch viele suchen da gerade das Gegenteil.
In seinem Fall freilich lag das in der Familie. Seine Familie hatte sich im Lauf der Zeit der Ironie zugewendet und die Fähigkeit zu handeln verloren. Es war eine ehrbare und zugleich unbändige Familie, aber die Unbändigkeit hatte sich mehr und mehr nach innen gekehrt. Der Urgroßvater konnte noch unterscheiden; seine Sprache und seine Handlungen gehorchten diesem Maß, und er scherte sich nicht darum, was ein andrer darüber dachte. Er hatte sogar eine Pistole im Halfter wie ein Westernheld. Eines Tages traf er in einem Friseurladen den Großmeister des Ku Klux Klan und forderte ihn auf, mit ihm sofort hinaus auf die Straße zu gehen. Der Großvater, die nächste Generation, schien zwar unterscheiden zu können, war sich aber in Wirklichkeit nicht so sicher. Er war tapfer und grübelte zugleich viel, wie er tapfer sein könnte. Er hätte sich ebenfalls mit dem Großmeister geschossen – wäre er nur gewiß gewesen, daß es das wert war. Auch der Vater war ein tapferer Mann und gab an, sich nicht zu scheren um das, was andre dachten – und scherte sich doch. Mehr als auf alles andere war er darauf aus, ehrenvoll zu handeln und ein angesehener Mensch zu sein. So strengte ihn das Leben an, und er wurde zum Ironiker: es war etwas ganz und gar nicht Einfaches für ihn, an einem gewöhnlichen Septembermorgen die Straße hinunterzugehen. Schließlich starb er an seiner eigenen Ironie und Traurigkeit, sowie an der Anstrengung, einen gewöhnlichen Tag in einem vollkommenen Tanz von Ehrbarkeit zu durchleben.

Was den jungen Mann nun betraf, den letzten in der Reihe, so wußte er nicht, was denken. Auf diese Weise wurde aus ihm ein Betrachter und ein Lauscher und ein Wanderer. Er konnte vom Betrachten nicht genug bekommen. In seiner Kindheit war ein Nachbar verrückt geworden und warf, im Hinterhof sitzend, mit Schottersteinen um sich, wobei er mit zorniger Stimme gegen seine Feinde anbrüllte. Das Kind betrachtete ihn den ganzen Tag lang, dahockend und äugend, mit offenem, ausgetrocknetem Mund. Es schien ihm: fände er heraus, was dem Mann fehlte, so erführe er das große Geheimnis des Lebens.

Wie viele junge Männer im Süden wurde er spitzfindig, so daß es ihm schwerfiel, sich für diese oder jene Möglichkeit zu entscheiden. Diese Leute sind nicht zu vergleichen mit dem Sohn eines Einwanderers in Passaic, der sich entschließt, Zahnarzt zu werden, und damit hat sich's: denen aus dem Süden fällt es schwer, herauszufinden, was zu tun wäre. Was kann einem Menschen zustoßen, dem jedes Ding möglich und jede Handlungsspielart offen erscheint? Natürlich gar nichts – es sei denn, der Krieg: wenn ein Mensch in der Möglichkeits-Sphäre lebt und auf ein Ereignis wartet, dann wartet er auf den Krieg – oder auf das Ende der Welt. Aus diesem Grund sind Südstaatler auf Kampf aus und geben gute Soldaten ab. Im Krieg wird das Mögliche wirklich, ohne daß man selbst etwas dazutun muß.

Doch sein Fall war ärger. Es ging nicht allein darum, aus dem Süden zu sein. Jahrelang war er leicht aus dem Gleichgewicht zu bringen gewesen. Und die Folge: er wußte nicht, wie er leben sollte. Als Kind waren ihm »Verzauberungen« zugestoßen, namenlose Ereignisse, die nicht bedacht, geschweige denn ausgesprochen werden konnten; und von denen er deswegen meinte, sie seien begründet im geheimen und sozusagen schamvollen Wesen der Kindheit selber. Später entdeckte er, daß es dafür einen Namen gab, welcher ihnen Gestalt und Wohnstatt gab. Es handelte sich –

zumindest war das seine Meinung – um das *déjà vu*. Jedenfalls war es so, daß ihn sogar als Kind, das in der Küche saß und D'lo, der Köchin, beim Bohnenbrechen oder Auswalzen des Keksteigs zuschaute, gleich einem bekümmerten alten Mann die übermächtige Empfindung befiel, daß all dies sich schon längst ereignet hätte, und daß etwas andres bevorstünde: und wenn es einträfe, dann wüßte er um das Geheimnis des eigenen Lebens. Es war, als sprängen die Dinge um in etwas Weißes und Dichtes, und die Zeit selber bekam ein Gewicht: ein Aufgewühltsein, für das es keine Sprache gab. Manchmal »entfiel« er und erwachte Stunden später, in seinem Bett, erholt, aber immer noch im Bann.
Als Heranwachsender hatte er in einem Stand allerlebhaftester Erwartung gelebt, mit dem stillschweigenden Gedanken: wie schön wird es sein, ein Mann zu werden und zu wissen, was zu tun ist – ähnlich einem Apachenjüngling, welcher im richtigen Augenblick allein aufbricht in die Steppe, sich da einträumt, erleuchtet wird, und bei der Rückkehr dann weiß: ich bin ein Mann. Jedoch ein solcher Augenblick war nicht gekommen, und er wußte immer noch nicht, wie er leben sollte.
Um genau zu sein: er war nicht im Gleichgewicht, hatte immer wieder Gedächtnislücken und war auch sonst oft nicht ganz fähig, zu unterscheiden. Die meiste Zeit glich er jemandem, der gerade dabei ist, aus einem zerbombten Gebäude zu krabbeln. Kein Ding, das vertraut war. Solch ein Mißstand ist gleichwohl nichts durchaus Schlimmes. Ähnlich dem alleinigen Überlebenden eines zerbombten Gebäudes war er ohne Meinungen und sah die Dinge in einem morgendlichen Licht.
Zuzeiten war er wie alle Welt. Er konnte so sachlich sein und so kühl wie ein Wissenschaftler. Wenn er die wohlbekannten Bücher über geistige Gesundheit las, glaubte er nach der Lektüre ein paar Minuten lang eine klare Einsicht gewonnen zu haben. Wie es in derartigen Büchern heißt: er war

informiert über die rechte Weise, zu emotionalen Befriedigungen zu kommen – etwa mit Hilfe der Künste. Er pflegte regelmäßig die Museen aufzusuchen und wenigstens einmal in der Woche den Philharmonischen Konzerten beizuwohnen. Darüber hinaus hatte er begriffen, daß es die Menschen sind, die zählen; die Beziehungen mit Menschen, die Wärme und das Verständnis für sie. In solchen Perioden setzte er es sich zum Ziel (welches er auch oft erreichte), »lohnende interpersonale Partnerschaften mit wechselnden Individuen zu kultivieren« – um einen unvergeßlichen Ausdruck zu verwenden, auf den er einmal gestoßen war. Auch sollte der Eindruck vermieden werden, daß er die Nase rümpfte über die Religion, so wie das altmodische Wissenschaftler zu tun pflegten: er hatte nämlich die modernen Psychologen studiert und wußte, wieviel wir zu lernen haben von den Einblicken der Psychologie in die großen Weltreligionen.
In seinen besten Momenten war er alles, was ein Psychologe sich von ihm nur hätte wünschen können. Die meiste Zeit freilich verhielt es sich anders. Er glitt weg in Untätigkeit und Alleinsein. Er streifte umher. Es war seine Art, sich an eigentümlichen Örtlichkeiten einzufinden, wie etwa einer Bäckerei in Cincinnati, oder einem Gewächshaus in Memphis, wo er dann vielleicht mehrere Wochen lang arbeitete, immer wieder angesprungen von den *déjà vus* der in der Schwüle aufschießenden Grünpflanzen.
Ein deutscher Arzt hat einmal festgestellt, im Leben der Gemütskranken seien auffällig die »Lücken«. Als er die Geschichte eines Einzelfalls studierte, gab es da ganze fehlende Abschnitte, gleich einem Buch mit unbedruckten Seiten.
Das Leben dieses jungen Menschen bestand hauptsächlich aus solchen Lücken. Im Sommer des Vorjahres war er verschwunden und drei Wochen lang im nördlichen Virginia umhergestreift, wo er dann hier und dort saß, in Gedanken an die alten Schlachtfelder versunken, kaum bewußt des eigenen Namens.

3.

Ein paar Vorfälle, ungefähr so, wie er sie seinem Doktor mitteilte, werden das Wesen seines mangelnden Gleichgewichts verdeutlichen.
Der Grund seiner Schwierigkeiten waren die Gruppen. Obwohl er so umgänglich und gewinnend war, wie man es sich nur wünschen konnte, fiel es ihm schwer, zu tun, was die Gruppe von ihm erwartete. Zunächst erfolgreich, paßte er doch auf die Dauer in keine Gruppe – und das war etwas Ernstes. Sein Arzt redete eingehend über die Gruppe: was denn seine Rolle darin sei? Und genau das war die Schwierigkeit: entweder verschwand er in der Gruppe, oder er kehrte ihr den Rücken.
In seiner Kindheit überließen sein Vater und seine Stiefmutter ihn einmal einem Sommerlager und verreisten nach Europa. Das war so eine der Gruppen – die Lagerleute –, mit denen er überhaupt nichts anfangen konnte. Die Spiele wie auch die Gruppenaktivitäten waren von einer tiefen Traurigkeit. Eines Nachts, als der Stamm sich um das Lagerfeuer versammelte, um Lieder zu singen und dem geschichtenerzählenden Lagerleiter zu lauschen, der dann später jeden einzelnen auffordern würde, aufzustehen und mit seiner persönlichen Entscheidung für Christus herauszurücken, stahl er sich aus dem Feuerkreis und setzte sich ab, die Straße hinunter nach Asheville, wo er sich einen Busfahrschein kaufte, der ihn so weit brachte, wie sein Geld reichte: bis Cedartown in Georgia; und auf dem restlichen Weg nach Hause ließ er sich von Autos mitnehmen. Dort blieb er dann mehrere Wochen bei seiner Tante und baute, mit der Hilfe eines befreundeten Schwarzen, ein Baumhaus in einer hohen Sykamore. Sie verbrachten den Sommer in der Höhe, Comic-lesend, während das Baumhaus floßgleich schwankte, in einem Meer gesprenkelter Blätter.
Später gab es Schwierigkeiten mit einer anderen Gruppe.

Wie sein Vater, sein Großvater und alle übrigen männlichen Vorfahren – ausgenommen jene, die während des Bürgerkrieges aufwuchsen – wurde er auf die Princeton Universität geschickt. Jedoch zum Unterschied von ihnen nahm er Reißaus. Er war ein sehr guter Student, Mitglied eines angesehenen Klubs und eines Boxteams – und nahm trotzdem Reißaus. Das geschah folgendermaßen: An einem schönen Herbstnachmittag in seinem dritten Jahr, als er in seinem Schlafraum saß, wurde er angefallen von bestürzenden *déjà vus*. Eine unermeßliche Schwermut überwältigte ihn. Er wußte, daß er sich in genau dem Lebensabschnitt befand, wo er am aufnahmefähigsten sein sollte, in einer Zeit der Suche und zugleich des festen Auftretens; der Vollkraft und der Pracht der Jugend. Doch wie trist erschien ihm diese Tatsache: ein Universitätsjüngling zu sein, einer aus einer langen Folge von Geschlechtern, welche allesamt dieselben alten Gebäude bewohnten, und mit denselben Pförtnern herumzualbern wie der Jahrgang von 1937. Er beneidete die Pförtner. Wieviel schöner wäre es doch, ein Pförtner zu sein, am Abend heimzugehen zu einer gemütlichen Hütte neben den Eisenbahngleisen, und einen kleinen Schluck zu nehmen mit seiner Alt-Angetrauten – anstatt froh-steif, *feierlich*, hier in diesen geheiligten Buden herumzusitzen. An jenem Nachmittag standen gerade einige von seinem Jahrgang draußen in der Halle, ein halbes Dutzend vom Republikaner-Nachwuchs aus Bronxville, Plainfield und Shaker Heights. Auch sie wußten, daß sie gerade die hohe Zeit ihres Lebens erlebten, und zeigten ein entsprechendes Wohlgefallen an sich selber. Sie hatten eine bestimmte Princeton-Sprechweise angenommen, sogar die aus Chicago oder Kalifornien, sowie auch eine eigene Manier, die Hände in die Taschen zu stecken und das Kinn in einen bestimmten Winkel zum Kehlkopf zu bringen. Sie waren dabei nette Burschen – wenn man sich einmal an eine karge Nordstaaten-Freundlichkeit gewöhnt hatte. Ohne Zweifel, das jetzt

ist meine große Zeit, sagte er zu sich selbst und stöhnte. Und zugleich, wie er da saß an seinem Pult im »Lower Pyne«-Gebäude – zufällig in demselben Raum, wo sich auch sein Großvater im Jahre 1910 aufgehalten hatte –, fragte er sich selbst: Was ist nur mit mir? Hier, umgeben von liebenswerten Leuten und dem Geist von Old Nassau, drängt es mich, in einem Graben von Wyoming zu liegen oder in einem Park mitten in Toledo zu sitzen. Sein Vater und sein Großvater kamen ihm in den Sinn. Sie hatten ihre Jahrgangs-Genossen sehr gern gehabt und waren mit ihnen Beziehungen eingegangen, welche die Jahre überdauerten. Es genügte, die Namen zu erwähnen: »Wild Bill« (jeder hatte so einen wilden Willy in seiner Klasse), den »Holländer«, »Froggie Auchincloss«, den rauhen-blauen Emporkömmlings-Frosch, und schon lächelte der Vater, wackelte lieb mit dem Kopf, schob die Hände nach bewährter Art in die Taschen und verlagerte sein Gewicht auf die Fersen im Stil des Jahrgangs von 1937.
Seine Jahrgangs-Genossen verwendeten besondere Ausdrücke. In diesem Jahr nannten sie einander »Alter Kumpel«, lang bevor diese Floskel geläufig wurde an der Tulane Universität in New Orleans oder an der Universität des Staates Utah, und sie gebrauchten die Wörter »Stoß« und »Los« in einem dunklen und doch genau umschriebenen Sinn: gelang es einem beim Football, mit einem guten *Lauf* Raum zu gewinnen, dann kam es vor, daß man zu hören bekam: »Schöner Stoß!« Und bei einer ganz anderen Gelegenheit pflegte einen dann jemand unvermittelt, auch mitten in einem Satz, anzureden mit einem »Los!«, ein Befehl, welcher, nicht zu verwechseln mit dem üblichen Discjockey-Spruch, dem Sprecher zugedacht war als ironischer Aufruf, seine Sprechweise zu ändern. Es war ein Zeichen für ihn, daß er leicht ausgeschert war aus dem Sprech- oder Handlungskanon, vielleicht indem er ungeziemend Begeisterung oder Durchdrungenheit gezeigt hatte.

»Los!«, das hieß, in einer dunklen und zugleich genauen Bedeutung: man wurde an einen Auftrag erinnert.
Draußen gleißte es von dem Herbstnachmittag, einem schön-bitteren, *feierlichen* Nordstaaten-Nachmittag. Es war der Tag des Spiels zwischen Harvard und Princeton. Ihm war, als habe er die Spiele allesamt gesehen. Der Geist seines Großvaters trieb sich herum im Raum 203 von »Lower Pyne«. Er wußte, daß der Großvater Insasse von 203 gewesen war; denn er hatte diese Zahl im Vorsatzblatt von Schillers *Die Räuber* gefunden, einem staubig-gelblichen Buch, dessen Seiten nach Brot rochen. Dann versuchte der junge Mann aus dem Süden, der immer noch an seinem Pult saß, sich zu erheben; doch seine Gliedmaßen waren befallen von einer seltsamen Trägheit, und er bewegte sich faultierhaft: nur so bewahrte er sich davor, zu Boden zu stürzen. Umherzugehen in dem alten Staate New Jersey, glich einem Umhergehen auf dem Planeten Saturn, wo die Schwerkraft acht Mal so groß ist wie auf der Erde. Endlich – und wider den eigenen Willen – brachte er ein lautes Stöhnen hervor, welches ihn erschreckte und seine Klassen-Genossen für den Augenblick verstummen ließ. Er betrachtete seine Augen im Spiegel und murmelte: »Das ist kein Ort für mich – nicht für die nächste halbe Stunde, geschweige denn für zwei Jahre.«
Kaum eine Stunde später saß er in einem Bus, beschwingt wie eine Lerche, auf dem Weg nach New York, wo er dann recht zufrieden in seiner Y.M.C.A.-Unterkunft lebte.

Im Sommer darauf arbeitete er, mit Rücksicht auf die Wünsche seines Vaters, welcher hoffte, in ihm den Antrieb zur Beendigung seines Studiums und im besonderen eine Zuneigung zur Jurisprudenz zu wecken, als Angestellter in der Anwaltsfirma der Familie. Es gab da zum Sitzen nur die Bibliothek, einen staubigen Raum mit einem großen ovalen Tisch aus Goldeiche, der zugleich als Konferenzzimmer diente, und wo auch Testamente verlesen und Kaufverträge ausgehändigt wurden. Die aromatische Sommerluft trieb zum Fenster herein, und von den Gesetzbüchern bröckelte das Kalbsleder und drang ihm in die Nüstern. Jenseits der gleißenden Straße, im Wohnbezirk, wurden die Eichen zunächst gelb von Sporen, erschienen dann in einem leuchtenden Dunkelgrün und überzogen sich schließlich mit weißem Staub. Von einem heftigen Heuschnupfen befallen, saß er da den ganzen Sommer lang, die Ellbogen auf den Konferenztisch gestützt, während ihm die Tränen über die Wangen liefen. Seine Nase schwoll an zu einer großen weißen Traube und färbte sich im Innern violett. Durch die Tür, die gerade so weit geöffnet war, daß er Ohrenzeuge sein konnte, ohne selber gesehen zu werden, hörte er den Vater mit den Kunden sprechen, ein Gemurmel aus Beschwerde und Besänftigung. Je länger der Sommer dauerte, desto schwieriger wurde es, die Worte zu unterscheiden von der Geräuschwelt, bis sie sich schließlich vermischten mit dem Gezeter der Spatzen unter dem Fensterbrett und dem mächtigen Geschrill der Zikaden, welches aufstieg vom unbebauten Land und den weißen Himmel erfüllte. Die anderen Firmenangestellten waren sehr verständnisvoll, doch über die massive Verständnisinnigkeit ihrer Begrüßungsformeln kam er mit ihnen nicht hinaus. Er beantwortete sie nach Kräften, die große Paviansnase verborgen im Taschentuch.

Am Ende des Sommers starb sein Vater. Obwohl sein Tod plötzlich kam, war man allgemein nicht sehr überrascht: es war üblich, daß die Männer in dieser Familie jung starben, nach einem kurzen, erfüllten, ehrbaren Leben, und daß die Frauen sie um ein halbes Jahrhundert überlebten und ein ganz neues Leben begannen, mit einer zweiten Jungmädchenzeit, Ausflügen mit anderen Mädchen, sowie Zehntausenden von herzhaften Mahlzeiten und einem langandauernden, zänkischen Alter.

Ungefähr einen weiteren Monat saß der junge Mann, dessen Name Williston Bibb Barrett, oder Will Barrett, oder Billy

Barrett war, neben sechs Frauen in der Galerie, und schaukelte mit dem Schaukelstuhl: eine seine Stiefmutter, um einiges älter als der Vater, freundlich und zugleich etwas zerstreut, mit der Angewohnheit, minutenlang im Anrichtezimmer zu stehen und die Melodien der Hitparade nachzupfeifen; drei Tanten; eine Cousine; und eine Dame, zu der man Tante sagte, ohne daß sie eine Verwandte war – bis auf eine alle über siebzig, und alle rüstig wie Kaukasierinnen. Nur er war krank; und er litt nicht allein am Heuschnupfen, sondern war befallen von einer lastenden Schwermut und einem Leeregefühl, unter dem er beinahe jedes Gedächtnis verlor. Zu jener Zeit war er nahe daran, Mitglied der Stadt-Einsiedler zu werden, welche durch die Jahrzehnte versponnen hinter den Fensterläden hocken, während der Hof zum Dschungel wird und die langen Sommertage eins werden mit dem Käfergebrumm.
Es gelang ihm jedoch, sich einen Ruck zu geben: er schloß die schwebenden Geschäfte seines Vaters ab, verkaufte die Rechtsbibliothek an die übrigen Firmenmitglieder, teilte die Zimmer im Haus so ein, daß Streitigkeiten möglichst vermieden würden, ließ sich, als sein Erbteil, einen Kreditbrief in der Höhe von 17 500 Dollar überschreiben – und verlor neuerlich den Antrieb und saß schaukelnd neben den Tanten in der Galerie. Er erwog, Bauer zu werden. Doch alles, was von Hampton, dem Familienbesitz, übrig war, das waren zweihundert Morgen von schrotgespicktem Schlamm, in dem schon seit langem nichts wuchs als Röhricht.
Jede Entscheidung wurde ihm abgenommen; denn kurze Zeit später wurde er zum Militär einberufen. Er überließ Hampton der Grundstücks-Bank und diente zwei Jahre in der Armee der Vereinigten Staaten, wo er an diesem und jenem Elektronik-Lehrgang teilnahm. Er wurde »ehrenhaft«, »aus Gesundheitsgründen«, entlassen, nachdem man ihn aufgegriffen hatte, wie er völlig geistesabwesend im

Shenandoah-Tal zwischen Cross Keys und Port Republic umherirrte – Stätten bekannter Siege des Generals Stonewall Jackson.
Wieder saß er dann im Fernsehraum des Y.M.C.A.-Hauses in Manhattan, einem Raum im spanischen Kolonialstil, mit gelblichen Tragebalken und angerostetem Metallmobiliar.
Mit Blick auf seine Mittel und zugleich mit Rücksicht auf seine Unzulänglichkeiten – denn er war in mancher Hinsicht ein kühl und sachlich denkender junger Mann – sah er die Notwendigkeit, zweifach zu handeln. Etwas war nicht in Ordnung mit ihm, und er hatte sich darauf einzurichten. Eine Behandlung würde Geld kosten, und deswegen brauchte er eine Anstellung. Er überschrieb sein Erbteil auf ein Sparkonto bei der Columbus Circle Filiale der New Yorker Chemie-Bank und -Treuhandgesellschaft, und nahm sich einen Psychiater, den er im folgenden Jahrfünft fünfmal in der Woche jeweils fünfundfünzig Minuten lang beanspruchte; Kosten: etwa 18000 Dollar. Außerdem schloß er sich Therapiegruppen an. Was die Verwirklichung des zweiten Erfordernisses anging, so fiel ihm, nach sorgfältigem Studium der Annoncen in der *New York Times*, auf, daß ein »Wartungstechniker« pro Woche 175 Dollar verdiente. Um sich zu einem Wartungstechniker auszubilden – der, so stellte es sich heraus, eine Art von Pförtner war –, mußte er an einem sechsmonatigen Lehrgang an der Long Island Universität teilnehmen, wo er zum Spezialisten für Temperatur- und Luftfeuchtigkeits-Kontrolle wurde. Nach dem Abschluß fand er ohne Schwierigkeit eine Anstellung; denn er war bereit für die Nachtschichten, welche sonst alle Welt scheute. Während der letzten beiden Jahre war er angestellt gewesen bei Macy's, als zuständiger Techniker für die Luftfeuchtigkeit. Sein Bereich dort war ein winziger Raum mit einem Prüfpult, drei Stockwerke unter dem Straßenniveau. Da die Außenluft automatisch kontrolliert und entsprechend auch der gesamte Warenhaus-Bereich reguliert

wurde, blieb ihm kaum mehr, als sich zu vergewissern, ob die elektrischen Schaltungen ordentlich arbeiteten. Seine Arbeitszeit ging von Mitternacht bis acht Uhr früh, eine Schicht, die niemand sonst wollte. Aber ihm war das recht so. Nicht nur, daß er viel Zeit zum Lesen und Nachdenken hatte: die Stelle bot auch große Vorteile, was medizinische Versorgung und Pensionierung betraf. Er konnte sich nach dem Ablauf von dreiundzwanzig Jahren pensionieren lassen und heimkehren, wo er dann, wenn sich die Reihe der alten Damen gelichtet hätte, vielleicht Zimmer vermieten und so leben würde wie ein König. Während die Untergrundzüge in der Nähe vorbeidonnerten, träumte er sogar davon, der Plantage von Hampton ihren einstigen Glanz wiederzugeben.

Trotz dieses Jobs kam der Moment, da seine Erbschaft verbraucht war, und er mußte hin und wieder eine Nebenbeschäftigung annehmen. Sein Glück verließ ihn nicht, und so fand er eine ihm entsprechende Arbeit. Ein gescheiterter Medizinstudent, der Angestellter bei Macy's geworden war, brachte ihn darauf. Wochen- und monatelang diente er als eine Art Gesellschafter für einsame, unglückliche Heranwachsende, frühreife jüdische Jünglinge, welche in Bands spielten und die Wohntürme am Westsaum des Central Park bewohnten. Das hieß, daß er aus seiner gemütlichen Y.M.C.A.-Zelle in eine Wohnung umziehen mußte; in einem gewissen Sinn eine Ausquartierung. Doch gerade darin war er am besten: sein liebenswertes Südstaaten-Naturell auszurichten auf jene feinen und geheimen Signale, die, vor seiner Zeit, ihren entlegenen Raum ohne Empfänger durchschwirrt hatten. Eigenartig: er richtete ein Radar auf für seine Schützlinge, wenn die Eltern nicht dazu imstande waren. Überdies ließ es sich sehr gut mit seinem Job vereinbaren: nachts arbeitete er bei Macy's, schlief tagsüber, und war für seinen »Patienten« bereit, wenn dieser von der Schule nach Hause kam.

4.

Seine Schwierigkeit, das waren immer noch die Gruppen. Nach mehreren Jahren der Analyse und der Gruppentherapie war er da allerdings um einiges wendiger geworden. Er richtete sich so sehr nach seinen augenblicklichen Gruppengenossen aus und wurde so gewitzt im Rollenspiel (wie die Sozialwissenschaftler das nennen), daß er geradezu in der Gruppe verschwand. Wie jedermann weiß, ist New York bekannt für die Vielzahl der verschiedenen Gruppen, zu denen man gehören kann, so daß zuzeiten sogar ein Normalmensch nicht mehr weiß, wo sein Platz ist. Folglich wechselte der junge Mann, der ohnedies schon nicht wußte, wo sein Platz war, von Tag zu Tag sein Gesicht. Zwischendurch war sein Rollenspiel so vollkommen, daß er aufhörte, der zu sein, der er war, und jemand anderer wurde.

Er fügte sich so gut ein, daß es jedesmal überraschte, wenn zwei Gruppen, die mit ihm gut zurechtkamen, sich untereinander dann uneins zeigten. Zum Beispiel war er in eine gemischtrassige Gruppe geraten, welche an Freitagabenden in der Greenwich-Village-Wohnung eines Schriftstellers zusammenkam, und es kam ihm ganz selbstverständlich vor, sich am Samstag abend mit den »Sibirischen Gentlemen« zu treffen, einem nostalgischen Nachtessensklub heimatloser Südstaatler (vor allem Rechtsanwälte und Makler), die sich im Carlyle Hotel versammelten und davon redeten, zurückzukehren nach Charleston oder Mobile. Um zwei oder drei Uhr früh pflegte dann einer von ihnen zu seufzen: »Es führt kein Weg zurück«, worauf dann ein jeder sich in seine Wohnung an der Park Avenue trollte. Eines Abends beging er den Fehler, einen Freund aus der ersten Gruppe mitzunehmen in die zweite, einen aus dem Süden, so wie er selbst, jedoch ungehobelt: er hatte noch nicht gelernt, mit Gruppen umzugehen, und wußte nicht, daß es ein Unterschied war, ob man auf den Gouverneur von Virginia schimpfte, der ein

Gentleman war, oder auf den Gouverneur von Alabama, der keiner war. Danach wurde es bei den Sibirern kalt, und er zog sich zurück. Nicht viel besser erging es ihm mit der gemischtrassigen Gruppe. Auf einem Rückweg vom Village wurde er von Harlem-Schlägern angefallen und bezog die Prügel seines Lebens. Als er beim nächsten Treffen von dem Vorfall berichtete, runzelten seine Freunde die Stirnen und tauschten Blicke aus.

Ein bißchen besser erging es ihm mit den Ohio-Leuten. Vor ein paar Jahren war er im Winter in einer Schihütte nah am Bear Mountain gewesen, zusammen mit sieben anderen Macy-Angestellten, drei jungen Männern und vier jungen Frauen, allesamt Absolventen der Staatsuniversität von Ohio. Wie er kauften sie die vollständige Ausrüstung, von der Mütze bis zu den Stiefeln, zum Angestelltenrabatt in der Sportabteilung. Alle rochen sie nach neuer Wolle und »Esquire-Stiefel-Politur« und waren so frisch und ansehnlich, wie man es sich nur wünschen kann. Kaum eine Woche in ihrer Gesellschaft, wurde er einer von ihnen: ein Mädchen namens Carol nannte er *Kerrell*, statt »mirror« sagte er *mear*, statt »talk« *tock*, sprach von einem *ottomobile*, einem *stummick* (für »stomach«), und verlangte ein *Carmel*-Bonbon. Er schlug die Konsonanten in der Kehle an wie Gitarrensaiten. Im April fuhr er nach Fort Lauderdale, wurde binnen kurzem zum Ohioaner, ging wie eine Katze auf den Fußballen, trank Bier, vergaß die alten ehrsamen Streitgespräche des Südens, konnte gedankenlos und sorglos sein.

Es war nicht von Dauer. Als er dann an jenem Abend in der Schihütte am Feuer saß, unter all seinen Mit-Ohioanern – leuchtende Augen, rosige Wangen, »Tom und Jerry« in der Hand, Kopf im Schoß –, da spürte der Mann aus dem Süden einen so vertrauten wie fürchterlichen Schmerz in der Brust. Die kleine Szenerie, die in jeder Hinsicht erfreulich war und die jeder Normalmensch nach seinem Geschmack gefunden hätte, wurde ihm unversehens verhaßt. Es war, als würden sie alle gleich davonstieben. Obwohl die Frau an seiner Seite eine anziehende und frische Brünette mit Namen Carol (Kerrell) Schwarz war, und obwohl er Grund hatte zu glauben, daß sie ihn mochte und ihn nicht zurückweisen würde, fiel ihm nichts ein, was er ihr hätte sagen können. Sie hatte lange Beine und kräftige Schenkel, und es gefiel ihm, den Kopf in ihren Schoß zu betten; doch er wurde schwindlig, wenn sie das Wort an ihn richtete. Einmal hatten sie einen gemeinsamen Spaziergang in den Park gemacht, und sie nahm da eine Katze in den Arm. »Hallo, Katze«, sagte sie, wobei sie der Katze in die Augen blickte. »Ich weiß, dein Name ist Mehitabel. Ich bin Kerrell, und das ist Billy. Billy, sag Guten Tag zu Mehitabel.« Er brachte es, beim besten Willen, nicht über sich, zu der Katze zu sprechen.

Nun, an dem Bärenberg, lag sein Kopf auf ihrem Schenkel, und sie war über ihn gebeugt und sagte: »Ich habe die Leute gern, und ich glaube, du gehörst zu meinen Leuten. Hast du die Leute gern?«

»Ja«, sagte er, wobei seine Wangen taub wurden, und dachte, was für ein Jammer es war, daß sie nicht einfach, ohne zu sprechen, zusammen lustig sein konnten.

Unwillkürlich begann sein Knie zu zucken, und bei der ersten Gelegenheit entzog er sich und stürzte aus der Hütte. Draußen rannte er durch die verschneiten Wälder und warf sich in ein Dorngestrüpp, wie die Heiligen früherer Zeiten. Zitternd vor Schmerz und Kälte starrte er hinauf zu der schattigen Kuppe, welche in der Überlieferung mit dem »Tollen General Anthony Wayne« zu tun hat. Er sagte leise zu sich selber: »Barrett, du Armer, du mußt sehr schlimm dran sein – schlimmer, als du dir's vorgestellt hast –, daß du alles so durcheinanderbringst. Du liegst hier in einem Dornbusch, während du die Zeit mit deinesgleichen verbringen könntest – mit jungen Leuten, gegen die nichts einzuwen-

den ist –, deinen Kopf in den Schoß eines hübschen Mädchens gebettet. Stimmt es denn nicht, daß die Amerikanische Revolution ein Erfolg ist, über die wildesten Träume von Wayne und seinen Freunden weit hinaus, so daß buchstäblich jedermann in den Vereinigten Staaten die Freiheit hat, in Schihosen rund um ein heimeliges Feuer zu sitzen? Ist denn etwas falsch daran? Was fehlt dir eigentlich, armer Kerl?«
Wenn er mit Ohioanern zusammen war, bemerkte er, daß er redete wie ein Ohioaner und unter dem Mantel die Schulterblätter kreisen ließ. Wenn er mit Princetonianern zusammen war, brachte er das Kinn in einen bestimmten Winkel zum Kehlkopf und steckte auf besondere Weise die Hände in die Taschen. Manchmal, bei einem Zusammentreffen mit seinen Landsleuten aus dem Süden, nahm er von einem Augenblick zum andern die liebenswürdige und leicht ironische Art an, welche die Umgangsform der Südstaatler ist, wenn sie von zuhause weg sind.
Kurz nach dem Wochenende am Bärenberg verfiel er in ein Stadium gedächtnislosen Umherirrens, welches ärger war als je eins zuvor.
Er entdeckte jetzt ein zusätzliches, sehr beunruhigendes Symptom. Er fing an, die Dinge als verkehrte Welt zu erleben. Es ging ihm schlecht, wenn andere Leute sich wohl fühlten, und gut, wenn sie sich schlecht fühlten. Zum Beispiel ein üblicher Tag in New York: die Sonne scheint, die Leute leben auf, sind unterwegs, ihre Bedürfnisse zu stillen und ihre Ziele zu erreichen, arbeiten in einem Beruf, der sie erfüllt, besuchen kulturelle Veranstaltungen, nehmen teil an fruchtbaren Gruppierungen – wie es, dem Kalkül nach, auch wünschenswert wäre. Doch gerade an solch einem Tag, an einem üblichen Mittwoch oder Donnerstag, kam es, daß er in sich die tiefste Bangigkeit spürte. Und als sein Arzt, um ihn aufzurichten, meinte, in diesen unsicheren Zeiten habe ein Mensch Grund zu solch einem Gefühl (»nur die Unempfindlichen«, usw.), da ging es ihm schlechter als je

zuvor. Der Analytiker hatte alles mißverstanden: nicht die Aussicht des Weltuntergangs bedrückte ihn, sondern eher die Aussicht, einen üblichen Mittwochmorgen vor sich zu haben.

Obwohl die Wissenschaft lehrte, eine gute Umwelt sei besser als eine schlechte Umwelt, schien ihm das Gegenteil richtig.

Ein Hurrikan, zum Beispiel, ist sicherlich eine denkbar schlechte »Umwelt«. Und doch war es sein Eindruck, daß es nicht bloß ihm, sondern auch anderen Leuten in einem Hurrikan besser ging – wenngleich eingeräumt werden muß, daß er bis jetzt nur vier Leute und einen Hurrikan studiert hatte, eine Evidenz, welche kaum genügt, eine wissenschaftliche Hypothese zu unterstützen. Andererseits gibt ein einziges Rotkehlchen das Bild vom Frühling.

Im Sommer zuvor war er in den Hurrikan »Donna« geraten. Ein Mädchen namens Midge Auchincloss – ja, die Tochter des alten Freundes seines Vaters – hatte ihn eingeladen, mit ihr zu einem Jazzfestival nach Newport zu fahren. Während jenes Wochenendes brauste ein kleiner Hurrikan die Küste entlang, der aber, allem Anschein nach, zum nördlichen Atlantik abbiegen würde. Man beachtete ihn kaum. Am Freitagnachmittag war nichts grundsätzlich anders als sonst. Der übliche Nordost roch wie er eben roch, der Himmel war bedeckt, die Dinge ohne Ausstrahlung. Der Techniker und seine Freundin Midge gingen miteinander um, wie sie es gewohnt waren. Sie hatten sich nicht viel zu sagen, freilich nicht als Folge eines »Kommunikationszusammenbruchs«, von dem heutzutage so oft die Rede ist, sondern weil es in der Tat nicht viel zu sagen gab. Obwohl sie einander sehr gern hatten, waren sie anscheinend zu nichts sonst imstande, als einander fest umschlungen zu halten, wann immer sie allein waren. Wenn sie spät nachts heim zu Midges Wohnung kamen, pflegten sie da über den schlafenden Iren zu steigen und dann eine gute halbe Stunde lang festumschlungen im Aufzug zu stehen,

wobei der eine jeweils geistesabwesend und ohne zu blinzeln über des anderen Schulter starrte.
Doch ein Hochdruckpfropfen erhob sich vor Donna, und der Hurrikan bog um nach Westen. Auf dem Rückweg von Newport wurde der Auchincloss-Continental in Connecticut überrascht vom Sturm. Auf der Suche nach Bridgeport geriet der Techniker, geblendet vom Regen, der gegen die Windschutzscheibe prallte wie ein Feuerwehrstrahl, auf die falsche Ausfahrt, fädelte ein in das Netz schmaler Straßen, wie sie Connecticut durchqueren, und verirrte sich. Binnen kurzem erreichten die Sturmstöße geradezu Hurrikangewalt, und er mußte anhalten. Belebt von dem Röhren draußen und der Geborgenheit im Innern – einem Abrahamschoß aus Schwermetall und Sicherheitsglas –, fielen sie, in ihren Kleidern, übereinander her: unmöglich, sich fester zu umschlingen. Eigentümliches Nordstaaten-Buschwerk, vielleicht Erlen und Hundsgift, klatschte gegen die Fenster. Als sie einen Jammerton hörten, setzten sie sich auf, und es ereignete sich der Schreck ihres Lebens. Im vollen Scheinwerferlicht stand da, dem Hurrikan entgegengestemmt, ein Kind, fast noch ein Säugling. Für einen langen Augenblick starrten sie es bloß an, so unfaßbar war das Bild: ein Cherub im Sturmwind, mit aufgeblasenen Wangen. Dann wurde es weggeweht. Der Techniker setzte ihm nach, auf allen vieren, kopfscheu vom Wind wie ein Pony, und erreichte so den Graben, wo er es fand. Das Kleinkind zwischen ihnen beiden, das seelenruhig, ohne zu zittern, dalag, startete der Techniker den Continental und tastete sich voran, wobei er den Straßenrand unter den Reifen spürte gleich einem Zwirn unter der Fingerkuppe, und fand eine Gaststätte: einen richtigen alten Straßenbahnwagen aus der Zeit vor den Überlandstrecken.
Zwei Stunden lang verbrachten sie in einem Abteil und umsorgten das Kind: fütterten es mit Campbell's Hühner-Reis-Suppe und redeten zu ihm. Es war unverletzt, zugleich

aber durcheinander – staunende Augen – und sprach kein Wort. Sie überlegten, was mit ihm geschehen sollte. Die Telefonleitung war tot, und es war kein Polizist in der Nähe. Es war überhaupt niemand da außer dem Mann an der Theke, welcher eine Kerze brachte und sich zu ihnen gesellte. Der Wind jaulte, und der Straßenbahnwagen bebte und klirrte, als seien seine alten Motoren wieder angesprungen. Als ein Fenster brach, halfen sie dem Kellner, dafür Coca-Cola-Kartons einzusetzen. Er bemerkte, daß Midge und der Kellner durch und durch glücklich waren. Der Hurrikan blies die tristen Schadstoffe hinweg, welche den kummervollen alten östlichen Himmel befleckten, und die zwanghafte Starre schwand aus Midges Gesicht. Es wurde möglich, miteinander zu reden. Am besten war es, als das Auge des Hurrikans herbeikam, mit seiner angeblich unheilverkündenden Stille. Es war ganz und gar nicht unheilverkündend. Alles erschien gelb, still und kostbar. Der Tisch war zweihundert Dollar wert. Die ungewohnte Freude stieg dem Kellner zu Kopf, und er langweilte sie mit langen Geschichten über seine Erfahrungen als Lehrling in einem Ferienlager für Erwachsene – etwas, das dem Mann aus dem Süden ganz neu war – irgendwo in den Catskill Bergen.

Sogar das Problem mit dem verlorengegangenen Kind wurde statt zu einer Plage zu einem Vergnügen, so reinigend wirkte der Hurrikan. »Wo in aller Welt kommst du her?« fragte Midge. Das Kind antwortete nicht; auch der Kellner kannte es nicht. Endlich fand Midge einen Fingerzeig. »Was für ein seltsamer Ring«, sagte sie, wobei sie die Hand des Kindes ergriff.

»Das ist kein Ring, das ist ein Kükenklips«, sagte der Kellner.

»Ist hier in der Nähe eine Kükenfarm?« fragte ihn der Techniker.

Es gab eine, und sie war der fragliche Ort. Als sie das Kleinkind eine Stunde später ablieferten, war es, o Wunder, nicht einmal vermißt worden. Zehn Kinder tummelten sich da, während die Eltern draußen bei den Hühnerverschlägen waren, und die Älteste, eine Zwölfjährige, die ebenfalls die staunenden Augen hatte und kein Wort sprach, nahm das Verlorene in Empfang, wie wenn nichts gewesen wäre. Das war das allerbeste: das Kind zurückzubringen, bevor es überhaupt vermißt wurde – es nicht allein aus der Bedrohung gerettet, sondern die Bedrohung selber außer acht gelassen zu haben, wie der Mr. Magoo, der seinen Weg durch die gefahrvolle Welt nimmt, indem er auf einen Tragbalken hoch am Empire State Building tritt, ohne auch nur einmal den Abgrund zu erblicken.

Frühstück in dem Speisewagen; zurück zur Überlandstraße; wieder auf der alten Route. Hinaus aus dem Sturm in den perlglänzenden Morgen; ein weiterer schöner Tag; – und, *ach*, da war es dann wieder: die Bronx wie immer, heute wie gestern, kompakt und trutzig, angefüllt von sich selbst, mit einer plumpen Yankee-Fülle, jeder Ziegelstein in Übereinstimmung mit sich und zugleich verzahnt gegen alle, die da näherkamen. Die Erdenschwere nahm zu.

Stadteinwärts krochen sie, in den violetten Schallraum der Park Avenue hinein, unter ein und demselben Schutzdach hindurch in ein und dieselbe Vorhalle, über den schlafenden Iren hinweg, und hinein in den Lift, wo sie sich gegeneinanderstemmten gleich Ringern: keiner, der auch nur einen Fußbreit zurückweichen wollte.

5.

An einem regnerischen Donnerstagnachmittag der Woche darauf stand er in einem großen Saal des Metropolitan Museums. In der Höhe irgendwo rüttelte ein Arbeiter an der Kette einer Dachluke. Vor einiger Zeit war ihm aufgefallen, daß Glückliche es mit ihrem Glück in einem Museum schwerer hatten als sonstwo. Hier drinnen war die Luft dick wie Senfgas, mit gefräßigen Teilchen, welche sowohl den Gemälden als auch dem Betrachter an die Substanz gingen. Obwohl, technisch gesehen, die Beleuchtung der Gemälde untadelig war, schien es dennoch, als fiele sie, als bedrückendes Zwielicht, von einer riesigen oberen Sphäre herab, aus welcher ein Tosen kam wie aus einer Muschelschale. Hier, in diesem tosenden Zwielicht, stellte der Techniker sich auf und schaute den Leuten zu, wie sie die Gemälde anschauten. Ebenfalls vor einiger Zeit hatte er entdeckt, daß es nicht möglich ist, ein Bild einfach anzusehen, als »Ein Mann, der ein Bild ansieht« – nein, man mußte einen Umweg machen: zum Beispiel einen Betrachter betrachten, gleichsam auf dessen Schultern stehen. Es gab mehrere Weisen, den gefräßigen Teilchen zu entwischen.

An diesem Tag waren die Gemälde vorhanden (in ihrer üblichen Art, eben vorhanden zu sein); und doch stand es schlimmer um sie als je zuvor. Es war ganz und gar unmöglich, sie wahrzunehmen, sogar bei Einschlagen all der Umwege. Die Partikel, mit ihrem räuberischen Singsang, färbten die Luft bläulich. Alles ist richtig: der Abstand zu dem Velázquez; dieser richtig beleuchtet; Gemälde und Betrachter zusammen in einem warmen, trockenen Museum. Hier der Bürger, der das Glück hat, sich an einem kulturellen Angebot erfreuen zu können – und hier das Gemälde, eingekauft mit gewaltigen Kosten und ausgestellt in dem Museum, so daß Millionen Gelegenheit haben, es anzusehen. Was ist denn nur falsch daran? Etwas! so der Techniker, der hinter einer Säule zitterte und schwitzte. Die Gemälde waren nämlich überzogen mit den Absonderungen des Publikums. Je schärfer man hinblickte, desto unsichtbarer wurden sie. Neuerlich steigerte sich die Gewalt der Erdenschwere, und er mußte seine ganze Kraft aufwenden, um nicht zu Boden zu stürzen.

Doch der junge Mann, mit Forschergeist begabt, sah von sich selber ab und beobachtete das Verhalten anderer Besucher. Von seinem günstigen Platz hinter der Säule aus bemerkte er, daß die Leute, die hereinkamen, zugleich glücklich und angekränkelt waren: angekränkelt in ihrem Glücklichsein. Sie waren heiter; doch ihre Heiterkeit hatte etwas Beklemmendes. Lächelnd kamen sie herein, mit glasigen Augen gingen sie hinaus, und die Gemälde qualmten in ihren Rahmen und schrumpelten zusammen.

Eine ganze Familie kreuzte jetzt auf, versponnen in ihr Glücklichsein, Mann, Frau, halbwüchsige Tochter, halbwüchsiger Sohn und Sprößling, alle, durch die Reihe, eine Pracht: – aber sie liefen auf Grund. Da kam, ganz unvermittelt, von oben ein rauhes Geklirr wie von einer Zugbrücke, dem eine Sturzflut folgte (wert einer Meldung auf der ersten Seite der *Times* am nächsten Morgen). Als der Staub sich verzogen hatte, zeigte sich, daß alles nicht ganz so schlimm war. Die Dachluke war herabgefallen, samt Rahmen, Glas, Schwenkrad und Arbeiter. Dieser lag da, von oben bis unten bepudert, gleich einem Bäcker. Erst nach einigen Augenblikken bemerkte der Techniker: es war das Glas, zu Staub geworden, das ihn geweißt hatte. Auch die Familie war damit bedeckt. Zu Salzsäulen verwandelt, starrten sie einander einen endlosen Moment lang an; dann, als sie sahen, daß niemand verletzt war, kam es zur großen Umarmung, unter Weinen und Lachen. Plötzlich fiel allen der Arbeiter ein. Sie knieten sich zu ihm und hoben ihn auf, wie die Trauernden auf dem Gemälde von Goya den toten Grafen Orgaz. Der Arbeiter, ein junger Italiener mit schwarzem Schnurrbart und schlehdornschwarzen Augen, so schmächtig in seinem Arbeitsanzug wie Charlie Chaplin, öffnete die Augen und hob die Brauen gleich einem, der wach bleiben will. Andere Leute kamen dahergelaufen. Der Arbeiter blutete nicht, aber er rang nach Luft. Indem er so zu denen, die ihn hielten, emporstarrte, war es, als ob er ihnen sagen wollte, in ihm sei

keine Erinnerung daran, wie man atmete. Dann richtete er sich am Arm des Technikers auf, und mit einem Saugen drang ihm Luft in die Kehle, welche das gleichsam widerwillig zuließ.
In diesem Moment blickte der Techniker zufällig unter seinem Arm durch auf das Bild von Velázquez. Es schimmerte wie ein Juwel! Es war, als sei der Maler gerade erst aus seiner Werkstatt gegangen, und der Techniker, als Passant draußen auf der Straße, habe angehalten, um durch die offene Tür zu schauen.
Die Bilder waren sichtbar geworden.

6.

Natürlich sah er alles verdreht. So stolz er war auf seine »Objektivität« und seine »Erfahrungswerte«: der einzige Erfahrungswert war doch der seines eigenen, sich verschlimmernden Zustands; und was die »schädlichen Partikel« betraf, so waren diese, wie jeder Seelenkenner weiß, mit weit größerer Wahrscheinlichkeit innerhalb seines Kopfes anzutreffen als oben im Himmel.
Es gab andere widrige Zeichen. Tags darauf kaufte er ein Fernrohr für 1900 Dollar und kündigte sein Bankkonto. Am Nachmittag desselben Tages brach er seine Analyse ab.
Einige Wochen zuvor war das Fernrohr in das Schaufenster eines Optikerladens am Columbus Circle gestellt worden. Es war massiv wie ein Mörser, mit einem rauhrissigen Rohr und einem schweren Nickelgestell. Die Linsenkappe war abgeschraubt und hing an einem Lederband, so daß sich die Objektivlinse zeigte, in einem violetten Schein, aus ihrer Vertiefung glimmend wie ein gewaltiger Edelstein. Er erkundigte sich drinnen im Geschäft. Man sagte ihm, durch die kurz zurückliegende Entdeckung eines neuen optischen

Prinzips sei es möglich geworden, das lange, in der Hauptsache doch leere Rohr der althergebrachten Fernrohre aufzugeben und Linsen und Prismen einander anzupassen wie die Schichten einer Zwiebel. Auf diese Weise bekam das Fernrohr das Ausmaß einer mit den feinsten optischen Gläsern und Quarzen vollgepackten Büchse, geschliffen, gehärtet, poliert, ziseliert, auf das Zehntausendstel eines Millimeters gewichtet und gerichtet; ein schweres, massives, erfreuliches Ding aus Deutschland.
Es kann nicht verschwiegen werden, daß er, obwohl er sich etwas einbildete auf seine wissenschaftliche Einstellung und großen Wert legte auf Präzisionsinstrumente wie Mikroskope und chemische Waagen, unwillkürlich dem Fernrohr doch magische Eigenschaften zuschrieb. Das kam von dessen deutscher Herkunft, den legendären deutschen Handwerkskünstlern, zwergenhaften langsamhändigen alten Männern im Harz. Diese Linsen übermittelten nicht nur das Licht; sie drangen durch zum Wesen der Dinge.
Es wuchs in ihm die Überzeugung, sein ganzes Leben würde ein anderes, besäße er nur das Teleskop.
An jenem Morgen tauchte er aus dem Kontrollraum unter dem Macy's auf in das brausende Frühlicht der Siebten Avenue und mußte auf einmal das Fernrohr haben. Keine weitere Stunde durfte ohne es vergehen. So als hinge sein Leben davon ab, verschwand er wieder unter den Erdboden, hockte, mit den Fingern auf die Knie trommelnd, auf der Sitzkante in der Subway, sprang heraus am Columbus Circle, lief zur Chemiebank, hob sein Erbschafts- und Bodenbank-Guthaben ab – eine Summe von 2008,35 Dollar –, stopfte das Geld in die Manteltasche, flitzte zum Circle zurück und schlüpfte in den Optikerladen. Vorher hatte er allerdings noch einen kurzen ängstlichen Seitenblick in das Schaufenster geworfen: Ach, es war noch da, ein Instrument mit dem Aussehen eines gemeinen, armseligen Mörsers, ein gleichsam kriegerischer Gegenstand. Fünf weitere Minuten

waren vergangen, als das Fernrohr gleich einer Walnuß in sein Futteral fiel, eine Art Hutschachtel aus blauem Leder, die einen kräftigen deutschen Geruch abgab, bebändert, bestichelt, mit Schnallen versehen, an der Stirnseite ausgebuchtet wie eine Klosettschüssel – ein so anmutsloses wie nützliches Ding. Das Innere des Futterals war unterteilt in unregelmäßige Nischen, gleich Leerformen von Eingeweiden, gefüttert mit Wildleder und enthielt, hinter einer Sperrstange, Prismen, Okulare, Sonnenklappe, Uhrantrieb sowie eine winzige Kamera aus seidig glänzendem Metall, welche in das Wildleder eingelassen war wie eine Platinklammer. Als er an dem Fernrohrhals schraubte, der geriffelt war und nach Graden einstellbar – mit Hilfe eines schwarzen Drehkreuzzapfens im Nickel –, bewegte sich dieser gleich einem Getriebe, das gelenkig gemacht worden ist in Öl.

Schwitzend wie ein Landarbeiter kletterte der Techniker mit seiner Trophäe die Stufen des Y.M.C.A. hinauf. In seinem Zimmer setzte er sich an das Pult, trommelte gegen das polierte Metall, sprang alsbald auf und löste die Schnüre, mit bebenden Fingern. Plötzlich aber schossen ihm Funken in die Augenwinkel, ein Schwindel ergriff ihn. Er fiel auf das schmale Bett und lag eine Zeitlang vollkommen still. Seine Stirn war bedeckt mit kaltem Schweiß. »Ich habe wieder einmal nicht gegessen«, dachte er, sprang auf und schlug ein paarmal gegen den Y.M.C.A.-Sandsack: sein Arm, ausgebildet durch den fünfjährigen Umgang damit, zeigte die gewohnte Kraft. Als er sich von neuem niederlegte, wurde er gepackt von einem Schüttelfrost, der gar kein Ende nehmen wollte. Danach aber schlief er auf der Stelle ein. Er erwachte und fühlte sich erfrischt, schwach und hungrig. Es war schon spät: gelbes Licht im Fenster, vom Park her die Nachmittagslaute der Spatzen.

Er wusch sich das Gesicht mit kaltem Wasser, befestigte das Fernrohr am Fensterpfosten, suchte ein Erdbeobachtungs-Okular heraus und schraubte es an. Er richtete das Gerät auf ein Gebäude jenseits des Parks und der Fifth Avenue. Ein Kreis aus Ziegeln kam ins Bild, mit dem Durchmesser von knapp drei Metern. Jetzt zog er sich aus bis auf die kurzen Hosen, nahm einen Sessel, machte es sich darauf bequem und beäugte wiederum lange die Ziegelwand. Er schlug sich auf den Schenkel: es war, wie er gehofft hatte. Nicht nur, daß die Ziegel fast zum Greifen nah waren – nein, es war besser als das; besser, als die Ziegel bloß so vor sich zu haben. Sie gewannen an Wert. Jedes Körnchen, jeder Riß, jeder Vorsprung wurde zugänglich. Das ist der klare Beweis, sagte er zu sich selber, daß Ziegel, ebenso wie andere Dinge, nicht mehr in der alten Weise erfaßbar sind. Besondere Gerätschaften waren nötig zu ihrer Wiederentdeckung: und das Fernrohr entdeckte sie wieder.

7.

Er zog sich an für einen letzten Besuch bei Dr. Gamow, seinem Psychoanalytiker.
Zum tausendsten Mal nahm er Platz auf dem verstellbaren Stuhl, dessen Lehne mit Absicht weder ganz aufgerichtet war noch ganz umgeklappt, weder dem Arzt ganz zugewendet, noch ganz von ihm abgewendet. Dr. Gamow hatte ihn selbst entworfen und konstruiert, und nannte ihn seinen »mehrdeutigen« Stuhl. Er erfuhr sehr viel von seinem Patienten durch die Art und Weise, wie dieser auf dem Stuhl saß. Die einen kamen herein, setzten sich gerade hin und schwenkten herum zu dem Arzt hinter seinem Schreibtisch, wie ein ratsuchender Klient beim Rechtsanwalt. Die andern streckten sich aus und blickten, herumgeschwenkt, in die Ecke, im üblichen Analyse-Stil. Es war bezeichnend für den Techniker, daß er in dem mehrdeutigen Stuhl auch mehrdeutig Platz nahm: indem er ihn ließ, wie er war – ohne ihn

aufzurichten, ohne ihn umzuklappen –; sich weder Dr. Gamow zuwendend noch von ihm abwendend.

Zum tausendsten Mal blickte Dr. Gamow auf seinen Patienten (der wie üblich aufmerksam und freundlich dasaß) und spürte eine kleine Aufwallung von Ärger. Er kam zu dem Schluß, daß es gerade diese Liebenswürdigkeit war, die ihn aufbrachte. Es war daran etwas Verschlagenes und Undurchsichtiges, das einen in Verwirrung stürzte. Zwischen ihnen war es nicht immer so gewesen. Das erste Jahr hatte den Analytiker begeistert – nie hatte er einen zugänglicheren Patienten gehabt. Noch nie hatten seine eigenen Theorien eine bessere Bekräftigung gefunden als in den, dem Anschein nach, freien Assoziationen und den reichen Träumen, welche der andere da vor ihm ausbreitete wie eine Eroberungsbeute. Das folgende Jahr gefiel ihm immer noch. Aber es verblüffte ihn auch. Alles war ein bißchen zu schön, um wahr zu sein. Schließlich begann er zu argwöhnen, er, der Arzt, werde *unterhalten*, auf prächtige Weise (und zudem dafür noch bezahlt) – und doch unterhalten. Ja, diese tagtäglich dargereichten Waren waren Eroberungsbeute, die ihn von der Spur abbringen sollte, indes der Patient ungeschoren davonkam. Bitterer noch war der zweite Verdacht: daß sogar die Träume und Erinnerungen des Patienten, welche des Arztes Theorien belegten und eine Hypothese nach der anderen bekräftigten, eine Art Rollenspiel waren, die feinste aller Höflichkeiten: so als sei der Apfel nur deswegen zu Boden gefallen, um Sir Isaac Newton zu erfreuen. Darauf angesprochen, legte der Patient natürlich ein entsprechend bezauberndes Geständnis ab, bewies gewaltige Anstrengungen, um seine schlechten Angewohnheiten zu überwinden, kam daher mit mageren, kümmerlichen Träumen – und verwandelte so seine Schmach in eine weitere Trophäe.

Das letzte Jahr der Analyse hatte den Arzt vollends verstimmt. Er kam zu dem Schluß, vor sich eine »Southern

belle« zu haben: einen guten Tanzpartner: leichtfüßig und ausdruckslos. Er hatte keine Ahnung davon, daß es überhaupt etwas auszudrücken gab. Fünf Jahre lang hatten die zwei nun den seltsamsten Tanz der Geschichte getanzt, jeder auf den anderen abgestimmt und auf Wohlgefallen aus, und entschwanden so, im Krebsgang, ins Nirgendwo.
Der Arzt gestand sich ein, daß er seinen Patienten nicht recht leiden konnte. Sie waren keine Freunde. Obgleich sie gemeinsam tausend Stunden mit sehr eingehenden Gesprächen verbracht hatten, konnte man sie nicht einmal als Bekannte bezeichnen. Ein Arbeiter in einem Graben erführe, innerhalb einer Woche beim Schaufeln, mehr über seinen Nebenmann, als der Arzt von dem Patienten da wußte, nach einem ganzen Jahr. Nach außen hin freilich zeigten sie sich rechtschaffen freundlich.
Der Techniker hatte andererseits eine hohe Meinung von seinem Analytiker. Besonders gern hörte er ihm zu, wie er redete. Obwohl Dr. Gamow von Jackson Heights kam, war seine Aussprache fremdartig. Er hatte einen schwarzen, verdrehten Vorderzahn, und seine *r*'s klangen, bei gekräuselten Lippen, beinah wie *w*'s. Dem Techniker gefiel es, wie er *Neu-wose* sagte, mit einem wienerischen Tonfall in der zweiten Silbe. Anders als die meisten Amerikaner, die sprechen, als schlürften sie Haferschleim, wählte er die Wörter aus wie Bonbons, so daß seine Patienten, deren Leben eine trübselige Angelegenheit war, den allererfreulichsten Eindruck von dem Reichtum und der Ergötzlichkeit solcher Alltagsdinge, wie Wörter es sind, bekamen. Im Unterschied zu manchen Analytikern gebrauchte er weder große Worte noch Fachbegriffe; doch die kleinen, gewöhnlichen Wörter, die er benutzte, wurden gesetzt mit einem besonderen Glanz. Er sagte zum Beispiel: »Ich glaube, Sie sind letzten Endes *fuachtbar* unglücklich«, worauf von seinem Patienten ein dankbares Nicken kam. Das Unglück konnte so arg doch nicht sein, wenn es ein derart plastisches

Aussprechen erlaubte. Und in der Tat schien dem Techniker – der ein Gespür für Theorien hatte –, es ginge den Leuten besser, könnten sie sich nur umzirkeln mit den gewöhnlichen Wörtern.

Um fünf Uhr – es war die Stunde des Manns aus dem Süden – roch es in der Praxis nach dem angehäuften Elend des Tages, einem Ozon des Unbehagens, welches in den Augen brannte wie Käfigmief. Vor Jahren war der Raum neu eingerichtet worden, nach einem Bahama-Muster (Faservorleger, Drucke mit Kolibris und Körbe-auf-dem-Kopf-tragenden-Negerinnen), doch der Vorleger war immer steifer geworden und warf sich an den Rändern wie alte Haut. Staubflocken wälzten sich unter dem Rohrtisch.

»Wenn es Ihnen recht ist, so schlage ich vor –« begann Dr. Gamow, wobei er mit einem goldenen Bleistift etwas auf einen weichen gelben Block notierte (das ist alles, was man im Grund benötigt, um sein Leben zu ordnen, dachte der Patient: einen guten Block-und-Bleistift) »– daß wir am Montag die Stunde von fünf auf fünf Uhr dreißig verschieben. Geht das?«

»Ja, es geht.«

Dr. Gamow horchte auf. »Sagten Sie verdreht?«

»Nein, ich glaube, ich sagte: Es geht.«

»Mir schien, zuerst sagten Sie verdreht.«

»Es wäre möglich«, sagte der einlenkungswillige Patient.

»Ich frage mich«, sagte Dr. Gamow verunsichert, »wer eigentlich verdreht ist in bezug auf wen.« Sooft er seinen Patienten bei einem Versprecher ertappte, pflegte er verunsichert zur Seite zu schauen. »Was ist es denn, weswegen Sie verdreht sind?«

»Ich bin es doch gar nicht.«

»Ich habe statt *geh* ein *dreh* gehört. Möglicherweise sind Sie ein wenig verdreht in bezug auf mich?«

»Nicht daß –« fing der andere an, während er, wie üblich ohne Erfolg, zurückzudenken versuchte an die Geschehnisse

der letzten Sitzung. »Vielleicht haben Sie recht, doch ich kann mich an nichts im einzelnen erinnern.«
»Möglicherweise glauben Sie, ich bin ein wenig verdreht in bezug auf Sie.«
»Ehrlich, ich weiß es nicht«, sagte der Patient, indem er so tat, als zermarterte er sich das Hirn. In Wahrheit genoß er jedoch jedes einzelne Wort seines Gegenübers: *Ein we-nig* zum Beispiel erschien in dessen Aussprache als eine strahlende Neuprägung; bewußt vorgezogen dem üblichen *ein bißchen.*
Dr. Gamow setzte die Knie genau nebeneinander, legte den Kopf zur Seite und spähte unter seinen Tisch, so als überprüfte er da eine Instrumententafel. Indem er die Nüstern blähte, ließ er die Nasenscheidewand sehen, was ihm den Anschein eines wilden Flugtiers gab: damit sollte sein vielgerühmter klinischer Verstand versinnbildlicht werden. Sein zweireihiger Anzug war weit ausgeschlagen, und man konnte sich leicht vorstellen, daß er, vornübergebeugt dasitzend, mit massigem Rumpf, die Aufschläge vorgewölbt wie bei einer Rüstung, die Lippen verkniffen über seinem bemerkenswerten Zahnstück, seinen Patienten bestens als Handwerksmann und Gestalter diente, indem er ihnen den Rohstoff ihres Elends in einer öffentlichen, annehmbaren Form wieder aushändigte. »Ich habe den Eindruck, es geht Ihnen fuachtbar schlecht. Erzählen Sie.« Und das Unaussprechliche konnte ausgesprochen werden.
Er teilte Dr. Gamow mit, er habe eine Entscheidung getroffen. Er war überzeugt, die Möglichkeiten der Analyse erschöpft zu haben – obgleich er gewaltig davon profitiert hatte –, und meinte im Scherz, er könnte ab jetzt mit dem Analytiker den Platz tauschen. Nachdem er beinahe fünf Jahre das Objekt einer, freilich hocheinzuschätzenden, Technik gewesen sei, schwebe es ihm vor, auf die andere Seite hinüberzuwechseln und einer von denen dort, ein Wissenschaftler, zu werden. Vielleicht hatte er sogar diese

und jene Idee zum »Versagen der Kommunikation« und dem »Identitätsverlust« in der modernen Welt (er wußte, daß das bevorzugte Themen Dr. Gamows waren). Es sei an der Zeit, sich ein we-nig auf die eigenen Füße zu stellen. Und außerdem, so sagte er, sei ihm das Geld ausgegangen.
»Ich merke, daß Sie ein wenig verdreht sind, was mich betrifft«, sagte Dr. Gamow.
»Wie das?« sagte der Patient, als sei er ertappt worden.
»Es wäre vielleicht von Nutzen, herauszufinden, weswegen Sie verdreht sind.«
»Einverstanden«, sagte der Patient, der mit allem immer gleich einverstanden war.
»Gestern«, sagte der Analytiker, indem er in seinem Block zurückblätterte, »sprachen wir über Ihre Umgebungs-Theorie. Ich glaube, Sie bemerkten, selbst unter idealen Bedingungen fühlten Sie sich irgendwie – ich meine, das Wort, das Sie benutzten, war *hohl.*«
»Stimmt.« Er war tatsächlich überrascht; er hatte vergessen, daß er von seiner neuen Theorie geredet hatte.
»Ich fragte dazu ausdrücklich, was Sie sich unter *hohl* vorstellten – ob es Ihren Körper beträfe oder vielleicht ein Organ, und hatte den Eindruck, Sie faßten das auf als eine Kränkung.«
»Stimmt.«
Er erinnerte sich jetzt, daß er gekränkt gewesen war über Dr. Gamows Meinung, er fühle sich wirklich ausgehöhlt; etwa, als seien Hirn oder Milz ihrer Substanz beraubt worden. Es hatte ihn gekränkt, daß Dr. Gamow ihn verdächtigte, verrückt zu sein.
»Ich überlegte dann, ob das vielleicht Ihre Art sei, Leute loszuwerden: sie buchstäblich zu *Hohlstellen* zu machen, als eine furchtbar gründliche Beseitigungsmethode.«
»Möglich.«
»Schließlich, wenn Sie sich vielleicht erinnern, unterlief Ihnen am Ende der Stunde ein kleiner Versprecher. Sie

sagten, Sie müßten früher weg – Sie sind sogar aufgesprungen, wenn Sie sich erinnern –, wegen eines Treffens im Warenhaus. Aber statt *Treffen* sagten Sie *Treffer*.«
»Stimmt.«
»Dieser Treffer hat mich beschäftigt. Waren Sie gestern der Getroffene? Oder bin der Getroffene heute ich?«
»Sie haben vielleicht recht«, sagte der andere, wobei er den mehrdeutigen Stuhl zu strecken und dem Arzt ins Gesicht zu blicken versuchte. Er wollte deutlich machen, daß er etwas zu sagen wünschte, das gehört und nicht gleich eingeordnet werden sollte. »Nichtsdestoweniger habe ich mir etwas vorgenommen, und ich möchte es unbedingt durchführen.« Aus irgendeinem Grund lachte er, von ganzem Herzen. »Oh ich«, sagte er, mit einem Seufzen.
Dr. Gamow antwortete mit einem kleinen Laut, so althergebracht, so vertraut zwischen ihnen, als sei er kein Laut mehr, sondern Teil der Ohrmuschel.
Der Mann aus dem Süden lehnte sich zurück und betrachtete den Druck mit den Kolibris. Dr. Gamow hatte im Spaß erklärt, sie versinnbildlichten Ideen – glückliche Ideen, von denen er hoffte, sie sprängen in die Köpfe seiner Patienten über. An einem der Vögel paßte der Kehlfleck nicht ganz: beim Druckvorgang verrutscht, stand er jetzt hervor wie ein Latz. Jahrelang hatte der Patient auf diesen kleinen Rotfleck gestarrt, jedesmal mit der Vorstellung, ihn zurück an seinen Platz rücken zu müssen.
»Mir fällt jetzt auf, daß Sie den Ausdruck *ausgehen* verwenden: . . . *ist mir das Geld ausgegangen* . . .«, sagte Dr. Gamow, indem er die Füße aneinanderstellte und am Knie entlangspähte wie ein Astronaut. »Man stellt sich dabei vor, Ihr Geld sei buchstäblich von Ihnen weggegangen.«
»Im übertragenen Sinn war es gemeint«, murmelte der andere.
»Im Sinn von Trennung? Ich habe bemerkt, daß Sie einen, wie es scheint, sehr teuren Gegenstand erworben haben.«

»Was meinen Sie?«
»Das hübsche Lederfutteral«, sagte Dr. Gamow, wobei er mit dem Kopf zum Empfangszimmer deutete. »Eine Kamera? Ein Mikroskop?«
»Ein Teleskop«, antwortete er. Er hatte vergessen, was er gerade gekauft hatte! Darüber hinaus war er verärgert, daß der Arzt etwas beachtete, was sich draußen im Wartezimmer befand.
»Ein Teleskop«, sagte der erstaunte Analytiker, indem er die tiefsten Tiefen des Schreibtisches ausspähte. »Haben Sie denn vor, ein Sehherr zu werden?«
»Ein Sehherr?«
»Ein Seher. Schließlich ist ein Seher ein Sehherr: jemand, der imstande ist, zu sehen. Könnte es sein, daß Sie glauben, es gäbe eine letzte verborgene Wahrheit, und Sie seien im Besitz der Zaubermittel, sie zu ent-bergen?«
Der Patient lachte. »Ja, da könnte etwas dran sein. Ein Seher!«
»Sie haben also offensichtlich Ihr Geld für ein Instrument ausgegeben, welches Sie in den Stand setzen wird, ein für alle Male die Wahrheit zu sehen?«
Der Patient zuckte freundlich mit den Achseln.
»Es wäre furchtbar lieb, könnten wir auf dem kürzesten Weg all diese Schwierigkeiten hinter uns bringen. Erinnern Sie sich: Das letzte Mal standen Sie am Ende auf und bemerkten, die Analyse sei schon recht, doch sollte ich Ihnen, nebenbei einmal, die Wahrheit sagen – mit anderen Worten: was sei *wirklich* zu tun? Erinnern Sie sich daran?«
»Ja.«
»Und glauben Sie immer noch, daß ich Sie im unklaren halte?« Dr. Gamow, der gern für alle alles gewesen wäre, hatte von irgendwoher die Ansicht, im Süden sei *im unklaren halten* eine sehr geläufige Wendung.
Der Patient nickte.
»Sie entsinnen sich außerdem, daß dieser große Durst nach

der ›Antwort‹, nach dem Schlüssel zu jedem Ding, Sie immer befällt vor dem Ausbruch eines Ihrer Umherirr-Zustände?«
»Nicht immer.«
»Immer in der Vergangenheit.«
»Diesmal nicht.«
»Wieviel haben Sie dafür bezahlt?«
»Wofür?«
»Für das Fernrohr.«
»Neunzehnhundert Dollar.«
»Neunzehnhundert Dollar«, wiederholte der Analytiker bedachtsam.
»Was mir eine Restsumme von achtundfünfzig Dollar und dreißig Cent läßt«, sagte der Patient. »Nach meinen Berechnungen schulde ich Ihnen Geld für acht Sitzungen im laufenden Monat, die heutige eingeschlossen.« Und indem er sich von dem mehrdeutigen Stuhl erhob, legte er zwei Zwanziger- und einen Zehner-Schein auf den Tisch. »Jetzt schulde ich Ihnen einsfünfzig. Den Rest bekommen Sie am Monatsende.«
Dr. Gamow starrte auf das Geld. »Darf ich für Sie ein paar Dinge wiederholen? Erstens: Sie haben schon früher Umherirr-Zustände erlebt. Zweitens: Alles an Ihnen deutet darauf hin, daß etwas Derartiges wieder bevorsteht. Jedesmal, bevor Sie verschwinden, geben Sie die Analyse auf und kaufen sich etwas Teures. Beim letzten Mal war es eine Corvette. Drittens: Ihre Ich-Struktur ist immer noch defekt. Viertens: Sie entwickeln Wahnideen. Im Moment sind es Hohlraum-Leute, schädliche Partikel, sowie letzte Wahrheiten.«
Es war immer eigenartig, wenn Dr. Gamow von ihm in seiner Fachsprache redete. Einmal, als der Analytiker aus dem Behandlungszimmer gerufen worden war, hatte er sich aus dem mehrdeutigen Stuhl herausgewagt und einen verstohlenen Blick auf die Akte geworfen, welche offen auf dem Löschpapieruntergrund lag. Er las von einem »gut entwik-

kelten und -genährten Jungmann weißer Hautfarbe, mit angenehmem Auftreten, in einer unüblichen Raglanjacke«. (Diese Beschreibung stammte wohl aus der Zeit, als er den Ohioanern begegnet war, selber einer von ihnen wurde und sich eine Raglanjacke kaufte, um die Schultern frei kreisen lassen zu können.) »Gefragt, weshalb er auf dieses besondere Kleidungsstück verfallen sei, gab er zur Antwort, es verschaffe ihm ein *Freiheitsgefühl*!«

Sich derart, in einer klinischen Floskel, festgehalten zu finden, gab ihm einen seltsamen Ruck: Stiche in die Kopfhaut.

Jetzt freilich nickte er gleichmütig, lehnte sich zurück und starrte auf den bestaubten kleinen Kolibri.

»Nun gut«, sagte Dr. Gamow, als keine Antwort kam. »Sie haben Ihre Entscheidung getroffen. Die Frage bleibt, was als nächstes zu tun ist.«

»Jawohl.«

»Darf ich einen Vorschlag machen?«

»Bitte sehr.«

»In der kommenden Woche fange ich mit einer neuen Gruppe an. Sie wird beschränkt sein auf zehn Personen. Es ist eine sehr gute Gruppe, und ich stelle mir vor, die Erfahrung könnte für Sie von Vorteil sein. Es handelt sich um Leute wie Sie, denen es schwerfällt, mit anderen in einer selbstverständlichen Weise umzugehen. Wie Sie befinden sie sich in dieser oder jener Phase einer Identitätskrise. Unter ihnen ist – lassen Sie mich nachsehen – ein Romanschriftsteller, der nicht mehr schreiben kann, ein Techniker wie Sie, der mit Digitalrechnern arbeitet und Zustände von Depersonalisation hat. Es ist auch eine Schauspielerin dabei – Sie werden sie sofort erkennen –, die ihren Text nicht mehr behält. Dann ist da eine Hausfrau mit ein wenig mehr Angst, als sie bewältigen kann – einerseits psychisch labil, andererseits auf Erfolg aus. Außerdem ein außerordentlich empfindsamer Schwarzer, der *nicht* auf Erfolg aus ist – für ihn ein

echtes Identitätsproblem. Und schließlich noch vier Sozialarbeiter von White Plains. Insgesamt etwas weit Besseres als die letzte Gruppe, in der Sie waren – hier geht es um ein paar sehr Hochkarätige, und ich glaube nicht, daß Sie sich vor denen ebenso erfolgreich verstecken können.«
Gerade vor solchen Leuten verstecke ich mich am besten, sprach der Mann aus dem Süden zu sich selber.
»Wir treffen uns hier dreimal in der Woche. Zu zahlen sind einheitlich fünf Dollar.«
»Ich bin Ihnen sehr dankbar«, sagte der andere ernst. »Es hört sich in der Tat nach einer interessanten Gruppe an. Aber im gegenwärtigen Zeitpunkt läßt mein Gehalt es nicht zu. Vielleicht, wenn mein Bodenbank-Guthaben wieder positiv wird –«
»Von der ehemaligen Plantage?« fragte Dr. Gamow.
»Ja. Aber ich versichere Ihnen, daß ich guter Dinge bin.«
»Euphorisch, meinen Sie«, sagte Dr. Gamow ironisch.
»Vielleicht könnte ich später dazukommen.«
»Es handelt sich um keine Grillparty«, sagte der Analytiker gereizt.
Am Ende der Stunde erhoben sie sich und gaben einander liebenswürdig die Hand. Der Patient warf einen letzten Blick auf den bestaubten Kolibri, der seit fünf Jahren von demselben Weinstock wegschwirrte. Der kleine Vogel schien betrübt. Vogel, Druck, wie auch der Raum selber hatten etwas von Dingen, die man hinter sich läßt. Es war Zeit zum Aufbruch. Er war sicher, er würde keines von ihnen jemals wiedersehen.
Bevor er ging, bekam er von Dr. Gamow kleine blaue Kapseln verschrieben, die er bei sich trug für den äußersten Fall. Sie gaben ihm nicht das Gedächtnis zurück, doch wenn er auf dem Tiefpunkt war und auf irgendeinem unbedeutenden Schlachtfeld in Tennessee umherirrte, entstanden daraus, wenn er eine von ihnen schluckte, Wärme, Wurzeln, und ein Aufblühen unter den Rippen.

So kam es, daß Williston Bibb Barrett, im Alter von fünfundzwanzig Jahren – in dem Alter, in dem Keats starb –, wieder einmal in die weite Welt aufbrach, als Besitzer von acht Dollar fünfunddreißig, einem Tetzlar-Fernrohr, einem alten Holzhaus und einer verödeten Plantage. Wieder einmal war er allein auf der Welt, abgeschnitten von Dr. Gamow, dem »Vater der Schicksale«, sowie von seiner Alma mater, der »Liebreichen Frau Psycho-Analyse«.

Obwohl er vielleicht tatsächlich jedes Symptom eines Rückfalls in seine alten Zustände zeigte – die Schübe von Gedächtnisverlust, wo er dann durch die Vereinigten Staaten irrte und Leuten aus Georgia oder Indiana in die Gesichter stierte –, war er, jedenfalls für den Moment, bester Laune und geistesgegenwärtig wie eine Katze. Im Aufzug setzte er das Teleskop ab und hieb ein paar Finten in die Luft: sein Arm war so stark, daß er mit der Faust den Otis-Kabinen-Stahl hätte durchschlagen können. Jeder seiner Sinne war aufs äußerste geschärft und, ähnlich der Riesenantenne der Jodrell-Bank, abgestimmt auf das winzigste Anzeichen einer Abweichung.

Ich bin in der Tat ein Techniker, dachte er, obgleich nur ein Luftfeuchtigkeitstechniker, was nicht gerade der berückendste aller Berufe ist. Doch ich bin Techniker auch in einem tieferen Sinn: ich werde der Techniker meiner Zukunft sein, gemäß den wissenschaftlichen Grundsätzen und der Selbst-Erkenntnis, die ich so mühsam gewonnen habe aus den fünf Jahren der Analyse.

Zweites Kapitel

1.

Es war an dem Tag nach dem Abbruch der Analyse, daß der Techniker des Zeichens teilhaftig wurde: er stellte im Park sein Fernrohr auf, um den Wanderfalken zu photographieren und wurde statt dessen zufällig Zeuge des eigenartigen Verhaltens der Hübschen Frau und ihrer schönen jungen Freundin. An jedem der folgenden Vormittage kehrte der Techniker in den Park zurück und bezog Stellung neben derselben nackten Felsstelle.

Der Wanderfalke nahm wieder seinen Sitz ein. Allmorgendlich patroullierte er auf dem Sims, vollführte einen unbeholfenen Tanzschritt in seinem ledrigen Beinkleid, spähte mit einem gelben Auge auf die verschleierten Bäume unten, und stürzte sich blitzschnell hinab auf die Tauben, die er in der Luft erledigte, jetzt hier, jetzt dort. Der Techniker machte ein Dutzend Photos (Vergrößerung eins zu fünfzig), in der Hoffnung, zumindest eines davon würde das wilde verfinsterte Auge des Falken wiedergeben.

Nach jeder Nachtschicht baute er sein Tetzlar auf. Hatte er erst einmal die zweifache Peilung vorgenommen – die eine auf den Hort des Wanderfalken, die andere auf die Parkbank –, brauchte er nur noch die Himmelswinkel zu fixieren und einen Knopf zu drücken, worauf dann das Instrument auf seinem Gestell sich auf das Ziel ausrichtete wie ein Marinegewehr.

Die Hübsche Frau kam vier Tage später und hinterließ eine Notiz; aber das Mädchen erschien nicht. Wieder öffnete er das Blechhalbrund, und wieder fand er Verse.

Nicht bei dir gewesen bin ich im Frühling,
Als der stolzscheckige April, gehüllt in all seinen Tand,

Mit einem Geist von Jugendlichkeit kam über jegliches Ding,
Daß sogar der schwere Saturn mit ihm lachte und sprang.

Danach kam niemand mehr.
An den Abenden saß er an seinem Pult im Y.M.C.A., grübelnd und mit den Fingerspitzen auf die Stahloberfläche trommelnd, deren Politur eine Holzmaserung vortäuschte.
Zwei Wochen lang verbrachte er jeden freien Augenblick mit seiner Wache; ging von der Arbeit gleich in den Park, ganz und gar weltvergessen; manchmal sogar noch in seinem Technikerkittel.
Was war aus seiner Geliebten geworden?
Eines Morgens tauchte er auf aus den Untergeschossen von Macy's und stand blinzelnd im Sonnenschein an der Nedick-Ecke. Vor kurzem hatte er in der *Times* gelesen, diese sei geschätzt worden auf neunzig Dollar pro Kubikzoll: der teuerste Fleck auf Erden. Es machte ihm Vergnügen, vor dem Nedick-Gebäude zu stehen und über den Kubikzoll an Raum gerade vor seiner Nasenspitze nachzudenken, ein vollkommenes kleines Investitionsjuwel.
Eine Zeitlang stand er versunken in die Betrachtung des Verkehrsgetöses, der Träger, welche Handwagen voll mit Kleidern schoben, und der Fahrgäste von der Pennsylvania Station, welche die Vierunddreißigste Straße erfüllten.
Dann erlebte er eine Sinnestäuschung, die sich an den folgenden Tagen wiederholte, und die er, schlechtes Zeichen, nicht einmal durchweg als eine solche erfaßte. Sooft er krank wurde, geriet sein Zeitsinn durcheinander – stimmte nicht ganz überein mit der Gegenwart; blieb jetzt zurück und eilte dann wieder voraus: ein Umstand, der ohne Zweifel verantwortlich war für eine Springflut von *déjà vus.* Während er im Moment am Nedick's Corner stand, war ihm, als ereigne sich das Geschehen vor ihm in einer längst vergangenen Zeit. Der Cañon der Siebenten Avenue, mit den rauchenden Sonnenstrahlen, welche den gewittrig blauen Schattenraum

durchdrangen, die Abschnitte des Zwielichts, aus denen es düster widerhallte wie aus der Abgrundluft einer Schlucht im Wilden Westen, die Straße und die Leute selbst schienen vor seinem Starrblick zurückzuweichen. Es war, als sähe man einen Film aus früheren Tagen, in dem, einzig dank des Zeitsprungs, die Gegenstände in einer urtümlichen Frische und Fülle aufscheinen, um so anrührender, als es sich deutlich um eine Illusion handelt. Die Leute gingen sogar schneller, wie die Menschenmassen in den Stummfilmen, in einem wellengleichen Hierhin und Dorthin, auf den Gesichtern ein so offenkundiger Ausdruck ernster Absichten, daß das zugleich auch etwas Komisches und Zartes hatte. Jedermann verhielt sich, als wüßte er genau, wohin er unterwegs sei, und das war von allem das Komischste. Es erinnerte ihn an eins seiner Kindermädchen im Süden. Einmal filmte sein Vater ihn und das Kindermädchen in einem kleinen Park. Als an einem Weihnachtsabend zehn Jahre später der Streifen gezeigt wurde und jene D'lo, in der Halle hinter dem Projektor vorbeigehend, momentlang stehenblieb, um sich in der Gemeinschaft der anderen, der schwarzen Kindermädchen zu sehen, deren Gesichter, unterbelichtet, um so unergründlicher wirkten, die aber zugleich sprachen, sich bewegten und die Köpfe ruckten – offenkundige Komik des Zeitsprungs –, da stieß sie einen Schrei aus und legte sich, unfähig, den eigenen Anblick zu ertragen, die Schürze über das Gesicht. Es war, so dachte er, das Possenhafte der Vergangenheit, das sie so traf, die kecke Zielstrebigkeit der Leute, die vor aller Welt so taten, als wüßten sie, wohin sie unterwegs seien, und als erlebten sie keinen einzigen Augenblick des Zweifels.

Immer noch kein Anzeichen der Frauen im Park. Er kürzte seine Wache ab und beobachtete nur noch während der Mittagsstunde. Jetzt hatte er mehr Zeit, sich um sein körperliches Wohlergehen zu kümmern. Er hielt darauf, regelmäßig zu essen und zu schlafen, und sich im Gymnastikraum des Y.M.C.A. zu betätigen. Eine Stunde lang täglich bearbeitete er den Sandsack, schwamm vierzig Runden im Pool, oder lief, wenn es kühl war, dreimal rund um das Wasserreservoir im Central Park. Nach einer kalten Dusche und einer Mahlzeit aus Steak, Milch, Gemüse und Weizenkeimen gestand er sich noch eine halbe Stunde Fernsehen zu und verbrachte die restlichen drei Stunden vor Arbeitsbeginn, indem er vollkommen aufrecht an seinem Tisch saß und versuchte, seine Gedanken in eine Folge zu bringen.

Er fing den Tag an mit der Lektüre von ein paar Zeilen aus *Living*, einer kleinen Maximensammlung für Geschäftsleute, aus der Buchabteilung von Macy's. Es tat ihm wohl, darin die bündig-optimistischen Ratschläge zu lesen.

Sehen Sie auf dem Weg zur Arbeit von Ihren üblichen Schwierigkeiten ab. Entspannen Sie sich statt dessen und werden Sie empfänglich – und spielerisch. Die erfolgreichsten Geschäftsleute berichten, daß die besten Ideen ihnen gerade in solchen Zwischenzeiten kommen.

Es war in der Tat sehr angenehm, Broadway-aufwärts zu Fuß zu gehen, statt jeden Morgen mit der Untergrundbahn zu fahren, das Innere leergewischt wie eine Schultafel (wenn er es auch gar nicht nötig hatte, »von den üblichen Schwierigkeiten abzusehen«, denn er vergaß, so oder so, alles, die Schwierigkeiten eingeschlossen, es sei denn, er notierte es sich).

So erfreulich und feingesponnen sein kleines Maximenbuch war: gegen die Schwermut, die ihn dann im Lauf des Tages befiel, richtete es doch nichts aus. Wieder einmal begann er sich in der besten aller Umgebungen elend zu fühlen. Und er bemerkte, daß es anderen Leuten gleich erging. So elend fühlten sie sich, daß erst die allerschlimmsten Nachrichten sie aufheitern konnten. Es war ihm aufgefallen, daß an himmlisch schönen Morgen die Leute in der Untergrundbahn Schreckgespenstern glichen, bis sie dann die Zeitungen aufschlugen und von einem Flugzeugabsturz lasen, bei dem alle hundertundsieben Passagiere umgekommen waren. Gerade noch unselig in ihrem Glück, wurden sie nun, da sie bekümmert die Köpfe schüttelten über die Tragödie, glücklich in ihrer Unseligkeit. Ihre Wangen röteten sich, und sie stiegen beschwingt aus dem Zug.

Der Himmel wurde täglich fadenscheiniger, und die räuberischen Partikel wurden täglich frecher. Unbetretbar die Museen, die Konzerte Ausfälle. Als er eines Tages im Park saß, hörte er einen hohen scharfen Ton über seinem Kopf. Er blickte auf, durch seine Augenbrauen durch, jedoch der weiße Himmel war leer.

In der folgenden Nacht, als er an seinem Prüfpult im Macy-Keller saß, schaute er zufällig auf die Sonntagsausgabe der *Times*, welche in einer Ecke lag. Die Titelseite einer der Beilagen zeigte einen Plan von Groß New York, strukturiert mit konzentrischen Kreisen, deren äußerster bis Mamaroneck im Norden und bis Plainfield im Süden reichte. Er hob ihn auf: es handelte sich um einen jener Pläne, welche die Auswirkungen der neuesten Waffenerrungenschaft veranschaulichen sollten – in diesem Fall irgendeine Art von Nervengas. Der innerste Kreis, genannt »Zone irreversibler Nervenprotoplasma-Degeneration«, schloß Manhattan Island, Brooklyn bis hinaus nach Flatbush, Queens bis hinaus nach Flushing, und die untere Bronx ein. Der nächste Kreis war bezeichnet als das Gebiet der »Verfettung der proximalen Nierenteile«, und der dritte als der des »reversiblen Hirnrindenödems«.

Er blickte mit gerunzelter Stirn auf die flackernden Lichter an dem Prüfpult. War es denn möglich, so überlegte er, daß – daß »Es«, vor dem allen graute, bereits geschehen war? Er lächelte und schlug sich auf den Kopf: nein, so weit war er noch nicht, zu glauben, er könnte von einem unsichtbaren Gas befallen sein.

Nachdem er wieder lange auf den Plan geschaut hatte, sah er es dann endlich, und sein Herz tat einen Schlag bis hinauf in den Hals. Nach Art eines Trichters leiteten die Kreise sein Auge nach innen, in die Mitte der Insel von Manhattan – hinein in den südöstlichen Winkel des Central Park: da, genau nördlich von dem amöbenförmigen Teich, war der Kompaßstrich festgesetzt worden.
Die Bank, auf welcher die Hübsche Frau gesessen hatte, nahm den »Null-Punkt« ein.
Wieder lächelte er. War das nicht ein Zeichen? Er war sicher: er würde die beiden Frauen wiedersehen.
Er beschloß, seine Wache fortzuführen.

2.

Es war kein Hirngespinst gewesen. Am nächsten Morgen, einem unscheinbaren, weder wolkigen noch heiteren, weder warmen noch kalten Tag, erblickte der Techniker, gerade aus dem Macy-Gebäude aufgetaucht und schon wieder dabei, unter die Erde zu verschwinden, die Hübsche Frau in der Subway-Ebene der Pennsylvania Station. Er brauchte ihr nicht einmal zu folgen: sie nahm denselben Zug wie er. Als sie am Columbus Circle nicht ausstieg, fuhr er mit ihr weiter.
Der Zug bohrte sich tief in das Rückgrat der Insel und begann dann einen langen Anstieg hinauf nach Washington Heights, wo sie an die Oberfläche kamen, sie mit dem Lift, er über eine Stiegenflucht – warum eigentlich, da sie ihn doch gar nicht kannte? –, auf einen grauen, an ein Kaninchengehege erinnernden Platz, der in Andeutungen von Terrassen zum Hudson River abfiel. Dort unten schoß, aus der geschwärzten Schottermoräne, welche die Dachspitzen einrahmte, ein ineinander verhakter Wald aus Antennen und

verästelten Lüftungsrohren auf. Ein ständiger Wind vom Fluß her durchblies die Uferstraßen, schrubbte die Rinnsteine und trieb die Anwohner hinweg zur sonnigen Leeseite des Broadway mit dessen geschützten Bars, Grills, koscheren Läden und spanischen Coiffeuren.
Er folgte der Hübschen Frau in einen großen malvenfarbenen Gebäudekomplex. Drinnen schnüffelte er: ein Krankenhaus.
Diesmal, als er sah, daß sie auf einen Aufzug wartete, trat er mit ihr ein und schaukelte hinter ihr himmelwärts. Sie drehte sich um. So nah vor ihm, wirkte sie auf einmal zerbrechlich, wie eine Tänzerin, die sich nach dem Auftritt in einen Kimono hüllt. In seine Nase stieg der schwere, elektrische Geruch unparfümierten Haars.
Sie stieg im zehnten Stockwerk aus, und er fuhr weiter bis ins elfte, ging von dort die Treppe hinunter und sah gerade noch ihre Ferse, wie sie in einem Eingang verschwand. Er ging weiter, an der geschlossenen Tür und an anderen Türen vorbei, vorbei an einem großen Durchlaß in eine Station, bis an das Ende des Korridors, wo er den Fuß auf einen Heizkörper stellte, die Lippen an einen Fingerknöchel preßte und aus einem rußigen Fenster blickte. Wie üblich hatte er beim Verlassen von Macy's vergessen, die Jacke anzuziehen, und in seinem lohfarbenen Technikerkittel glich er, wenn nicht einem Arzt, so doch zumindest einem, der zu der Maschinerie gehörte.
Ein Mann trat aus dem Raum, in welchem die Hübsche Frau verschwunden war, und kam, zu des Technikers Überraschung, geradewegs auf ihn zu. Zuerst war er sicher, man habe ihn entdeckt, und jemand sei geschickt worden, ihn zu stellen. Er sah vor sich eine Polizeiwache, wo er eines Vergehens sexueller Natur beschuldigt wurde (»in der Untergrundbahn einer Frau nachgefahren«). Seine Augen schnellten nach oben.
Doch der Fremde, ein alter Mann, nickte nur freundlich.

Indem er sich zu ihm gesellte, rieb er sich an den Rippen des Heizkörpers und rauchte mit sichtlichem Vergnügen eine Zigarre an. Er barg einen Ellbogen in der Beuge des anderen Arms und wippte in seinen engen gelben Schuhen vor und zurück.

»Wie es scheint, ist Dr. Calamera spät dran.« Der Fremde sprach, mit hochgezogener Augenbraue, in den Rauch hinein. Er war ein vorwitzig wirkender Alter, der, wie der Techniker bald bemerkte, die Gewohnheit hatte, mit dem Arm aus der Manschette hervorzuschießen und sich das Grauhaar zu tätscheln.

»Wer?« fragte der Techniker, der ebenso ins Leere sprach, unsicher, ob er überhaupt gemeint sei.

»Assistieren Sie ihm denn nicht bei der Punktion?«

»Wie bitte?«

»Sind Sie denn nicht der Hämatologe?«

»Nein, mein Herr.«

»Man vermutet einen Defekt bei der Erzeugung der kleinen Blutkörperchen in den Markknochen – als sei da ein Zwischenglied ausgefallen«, sagte der Fremde heiter, indem er vor und zurück wippte. »Es ist eher belanglos.«

Zwei Dinge waren dem einfühlsamen Techniker, dessen einzige Begabung es schließlich war, Personen und Situationen genau zu erahnen, auf der Stelle klar. Erstens: er war für einen vom Team gehalten worden; und zweitens: der Fremde sprach von einem Patienten, und hatte einige Zeit seines Lebens in einem Krankenhaus verbracht. An ihm war etwas von einem Menschen, der sich hauptsächlich im Flur aufhält; und er hatte sich eine flüchtige, scheinhafte, unfachmännische Kenntnis einer speziellen Krankheit angeeignet. Es war zudem offensichtlich, daß er dem Krankenhaus-Personal eine gutwillige und allwissende Befaßtheit mit dem je einen Patienten zuschrieb. Auch das konnte als eine Spielart des Glücks bezeichnet werden – so als müßte all das Widrige jenseits der Tür ausgeglichen werden durch Lie-

benswürdigkeit draußen im Flur. Erwarten wir in Krankenhäusern nicht von Fremden, daß sie uns mögen?
Ein Hilfsarzt ging vorbei, der einen weiten Bogen um sie machte, als er in die Station trat, und sie zugleich mit ausgestreckter Hand freundlich von sich abwehrte.
»Kennen Sie ihn?« fragte der alte Mann.
»Nein.«
»Das ist Dr. Moon Mullins, ein lieber Kerl.«
Es muß sich um eine ernste Erkrankung handeln, dachte der Techniker: er findet jeden lieb.
Der Fremde war so eingehüllt in den Zigarrenrauch und die wohltätige Atmosphäre des Krankenhauses, daß es möglich wurde, ihn anzuschauen. Er war alt und gut in Schwung. Teile der Stirn, gerötet, zogen sich hoch hinauf zwischen das eisenfarbene Haar. Er war ordentlich gekleidet, jedoch unrasiert. Die Stoppeln auf den Wangen waren gesprenkelt mit Talkum und reifweiß. Sein altmodischer Leinenanzug mit den breiten Streifen gab ein frisches Geruchgemisch von Stoff und Bügelbrett von sich, das des Technikers Gedächtnis weckte: es erinnerte ihn an etwas Unbestimmtes.
Der Techniker räusperte sich.
»Entschuldigen Sie, mein Herr: aber sind Sie aus Alabama?«
Er war eines Schwingens in der Sprechweise des alten Mannes innegeworden, eines Heraussingens der Vokale, das sich geradezu irisch anhörte. Dazu kam der Geruch – der Eisenwaschkessel-Geruch. Von keiner Maschine der Welt konnte der stammen, und von niemand anderem als einer farbigen Waschfrau, die sich in ihrem eigenen Hinterhof umtut und mit einem Kiefernwedel die Stärke verteilt.
»Bin ich«. Der alte Mann zog ein bauschiges Taschentuch hervor und führte es an die Nase.
»Aus dem nördlichen Alabama?«
»So ist es.« Sein Gelbblick glühte durch den Rauch. Unvermittelt nahm er die Haltung jemandes ein, der sich darauf

einrichtet, in Staunen gesetzt zu werden. Er war sich sicher: der Jüngere würde ihn gleich in Staunen setzen.
»Birmingham? Gadsden?«
»In der Mitte zwischen den beiden«, rief der alte Mann, dessen Augen glitzerten gleich denen eines Adlers. »Moment«, sagte er, indem er den Techniker mit seiner fröhlichen und leicht ironischen Verwunderung ansah: »Kenne ich Sie nicht?« Er schnippte mit dem Finger. »Sind Sie nicht –«
»Ich bin Will Barrett. Williston Bibb Barrett.«
»Aus –« sagte er und streckte den Arm nach Südwest.
»Aus Ithaca im Mississippi-Delta«.
»Sie sind Ed Barrett's Sohn.«
»Jawohl.«
»Der Anwalt Barrett. Wurde Mississippi-Kongreßmitglied im Jahr neunzehnhundertvierzig.« Nun war er an der Reihe, in Staunen zu setzen. »Richtete Vorstehhunde ab, Sieger in Grand Junction im Jahr –«
»Das war mein Onkel, Fannin Barrett», sagte der Techniker mit leiser Stimme.
»Fannin Barrett«, bekräftigte der andere laut. »Ich lebte neunzehnsechsundvierzig in Vicksburg und ging mit ihm auf die Jagd in Louisiana.«
»Oh ja.«
Der alte Mann wendete sich zu ihm und stellte sich vor: »Chandler Vaught.« Die Hand, die er dem Techniker gab, war überraschend klein und trocken. »Ich war sicher, Sie schon gesehen zu haben. Sind Sie nicht einer von denen, die bei Mrs. Hall's in Hattiesburg zum Essen gingen?«
»Tut mir leid, nein.«
»Aber Sie arbeiteten für die Straßenbehörde?«
»Nein.«
»Wie wußten Sie, daß ich nicht aus Georgia bin? Ich war da immerhin sehr lange.«
»Sie hören sich nicht an wie einer aus Georgia. Und das

nördliche Alabama hört sich anders an als das südliche. Birmingham ist nicht Montgomery. Wir verbrachten den Sommer oft in Mentone.«

»So. Aber Sie reden nicht mehr wie –«

»Leider nein«, sagte der Techniker, welcher immer noch mit Ohio-Akzent sprach. »Ich bin schon eine ganze Weile hier.«

»Sie meinen also, ich käme aus der Gegend zwischen Gadsden und Birmingham«, sagte der alte Mann bedachtsam, in der Art der Alten, die dabei sind, den Jungen so gewaltige wie unechte Ehren zu erweisen. »Jetzt bin ich also dran. Sie möchten ganz genau wissen, wo ich herkomme?«

»Jawohl.«

»Aus Anniston.«

»Ja.«

»Er ist nicht einmal erstaunt«, verkündete der alte Mann dem ganzen Krankenhaus. »Aber es ist wahr: ich bin seit dreißig Jahren weg von Anniston.«

»Oh. Kannten Sie meinen Vater?« fragte der Techniker, bereits daran, den Alabama-Tonfall anzunehmen.

»Ihn *kennen!* Was reden Sie da nur? Wir pflegten miteinander auf die Jagd zu gehen, unten am Lake Arthur«, rief er, als stürzte zugleich die Erinnerung auf ihn ein – doch schon im nächsten Augenblick verstummte er wieder; so als kenne er in Wirklichkeit den Vater gar nicht, oder aber sei aus einem verschiedenen politischen Lager. Seine Herzlichkeit war übertrieben und oberflächlich. Er redete in demselben Ton weiter. »Mein Jüngster ist hier. Er ist vor dem Examen krank geworden, und seitdem sind wir in der Gegend. Kennen Sie Jamie?« Er hielt den Techniker für allwissend.

»Leider nein.«

»Kennen Sie Sutter, meinen Ältesten? Er ist Arzt wie Sie.«

»Ich bin kein Arzt«, sagte der Techniker mit einem Lächeln.

»Sowas«, sagte der andere, der kaum zuhörte.

Dann kam Mr. Vaught jäh zu sich und ergriff den Techniker unter der Achsel. Das nächste, was dieser sah, war das

Krankenzimmer, in das er gelotst worden war, und wo Mr. Vaught seinen, wie er das nannte, »Ereignisbericht« gab. Das Zimmer schien voll zu sein von Frauen. Später bemerkte er, daß es bloß drei waren; doch im Moment – mit Mr. Vaught, der seinen Oberarm umklammert hielt, und den Augenpaaren, die sich herumdrehten und Neugierstrahlen auf ihn schossen – hatte er die Empfindung, auf eine Bühne geschubst worden zu sein.

»Und wohlgemerkt«, sagte Mr. Vaught, der ihn weiterhin umklammerte: »Er sagte weder Gadsden, noch sagte er Birmingham. Er sagte, in der Mitte zwischen den beiden.«

»Das habe ich wirklich nicht gesagt«, fing der Techniker an.

»Er ist der Sohn von Ed Barrett, Mutter«, sagte der Alte, nachdem er sich mit dem Techniker hierhin und dorthin gedreht hatte.

Ein Kneifer blitzte diesen an, und ein Gedröhn drang ihm in die Ohren. »Lieber Gott, ich habe Ihre Mutter gekannt, Lucy Hunicutt, das schönste junge Mädchen, das ich je gesehen habe!«

»Oh, danke, Ma'am.«

Die Frauen waren eine Zeitlang damit beschäftigt, die Verwandtschaftsverhältnisse aufzufächern. Wiederum merkte er eine Andeutung von Übereifer in ihrem Willkomm: waren sie politische Gegner seines Vaters? In der Zwischenzeit faßte er sich wenigstens. Der Raum war länglich und diente sonst, allem Anschein nach, nicht als Patientenzimmer; denn das eine Ende wurde eingenommen von medizinischen Geräten, welche auf Gummirollen standen und in Plastikhüllen steckten. An dem anderen Ende lag, inmitten der Frauen, ein Jugendlicher. Er grinste, und strampelte mit den Beinen unter der Decke. Die Hübsche Frau stand neben seinem Bett, leeräugig, die Hand an seinem Polster. Als der Techniker sie anblickte, gewahrte er ein Leuchten neben ihr, oder, wie es in den alten Romanen heißt, »eine gewisse Person«. Es wiederholten sich die dunklen Brauen und die

Haartracht, die er so tief im Gedächtnis hatte. Neuerlich gab es seinem Herzen einen Liebes-Stich. Verliebt wie er war, konnte er sie natürlich nicht anblicken.
»– meine Frau, Mrs. Vaught«, sagte Mr. Vaught gerade, indem er auf die dickliche kleine Biederfrau wies, in deren Kneifer sich blitzend das Fenster spiegelte. »Meine Tochter Kitty –« Kitty, seine Liebe. Er schickte sich an, mit ihr »Blicke zu wechseln«, doch leider starrte sie, so wie die Hübsche, ins Leere, und klopfte sich sogar in der gleichen Weise mit dem Daumennagel gegen die Zähne. »Und meine Schwiegertochter Rita.« Die Hübsche Frau nickte, ohne freilich ihre Augen von dem Patienten zu tun. »Und die Bettfracht hier ist Jamie, mein Sprößling.« Auch der Patient war sozusagen hübsch; doch durch eine Schwellung, die seinen Nasensattel ausfüllte, wirkte sein Gesicht formlos. Jamie, Kitty und Mrs. Vaught waren grundverschieden und zugleich geprägt von den Gemeinsamkeiten großer Familien: in ihrem Fall die Schwärze der Brauen, wobei diese einen Knochenvorsprung nachzeichneten, welcher das Auge gleichsam im Profil erscheinen ließ: ein klares, rautenförmiges Ägypterauge, die behaarte Brauenwindung widerspiegelnd wie bei einem Geschöpf der Wälder.
Er schätzte sie ein als Südstaatler mit einem Yankee-Einschlag, als die freundlichen, erfolgreichen Draufgänger, denen man nur oberhalb des tiefen Südens begegnet, etwa in Knoxville oder in Bristol.
»Wo sind Sie her?« rief Mrs. Vaught in dem spielerisch-anklägerischen Ton, den er kannte, und auf den er einzugehen wußte.
»Aus Ithaca«, sagte er mit einem Lächeln, »drunten im Mississippi-Delta.« Er spürte an sich so etwas wie eine Häutung: innerhalb einiger Augenblicke hatte er sich von einem Südstaatler im Norden – einem umgänglichen Individuum, an dem seine Herkunft nur noch als schwache Burleske mitspielt – in einen Südstaatler im Süden verwan-

delt, den gewandten Spieler eines alten Spiels, der seine Stichworte kennt und lächelnd in der Kulisse wartet. Man steht da in der Haltung, in der man üblicherweise auf Damen wartet, und sowie eine einen entsprechend anredet, mit gespielter Keckheit oder gespieltem Zorn (doch nicht *nur* gespielt), dann weiß man die Replik. Sie spielten *ein* Spiel. Mrs. Vaught weidete ihre Augen an ihm. Er war *recht*. (Sie gehörte, das sah er auf einmal, einem älteren Klan an als ihr Mann – kannte Spielzüge von früher, von denen er nie gehört hatte.) Sie könnte ihn vom Fleck weg geheiratet haben und hätte doch gewußt, wen sie bekam.

Es war auch gut, daß er nicht vorgegeben hatte, Arzt zu sein; denn jetzt kamen gleich zwei in das Zimmer. Der eine, ein hagerer Mann mit großen feuchten Händen, an denen die Adern schlangenförmig hervortraten, nahm den Arm des Patienten und fing an, ihn geistesabwesend zu massieren. Es war, als habe er sich selber angewiesen, nicht zu sprechen und nichts im Besonderen anzusehen. Sogar die Hand war abwesend – tastete sich voran in die Achselhöhle des Jungen, rührte unten an das Kinn. Was ich da tue, ist nicht wichtig, sagte die Hand. Nichts war wichtig außer einer ungerichteten Zuneigung, welche den Raum gleichsam mit Gesumm erfüllte. Während nun die Hand ihren Weg beschrieb, sacht an Knochen, Arterie und Lymphknoten vorbei, beugte sich der Arzt vornüber, um den Titel des Buchs zu lesen, in das der Patient seinen Finger gesteckt hatte.

»Tractatus Log –«, begann er, und wechselte Blicke mit seinem Assistenten, einem kleinen Mann mit dem Auftreten eines Hausarztes: Schnurrbart, und eine Leuchtreihe von Stiften und Schreibern, die in seiner Tasche steckten. Die Ärzte starrten einander vollkommen verblüfft an, so daß alle in Lachen ausbrachen. Von neuem wurden die Augen des Jugendlichen schmal, und seine Beine fingen zu zucken an. Und von neuem machte die große feuchte Hand sich an die Arbeit, indem sie zum Knie des Jungen glitt und ihn

beruhigte. Ach, er ist ja ernstlich krank, dachte der einfühlsame Techniker, versunken in die Betrachtung der Hand wie in ein Warnzeichen.
»Es ist nicht schwierig zu lesen«, sagte der Patient, dessen Stimme sprang zwischen einem Gepieps und einem Hornton. »Sutter hat's mir gegeben«, sagte er zu der Hübschen, die immer noch trockenäugig vor sich hinblickte, ohne die Ärzte überhaupt wahrgenommen zu haben.
»Was für ein wunderbarer Mensch«, rief der Techniker aus, als die Ärzte gegangen waren. »Ich beneide dich«, sagte er zu dem Patienten.
»Sie würden mich nicht beneiden, wenn Sie fünf Wochen in diesem Zimmer bleiben müßten.«
»Das wäre mir ganz recht«, sagte der Techniker ernst.
Sie schauten ihn an. »Wie lange sind Sie schon hier im Norden?« fragte Mrs. Vaught.
»Fünf Jahre. Oder sieben, wenn ich meine zwei Jahre in Princeton dazurechne. All meine nächsten Verwandten sind tot. Sie müssen wissen: Es ist das erste Mal seit langem, daß ich zu einer – Familie rede. Ich hatte ganz vergessen –« Er brach ab und rieb sich die Stirn. Er merkte, daß man von ihm eine Art Rechenschaftsbericht erwartete. »Nein, wirklich: Ich glaube nicht, daß es so arg ist, hier zu sein. Es erinnert mich an meine Krankenhauszeit. Ich war da drei Monate, und es war ganz und gar nicht arg! Eigentlich ging es mir im Krankenhaus besser als sonst irgendwo. «
»Was hat Ihnen denn gefehlt?« fragte Jamie.
»Ich war nicht ganz im Gleichgewicht, nichts sehr Ernstes, ein zeitweiliger Gedächtnisverlust, wenn du es genau wissen willst.«
»Gedächtnisverlust«, sagte Kitty und schaute ihn zum ersten Mal an.
»Ja. Ich wußte meinen eigenen Namen nicht mehr, doch ich war noch so weit im Bild, daß ich von allein ins Spital ging. Es hing zusammen mit einer Vergiftung.«

»Sie haben sich sozusagen selber eingeliefert«, sagte Mrs. Vaught.

»Ja, ich suchte eine sehr teure Adresse in Connecticut auf, wo es mir bald viel besser ging.«

»Wie haben Sie denn das Gedächtnis wiedergefunden?« fragte Kitty ihn neugierig.

»Das war allerseltsamst. Zwei Monate lang erinnerte ich mich an gar nichts. Während dieser Zeit hatte ich mir angewöhnt, mit einem anderen Patienten Dame zu spielen, einem Mädchen, das weit übler dran war als ich. Zwei Jahre lang hatte sie mit keinem Menschen gesprochen – kein einziges Wort war aus ihr herauszubekommen, obwohl sie sogar mit Elektroschocks behandelt worden war. Etwas an ihr war mir vertraut. Vielleicht war ich deswegen von ihr angezogen – und außerdem, weil auch ich Schwierigkeiten mit dem Sprechen hatte –«

Alle lachten, und er blickte überrascht. »Ja, das ist wahr. Ich hatte Schwierigkeiten! Ich weiß nicht, warum das jetzt anders ist. Jedenfalls sagte sie nichts, und ich erinnerte mich an nichts, und so ging es ganz gut. Aber Sie haben mich gefragt, wie mein Gedächtnis zurückkam. Es war sehr einfach. Eines Abends, beim Damespielen, blickte ich sie an, und es fiel mir ein, wer sie war. ›Sind Sie nicht Margaret Rich?‹ fragte ich. Sie sagte gar nichts. ›Gehörte Ihrer Familie nicht das Ferienhaus in Monteagle, gerade neben dem unsrigen?‹ (Das war vor Mentone). Sie sagte immer noch nichts. ›Ich erinnere mich doch an das Kleid, das Sie einmal beim Tanzen anhatten‹, sprach ich zu ihr. (Ich erinnere mich immer zuerst an das, was am weitesten zurückliegt.) ›Es war eine Art orangene geköperte Baumwolle.‹ ›Das war mein Piqué‹, sagte sie, so beiläufig wie nur möglich.« Aus irgendeinem Grund errötete er und verstummte.

»Sie wollen sagen, daß sie danach ganz normal redete?« fragte Kitty alsbald. Sie hatte sich ihm zugewendet und musterte ihn mit ihren kühnen Braunaugen.

»Nein, nicht normal – aber es war ein Anfang«, sagte er mit gerunzelter Stirn, ärgerlich über sich selbst wegen seiner Geschwätzigkeit.
»Ich verstehe nicht, warum sie nicht schon vorher geredet hat«, sagte Jamie, und zuckte mit den Beinen.
»Aber ich verstehe es!« rief Kitty. Danach freilich errötete sie und wandte sich ab.
Die anderen waren über die ein wenig zusammenhanglose Geschichte des Technikers weniger erstaunt, als man hätte erwarten können. Es gab nämlich eine seltsame Übereinkunft, daß es ihm in diesem Augenblick freistand, eine solch halbernste und kuriose Geschichte zu erzählen.
»Jetzt weiß ich, warum es Ihnen in dem Spital ganz gut ging«, sagte Jamie. »Sie waren nicht wirklich krank.«
»Ich würde jederzeit mit dir tauschen«, sagte der Techniker. »Glaub mir: das Gedächtnis zu verlieren, ist eine äußerst unangenehme Erfahrung.«
In diesem Moment flüsterte die Hübsche Kitty etwas zu, und die beiden küßten den Patienten, verabschiedeten sich und gingen. Er wartete wieder auf einen Braunblick, doch Kitty war von neuem weggerückt in ihre Abwesenheit und schien ihn nicht wahrzunehmen. Der gesprächige Techniker wurde stumm. Bald danach raffte er sich auf und verabschiedete sich. Der Patient und dessen Mutter forderten ihn auf, wiederzukommen. Er nickte, mit den Gedanken woanders. Mr. Vaught folgte ihm bis in die Halle und führte ihn ans Fenster, wo sie hinunterstarrten auf die rußige Moräne von Washington Heights.
»Sie werden wiederkommen und Jamie besuchen, verstanden?«, sagte er, wobei er ihn an sich heranzog und seinen Altmännergeruch von frischer Baumwolle und säuerlichem Atem von sich gab.
»Selbstverständlich. – Aber ich habe eine Frage.«
»Bitte«, sagte der alte Mann und lieh ihm ein haariggewundenes Ohr.

»Die Dame, die gerade gegangen ist – ist das eine Frau Rita Sutter, oder ein Fräulein –?«
»Frau. Mrs. Rita Vaught. Sie hat meinen Ältesten geheiratet, Sutter Vaught, Dr. Vaught. Sie sind geschieden. Aber ich will Ihnen sagen, daß sie uns näher steht als Sutter, unser eigenes Fleisch und Blut. Oh, sie ist eine großartige Frau. Wissen Sie, was sie getan hat?«
Der Techniker verneinte, wobei er die hohle Hand an das gesunde Ohr legte und sich anstrengte, nichts Wesentliches zu überhören.
»Sie war es, die ihn, als er diesmal krank wurde, aus der Schule ins Spital brachte, obwohl da gar kein Platz war. Das Zimmer ist nicht einmal ein richtiges Spitalszimmer!«
»Und Kitty?«
»Kitty ist Jamie's Schwester. Möchten Sie wissen, was sie für Kitty getan hat?«
»Bitte.«
»Sie hat Kitty eingeladen, hierher nach New York zu kommen, nicht etwa für eine Woche, sondern für ein Jahr, zum Ballettunterricht. Im nächsten Monat nimmt sie sie mit nach Europa! Und dabei gehört sie nicht einmal zur Sippe! Welch eine Frau«, rief der alte Mann, indem er den Techniker am Schulterblatt packte und es fest drückte. Der andere nickte und wich zurück.
»Und sie ist die Zweitmächtigste in der drittgrößten Stiftung der Welt!«
»Stiftung«, sagte der Techniker unbestimmt.
»Sie ist Mitglied der Geschäftsführung. Sie kann sich von einer Minute zur andern ans Telefon setzen und fünf Millionen Dollar verteilen.«
»Ist das wahr?«
»Sie werden am Morgen wiederkommen und Jamie besuchen.«
»Selbstverständlich.«

3.

Er kam Jamie besuchen, aber Kitty war nicht da.
»Was ist mit Kitty?« fragte er Mr. Vaught in der Halle. Das war keine wirklich gewagte Frage; denn Mr. Vaught hatte von neuem einen Ton von Urvertrauen angeschlagen, so als wollte er sagen: Wir sind hier zweitausend Meilen weg von zuhause, und so kann ich Ihnen ruhig von meiner Familie erzählen.
»Wissen Sie, was dieses Girl tun mußte, acht Stunden am Tag, so weit ich zurückdenken kann?«
»Nein.« Er bemerkte, daß der andere »girl« wie *gull* aussprach, eine Besonderheit, wie er sie, nach seiner Erinnerung, zuletzt gehört hatte in Jackson, Mississippi.
»Ballett. Sie nimmt Ballettstunden, seit sie acht Jahre alt ist. Sie hofft, einmal beim New York City Ballett vortanzen zu können.«
»Sehr schön.«
»Himmel, man schickte sie zur Ausbildung hierher, und nach Chicago, und nach Cleveland – überallhin.«
Der Techniker fragte sich, wer »man« war. Mrs. Vaught?
»Sie tanzt sicher sehr gut.«
»Sehr gut? Sie sollten ihre Auszeichnungen sehen. Zwei Jahre hintereinander hat sie den ersten Preis beim Jay Cee Festival gewonnen. Im Vorjahr ging ihre Mutter mit ihr nach Cleveland, damit sie ausgebildet würde vom berühmtesten Ballettlehrer der Welt. Sie wohnten neun Wochen lang in einem Hotel.«
»Dergleichen erfordert sicher ein großes Maß an Selbstaufopferung.«
»Sie besteht aus nichts sonst als Aufopferung.« Des anderen Augen glitzerten aus den Rauchwogen hervor. Zugleich war aber etwas Unernstes, sogar Spaßhaftes an seinem Unwillen.
»Auch jetzt noch?«
»Nichts sonst, sage ich. Sie geht zu keiner Einladung. Sie

trifft sich mit niemandem. Käme ein junger Mann sie besuchen, ich glaube wahrhaftig, sie wüßte nicht, was tun.«
»Kaum zu glauben«, sagte der Techniker nachdenklich.
»Ist es das denn wert?«
»Nein«, sagte er abwesend und erhob sich. »Ich werde jetzt hinein zu Jamie gehen. Entschuldigen Sie mich.«
»Schon recht!«

4.

Ohne recht zu wissen warum – denn er kannte nun den Namen der Hübschen Frau, hatte im Telefonbuch nachgeschlagen und kannte jetzt auch Kittys Adresse –, führte er seine Wache im Park fort.
Einmal ging er das Gebäude anschauen, in welchem sie wohnten. Kitty und Rita hatten ein kleines Zauberhaus in einer abgelegenen Seitengasse innerhalb eines Blocks in Greenwich Village. Daß es in New York solch einen Ort geben könnte, war ihm bisher nicht in den Sinn gekommen: einen Ort, an dem man die erbärmlichen, räuberischen, heulenden Partikel so leicht los würde. Doch man war sie da los: sie entschwanden in einer sonnigen Nische inmitten eines Häuserblocks, und die Dinge wurden klein und hell. Anderswo in New York – wo auch immer man sich befand – war es, als liefen die Straßen in jede Richtung tausend Meilen weiter, geradewegs bis zur dreihundertundzweiten Straße und dann versickernd in irgendeinem verlassenen Gebäude oberhalb von Yonkers, oder gar schnurstracks bis Ontario. Die zwei aber, Kitty und Rita, lebten gleichsam unter dem Wind; hatten einen sonnigen Lee-Winkel gefunden, der so geschützt war, daß er hätte Barbados Alley heißen können.
Warum rief er sie also nicht an und fragte, ob sie einander sehen könnten? Kein Warum – er war schlicht außerstande,

zu fragen. Die schlimmste Art, ein Mädchen zu treffen, ist: sie zu treffen. Die beste Art: sie nicht zu treffen, sondern ihr zufällig zu begegnen. Ein regelrechtes Treffen mit einem Mädchen liefert alle beide dann einer öffentlichen Zone von Straßen und Gebäuden aus, wo jeder einzelne Ziegelstein sich gegen sie wendet.

Tags darauf kam Rita zu der Bank, und Kitty gesellte sich später zu ihr. Erst als er die zwei im Fernrohr erblickte, wurde ihm klar, warum er seine Wache fortgesetzt hatte: er wußte nicht genug über Kitty.

Sie entfernten sich in westliche Richtung. Er wartete. Nach einiger Zeit traten sie aus dem Ahornwäldchen und bewegten sich über die Wiese auf die »Tavern-on-the-Green« zu. Dort saßen sie dann, keine Meile weit weg, sondern ein paar Meter, umrahmt von Regenbögen, schwerelos und tonlos aufeinander zutreibend, wie Nixen in einer Meeresuntiefe. Er packte sein Fernrohr ein, ging südwärts, an dem Restaurant vorbei, und kehrte wieder um. Er fand einen Tisch an einer aus durchbrochenem Backstein aufgeschichteten Trennmauer, von wo aus er durch eine Lücke einen Schimmer der Goldkette erspähte, welche Kittys kräftigen Fußknöchel umschloß. Er bestellte ein Bier.

Er war außer Atem, wie nur je ein Lauscher, so als hinge seine Zukunft von dem ab, was gesagt wurde. Und vielleicht, wenn man bedachte, wie es um ihn bestellt war, stimmte das auch.

»Es hat keinen Sinn«, sagte Kitty.

»Es hat Sinn«, sagte Rita. Ihre Haare waren durcheinander; sie drehte wohl den Kopf an den Backsteinen hin und her.

»Was, glaubst du, fehlt mir, Ree?«

»Nichts, was nicht uns allen fehlt.«

»Ich bin nicht, was ich sein möchte.«

»Dann sei mit dem einverstanden, was du bist.«

»Das tu ich doch!« Kitty hatte die Eigenart, ihre Sätze am Schluß schwungvoll in die Höhe zu ziehen, wie Fragen. Er

hatte diesen Tick an jüngeren Schauspielerinnen bemerkt.
»Was ist es denn?«
»Alles.«
»Ah.«
»Was ist nicht richtig mit mir?«
»Sprich«, sagte Rita, indem sie den Kopf hin und her drehte.
»Möchtest du es wissen?«
»Ja.«
»Die Wahrheit ist, daß ich dumm bin. Ich bin die dümmste Person auf Erden.«
»Ich verstehe.«
»Das hilft mir nicht weiter.«
»Was würde denn weiterhelfen?«
»Es ist mir ernst. Val, und Jamie, und du und Sutter, ihr seid alle so klug.«
»Und du bist von uns allen die beste«, sagte Rita träge, indem sie den Kopf an den Ziegeln bewegte.
»Manchmal glaube ich, andere Leute kennen ein Geheimnis, das mir verschlossen ist.«
»Was für ein Geheimnis?«
»Die Art, wie sie sprechen –«
»Leute, was für Leute? Meinst du Mann und Frau?«
»Ja, doch.«
»Ah.«
»Weißt du, bevor ich jemanden treffe –«
»Jemanden? Wer ist jemand?«
»Bevor ich Leute treffe – wenn ich weiß, daß ich sie treffen werde –, muß ich, glaub es oder nicht, zwei oder drei Dinge auswendig lernen, die ich ihnen sagen kann. Was für ein demütigendes Bekenntnis, nicht wahr? Und es wird immer schlimmer. Warum bin ich so?«
»Warum überhaupt etwas sagen?«
»Ich glaube immer noch, es müßte möglich sein, mit jemandem zu sein, wobei es zugleich natürlich zwischen uns zuginge.«

»Jemand? Wer denn? Ich bin jemand. Sind wir nicht selbstverständlich miteinander?«
»Ja – weil du mich verzogen hast.«
»Stimmt. Und jetzt iß dein Sandwich auf, und dann zurück an die Arbeit.«
»Ree, ich bin nicht einmal eine gute Tänzerin.«
»Du bist gut, aber du bist faul.«
Kitty sagte etwas, das sich wie »Kein Can Can« anhörte. Und dann: »Nein Ree. – Aber glaubst du, daß es in einer Beziehung auf die eigene Einstellung ankommt, oder auf den anderen Menschen?«
»Wer ist dieser andere Mensch?«
»Erinnerst du dich, was Will gestern gesagt hat?«
»Welcher Will?«
»Will Barrett. Weißt du nicht: der junge Mann, den Vater hereinbrachte?«
»Also um Will geht es.«
»Mochtest du ihn denn nicht?«
»Du redest von ihm wie von einem Vetter Will aus Savannah.«
»Schon recht.«
»Liebe, ich habe dir etwas zu sagen.«
»Was?«
»Dieser junge Mann ist krank.«
»Nicht wirklich.«
»Wirklich. Und ich kann dir versichern, daß an einer Geisteskrankheit überhaupt nichts Romantisches ist.«
»Aber er ist nicht –«
»Halt. Auf einmal fange ich an zu verstehen. Ich glaube wahrhaftig, es sind seine Symptome, die dich anziehen.«
»Nein. Ich fühle, daß er sehr lieb ist.«
»Ich hab's! Du bist das Mädchen, das nicht sprechen kann. Und er kann sich nicht erinnern. Und auf diese Weise bildet ihr ein Paar.«
»Nein.«

»So wirst du dich also für ihn erinnern, und er wird für dich sprechen.«
»Nein.«
»Es geht allerdings noch um mehr, nicht wahr? Du meinst auch, ihm helfen zu können.«
»Ihm helfen? Braucht er denn Hilfe?«
Ritas Antwort blieb unverständlich. Sie waren aufgestanden und gingen weg.
Er saß tief in Gedanken versunken und trank sein Bier. Mein Bedürfnis zu lauschen ist also ganz und gar gerechtfertigt, sprach er zu sich selber, mit einem Blinzeln. Was ist mit den räuberischen Partikeln und den sonstigen schädlichen Einflüssen, wenn zwei Leute sich verabreden in einer großen Stadt? Läuft die Verabredung nicht Gefahr zu scheitern, weil keiner der beiden mehr ein Gesicht hat? Aus diesem Grund muß man Vorkehrungen treffen, oder aber alles dem Zufall überlassen. Ein Zufall wäre zum Beispiel: er sähe sie, nach dem Diebstahl einer Geldbörse, in den Park laufen, auf der Flucht vor den Polizisten. In einem solchen Fall wüßte er etwas und könnte etwas tun. Er könnte sie verstecken in einer felsigen Höhle, auf die er gestoßen war in einem unberührten Winkel des Parks. Er brächte ihr Essen, und sie säßen und unterhielten, bis es Nacht würde, worauf sie dann zur Stadt hinausschlüpfen könnten, heim nach Alabama. Solch eine Wendung war freilich nicht wahrscheinlich.

5.

Die Vaughts hatten den Techniker sehr gern, wobei jeder von ihnen meinte, er sei sein oder ihr Vertrauter – was er auch war.
Jeder sah ihn verschieden.
Mr. Vaught war überzeugt, er sei ein handfester Südstaatenbursche, einer vom alten Schlag, aus guter Familie und doch

frischfröhlich wie nur irgendwer; einer der umzugehen weiß mit den Generationen von früher. Zuhause hätte er den Jüngeren auf die Jagd oder in seinen Pokerklub eingeladen, wo er sicher gut aufgenommen würde. Als Mr. Vaught ihn zum zweiten Mal sah, nahm er ihn zeremoniös auf die Seite und lud ihn zu Jamies Geburtstagsfeier ein.

Jamie – der, wie er erfuhr, an einer schweren und atypischen Mononukleose litt – sah in ihm den Technikerkollegen, einen ihm ähnlichen Jünger der Wissenschaft, das heißt, einer geheimen, besonderen Weltsicht, einer genialen Freimaurerei, welche sich auszirkelt von der Menge und hinter die Erscheinungen blickt. Er lieh dem Techniker den zerrissenen Sonderdruck eines wissenschaftlichen Artikels, den er unter dem Polster aufbewahrte, und dessen Verfasser sein Bruder war. Der Artikel hieß *Das Auftreten von postorgasmischem Suizid bei männlichen Universitätsabsolventen*, und hatte zwei Teile: »Die Genitalsexualität als der einzig verbleibende Kommunikationskanal zwischen transzendierend-immanenten Subjekten« und »Das Versagen des Koitus als eines Modus des Rückeintritts aus der Sphäre der Transzendenz in die Sphäre der Immanenz«. Der Techniker las den Artikel zweimal, ohne mehr zu verstehen als die kurze Beschreibung einer Prozedur, bei der Dr. Sutter, irgendeinem Gespür folgend, die Harnröhre von dreißig männlichen Suizidfällen auf die Präsenz von Spermatozoen untersucht hatte.

Zu Mrs. Vaught war er nach Kräften liebenswürdig. Seine Manieren waren gut, ohne förmlich zu sein. In ihm war ein Leichtsinn, der ihm half, mit ihr Scherz zu treiben. Sie konnten sogar Auftritte haben: »Jetzt hören Sie mir einmal zu, Billy Barrett. Es wird Zeit, daß Sie sich ernsthaft . . .« usw. So fein war sein Empfangssystem, daß es weder Mrs. Vaught noch ihrem Mann in den Kopf wollte, daß er nicht alles wußte, was sie auch wußten. Denn er *klang*, als wüßte er. So spielte sie etwa auf sechs Leute an, die ihm völlig

unbekannt waren: »Ich schaute sie kurz an, als sie von der Schule nach Hause kam, und natürlich war ihr Gesicht ganz durcheinander, und ich sagte, also –«
»Um wen geht es da?« fragte der Techniker, indem er eine Hand an sein gesundes Ohr hielt und jede Sinneszelle anspannte.
»Sally, Myras Älteste.«
»Myra?«
»Meine Stieftochter.«
Sie war in vielem wie die alten Damen, die er von zuhause kannte, umgänglich und komisch, außer wenn sie auf ihr Lieblingsthema kam: die »Fluorisation« oder, besser, das Übel, das diese mit sich brachte. Es bewirkte in ihr patriotische Wallungen. Ihre Stimme wurde dann ein sonores Glockenläuten. Sie wurde noch kleiner, als sie schon war, zog sich in sich selbst zurück wie in eine Festung und feuerte in alle Richtungen. Sie redete auch oft von den »Bayrischen Erleuchteten«, einer Gruppe, die nach ihrer Ansicht verantwortlich war für die Schwierigkeiten des Südens. Sie vertraten die europäische und jüdische Finanz und hatten den Ausverkauf der Konföderation betrieben.
»Sie kennen doch die wahre Geschichte von Judah P. Benjamin und John Slidell?« fragte sie ihn mit einem Lächeln.
»No Ma'am«, sagte er, wobei er ihr in die Augen schaute, ob sie es ernst meinte. Sie meinte es ernst: hinter ihrem Lächeln erspähte er wilde Tiefen.
Rita dagegen nahm ihn gar nicht wahr. Sie blickte durch ihn durch.
Kitty war zweimal in Jamies Zimmer, wenn er kam, doch sie wirkte abwesend und gleichgültig. Als er sie fragte, ob sie ein Coca Cola wolle (als seien sie wieder in der Highschool in Atlanta), ruckte sie mit dem Kopf von ihm weg. Er verstand nicht: war denn, was er belauscht hatte, ein Traum gewesen?

Als er Jamie zum vierten Mal besuchte, kam es zu einem kleinen Schub von Gedächtnisverlust, dem ersten seit achtzehn Monaten.
Sowie er in die dünne wässrige Sonne von Washington Heights hinaustrat, glitt er, durch den Anblick und den Geruch des Orts, sozusagen aus sich heraus. Er erinnerte sich nicht, weshalb er da war. Ihm gegenüber befand sich ein kleines Beton-Oval, bepflanzt mit Bäumen – wahrscheinlich Linden –, wie ein Park in Prag. Traurig-blickende Juden gingen da umher, die Hände in den Taschen, mit am Nacken hinabwachsenden Haaren. Das alles war so weit weg wie Lappland. Ein Leuchtzeichen lautete: *Washington Heights Bar und Grill.* War etwa George Washington einmal dagewesen? In welcher Richtung lag Virginia?
Er setzte sich unter eine Reklametafel von Johnnie Walker, dessen Beine motorbetrieben wurden, legte sich die Hände auf die Knie und achtete darauf, nicht den Kopf zu wenden. Er wußte, hielte er eine Weile still, so würde er seine Fassung zurückgewinnen, ähnlich einem im Wald Verirrten. Es bestand noch nicht die Gefahr, völlig zu entgleiten: das heißt die nächsten drei Monate gedächtnislos in Richmond zu verbringen.
Da erblickte er Kitty, die aus dem Krankenhaus kam, den Kopf gesenkt gegen den unendlichen Wind der Uferstraßen. Er wußte nur, daß er sie irgendwie kannte. Schauder von Wiedererkennen durchliefen seinen Körper. Warum hatte er nicht in der Brieftasche nachgeschaut, um seinen Namen herauszufinden, und vielleicht auch ihren?
»Warten Sie.« So hielt er sie an, als sie hinab zur Untergrundbahn stieg.
»Was ist? Oh.« Nach einem kleinen Lächeln wollte sie sofort weiter.
»Warten Sie doch einen Augenblick.«
»Ich muß *gehen*«, sagte sie, und verzog wie zum Spaß das Gesicht.

»Bitte bleiben Sie einen Moment. Ich habe Ihnen etwas zu sagen.« Er wußte, er könnte zu ihr sprechen, wenn er nicht zuviel dabei grübelte.
Sie zuckte die Achseln und ließ sich von ihm zu der Bank führen.
»Worum geht es?«
»Ich möchte Sie um einen Gefallen bitten.« Er blickte sie fest an und suchte sich selber in ihren Augen. Wenn er ihr nicht helfen konnte – sie nicht verstecken konnte im Central Park –, dann konnte sie ihm helfen.
»Gern.«
»Sie sind auf dem Weg in die Subway?«
»Ja.«
»Ich bin gerade ausgestiegen. Ich wollte hier –« Er wüßte, es würde ihm einfallen, sowie sie es *dachte*. Sie dachte es. »Ich wollte hier – Jamie besuchen.«
»Schön. Er wird sich freuen, Sie zu sehen.« Sie musterte ihn lächelnd, unschlüssig, ob er sich nicht irgendeinen weitschweifigen Witz erlaubte, und jedenfalls nicht davon entzückt.
»Ich habe mich anders entschlossen. Ich möchte zurück in die Stadt.«
»Ist recht.« Aber es war nicht recht. Sie glaubte, er versuche eine Variante des Mann-Frau-Spiels. »Und welchen Gefallen soll ich Ihnen tun?«
»Lassen Sie mich mit Ihnen fahren, und geben Sie mir einen Schubs, wenn ich meine Station verpasse.«
»Wie bitte?«
»Wissen Sie, wo ich wohne?«
»Ja. Im –«
Er berührte sie am Arm. »Sagen Sie es mir nicht. Ich möchte herausfinden, ob ich es weiß, wenn ich dort bin.«
»Was ist denn? – Oh! « Alles Gehabe war auf einmal weg; die Augen tiefschwarz. Sie sah seinen Schweiß.
Das allerseltsamste: so fremd er sich fühlte – ein halbes

Dutzend herausgesprungener Zahnräder –: der Techniker wußte gleichwohl, daß diese Fremdheit steuerbar war. Er konnte sie Kitty bemerkbar machen. »Nichts Ernstes. Werden Sie's für mich tun?«
»Ja.«
Über ihnen knarrten Johnnie Walkers Füße wie die Takelage eines Schiffs.
»Gehen wir«. Er machte sich gleich auf den Weg, ohne auf sie zu warten.
»Das ist der falsche Zug«, sagte sie, als sie ihn eingeholt hatte. »Ich nehme die Schnellbahn.«
»Richtig.« Es war wie ein *déjà vu:* er wußte im voraus, was sie sagen würde.
Auf der Fahrt schwiegen sie. Als der Zug zu den ersten Lichtern des Columbus Circle Bahnsteigs kam, stand er auf.
»Hier ist es«, sagte er.
»Ja«, sagte sie und betrachtete ihn mit ihren Schlehenaugen.
Er bedankte sich, nahm ihre Hand, als sei es die eines Mannes, und stieg schnell aus.
Vor dem Spiegel eines Kaugummiautomaten hielt er an, um sein Aussehen zu prüfen. Es war nichts Auffälliges an ihm: das Gesicht bleich, doch unversehrt. Als er sich freilich aufrichtete, versagten ihm die Knie, und er stolperte hin zum Bahnsteigrand. Die Partikel begannen zu sirren.
Eine Hand nahm die seine. »Hierhin«, sagte Kitty. Ihre Hand war warm und feucht von der Untergrundbahn.
Sie führte ihn zu einer Bank an einer Krümmung des Circle. Seltsam, so grübelte er, auch mit der Liebe ist alles umgekehrt: um zu lieben, darf man nicht lieben. Sieh sie dir an, ihre Hand auf deinem Schenkel, ruppig wie die einer Krankenschwester. Sie löste sich von ihm, wobei sie ihm so nah kam, daß er ihren Atem spürte.
»Ist mit Ihnen alles in Ordnung?«
»Ja.«
»Sie sind bleich. Ihre Hand ist so kalt.« Sie setzte zu einer

Geste an, die sie sofort wieder abbrach. Er wußte: sie hatte seine Hand zwischen ihren Knien wärmen wollen.
»Könnten Sie mir von dort drüben ein Glas Orangensaft holen?«
Sie schaute ihm dann zu, wie er den Saft trank. »Haben Sie heute überhaupt schon etwas gegessen?«
»Nein.«
»Und gestern abend?«
»Ich erinnere mich nicht.«
»Sie erinnern sich nicht, ob Sie gegessen haben?«
»Ich esse, sobald ich hungrig werde. Ich erinnere mich nicht, gegessen zu haben.«
»Sind Sie jetzt hungrig?«
»Ja.«
Sie gingen zu dem Automaten-Restaurant an der Siebenundfünfzigsten Straße. Während sie Kaffee trank, aß er für vier Dollar Roastbeef und fühlte sich dann weit besser. Bei seinem dritten Glas Milch dachte er: Ich liebe.
»Ich glaube nicht, daß Ihnen etwas fehlt«, sagte sie, als er fertig war.
»Ich auch nicht.«
»Was werden Sie jetzt tun?«
»Nachhause gehen, ins Bett.«
»Sie arbeiten nachts?«
»Ja.«
»Du lieber Himmel.«
»Noch etwas –« sagte er.
»Was denn?«
»Schreiben Sie mir hier Ihren Namen und Ihre Telefonnummer auf.«
Sie tat ihm lächelnd den Gefallen, doch als sie aufblickte und ihn sah, wurde sie ernst. »Oh.«
»Ich brauche jemanden, den ich anrufen kann. Ist Ihnen das recht?«
»Ja.«

Er dachte: Je übler ich dran bin, desto mehr weiß ich. Und desto mehr liebt sie mich. »Angenommen, ich rufe Sie um drei Uhr früh an und bitte Sie, nach Weehawken zu kommen?«

»Rufen Sie mich an.« Ein Schatten überflog ihr Gesicht.

»Und im nächsten Monat?«

»Was?«

»Ich werde da in Spanien sein, in Torremolinos.«

»Schreiben Sie mir die Adresse auf.« Nachdem sie das getan hatte, fragte er sie, ob er sie dort anrufen könne.

Sie blickte ihn an, wobei sie an ihrer Lippe nagte. »Ist es Ihnen ernst?«

»Es ist mir ernst. *Sie* werde ich anrufen.«

»Warum mich?«

Er rückte mit seinem Stuhl näher an die Ecke des Tisches und legte ihr die Hand auf die Knie. »Ich liebe Sie.«

»Oh«, sagte sie.

»Ich habe noch nie geliebt.«

»Ist das wahr?« Ohne ihn aus den Augen zu lassen, wandte sie den Kopf dem leeren Automaten zu.

»Nicht bewegen«, sagte er, beugte sich vor und berührte mit seinem Mund den ihren, bevor sie diesen schließen konnte. Da sie ihm nun schon einmal zu Diensten war, hielt sie still. Sie half ihm. Aber warte!

»Guter Gott«, sagte sie dann, zu niemand im besonderen.

»Nie hätte ich gedacht, daß es so einfach sein würde«, sagte er nachdenklich.

»Einfach?« Sie war durcheinander – weder ganz das Mädchen, das alle Tricks kennt, noch die ruppige, gewiefte Krankenschwester.

»Daß man liebt, und daß der Augenblick da ist, und daß man diesem Augenblick folgt.«

»Ich verstehe.«

»Gehen wir zu Ihnen.«

»Warum?«

Er küßte sie von neuem.
Ihr Mundwinkel kräuselte sich. Sie begann zu nicken und sacht auf den Tisch zu klopfen.
Was er ihr sagen wollte – er wußte nur nicht recht, wie –: er hatte ganz und gar nicht das Übliche im Sinn. Er hatte nicht im Sinn, mit ihr festumschlungen in einem Aufzug zu stehen. Was er wollte, das war mehr und weniger. Er liebte sie. Es war um ihn geschehen. Sie war sein Herz, seine Einzige. Ihr Zauber, sein Schauder. Er wollte in ein Haus-wie-es-sich-gehört und sie in althergebrachter Weise mit Küssen bedecken.
»Wie mögen Sie wohl erst sein, wenn Sie auch noch gefrühstückt haben?« fragte sie ihn.
»Wie bitte? Oh«, sagte er, als er merkte, daß sie spaßte. »Es ist mir ernst.« Nur keine Broadwaygags.
»Ich sehe, daß es Ihnen ernst ist.«
»Ich liebe Sie«.
»Ja.« Das beste, was sie tun konnte: zu registrieren.
»Gehen wir doch zu Ihnen.«
»Sie sagten, Sie hätten letzte Nacht gearbeitet und wollten sich schlafen legen.«
»Ich bin nicht schläfrig.«
»Und ich glaube, Sie brauchen etwas Schlaf.«
»Ich brauche sehr wenig Schlaf.«
»Sie sind ein harter Bursche.«
»Ja, ich bin sehr stark. Im Drücken schaffe ich 250 Pfund, und im Reißen 225. Ich schlage jeden Mittelgewichtler in Princeton, an der Long Island University, oder im Y.M.C.A.«
»Jetzt machen Sie einen Witz.«
»Ja. Aber es ist die Wahrheit.«
»In der Subway waren Sie nicht so stark.«
»Es ist mir einen Moment lang schwarz vor den Augen geworden.«
»Glauben Sie denn, daß wieder ein Schub von Gedächtnisverlust bevorsteht?«

»Nein. Aber ich hätte Sie gern in der Nähe, wenn es doch dazu kommen sollte.«
»Für wie lange?«
»Fangen wir mit dem Wochenende an. Ist es nicht seltsam, daß es jetzt Freitagnachmittag ist und daß wir zusammen sind und das ganze Wochenende zusammenbleiben können?«
»Haben Sie diesen Entschluß nicht ohne mich gefaßt?«
»Ohne Sie?«
»Du lieber Himmel«, sagte sie und begann von neuem zu nicken und zu klopfen.
»Wohin möchten Sie gehen?«
»Gehen?«
»Jetzt. Zum Wochenende.«
»Sie meinen das nicht ernst.«
»Reden Sie nicht so.«
»Warum nicht?«
»Sie wissen doch, daß es sich anders verhält.«
»Anders?«
»Wohin also?«
»Es tut mir leid«, sagte sie, indem sie ihre Hand – keine Pflegerinhand mehr, sondern eine richtige Mädchenhand – auf die seine legte. »Rita und ich fahren nach Fire Island. «
»Lassen Sie doch Rita fahren, und wir bleiben zuhause.«
»Ich kann nicht.«
»Warum nicht?«
»Rita ist sehr gut zu mir. Ich kann ihre Gefühle nicht verletzen.«
»Warum ist sie so gut zu Ihnen?«
»Mit welchem Recht fragen Sie das?«
»Es tut mir leid.«
»Ich werde es Ihnen sagen. Rita hat so viel für uns, für mich getan, und wir so wenig für sie. «
»Was hat sie getan?«

»Ich werde es Ihnen sagen. Man redet so viel von selbstlosen Menschen. Sie ist tatsächlich einer – der einzige, den ich kenne. Am nächsten kommt ihr noch meine Schwester Val, die einem katholischen Orden beigetreten ist. Aber das ist nicht dasselbe: denn was sie tut, tut sie aus einem Grund – der Liebe zu Gott und des Heils der eigenen Seele. Rita tut es ohne solche Gründe.«

»Und was tut sie?«

»Sie hilft Jamie, sie hilft mir –«

»Wie hilft sie Ihnen?«

»Als Mutter mit mir nach Cleveland ging, befiel mich eine schreckliche Niedergeschlagenheit. Ich fuhr nachhause und arbeitete eine Zeitlang in Myras Maklerbüro, besuchte dann hier die Schule – und fühlte mich von neuem entsetzlich allein und darnieder. Da war es dann Rita, die mich am Nacken packte und wieder aneinanderfügte – trotz allem, was mein Bruder ihr angetan hat.«

»Was hat er ihr angetan?«

Sie zuckte mit den Achseln. »Ach, es ist eine lange Geschichte, ein greuliches Durcheinander. Es genügt vielleicht, zu sagen, daß er abnorme psychosexuelle Bedürfnisse entwikkelte.«

»Ich verstehe.« Er runzelte die Stirn. Es war ihm nicht recht, daß sie das Wort »psychosexuell« gebrauchte. Das erinnerte ihn an die ausgekochten kleinen Wesen aus seiner früheren Therapiegruppe, welche Ausdrücke wie »Geistige Masturbation« und »auf die Kosten kommen« verwendeten. Etwas Fremdes war um dieses Wort. Sie, als seine Liebste, sollte es besser wissen. Bitte, keinen von euren durchtriebenen Siebenundfünfzigste-Straße-Sprüchen, hätte er ihr beinahe gesagt. »Seltsam«, sagte er.

»Was?«

»Ich liebe dich. Liebst du mich?«

»Ich schwöre es beim Himmel. Nur: Töten Sie mich nicht.«

Er geriet ins Grübeln. »Es ist das erste Mal, daß ich liebe«,

sagte er, eher zu sich selber. Er blickte auf und lächelte. »Dergleichen kommt dir wohl seltsam vor?«
»Ganz und gar nicht seltsam!« rief sie mit ihrem Schauspielerinnen-Triller.
Er lachte, und sagte dann: »Ich merke jetzt, daß es auch so aufgefaßt werden könnte, als meinte ich es gar nicht ernst.«
»Ja, so könnte es aufgefaßt werden.«
»Es könnte sogar einer der Sätze sein, die Männer üblicherweise sagen.«
»So ist es.«
»Und du glaubst, das sei auch bei mir so?«
»Nein, nicht bei Ihnen.«
»Ich warte immer noch.«
»Ich muß gehen.«
»Du fährst nach Fire Island?«
»Ja. Und Sie sind müde.«
Ganz unversehens war er das auch. »Wann kann ich dich sehen?«
»Kommen Sie denn nicht am Montag zu meinem Geburtstagsfest?«
»Oh ja. In Jamies Zimmer. Ich glaubte, es sei Jamies Geburtstag.«
»Wir sind zwei Tage auseinander. Und der Montag ist der Tag dazwischen. Ich werde einundzwanzig, und Jamie sechzehn.«
»Einundzwanzig.« Seine Augen blickten abwesend.
»Gehen Sie doch schlafen.«
»Gut.« Einundzwanzig, die Zahl der Zahlen, eine liebliche schöne Grenzzahl zwischen dem Heranwachsenden-Alter und dem Erwachsensein, durchweht von ihrem Duft, so wie die Straße, in der sie wohnte.

6.

Als am Freitag sein Bodenbank-Scheck eintraf, war er, der seltsamste aller Pflanzer, Eigentümer von zweihundert Morgen mit Brombeergestrüpp und Röhricht, imstande, seine Schulden bei Dr. Gamow zu begleichen. Da er sein Konto aufgegeben hatte, löste er den Scheck bei Macy's ein und gab das Geld am Montagmorgen auf dem Heimweg in Dr. Gamows Praxis ab.

Indem er – es war neun Uhr – den Kopf in Dr. Gamows Heiligtum steckte, erspähte er die um einen neuen Tisch versammelte neue Gruppe. So rasch die Scheine ausgehändigt waren: der kurze Augenblick genügte ihm. In Windeseile erschnüffelte er das besondere Gruppenklima aus schwelenden Feindseligkeiten und gezielten Angriffen. Obwohl sie wahrscheinlich erst zwei-, dreimal zusammengekommen waren, stierte bereits ein zähhäutiges Mädchen mit einem Tschako hochgekämmter Haare (Sozialarbeiterin aus White Plains?) auf einen zwerghahnhaften Rotkopf (den Computertechniker?), als wollte sie ihm zu verstehen geben: »Nicht mit mir, Buster!« Der alte Gruppenspezialist stieß einen Seufzer aus. Und obwohl Dr. Gamow die Tür in einer stillschweigenden Einladungsgeste um einen weiteren Spalt öffnete, schüttelte er den Kopf und verabschiedete sich, freilich nicht ohne Bedauern. Es war, als statte der große Läufer George Gipp dem Notre Dame Stadion einen letzten Besuch ab.

Es blieben ihm 34 Dollar 54, zum Kauf von Geschenken für Kitty und Jamie, und für das Essen bis zur samstägigen Gehaltszahlung. Am Sonntagabend saß er an seinem Prüfpult unter dem Macy-Gebäude und zermarterte sich das Hirn. Was könnte man diesen reichen, diesen sozusagen texanischen Südstaatlern geben, die doch schon alles hatten? Ein Buch für Jamie? Wohl kaum; denn nicht einmal Sutters Buch fesselte ihn auf die Dauer: es wurde befühlt, befingert,

verbogen, aber nicht gelesen. Seine Wahl war schließlich sowohl einfach als auch gewagt. Einfach: denn er konnte es sich ja eigentlich nicht leisten, ein Geschenk zu kaufen – und zugleich gab es ein Ding, das ihm gehörte: das Fernrohr. Warum es also nicht an Jamie ausleihen? Mit dem Geld erstand er bei Tiffany einen winzigen goldenen Ballettschuh für Kittys Amulett-Armband.
»Ich brauche es im Moment nicht«, sagte er zu Jamie, als er das Tetzlar an das Fensterbrett schraubte. »Ich dachte, es könnte dir Freude machen.« Dabei ließ er doch keinen Moment Kitty aus den Augen, die die kleine Schmuckschachtel auswickelte. Sie hielt den Schuh in die Höhe, warf dem Techniker ihren nüchternen Filippo-Lippi-Seitenblick zu, kräuselte die Mundwinkel und nickte kaum merklich. Seine Knie wurden schwach. Was war an diesem prächtigen, doch ganz und gar nicht außergewöhnlichen Mädchen, daß es ihm Kopf und Augen verdrehte, als sei er Woody Woodpecker?
Jamies Bett war überhäuft mit Krawatten und Büchern – gleich dreimal war er mit dem gleichen komischen Buch beschert worden, welches »Du alter Karrengaul« hieß. Die Schwestern hatten einen Merita-Kuchen gekauft und das »Happy Birthday« auf Diagrammpapier übertragen. Die Hilfsärzte brauten einen Drink aus Laboratoriumsalkohol und gefrorenem Grapefruitsaft, so als seien sie allesamt Schiffbrüchige und müßten sich mit den letzten Resten behelfen. In einem Scherzartikelgeschäft am oberen Broadway hatte Mr. Vaught ein lebensechtes Stück Hundedreck aus Papiermaché aufgetrieben, das er unter den Augen der Schwestern auf das Bett schmuggelte. Als diese es dann sichteten und ihre Entsetzensschreie ausstießen, stürmte der alte Mann wild im Zimmer hin und her, wobei er hinter jedes Gerät spähte. »Ich hab' ihn doch gesehen, einen kleinen fetten Köter!«
Der Techniker schraubte das mit einem Prisma ausgestattete

Geländeokular ein, richtete es rasch auf die Englewood Klippen und trat zur Seite. Der Patient brauchte sich nur auf einen Ellbogen zu stützen und in das Prisma hinein zu blicken. Ein kleiner Lichtfleck tanzte auf seiner Pupille. Der Techniker schaute ihm zu, wie er schaute: nun würde er, Jamie, es sehen, das strahlende Theater, in Überlebensgröße und -güte. Ausflügler zeigten sich da: eine auf einem Granitriff über dem Hudson lagernde Familie, der Vater mit einer Bierdose in der Hand.

Einmal blickte Jamie kurz auf, um sich bei dem andern zu vergewissern: sah er wirklich, was er sah? Der Techniker nickte: ja, er sah.

»Was für eine Biersorte trinkt er?« fragte er Jamie.

»Rheingold«, sagte Jamie.

Dann kamen die anderen an die Reihe, alle bis auf Rita; zuletzt Dr. Moon Mullins, der das Fernrohr umschwenkte auf das Schwesternhaus. An diesem Vormittag war Jamie nicht mehr ansprechbar. Er mußte die Schlepper auf dem Fluß anschauen, die Rollschuhläufer vom Palisades Park, die Mautstelle an der George Washington Brücke, zwei sich über den Gartenzaun unterhaltende Hausfrauen in Weehawken. Nun war Jamie der Wissenschaftler geworden, welcher auf ein Stück von New Jersey zielte und sich dann beiseite lehnte, um die Ärzteschaft durchblicken zu lassen.

Mrs. Vaught die Ältere konnte nicht genug davon bekommen. Ihr Kneifer gleißte im Licht, und sie ergriff den Techniker am Arm. »Sehen Sie doch die Farbe im Gesicht dieses Kindes!« Sie ließ ihren Mann durchschauen, doch er gab an, nichts zu sehen.

»Ich sehe überhaupt nichts!« rief er verärgert, wobei er mit dem Auge gegen das Okular stieß.

Dann ging Kitty mit Rita weg. Im Gehen bedachte sie ihn mit einem seltsamen, verhüllten Braunblick. Zittrig setzte er sich und stieß den Atem aus. Warum konnte er sich ihnen

nicht anschließen?! Doch als er aufsprang, ergriff ihn Mr. Vaught am Oberarm und führte ihn hinaus in die Halle. Er bugsierte den jungen Mann in eine Ecke und stand dann lange nur mit gesenktem Kopf da, nickend, ohne zu sprechen. Der Techniker meinte, der andere würde ihm einen Witz erzählen.
»Bill.« Das Nicken ging weiter.
»Ja bitte?«
»Wieviel haben Sie für das Ding bezahlt?«
»Das Teleskop? Neunzehnhundertundacht Dollar.«
»Wieviel verdienen Sie pro Woche?«
»Hundertachtundvierzig, alles in allem.«
»Hat Ihr Vater Ihnen etwas hinterlassen?«
»Nicht viel. Ein altes Haus und zweihundert Morgen Schlammland.«
Der Techniker war sicher, er würde gleich ausgescholten werden – ganz unversehens schien das Fernrohr ein Unding zu sein. Aber Mr. Vaught zog nur sein zur Kugel gerolltes Taschentuch hervor und hielt es sich an die Nase.
»Bill«.
»Ja bitte? «
»Wäre es Ihnen recht, für mich zu arbeiten?«
»Ich möchte schon, aber –«
»Wir haben eine Werkstattwohnung, von Mrs. Vaught eingerichtet. Sie wären unabhängig.«
»Ich freue mich sehr, aber –«
»Sie sind Ed Barretts Sohn«, sagte Mr. Vaught, als ginge er an eine Aufzählung.
»Jawohl.«
»Dolly, die Ihre Mutter kannte, hat gesagt, sie sei die liebenswerteste Frau auf Erden gewesen.«
»Jawohl.«
»Ihre Mutter und Ihr Vater sind tot, und Sie treiben sich hier herum und wissen nicht, was tun. Oder?«
»Ich bin Luftfeuchtigkeitstechniker.«

»Was zum Himmel ist das?« fragte der andere, indem er komisch den Mund verzog.
Der Techniker erklärte es ihm.
»Sie wollen sagen, Sie sind der Pförtner«, rief Mr. Vaught und trat lebhaft einen kleinen Schritt zurück. Zum ersten Mal zeigte sich etwas wie Schläue hinter der Spaßhaftigkeit des alten Mannes.
»In einer Weise stimmt das.«
»Seien Sie jetzt ehrlich: Sie wissen ganz und gar nicht, was Sie hier tun, oder?«
Der Techniker setzte zu einer Antwort an, in der er etwas über seine wissenschaftlichen Theorien sagen wollte. Statt dessen aber verstummte er.
»Welche Hochschule haben Sie besucht?«
»Princeton.«
»Und Ihre Religion?«
»Episkopalianer«, sagte der Techniker abwesend; er hatte noch nie darüber nachgedacht.
»So sind Sie doch ganz in Ordnung!«
»Jawohl.«
Wenn aber ich ganz in Ordnung bin, so dachte er, dann muß etwas nicht in Ordnung sein mit der Welt. Und wenn die Welt ganz in Ordnung ist, dann habe ich mein Leben vertan, was von allen Fehlern der schlimmste ist. »Ich bin allerdings nicht recht im Gleichgewicht –«
»Nicht im Gleichgewicht! Zum Teufel, auch ich wäre nicht recht im Gleichgewicht, würde ich unter all den Leuten hier leben.« Er deutete mit dem Kopf hinab zur Moräne von Washington Heights. »Tagsüber eingezwängt ins Y.M.C.A., und nachts unter einem Warenhaus. Und dann durch so ein Spionierglas die Leute beäugen! Himmel!«
Der Techniker mußte lachen. Beeinflußbar wie er war, dachte er zugleich, es sei keine schlechte Idee, in den Süden zurückzukehren und die eigene Identität zu entdecken (so

Dr. Gamows Ausdrucksweise). »Was könnte ich bei Ihnen tun, Mr. Vaught?«

»Folgendes: Sie fahren mit uns zurück und verbringen ein Jahr mit Jamie. Das wird Ihnen ermöglichen, Ihre Studien zu beenden – wenn Ihnen danach ist – oder sich umzuschauen nach der Art Arbeit, die Ihnen entspricht. Es steht Ihnen frei.«

»Ich weiß immer noch nicht, was Sie –«

»Bill, ich werde Ihnen etwas sagen.« Mr. Vaught zog ihn so nah an sich heran, daß wieder säuerlicher Altmännergeruch und Geruch des frischgebügelten Leinenstreifs spürbar wurden. »Ich brauche jemanden, der mir da heraushilft. Ich werde Jamie *nachhause* schaffen« – es mußte einen Menschen geben, der dagegen war! – »und ich möchte, daß Sie mit mir gehen.«

»Aber warum ich?«

»Jamie mag Sie. Daheim mag er niemanden, aber er mag Sie. (Er mag Sutter, aber der – nun gut.) Er ist jetzt vier Jahre hier, und man kann ihm über das meiste nichts vormachen, doch von ein paar Dingen hat er nicht die geringste Ahnung. Weder kann er Auto fahren noch ein Gewehr abfeuern! Wissen Sie, was er und Kitty daheim tun? Nichts! Sitzen in der Anrichte und bohren in der Nase.«

»Sind Sie denn sicher, daß ich nicht das gleiche täte?« fragte der Techniker lächelnd.

»Meinetwegen tun Sie's! Aber bringen Sie ihm auch etwas bei für die Welt. Ich habe doch gesehen, wie Sie auf ihn wirken. Es ist das erste Mal, daß ich ihn hier aufleben sehe. Können Sie Auto fahren?«

»Jawohl.«

»Haben Sie einen Führerschein?«

»Jawohl.« Er hatte einen für den Auchincloss-Continental gebraucht.

»Also?«

»Ist es richtig, daß Sie mich als eine Art Hauslehrer oder Gesellschafter wollen?«
»Sie müssen gar nichts sein, nur dasein.«
»Was das betrifft, habe ich in der Tat einige Erfahrung«, sagte der Techniker und erwähnte die Arbeit mit seinen jungen jüdischen Schützlingen.
»Sehen Sie! – Bei uns gibt es ein paar der wunderbarsten Juden überhaupt«, fügte er hinzu, als sei der Techniker selber ein Jude. »Jetzt brauchen wir nur noch jemanden zu finden, der mir hilft, ihn nach Hause zu bekommen.«
Das Angebot war nicht ganz so gut, wie es klang. Mr. Vaught, das war ihm gleich aufgefallen, gehörte zu den Leuten, die gern vor Fremden vertraulich tun. Und je weiter weg er war von zuhause, desto vertraulicher wurde er wohl. Er gehörte zu denen, die bei Zugfahrten lange Gespräche mit dem Steward führen, draußen auf dunklen Bahnsteigen. »Wieviel verdienen Sie, Sam?« fragte er da etwa den Steward. »Würde es Ihnen gefallen, für mich zu arbeiten?«
»Ein Bursche namens David hat uns hier heraufgefahren«, sagte Mr. Vaught, indem er sich unauffällig räusperte. »Ich wußte nicht, daß wir so lange bleiben müßten, und so schickte ich ihn mit dem Bus heim. Er war ohnedies kein guter Fahrer – hat mir einen Schrecken nach dem andern eingejagt.«
Der Techniker nickte, ohne Fragen zu stellen, denn er hatte begriffen, daß der »Bursche« ein Neger war, und daß Mr. Vaught fürchtete, es könnte herauskommen, dem anderen werde ein Negerjob angeboten.
»Mrs. Vaught ist überzeugt, daß Sie sich in Sutters alter Wohnung wohlfühlen werden«, fügte er rasch hinzu (kein Negerjob!). Zum ersten Mal fragte sich der Techniker, ob der Vorschlag nicht doch ernst gemeint sei. »Kommen Sie, trinken wir ein Coca Cola.«

7.

Er folgte dem Älteren in eine Ausbuchtung des Korridors, welche eingerichtet war als ein winziger Warteraum, mit einem verchromten Sofa, einem Cola-Automaten und einem einzelnen Fenster, das hinausging auf das gewaltige stampfende Schlachtschiff von Manhattan.
Mr. Vaught legte die Hand auf das Knie des Jüngeren und rüttelte daran. »Junger Mann: wenn Sie in mein Alter kommen, dann werden Sie hoffentlich nicht eines Tages aufwachen und erkennen, daß Sie irgendwo vom Weg abgekommen sind, und daß Ihre Familie ein Fehlschlag war.«
»Das hoffe ich auch.« Er war sich da sogar sicher. Weil er bisher ein Leben der reinen Möglichkeit geführt hatte, hatte der Techniker, dem von älteren Leuten schon oft dergleichen zu Ohren gekommen war, seit jeher die Gewißheit, er würde ihre Fehler nicht wiederholen.
»Es ist keine Kleinigkeit, wenn die Welt zugrunde geht und einen zugleich die eigene Familie im Stich läßt«, sagte Mr. Vaught, freilich ganz und gar nicht bekümmert, wie der Techniker bemerkte. Sein Ausdruck war so aufgekratzt wie immer.
Der winzige Raum füllte sich rasch mit Zigarrenrauch, und dem Techniker begannen die Augen zu brennen. Und zugleich, wie er so blinzelnd dasaß, die Hände auf den Knien, fühlte er sich ganz wohl.
»Oh, Billy, was für ein Schwund von Anständigkeit ist in der Welt, von allem, was dieses Land groß machte.«
»Jawohl.«
»Aber das allerbitterste ist die Undankbarkeit der eigenen Kinder.«
»Ich kann es mir vorstellen.«
Mr. Vaught, der am äußersten Sofarand saß, drehte sich herum und blickte über die Schulter zurück in den Rauch.

»Rita ist die einzige, die etwas wert ist, und sie ist nicht einmal eine Blutsverwandte.«
»Sutter ist der älteste«, sagte der Techniker mit einem Nicken.
»Der älteste und der schlauste, und trotzdem nichts wert. War's nie, und wird's nie sein.«
»Er hat doch einige gelehrte Artikel geschrieben.«
»Ich werde Ihnen sagen, was er getan hat. Es ist mit ihm bergab gegangen durch den Alkohol und die Frauen.«
»Tatsächlich?« Sein Leben lang hatte der Techniker von Männern gehört, mit denen es »bergab« ging durch Frauen, aber er wußte immer noch nicht genau, was damit gemeint war.
»Ist er denn kein guter Arzt?« fragte er den Älteren.
»Wissen Sie eigentlich, was er tut, er, der die bestmögliche Ausbildung hatte?«
»Nein.«
»Er war auf der Medizinischen Fakultät der Harvard Universität und verließ sie mit dem zweitbesten Abschluß, der dort jemals erreicht wurde. Danach war er Hilfsarzt am Massachusetts General Hospital. Kam heim und praktizierte vier Jahre mit großartigen Erfolgen. Verrichtete geradezu Wunder an den Leuten. Dann ging er weg. Wissen Sie, was er jetzt tut?«
»Nein.«
»Er ist Assistent des Leichenbeschauers. Für fünfhundert Dollar im Monat schneidet er tagsüber die Toten auf und ist nachts hinter Frauen her. Er ist nicht einmal der Leichenbeschauer, sondern der Assistent. Er arbeitet im Krankenhaus, hat aber keine Praxis. Er ist ein Hilfsarzt, ein vierunddreißigjähriger Hilfsarzt.«
»Stimmt das?«
»Sie kennen den Buben dort.« Mr. Vaught deutete mit dem Kopf zu dem Zimmer.
»Jawohl.«
»Er ist verrückt nach seinem großen Bruder, und ich kom-

me nicht und nicht dahinter, warum. Und schlau ist er!«
»Wer?«
»Beide.«
»–«
»Ich werde Ihnen jetzt erzählen, was passiert ist.«
»Was?«
»Ich habe einen Fehler gemacht. Vor drei Jahren, als Val, meine andere Tochter, einundzwanzig wurde, kam mir die Idee, jedem meiner Kinder hunderttausend Dollar zu geben, sowie es dieses Alter erreichte und nicht rauchte. Warum sich nicht am Geld erfreuen, solange man noch am Leben ist?«
»Das ist wahr«, sagte der Techniker, welcher sieben Dollar besaß.
»Ich wollte jedenfalls den Anblick einer Bande vermeiden, die auf den Zehenspitzen herumschleicht und die Zähne bleckt wie Raubzeug, in Erwartung meines Dahinscheidens. Sie wissen, was ich meine.«
»Jawohl«, sagte der Techniker mit einem Lachen.
»Was, glauben Sie, war die Folge? Sutter ist der ältere und bekommt demnach seinen Scheck zur gleichen Zeit wie Val. Kaum hat er sein Geld, löst er seine Praxis auf und geht nach Westen, kauft dort eine Ranch, setzt sich da nieder und beobachtet die Vögel. Und als er das Geld ausgegeben hat, was, meinen Sie, tut er? Er nimmt eine Stelle auf einer Moderanch an, etwa in der Art eines Schiffsarzts, und betreut da fünfhundert Strohwitwen. Oh, ich war ihm wirklich zu Gefallen. Oh, ich war ihm wirklich sehr zu Gefallen. Warten Sie, ich möchte Ihnen etwas zeigen. Heute, wie Sie wissen, feiern wir Kittys und Jamies Geburtstag. Kitty ist einundzwanzig, und Jamie ist erst sechzehn, aber ich werde ihm das Geld jetzt schon geben.«
Der Techniker blickte den anderen neugierig an, ohne jedoch etwas zu verstehen.
»Vielleicht würden Sie und Jamie gern eine Weltreise

unternehmen«, sagte Mr. Vaught, der dabei seinen Ausdruck nicht veränderte. Er fummelte in der hinteren Hosentasche seines Leinenstreifs und zog dann eine Brieftasche hervor, so rund und glänzend wie ein Ziegenbocksauge. Er zupfte zwei Schecks heraus und reichte diese dem Techniker, wobei er ihn mit gespannter Erwartung beobachtete. Es handelte sich um resche neue Schecks, die sich so rauh anfaßten wie ein Käsereiber, strotzend von roten und schwarzen Bankinsignien, Stanzlöchern und Aufdrucken. Eine Reihe von seltsamen Q-förmigen Nullen marschierte randwärts.

»Der da ist wohl für Kitty«, sagte er, als er das Wort *Katherine* las. »Einhunderttausend Dollar.« Er verhielt sich anscheinend gemäß den Erwartungen des Alten; denn dieser nickte.

»Wenn einer es bekommt, dann sollen es auch die andern bekommen. Ich hoffe nur, daß sie mich nicht auch vor den Kopf stößt.«

»Hat Val das getan?«

»Val war die schlimmste. Und dabei war sie mein Girlie. So habe ich sie genannt: Girlie. Als sie klein war, hatte sie oft Wachstumsschmerzen. Ich nahm sie dann auf den Schoß und schaukelte mit ihr stundenlang im Schaukelstuhl.«

»Was hat sie denn angestellt?«

»Mit dem Geld? Sie hat's den Niggern gegeben.«

»Wie bitte?«

»Ich sage es Ihnen doch: sie hat's den Niggern gegeben.«

»Aber –« fing der Techniker an, der sich ein Bild von einem Mädchen gemacht hatte, das draußen auf der Vorderveranda stand und den vorbeigehenden Schwarzen Scheine aushändigte. »Hat mir denn Kitty nicht erzählt, sie sei in einen – Konvent eingetreten?«

»So ist es«, rief der alte Mann, indem er durch den Rauch spähte.

»Wie ist es dann –«

»Jetzt bettelt sie die Nigger an. Halten Sie das für richtig?«

»Ich weiß nicht.«
»Ich möchte Sie etwas fragen. Sind Sie der Meinung, es sei Gottes Wille, daß wir etwas Unnatürliches tun?«
»Ich weiß nicht«, sagte der Techniker vorsichtig. Das Argument war alt, und der Gegenstand schwierig.
»Oder es sei Gottes Wille, daß wir die Unsrigen verlassen?«
»Bitte?«
»Ich meine: daß wir den Rest unseres Lebens nicht nur mit Niggern, sondern gar mit Tyree-Niggern verbringen. Ist das Ihrer Meinung nach natürlich?«
»Ich weiß nicht.«
»Haben Sie Ihren Vater über Tyree-Nigger reden hören?«
»Ich erinnere mich nicht.«
»Nicht einmal Nigger haben etwas gemeinsam mit Tyree-Niggern. Dort unten im Tyree County gibt es drei Arten von Schulen: eine für Weiße, eine für Nigger, und eine dritte für Tyree-Nigger. Sie haben scheckige Gesichter, und in ihren Köpfen ist es finster. Manche behaupten, sie äßen Lehm. Wollen Sie Vals Geschichte hören?«
»Bitte«, sagte der Techniker.
»Sie ging zuerst auf das Agnes Scott College, dann auf die Columbia Universität und stand da kurz vor ihrem Magister-Abschluß.«
Dem Techniker fiel auf, daß er es mit einer jener Familien zu tun hatte – sie waren häufiger im oberen Süden –, die großen Wert auf Ausbildung und Titel legen.
»Und was tue ich? Zwei Wochen vor dem Abschluß gebe ich ihr das Geld. Und was tut sie?«
»Gibt es den Tyree-Niggern?«
»So ist es, mein Herr.«
Ein entspanntes Schweigen ergab sich zwischen ihnen. Mr. Vaught kreuzte die Beine und zog mit beiden Händen einen Knöchel über den andern. Der kleine Aufenthaltsraum, wo der Zigarrenrauch bereits Wirbel bildete, hatte nun etwas von einem altmodischen Pullman-Raucherabteil, wo Män-

ner die Nacht hindurch zu sitzen und zu reden pflegten, die Knöchel über den Knien, und sich dann und wann hinauslehnten, um in den großen schwappenden Spucknapf zu spucken.

»Trinken wir noch ein Coca, Bill?«

»Ich hol's.«

Mr. Vaught trank sein Coca wie jemand vom Land: leerte es in zwei Schlucken, wobei er den kleinen Finger wegstreckte.

»Folgendes: die Ärzte sagen, Jamie könne in etwa einer Woche reisefähig sein. Ich habe vor, Donnerstag oder Freitag nächster Woche die Heimfahrt anzutreten. Mutter möchte über Williamsburg und Charleston fahren. Sie werden all Ihren Trödel aufgeben und mit uns kommen. Ich werde für Sie und Jamie ein kleines griffiges Auto besorgen – ich bin ja in dem Geschäft. Spielen Sie Golf?«

»Jawohl.«

»Wir wohnen genau am Golfplatz, mein Herr. Unsere Terrasse liegt nur ein paar Meter weg vom Handikap 6. Segeln Sie? Die Lil' Doll ist vertäut draußen im Yachtclub, und kein Mensch segelt mit ihr. Sie würden mir einen großen Gefallen tun.«

Der Techniker hoffte, er würde sein Gehalt erwähnen.

»Sie und Jamie können aufs College gehen – oder rund um die Welt fahren! Ist das nicht besser als ein Pförtner zu sein?«

»Jawohl.«

»Denken Sie darüber nach.«

»Das werde ich. Hören Sie –«

»Bitte?«

»Ich schreibe Ihnen hier meine Nummer in New York auf.«

Damit meinte er: Sie haben keine Summe erwähnt – und wenn Sie das zu tun wünschen, ist es an Ihnen, mich anzurufen.

»Ist recht«, sagte Mr. Vaught abwesend und schob das Papierstück in die Seitentasche seines Leinenstreifs; kein gutes Zeichen.

8.

Er blieb nur noch, um die Übergabe der Schecks mitanzusehen. Kitty war wieder da, ohne Rita!
Mr. Vaught stand mit gekreuzten Armen zwischen Jamie und Kitty und hielt in jeder Hand einen Scheck.
»Wann hast du zuletzt geraucht?« (Frage an Jamie.)
»Gar nicht geraucht«, sagte Jamie, indem er grinste und um sich schlug.
»Und wann zuletzt getrunken?«
»Gar nicht getrunken.«
»Dann kauf dir etwas zu trinken.«
»Jawohl«, sagte Jamie und nahm den Scheck.
»Kitty?«
»Weder geraucht noch getrunken.«
»Dann geh und kauf ...«
»Ich tu's wirklich«, sagte Kitty lachend.
»Ich meine es ernst! Sie sind gedeckt. Du kannst deinen gleich unten in der Bar an der Ecke einlösen.«
»Danke, Papa«, sagte Kitty und küßte ihn.
Die Schecks machten den Kreis zwischen Familienangehörigen, Schwestern und Hilfsärzten.
Wieder ging Kitty weg, und wieder versuchte der Techniker ihr zu folgen, aber Jamie hielt ihn auf.
»Bill.«
»Ja?«
»Komm her.«
»Was ist?«
»Hat Papa mit dir geredet?« flüsterte er.
»Ja.«
»Was hast du geantwortet?«
»Wir haben noch nichts vereinbart.«
»Ganz Papa. Aber was meinst du überhaupt?«
»Ich bin einverstanden, wenn ich dir von Nutzen sein kann.«

»Wohin möchtest du?«
»Wohin *ich* möchte?«
Jamie wedelte mit dem Scheck. »Setz deinen Namen ein.«
»Nein, mein Lieber. Du setzt deinen Namen ein. Und meiner Meinung nach wäre es das beste, du überträgst ihn auf eine Schule.«
»Gut«, sagte Jamie prompt und fröhlich.

9.

Im Lauf der folgenden Woche fing er an, sein Leben zu ordnen. Er aß und schlief regelmäßig, machte sich für jeden Tag einen Plan, kleidete sich ein bei Brooks Brothers wie sein Vater und sein Großvater vor ihm, kaufte sich da zwei Zehn-Dollar-Pulloverhemden mit Rückeneinschlag und ohne Vordertasche, Socken, Krawatten und Unterwäsche und verließ das Geschäft wie ein waschechter Princetonianer. Bei der Arbeit las er die Geschäftsmaximen in *Living*.

Man kapituliert vor seinen Problemen nur, indem man sich weigert, sich ihnen zu stellen.

Vor ein paar Jahren betrat eines Tages ein heute berühmter Industrieberater das Büro eines kleinen Konzerns. Er fragte den Präsidenten: »Wie gefiele es Ihnen, Ihre Verkäufe im Jahr um 200 % zu steigern?« Der andere zeigte natürlich auf die Tür. »Gut, ich gehe«, sagte der Berater. »Aber zuvor reichen Sie mir noch für einen Moment Ihren Notizblock.« Er schrieb ein paar Zeilen auf und gab den Block dem Manager zurück. »Lesen Sie's. Denken Sie drüber nach. Wenn Sie's verwerten, schicken Sie mir binnen Jahresfrist einen entsprechenden Scheck.« Ein Jahr später erhielt der Berater einen Scheck über 25 000 Dollar.

Der Berater hatte zwei Punkte notiert:
(1) Machen Sie eine Liste Ihrer Probleme, und reihen Sie diese nach ihrer Priorität.
(2) Widmen Sie *all* Ihre Zeit, einen Tag, einen Monat – solange es eben nötig ist – der Erledigung eines Problems. Dann gehen Sie über zum nächsten.

Simpel? Ja. Doch jener Manager stieg in der Folge zum Präsidenten der drittgrößten Firma der Welt auf und bezieht ein jährliches Einkommen von 400 000 Dollar.

Es war die schlichte Wahrheit. Taten werden verrichtet, indem man sie verrichtet, nicht aber, indem man sie nicht verrichtet. Kein Durcheinander mehr, beschloß er. Gut war besser als schlecht. Gute Umgebungen waren besser als schlechte Umgebungen. Zurück mit dir in den Süden, die Ausbildung abschließen, die Beziehungen nutzen, ein Geschäftsmann oder sonst ein Fachmann sein, heiraten, leben. Was war denn falsch daran? Keine wüsten Umklammerungen mit Mädchen mehr in Aufzügen und Automobilen, Schluß mit diesen und ähnlichen Unsinnigkeiten, die einen am Ende doch nur drückten und zwickten. Was war falsch an einem ordentlichen kleinen Haus in einem schön-grünen Außenbezirk von Atlanta oder Birmingham oder Memphis, und einer schönen kleinen Frau in einer brandneuen Küche, mit einem roten Kleid um neun Uhr morgens und einem trauten Gutenmorgenkuß, die Kleinen in der Schule, und eine gute alte Mammy, die für sie da ist? Er konnte Kitty nur treffen, indem er sie traf, nicht indem er sie nicht traf.
Aber das ging nicht. Kittys Telefon gab keine Antwort. Draußen im Park sirrte es von den Räuberpartikeln. Drinnen strich er kopflos durch die finsteren Aztekenflure des Y.M.C.A., drehte heftig an seinem tauben Ohr und vergaß, in welchem Stockwerk er wohnte. Wenn er im Bett lag, trotzte sein Bein der Schwerkraft und schwebte langsam in die Höhe. Seine Knie begannen fischgleich zu zucken.

Als er einmal Kitty anrief, nahm jemand den Hörer ab, ohne zu sprechen. »Hallo, hallo«, sagte er. »Wer ist dort?« Doch es kam nur ein Atemgeräusch und ein Knistern von Haut an Plastik. Dann wurde das Telefon sacht aufgelegt.
Auch von Mr. Vaught hörte er nichts. Als er ein weiteres Mal Jamie besuchen ging, lächelte er den Alten, sowie er vor ihm stand, erwartungsvoll an. Doch der andere zog nur seine Golduhr hervor, murmelte eine Entschuldigung und war schon unten in der Halle verschwunden wie das weiße Kaninchen.
Auch recht, sagte er zu sich selber. Wenn sie ihn wollten, sollten sie nach ihm schicken.
Als er am Mittwoch von der Arbeit heimkam, wurde ihm mit dem Schlüssel eine Nachricht ausgehändigt. Sie war von Kitty. Triff mich im Park, am Zoo, um vier Uhr dreißig. Er ging hin und wartete bis fünf Uhr dreißig, ohne daß sie kam.
In der Zwischenzeit wurde es schlechter mit ihm. Am Donnerstagmorgen verlor er wieder für eine Zeitlang das Gedächtnis. Er hoffte, es rühre von einer doppelten Schicht her, und davon, daß er nichts gegessen hatte. Der Kollege vom Tag, ein Mann namens Perlmutter, der eine kranke Frau hatte, war nicht erschienen. Dummerweise bot er sich an zu bleiben, mit dem Hintergedanken, daß er, mit seinen neuen Plänen und seinen Ausgaben bei Brooks Brothers, Geld brauchte.
Nach sechzehn Stunden unter der Erdoberfläche wankte er hinaus in die Schluchtluft der Siebten Avenue. Etwa zehn Minuten stand er, den Finger an der Nase, in dem gewitterblauen Schattenreich der Pennsylvania-Station. In seinem Kopf ging eine Schranke nieder. Laß uns vernünftig sein, sagte er, zog *Living* aus der Tasche und las ein paar Maximen. Hm. Das Entscheidende ist, eine Reihenfolge zu finden.
Irgendwo in der rauchigen Grenzenlosigkeit der Station, die durchbohrt war mit späten schrägen Sonnenstrahlenbündeln

wie ein Dom – spät oder früh? Abend oder Morgen? – und heimgesucht von den üblichen *déjà vus* des »Komme-von-Charlotte-oder-Chattanooga-oder-Tuscaloosa-und-wie-geht-es-von-hier-weiter«, wurde er vollends verdreht, geriet auf den falschen Bahnsteig und nahm den Zug in die falsche Richtung. Er mußte eingenickt sein; denn er erwachte in der New Lots Avenue (möglich auch, daß es Far Rockaway war).

Was ließ ihn zu sich kommen? Etwas. Sein Herz hämmerte. Es war geradezu in Aufruhr. Jetzt wußte er es! Ein Augenpaar hatte ihn angeschaut, hatte in ihn hineingestarrt, als er mit offenen Augen schlief. Wer? Rita. Oder träumte er? Der Zug hielt. Er blickte sich um. Doch da war niemand. Und trotzdem folgte ihm jemand, er war sicher. Obwohl er so benommen war, reagierte sein Radar auf die kleinste Welle, und er spürte ein Prickeln zwischen den Schulterblättern. Irgendwo in Brooklyn stieg er um in einen alten Lokalzug mit strohgeflochtenen Sitzen und fuhr bis zu einer Station an der Küste.

Es war dunkel. Er befand sich in einer langen Straße, die zwischen den gelben Lampen an den Blockgrenzen fast schwarz war. Das Meer mußte nah sein. Etwas wie ein Röhren erfüllte weithin die Nacht, und ein Wirrwarr durchzog die Luft. Es war, als nähere man sich mit jedem Schritt einer unerhörten Offenheit. Er ging sechs Blocks die leere Straße entlang – und da war es. Aber es war ganz und gar nicht das verlassene, weite und unheilverkündende Meer von Wrightsville oder Myrtle Beach oder Nag's Head. Es war gezähmt. Kurzwarengeschäfte standen da im Sand, und die Brandung war dürftig, schniefte daher wie das Wasser eines Sees und überschlug sich flau an einem steil-klein-alt-braunen Strand.

Er blickte hinter sich. Niemand war ihm gefolgt. Die Schläfrigkeit kam zurück. Der Schlaf übermannte ihn auf der Stelle. Er legte sich in den warmen schwarzen Sand eines freien Grundstücks und schlief zwei Stunden, völlig bewegungslos. Er erwachte, wieder klar im Kopf, und fuhr zurück zum Y.M.C.A.

10.

Als er am folgenden Morgen vom Wasserreservoir nach Hause lief, erblickte er Rita in etwa zweihundert Metern Entfernung. Sie saß auf einer Bank in der Nähe der Milchbude und hatte das klosettschüsselförmige Teleskop-Futteral unter dem Arm. Er wußte augenblicklich alles: sie war gekommen, um ihn loszuwerden. Sie hoffte, er werde sein Fernrohr nehmen und verschwinden.

Aber sie zeigte sich zum ersten Mal richtig freundlich und patschte neben sich auf die Bank. Und als er sich niederließ, rutschte sie geradezu unbequem nah an ihn heran. Er krümmte sich in seinem Laufanzug zusammen, in der Hoffnung, den Schweißgeruch möglichst von ihr abzuhalten.

Ihre Hand legte sich sanft auf sein Knie. Indem sie ihn anblickte, redete sie, kaum zwei Spannen von ihm entfernt. Vor lauter Lauschen verstand er kein Wort.

»Aber Sie und ich, wir wissen es besser«, sagte sie gerade. »Er hat zuhause nichts zu suchen.«

»Jamie?«

Ihr in die Augen zu schauen, war eine Art Schock. Jeder Zug in ihrem Gesicht war ihm vertraut. Doch jetzt, da sie ihre Augen sehen ließ, wurde sie jemand andrer. Es war, als drehe sich ein Bilderspielwerk um ein Grad: die schwarzen Linien erscheinen, und das Bild verändert sich. War ihr Gesicht zuvor dunkel und verschlossen wie das einer Zigeunerin gewesen, so zeigte sich nun an den Augen so etwas wie Mädchenhaftigkeit.

»Bill –«
»Ja bitte.«
»Nicht so. Ich heiße Rita.«
»Gut, Rita.«
Wieder legte sich die Hand sanft auf sein Knie.
»Ich möchte, daß Sie etwas für mich tun.«
»Was?«
»Die Vaughts haben Sie sehr gern.«
»Es freut mich, das zu hören.«
»Das Besondere ist, daß Sie, obwohl Sie erst seit kurzem mit ihnen befreundet sind – oder vielleicht gerade deswegen –, mehr Einfluß auf sie haben als sonst jemand.«
»Das bezweifle ich. Ich habe seit mehreren Tagen nichts von ihnen gehört.«
»Ach, man hat etwas Schlimmes mit Ihnen vor. Man möchte Sie mit sich nach Hause nehmen, nicht wahr?«
»Seit wann wissen Sie das?«
»Seit gestern.«
»Hat Mr. Vaught es Ihnen gesagt?«
»Ja.«
»Es freut mich, das zu hören.«
»Im Augenblick geht es nicht um den Vater. Jamie ist es, der uns jetzt braucht.« Obwohl sie ernst klang, ließ sie die Blicke umherschweifen; gleichsam gewohnheitsmäßig beobachtete sie die Vorgänge auf der Achten Avenue. Sie hatte etwas von einer betriebsamen Frau in einer Männerwelt. Und ihre Betriebsamkeit gestattete ihr, geistesabwesend zu sein. Müde, wie sie war, wußte sie ihre Müdigkeit zugleich einzusetzen.
»Warum?«
»Bill: Jamie kann nicht nachhause.«
»Warum nicht?«
»Ich werde Ihnen etwas sagen.«
»Bitte.«
»Erst einmal – wieviel liegt Ihnen an Jamie?«

»Wieviel mir an ihm liegt?«
»Würden Sie etwas für ihn tun?«
»Ja.«
»Würden Sie alles für ihn tun?«
»Was meinen Sie damit?«
»Würden Sie ihm helfen, wenn er in ernsten Schwierigkeiten wäre?«
»Selbstverständlich.«
»Ich wußte das.«
»Worum geht es?« fragte er nach einer Pause.
Rita strich über ihren Rock, bis dieser über ihren Schenkeln eine vollkommene Membran bildete. »Unser Jamie wird es nicht schaffen«, sagte sie, mit einer leisen durchdringenden Stimme, und einer Sanftheit, die bis ins Mark ging.
Es bildete sich zwischen ihnen die beinahe wollüstige Atmosphäre der schlechten Neuigkeiten. Warum nur, so dachte er, während er sich vorbeugte und sich den Puls befühlte, kann ich nicht hören, was die Leute sagen, sondern nehme nur ihre Redeweise wahr?
»Weltbewegend ist es ja nicht«, sagte sie still. »Ein kleiner Heranwachsender gegen die dreißigtausend japanischen Kinder, die wir ausgelöscht haben.«
»Wie bitte?« fragte der Techniker, indem er die Hand an sein gesundes Ohr legte.
»In Hiroshima und Nagasaki.«
»Ah!«
»Aber zufällig ist dieser kleine Kerl mein Freund. Und der Ihre. Er hat Rückenmarksleukämie, Bill.«
Und ich bin auch krank, dachte er verängstigt und blickte auf seine Hände. Wie kommt es nur, daß schlechte Neuigkeiten nicht so schlecht sind, und gute Neuigkeiten gar nicht so gut? Ja, das ist es, was ihr aufhilft, und was mich krank macht! Ach, mir geht es nicht gut. Und er blieb still und starrte in seine Handteller, die auf seinen Knien lagen.

»Sie scheinen nicht überrascht zu sein«, sagte Rita nach einer Weile.
»Ich wußte, daß er krank ist«, murmelte er.
»Wie das?« fragte sie rasch. Er sah, daß sie von seiner Gleichgültigkeit enttäuscht war. Sie hatte sich gedacht, er würde sich ihr anschließen und mit ihr das Schrecknis feiern.
»Warum sollte er nicht nachhause?« fragte er, indem er sich aufrichtete.
»In der Tat: warum nicht? Eine sehr gute Frage, da er im Moment doch eine vollständige Besserung erlebt. Er fühlt sich wohl. Sein Blut ist so normal wie Ihres oder meines. Er liegt nicht mehr. Morgen wird er entlassen.«
»Also?«
»Also. In vier Monaten wird er tot sein.«
»Dann sehe ich nicht ein, warum er nicht nachhause oder sonstwohin gebracht werden sollte.«
»Es gibt nur einen Grund dafür: ein mit allen Wassern gewaschener Bursche namens Larry Deutsch, oben am Medizinischen Zentrum. Er hat ein Mittel, ein schrecklich gefährliches Mittel, das, nebenbei bemerkt, aus einer beim Tarahumara-Stamm gebräuchlichen Pflanze gewonnen wird.«
Zu seiner Erleichterung begann Rita mit einer langen Ausführung über Jamies Krankheit. Da er die Redefrequenz kannte, brauchte er nicht zuzuhören.
»– und so sagte Larry mir mit der sanftesten Stimme, die ich je gehört habe: ›Ich glaube, wir sind in Schwierigkeiten. Schauen Sie einmal.‹ Ich schaue, und obwohl ich nicht die geringste Ahnung habe, sehe ich, daß etwas zum Erschrekken anormal ist: die kleinen Zellen waren sozusagen verwischt – sie hatten etwas von japanischen Laternen im Nebel. Das war vor mehr als einem Jahr –«
Statt zuzuhören sann er den Auswirkungen von Kriegen und Tod damals bei sich zu Hause nach. Die Tage der schlechten Neuigkeiten waren zugleich erfüllt von Klarheit und Milde. Die Familien rückten enger zusammen. Azaleen, unerhörte

Anblicke. Er erinnerte sich an seines Vaters Freude, als er von Pearl Harbor redete – wo er sich befand in dem Augenblick, da er davon hörte, und wie er am nächsten Morgen die Musterungskommission angerufen hatte. An jenem Montag hatte er sicher keine Schwierigkeiten auf dem Weg zur Arbeit. Für einmal verloren die Häuser, die Bäume, die Risse im Gehsteig ihre übliche bedrohliche Gegenwärtigkeit. Vorbei die gefährlichen Wochentagsmorgen! Krieg ist erträglicher als ein Montagmorgen.

Als sein Schweiß trocknete, begann die Wolle auf der Haut zu kratzen.

»– Tatsache Nummer zwei. Jamie ist der klügste Kerl, der mir je untergekommen ist. Klüger sogar als Sutter, mein bezaubernder Ex-Ehemann. Es ist wirklich sehr komisch. Sein Mathematiklehrer in New Hampshire war froh, ihn loszuwerden. ›Bringen Sie ihn weg von hier‹, sagte er zu mir. ›Er möchte über John von Neumanns *Theorie der Spiele* diskutieren –«

Es waren ihre gelegentlichen Pausen, die ihn aufmerken ließen.

»Und weiter?« fragte er.

»Er bekommt nur noch Prednison. Seine Eltern wollen nicht zur Kenntnis nehmen, daß er sterben wird. Warum nicht ein anderes Medikament versuchen, so sagen sie. Aber es gibt keine anderen Medikamente mehr, er hat sie alle schon durch.«

Er schwieg.

Sie betrachtete ihn mit freundlichen hellen Augen.

»Irgendwie erinnern Sie mich an den Gefreiten im *Zauberberg*. Macht es Ihnen etwas aus, wenn ich Sie so nenne?«

»Ganz und gar nicht.«

»Was würden Sie tun, wenn Sie die Wahl hätten?«

»Ich habe meine Wahl: mit Jamie gehen.«

»Ich meine, wenn Jamie nicht aufgetaucht wäre.«

»Oh, ich würde Kitty aufsuchen.«

»Lassen wir uns alle aus dem Spiel. Und nehmen wir auch an, es sei keine Frage des Geldes.«
»Ich glaube, ich würde meine Ausbildung beenden.«
»Welches Fach?«
»Wahrscheinlich Metallurgie.«
»Welche Schule würden Sie wählen?«
»Die Bergwerksschule von Colorado.«
»Dorthin würden Sie gern gehen?«
Er zuckte die Achseln. »Warum nicht?«
»Angenommen, Jamie würde auch gehen wollen.«
»Das ist seine Sache.«
»Schauen Sie einmal.«
Er starrte auf einen halbeingerollten Polaroidschnappschuß von einem kleinen weißen Laster, mit einem Kabinenaufbau hinten. Der Laster war geparkt an einem dürftig-steinigen Strandstreifen. Kitty lehnte in langen Shorts an der Kabine, einen weißkrempigen Hut in der Hand, als wolle sie eine amerikanische Lady-auf-Safari parodieren.
»Was ist das?«
»Odysseus.«
»Odysseus?«
»Er sollte uns hinaus über die Grenzen der westlichen Welt und zurück nach Hause bringen.«
»Ich verstehe.«
»Aber jetzt ohne Spaß: folgendes habe ich Ihnen vorzuschlagen«, sagte sie. Und es stellte sich heraus, daß er, sowie sie ihm gewöhnliche Anweisungen gab, ihr zuhören konnte. »Sie werden nicht nur für Vater arbeiten, sondern auch für mich – vielleicht für uns beide, doch zumindest für mich. Sehen Sie zu, daß Jamie so lange bleibt, daß Larry mit ihm eine Huamuratl-Kur versuchen kann. Ihr zwei Buben nehmt meine Wohnung in der Stadt, und hier sind außerdem die Schlüssel zu der Hütte auf Fire Island. Wenn Larry das Seine getan hat, nehmen Sie Odysseus und starten heimwärts oder nach Alaska. In jedem Fall gehört Odysseus Ihnen. Er ist

dreihundert Meilen gefahren, hat mich siebentausend Dollar gekostet und ist, was mich angeht, ein Totalverlust. Hier ist der Kraftfahrzeugschein, ich habe ihn auf Sie und Jamie übertragen. Ich bekomme dafür von euch beiden je einen Dollar. Jamie hat schon gezahlt.« Und sie streckte ihre Hand aus. »Jetzt her mit dem Geld, bitte.«
»Ich habe keinen Dollar.«
Sie reihte die Papiere, Schlüssel und die Photographie auf ihrem Schoß auf. Er betrachtete noch einmal eingehend den Schnappschuß.
»Zu welchem Zweck haben Sie ihn gekauft?« fragte er sie.
»Zum Campen in Europa. Blöd, nicht wahr? Sich vorzustellen, daß ich für dieses Monstrum Odysseus Benzin in Litermengen kaufen müßte.«
»Haben Sie schon mit Jamie geredet?«
»Ja.«
»Und Mr. Vaught ist damit einverstanden?«
»Er wird es sein, wenn Sie ihn fragen.«
»Und was ist mit Kitty?«
»Mein Freund, erlauben Sie, daß ich Sie einweihe. Vielleicht haben Sie's noch nicht gemerkt – aber unser junger Freund Jamie hat bis obenhin genug von den Familien-Frauen, mich eingeschlossen. Kitty und ich haben ihm denselben Vorschlag gemacht: zu dritt nach Long Island mit dem Camper, (der hat Platz für drei). Er hat uns ins Gesicht gelacht, und ich muß Ihnen sagen, ich nehme es ihm nicht übel.«
»Gut.«
»Jetzt stellen Sie sich vor, Sie erklären ihm: Jamie, draußen auf der Straße steht Odysseus. Los, auf, wir fahren. Was wäre seine Antwort?«
»Er würde das mit Odysseus nicht mögen.«
»Wahrhaftig, Sie haben recht.« Ihre Faust ließ sich nieder auf sein Knie. »Sie haben recht. Sie *wissen*. Also gut: lassen wir das Wort ›Odysseus‹ weg. Was dann? Was würde er tun?«
»Er würde fahren.«

»Sie wissen wirklich.«
»Danke.« Er zupfte an seinem Laufanzug, der sich schälte wie alte Haut. »Und Kitty wird dann nach Europa gehen?«
»Mein lieber junger Freund, hören Sie mir jetzt zu. Ich glaube tatsächlich, Sie unterschätzen sich. Sie scheinen nicht zu ahnen, welch einen Orkan Sie entfesselt haben, und was für eine Macht in Ihnen ist. Sie haben unsere arme Kitty verdreht wie einen Kreisel. Ich nehme es ihr auch nicht übel. Manche Männer können eben sitzen, so wie Achill einst saß, und manche Männer können es nicht. Doch ich schlage Ihnen vor, junger Herr, daß wir unserer Freundin ihr Übersee-Jahr einräumen – ein zweites Mal wird es ohnedies nicht geben. Im Ernst: Kitty hat mich gerettet. Sie ist die Schwester des Kerls, den ich geheiratet habe. Sie hat mich aufgerichtet, als ich in Not war, und ich will es ihr vergelten. Können Sie sich vorstellen, was es heißt, nur von Vater und Mutter Vaught aufgezogen zu werden? Sie sind ja auf ihre Weise die liebsten Menschen auf Erden, aber Sie können nicht wissen, wie es heutzutage um den armen alten Süden bestellt ist. Lassen Sie ihr bitte das Jahr in Florenz, und wenn *Sie* sie dann nicht ganz vergessen haben, schicke ich sie auf der Stelle heim. Oder besser: Jamie und Sie, sowie ihr mit Larry fertig seid, ihr kommt hinüber zu uns!«
Als nächstes schob sie ihm etwas in die Tasche, richtiger – da er keine Tasche hatte – in die Zugschnur seines Laufanzugs, verstaute es da mit einer heftigen kleinen Geste, wie eine Tante zu Weihnachten. »Ihr erstes Monatsgehalt«, sagte sie und war schon weg.
Er nahm den Scheck auf und las ihn mehrere Male. War er nicht nachdatiert? Er kratzte sich am Kopf. Andererseits: was war überhaupt das heutige Datum?

11.

Es kam die erste warme sommerliche Nacht. In Harlem waren Feuer ausgebrochen. Zweimal krachten Schüsse, ziemlich nah, zwischen der Siebzigsten und Achtzigsten Straße. Polizeiwagen rasten am Westrand des Central Park Richtung Norden. Doch der Park selber war ruhig. Sein zugänglicher Bereich, tagsüber so armselig, war ein heimliches, finsteres Laubmeer. In den rauschenden Blättern zirkelten die Laternen grüngoldene Buchten aus.
Er schlenderte über die Felsgrasfläche am Teich, die Hände in den Taschen und die Brauen gerunzelt, als sei er in Gedanken versunken. Der Ort war nachts gefährlich, aber das kümmerte ihn nicht. Er fühlte sich gereizt, und zugleich stark, und wäre zu jedem Faustkampf bereit gewesen. Kurz zuvor war neben ihm, an seiner tauben Seite, ein schwitzender junger Mann aufgetaucht.
»Waren wir nicht gemeinsam im Philosophiekurs des Y.M.C.A.?« murmelte der Fremde, wobei er behende den Schritt wechselte, um gleich auf gleich zu bleiben.
»Wie bitte?« sagte der Techniker geistesabwesend.
»Ich fand's unglaublich schlecht«, murmelte der andere.
»Was?« Der Techniker legte die Hand an sein gesundes Ohr.
»Interessieren Sie sich für die platonische Philosophie?« fragte ihn der andere.
»*Wo*für?« sprach der Techniker, wobei er stehenblieb und sich herumdrehte, um besser zu hören – zugleich aber den anderen mit einem solch aufmerksam-ungerichteten Starrblick bedachte, daß er ins Dunkel entschwand.
So stark und gesund er sich fühlte – in Wirklichkeit herrschte in ihm doch eine gewisse Verwirrung. Die jähe Hoch-Zeit des Sommers brachte ihn durcheinander. In dem Park schwärmte es von Sommer-*déjà vus*. Die dichte, heimliche Dunkelheit, der kräftige Tanningeruch der Rinde und die kühlen Ausdünstungen einer Unzahl von fleischigen fri-

schen Blättern gemahnten ihn an etwas. Von Zeit zu Zeit war es, als kämen über ihn Duftschwaden von Mädchen aus Alabama (nein, aus Mississippi), die nach einem Bad in ihre Baumwollkleider geschlüpft sind und durch die Sommernacht stadtwärts gehen. Traumverloren stieg er die Felsfläche hinauf und beugte sich über die Bank. In dem Versteck fand sich dieselbe Nachricht wie schon vor Tagen, ein Zitat von Montaigne. Er las es unter einer Lampe:

Ist der Mensch nicht ganz und gar verrückt? Er ist unfähig, einen Wurm zu erschaffen, aber Götter erschafft er noch und noch.

Niemand hatte die Nachricht abgeholt. Das war aber auch nicht, was zählte: als er sie beschnüffelte, roch sie nicht nach Montaigne, vielmehr nach jemandem, der Montaigne gerade in einer solchen Nacht zitierte (was etwas ganz anderes war). »Moment« sagte er, blieb in einem Getüpfel von Licht und Blättern stehen und schnippte sacht mit den Fingern. Sein Vater! Auch er hatte Montaigne zitiert, in einer Sommernacht – in einer freilich, welche grüner war, dichter und heimlicher als die jetzt. Wieder schnippte der junge Mann im Park mit den Fingern. Lange, lange stand er da, mit geschlossenen Augen, sich leicht hin und her wiegend. Zögernd erhob er den Arm, Richtung Westen.
Dort drüben war jetzt nicht mehr die Felsgrasfläche, sondern der Deich, und nicht die Lampe im Laub, sondern die Straßenbeleuchtung der Houston- und De Ridder-Street. In der Finsternis unter den Wassereichen ging der Erwachsene auf und ab, während das Kind auf den Verandastufen saß und auf das Grammophon achtete, welches klirrte und surrte, beladen mit alten 78er-Platten, auf denen zischend die Nadel umging. Brahms schwang sich hinaus in die Sommernacht. Im Westen, oben auf dem Deich, saßen Paare in stehenden Autos. Vom Osten, aus der Tiefe der De

Ridder-Street, von der schweren, summenden, geradezu feisten Dunkelheit der Baumwollsamen-Ölmühle, kam immer wieder der Schall von Negergelächter.
Auf und ab ging der Erwachsene und sprach zu dem Kind, sooft er an den Stufen vorbeikam. Mehr Autos reihten sich unauffällig auf dem Deich, mit abgeschalteten Scheinwerfern. Es war, als bewegten sie sich auf Pfoten, erst der linken, dann der rechten. Der Erwachsene wurde zornig.
»Wie es scheint, ist die Gebetsversammlung zu Ende«, sagte er.
In die Nacht hinaus klang Brahms, die alte, angekränkelte Blendwerkmusik aus dem nördlichen Deutschland, doch heimischer hier als in Hamburg.
»Was erwarten sie nur«, sagte der Mann jetzt auf seinem Westweg. Er drehte sich unter dem Straßenlicht um und kam zurück.
»Und die dort«, fuhr er fort, indem er ostwärts nickte: »Unzucht treiben sie, und der Meister der Unzucht ist der Prediger.«
Aufschwang sich das Große Hornthema, genaueste Entsprechung des zusammengekrachten Blendwerks des neunzehnten Jahrhunderts, der schlimmsten aller Epochen.
»Und die da«, sprach er hinauf zum Deich: »Auch sie treiben Unzucht, in aller Öffentlichkeit, und erwarten, von denen dort hinten unbemerkt zu bleiben. Und dann erwarten sie auch noch, daß ihre Frauen respektiert werden.«
Der Knabe achtete auf den Kratzer in der Platte. Er wußte im voraus die Stelle. Dann kündigte sich der Kratzer an, und er hatte Zeit genug, aufzustehen und den Tonarm abzuheben; die Nadel geriet nicht in die Kerbe.
»Sieh sie dir an.«
»Jawohl.«
»Sieh sie dir nur an. Weißt du, was passieren wird?«
»Nein.«
»Der eine stürzt sich auf das Schlechteste am andern und

verliert dabei das Beste von sich selbst. Paß nur auf: Der eine wird Unzucht treiben in aller Öffentlichkeit, und der andere wird schließlich auf die Straße pissen. Paß nur auf.«
Der Mann blieb stehen, worauf der Knabe sagte: »Jawohl.«
»Geh zu den Huren, wenn es dich treibt, aber bedenke immer den Unterschied. Behandle eine Dame nicht wie eine Hure und eine Hure nicht wie eine Dame.«
»Ich werde mich daran halten.«
Die Platte endete, doch die Kerbe verhinderte das Ausschalten. Der Knabe stand halb auf.
»Tust du das eine, wirst du wie sie dort: ein gewissenloser Wüstling. Tust du das andre, wirst du wie sie da: ein frömmelnder Wüstling.«
Er öffnete die Augen. Wie er nun so in der zivilisierten Parkfinsternis stand, schnippte er leise mit den Fingern, als versuchte er, sich an etwas zu erinnern.
Was passierte aber danach? Nachdem er –
Vornüber gebeugt spähte er hinab auf den schwach getüpfelten Pfad. Nach einer langen Zeit hielt er seine Uhr ins Lampenlicht. Er blickte im Kreis, um sich wieder zurechtzufinden, und ging dann schnurstracks zum Parkrand und hinunter in die Subway.
Doch er konnte kaum wieder ganz da sein; denn er tat jetzt etwas, was bei ihm zuhause üblich war, nie aber hier. Er ging einfach zu Ritas Wohnung in der Seitengasse und klopfte an, um acht Uhr dreißig am Abend.
Kitty kam zur Tür. Ihre Lippen öffneten und schlossen sich. War er es wirklich?
»Oh«, sagte sie, unschlüssig, ob sie ihn anschauen sollte oder nicht.
»Laß uns spazieren gehen«, sagte er. »Es ist solch eine schöne Nacht.«
»Oh, ich möchte so gern«, rief sie, »aber ich kann nicht. Ein anderes Mal.« Es gelang ihr, den Eingang zu verstellen, ohne sich mitten in der Tür aufzupflanzen.

»Nehmen wir die Fähre nach Staten Island.«
»Oh, ich kann nicht«, sagte sie mit kläglicher Stimme, wie eine Schauspielerin.
»Möchtest du mich denn nicht hineinlassen?« sagte er nach einer Pause.
»Was? Oh. *Oh.*« Doch anstatt zur Seite zu treten, spähte sie spielerisch in die Finsternis hinter ihm und schnalzte mit der Zunge. Es war, als hätten sie hier in der Türöffnung ihr Rendezvous.
»Ich wollte dich etwas fragen. Es wird nicht lange dauern. Am Telefon hat niemand abgehoben.«
»Wirklich nicht?« rief sie, nach hinten gewendet. Es schien, als ginge es nun um das Telefon: würde dieses Problem gelöst werden, könnte er danach gehen wie ein Angestellter der Telefongesellschaft. Und zugleich war es ihr dadurch möglich, ihn einzulassen. Sie trat beiseite.
So stand er schließlich im Wohnzimmer, gleichsam zu Diensten. Er war wegen des Telefons gekommen. Die beiden Frauen lächelten ihn an, auf einer niedrigen Couch mit einem indianischen Überzug. Nein, nur Kitty lächelte. Rita beäugte ihn ironisch, wobei es war, als ob ihr Kopf sich immerfort wegdrehte.
Nicht auf Barbados war man hier, sondern im Indianerland. Rita (so erklärte Kitty nervös) trug einen *Chamula huipil* aus grobem Wollstoff, und Kitty selber hatte sich einen weißen *quexquemetl* um ihre Caprihosen geschlungen. Die Wände leuchteten von *Quetzal*-Vögeln und kruden Votivbildern, gemalt auf Blech.
Sie tranken einen durchdringend riechenden Tee.
»Ich konnte dich am Telefon nicht erreichen«, sagte er zu Kitty.
Die zwei Frauen blickten ihn an.
»Vielleicht sollte ich erklären, worum es geht«, sagte der Techniker, der immer noch mehr oder weniger die Haltung bewahrte, wenngleich schon etwas unsicher.

»Eine gute Idee«, sagte Rita, indem sie einen kräftigen Schluck von dem Tee nahm, der nach gebranntem Mais roch. Er schaute zu, wie ihr Halsmuskel die Flüssigkeit zum Glucksen brachte.
»Kitty, ich möchte dich etwas fragen.«
»Was denn?«
»Könnte ich mit dir allein sprechen?«
»Du bist bei Freunden«, sagte Kitty mit einem lauten Lachen.
»Also gut. Ich wollte dich bitten, nicht nach Europa, sondern mit Jamie und mir in den Süden zu gehen.« Dabei hatte er vor diesem Satz nicht gewußt, was er sie hatte fragen wollen. »Hier ist Ihr Scheck, Mrs. Vaught. Ich bin wirklich dankbar, aber –«
»Meine Güte«, sagte Kitty und sprang auf wie unter einem Elektroschock. »Hör dir diesen Menschen an«, rief sie Rita zu und schlug sich, in einer gleichsam jüdischen Geste, auf den Schenkel.
Rita zuckte mit den Schultern, ohne den Scheck zu beachten.
Der Techniker trat einen Schritt vor und nahm dann Kittys Hand. Momentlang weiteten sich ihre Pupillen, und sie erschien so schwarzäugig wie ein Alabama-Mädchen in einer Sommernacht. Dann blickte sie starr-verblüfft auf die eigene Hand: Nicht möglich! Er hielt ihre Hand! Doch statt ihm zu entschlüpfen, zog sie ihn hinunter auf die Couch.
»Hier, versuch ein bißchen von dem *Hikuli*-Tee.«
»Danke, nein.« Als er sich zwischen den Polstern zurücklehnte, fiel sein Blick auf ein Votivbild. Es zeigte einen Mann, der, von einem Motorrad geschleudert, in einem Graben lag. Er hatte offensichtlich innere Verletzungen davongetragen, denn Blut schoß aus seinem Mund wie aus einem Gartenschlauch.
»Das ist mein Lieblingsbild«, sagte Kitty. »Ist es nicht großartig?«

»Doch.«
»Er wurde wunderbar geheilt von der Schwarzen Jungfrau.«
»Tatsächlich?«
Während Kitty weiterredete, jetzt nicht mehr nervös, sondern mit der Gewißheit, einen Weg zwischen ihnen beiden gefunden zu haben, bemerkte er einen farbigen Fleck auf ihrer Wange. In ihrem Augenwinkel war ein heller Tropfen Lichts – keine Träne.
»Rita hat mir gerade einen äußerst fesselnden Bericht von dem Hikuli-Ritus gegeben, wie er von den Huichol-Indianern praktiziert wird. Die Frauen werden von ihren Sünden losgesprochen dadurch, daß sie Knoten in eine Palmblattschnur knüpfen, für jeden Liebhaber einen Knoten. Dann werfen sie die Schnur dem Großvater Feuer vor. Unterdessen tun die Männer – Rita war eben bei den Männern. Was tun die Männer, Rita?«
»Ich weiß es wirklich nicht«, sagte Rita, stand jäh auf und ging aus dem Zimmer.
»Knüpf einen Knoten für mich«, sagte der Techniker.
»*Was*,« rief Kitty, indem sie den Hals reckte und den Horizont absuchte wie ein Meeresvogel. »Oh.«
»Laß uns jetzt –« fing er an, schwindlig von ihrer Nähe.
»Ah«, sprach das Mädchen, das still dalag, die Augen erfüllt von Licht.
»Ich bin zu einem Entschluß gekommen«, sprach er, wobei er sich unbehaglich, den Kopf in der Höhe, zwischen den Polstern zurücklehnte.
»Wie bitte?«
»Du weißt jetzt, daß ich dich brauche.«
»Wirklich?«
»Und daß ich, obwohl ich wohl einmal gesund sein werde, immer noch nicht im Gleichgewicht bin, und daß ich noch für einige Zeit deinen Beistand nötig habe.«
»Wirklich?«

»Ich liebe dich, seit ich dich im Central – in Jamies Zimmer gesehen habe.«
»Ah.«
Er dachte »Liebe«, und ganz unversehens wurde das Wort formlos und seltsam, ein kleines heulendes Etwas hinter den Vorderzähnen. Liebe ich sie denn? Ich ... sie! Er betastete sich die Nase.
»Gehen wir heim, heim zu dir oder zu mir, und heiraten wir.«
»Heiraten«, sagte Kitty matt.
Der Ärger über die alten Stoffbezüge begann ihm in die Nase zu steigen. »Würde es dich stören, das da abzulegen?« fragte er sie dann und ergriff ihren Quexquemetl. »Ist dir nicht heiß?«
»Bist du denn wahnsinnig?« flüsterte sie zornig.
»Tut mir leid. Ich wollte nicht –« Nicht ausziehen hatte er sie wollen, sondern sie nur von dem kratzenden Wollstoff befreien, zugunsten der unauffälligen Alabama-Baumwolle.
Kitty setzte sich auf. Ihre Augen starrten blind auf eine Schüssel mit winzigen Kakteen. »Die Huichol glauben, daß die Dinge ihre Formen ändern – daß ein Ding zu einem anderen Ding werden kann. Noch vor einer Stunde kam mir das unsinnig vor.«
»Stimmt das?« Er hatte diesen mythischen Stimmfall schon einmal gehört: eine seiner Tanten lebte in Cuernavaca.
»Die Hikuli-Pflanze *ist* das Wild. Das Wild *ist* der Mais. Schau her.«
»Was denn?«
»Diese Farbe da.«
Er blickte hinab auf den Überzug, wo gezackte Navajo-Blitze einen altertümlichen braunen Himmel durchfurchten, einen Himmel, der so braun war wie eingetrocknetes Blut.
»Was ist daran?«
»Siehst du nicht die Tiefen, die sich öffnen zu anderen Tiefen?«

»Nein.« Er versuchte, seine Nase freizublasen, doch die Schleimhäute waren angeschwollen wie violette Eiderdaunen. »Ich glaube, ich werde gehen.«
»Warte!« rief sie ihm von der Tür aus zu, als er rasch wegging in die Nacht, mit eingezogenem Kopf und vorgereckten Schultern, so als stemmte er sich immer noch gegen die Winterstürme; Ende des Sommers? Er wartete.
»Gut«, sagte sie. »Wohin möchtest du?«
Er blickte unbestimmt umher, auf die geschlossenen Geschäfte, auf die dunklen Backsteine.
»Dahin können wir nicht zurück«, sagte sie. Ihr blasses Gesicht war ein ungewisser Fleck in der Finsternis. Er sann nach über das Paradox der Liebe. War es um die Liebe der Frauen immer so bestellt, daß sie einen hinhielten bis zum Zusammenbruch der ersten großen Inbrunst (nicht bloß einem vorgetäuschten Zusammenbruch, sondern einem wahrhaftigen – worauf man sich dann achselzuckend abwandte und an anderes dachte): und da kamen sie dann, mit dem Glühatem eines Schmelzofens? Ihre Lippen waren leicht auseinandergewichen. Ihre Augen glitzerten. Seine Nase verwandelte sich in Beton.
»Und ins Y.M.C.A. können wir auch nicht.« Sie hatte seinen Arm genommen. Er spürte ein aufdringliches Zerren an seinem Ellbogen, so als sei er ein Blinder, den sie über die Straße bugsieren wollte.
Sie zog ihn näher. »Fällt dir nichts auf?«
»Nein.«
»Die Laternenpfähle.«
»Was ist mit ihnen?«
»Sie wirken belebt und bedeutungsvoll.«
Sie mißfiel ihm. War es denn ein Gesetz der Liebe, daß die Liebenden einander in den Phasen sozusagen abwechselten – nie dabei übereinstimmten? Das Schwärmerische paßte nicht zu ihr. Ob sie betrunken war? Sie gab ihm einen Kuß, der nach gebranntem Mais schmeckte. Er hätte ihn lieber mit

Fruchtgeschmack gehabt, wie bei einem ordentlichen Alabama-Mädchen.
»Ich weiß einen Platz«, sagte er schließlich. »Aber für die Nacht ist er wohl nicht das richtige.«
»Warum nicht?«
»Er befindet sich im Park.«
»Warte«, sagte sie und lief zurück in das Haus. Er wartete, in einer leicht abgekehrten Haltung des Lauschens. War er, einfühlsam wie immer, verwirrt von ihrer Verwirrung?
Als sie zurückkam, trug sie Rock und Bluse anstelle von Hose und Quexquemetl. »Nimm das.« Sie drückte ihm etwas in die Hand.
Es war ein kleiner Revolver, eine Polizeiwaffe, mit einem ganz kurzen Lauf. »Wofür?«
»Für den Park. Mein Bruder gab ihn mir als ein Abschiedsgeschenk, bevor er nach New York ging.«
»Sutter?«
»Ja. Er ist Polizeiarzt.«
Er steckte die Waffe in die Manteltasche und ließ sich zur Subway stupsen.
Vom Ausgang der Broadway Subway gingen sie zu Fuß zum Park. Fünfzig Block nördlich, in Harlem, waren mehr Brände ausgebrochen; eine Empfindung von weit entferntem, lautlosem Aufruhr. Polizeisirenen stachen hervor, wurden gedämpft zu einem bloßen Grollen.
Er zögerte. »Ich weiß nicht recht.«
Wieder der Stups an seinem Ellbogen. »Sei unbesorgt. Sie sind alle dort oben.«
Er zuckte die Achseln und nahm sie mit ins »Wanderland«, einen dicht bewaldeten Fleck. Indem er sie hinter sich herzog, ging er geschwind einen Pfad entlang, bückte sich und bog, indem er den Kopf des Mädchens herabdrückte, in ein Ligusterdickicht ab, dessen bittere Rinde roch wie die trockenen Regenrinnen bei ihm zu Hause. Es machte nichts aus, daß es finster war; als einziges Licht der untergehende

Dreiviertelmond. Er kannte den südwestlichen Winkel des Parks wie seinen eigenen Hinterhof. (Obwohl er die Disney-Statuetten nicht sah, hätte er im Vorbeigehen die Hand ausstrecken und Dussel Duck berühren können.)
Es ging eine Art Schlucht hinunter, die überwuchert war von Hundstod und Heidelbeeren, und dann über ein Durcheinander von Felsen in ein winziges Amphitheater, ein Schlupfwinkel, der so sehr im Schatten lag, daß der Boden da nackt wie Kellererde war. Bei Tage glich es ganz und gar dem Heckenschützennest auf dem Little Round Top, wie es Brady photographiert hat, sechs Wochen nach der Schlacht: der Heckenschütze war immer noch da!, ein Gerippe in Südstaatenuniform, das Gewehr friedlich gegen die Felsen gelehnt.
Er legte die Polizeiwaffe neben sich in den Staub und zog Kitty herab auf den Platz zur anderen Hand. Sie lehnten sich in die Krümmung, die gebildet wurde von einem leichten Überhang aus glattem Fels, dem Spalt gegenüber, durch den sie gekommen waren. Es war nichts zu hören vom Verkehr und nichts zu sehen von den beleuchteten Fenstern am Saum des Central Park West. Es war überhaupt nichts mehr zu merken von einer Stadt. Nur wenn er den Kopf wendete, sah er einen Streifen roten Himmels über der Hundertundzehnten Straße.
»Mein Gott«, sagte Kitty. »Hier findet uns niemand. Nicht einmal dich sehe ich.« Ihre Finger strichen ungeschickt über sein Gesicht.
Er küßte sie mit einer sozusagen harmlosen Leidenschaft, jetzt vor allem damit beschäftigt, gut mit ihr zurechtzukommen, und dem, was an Unwirklichem in ihr war, möglichst elegant gerecht zu werden. Er hatte vor, sie vor der eigenen Verwirrung zu schützen. Seine Nase hatte sich immer noch nicht gebessert.
»Um Deine Frage zu beantworten«, sagte sie sanft: »Ja.«
»Schön«, sagte er und nickte im Dunkeln. Was für eine Frage?

»Liebster«, atmete sie hervor, wobei sie die Hand an seine Wange führte, mit einer Zärtlichkeit, die ihm jäh das Herz beschwerte.
Rätsel: Wo schlägt die Liebe ihr Zelt auf? War es die Wunderwärme der Sommernacht? Oder der einladend dunkle Wald? Oder war es in diesen, ihren, Schauern von Zärtlichkeit?
»Geh nicht weg, Liebling«, flüsterte sie. »Ich bin gleich wieder da.«
»In Ordnung.«
Sie entfernte sich. Als er mit dem Finger das alte Northern Pacific Yin-Yang-Symbol in den Staub zeichnete, hörte er Kleiderrascheln und Reißverschlußsirren. Lautlos kam sie zurück. Er schloß sie in die Arme und versank flugs in den warmen Zell-Geruch ihrer Nacktheit. Welch eine Kostbarkeit, dachte er, während sein Herz so schnell und flach schlug wie das eines Kindes. Welch Nachgiebigkeit!
»Halt mich«, flüsterte Kitty mit ihrer herzzerreißenden Zärtlichkeit.
»Ja.« Nun, da er endlich ihren Charme im Arm hielt, wußte er nicht mehr, ob er jemals mit einer solch beängstigenden Gegenwart gerechnet hatte.
»Und du?« sagte sie.
»Was? Oh. Pardon«, sprach der höfliche, jedoch vergeßliche Techniker und errötete ob seiner eigenen Bescheidenheit, obwohl er doch von Kopf bis Fuß in den feinsten Sachen von Brooks Brothers steckte. Hastig setzte er sich auf und begann sein Hemd aufzuknöpfen.
»Mein Liebling, liebst du mich?«
»Oh ja«, sprach der Techniker und zog sie zu Boden, so daß er über sie hinweg auf den Eingang des Schlupfwinkels schauen konnte. Der Himmel war jetzt stärker rot. Aus derselben Richtung kam ein schwaches Knistern wie von zusammengeknüllten Zeitungen. Die Polizisten und die Neger trugen in Harlem ihre Schlacht aus.

»Wirst du lieb zu mir sein?«
»Ja doch«, sprach der Techniker.
»Ich meine nicht jetzt. Ich möchte immer umsorgt werden. Ich möchte, daß du lieb zu mir bist.«
»Ich verspreche es«, versicherte er ihr.
»Weißt du, was das wichtigste ist?«
»Was?«
»Liebe.«
»Stimmt.«
»Liebe ist alles.«
»Ja.«
»Rita hat mich gefragt, an was ich glaube. Ich habe gesagt, ich glaube an die Liebe.«
»Ich auch.«
»Außerdem möchte ich mir selber etwas beweisen«, sprach das Mädchen, eher zu sich selber.
»Was beweisen?«
»Ein kleines Kitty-Experiment zugunsten Kittys.«
»Was für ein Experiment?«
»Daß mit Kitty alles in Ordnung ist«, sagte sie.
»Niemand behauptet etwas anderes.«
Wie er sie so hielt, dachte er unwillkürlich an Perlmutter, seinen jungen, frischäugigen Kollegen bei Macy's. Obwohl Perlmutter von Brooklyn kam, glich er einem Bauernjungen aus Indiana. Perlmutter redete von seiner Frau ohne jeden Abstand – zugleich mit viel Respekt. Seine Frau zu lieben, war, nach Perlmutter, »der Himmel«. Jetzt verstand er ihn. Auch Kitty war sozusagen ein Himmelskörper. Ihre überraschende Gegenwart! Mehr gegenwärtig, mehr anwesend war sie, als er es sich jemals vorgestellt hatte. Mehr als lebensgroß, mehr als lebensnah war sie. Er wußte kaum, ob er sich ängstigen oder einen Freudenschrei ausstoßen sollte.
»Lassen wir mich. Aber was ist mit dir, Tropf?«
Tropf, dachte der Techniker. »Was soll mit mir sein?«
»Du warst doch zuvor der, der mir den Boden unter den

Füßen wegzog. Was ist geschehen?« Sie schlug ihn sogar, im Spaß, und zugleich doch reizbar. Sie begriff das Eigentliche nicht: die ruckhaften Umschwünge des Technikers zwischen Leidenschaft und Niedergeschlagenheit.

Er fragte sich: hatte auch die Sprache der Frauen – »Liebe«, »den Boden unter den Füßen wegziehen«, und dergleichen –, wenn sie nur ganz ernst gemeint war, die erstaunliche und erschreckende, sozusagen fruchtige Unmittelbarkeit des Nacktseins? Wissen Frauen alles?

»Was ist mit dir, Freund?« fragte Kitty, indem sie sich aufrichtete, ihr blasses Gesicht jetzt über ihm. »Ich möchte es wissen.«

»Was wissen?«

»Handelt es sich um denselben Will Barrett, der Kitty im Automatenrestaurant den Boden unter den Füßen wegzog?«

»Nein, doch es ist auch so recht«, sagte er kurz.

»Sag mir, warum nicht.«

»Vielleicht bist du gar zu anziehend«, sprach der so ritterliche wie verdrehte Techniker. »So anziehend, daß es mit mir nicht gerade zum besten steht, schon aus dem einen Grund: meine Nasenhöhlen sind verstopft.«

»Ach, ist das schön«, sagte Kitty, mit einer so altvertrauten, lachlustigen und freiherzigen Alabama-Stimme wie Tallulah Bankhead. Wußte er etwas von Frauen?

»Geht es dir nicht gut?« fragte sie unversehens und berührte sein Gesicht. »Wenn es jetzt nicht möglich ist –« Sie brach ab.

Gerade dadurch, daß es ihm nicht gut ging – mit dem sozusagen verstopften Hirn und dem Druck, der ihn in einen schwindelerregenden mittleren Abstand entrückte –, war es doch möglich.

»Lover«, sagte Kitty, als sie einander umarmten und küßten.

»Darling«, sprach der Techniker, unübertrefflich. War es das nun endlich, das erhabene Geheimnis der westlichen Welt?

»Mein Schatz«, sprach Kitty und tätschelte seine Wange, wo sie an seinen Mundwinkel grenzte.
War die Liebe nun ein Schatz, oder war sie Mutwille? Er wußte es nicht.
Doch als der arg in Verlegenheit befindliche, zugleich höfliche und fähige Techniker endlich klar vor sich sah, wie es mit ihnen beiden weitergehen könnte (mit dem Bestehen des Tests ihrerseits, mit dem Entkommen aus dem schwächenden Perlmutter-Himmel seinerseits – zu viel Himmel zu jäh, der sie beide mit dem Scheitern bedrohte) – ja, ich liebe sie, so sah er es klar vor sich, und also werde ich –, da war es dann zu spät.
»Lieber Gott«, sagte das Mädchen zu sich selber, so zart und fest er sie auch umschlungen hielt – und drehte sich von ihm weg.
»Was ist los?«
»Mir ist so übel«, flüsterte sie.
»Das ist ja schlimm«, sprach er, wobei er bekümmert den Kopf schüttelte. Sogar ihre gegenseitigen Zustände ereigneten sich in ungleichen Phasen.
Sie ging in den hintersten Winkel des Heckenschützennests und fing an, sich zu übergeben. Der Techniker hielt ihr den Kopf. Danach sagte sie benommen: »Was kann das nur sein?«
»Ich glaube, es kommt von dem Tee.«
»Du bist so klug«, sagte sie schwach.
Mit ihr im Arm, die schwankte, war es schwierig, die Kleider zu finden. Fast zu viel für einen Menschen, so grübelte er, solch blitzhaften Hikulitee-Verwandlungen zu folgen: zuerst Kitty als die große, zellwarme, hüftkrümmend-unmittelbare Maja, und dann Kitty, das Waisenkind, in seine Armbeuge gekauert, am ganzen Leib zitternd und nach Magensäure riechend. Doch als sie angezogen waren, ging es ihnen besser. Er wenigstens war wieder er selber, mit der Hose, dem Kragen, den geschlossenen Knöpfen. Viel könnte gesagt

werden zum Lobe der Kleider. Er berührte Kitty, um sich ihrer zu vergewissern, wie ein Blinder. Zu seiner Erleichterung saß sie da und hatte ihre dezent berockten Knie umschlungen, in der Haltung eines ordentlichen Georgia-Schulmädchens.

»Geht es dir besser?« fragte er sie.

»Ja«, sagte sie, fast unhörbar. »Aber sprich zu mir.«

»Worüber?«

»Irgend etwas. Was dir in den Sinn kommt.«

»Gut.« In dieser Disziplin wenigstens war er gut. »Ich dachte gerade an den Sommer 1864«, sagte der Techniker, welcher immer die Wahrheit sprach. »Einer meiner Vorfahren nahm teil an der Belagerung von Richmond, und dann von Petersburg. Es gibt noch einen Brief, den er an seine Mutter schrieb. Er war genau in meinem Alter, und Oberst der Infanterie. Petersburg, das war ein wölfischer Krieg, so arg wie Stalingrad. Aber weißt du, daß sogar in den ärgsten Momenten die Offiziere Bälle und Kotillons abhielten? In jenem Brief dankt er der Mutter für die Buttermilchkekse und sagt: ›Traf gestern abend Miss Sally Trumbull. Sie meinte, ich sei ein leidlich guter Tänzer. Sie gab mir ihr Taschentuch.‹ Er kam später im ›Krater‹ um.«

»Würdest du mich mit zum Tanzen nehmen?« fragte Kitty mit abgewandtem Kopf.

»Sicher. Aber das Seltsame ist, daß –«

»Jahrelang habe ich getanzt, fünf Stunden am Tag, und kann mich nicht erinnern, wann ich zuletzt zum Tanzen gegangen bin.«

»– daß er nicht diesen, geradezu moralischen, Zwang zum Lieben spürte –«

»Ich liebe das Tanzen.«

»– damit alles Künftige zwischen ihm und Miss Trumbull harmonisiert und gerechtfertigt würde, daß er –«

»Meine Großmutter komponierte den offiziellen Alpha-Tau-Omega Walzer«, sagte Kitty.

»– daß er sich nicht einmal unter den Bedingungen des Belagerungszustands dazu gezwungen fühlte, oder war es gerade wegen der Belagerung, daß –«
»Du bist so klug«, sagte Kitty, wobei sie zitterte und sich gegen ihn schmiegte. »Oh, mir ist so kalt.«
»Ich muß mit deinem Vater reden«, sagte der Techniker abwesend.
Das Mädchen wich unruhig zurück und hörte zu zittern auf.
»Weswegen?«
»Um ihn um deine Hand zu bitten«, sagte der Techniker ein wenig förmlich.
»Du weißt alles«, sagte Kitty, indem sie wieder zu zittern anfing. »Du bist so klug.«
»Nein, aber ich weiß doch etwas.«
»Sag es mir.«
»Ich weiß, wovor du dich am meisten fürchtest.«
»Wovor?«
»Vor Menschen. Und das ist das Problem. Die Ursache deines Glücks ist zugleich die Ursache deiner Schreckgespenster.«
»Das ist wahr.«
Sogar jetzt war er wieder am Einordnen, auf der Suche nach Beglaubigungen. Er wußte: Wie alle Frauen war sie eingestimmt auf Märchenerzählen, Wahrsagen und dergleichen. Würde er ihr etwas erzählen, erzählte vielleicht sie ihm etwas. Denn es gab da etwas, das er erfahren wollte.
»Ich weiß, mit wem du gerne zusammen bist.«
»Mit wem?«
»Mit Rita und mir.«
»Stimmt. Aber sag mir, warum.«
»Du magst Rita, weil sie, unter anderem, eine Frau ist und keine Gefahr für dich. Du magst mich – was dich sonst durcheinanderbrächte, weil ich ein Mann bin –, doch du weißt, daß etwas nicht in Ordnung ist mit mir, und das hebt die Gefahr wieder auf.«

»Ja«, sagte das Mädchen düster. »Ach, Lieber. Mir geht es wirklich nicht gut.«
»Was ist mit Rita?«
»Was soll mit ihr sein?« Sie war kaum zu hören.
»Was ist mit den Notizen, Versen, und dergleichen, die sie für dich im Park hinterlegt?« Er hatte alles genau vorausbedacht. Bei dem, was er inzwischen über sie wußte, mußte es für sie den Anschein haben, er wüßte alles über sie. Sie würde nicht einmal daran denken, ihn zu fragen, wie er das mit den Notizen herausbekommen hatte. Konnte es ihm nicht Rita selber erzählt haben?
»Ja, die Notizen in der Bank. Damit verhält es sich nicht ganz so, wie du es dir denkst.« Lächelte sie nun hinab auf ihre gekreuzten Beine?

12.

Kitty sagte:
Die Notizen. Ich habe ein Geständnis abzulegen. Ich habe sie dazu ermuntert. Es ist mein Fehler.
Jetzt kommt es wieder, dachte er, *das süße Biest der Katastrophe. Bin ich eigentlich nicht wie Rita, und lebe ich denn nicht aus der Katastrophe? Jedesmal erschnüffle ich sie. Zeigt mir ein seltsames Haus, und ich gehe schnurstracks auf die Tür zu, hinter der die üblen Geheimnisse verwahrt werden. Die Frage bleibt nur: muß es denn immer da sein, wo man seine Gesundung sucht – da, in den süßen, schrecklichen Revieren des Desasters? Eigenartig: daß ihr Desaster mich nun stärkt, daß ich sie nun wieder lieben könnte, und einfacher lieben könnte, aus Mitleid.*
Nein, nein, sagte Kitty. Es ist nichts wirklich Unrechtes daran gewesen. Nichts ist geschehen, nicht das geringste. Aber ich bin nicht ganz sicher, ob ich in meinem Innern

nicht doch von Anfang an wußte, was ich tat – so wie ein Kind nichts weiß, und zugleich alles weiß. Ich habe mich oft gefragt, ob jemand, der sich erstmals im Leben von jemand anderm ernsthaft geliebt fühlt, und der erstmals die Macht hat, einen andern sich anzuverwandeln, diese Macht nicht jedesmal ausüben möchte? Rita ist eine Persönlichkeit und, Wunder über Wunder, sie hatte mich gern. Es war mir immer unvorstellbar, daß jemand mich gernhaben könnte. Und bei ihr wußte ich genau, wie ich sie dazu bringen könnte, mich gernzuhaben! Das alles fing an im letzten Sommer. Die Notizen? Es sind Notizen, das ist alles; Gedichte.

Das Ganze ereignete sich im letzten Sommer, innerhalb einer Woche. Gibt es nicht solche Zeiten, wo sich für mehrere Leute alles zuspitzt, worauf dann ihr Leben eine andere Wendung nimmt? Jamie und ich waren nach Tesuque gefahren, um Sutter und Rita zu besuchen. Val kam uns ein bißchen später nach. Ein paar Tage darauf war schon jeder von uns woandershin unterwegs. Erst einmal, glaube ich, fand Sutter heraus, daß mit Jamie etwas nicht in Ordnung war. Sutter brauchte einen nur anzusehen und wußte, jedenfalls damals, daß etwas mit einem nicht in Ordnung war. Er nahm Jamie mit ins Labor. Danach machten er und Jamie sich auf in die Wüste, wo sie sich verirrten, usw. Danach bewarb sich Val um die Aufnahme in den Orden. Dann kam ich mit Rita nach New York. Sie und Sutter hatten sich bereits getrennt. Ich war noch nie einem Menschen wie Rita begegnet. Mein Leben war nicht das übliche gewesen. Als kleines Mädchen hatte ich Kinderlähmung und war verkrüppelt. Ich überwand es, indem ich zehn Jahre lang auf den Zehenspitzen tanzte (wie Glenn Cunningham, sagte Vater). Zuerst hatte ich Hauslehrer, und dann schickte mich Vater in eine Schweizer Schule. Die Mädchen dort waren arg. Ich kam zurück. Mein Leben daheim: Weißt du, was jedermann da tut? Wir wohnen in einem Country Club. Das heißt: Wir sind nicht Mitglieder, wir wohnen direkt draußen am Golfplatz, in einer Reihe mit hundert anderen Häusern. Die Männer verdienen das Geld und schauen sich den Profi-Football an. Die Frauen spielen Golf, und im Club Bridge. Die Kinder treffen sich zu Schwimmwettbewerben. Die Mütter der Verlierer hassen die Mütter der Gewinner. Am Abend regt sich Mama jedesmal über das Fernsehen auf, und nach dem Ausschalten zieht sie her über die Neger, die Juden und die Federal Reserve-Bank. Sonntags gehen wir in die Kirche. So ist unser Leben zuhause. Und da fand ich mich unversehens zusammen mit Rita. Sie zeigte mir etwas, von dessen Existenz ich nie geträumt hatte. Sie zeigte mir zweierlei. Einmal: ihr den Indianern gewidmetes Leben. Niemals habe ich dergleichen gesehen. Man betete sie an. Ich war Zeuge, wie der Vater eines Kindes sich auf die Knie warf und versuchte, ihr den Fuß zu küssen. Das zweite: sie zeigte mir, was Schönheit sein kann. Sie hatte Shakespeares Sonette neben ihrem Bett liegen, und sie las sie tatsächlich. Hör dir das an, pflegte sie zu sagen, und sie las es vor. Und ich war imstande, es aufzunehmen, so wie sie es aufnahm! »Zerstörte Kapellen, wo einst der Süßevogel sang.« Poesie: Wer hätte daran gedacht? Wir gingen gemeinsam spazieren. Ich hörte ihr zu, doch dann (ist das denn schlecht?) bemerkte ich, wie sehr es ihr gefiel, mich zu belehren. Wir gingen zu den Maistänzen in den Pueblos. Ich sprach vorher von einem Geständnis. Mein Geständnis ist folgendes: obwohl ich wußte, daß Rita und Sutter einander entfremdet waren (oder es zumindest schwer miteinander hatten), und obwohl ich genau wußte, wie unsere Freundschaft sich auswirken würde, brachte ich sie, mit Absicht, dazu, mich zu mögen. Als Jamie und Sutter schließlich zurückkehrten, kam es zu einer Szene zwischen Val und Rita, und alles endete mit einem Krach. Val grübelte damals, ob sie in jenen Orden eintreten sollte, so daß sie etwas durcheinander war. Aber alle waren ja durcheinander.

Jedenfalls beschuldigte Val Rita, Carlos den Glauben zu nehmen –

Carlos?

Ein Zuñi-Bub, Ritas Diener und Schützling. (Auch ihn habe ich ausgestochen. Rita mochte ihn, aber schon bald mochte sie mich lieber.) Er war ihr Vorzeigeschüler, und sie wollte ihm ein Stipendium für Harvard verschaffen. Sie brachte Carlos und mich dazu, die Ahaiyute-Mythen nachzutanzen. Carlos war der Tiergott, und ich war die Maisfrau. Val sagte Carlos, er verkaufe sein Erstgeburtsrecht für ein Linsengericht. Rita fragte, welches Linsengericht sie denn meine, die Ahaiyute-Mythen oder Harvard? Das da – diesen Götzendienst, sagte Val. Aber meine liebe Valerie, sagte Rita, das *ist* sein Erstgeburtsrecht: die Zuñis waren im Besitz der Ahaiyute-Mythen Jahrhunderte, bevor die spanischen Priester kamen. Val stürzte hinaus. Sie mochte Rita nicht.

Was sagte Sutter?

Nichts. Oder er lachte nur. Dann kam auch Val wieder zu Besinnung. Noch in derselben Nacht kehrte sie zurück und entschuldigte sich. Sie sagte zu Rita: »Du bist es, die die Arbeit tut, und ich bin es, die nichts tut und unleidig ist. Geht es denn an, den Glauben an Christus zu finden und in der Folge noch unleidiger zu werden als vorher? Aber wenigstens weiß ich jetzt, was zu tun ist, und dafür danke ich dir, Rita.« Und so machte sie die Runde von einem zum andern, indem sie uns abküßte und uns bat, ihr zu vergeben. Es gibt solche Sommer.

Was sagte Sutter dazu?

Ach, er sagte etwas wie: Vielleicht, Valerie, sollte man heutzutage über eine Philosophie des Hasses diskutieren. So ist Sutter. Doch dann kam ich mit Rita nach New York. Die Gedichte im Park? Sind nichts als was sie sind. Sie möchte mir diejenigen zeigen, die sie am liebsten hat, denn sie weiß, daß ich diese so erlebe wie sie. Ich muß früher aufstehen als sie, und unsere Essenszeiten sind verschieden. Wenn sie also

in der Nacht zuvor etwas gelesen hat – und sie liest immerzu –, steckt sie es mir in die Bank, damit ich es beim Essen lesen kann. Ich verdanke ihr sehr viel. Jetzt möchte sie, daß wir zusammen Europa besuchen. Sie freut sich so, es mir zeigen zu können; ich bin es ihr schuldig, ihr diese Freude zu machen. Doch zuerst muß ich mir über die eigenen Beweggründe klar werden. Ich habe Sutter davon geschrieben. Ich verheimliche ihm nichts.
Was hat er gesagt?
Nichts. Er ist zu selbstbezogen, einen Brief zu schreiben. Wenn Rita der am wenigstens selbstbezogene Mensch ist, den ich kenne, dann ist Sutter der am meisten selbstbezogene. Und da lag auch der Grund all der Schwierigkeiten: Rita gab nur, und Sutter nahm nur. Weißt du, was er zu mir gesagt hat? »Eure mistige Selbstlosigkeit. Ich gebe Val und den Christenmenschen Recht. Es ist eine geistige Hurerei.« Aber Christus hat doch etwas anderes gesagt.
Er sagte: Mist?
Er meinte: Schund.
Sprich nicht so.
Mir ist schlecht. Bring mich heim.

13.

Am nächsten Morgen rief er Kitty von Macy's aus an. »Heute«, sagte er ihr, »möchte ich so oder so zu einer Entscheidung kommen.«
»Sprich nicht zu mir«, sagte sie, mit einer matten und kalten Stimme.
»Wie?«
»Du weißt, wovon ich rede.«
»Nein, weiß ich nicht.« Aber er glaubte es doch zu wissen – obwohl er, wie es sich herausstellte, im Irrtum war.

»Du hast mich ausgenützt.«
»Liebste –« fing er an. Der Mut verließ ihn: sie hatte recht. Jedoch sie unterbrach ihn rasch (er hatte sich geirrt). »Ich war in den letzten paar Tagen ganz durcheinander von all den Schwierigkeiten – Jamie, Europa, alles. Und dann, auf dem Gipfel, reagierte ich allergisch auf die Farbdämpfe. Es war zuviel.«
»Farbdämpfe«, sagte der Techniker. In einem Augenblicksbild schossen seine Freunde von früher, die Ohioaner, ein in die Zeitenuhr, eine lebhafte, kläräugige Mannschaft, um nichts bekümmert als um Sportkleidung und Unterwäsche, ohne Verständigungsschwierigkeiten.
»Wir haben gestern Ritas Dachgeschoß ausgemalt, und wie sich herausstellte, reagierte ich allergisch auf das Benzol, oder was es auch war. Ich war ganz verwirrt. Was habe ich eigentlich gesagt?«
»Nicht viel.«
»Aber ich weiß immerhin noch, daß du mich ausgenutzt hast. du bist einfach so hereingeplatzt.«
»Hereingeplatzt?«
»Rita meint, du habest sie nicht angerufen, seist mir nichts dir nichts dahergekommen.«
»Ja«, sagte er reumütig, ganz erpicht darauf, eines geringeren Verbrechens überführt zu werden. Welche Gemeinheit hatte er begangen? Nicht allein, daß er mit Kitty im Central Park gelegen hatte wie ein gemeiner Seemann: er hatte sich auch vergnügt (oder fast vergnügt) mit einem netten Mädchen, welches durch Farbdämpfe wehrlos geworden war.
»Du hast mich wirklich in eine schlimme Lage versetzt, indem du so einfach zu Rita gekommen bist. Dabei solltest du es doch besser wissen! Und dann auch noch wegzugehen, ohne sich von Rita zu verabschieden, und mich geradewegs nach New Jersey oder wo es auch war zu verschleppen.«
»Ja.«
»Was willst du?«

»Was soll ich wollen?«
»Du warst es, der mich angerufen hat, erinnere dich.«
»O ja«, sagte der Techniker und schüttelte den Kopf, um besser zu hören. »Ich muß zu ... einer Entscheidung kommen.« Aber die Entschlossenheit hatte ihn verlassen.
»Was für eine Entscheidung?« fragte Kitty kühl.
»Ob ich für Rita arbeite, oder für deinen Vater. Doch in jedem Fall –«
»Für Rita arbeiten?« fragte sie scharf.
»Rita möchte, daß ich und Jamie, während ihr nach Europa geht, mit dem Camper herumfahren.«
»So.«
»Die Sache ist nur die«, sagte er, indem er all seine Kräfte zusammennahm: »Ich möchte nicht, daß du gehst.«
»Oh, du möchtest nicht, daß ich gehe.«
»Nein, ich möchte, daß du hier bleibst und entweder mit Jamie und mir in den Süden fährst, oder –«
»Du bist unverschämt.«
»Kitty.«
»Was?«
»Weißt du noch, daß ich dich gestern nacht gebeten habe, mich zu heiraten?«
»Gott im Himmel«, sprach das Mädchen nervös und hing auf, eher, so schien ihm, vor sich selbst als vor ihm.
Später, nach Dusche und Frühstück, rief er vom Y.M.C.A. aus Jamie an. Es war Zeit, so oder so Entscheidungen zu treffen.
Zu seiner Überraschung meldete sich Jamie am Telefon selber.
»Warum hast du das Teleskop nicht behalten?« fragte ihn der Techniker.
»Wir verlassen doch New York, oder? Danke übrigens.«
»Rita hat mit mir geredet. Weißt du, was sie von uns möchte?«
»Ja.«

»Willst du es auch?«
Wieder vernahm er den leichten Knacks im Atmen, das kleine, lachhafte, seltsame Geräusch, das er, wie es schien, bei den andern hervorrief.
»Was würdest du tun?« fragte Jamie nach einem Schweigen.
»Ich würde tun, was der Arzt sagt.«
»Ich auch. Aber in jedem Fall wirst du dich eine Weile mit mir herumtreiben?«
»Freilich.«
»Dann ruf Vater an und erkundige dich. Schließlich ist er der Boß.«
»Du hast recht. Wo ist er?«
»Im Astor.«
»Tatsächlich.«
»Das war das einzige Hotel, das sie kannten.«

»Hallo, hallo.« Mr. Vaught antwortete am Telefon so verschroben und routiniert wie ein rosenkranzbetender Priester.
»Sir, hier ist Bill Barrett.«
»Wer? Bill, mein Junge!«
»Jawohl. Sir –«
»Ja – hm.«
»Ich wüßte gern genau, wie es mit uns steht.«
»Da sind Sie nicht der einzige.«
»Sir?«
»Was möchten Sie denn wissen, Bill?«
»Ich wüßte gern, ob ich für Sie arbeite, oder für Rita, oder für Sie beide, oder für niemanden.«
»Ich werde Ihnen etwas sagen, Bill.«
»Bitte.«
»Es wäre eine himmelschreiende Schande, würde aus Ihnen nicht ein Anwalt werden. Sie klingen genau wie Ihr Vater.«
»Jawohl. Aber –«

»Hören Sie mir zu, Bill.«
»Gut«, sagte der Techniker, der gelernt hatte zu unterscheiden, wann es dem alten Mann ernst war.
»Haben Sie Ihren Führerschein?«
»Ja doch.«
»Recht so. Morgen früh um neun werden Sie draußen auf dem Gehsteig stehen. Wir werden Sie mitnehmen. Und dann werden wir sehen, wer wohin.«
»Jawohl.«
»Alles wird bereit sein«, sprach er, wie Kitty, ein bißchen am Telefon vorbei, gleichsam zur Umgebung.
Kein gutes Zeichen, so dachte der Techniker, als er sacht auflegte: Mr. Vaught war ausführlich gewesen und hatte zugleich gereizt geklungen.

14.

Am nächsten Morgen kündigte er seine Stellung bei Macy's. Der Cheftechniker, der dergleichen schon vorher erlebt hatte und selber auf seine Weise ein Psychologe war, nickte ernst und versprach, ihm den Posten freizuhalten, wenn es ihm besser gehen sollte. Er zog aus dem Y.M.C.A. aus und saß mit seinem Fernrohr drei Stunden an der Bordsteinkante. Niemand kam ihn holen. Einmal ging er wieder hinein, um das Krankenhaus, das Hotel und Kitty anzurufen. Hatte er alles mißverstanden? Jamie war entlassen worden, die Vaughts waren nicht mehr im Hotel, und an Kittys Telefon meldete sich niemand.
Erst dann, nach drei Stunden, dämmerte ihm, es könnte eine Nachricht für ihn daliegen. Neuerlich stieg er die Eingangsstufen hinauf. Als er das Y.M.C.A. betrat, erschien es ihm bereits wie ein Ort, wo er vor sehr langer Zeit gelebt hatte, mit seinem besonderen Geruch von Ernsthaftigkeit, ver-

brauchter Luft und gewaschenen Fliesen, dem Geruch (das wurde ihm jetzt erst bewußt) des spanischen Protestantismus. Am Empfangspult wurden ihm zwei gelbe Zettelchen gereicht. Abergläubisch hielt er sich zurück, sie zu lesen, bis er seinen Sitz an der Straßenecke erreicht hatte. Beim ersten Zettel handelte es sich um eine verstümmelte Notiz, welche offensichtlich von Mr. Vaught stammte. »Sollte aus den Plänen nichts werden, und sollten Sie es sich anders überlegen: es gibt immer einen Posten für Sie. S. Vote.« (Das »Vote« konnte nur Vaught heißen.)

Der zweite Zettel kam von Kitty und flimmerte ihm vor den Augen. Endlich entzifferte er: »Wir gehen nicht nach Europa. Jamie ist wichtiger. Bitte, überleg' es dir anders und komm uns nach ins Vierspänner-Motel, Williamsburg. Ich weiß, ich habe dir Grund zur Ungeduld gegeben, aber bitte, überleg es dir anders. War es dir ernst mit dem, was du gesagt hast? Kitty.«

Es mir anders überlegen? Ernst mit dem, was ich gesagt habe? Was habe ich denn gesagt? fragte der Techniker laut und blinzelte in das schwache Sonnenlicht. Indem er ein Auge öffnete und schloß, versuchte er mit aller Macht, Klarheit zu gewinnen. Daraus folgt, sprach er, wobei er ein Syllogismus-Diagramm in die Luft zeichnete, daß sie meinen, ich hätte es mir anders überlegt: ich wollte nicht mit ihnen gehen. Aber nichts dergleichen habe ich ihnen doch gesagt. Dann folgt daraus, daß jemand anderer es gesagt hat.

Eine Zeitlang hockte er noch in Gedanken versunken am Teleskop, weniger verwirrt, als vielmehr abgelenkt von der seltsamen Tatsache, daß er da ohne Wohnsitz auf der Straße saß. Dann sprang er plötzlich auf.

Alle sind sie weg, dachte er und versetzte sich selber verblüfft einen Hieb. Die ganze Bande hat Reißaus genommen.

Am frühen Nachmittag saß er in einem südwärts fahrenden

Bus und zählte sein Geld. Er hatte das Ticket gelöst bis Metuchen. Der Bus war ein Lokalbus, ein verrosteter alter Greyhound mit hochgelegenen Bullaugen. Die Passagiere hockten tiefeingesunken in den Sitzen, die nach den vierziger Jahren und vielen Fahrten nach Fort Dix rochen. Im Tunnel unter dem Hudson River röhrte er auf, schaukelte gleich einem Schoner, und hinaus ging es auf den alten US-Highway 1 mit seinen altertümlichen Überführungen und seinen Sinclair-Tankstellen, vor denen Papiermaché-Saurier standen. Durch die hohen Fenster grünte der Himmel. In Elizabeth, wo die Tür sich öffnete, bildete er sich ein, im Zenit des grünen Himmels ein räuberisches Zwitschern zu hören.

Als der Bus die Fabriken und Überführungen hinter sich gelassen hatte, zog er an der Halt-Leine und stieg aus, hinaus auf den schmutzigen Highway. An der Ecke stand ein geschwärztes Puppenhaus mit einem Pagodendach, offensichtlich ein kleines Heeresgebäude, übriggeblieben aus der Periode zwischen den großen Kriegen.

Es fing an zu regnen, ein schmutziger New-Jersey-Sprühregen, und er stellte sich unter in der Pagode, die leer war bis auf Fetzen alter Zeitungen, und eine sepiafarbene Gravur von Lindberghs Besuch in Lakehurst 1928.

Das Regenrieseln hörte auf. Doch der Ort war schlecht geeignet zum Autostoppen. Es war kaum Verkehr. Wenn die großen Tankwagen und Sattelschlepper vorbeirollten, erzitterte der Betonuntergrund wie von einem Erdbeben. Aber er behielt die Übersicht. Für dergleichen Gelegenheiten hatte er sich an der Pennsylvania-Station mit Material versorgt, und so kehrte er zu der Pagode zurück und verfertigte ein Schriftschild, das er an das Fernrohr lehnte: PRINCETON STUDENT MÖCHTE NACH SÜDEN.

Und wieder steckte er jetzt, ohne sich dessen ganz bewußt zu sein, die Hände in einer gewissen Manier in die Taschen und vergrub das Kinn am Kehlkopf. Schließlich zog er sogar seine Macy-Jacke aus (die mehr nach der Ohio State University ausschaute als nach Princeton) und stand da in seinem Hemd, das den Aufschlag hinten hatte und vorn ohne Taschen war.

Drittes Kapitel

1.

Eineinhalb Stunden lang rollten die großen Laster vorbei, erschütterten die Erde und stießen Wolken von blauem Kopfschmerzrauch aus. Konnte es sein, daß sein Princeton-Schild mehr schadete als nützte? Er hatte schon aufgegeben und zählte gerade zum dritten Male sein Geld, wobei er beschloß, den Bus zu nehmen und auf das Essen zu verzichten; hatte auch das Teleskop wieder an sich genommen (doch zum Glück nicht den Rucksack, welcher das Schild stützte), als ein flaschengrüner Chevrolet, ein alter 58er »Junikäfer«, vorbeifuhr und dann zögerte – Vom-Gas-Steigen des Fahrerfußes, Husten des Vergasers –, beschleunigte und neuerlich zögerte. Als der Techniker hinblickte, höflich, um das Schicksal nicht herauszufordern, bog der Chevrolet von der Fahrbahn ab und hielt einladend am Straßenrand, etwa hundert Meter weiter südlich. Endlich kam das Zeichen, eine Hand, die ihm übertrieben zuwinkte, und mit einer einzigen Bewegung griff er Rucksack und Teleskop; das Schild ließ er zurück.

Schon als er sich lächelnd bückte, um sein Zeug durch die ihm aufgehaltene Hintertür zu laden, hatte er sich mit einem Seitenblick einen Begriff von seinem Wohltäter gemacht. Der Fahrer war ein hellfarbiger, arroganter Neger, in einem braunen Qualitätsanzug, ohne Zweifel ein Prediger oder ein Lehrer. Als er dann neben ihm saß und des anderen gesitteten, kahlen, duttförmigen Kopf, die spitzen Knie und die dünnen Knöchel, die gehüllt waren in gezwickelte Socken, gewahrte, da war er sich sicher: er hatte mit jemand zu schaffen, der eine Unterhaltung auf hohem Niveau führen würde, mit sofortiger und wunderbarer Übereinstim-

mung in allen Dingen. Wahrscheinlich war er Mitglied eines Kommitees für Religion und geistige Gesundheit.
Wie es sich herausstellte, sprach der Fahrer nicht über Religion und geistige Gesundheit, sondern über Princeton und Einstein. Das Schild hatte funktioniert.
»Um ihn war etwas sehr Einfaches«, sagte der Fahrer, wobei er freundschaftlich nicht nur die Augen, sondern den ganzen Kopf zu seinem Passagier hindrehte, und breitete dann unversehens seine eigene Lieblingstheorie aus. Es war seine Überzeugung, in der Natur gäbe es ein Gleichgewicht, welches durch den Versuch des Menschen, es zu korrigieren, umgestürzt würde.
Der Techniker stimmte zu und zitierte, während er den Blick über die ramponierten Niederungen von New Jersey schweifen ließ, einen Artikel über Flüsse in dieser Gegend, die von Waschpulvern und chemischen Abfällen förmlich schäumten.
»Nein, nein«, sagte der Fahrer aufgeregt. Er erklärte, er meine nicht die gewöhnliche Verschmutzung, sondern etwas, das weit tiefer gehe. Es war seine Überzeugung, daß gerade die an sich löblichsten Anstrengungen des Menschen, seine Umgebung zu verbessern, durch Klimaanlagen und auch durch Landschaftsumformung, ein Grundgesetz umstürzten, das Millionen von Jahren gebraucht habe zu seiner Entwicklung. »Nehmen Sie zum Beispiel Ihr modernes Bürogebäude, so geschmackvoll es auch sein mag. Aber entfremdet es denn nicht den Menschen von seiner Erde? Und da liegt die Ursache Ihrer Gewalttätigkeit!«
»Ja«, sagte der Techniker mit einem nachdenklichen Stirnrunzeln. Etwas stimmte hier nicht. Er wurde nicht ganz schlau aus seinem Gegenüber. Etwas Widersprüchliches war um ihn. Es war zum einen seine Sprechweise. Der Fahrer sprach nicht, wie man es von ihm erwartet hätte, mit einem gewissen genüßlichen Nachschmecken der eigenen Satzfolgen, so wie eben viele gebildete Neger sprechen: nein, seine

Sprechweise war hastig und verwischt, weit eher die eines unsicheren Weißen.
Verbindlich, wie er war, führte der Techniker, durch den Hunger und das lange Warten schwindlig geworden, weiter seine eigenen Ideen bezüglich guter und schlechter Umgebungen aus – ohne freilich die schädlichen Partikel zu erwähnen.
»Ja!« rief der Fahrer, mit seiner undeutlichen und zugleich schrillen Stimme. Er war ermüdend, aufgeregt und fuhr schlecht. Der Passagier wurde nervös. Wenn er doch mich fahren ließe, ächzte er, als der Chevrolet fast unter einen großen Fruehauf-Anhänger geriet. »Das also ist Ihre Reaktion auf künstliche Umgebungen im allgemeinen! Wunderbar! Sehen Sie denn nicht, wie es zusammenpaßt?«
Der Techniker nickte zögernd. Er sah es nicht. Das letzte, was er im Sinne hatte, war »Zurück zur Natur«. »Es sei denn – hm –« sagte er und fühlte, wie auch seine eigene Stimme ein bißchen schrill wurde: »Es sei denn, ich nähme an, daß man sogar in die ausgesuchtest natürliche Umwelt seine eigenen Mängel mitbringt.«
»Gewaltig«, rief der Fahrer und schlug auf das Lenkrad.
Dem Techniker war, als habe der andere überhaupt kein Gefühl für das grobe geriffelte Plastik zwischen seinen Fingern. Ich würde diesen alten Junikäfer zum Rennen bringen, dachte er. Doch der Fahrer verlangsamte wieder und geriet dabei ins Schleudern.
»Ist das nicht seltsam?« sagte er. »Wir, zwei gänzlich Fremde, sprechen so miteinander –« Es war, als hielte er es, vor Aufregung und Freude, in seiner Haut nicht mehr aus.
Sie fuhren an einem aufgegebenen Minigolfplatz vorbei, einem von der alten Art, mit Asbestspielflächen und Rinnsteinröhren, aus denen der Ball gleichsam herauszusprudeln pflegte. Doch kaum hatten sie die ländliche Gegend des mittleren New Jersey erreicht, als der Fahrer am Straßenrand anhielt. Der Autostopper saß so freundlich da wie

zuvor, mit den Händen auf den Knien und der Andeutung eines Nickens, im Innern freilich bestürzt.
»Darf ich eine Frage stellen?«, sagte der Fahrer und schwang seine wohlbekleideten Beine herum.
»Sicher.«
»Ich möchte bei einem Menschen immer dessen Philosophie erfahren, und ich möchte Ihnen die meine darlegen.«
Jammer, dachte der Techniker düster. Nach fünf Jahren New York, Central Park und Y.M.C.A. nahm er sich vor Philosophen in acht.
Indem er brüderlich seinen Freimaurerring aufblinken ließ, rückte der würdige Farbige um einiges näher. »Ich habe Ihnen ein kleines Geständnis zu machen.«
»Selbstverständlich«, sprach der höfliche Techniker, wobei er wachsam in die Umgebung äugte. Sie befanden sich inmitten eines trüben Rohrkolben-Sumpfs, welcher nach Schmieröl roch, und aus dem sich summende Moskitowolken erhoben. Ein ständiger Zug von Fruehauf-Lastern und -Anhängern rumpelte vorbei, ein jeder mit dem »Kein-Mitfahrer«-Zeichen an der Windschutzscheibe.
»Ich bin nicht, was Sie denken«, übertönte der Fahrer das Gebraus.
»So«, sprach der freundliche, vor sich hinblickende Techniker.
»Was, glauben Sie, bin ich? Sagen Sie es mir ehrlich.«
»Hm. Ich nehme an, Sie sind ein Geistlicher, oder vielleicht ein Professor.«
»Und welcher *Rasse*?«
»Wie? Hm, farbig.«
»Schauen Sie her.«
Zu des Autostoppers Verwunderung schlüpfte der Fahrer aus seinem Mantel und schob eine perlenbesetzte Manschette einen mageren Arm hinauf.
»Ah«, sprach der Techniker und nickte zuvorkommend, wiewohl er in der wachsenden Dunkelheit wenig sah.

»Nun?«
»Ja bitte?«
»Sehen Sie diesen Fleck?«
»Dann sind Sie also gar kein –?«
»Ich bin kein Neger.«
»Tatsächlich?«
»Ich heiße nicht Isham Washington.«
»Nein?«
»Ich heiße Forney Aiken.«
»Na so was«, sprach der interessierte Techniker. Der andere erwartete offensichtlich von ihm, sich überrascht zu zeigen, doch das Überraschtsein war nicht seine Sache: es war nämlich nicht überraschender für ihn, wenn etwas sich von seinem ersten Augenschein unterschied, als wenn es diesem Augenschein entsprach.
»Sagt Ihnen dieser Name etwas?«
»Er kommt mir bekannt vor«, sagte der Techniker wahrheitsgemäß; die Legionen seiner *déjà vus* ließen ihm schließlich alles bekannt vorkommen.
»Erinnern Sie sich an die Bildreportage mit dem Titel ›Tod auf der Schnellstraße‹, erschienen 1951 in der Julinummer von *Redbook*?«
»Ich bin nicht sicher.«
»Sie wurde in zehn Millionen Exemplaren von der Sicherheitsbehörde nachgedruckt.«
»Wenn ich es mir recht überlege –«
»Erinnern Sie sich an den Burschen, der auf dem Friedhof Jafsie Condon interviewte?«
»An wen?«
»Oder an den Artikel in *Liberty*: ›Ich traf Vic Genovese‹? Achtundvierzig Stunden lang war ich der einzige lebende Kontaktmann sowohl zum FBI als auch zu Vic Genovese.«
»So sind Sie Forney Aiken, der –«
»Der Photograph.«
»Ja, ich glaube –«, sagte der Techniker, nickend, aber immer

noch auf der Hut. Der andere war vielleicht trotz allem ein Philosoph. »Auf jeden Fall weiß ich die Fahrt mit Ihnen zu schätzen.« Die summenden Moskitohorden kamen immer näher, und er wünschte, Forney würde weiterfahren.

»Forney«, rief der andere, indem er ihm seine Hand hinstreckte.

»Will. Will Barrett«.

Der grüne Chevrolet nahm seine Reise wieder auf, fädelte sich unsicher ein zwischen die Fruehauf-Laster. Mit einem Seufzer der Erleichterung sprach der Techniker von seinen eigenen kleinen photographischen Bemühungen und zog aus seiner Brieftasche einen farbigen Schnappschuß – seinen besten – von dem Wanderfalken.

»Großartig«, rief der Photograph, neuerlich außer sich vor Entzücken, auf einen solch angenehmen und begabten jungen Mann gestoßen zu sein. Im Gegenzug zeigte er seinem Passagier eine unter seiner Krawatte verborgene Reportagekamera, deren Linsen dem Brillanten einer Krawattennadel glichen.

Diese Reportagekamera hatte er nötig für seine gegenwärtige Aufgabe. Wie sich herausstellte, war der Photograph genau an diesem Nachmittag zu einer Unternehmung aufgebrochen, der ersten seit geraumer Zeit. Der Techniker mutmaßte, es handle sich um eine Art von Comeback. Er hatte die zittrige Stimme und die Begeisterung eines lange unbeschäftigt Gewesenen.

Sein Vorhaben war zugleich die Erklärung für seine ungewöhnliche Verkleidung. Er hatte vor, eine Folge intimer Lebensbilder von Negern zusammenzustellen. Mitten in der Nacht war ihm die Idee gekommen: warum nicht ein Neger *sein*? Um die Geschichte abzukürzen: er hatte einen befreundeten Dermatologen überredet, ihm ein Alkaloid zu besorgen, welches den Eindruck von Dunkelstoffen in der Haut erweckt, mit dem Unterschied, daß der Schwärzungseffekt neutralisiert werden konnte durch eine lokal anzuwendende Creme – daher der weiße Fleck auf seinem Unterarm. Zur Vervollständigung der Verkleidung hatte er sich die Personalpapiere eines gewissen Isham Washington zugelegt, eines Vertreters für eine Begräbnisassuranz in Pittsburgh.

An diesem Nachmittag erst hatte er das Büro seines New Yorker Agenten verlassen und wollte am Abend Halt machen in seinem Haus im Bucks County; und morgen sollte es dann weiter nach Süden gehen, durch den »Baumwollvorhang«, wie er sich ausdrückte.

Das Entzücken des Pseudoschwarzen nahm noch zu, als er erfuhr, daß sein Passagier so etwas wie ein Experte in den amerikanischen Sprechweisen war. »An Ihnen, als einem Südstaatler, habe ich meinen ersten Test bestanden.«

»Nicht ganz«, antwortete der taktvolle Techniker. Er erklärte, man sage nicht Assur*anz*, sondern vielmehr *Ass*uranz.

»Das ist ja wunderbar«, sprach der Pseudoschwarze und geriet dabei fast unter einen Tankwagen.

Man sagt auch nicht *wunn*erbar, dachte der Techniker. Aber es sei.

»Was halten Sie von dem Titel ›Kein Mann eine Insel‹?«

»Sehr gut.«

Morgen, so führte der Pseudoschwarze aus, habe er vor, in Philadelphia den Autor Mort Prince zusteigen zu lassen, der den Text schreiben sollte.

»Moment«, rief der Fahrer aus und schlug neuerlich auf das Lenkrad. »Wie blöd ich doch bin.«

Und zum dritten Male innerhalb eines Monats wurde nun dem Techniker ein Job angeboten. »Warum nur habe ich nicht vorher daran gedacht! Warum kommen Sie nicht mit uns? Sie kennen das Land, und Sie könnten chauffieren. Ich bin ein lausiger Fahrer.« Das stimmte. Sein Fahren war wie sein Sprechen, lebhaft, sprunghaft, schreckhaft. »Können Sie fahren?«

»Jawohl.«

Doch der Techniker lehnte ab. Er erklärte, er sei bereits in den Diensten einer Familie, als Gesellschafter für deren Sohn.
»Zehn Dollar pro Tag plus Verpflegung.«
»Es geht wirklich nicht.«
»Mit einer zusätzlichen Beteiligung.«
»Ich weiß Ihr Angebot natürlich zu schätzen.«
»Kennen Sie Mort?«
»Ich habe von ihm gehört und einige seiner Bücher gelesen.«
»Sie müssen wissen, daß Mort und ich es waren, die am Anfang der Idee von der Schriftsteller-und-Schauspieler-Liga-für-Soziale-Moral standen.«
Der Techniker nickte gefällig. »Wenn ich an die Zahl der schmutzigen Bücher denke, die heutzutage veröffentlicht werden, kann ich das durchaus verstehen. Was freilich die Lebensführung der Schauspieler und Schauspielerinnen betrifft –«
Der Pseudoschwarze beäugte ihn. »*Oho.* Sehr gut! Wie ironisch! Mir gefällt das. Sie sind ja eine richtige Persönlichkeit, Barrett.«
»Jawohl, mein Herr.«
»Trotzdem – Spaß beiseite – war es unsere Idee, mit einer Wanderschauspieltruppe durch den Süden zu reisen, die im letzten Sommer mehr als hundert Städte bespielt hat. Wo sind Sie denn her – ich wette, sie hat auch dort gespielt.«
Der Techniker antwortete.
»Großer Gott.« Vor Aufregung kam der Pseudoschwarze fast von der Straße ab. Der Autostopper drehte unauffällig am Lenkrad mit, bis der Chevrolet wieder geradeaus fuhr. »Genau da findet in diesem Herbst unser Festival statt. Einige der größten Namen von Hollywood und vom Broadway werden dann unten sein. Es soll davon ein ähnlicher Impuls ausgehen wie einst von den Moralitäten des Mittelalters.«

»Jawohl.«
»Da sind Sie also her?«
»Jawohl.«
»Dann müssen Sie mit uns kommen.«
Dem Techniker gelang es abzulehnen, doch am Ende willigte er ein, den anderen bis Virginia, zum »Baumwoll-Vorhang«, zu chauffieren. Als sie neuerlich anhielten, um die Plätze zu wechseln, durfte er sich über die zwei Zehn-Dollar-Scheine freuen, die ihm der Pseudoschwarze mit einer großen Geste als Anzahlung gab. Er steckte sie in seine flachgewordene Brieftasche, lief um den Wagen herum und sprang auf den Fahrersitz.

2.

Unter des Technikers gleichmäßiger Führung segelte der Chevrolet frei dahin, die US-1 hinunter. Nicht lange, und er bog auf eine große, westwärtsführende Mautstraße ab und schnellte vogelgleich über den Delaware River, unweit von der Stelle, wo vor fast zweihundert Jahren General Washington übergesetzt hatte.
Auch Forney Aikens steinernes Landhaus befand sich nah am selben Übergang. Einige Jahre zuvor, so erzählte er dem Techniker, hätten er und seine Frau sich mehr oder weniger überstürzt von New York ins Bucks County zurückgezogen. Sie, als Agentin (für Schauspieler), mußte pendeln. Er versuchte, mit dem Trinken aufzuhören, und meinte, das Landleben mit Haus- und vielleicht sogar Feldarbeit könnte ihm dabei helfen. Als es mit der Feldarbeit nichts war, ging er dazu über, jene Art von Gegenständen – kleine Fässer und Sisaltragtaschen – herzustellen, wie sie in den Heimzeitschriften angeboten werden. Aber auch das war gar nicht so einfach; es erforderte mehr Aufwand als das Entwerfen einer

Anzeige für eine Zeitschrift. Man brauchte den Großhandel als Absatzmarkt.
Ein paar Leute saßen bei ihrer Ankunft um einen beleuchteten Pool in einem Obstgarten. Die Reisenden umfuhren sie, ohne sie ganz zu übersehen, aber auch, ohne wirklich zu halten und das Wort an sie zu richten; nur erste Blicke wurden gewechselt. Mrs. Aiken schaute ihnen nach mit einem Ausdruck, der besagte, es sei nicht das erste Mal, daß der Photograph mit Fremden daherkam und mit ihnen den Pool umfuhr. Obwohl es dunkel war, bestand der Hausherr darauf, dem Techniker Obstgarten und Scheune zu zeigen. Das war schade, denn der Besucher hatte einen der Gäste erkannt, einen zwar namenlosen, ihm aber vertrauten Schauspieler, der in der Serie, welche er tagtäglich nach dem Mittagessen im Y.M.C.A. anzuschauen pflegte, einen liebenswürdigen, weisen Arzt verkörperte. Statt dessen mußte er in die Scheune, die bis zu den Dachbalken hinauf vollgestellt war mit Tausenden von Zedernfässern. Ungefähr eineinhalb Jahre hatte die Scheune als Faßfabrik gedient. Doch von den acht- oder neuntausend Artikeln waren bloße fünfhundert verkauft worden. »Wählen Sie sich eins aus«, forderte sein Gastgeber ihn auf, was der Techniker freudig tat, weil er gutgefertigte Holzgegenstände gerne hatte. Er wählte ein kräftiges Acht-Liter-Faß aus rotweißer Zeder, mit Kupferreifen und einem Deckel. Man konnte es für Butter oder Wasser verwenden, oder auch nur bei der Rast darauf sitzen.
Später traf er mit der Gruppe am Pool zusammen. Der Schauspieler war ein fröhlicher Geselle, ganz und gar nicht der traurige Arzt, den er spielte, wenngleich sein Gesicht durch all die Rollenjahre einen sorgenvollen Ausdruck angenommen hatte. Aber er war von einer dicken, braunen, lustigen Körperlichkeit, mit einer gleichsam fellbewehrten Brust, an die er seinen Highball hielt. Niemand schenkte Forneys Verkleidung Aufmerksamkeit. Man bedachte ihn

mit der apokalyptischen Herzlichkeit und den zahlreichen warmen Umarmungen von Leuten aus dem Show Business. Obwohl er von diesem Geschäft nichts wußte, fiel es dem einfühlsamen Techniker nicht schwer, sich einen Reim auf solche Zärtlichkeit für den Gastgeber zu machen. Sie drückte klar aus: Forney, du bist tot, mit dir ist es aus, und deshalb lieben wir dich. Forney war mit ihnen so schroff, wie sie zu ihm zärtlich waren. Er hatte die Allüren eines Menschen, der ganz von seinen Unternehmungen beansprucht ist. Für die anderen, so schien es dem einfühlsamen Techniker, war die Expedition »etwas, das Forney vorhatte«, und aus eben diesem Grund etwas, das mit einer ebenso trauervollen wie nachlässigen Teilnahme zu behandeln war (der Fehlschlag war darin schon mitberechnet). Ein urwüchsiges fünfundvierzigjähriges Paar mit muskulösen fünfundvierzigjährigen Waden, dunkelbraun gebrannt wie Indianer, traf auf den Techniker und fragte ihn, wer er sei. Als er ihnen erzählte, er sei mit Forney gekommen, wurden sie gleichsam taub vor Überschwang. »Forney hat mehr Talent im kleinen Finger als sonst jemand hier«, rief der Mann, geheimnistuerisch und zugleich lauthals, als handle es sich um ein Sprichwort, und weg war er.

Obwohl er seit einem Tag weder gegessen noch geschlafen hatte, trank er zwei Glas und ging schwimmen. Alsbald trat er Wasser im tiefen dunklen Ende des Pools, in Gesellschaft von Forneys Tochter, die der einzige andere junge Mensch da war. Jedermann nannte sie nur Mutz oder Musch. Man sah ihr an, daß sie gewohnt war, mit Älteren umzugehen. Binnen kurzem steckten die beiden die Köpfe zusammen und prusteten wie Robben. So stellten sie gleichsam auf Verabredung das Jungvolk dar. Mutz war gerade von ihrem europäischen Collegejahr zurückgekehrt. Ihre Schultern waren abfallend-kräftig, vom Radeln von einer Jugendherberge zur andern. In dem klaren gelblichen Wasser erschienen ihre starken Beine gebogen wie Hosen. Sie erzählte ihm von den Gästen; redete rasch und vertraulich, als kennten sie einander schon lange. Sie spulte eine Geschichte aus der Jüngstvergangenheit ab. »Coop dort drüben –« sprach sie in das glitzernde Wasser hinein, wobei sie in die Richtung eines vornehmen, silberhaarigen Herrn nickte »– kommt gerade aus dem Doylestown-Gefängnis, wo er sechs Monate abgesessen hat wegen Sodomie, wenngleich Fra meint, Sodomie käme auf zwei bis zehn Jahre.« Wer war Fra? (Wie üblich erwarteten Fremde von ihm, er kenne ihre Freunde.) Und hatte sie tatsächlich »Sodomie« gesagt? Er schüttelte sich das Ohr aus – unglücklicherweise befand sie sich gerade an seiner tauben Seite.

Sie hielt auf ihn zu, wobei die Tropfen wie durch eine Schleuse zwischen ihren Schulterblättern abliefen, und fuhr fort, über die Gäste zu sprechen, rasch, katalogisierend, ihm zugekehrt, während er, das Wasser am Mund, vor Hunger immer schwächer und wirrer wurde. Als ihre Knie an seine rührten und sie davon sprach, daß sie die westlichen Werte transzendiert habe, da packte er sie um die Mitte, fiel auf sie, gleichermaßen aus Schwäche wie aus Begierde, wurde auf ihr, der schönen Braunmädchenbeere, beinahe ohnmächtig. *»Zut alors«*, rief sie leise aus, und fragte ihn dann beiläufig, ohne ein Zeichen der Überraschung, von ihm weggebogen, nach der Umwertung der Werte. »Keine Ahnung«, antwortete er enttäuscht; von Werten hatte er durch Dr. Gamow genug. »Nein, ernsthaft«, sagte sie. »Ich befinde mich in so etwas wie einer Wertkrise, und daher beschäftigt mich das Problem sehr. Was können wir tun?« »Dorthin gehen«, gab er zur Antwort, schwach vor Hunger und Begierde, und deutete mit dem Kopf auf das dunkle Vieleck der Scheune. »Zut«, rief sie, freilich ohne Nachdruck, und schwamm weg. Als er müßig im Wasser stand, einerseits lüstern, andrerseits zusammengeschrumpft vor Kälte, zog sie Kreise um ihn herum, wobei sie sich tümmlergleich krümmte und streckte, unterschwamm ihn dann im Flachen, nahm ihn auf die

Schultern und warf ihn, mit einer gespielten Jugendherbergsgeste, wieder ab. »Bis später«, sagte sie endlich und entfernte sich. Wie aber meinte sie das?
Indem er jäh zu sich kam, schlug er sich auf den Schädel. »Schwein«, sagte er, während er im Flachen umhertorkelte, »Abfall.« Er liebte doch jemanden und war auf dem Weg in den Süden, wie General Rooney Lee nach einem Aufenthalt im Norden, und fing dabei wieder an, sich an Mädchen zu drücken gleich einem schuppigen Delphin und zudem das Gastrecht zu mißbrauchen. Schluß mit dem Unsinn! Er sprang aus dem Pool und lief in das Zimmer, das Forney ihm gezeigt hatte, und schlug, Hunger hin, Hunger her, eine lange Serie gegen den Punchingball dort und fuhr dann noch eine halbe Stunde lang, in Schweiß gebadet, fort mit ähnlich heftigen Körperübungen, duschte darauf eiskalt und las zwei Seiten aus *Living*. Heilige versenkten sich in die Betrachtung Gottes, um sich von der Fleischeslust zu befreien; er aber wendete sich dem Gelde zu. Er kehrte zum Pool zurück, erschöpft, ausgehungert, jedoch im Gleichgewicht.
»Ich entschuldige mich«, sprach er förmlich zu Mutz, als sie sich am Büffet anstellten. »In Wirklichkeit war ich selbst, hm, in so etwas wie einer Wertkrise: es ist schon lange her, daß ich gegessen und geschlafen habe. Ich entschuldige mich, mit dir so voreilig gewesen zu sein.«
»Guter Gott«, sprach Mutz, indem sie ihn mit dem Rücken streifte. »Nicht doch.«
»Nicht was?«
Sie antwortete nicht.
Verflixt, dachte er und mußte, mit der Hand in der Tasche, sein Knie vor dem Zucken bewahren.
Er verzehrte drei Portionen von Truthahn, Schinken und Roggenbrot, und hockte dann schlaffschwer da, mit Blutsausen in den Ohren. Glücklicherweise sprudelte der Gastgeber über von Plänen für den nächsten Tag und ließ ihn

nach der Mahlzeit Zubehör – Kameras und Versicherungshandbücher – zum Chevrolet schleppen. Später zeigte er ihm dann das Haus.
»Sie werden Mort Prince mögen. Er gehört zu unserem Stamm.« Sie waren im Keller angekommen, den der Techniker voll Interesse beschaute und beschnüffelte, denn bei ihm zuhause war der Grund nicht unterkellert: es war das erste Mal, daß er dergleichen sah. »Er ist ein lieber Kerl«, sagte Forney.
»Jawohl.«
»Haben Sie seine Sachen gelesen?«
»Ein paar Romane. Aber das ist schon länger her.«
»Sie haben *Love* nicht gelesen?«
»Sein letztes Buch? Nein.«
»Ich gebe es Ihnen für die Nacht.«
»Danke, aber ich bin sehr müde. Ich werde wohl zu Bett gehen.«
Forney trat näher. »Wissen Sie, was dieser Bursche mir, einfach so, antwortete, als ich ihn fragte, um was es in dem Buch gehe: ums F–. Und in einem gewissen Sinn stimmt das!« Sie befanden sich inzwischen wieder am Pool, in Hörweite der anderen, Mutz eingeschlossen – was den Techniker beunruhigte. »Aber es ist ein wunderbares Werk, ebenso pornographisch wie Chaucer. Tatsache: es ist zutiefst religiös. Ich gebe es Ihnen.«
Der Techniker stöhnte. Was zum Teufel bezweckte er, wenn er sagt, es handle vom F–? Ist F– etwas zum Spaßen? Soll ich das so verstehen, daß ich freie Hand habe, seine Tochter zu –? Oder reden wir über das F– gleichsam Mann zu Mann, nur so, ohne daran zu denken, irgend jemand zu f–?
Sein Empfangssystem versagte.
Forney fuhr fort: »Es handelt sich um ein essentiell religiöses Buch, in dem Sinne, als es eher bejaht als verneint. Mort vertritt ein einziges, einfaches Credo: ja zum Leben zu sagen, wo immer es sich zeigt.«

»Jawohl«, sprach der Techniker und erhob sich mit einem Schwanken. »Ich gehe schlafen.«
Kaum aber war er in das Himmelbett gefallen, als es an der Tür klopfte. Mutz kam herein, in einem Kurznachthemd, und lieferte *Love* ab. »Wollust erwartet dich«, sprach sie, mit der Hand an ihrer Augenbraue. »Vorwärts!«
»Danke«, sagte der Techniker, mit einem herzhaften Lachen, und durchmaß, nachdem sie gegangen war, das Zimmer, wie Rooney Lee nach der Schlacht der »Sieben Tage«. Was ihn am Ende zurückhielt, war nicht nur die feine Südstaatlerart, sondern auch der gesunde Yankee-Verstand. Auf einmal, und recht spät, sah er Mutz, wie wohl ihre Klassenkolleginnen sie gesehen hatten: als ein kräftiges, gutherziges, schwesterliches Mädchen. Sie war, wie man im Norden sagt, ein patenter Kerl. Und so war ihm möglich, von ihr zu lassen und sich selber freizusprechen. Welche Erleichterung. Er wischte sich über die Braue.
Unseligerweise konnte er nicht einschlafen. Er lag ganz wach, zugleich halbtot vor Müdigkeit. So blieb ihm nichts übrig, als *Love* zu lesen. Er las es in einem Zug, und um drei Uhr morgens war er durch.
Love handelte von Orgasmen, guten und schlechten, insgesamt etwa sechsundvierzig. Doch das Ende besaß, wie Forney gesagt hatte, eine religiöse Note. »Und so richte ich an das Leben die demütige Bitte«, sprach der Held zu seiner letzten Partnerin, durch deren Beistand sich seine höchsten Erwartungen erfüllt hatten, »uns das einzige Heil zu gewähren: die Selbstfindung eines menschlichen Wesens durch ein anderes und durch das Wunder der Liebe.«
Der arme Techniker erhob sich, zittrig vor Müdigkeit, und schlug eine letzte kurze Serie gegen den Punchingball, um wieder zu sich zu kommen. Aber als er wieder zu Bett ging, lag er dann gleichsam in Habtachtstellung, mit aufragenden Füßen und einem linken Bein, das sich selbständig machen wollte. Es gab keine andere Möglichkeit, als zwei von Dr.

Gamows Pillen zu schlucken, welche den Schlaf mittelbar herbeiführten, indem sie die Einwirkung der Großhirnrinde auf das Mittelhirn stoppten – obwohl er sich zugleich bewußt war, daß als Folge sein Zeit- und Ortssinn darunter leiden würden. Mochte er morgen auch keine Ahnung haben, wo er sich befand, und welches Jahr gerade war: wenigstens würde er sich besser fühlen als im Augenblick.
Wie auch immer: er schlief rasch ein und erwachte spät am Morgen, cin wenig verwirrt, aber guter Dinge.

3.

Am frühen Nachmittag war er dann ein schneidiger Chauffeur. Der flaschengrüne Chevrolet durchröhrte und -kurvte die vielen Biegungen und Abzweigungen des östlichen Pennsylvania. Der Pseudoschwarze neben ihm war so munter und quick wie je. Sie verließen die Schnellstraße und nahmen den Weg über die rußigen kleinen Hügelstädte. In die Augenwinkel stahlen sich links und rechts die *déjà vus*. Wie vertraut erschienen doch diese steilen Straßen und die alten 1937er Backsteinschulen und der rußige Pullman-Affenhaus-Geruch. Zweifellos, so sprach er zu sich selber, habe ich genau da unten im Souterrain technisches Zeichnen gelernt. Zwei Sommerschülerinnen saßen auf den Schulstufen, prächtige unschuldige Pennsylvaniamädchen. Er winkte, und sie winkten zurück. Ach Mädchen, ich liebe euch. Laßt euch mit niemandem ein, bevor ich zurück bin; ich bin nämlich schon früher hier gewesen. Was für ein Ort war das? »Wo sind wir?«, fragte er so unvermittelt, daß der Pseudoschwarze zusammenzuckte.
Dieser redete immer noch von Mort Prince, den sie nun abholen sollten. Der Schriftsteller, so schien es, hatte seine Freunde verblüfft, indem er nach Levittown gezogen war.

Er hatte das Haus da von einer Tante geerbt und, statt es zu verkaufen, seine Farm in Connecticut aufgegeben und war hierher übersiedelt, einfach so, wie der Pseudoschwarze es ausdrückte. »Stellen Sie sich einmal vor, von Fiesole nach Levittown zu ziehen«, sagte er mit einem Kopfschütteln. Der Techniker konnte sich das sehr gut vorstellen.

Allmählich wurde er auf Mort Prince neugierig. Vor ein paar Jahren hatte er zwei seiner Romane gelesen und erinnerte sich ihrer ganz genau – er konnte sich überhaupt genau an jede Einzelheit eines Buchs erinnern, das er vor einem Jahrzehnt gelesen hatte, genauso wie an ein Gespräch mit seinem Vater vor fünfzehn Jahren; Schwierigkeiten hatte er nur jeweils mit dem vorgestrigen Tag. Nach einem Kriegsroman, der ihn berühmt machte, schrieb Mort Prince ein Buch über einen jungen Veteranen, welcher, von den Vereinigten Staaten enttäuscht, seine Identität in Italien sucht. In Europa entdeckt er dann, daß er letzten Endes doch ein Amerikaner ist. Das Buch klingt hoffnungsvoll aus. Mark kommt heim, um seinen sterbenden Vater, einen Richter in Vermont, zu besuchen. Der Richter ist ein Yankee im alten Stil, ein Mann von granitener Integrität. Jetzt weiß auch er, Mark, wer er ist und was er zu tun hat, und daß alle Menschen seine Brüder sind. Im letzten Kapitel besteigt er den High Tor, welcher das Tal überragt. Wenn ein Mann nichts sonst im Leben schafft, spricht Mark zu sich selber, so kann er doch zumindest einem andern weitersagen (daß alle Menschen Brüder sind), und der wieder einem andern, undsofort, bis endlich, mitten im Haß und Hinsterben, eines Tages alle Menschen hören, verstehen und glauben. Mark war angekommen. Als Folge der High-Tor-Erlebnisse schlug er seinen Mantel um sich und wandte das Gesicht der Stadt zu.

Nach seiner ersten Rückkehr in die Vereinigten Staaten, erzählte der Pseudoneger gerade, hatte Mort Prince ein Mädchen aus seiner Heimatstadt geheiratet und war nach Connecticut gezogen. Der Techniker erinnerte sich, daß er zu jener Zeit *The Farther Journey* gelesen hatte, ein Buch über einen Schriftsteller, der in Connecticut lebt und eine sexuelle Beziehung mit einer Hausfrau in der Nachbarschaft eingeht. Es handelt sich dabei freilich nicht um einen gewöhnlichen Ehebruch (die Frau zieht ihn überhaupt nicht an), vielmehr um eine Einübung in jenen letztmöglichen und unentfremdbaren Besitz eines Individuums in einer kranken Gesellschaft, in die Freiheit. Den Worten eines Kritikers zufolge war das »ein *acte gratuit*, wie es ihn nicht gegeben hat, seit Lafcadio, in *Die Verliese des Vatikan*, Fleurissoire aus dem Wagen stieß«.

Nach seiner Scheidung und einem letzten Aufenthalt in Italien hatte der Schriftsteller laut Forney einen starken Drang gespürt, in die Staaten zurückzukehren, die allergewöhnlichste Umgebung ausfindig zu machen, und dort in sich zu gehen, wie Descartes inmitten der Bürger von Amsterdam, und den ersten wirklichen Kriegsroman zu schreiben, einen ganz ungeschminkten Bericht über die Vorgänge eines einzigen Tages in einem Infanteriezug. Als seine Tante starb und ihm das Haus vererbte, verließ er mit dem ersten Flugzeug Fiesole.

Der aufmerksame Techniker, der in diesem Augenblick den grünen Chevrolet gerade in den schönen Irrgarten von Levittown lenkte, verstand das ganz und gar. Hätte seine Tante ihm solch ein Haus vererbt, wäre auch er da eingezogen und hätte sich zufrieden niedergelassen.

Die frisch gesprengten Rasen von Lewittown glitzerten im Sonnenlicht; Rasen so prächtig wie die von Atlanta, jedoch weniger gespenstisch und priesterlich. Als belebte kleine Alpengärten erschienen sie, und keine Schwarzen schnitten das Gras, sondern Mr. Gallagher und Mr. Shean, die ihre »Toros« anwarfen und hinterher über den Zaun einander Späße erzählten. Hier, so dachte er, liefen die Hausfrauen hinüber in die Küche der Nachbarin, um sich eine Tasse Duz-Waschpulver auszuborgen. Kein arges Leben! Er wür-

de Geschmack daran finden; könnte hier leben, fröhlich wie ein Schweizer, ohne je an den nächsten Tag denken zu müssen. Doch im alten Virginia gab es schon jemanden, und so drängte sein Herz südwärts.
Als sie die Blocks umkurvten und die Hausnummer suchten, begann der einfühlsame Techniker, eine widrige Strahlung zu spüren. Während der Pseudoschwarze ahnungslos dahinschwätzte, fiel es dem anderen auf, daß unerwartet viele Menschen auf den Rasen und Gehsteigen standen. Er hätte schwören können, daß nicht wenige von ihnen feindselige Blicke auf den Chevrolet warfen! In Erinnerung an Dr. Gamows deutliche Anspielungen auf gewisse Arten des Verfolgungswahns versuchte er zu tun, als sei nichts. Aber es war doch etwas! Eine Gruppe von Hausbesitzern fiel ihm besonders auf, und unter ihnen vor allem ein einzelner Mann, ein stämmiger Bursche mit einem kleinen Schnurrbart und einem älplerischen Pelzhut, für den sein Kopf zu groß war.
»Was war doch die Nummer?« fragte er den Pseudoschwarzen.
»Einhundertzweiundvierzig.«
»Dann sind wir da«, sagte der Techniker und umkreiste den Block ein zweites Mal, wobei er wieder auf die Gruppe der Hausbesitzer zuhielt. Forney ging ihm dann auf dem Gehsteig voran, redselig und geistesabwesend wie je, blind, mit einem nervösen Zucken über nichts und wieder nichts. Er nickte sogar den Hausleuten auf dem Nachbarrasen zu, von denen er sich einbildete, sie wollten ihn wohl willkommen heißen. Das war nicht der Fall. Sie standen schweigend, mit den Händen in den Taschen, und stießen gegen die Grasnarben. Neben dem stämmigen Älpler erspähte der Techniker das Verhängnis in Person: eine dünne, glühäugige, fetthäutige Frau, die Haare in Plastikwicklern, eine regelrechte La Pasionaria der Vorstädte. Er wagte einen neuerlichen Blick. Kein Zweifel: sie starrte gerade auf ihn!

Mort Prince empfing sie, ein Bier in der Hand, in der zurückversetzten Kathedralentür, ein gutaussehender schmaler Mann mit gekräuseltem Schwarzhaar, welches vom Kopf abstand als ein Banner nicht durchweg ernst gemeinter Rebellion. Er trug ein dunkles Lederarmband und zeichnete, während er sprach, geheime Linien auf die Bierdose. Der Techniker mochte ihn sofort. Er erkannte, daß er ganz und gar nicht der gewaltige Sündiger seiner Romane, sondern ein aufgeweckter kleiner Kampfhahn mit einer gewissen Lebensart war, einer, der sich auf Parties in der Küche aufhält, sozusagen außer Dienst, mit einer Bierdose in der Hand, ein Kräuseln in den Mundwinkeln, sein besonderes, urkomisches Garn abspulend. Man bekam Lust, sein Zuschauer und Zuhörer zu werden; und der Techniker war so ein »man«. Mit einem kurzen Blick an ihm vorbei ins Haus wußte er auch, wie es um dieses bestellt war, und wie sich das Leben des Schriftstellers da abspielte. Ihre Stimmen hallten wider von nackten Parkettböden. Es gab kein Mobiliar außer einer Speisenische aus Plastik und einer ebensolchen Bar in einem Flur. Das war also seine Art: ohne unnötige Schranken einfach dazustehen und Stühle zu verachten, die, als Sitzgelegenheiten, nicht in Frage kamen.

Er tauschte mit dem Techniker einen kräftigen, sehnigen Händedruck, wobei er den Ellbogen nach unten hielt.

»Das ist unser Kundschafter«, sprach der Pseudoschwarze, indem er sich in sie einhakte. »Er kennt jeden dort unten, und die, die er nicht kennt, mit denen ist er verwandt.«

»Nein«, sagte der Techniker, stirnrunzelnd und errötend.

»Sie sind aus dem Süden?« fragte Mort Prince, wobei er die Bierdose drückte und an ihm vorbeiblickte.

»Ja.« Obwohl der Photograph ihm eingeredet hatte, der Schriftsteller werde ihn mit offenen Armen empfangen, merkte er, daß dieser sich gleichgültig, wenn nicht unfreundlich verhielt.

»Sagen Sie ihm, woher Sie kommen.«

Der Techniker sagte es ihm.
Doch Mort Prince, geistesabwesend und düster, ging nicht auf ihn ein. Er sagte kein Wort und drückte weiter die Bierdose.
»Das ist die Festivalstadt«, sagte der Photograph und stieß den Schriftsteller mehrmals bedeutungsvoll in die Rippen.
»Es tut mir leid«, sagte der Techniker und blickte auf seine Uhr. Er wollte weiter. Er ahnte nichts Gutes. Durch die offene Haustür – Mort hatte sie noch nicht ganz eintreten lassen, so daß sie fast noch auf der Schwelle standen – bemerkte er, daß die Leute näher gekommen waren. Kein Zweifel: sie hatten es auf Mort Princes Heim abgesehen.
»Ich weiß es wohl zu schätzen, doch wie ich Mr. Aiken gesagt habe –« begann er und nickte dabei schon den Neuankömmlingen zu, um Mort Prince und den Pseudoschwarzen zu warnen. Doch es war zu spät.
»He, du«, rief der stämmige Mann mit dem Älplerhut, reckte das Kinn und stemmte leicht die Hände in die Hüften.
Der Techniker musterte ihn. Der Fremde meinte eindeutig ihn. Sein Herz übersprang einen Schlag. Adrenalin schoß in seine Haarwurzeln. Stand er nun bevor, der Kampf Mann gegen Mann, der Ausgang schon im voraus gewiß? »Sprechen Sie zu mir?«
»Bist du von Haddon Heights?«
»Bitte?« Der Techniker hielt die Hand an das Ohr. Auf dem T-Shirt des stämmigen Mannes war die Aufschrift *Deep Six*. Er war bestimmt Mitglied eines Kegelklubs. Er erinnerte ihn an die Leute, die ihm begegnet waren rund um die Bowlingbahnen von Long Island City.
»Tu nicht so, als ob du mich nicht gehört hättest.«
»Sir, Ihr Ton gefällt mir nicht«, sprach der Techniker und trat einen Schritt vor, das gesunde Ohr auf den anderen ausgerichtet. War der Moment gekommen, wo er, der

Beschimpfte, es austragen würde, hier und jetzt, so wie auch sein Großvater es ausgetragen hatte? Aber konnte er sich nicht immer noch irren? »Sprachen Sie zu mir?« fragte er neuerlich, wobei er jede Nervenzelle anspannte, um richtig zuhören; denn nichts ist ungereimter als ein ehrenwerter Tauber, der unschlüssig ist, ob er nun beschimpft wird oder nicht.

Der Älpler wandte sich an Mort Prince. »Mae hier hat ihn in Haddon Heights gesehen. Ihr Schwager lebt in Haddonfield.«

»Haddon Heights? Haddonfield? Ich kenne weder das eine noch das andere«, sagte der verwirrte Techniker. »Jedenfalls wärmt mir der Ton dieses Menschen nicht das Herz.« Er wußte nun, daß er wieder einmal verwechselt wurde.

Dann drängte ein anderer sich durch, ein hellhäutiger älterer Mann mit einer grauen Bürstenfrisur und Flicken an den Ellbogen.

»Er ist ein Makler aus Jersey«, sagte er.

»Was soll das alles?« fragte der Schriftsteller und befühlte unbehaglich sein Armband. Der Techniker bemerkte, daß der andere großen Wert darauf legte, mit seinen Nachbarn zurechtzukommen – so wie Descartes –, und deswegen nun in Verlegenheit war.

»Das stimmt, Mr. Prince«, sagte der stämmige Mann, der vor dem Schriftsteller einen nachbarlichen Ton annahm. »Das ist ihre Art: sie kommen daher von Jersey, so wie er und sein Freund da, fahren hier langsam um den Block und halten Ausschau. Es war ganz offensichtlich! Aber wir machen uns Ihretwegen keine Gedanken, Mr. Prince. Ich habe Whitey gerade gesagt: Mr. Prince denkt nicht daran, sein Haus zu verkaufen.«

»Ich bin kein Jerseymakler, was auch immer das sein soll«, sagte der Techniker, der zugleich wahrnahm, daß der Pseudoschwarze ein strahlend-nervös-klägliches Lächeln aufsetzte und die Hände öffnete, einmal in diese Richtung, dann in jene.

»Leute«, appellierte der Photograph an alle Beteiligten, indem er den Himmel als Zeugen beschwor für die Verrücktheiten und Mißverständnisse unter den Menschen. »Das ist doch lächerlich«, rief er und öffnete die Hände, »glaubt mir.«
Der Techniker errötete vor Zorn. »Ich habe noch nie etwas von Haddon Heights gehört«, sagte er. Aber so sehr er sich auch bemühte, seinen Zorn rein und achtbar zu erhalten: es gelang ihm nicht. Der Älpler hatte sich ein wenig entspannt und stand da mit dem ironischen Ausdruck eines Mannes, der, nach einer Katastrophe, belästigt wird von zufällig Vorbeikommenden. Und der Techniker, wider Willen im alten Fahrwasser, begann sich auf ihn einzustimmen; er wollte herausfinden, worum es ging. Er fluchte innerlich. Zu allem Überfluß war auch sein Heufieber wieder ausgebrochen, die Nase schwoll und rann, und das Taschentuch befand sich in dem Fäßchen. Der große Zorn entschwand.
Doch er hatte nicht mit der Frau gerechnet.
»Würstchen!« schrie sie, stürzte an Jiggs vorbei und hielt dem Techniker ihr Gesicht vor die Nase. Sie trug über ihrem Kegelklubhemd eine schwarze Bolerojacke. Ihre bloßen Arme waren feucht und muskulös wie die eines Mannes.
»Würstchen?« wiederholte der verdutzte Techniker und betastete sich die Nase.
»Du arbeitest doch für Oscar Fava, oder?« fragte sie, böswillig und zugleich triumphierend.
»Nein.« Sie bot einen ungemütlichen Anblick. Wie sich verhalten gegenüber einer Verrückten?
»Es ist schon so, daß ich verkaufen will«, sagte Mort Prince, der sich inzwischen entschlossen hatte, über seine Nachbarn verärgert zu sein.
»Haben Sie irgendwelche Papiere unterschrieben?« fragte der stämmige Mann, mit entschwindender Gutmütigkeit.
»Was hat das mit Ihnen zu tun?«

»Könnte ich die Papiere sehen, Mr. Prince?« (Er sagte *Pepiere.*)
»Die können doch keinen Block zerstören, ohne daß Sie mitmachen«, sagte Jiggs, auf dessen Gesicht irische Rotweiß-Sprenkel erschienen.
»Verschwindet aus meinem Haus«, sagte Mort Prince, obwohl die Nachbarn noch gar nicht eingetreten waren. Sie standen allesamt in dem Kathedraleneingang.
»Kerl«, sprach die Frau, die den Techniker immer noch fixierte. Als er nur fassungslos dreinblickte, ballte sie die Faust wie ein Mann, den Daumen weggesteckt, und holte nach hinten aus.
»Moment«, sagte der Techniker. Würde sie ihn tatsächlich schlagen? Und im selben Moment sah er aus den Augenwinkeln den stämmigen Mann sich dem Schriftsteller nähern, mit ausgestrecktem Arm, sei es, für die »Papiere«, sei es, für einen Händedruck – jedenfalls sich nähern. Zwei andere Hausinhaber, das bemerkte er erst jetzt, standen im Hintergrund, redeten mit gedämpften Stimmen und schwangen lebhaft ihre Arme, in der Rolle von Zuschauern.
»Entschuldigung«, sagte der Techniker zu der Frau, indem er sich an ihr vorbeischob, als sei sie eine zornige Kundin im Macy-Keller. Unterwegs stieß er gegen Jiggs, der sofort zurückwich, sich duckte und ihn mit den Fingerspitzen heranwinkte.
»Komm her«, sagte Jiggs, »komm.«
Doch es war der Pseudoschwarze, der jetzt die Aufmerksamkeit beanspruchte. Er stellte sich zwischen den Techniker und Jiggs und schüttelte traurig-gutmütig den Kopf. »Also bitte, Leute«, sagte er, indem er seinen Manschettenknopf öffnete. »Ich glaube, es handelt sich hier um ein gewaltiges Mißverständnis – eine triste Illustration unser aller Schwachheit. Leute –«
»Nein«, rief der Techniker erzürnt. »Lassen Sie die Ärmel unten.«

»Los, hinauf mit den Ärmeln«, schrie Jiggs, der das mißverstand, mit der Andeutung eines Tanzes, wobei er nun den Pseudoschwarzen heranwinkte.
Der Techniker stöhnte. »Nein. Ich –« fing er an, indem er einen Schritt auf den grinsenden Älpler zutat. Das war der Bösewicht!
Aber in diesem Augenblick, gerade als er die Frau passierte, die er vergessen hatte, nahm sie die Faust zurück, genau in die Höhe des Ohrläppchens, und traf den Techniker, zugleich einen schrillen Atempfiff ausstoßend, auf den fleischigen Teil der Nase, die schon vom Heufieber weich und angeschwollen war.
O gräßlicher, explosionsartiger, demütigender, fluchwürdiger Nasenschmerz, Basso ostinato allen Wehs! Oh ihr Höllenbrut. »Komm her«, so meinte er sich selber reden zu hören, als er sein Bestes tat, sich auf den Älpler zu stürzen. Schlug er ihn? Sein Kopf wurde jedoch erst wieder klar, als er sich auf den Eingangsstufen sitzen fand, umsponnen von der erhabenen Herzlichkeit, welche die Folge aufgeklärter Mißverständnisse und endlich wiederhergestellten Gleichgewichts ist. Er sah, die Hand immer noch an der Nase, wie der Pseudoschwarze seinen Hemdärmel hinunterrollte: er hatte ihnen seinen weißen Fleck gezeigt.
Nur Mort Prince war immer noch zornig. »Darum geht es nicht«, sagte er wütend zu den Hausleuten, die, das sah der Techniker sofort, ganz erpicht darauf waren, ihn diesmal punkten zu lassen. Sie gestanden ihm seinen Zorn zu. Alle fühlten sie sich zerknirscht. Der Techniker stöhnte.
»Wahrhaftig, ich habe sie für *Blocksprenger* gehalten«, sagte Jiggs zu einem, der neu dazukam. »Sie waren da«, versicherte er Mort Prince. »Und sie sind aus Jersey.«
»Ich möchte ganz klar machen, daß ich verkaufe, an wen es mir paßt, ohne Rücksicht auf Rasse, Glauben oder Nationalität.«

»Ich auch! Genau das habe ich zu Lou hier gesagt.«

»Und eins noch«, sagte der Schriftsteller, wobei er mit grimmiger Miene sein Armband knetete: »Wenn es etwas gibt, das mich anwidert, dann ist es Bigotterie.«

»Recht haben Sie«, rief Jiggs. »Wenn Mae und ich nicht unser Erspartes in das Haus gesteckt hätten – hören Sie zu!« Doch obwohl jedermann zuhörte, verstummte er.

»Wir halten uns ans Gesetz«, sprach der Älpler ernst. Dann fiel ihm ein, wie er die Angelegenheit regeln könnte, und er lachte und deutete mit dem Kinn auf den Techniker. »Ein richtiger Tiger der da, wie er auf mich los ging. Haben Sie's gesehen? Ich sage Ihnen, er ging auf mich los, und ich schaute, daß ich von ihm wegkam. Ja, ein Tiger.« Mit ausgestreckter Hand ging er hinüber zu dem Techniker. Dieser hielt sich die Nase und blickte auf die Hand. Er hatte von der ganzen Truppe genug.

»Du bist also nicht aus Jersey, Kollege?« fragte der Älpler und nahm aus unerfindlichen Gründen seinen Hut ab. »Mae hier sagte doch – was es nicht alles gibt!« Er rief die Nachbarschaft zum Zeugen an für die menschliche Komödie. Der Techniker gab keine Antwort.

»Sie arbeiten also nicht für Oscar Fava?« rief die große Frau. Sie meinte den Techniker, brachte es aber nicht ganz fertig, ihn anzublicken. »Du kennst doch Favas Maklerbüro, neben dem Pik-a-Pak?« fragte sie Jiggs, und reichte dessen Nicken dann gleichsam weiter an ihr Opfer, als Bekräftigung, und vielleicht sogar als Entschuldigung. »Drüben in Haddon Heights.«

»Ich glaubte, es sei in Haddonfield«, sagte Jiggs. Sie disputierten darüber wie über einen weiteren wichtigen Paragraphen in ihrem Katechismus. »Warst du noch nie bei Tammy Lanes in Haddonfield?« fragte ihn Jiggs.

Der Techniker schüttelte den Kopf.

»Ist dieser Oscar Fava nicht letzte Nacht hier aufgekreuzt?« fragte Jiggs Mae.

»Und *er* war mit ihm«, sagte die Frau. »Er oder sein Zwillingsbruder.«
»Wißt ihr, was er tun könnte«, wendete der Älpler sich an die anderen Hausleute, indem er eigens freundlich von dem Techniker sprach (ein rechter Kerl war der, in fünf Minuten würden sie ihn Rocky nennen): »Er könnte heut' abend mit uns zu Tammy gehen, um Oscar ein bißchen auszuhorchen.« Wieder streckte er dem Techniker die Hand entgegen. »Geh mit uns, nur so zum Spaß.«
»Nein, danke«, sagte der letztere düster und erhob sich. »Ich muß in meine eigene Richtung.« Er blickte sich nach dem Pseudoschwarzen um, welcher verschwunden war. Am meisten zog es ihn weg von Mort Prince, der immer noch dabei war, seinen Zorn vorzuführen, eine besondere, verzögerte Art von Schriftstellerzorn, der peinlich war. Das ist das Zeitalter der Peinlichkeit, dachte der Techniker, der nicht auszulebenden Raserei. Wen schlagen? Niemanden. Mort Prince nahm ihn am Arm und zog ihn hinein. Das beste, was Mort tun konnte, war es, den Hausleuten die Tür vor der Nase zuzuschlagen, wobei er Jiggs seinen Satz abschnitt: »Wenn einer von euch mitkommen möchte –«
Jetzt lebte der Schriftsteller auf und öffnete ein frisches Bier. Entspannt lehnte er am Kühlschrank und sagte zu ihnen: »Weiß Gott, ich hab's. Ich werde diesen Oscar Fava anrufen und ihn mit dem Verkauf beauftragen. Bringt Sie das nicht zum Lachen?« fragte er den Techniker.
»Nein, danke«, sagte der. Er hatte genug von ihnen und ihrem Lachen.
Er holte das Fäßchen, worin er seine Arzneien verpackt hatte, nahm drei Chlortrimeton-Tabletten gegen das Heufieber und rieb sich die Nase mit einem Eiswürfel.
»Bill«, sagte der Photograph in einem ernsten Ton, »wenn ich Sie schon nicht überreden kann, mit uns zu kommen, so versprechen Sie mir doch wenigstens, bis Virginia dabeizubleiben.«

»Nein, danke«, antwortete der Techniker, diesmal höflich. »Ich muß wirklich weg. Ich wäre Ihnen dankbar, könnten Sie mich zum Busbahnhof bringen.«
»Sehr gut«, sagte der Pseudoschwarze, so förmlich wie der andere. So fahrig er auch war, so war er doch genauso einfühlsam wie nur irgendwer. Er wußte, daß es eine Zeit gab, zu bleiben, und eine Zeit, zu gehen, eine Zeit, zu sitzen, und eine Zeit zu stehen.
»Vielleicht wäre es uns möglich, Sie im Lauf des Sommers in Ihrer Heimatstadt zu treffen«, sagte er und stand auf.
»Vielleicht«, sprach der Techniker und nahm sein Fäßchen.

4.

An einem hellen, dunstigen Morgen hockte ein junger Mann von angenehmer Erscheinung und anständigem Aufzug leicht verwirrt auf einem gedrungenen Zedernfäßchen neben einem Highway im nördlichen Virginia, welchen einerseits ein Weißeichensumpf und andererseits ein nebliger, am Gipfel gleich einer Mesa abgeflachter Hügel säumte. Er saß auf dem Fäßchen und zählte eins ums andere Mal sein Geld, blätterte in einem Notizbuch und las dann und wann eine Seite in einer kleinen roten Broschüre. Dann faltete er eine Esso-Karte von Virginia auf und breitete sie über einen teuren blauen Lederkoffer. Indem er das Fäßchen öffnete, das im Innern so zedern und kühl war wie ein Brunnenhaus, entnahm er ihm einen rundlichen Klumpen ungesalzener Butter, eine Schachtel Ritz-Kekse, ein Plastikmesser, sowie einen Liter Buttermilch. Während er sein Frühstück verzehrte, zeichnete er mit seinem goldenen Bleistift auf der Karte die roten und blauen Linien nach.
Wo mochte er die Nacht verbracht haben? Nicht einmal er selbst wußte es genau, doch er mußte sie leidlich gut

verbracht haben, denn sein Brooks Brothers Hemd war immer noch sauber, sein Dacron-Anzug faltenlos, seine Wangen waren glatt und dufteten nach Seife. Eine andere Tatsache hülfe vielleicht weiter: vor etwa einer Stunde war ein Mayflower-Laster mit zwei Insassen von dem Highway auf die Schotterstraße gerade hinter ihm abgebogen und auf ein Bauernhaus zugefahren, welches sich an den Fuß des nebligen Hügels schmiegte. Mayflower-Laster, so hatte er kürzlich gehört (und gleich wieder vergessen), stehen im Eigentum ihrer Fahrer, die in der Regel, nach vollbrachtem Transport, mit ihnen heimwärts fahren.

Die Sonne kam hervor und wärmte ihm den Rücken. Im Sumpf begannen die Mücken zu winseln. Er starrte auf das Netz aus roten und blauen Linien und umzirkelte mit seinem Bleistift ein winziges Paar gekreuzter Schwerter, die ein Schlachtfeld anzeigten. Nach seiner Ansicht befand er sich im Augenblick irgendwo in der Nähe des Malvern Hill und des James River. Er hatte damit sicherlich recht: erlebte er doch im Innern jene Bildverrückungen, von denen er auf alten Schlachtgründen immer wieder betroffen wurde. Seiner Nase ging es besser. Er konnte riechen. Er schnüffelte die Morgenluft ein. Der Morgen war weiß, rauchig und entrückt wie in Brooklyn; und doch verschieden weiß, mit einer anderen Rauchigkeit. Dort in Brooklyn herrschte gleichsam eine lappländische Rauchigkeit, ein allen zugänglicher Molke-Sonnenschein, wo einzelne junge Leute mit Geigenkoffern an Bushaltestellen warteten. Hier dagegen schuf die Rauchigkeit einen Privatbereich; gehörte zu einem selbst. Es schien ihm, als sei er hier schon gewesen, obwohl das vielleicht gar nicht der Fall war. Vielleicht hatte sein Vater hier seine Kindheit verbracht, und er wußte davon aus Erzählungen. Aus den Augenwinkeln nahm er die grüne, an Konfetti erinnernde Pflanze wahr, die in dem schwärzlichen Wasser trieb, die ausgekehlten Stämme und die kahlen roten

Astansätze der Zypressen, die ersten Herbstsprenkelungen des Tupelo-Harzes.
Er vertiefte sich in die Karte. Er rechnete sich aus, daß er kaum zwanzig Meilen weg von Richmond sein konnte. War er nicht gestern nacht dort gewesen? Während er die Ritz-Kekse mit der ungesalzenen Butter aß, stellte er sich vor, wie es um Richmond bestellt wäre, hätte der Bürgerkrieg anders geendet. Die Main Street wäre vielleicht die Wall Street des Südens, und der Broadway würde, was Oper und Theater anging, mit New Orleans wetteifern. Hier in dem »Weißeschen-Sumpf« befände sich möglicherweise der Sitz des großen »Lee-Randolph-Komplexes«, gewaltiger als der von GM, mit einer noch besseren Autoproduktion (der »Lee« überträfe sowohl den Lincoln als auch den Cadillac, und von dem »Kleinen Reb« würden gar mehr verkauft als von den Volkswagen). Richmond hätte heute fünf Millionen Einwohner, die »William-und-Mary-Universität« wäre so gut wie Harvard, nur nicht so zerrüttet. In Chattanooga und Mobile gäbe es die stehende Wendung von den »durchtriebenen zynischen Richmondern«, den Berlinern dieser Breiten.
Nach dem Frühstück entnahm er seinem Seesack einen Stahlspiegel und überprüfte in der Morgensonne seine Nase. Sie war im Innern immer noch fliederfarben, hatte sich ansonsten aber beruhigt. Der Anblick seines Gesichts tat ihm gut. Es war ein einheitliches, gleichmäßiges, süd-südliches Episkopalianergesicht. Mit einem Wohlgefühl erhob er sich und schlug ein paar Serien gegen die aufgehende Sonne. Mein Name ist Williston Bibb Barrett, sprach er laut, wobei er zugleich in seiner Brieftasche nachschaute, um sich zu vergewissern: und ich bin dabei, in den Süden zurückzukehren, um dort mein Glück zu machen und den guten Namen meiner Familie wiederherzustellen, vielleicht sogar die Hampton-Plantage vom Röhricht zu befreien und bis ans Ende meiner Tage als Ehrenmann zu leben, und als eine

Art Vater für die schwarzen Feldarbeiter. Darüber hinaus liebe ich eine gewisse Person. So kann es auch sein, daß ich mir eine Frau nehmen und mich in der lieblichen grünen Umgebung von Atlanta oder Memphis niederlassen werde, meinethalben sogar in Birmingham, das, trotz seines üblen Rufs, bekanntlich von herzensguten Leuten bewohnt wird.

Das Autostoppen war in Virginia leichter als in New Jersey; innerhalb einer halben Stunde wurde er mitgenommen und sauste dann in einem noblen schwarzen Buick, einem verehrungswürdigen Vierzylinder, den historischen alten US-Highway 60 hinunter. Sein Vater hatte einen solchen gefahren, so daß sich bei dem vertrauten, frei dahinröhrenden Klang des Kraftstrom-Getriebes etliche *déjà vus* einstellten. Der Wagen war so voll von Damen, daß er Seesack und Fäßchen im Kofferraum verstauen mußte. Vergnügt saß er da, das Teleskop auf den Knien: was für ein Glück, aufgenommen zu werden von einem Flor edelster Virginia-Frauen. Es störte ihn dann auch nicht, daß sie sich als Texanerinnen erwiesen, Golferinnen eines Clubs aus Fort Worth, Vierzigerinnen stabil wie Hartgummi, die fast aus ihrem Leinenkrepp platzten. Sie hatten gerade ein Turnier in Burning Tree hinter sich und waren nun auf Besichtigungsfahrt. Sie lachten bis Williamsburg; und er mit ihnen. Einmal erblickte er sich selber im Sonnenschutzspiegel, grinsend wie ein Schneemann. Sie erzählten sich Geschichten voneinander, besonders von der Dame zu seiner Linken, die, jünger als die andern, gut aussah und zum Erröten neigte.

»Grace tut so, als fühle sie sich bedrängt, und als könnte sie das nicht vertragen«, sagte eine Dame hinten.

»Sie kann's vertragen«, sagte eine andere, und schon johlten sie alle vor Lachen.

Wieder eine andere sagte: »Als ich letzte Nacht zu meiner Tür hinausäuge, da geht Grace auf Zehenspitzen durch die Halle, mit dieser halben Portion von Mann, und an der Art,

wie Grace geht, sehe ich gleich, daß sie einen in der Krone hat.«
Aus irgendeinem Grunde brachte das Wort »Krone« sie neuerlich aus der Fassung. Dieses Wort schien für sie mehrere Bedeutungen zu haben. »Haha, sie hat einen in der Krone gehabt!« Die alltäglichen Wörter und Gegenstände, wie Reißverschlüsse und Golf-Abschlagstellen, sorgten für ein Anschwellen des Gejohles und für Rippenstöße. Obwohl der Techniker nicht ganz begriff, was jeweils der Witz scin sollte – es ging jedenfalls um die Schöne an seiner Seite –, ließ er sich unwillkürlich anstecken und schüttete sich aus vor Lachen. Als der alte heulende Kraftbolzen von Buick Williamsburg erreichte, hatte er Seitenstechen.
Er hatte vorgehabt, sich in der Stadt zu sammeln und dort seine Spurensuche aufzunehmen; doch wie sich herausstellte, war das gar nicht nötig. Als der Buick an dem »Vierspänner«-Motel im Außenbezirk vorbeizog, bemerkte er die zwei Fahrzeuge und erkannte sie beide, obwohl er sie noch nie gesehen hatte: den Trav-L-Aire, glitzernd, bockig, praktisch, zugleich luftig und leicht auf seinen vier brandneuen Goodyear-Elefantenbeinen; Seite an Seite mit einem eichkatzengrauen Cadillac, welcher schäbig, flach und sechs Meter lang war. Er schrie der Fahrerin zu, ihn aussteigen zu lassen, aber sie wollte nicht. Als sie endlich hielt und er bat, zu warten, bis er sein Fäßchen aus dem Kofferraum geholt habe, begannen sie wieder zu johlen und fielen dabei buchstäblich von den Sitzen. Zum Motel mußte er dann sechs Blöcke zurückgehen.
Niemand war zu sehen außer einem Paar teilnahmsloser, faultierhafter Kinder, die auf dem Spielplatz von einem Gerät zum anderen schlichen. Er konnte sich in aller Ruhe den Trav-L-Aire anschauen. Dieser vereinte in sich auf die erfreulichste Weise die Schwere eines Lasters – die Stahlfülle unten – mit dem leichten Aluminiumgehäuse oben. Es war, als sei er geradezu genäht, mit seiner von Nieten flugzeug-

flügelgleich gesäumten Metallhaut. Spundlöcher, Buchsen und Knäufe bildeten unauffällige Vorsprünge, die einen offen gegen den Wind, die anderen abgestützt mit einem Windfang. Die Treppenstufe war ausgeklappt, die Hintertür halb offen, und so spähte er hinein in die heimeligste kleine Kajüte, die zugleich geräumig wirkte, ausgestattet mit Regal, Koje, Kombüse und Abfluß.

So läßt es sich heutzutage gewiß gut leben, sagte er und ließ sich nieder auf das Fäßchen: beweglich und doch zuhause; fest mit dem Fahrgehäuse verbunden statt albern angekoppelt zu sein in einem Anhänger; in der Welt, aber nicht von der Welt; offen für Besonderheiten des jeweiligen Orts und zugleich abgeschirmt von der Tristesse des Orts; bewahrt vor den Gespenstern von Malvern Hill; mit dem Ausblick auf die traurigen Wälder von »Spotsylvania« durch das liebreizende »Sheboygan«-Plexiglas.

»Hallo!«

Das war Mr. Vaught. Er war aus seinem Motelzimmer gekommen, kratzte sich am Hintern, zog an seinen Manschetten und begrüßte den Techniker, als habe er schon die längste Zeit auf ihn gewartet.

»Sie haben es sich also doch überlegt«, sagte der alte Mann und reckte gewaltig den Hals.

»Was überlegt?«

»Sie haben beschlossen, mit uns zu kommen.«

»Wie bitte?« sagte der Techniker und blinzelte. War es denn ausgemacht gewesen, daß er sie hier treffen sollte?

»Möchten Sie etwas Schönes sehen?«

»Jawohl.«

Mr. Vaught schloß den Kofferraum des Cadillac auf und zeigte ihm eine riesige Ladung von Nahrungsmitteln: Quäkermarmeladen, Shakergelees, Virginiaschinken. Er machte sich daran, jedes einzelne Paket zu beschreiben.

»Entschuldigen Sie bitte«, sagte der Techniker, indem er ihn unterbrach.

»Ja?«
»Entschuldigen Sie, aber ich glaube, es sollte doch einiges geklärt werden. Für meinen Teil kann ich sagen –«
»Ist schon recht«, rief der alte Mann hastig. Tatsächlich: er errötete. »Ich freue mich maßlos, daß Sie mit an Bord sind.«
»Ich danke Ihnen. Aber ich möchte doch erst einmal durchblicken.« Er hörte sich reden, ohne sich besinnen zu müssen; seine Stimme hatte sich gleichsam von selber besonnen. »Ich dachte, wir hätten abgemacht, daß Sie mich abholen sollten. Ich habe drei Stunden gewartet.«
»Nein«, rief der alte Mann, kam näher, ergriff ihn unter der Achsel und nahm ihn beiseite. »Das Apfelgelee da ist für Sie.«
»Danke.«
»Hören Sie zu, mein Lieber. Wenn es eine Geldfrage war – warum haben Sie es mich nicht wissen lassen? Ich werde Ihnen nun etwas sagen, was ich nicht jedem sage: ich habe mehr von dem verdammten Geld, als ich je brauchen werde, und wenn ich's Ihnen nicht gebe, kriegt es eben der Staat.«
»Geld«, sprach der Techniker, wobei er mit einem Auge blinzelte.
»Rita sagte, sie habe Sie gebeten, mit uns zu kommen, und Sie hätten abgelehnt.«
»Nicht doch«, sagte er und erinnerte sich. »Sie hat mich vielmehr gefragt, ob ich für sie arbeiten wolle oder –«
»Als ich nichts von Ihnen hörte, nahm ich natürlich an, es liege Ihnen nichts an dem Job.«
»Nicht doch!«
»Wissen Sie, mein Lieber, was wir uns in Wirklichkeit dachten? Wir dachten, Sie wollten mit keinem von uns kommen, aber Sie würden, uns zuliebe, *doch* kommen, aus Höflichkeit, wenn wir Sie nur bäten. Und das wollte ich nicht tun. Schauen Sie!« rief der alte Mann fröhlich.
»Was denn?«

»Es ist besser so!«
»*Wie* so?«
»Jetzt wissen wir, woran wir sind. Und jetzt glaube ich auch, daß Sie mit uns kommen wollen.«
»Ja, das ist wahr«, sagte der Techniker knapp. »Und ich wünsche jetzt nur, mich, was Sie betrifft, ebenso sicher zu fühlen.«
»Wie? Oh! Bei allen Heiligen!« sprach der andere, indem er an seinen Manschetten zog und den Himmel anrief. »Sie sind doch ganz und gar Ihr Vater.«
»Jawohl«, sagte der Techniker düster, und fragte sich zugleich, ob der alte Mann ihm wieder entschlüpfen würde, ähnlich dem weißen Hasen. Doch diesmal zog Mr. Vaught seine kastanienbraune Brieftasche und zählte dem anderen fünf Hundertdollar-Noten in die Hand. Die Scheine, frisch aus der Druckerei, fühlten sich an wie harsches Wildleder. »Ein Monatslohn im voraus. Ist zwischen uns nun alles klar?«
»Ja doch.«
»Ich sage Ihnen, wie es jetzt weitergeht.«
»Bitte.«
»Rita chauffiert uns im Cadillac. Und Sie und Jamie nehmen den da.« Er deutete auf den Camper.
»Gut.«
»Sie fahren gleich los. Wir treffen uns dann zu Hause.« Er zog zwei weitere Scheine hervor. »Das ist für die Auslagen.«
»Wollen Sie damit sagen, daß Sie uns allein lassen wollen und –«
Doch bevor er zuende sprechen konnte, schwärmte die übrige Familie aus mehreren Türen hervor, auf ihn los. Die ihm eigene Schüchternheit verschwand fast in der Freude, wieder mit ihnen vereint zu sein. Gehörte er vielleicht doch hierher?
»Schau, wer da ist!« – »Wie in aller Welt –!« – »Ist denn das die Möglichkeit –!«, riefen sie.

Ein Paar verschmitzter Augen betrachtete ihn von der Seite
»Er wird ja rot«, rief Mrs. Vaught.
Aus irgendeinem Grund hatte seine Anwesenheit, mit den Händen in den Taschen und verdrehten Augen, etwas Komisches, und sie alle lachten ihn aus. Nur Kitty nicht; sie kam näher und berührte ihn, doch zugleich war es, als könne sie seinen Anblick nicht ertragen. Sie ergriff ihn rauh an der Schulter, wie ein Junge.
»Was ist denn mit deiner *Nase*?« fragte sie zornig. Es schien für sie geradezu eine Schande zu sein, daß gerade seine *Nase* von einem Mißgeschick betroffen war.
Er deutete mit einer Hand vage gen Norden. »Eine weiße Dame oben in New Jersey –« begann er.
»*Was*«, rief Kitty ungläubig, indem sie die Lippen kräuselte und die anderen als Zeugen anrief. »Was ist passiert?«
»Eine Dame aus Haddon Heights hat mir einen Schlag auf die Nase versetzt.«
Die anderen lachten; desgleichen der Techniker. Nur Kitty kräuselte immer weiter die Lippen, in einem Zorn, der zugleich sehr sinnlich wirkte. Rita lachte zwar, doch ihre Augen waren wachsam. Hübsch war sie!
Jamie stand ein bißchen über ihnen, auf dem Motel-Fußweg, grinsend und kopfschüttelnd. Er sah gebräunt und kräftig aus, obgleich mit Ringen um die Augen.
»Warte, Kitty«, sagte der Techniker, als das Mädchen sich abwandte.
»Was ist?«
»Bleib! Geh nicht weg.«
»Gut, was ist?«
»Wie es scheint, habe ich mich nicht verständlich machen können«, sprach er zu ihnen allen, »oder wenigstens habe ich Mißverständnisse nicht verhindern können. Ich möchte ganz sicher sein, daß jetzt jedermann mich versteht.«
»Ich hab' dir doch gesagt, daß er mit uns kommen wollte«, sagte Mrs. Vaught zu ihrem Mann; ihr Kneifer blitzte.

»Jedenfalls«, sagte der Techniker, »möchte ich ein für alle Male klar machen, was ich mit Jamie und, ah, Kitty im Sinn habe.« Beinahe hätte er »Miss Kitty« gesagt.
»Mein Gott«, sagte Kitty, die rot wurde wie eine Runkelrübe. »Wovon redet dieser Mensch eigentlich?« Sie wandte sich geradezu flehentlich an Rita, die wiederum den Techniker habichtgleich beobachtete, mit scharfen, wachsamen Augen.
»Ich möchte klar machen, was ich offensichtlich in New York nicht klar machen konnte: daß ich von allem Anfang an Mr. Vaughts Angebot mit großer Freude angenommen habe, und daß ich glücklich sein werde, mit Jamie auf die Schule oder wohin auch immer zu gehen.«
Kitty schien sowohl erleichtert als auch verärgert. »Deswegen wollte er also nach Colorado«, sagte sie laut zu Rita, und buchtete sich mit der Zunge die Wange aus.
»Wie bitte?« sagte der Techniker sofort.
»Er möchte wissen, wessen Idee Colorado war«, sagte sie, immer noch an Rita gewendet. Sie spießte tatsächlich einen Daumen gegen ihn, aufgebracht wie ein Schiedsrichter. Was war aus seiner Liebsten geworden?
Rita zuckte die Achseln.
»Hast du denn schon vergessen, was du Rita gesagt hast?« fragte das Mädchen, indem sie ihm in die Augen schaute.
»Das ist möglich«, sagte der Techniker langsam. Schrecklich: er hatte es möglicherweise wahrhaftig vergessen. »Da ich es Rita gesagt habe, könnte sie meinem Gedächtnis nachhelfen.«
»Gern, Gefreiter«, sagte sie, achselzuckend und lächelnd. »Obwohl es ohnehin alle hier wissen. Was Sie, wenn Sie sich erinnern, mir mitgeteilt haben, war Ihr Plan, auf die Colorado-Bergwerksschule zu gehen.«
»Ohne Kitty«, sprach Kitty.
»Nein«, sprach der Techniker.
»Ja«, sagte Rita. »Erinnern Sie sich nicht an den Tag, als ich das Teleskop zurückbrachte?«

»Ja«, sagte der Techniker, der sich irgendwie erinnerte, »aber ich wollte damit sicher nicht sagen, ich sei nicht bereit und begierig, mich den Vaughts anzuschließen. Außerdem hatte ich bereits Mr. Vaught mein Wort gegeben, und ich stehe immer zu meinen Verpflichtungen.«

»Es handelt sich also um eine Verpflichtung«, sagte Kitty, an ganz Virginia gerichtet. Ihre Augen blitzten. Sie war, das sah er jäh, was man üblicherweise ein nobles junges Geschöpf nannte.

»Neinnein, Kitty«, sagte der arme Techniker.

»Geruhen Sie sich zu erinnern, Gefreiter«, sagte Rita bündig, »daß ich Sie geradeheraus gefragt habe, für wen von uns Sie arbeiten wollten, für mich oder für Vater. Sie waren nicht imstande, eine klare Antwort zu geben und sprachen statt dessen von Colorado. Wohl wissend, daß Sie ein Gentleman sind und Streitigkeiten mit Frauen aus dem Weg gehen (ich verstehe Sie), habe ich nicht auf einer Entscheidung bestanden. Vielleicht war das mein Fehler.«

Leider war er nicht sicher, und sie wußte das. Und als er sie anstarrte, bildete er sich ein, in ihren Augen ein Glitzern zu entdecken. Sie umrissen so gemeinsam den Abgrund in ihm, und sie tat es nicht einmal böswillig. Ich weiß, sagte das Glitzern, und du weißt, daß ich weiß, du bist nicht ganz sicher, und ich könnte sogar im Recht sein.

»Aber hören wir doch lieber auf Vater«, sagte Rita und rieb lebhaft die Hände. »Wir sind doch alle hier, und nur darauf kommt es jetzt an. Warum fahren wir nicht los?«

Wie es sich herausstellte, waren sie gerade im Aufbruch begriffen. Zwei Stunden später, und er hätte sie nicht mehr angetroffen.

Mrs. Vaught und Kitty wollten nur noch ein weiteres Zimmer im Gouverneurspalast besichtigen, eine weitere zinnene Kerzenschere kaufen. Der Techniker blieb im Motel, um Jamie beim Packen zu helfen. Aber Jamie war

müde und legte sich nieder; und so packte der Techniker für ihn. Rita fand ihn dann auf der rückseitigen Stufe des Campers sitzen, wo er sein Geld zählte.
»Sie können den behalten«, sagte sie: er war gerade bei ihrem nachdatierten Scheck.
»Nein, danke«, sagte er und gab ihn ihr. Nun war er es, der sie wachsam, aber nicht ärgerlich, beäugte.
»Ob Sie's glauben oder nicht: ich bin sehr froh, daß alles so gekommen ist«, sagte sie.
»Wirklich?«
»Ich fürchte nur, für das Mißverständnis verantwortlich zu sein.«
Er zuckte mit den Achseln.
»Jedenfalls haben Sie Ihre Prüfung bestanden, und hier ist Ihr Preis.« Und zum zweiten Mal reichte sie ihm einen kleinen, sechseckigen General-Motors-Schlüssel.
»Ich danke Ihnen.«
»Sie möchten vielleicht wissen, warum ich mich freue, daß Sie hier sind? Weil Sie der einzige sind, der Jamie helfen kann. Wenn Sie nur wollen. Manchmal, mein Gefreiter, habe ich das Gefühl, Sie hätten Kenntnis von uns allen, Kenntnis von unserem innersten Selbst. Oder vielleicht verhält es sich eher so, daß Sie und ich es sind, die wissen, wirklich wissen; und vielleicht liegt es im Wesen unseres Geheimnisses, daß wir uns unseren Freunden nicht anvertrauen können, ja nicht einmal uns untereinander, vielmehr verpflichtet sind, zu handeln, zum Wohl unsrer Freunde.«
Der Techniker schwieg. Aus Gewohnheit blickte er drein, als wüßte er, wovon sie spräche, was ihr »Geheimnis« sei, obgleich er in Wahrheit nicht die geringste Ahnung hatte.
»Bill.«
»Ja.«
»Nehmen Sie Jamie und verschwinden Sie auf der Stelle von hier. Nehmen Sie Odysseus und fahren Sie, solange es noch Zeit ist. Nehmen Sie die Seitenstraßen und lassen Sie es sich

gutgehen. Treiben Sie zwei Mädchen auf, ihr seid doch beide fesche Burschen!«

»Danke«, sprach der Techniker höflich.

»Trinkt, liebt, singt! Wissen Sie, was ich dachte, als ich gestern das Schlafzimmer des Gouverneurs besichtigte?«

»Nein.«

»Jamie stand vor mir, in der anmutig-achtlosen Haltung, die er von Ihnen oder von sonstwem hat, wie der junge goldhaarige Tristan, der sich auf sein Schwert stützt, und auf einmal befiel mich der schreckliche Gedanke: was es wohl heißt, zu leben und zu sterben, ohne je am Morgen erwacht zu sein mit der Empfindung der warmen Lippen der Geliebten auf den seinen?«

»Schwer zu sagen«, sprach der Techniker, welcher noch nie des Morgens mit der Empfindung von jemandes warmen Lippen auf den seinen erwacht war.

»Bill, sind Sie schon einmal auf den ›Goldenen Inseln‹ von Georgia gewesen?«

»Nein.«

»Das ist unser Ziel. Ihr könnt uns da treffen, oder auch nicht – wie ihr mögt. Und wenn ihr zwei Stromer einen Umweg durch Norfolk machen wollt, soll das genauso recht sein.«

»Einverstanden.«

5.

Der Techniker und Jamie gerieten dann doch nicht ganz aus der Welt; und auch den Umweg durch Norfolk ließen sie bleiben (hatte Rita gemeint, er solle Jamie mit in ein Bordell nehmen?); noch fühlten sie die warmen Lippen irgendwelcher Geliebten auf sich. Doch sie ließen es sich gut-gehen und nahmen, jeweils für ein oder zwei Tage, ihre eigenen Wege, die alte Küstenlinie hinunter, übernachteten in den

Kiefernwäldern oder am Rand der Salzsümpfe, und trafen sich mit dem Cadillac an Orten wie Wilmington und Charleston.
Der Camper übertraf all seine Erwartungen. Am Morgen saßen die beiden jungen Männer gemeinsam in der Kabine; am Nachmittag chauffierte der Techniker, in der Regel auf den Vordersitzen allein. Obwohl Jamie gesund wirkte, ermüdete er doch rasch. Er zog sich dann in die Koje oben in der Kabine zurück und las oder schlummerte ein bißchen oder betrachtete, wie die Straße weglief. Sie stoppten früh am Abend und gingen fischen, oder installierten auf einer verlassenen Savanne das Teleskop und richteten dieses auf die fernen Hügel, wo juwelengleiche Grasmücken die dunstigen Eichen umschwärmten.
Am schönsten waren die Nächte. Wenn die dichte summende Finsternis sich herabließ auf die kleine Kajüte, welche ihr liebliches Viereck aus Licht auf die dunkle Erde des alten Carolina warf, dann gingen sie an Land und schlenderten, mit dem innigsten Gefühl, aus dem Bereich des Möglichen hinunterzusteigen in den Bereich des Verwirklichten, zu einer Tankstelle, einem Anglercamp oder einem Lebensmittelgeschäft, wo sie ein Bier tranken, oder Wasser in den Kanister schöpften, oder sich eindeckten mit Eiern, Landbutter, Grütze und Speckseiten. Danach führten sie den Camper dem Ladeninhaber vor, der eine Zeitlang nachsann, und dann sagte: Laßt nur nicht die Schlüssel stecken, wenn ihr weggeht – undsoweiter in der komplexen Südstaatler-Art, plötzlich loszulegen, einen Witz nur anzudeuten, da ja auch der andere dessen Voraussetzungen kannte und ähnliche Ironien und Paradoxien pflegte. Er war zuhause. Obwohl hundert Meilen weg von zuhause, und obwohl das erste Mal da, und obwohl es da nicht dasselbe war – es war älter, dekorativer, mehr vergangenheitsbezogen –, fühlte er sich zu Hause.
Ein *déjà vu*: da ist es also, wo alles anfing; nicht ganz wie

zuhause ist es da, mit all den gespensterhaft-theatralischen Mooren und Sümpfen, und trotzdem vertraut; vertraut, drollig und eigentümlich klein, wie ein Haus aus der Kindheit. Wie seltsam, daß es all die Jahre, in meiner Abwesenheit, weiterbestanden hat!

Abends lasen sie. Jamie las sehr abstrakte Bücher, so etwa *Die Theorie der Mengen* (was auch immer eine Menge war). Der Techniker andererseits las sehr spezielle Bücher, zum Beispiel englische Detektivgeschichten, besonders solche, die, wohl einem Bedürfnis des angelsächsischen Wesens entsprechend, den Helden entweder in einer vollkommenen Verkleidung oder einem vollkommenen Versteck schildern, eingebuddelt vielleicht in den Wäldern von Somerset, tatsächlich tagelang verborgen in einem ausgetüftelten Bau, der ihm als Beobachtungsstand für das Bauernhaus unten dient. Engländer möchten sehen, ohne gesehen zu werden. Sie sind Lauschernaturen, und der Techniker verstand das gut.

Er beobachtete durch das Teleskop eine Fünfzehn-Meter-Yacht, die die windige Küste hinauffuhr. Ein Mann saß im Heck, vertieft in das *Wall Street Journal.* »Dow Jones, 894–« las der Techniker. Baumwoll-Termingeschäfte, überlegte er.

Er rief Jamie herbei. »Schau doch, wie er das Kinn vorschiebt und beim Übereinanderschlagen der Beine auf die Bügelfalten achtet.«

»Ja«, sagte Jamie, der mit Genuß wahrnahm, was auch der Techniker mit Genuß wahrnahm. *Ja, du und ich, wir wissen etwas, was der Yachtmann nie wissen wird.* »Was wird, wenn wir zu Hause sind?«

Er schaute auf Jamie. Der junge Mensch saß an dem Eßtisch, wo das Fernrohr aufgestellt war, und strich mit den Fingernägeln leicht über seine Akne. Seine rautenförmigen Polizeihund-Augen blickten nicht stracks auf den Techniker, sondern schossen knapp an ihm vorbei, mit einem sanften Zittern der Erkenntnis: jetzt auf ein Stäubchen in der

Morgenluft gerichtet, genau neben des anderen Kopf; dann wieder nach innen gekehrt, um das Gesehene und Gehörte an der eigenen Erfahrung zu messen. Das war ihr Spiel: der einfühlsame Lehrer, der es wohl verstand, das bisher ungenutzte Instrument »Jungsein« zum Klingen zu bringen; der junge Mensch Erfahrungen sammelnd, mit halboffenem Mund und über das Gesicht hinstreichenden Fingernägeln. *Ja, und das war das Wunderbare daran: daß das zuvor Unaussprechliche nun aussprechbar wird, weil du es bist, der es ausspricht.* Der Unterschied zwischen mir und ihm, dachte der Techniker und bemerkte zum ersten Mal eine leichte Durchsichtigkeit an des Jungen Schläfen, ist folgender: wie ich lebt er im Bereich des Möglichen, ganz Antenne, mit gespitzten Ohren und offenem Mund. Aber ich bin mir dessen bewußt, weiß, worum es geht, und er nicht. Er ist reines, schmerzliches Urbewußtsein, und weiß nicht einmal, daß er es nicht weiß. Dann und wann erahnte der Techniker an dem anderen kurz etwas von einer sehr jungen Kitty, wenn diese freilich auch die Gabe der Frauen besaß, das Schmerzliche in Anmut umzuwandeln. Sie lebte in der Zeit; war fähig zu dösen.

»Warum gehen wir nicht aufs College?« sagte er endlich.

»Es ist vierzig Meilen weg«, sagte Jamie und schaute ihn dabei fast an.

»Wir können doch gehen, wohin wir wollen, oder? Möchtest du denn zuhause sein?«

»Nein, aber –«

Ah, er denkt an Sutter, überlegte der Techniker. Sutter ist zu Hause.

»Wir könnten pendeln«, sagte er.

»Du möchtest also aufs College?«

»Sicher. Wir könnten frühmorgens aufstehen.«

»Für welches Fach?«

»Mir fehlt's ziemlich an Mathematik. Und was ist mit dir?«

»Ja, mir auch«, nickte der Junge, die Augen glücklich auf das

helle Übereinstimmungsstäubchen im Luftraum zwischen ihnen gerichtet.
Es behagte ihnen, im Bett zu liegen, in dem Trav-L-Aire und zugleich in dem alten Carolina, einer Baseballübertragung aus Cleveland zu lauschen und von Mengentheorie und einem in Somerset eingebuddelten Engländer zu lesen. Ob eine gewisse Person denselben Carolina-Mond betrachtete?
Oder sie trafen sich mit den Vaughts, wie zum Beispiel in Charleston, wo sie die Gartenanlagen besuchten, obwohl da gerade nichts blühte als Trauermyrten und Tageslilien. Grämliche Spottdrosseln hockten oben auf gewaltigen Ölkamelien und beäugten sie. Von den Wassersprengern wehten die Tropfen hinweg ins Sonnenlicht und funkelten auf den haarigen Blättern der Azaleen. Das Wasser roch bitter in der Hitze. Die Frauen standen einfach da, redeten und beschauten die Häuser, wie gemacht fürs Dastehen, in den Hüften abgeknickt, mehr oder weniger ruhend auf sich selber, während den Männern, wenn sie eine halbe Stunde standen, sich das Blut in den Füßen staute. Die Sonne tat dem Techniker nicht gut. Er suchte die Nähe der Frauen, schloß die Augen und tröstete sich an dem Damen-Wohlgeruch erhitzter Baumwolle. In ein paar Jahren werden wir gestorben sein, dachte er, indem er zu dem gebräunten zarten Jamie und dem närrischen alten Mr. Vaught hinblickte, und die Frauen werden wieder hier sein und Ausschau nach »Plätzen« halten.
Es war wie zuhause, aber auch anders. Zuhause bei uns gibt es häßliche alte Häuser, und freie Grundstücke, und häßliche neue Häuser. Hier standen prächtige Holzgebäude, alt und durchweg weiß gestrichen, in einem dickaufgetragenen, dekorativen Weiß, dick wie Schiffsfarbe, und allesamt geleitet von Frauen. Die Frauen hatten etwas von ernsten Hüterinnen. Sie wußten, der Platz war ihrer. Die Männer waren nicht ernst. Sie waren nur kostümiert und betrieben ihre Geschäfte – Fleischer, Bäcker, Anwalt – in

ihren zeitweilig geöffneten Spielhäusern draußen im Hof. An den Abenden saßen die Vaughts um die grünen, gechlorten Pools der California-Motels. Rita und Kitty schwammen und pflegten ihre Körper; Mr. Vaught stand oft auf und fummelte an seinem Cadillac, in den er eine Motorvariante eingebaut hatte, wodurch er angeblich auf die gleiche Meilenzahl wie ein Chevrolet kam; Mrs. Vaught war immer in großer Robe, schaukelte energisch in dem elastischen Pool-Stuhl und betupfte sich das Gesicht mit kölnischwassergetränkten Papierbäuschen. Wenn sie Glück hatte, fand sie eine Dame aus Moline, welche ihre Ansichten über Fluorzugaben teilte.

Kitty mied ihn. Er suchte ihre Nähe, aber sie entmutigte ihn. Er kam zu dem Schluß, daß sie schlecht von ihm dachte; und weil er sich immer rasch den Blick anderer zu eigen machte, war er willens zu glauben, sie habe recht. War Rita für sie einfach der billige Ausweg: »Rita, nicht du!?« Jedenfalls: wenn sie ihn nicht liebte, so – seine Entdeckung – liebte er sie weniger.

Wenn sie sich zufällig in den Motelgängen begegneten, zogen sie die Schultern ein und drückten sich aneinander vorbei wie Fremde. In Folly Beach trafen sie zusammen am Eiswürfelautomaten. Er trat zur Seite, ohne ein Wort zu sagen. Doch als sie ihren Krug gefüllt hatte, stützte sie ihn an ihren Hüftrand und wartete auf ihn, eine etwas geistesabwesende Rahel am Brunnen.

»Eine wunderbare Nacht«, sagte sie, wobei sie sich vorbeugte, um den Vollmond hinter dem überdachten Gang des »Quality Court« zu sehen.

»Ja«, sprach er höflich. Es war ihm nicht besonders danach, ihr den Hof zu machen. Trotzdem sagte er: »Wollen wir ein bißchen ins Freie?«

»O ja.«

Sie stellten ihre Krüge ab und gingen hinaus zum Strand. Das Mondlicht zackte die Kämme der kleinen Wellen. Sie

legte ihre Hand in die seine und drückte sie. Er erwiderte den Druck. Sie saßen an einen Holzstamm gelehnt. Sie entzog ihm die Hand und fing an, Sand zu sieben; er war kühl und trocken, und kein Körnchen davon blieb an der Haut haften.
Er saß mit den Händen auf den Knien, während die warme Brise ihm die Hosenbeine hinauffächelte, und dachte an nichts.
»Was ist mit dir, Bill?« Kitty lehnte sich an ihn und forschte in seinem Gesicht.
»Nichts. Ich fühle mich wohl.«
Kitty rückte näher. Der Sand unter ihr schob sich mit einem musikalischen Geräusch zusammen. »Bist du wütend auf mich?«
»Nein.«
»Es hat aber den Anschein.«
»Ich bin nicht wütend.«
»Warum bist du dann so anders?«
»Anders als?«
»Als ein gewisser Narr, der in einem Automatenrestaurant ein sehr überraschtes Mädchen küßte.«
»Hm.«
»Also?«
»Ich bin anders, weil du anders bist«, sagte der Techniker, welcher immer die reine Wahrheit sprach.
»*Ich*? Wie?«
»Ich hatte mich gefreut, auf dieser Reise mit dir zusammenzusein. Doch wie es scheint, ziehst du Ritas Gesellschaft vor. Ich hatte mir gewünscht, mit dir zu sein in den ganz gewöhnlichen Stunden des Tages, zum Beispiel nach dem Frühstück. Ich habe keine Schwestern gehabt«, fügte er nachdenklich hinzu. »Und so habe ich niemals ein Mädchen am Morgen erlebt. Doch statt dessen sind wir gleichsam Fremde geworden. Noch schlimmer: wir meiden einander.«

»Ja«, sagte sie feierlich und – das fiel ihm unwillkürlich auf – sich des feierlichen Tons zugleich bewußt: »Aber weißt du denn nicht, weshalb?«
»Nein.«
Sie siebte den kühlen feinen Sand in ihren Handteller, wo er eine vollkommene Pyramide bildete. »Du sagst, du hast keine Schwestern gehabt. Und ich hatte nie ein Rendezvous, nie Freunde – ausgenommen ein paar Knaben in meiner Ballettklasse, die keine großen Lichter waren. Rita und ich waren an ein stilles Leben gewöhnt.«
»Und jetzt?«
»Ich klammere mich wohl an das Nest wie ein großer alter Kuckuck. Ist das nicht furchtbar?«
Er zuckte die Achseln.
»Was möchtest du, daß ich tue?« fragte sie ihn.
»Was ich möchte, daß du tust?«
»Sag's mir.«
»Wie fühlst du dich?«
»Wie fühlst *du* dich? Liebst du mich immer noch?«
»Ja.«
»Wirklich? Oh, ich liebe dich auch.«
Warum hörte sich das so falsch an, hier am Folly Beach, im alten Carolina, im Mondlicht?
Eins weiß ich sicher, dachte er, ihren Charme in seinem Arm: von nun an werde ich um sie werben im alten Stil. Ich werde ihre Hand halten. Schluß mit den schmutzigen Umarmungen im Hundstod-Dickicht, denen dann die telefonischen Beschuldigungen folgen. Nie wieder! Erst müssen wir in unserer Flitterwochenhütte an einem Wasserfall sein.
Doch als er sie küßte und sie ihn wieder anschaute, zugleich von links und von rechts, da befiel ihn eine erste Ahnung, was der Fehler sein könnte. Zu pflichtbewußt war sie, zu »einsatzfreudig«. Eifrig preßte sie ihren Mund auf den seinen und schien dabei zu fragen: Ist das recht so?

»Wunderbar«, hauchte sie und legte sich zurück. »Schöner geht es nicht.«
Warum ist es eben nicht wunderbar? fragte er sich. Als er sich von neuem über sie beugte und sie im Sand umarmte, zugleich instinktiv auf den rechten Abstandswinkel – etwa zwanzig Grad – bedacht, da mißverstand sie ihn und rückte sanft, doch unmißverständlich ganz unter ihn. Als sie seine Überraschung merkte, brach sie sofort ab, mitten in der Bewegung, so als korrigiere sie einen falschen Tanzschritt.
»Was ist?« flüsterte sie dann.
»Nichts«, sagte er, indem er sie zärtlich küßte und sich selber verfluchte. Der Mut verließ ihn. War es nicht so, daß sie recht hatte, und daß er zuviel daraus machte? Trotzdem hätte er gerade diesen Verlauf am wenigsten erwartet. Es gehörte zu seinen Zukunftsvorstellungen, daß Mädchen sich als Mädchen zeigen würden, so wie Kamelien Kamelien sind. Wenn er ein Mädchen liebte, mit ihr im Mondlicht am Folly Beach entlangging, ihre süßen Lippen küßte und ihren Charme in seinem Arm hielt, sollte doch daraus folgen, daß er einfach er wäre, und sie sie, so vollkommen wie eine Kamelie, mit ihrer aus Zurückhaltung und Verlockung geflochtenen Blütenkrone. Aber sie, Kitty, war anders. Sie wußte es nicht besser als er. Wie er konnte sie die Liebe nicht anders sehen als einen kruden Garten, der aus nichts als Staubgefäßen und Stempeln bestand. Am meisten freilich entmutigte es ihn, einfühlsam wie er war, daß er sich in sie hineinversetzen konnte: er sah, daß sie darauf aus war, ein ordentliches Mädchen zu sein und dabei nach Kräften das genau Falsche tat. Er hörte sogar das Echo eines Dritten: Was, du, mit deiner guten Figur, machst dir Sorgen wegen der Burschen, usw. Demnach war er der Bursche, und sie mühte sich in der Rolle des Mädchens. Er seufzte.
»Was?« fragte sie wieder.
»Nichts«, sagte er und küßte sie auf die Augen, die sternengleichen.

Er seufzte neuerlich. So werde ich also alles für sie sein, Freund und Freundin, Liebhaber und Vater – wenn das möglich ist.
Sie scharrten in dem musikalischen Sand. »Wir sollten besser zurückgehen«, sprach der edelmütige Techniker und küßte sie heftig, damit sie nicht auf den Gedanken käme, sie habe versagt. Es schien nun seine Pflicht zu sein, sie in ihrer Un-Tugend, so gut er konnte, zu beschützen. Schließlich, so sann er (wie in anderen Zeiten wohl die Mädchen gesonnen hatten), kann ich sie im schlimmsten Fall, wenn nichts sonst mehr hilft, zu mir lassen – ist das Opfer ihr denn zu mißgönnen? Was fehlte ihr, ihm, ihnen, so fragte er sich. Auf der Rückkehr zum »Quality Court« hielt er ihre Hand und bog dabei das Gelenk ab, so daß er seinen Puls an ihrem Knochen spürte.
Ihre größte Schwierigkeit – oder vielleicht auch ihr Glück – war es, daß sie immer noch nicht »phasengleich« waren; daß ihre Leidenschaftsströme sich abwechselten und einander behinderten wie bei schlechten Tänzern. Denn jetzt, nach der Rückkehr zum Kühlgerät, als sie vor ihm ging, den Krug am Hüftrand, übermannte ihn sturmgleich das Begehren und warf ihn beinahe zu Boden. Fast verlor er das Bewußtsein vor Motel-Begierde. »Warte«, flüsterte er – ach, die bohrende Trauer dabei, zur Jugend gehörig wie der Tod zum Alter. »Warte.« Er tastete sich an der Löschpapier-Mauer entlang wie ein Blinder. Sie ergriff seine ausgestreckte Hand.
»Was ist, Lieber?«
»Laß uns da hineingehen«, sagte er und öffnete die Tür zu einem kleinen Zimmer mit einem riesigen, pochenden Klimagerät.
»Wozu?« fragte sie. Ihre Augen waren silbrig, nach innen gekehrt.
»Laß uns hinein in den Dienstraum gehen.« Denn das ist der Ort, und nicht draußen das Mondlicht – seufzte er. Ihre

Willigkeit und Krankenschwestern-Sanftmut brachten ihn schon wieder aus der Fassung.
»Da bist du ja«, sagte Rita, indem sie die gegenüberliegende Tür aufmachte. »Wo in aller Welt steht denn die Eismaschine?«
Und davon ging er als Verwaister, Hals über Kopf den ortlosen, den züchtigen, den begehrlichen »Quality«-Korridor hinunter.

Tags darauf gingen sie neuerlich ihre getrennten Wege. Er trieb sich herum mit Jamie in dem Trav-L-Aire. Vorsätzlich leere Tage; die Ohren offen für die geheimen Laute des Sommers.
Sie trafen einander wieder in Beaufort. Kitty und Rita füllten die Stunden mit kleinen Riten: sie tranken beide Metrecal und machten bei jedem Halt eine Zeremonie daraus, indem sie auf Sèvres-Tellern die Waffeln aufreihten und einen »Lewis and Conger«-Miniaturherd aufstellten, um darauf das Wasser für ihren besonderen Tee mit Orangengeschmack zu kochen. Oder wenn Kitty einen Niednagel hatte, verging der Nachmittag mit Q-tips, Desinfektionsalkohol und Hautscheren.

6.

In einer heißen Nacht blieben sie in einem unwirtlichen roten Motel in einer unwirtlichen roten Hügelgegend in Georgia. Die Frauen waren der Küste überdrüssig geworden; im Landesinnern wollten sie sich auf die Suche nach verschleppten Teppichen und Antiquitäten machen. Und der Techniker mußte zugeben, daß es ein aufregendes Vorhaben war, ein Fünf-Dollar-Schränkchen zu kaufen und hinter sechs Farbschichten auf altes geripptes Kiefernholz aus den Tagen von General Oglethorpe zu stoßen. Die zwei jungen Männer hatten wie üblich getrödelt, und es war fast Mitternacht, als der Trav-L-Aire, unter sich einen Kübel schwenkend wie ein alter Rollwagen hügelan geklappert kam und sich in ein Pinienwäldchen verkroch, das noch von den Duftstößen der nachmittäglichen Harzflüsse erfüllt war. Es war zu heiß zum Schlafen. Jamie saß in der Kabine und las die *Theorie der Mengen*. Der Techniker schlenderte hinüber zu der einem Schlackenblock gleichenden Motelveranda, stellte sich einen Stuhl an die Wand und schaute einem Bautrupp zu, der einen talquerenden Hügel einebnete. Sie waren vermutlich dabei, eine neue Schnellstraße zu errichten. Der Luftraum wummerte von Maschinen, und die Scheinwerfer über dem Hügel durchkreuzten die Nacht wie Einschnitte in ein schwarzes Auge. Seit seiner Rückkehr war ihm im Süden überall Ähnliches aufgefallen. Die Küste war dekorativ, konserviert. Im Hinterland wurde alles niedergerissen und neu gebaut. Das Erdreich selber wurde über Nacht verwandelt, ausgehöhlt und aufgefüllt, eingeebnet und aufgeschüttet, gleich einem großen Sandhaufen. Der ganze Süden wummerte wie ein einziger Dieselmotor.

»– einundzwanzig bin ich, Rita, und nie aufs College gegangen!«

»Dann geh doch auf eins, ein gutes.«

Jetzt wußte er, warum er nicht beim Camper geblieben war: wieder hatte es ihn überkommen, das alte Gelüst nach Allwissenheit. An dem einen Tag war es das Verlangen nach Körperhaftem, am nächsten nach ganz und gar Engelhaftem. An diesem Abend war er kein hörnerner Amerikaner, sondern ein lauschender Engländer. Es ging ihm darum, zu erkennen, ohne selber erkannt zu werden.

Ein paar Schritte hinter ihm lagen Rita und Kitty bei offenem Fenster in ihren Betten und redeten. Der Trav-L-Aire war mit ausgeschalteten Scheinwerfern hügelan gekrochen – hatte er da denn schon seinen Plan gefaßt? So leise

hatte er sich der Veranda genähert wie ein Engländer seinem Erdloch in Somerset.
»Habe ich dir gesagt, was ich sein möchte?«
»Ich fürchte, ja.«
»Ich möchte ein gewöhnliches blödes Mädchen sein, das Verabredungen hat und tanzen geht.«
»Du bist auf dem besten Weg dazu.«
»Ich tanze so gern.«
»Dann nimm es ernster. Du bist faul.«
»Du weißt, was ich meine. Ich meine das Tanzen Wange an Wange. Ich möchte ganz darin aufgehen.«
»Man tanzt jetzt anders.«
»Ich möchte Verehrer haben.«
»Du kannst Verehrer haben in Tesuque oder in Salamanca, ohne dich damit zu belasten.«
»Ich möchte zu der Tri-Delta-Verbindung gehören.«
»Guter Gott!«
»Ich möchte tanzen gehen und gewaltigen Zulauf haben. Genau das pflegte nämlich meine Großmutter zu sagen: Ich bin tanzen gegangen und habe gewaltigen Zulauf gehabt. Hast du gewußt, daß meine Großmutter den offiziellen ATO-Walzer komponiert hat?«
»Du hast es mir gesagt.«
»Ich möchte Kindereien von mir geben wie die Mädchen und Jungen zu Hause.«
»Du bist schon dabei.«
»Ich möchte zur Schule gehen. Ich möchte neue Lehrbücher und eine Mappe voll mit frischem Papier kaufen und mit meinen Büchern im Arm über den Campus gehen. Und ich möchte eine Strickjacke tragen.«
»Sehr gut.«
»Ich möchte beim Sugar Bowl dabeisein.«
»Jesus.«
»Aber du bleibst bei uns! Ich brauche dich!«
Rita schwieg.

»Vergiß unsere Abmachung nicht, Rita.«
»Was für eine Abmachung?« sagte Rita mit gedämpfter Stimme. Sie hatte sich vom Fenster abgekehrt.
»Daß du bis Weihnachten bleibst. Dann werde ich es wissen. Kann sein, daß ich mich drücke, so wie ich mich schon früher gedrückt habe. Aber auch wenn das nicht der Fall ist, werde ich es wissen. Ich werde wissen, ob ich mit dir gehe oder nicht.«
»Wir werden sehen«, sagte Rita abwesend.

7.

Sie erreichten die Golden Islands von Georgia zur gleichen Zeit wie der erste Tropensturm des Jahres. Der Wind peitschte über den grauen Ozean, im Ungleichmaß mit der langsamen Folge der Wellen, riß Schaumfetzen empor, wühlte Gischt auf. Die Besucher vom Festland fuhren heim, so daß die Vaughts das Hotel für sich hatten, eine altehrwürdige Hazienda mit geräumigen verglasten Vorzimmern, welche in Gewächshäuser und Aufenthaltsräume führten; mit Reihen von Messingtöpfen, in die Farne gepflanzt waren, gewaltige kreidige Nacktsamer aus den Tagen Henry Gradys, trocken und staubig wie Truthahnflügel. Sie blickten auf ausgestopfte Vögel und Gruppenbilder von Südstaaten-Gouverneuren und spielten Mah-Jongg.
Eine Hundertschaft von Bediensteten wartete ihnen auf, so schwarz und ehrerbietig, so liebenswürdig und wohlgesinnt, daß man glauben konnte, sie seien es tatsächlich. Ein oder zwei von ihnen hielten sich für Persönlichkeiten und stellten sich mit den Gästen gleich. Innerhalb eines Tages hatten sie eine Witzformel gefunden, so als sei man schon einen Monat da. Ein besonders Kecker unter ihnen bemerkte, wie der Techniker, während er auf den Lift wartete, sein rotes Buch

hervorzog und ein paar Maximen las. »Jetzt weiß er *alles*!« kündete er dem Hotel; und sooft er ihm in der Halle begegnete, pflegte er dann zu brüllen: »Haben Sie Ihr Buch bei sich?«, mit einer eigentümlichen Keckheit, ja Rücksichtslosigkeit, die er für sich in Anspruch nahm kraft erwiesener Dienste. Der Techniker lachte höflich und schwatzte sogar ein bißchen mit ihm, um als genau der Narr zu erscheinen, den man in ihm sehen wollte.

Um vier Uhr am Nachmittag kam eine gelbliche Dunkelheit. Der Techniker und Jamie trieben Karten auf und spielten eine Zeitlang in dem Gewächshaus, wo es eine Laterna magica gab, aus den Tagen, als den Urlaubsgästen Vorträge über Vögel und Muscheln gehalten worden waren. Als der Wind sich erhob, beschloß der Techniker, nach dem Trav-L-Aire zu sehen. Jamie ging nicht mit. Entgegen seiner Gewohnheit erklärte er sich und sagte zu dem Techniker, er wolle seine Schwester Val anrufen.

»Warum denn?« fragte der andere, der sah, daß Jamie gefragt zu werden wünschte.

»Wenn es mir schlecht geht, rufe ich sie an, und es geht mir besser.«

»Ist sie die Schwester, die einem Orden beigetreten ist?«

»Ja.«

»Bist du religiös?«

»Nein.«

»Wie kann sie dir dann eine Stütze sein?« Sie hatten den ironischen und doch nicht ganz unernsten Ton angenommen, wie er üblich ist unter Leuten, die viel zusammen sind.

»Auch sie ist nicht religiös, wenigstens nicht im üblichen Sinn.«

»Was hat sie dann in einem Orden zu suchen?«

»Ich weiß es nicht. Es interessiert mich auch gar nicht.«

»Was interessiert dich denn?« fragte der Techniker, wobei er die alten Gaunerkarten beschnüffelte, die nach Geld rochen.

»Ich glaubte, sie könnte mir eine Arbeit verschaffen.«
»Was für eine Arbeit?«
»Irgendeine. Unterrichten, kleinere Reparaturen. Ich bin körperlich in guter Verfassung.«
»Ich bin sicher, daß ihre Tätigkeit sie ganz ausfüllt.«
»Auch das interessiert mich nicht«, sagte Jamie gereizt. »Ich interessiere mich nicht für die Schwarzen.«
»Für was also?«
»Für alles, was sie mir aufträgt. Sie lebt unten im Tyree County, in den Kiefernwäldern dort, ganz in der Einöde. Ich stelle es mir dort nicht schlecht vor, in unserem Camper. Wir könnten unterrichten, ihr helfen. Vielleicht möchtest du gar nicht. Aber ich fühle mich sehr stark. Spür die Kraft in meiner Hand.«
»Sehr gut.«
»Ich könnte deinen Arm niederbiegen.«
»Das kannst du nicht.«
»Los.«
Der Techniker, der Jamie nie etwas vormachte, hatte ihn rasch besiegt. Jamie war freilich überraschend stark.
»Warum tun wir uns nicht zusammen, Bill?«
»Ist recht.«
»Was hältst du davon, hinunter ins Tyree County zu fahren?« fragte Jamie hinter seinen Karten hervor.
»Ich glaubte, du wolltest auf College.«
»Ich will nur nicht nachhause, zurück zum Üblichen, jeden Morgen Mutter und Vater sehen, den Golfern auf Bahn Sechs zuschauen.«
»Ist recht.« Demnach zieht es ihn nicht mehr zu Sutter, dachte der Techniker.
»Was ist recht? Meinst du damit, du bist einverstanden?«
»Sicher«, sagte der Techniker, der wußte, wie es um Jamie stand, und es deshalb für keine so schlechte Idee hielt, ins Niemandsland zu gehen, zwischen den Kiefern zu parken und ein wenig dienstbar zu sein.

Jamie lachte. »Du meinst es ernst, nicht wahr? Du sagst die Wahrheit. Du möchtest gehen.«
»Sicher. Warum sollte ich nicht die Wahrheit sagen?«
»Ich weiß nicht«, sagte Jamie und lachte ihn aus.

Bevor er das Hotel verließ, entnahm er der Bibliothek eine alte Thrillerclub-Ausgabe von *Der Mord an Roger Ackroyd*, ein leichtes, aufgedunsenes Exemplar, angenagt von Kleintier, mit dem Geruch vom Sommer 1927. Kitty sah ihn und wollte mit ihm zum Camper gehen. Er sah, daß sie belebt war von dem Sturm; und so war er es nicht. Schluß mit dem sattsam Bekannten Auf und Ab, Hin und Her aus den Manhattan-Tagen, wo man sich erfreute an Flugzeugabstürzen, halb bewußtlos von einem Museum zum anderen torkelte und im Hurrikanbrausen über Mädchen herfiel. Von jetzt an, so beschloß er, würde er das Rechte tun: sich gut fühlen, wenn die Zeichen auf Gut standen, und schlecht, wenn auf Schlecht. Sein Ziel war es, mit Kitty zum Tanzen zu gehen, ihr den Hof zu machen; kein Durcheinander mehr.
So schlug er auch vor, im Vogelzimmer zu bleiben und mit Mr. Vaught, Jamie und Rita Mah-Jongg zu spielen, wovon sie aber nichts wissen wollte.
Als sie dann draußen im Sturm waren, wurde es, ihm selbst zum Trotz, besser mit ihm, obwohl er sich fest vorgenommen hatte, in schlimmen Umgebungen sollte es ihm nicht gutgehen. Und der Sturm verschlimmerte sich. Unter den schmutzigen, niedrig fliegenden Wolken war die Luft von einem elektrischen Gelb. Er sagte sich: ich lebe auf, weil sich für uns hier und jetzt die Möglichkeit zu einem neuen Leben ergibt. Wären sie durch den Sturm in dem Trav-L-Aire gefangen, so könnten sie in der Kabine Rommé spielen, mit kindlichem Behagen, genau wie so viele andere junge Paare, die in früheren Zeiten hierherkamen und es da gut hatten. Einander gegenübersitzen, mit den Karten in der Hand, und

den Sturm betrachten, wie in einem Kapitel von Mary Roberts Rinehart, überschrieben mit »Gefangen im Sturm: Interessante Entwicklungen«; vielleicht sogar ein, zwei Küsse stehlen.
Der Camper ankerte in einer Dünenmulde. Er war vertäut mit einem dreißig Meter langen Nylonseil, welches der Techniker um Kabine und Achse gewunden und an Eisenringen, eingelassen in auseinandergebrochene Strandanlagen, festgezurrt hatte. Im Innern der Kabine pumpte er den Butantank auf und zündete die kleinen, aschigen Gasstrümpfe an. Bald bockte der Camper gegen seine Haltestricke, und der Wind harfte in dem Takelwerk. Er knackte in allen Fugen, prächtiger Prärie-Schoner, der er war, und leckte kein bißchen. Der Sand prasselte gegen die Aluminiumhaut wie kleiner Schrot.
Ohne weiteres saß er mit Kitty am Tisch, doch sie hatte mit dem Spiel, das er spielen wollte, nichts im Sinn. Statt die altehrwürdigen »Bicycle«-Karten auszuteilen, die er vom Hotel mitgebracht hatte, und ohne Hintergedanken Rommé zu spielen (warum war es freilich so, daß alltägliche Dinge wie Rommé ihr Gewicht verloren hatten, leer geworden waren?) und sich, ohne Hintergedanken, mit dem Sturm zu beschäftigen und auf solche Weise, dank der Abwesenheit von Hintergedanken, die ersten kleinen Dividenden des Werbens einzuheimsen (einen Blickwechsel, eine Hand auf den Karten und eine Hand auf der Hand: überglückliche Kreuzacht, hineingenestelt in einen süßen Handteller usw.) – statt alledem starrte sie ihn verwegen an und brauchte so ihr gemeinsames Guthaben auf, verschleuderte es wie ein betrunkener Matrose. Dieses Starren war wie ihr Küssen: es kam auf ihn zu gleich einer Diesellok.
»Ach herrje«, seufzte er, wobei ihm schon der Schweiß ausbrach, und legte den Kreuzbuben ab.
»Brauchst du nicht Buben?« erinnerte er sie.

»Brauche ich die denn?« sagte sie ironisch, ohne eine Ahnung zu haben vom Wesen der Ironie.
Sieh sie dir an, dachte er verdrossen. So lange ist sie in Trikots herumgegangen, daß sie es jetzt nicht versteht, ein Kleid zu tragen. Wie breitbeinig sie dasaß! In einem Charlestoner Restaurant wäre er einmal fast aufgesprungen, um ihr den Stoff über die Knie zu ziehen.
Jäh legte sie ihre Karten weg und klappte dann den kleinen Pullman-Tisch zwischen ihnen auf. »Bill.«
»Ja.«
»Komm her.«
»Gut.«
»Bin ich lieb?«
»Ja.«
»Bin ich schön?«
»Sicher.«
»Ich will sagen: wie würde ich dir erscheinen, sähst du mich mit mehreren Mädchen zusammen?«
»Wunderbar. Als die Königin. Tatsache.«
»Und warum sehe ich mich gar nicht so?«
»Ich weiß nicht.«
Sie streckte das Bein aus und schürzte das Kleid hinauf übers Knie. »Schön?«
»Ja«, sprach er errötend. Es war, als sei es irgendwie sein Bein, mit dem sie prunkte.
»Nicht verkrüppelt?«
»Nein.«
»Auch nicht zu muskulös?«
»Nein.«
»Ich bin unzufrieden mit mir.«
»Das hast du nicht nötig.«
»Was denkst du wirklich von mir? Die reine Wahrheit, bitte!«
»Ich liebe dich.«
»Und sonst?«

»Weiß nicht.«
»Ich will doch sagen: *Magst* du mich auch? Als Person.«
»Sicherlich.«
»Meinst du, andere Jungen werden mich mögen?«
»Ich weiß nicht«, sagte der Techniker, inzwischen aus allen Poren schwitzend. Großer Gott, dachte er voll Entsetzen: Stell dir einmal vor, sie trifft sich mit einem anderen »Jungen«.
»Nehmen wir einen Tanzball. Sähest du mich da, würdest du mit mir tanzen wollen?«
»Gewiß doch.«
»Weißt du, daß ich all mein Leben getanzt habe, und trotzdem noch nie auf einer richtigen Tanzveranstaltung gewesen bin?«
»Da hast du nicht viel versäumt«, sagte der Techniker und erinnerte sich, wie oft er gelangweilt auf den Princeton-Tanzbällen herumgestanden war.
»Ist dir bewußt, daß ich kaum jemals mit einem Jungen getanzt habe?«
»Ist das wahr?«
»Was hat man dabei für ein Gefühl?«
»Beim Tanzen mit einem Jungen?«
»Zeig's mir, du Tropf.«
Er drehte das Radio an, und zwischen den Sturmmeldungen tanzten sie zu Discjockey-Musik aus Atlanta. In dem Camper war gerade Platz für drei Schritte. Obwohl sie durch die Dünen geschützt waren, brachte manchmal eine verirrte Bö sie zum Stolpern.
Sie war nicht sehr gut. Ihre breiten Schultern bewegten sich zwar achtsam und flink unter seinen Händen, aber sie wußte nicht, welchen Abstand halten, und war so entweder zu nah oder zu weit weg. Ihre Knie gebärdeten sich gleichermaßen prosaisch wie scheu. Er dachte dabei an die langen Stunden, die sie in staubigen, turnsaalähnlichen Studios verbracht hatte, gleichsam militärisch »sich rührend«, verschwistert

mit dem splittrigen Holz. Sie hatte etwas von einem in ein Mädchen umgewandelten Knaben.
»Gibst du mir eine Chance?«
»Wofür?«
»Für die Tanzbälle.«
»Ja doch.« Gerade das war es, was ihn verwirrte: daß sie darauf abzielte, zu sein, was sie ohnehin war.
»Sag es mir.«
»Was denn?«
»Wie ich es recht machen kann.«
»Recht machen?« Wie der süßen Luft von Georgia sagen: Sei du selbst!?
»Liebst du mich?« fragte sie.
»Ja.«
Um sie herum toste der Sturm. Kitty zog ihn herab auf die untere Koje, die etwas von der langen Couch in einem altväterlichen Pullman-Salon hatte. »Halt mich fest«, flüsterte sie.
Er hielt sie fest.
»Was ist denn?« fragte sie dann.
»Ich dachte gerade an etwas, das mein Vater mir erzählte.«
»Was?«
»Als mein Vater sechzehn wurde, sagte mein Großvater zu ihm: Ed, eine bestimmte Schwierigkeit möchte ich dir ersparen – und er nahm ihn mit in ein Hurenhaus in Memphis. Er bat die Madame, alle Mädchen herbeizurufen und sie aufzureihen. Also, Ed, sagte er zu meinem Vater. Triff deine Wahl.«
»Und so geschah es?«
»Wahrscheinlich.«
»Hat dein Vater das gleiche für dich getan?«
»Nein.«
»Ich wußte bis jetzt nicht, daß man *Hure* sagt. Ich dachte, es heißt *Hüre*.«
»Nein.«

»Armer Liebling«, sagte Kitty, wobei sie so nahkam, daß aus ihrem Augenpaar ein Einauge wurde. »Ich glaube zu verstehen, was du meinst. Man hat dich dazu erzogen, es für etwas Häßliches zu halten, während es doch das Allerschönste in der Welt sein sollte.«
»Ah.«
»Rita sagt, was auch immer zwei Menschen gemeinsam tun, sei schön, wenn die Menschen selber dabei schön, ehrfürchtig und unbefangen sind – ähnlich wie die alten Griechen, die noch als Kindmenschen lebten.«
»Stimmt das?«
»Rita glaubt an die Ehrfurcht vor dem Leben.«
»Tatsächlich?«
»Sie sagt –«
»Und was sagt Sutter?«
»Ach, Sutter. Ich kann es gar nicht wiedergeben. Sutter ist unreif. In einer gewissen Weise trägt er daran nicht einmal Schuld, und trotzdem hat er ihr Schlimmes angetan. Er hat es geschafft, in ihr einiges zu töten, vielleicht sogar ihre Fähigkeit zu lieben.«
»Liebt sie dich denn nicht?«
»Es ängstigt sie zutiefst, wenn ich ihr nahekomme. Gestern Abend, beim Fingernägelschneiden, gab ich ihr meine rechte Hand, weil ich die mit der Linken nicht schneiden kann. Sie blickte mich entsetzt an und ging hinaus. Verstehst du das?«
»Ja.«
»Gut. Ich werde deine Hüre sein.«
»Hure.«
»Hure.«
»Ich weiß«, sprach der Techniker düster.
»Dann hältst du mich also für eine Hure?«
»Nein«. Und darin bestand ja das Problem: daß sie keine war. Sie war nur unbeholfen neckisch.
»Gut. So werde ich eine Dame sein.«
»Recht so.«

»Nein, im Ernst: lieb mich, wie man eine Dame liebt«.
»Gut.«
Er lag neben ihr, mehr oder weniger elend, küßte ihre Lippen und Augen und murmelte ihr zarte Liebesworte ins Ohr: was für ein wunderbares Mädchen sie sei, und dergleichen. Aber was bin nun ich, überlegte er: weder ein Christ, noch ein Heide, noch ein rechtschaffener Gentleman; denn das Damen-Huren-Karussell habe ich nie begriffen. Und nichts sonst möchte ich doch: es ein für allemal begreifen.
»Ich liebe dich, Kitty«, sprach er zu ihr. »Und mein Wunsch ist es, dich am Morgen zu lieben. Wenn wir unser Haus haben und du am Morgen in der Küche bist, in einer hellen, nagelneuen Küche, wo die Morgensonne durchs Fenster flutet, dann werde ich kommen und dich lieben. Mein Wunsch ist es, dich am Morgen zu lieben.«
»Oho, noch nie habe ich Schöneres vernommen«, sagte sie, wobei ihre Stimme um eine ganze Oktave absank, zu ihrer Tallulah-Bankhead-Alabama-Stimme. »Sag mir noch mehr von der Art.«
Er lachte bekümmert und schickte sich zur Fortsetzung an. Doch da klopfte es, in einer Sturmpause, heftig an die Luke der hinteren Tür.
Es war Rita, und sie blickte unheilverkündend, feierlich; eins mit sich selber. Sie hatte eine ernste Neuigkeit. »Ich fürchte, etwas ist geschehen«, sprach sie.
Sie saßen an dem Tischchen, strichen mit den Fingerspitzen über die Plastikunterlage und starrten hinaus in das seltsame Gelblicht. Der Wind hatte sich gelegt, und die runden Blätter der Seetrauben hingen bewegungslos. Winkerkrabben wagten sich hervor, tasteten die gelbe, leichter gewordene Luft ab und schossen zurück in ihren Bau. Der Techniker kochte Kaffee. Rita wartete ausdruckslos, bis sie den ersten Schluck genommen hatte. Er schaute zu, wie ihre Halsmuskeln die Flüssigkeit weiterleiteten.

»Ich fürchte, wir sind dran, Kinder«, sagte sie zu ihnen.
»Wie das?« fragte der Techniker; Kitty saß nur wortlos-trotzig.
»Jamie hat Sutter angerufen«, wandte sich Rita an Kitty.
Kitty zuckte die Achseln.
Der Techniker blinzelte. »Mir hat er gesagt, er wolle seine Schwester Val anrufen.«
»Er hat Val nicht erreicht«, sagte Rita lustlos.
»Entschuldigung«, sagte der Techniker: »Aber was ist so beunruhigend daran, daß Jamie seinen Bruder anruft?«
»Sie kennen seinen Bruder nicht«, sagte Rita, wobei sie versuchte, mit Kitty einen ironischen Blick zu wechseln. »Im übrigen war beunruhigend, was gesagt und vereinbart wurde.«
»Woher weißt du, was gesagt wurde?« fragte Kitty, so unmutig, daß der Techniker die Stirn runzelte.
»Oh, Jamie macht kein Geheimnis daraus«, rief Rita. »Er hat vor, mit Sutter zusammenzuziehen.«
»Du meinst, in der Stadt?« fragte Kitty schnell.
»Ja.«
»Ich verstehe nicht«, sagte der Techniker.
»Ich will es Ihnen erklären«, sagte Rita. »Sutter, mein Ex-Ehemann, Kittys und Jamies Bruder, lebt in einem dunklen kleinen Loch beim Krankenhaus. Geplant war natürlich, daß Sie und Jamie die Garagenwohnung draußen im Tal nehmen würden.«
Der Techniker zuckte mit den Schultern. »Es ist doch einzig mein Schaden, wenn Jamie es vorzieht, bei seinem Bruder zu wohnen. Eigentlich hört es sich sogar ganz vernünftig an.«
Wieder versuchte Rita, Kitty zu einem Blickwechsel zu bewegen, doch das Mädchen starrte stumpf hinaus auf die Seetrauben.
»Folgendes, mein lieber Gefreiter«, sagte Rita gewichtig: »Kitty hier kann es Ihnen erklären. Ich habe den Mann einmal gerettet. Ich habe ihn geliebt, ihn aus dem Rinnstein

gezogen und wieder ganz gemacht. Und ich glaube immer noch, daß er der größte Diagnostiker seit Libman ist. Wissen Sie, was er getan hat? Ich hab's gesehen, und Kitty kann's bezeugen. Ich habe gesehen, wie er in Santa Fé, auf einer Party, fünf Minuten mit einem Mann, einem Physiker, redete, ihm zwei Fragen stellte, und sich dann zu mir umdrehte mit der Bemerkung: Bluthochdruck. In einem Jahres ist er tot.«

»Und ist er gestorben?« fragte der Techniker neugierig.

»Ja, aber darum geht es jetzt nicht.«

»Wie hat Sutter – Dr. Vaught – das wissen können?«

»Ich habe keine Ahnung, aber das ist im Moment nicht unser Problem.«

»Wie lauteten denn die zwei Fragen?«

»Fragen Sie ihn selbst. Wichtig ist im Augenblick, was Jamie bevorsteht.«

»Ja.«

»Auch hier kann Kitty mich bestätigen, oder meinetwegen berichtigen. Es geht nicht darum, daß Sutter Alkoholiker ist, und daß er ein Wüstling ist. Diese Züge, so bezaubernd sie auch sein mögen, bedrohen, für sich genommen, weder Jamie, noch Sie, noch mich – was auch immer die Leute sagen mögen. Ich bilde mir ein, daß wir alle reif genug sind. Nein, was mich beschäftigt, das ist Sutters tiefe Gespaltenheit Jamie selber gegenüber.«

»Was meinen Sie damit?« fragte der Techniker, indem er sein gesundes Ohr anspannte. Das Sturmbrausen hatte wieder eingesetzt.

»Er kann mit sich selber tun, was er will, aber er soll, beim Himmel, Jamie in Frieden lassen.«

»Ich glaube es nicht«, sagte Kitty. »Ich meine, ich glaube nicht, daß er Jamie schaden wollte.«

»Das ist keine Frage des Glaubens«, sagte Rita. »Es geht um Tatsachen. Leugnest du die Tatsachen?«

Kitty schwieg.

»Es war ein Experiment«, sagte sie dann.
»Ein Experiment! Was halten Sie, mein Gefreiter, von dem folgenden Experiment. Im vergangenen Sommer, kurz, nachdem Sutter von Jamies Krankheit erfahren hatte, nahm er ihn mit zum Campen in die Wüste. Sie verirrten sich. Das wäre nicht so arg gewesen, denn sie hatten genug Wasser. Aber am vierten Tag fanden sie die Feldflaschen leer vor, ohne daß es dafür eine Erklärung gab.«
»Wie wurden sie gerettet?«
»Idiotenglück. Ein Mann sah sie, der vom Flugzeug aus Koyoten jagte.«
»Er wollte Jamie nichts Böses«, sagte Kitty mit matter Stimme.
»Was wollte er dann?« fragte Rita ironisch.
»Val sagte, es sei eine religiöse Erfahrung gewesen.«
»Wenn das Religion sein soll, dann ziehe ich meine alltäglichen Sündenstraßen vor.«
»Was meinen Sie, wenn Sie sagen, er sei ein Wüstling?« fragte der Techniker.
»Nichts Unübliches«, sagte Rita ruhig. »Spaß und Spiele, Bilderbücher, und nicht nur ein Mädchen auf einmal.«
»Ich glaube nicht, daß er ein Wüstling ist«, sagte Kitty.
»In diesem Fall weiß ich bei Gott, wovon ich spreche. Ich war mit ihm verheiratet. Sag mir nichts.«
»Mein Bruder«, sagte Kitty feierlich zu dem Techniker, »kann einzig eine Fremde lieben.«
»Bitte?«
»Es ist ein bißchen anders«, sagte Rita trocken. »Aber ich will dir deinen Glauben lassen. In der Zwischenzeit wollen wir unser Möglichstes tun für Jamie.«
»Du hast recht, Rita«, sagte Kitty, wobei sie die andere zum ersten Mal anblickte.
»Was soll ich tun?« fragte der Techniker Rita.
»Nur das: wenn wir heimkommen, greifen Sie sich Jamie,

stecken ihn in das Ding hier, und ab. Er wird mit Ihnen gehen!«
»Ich verstehe«, sagte der Techniker und versank in sich selber wie zuvor Kitty, geistesabwesend und leeräugig. »Wir haben ja auch ein Ziel«, fügte er hinzu. »Er möchte entweder auf die Schule oder seine Schwester Val besuchen. Er hat mich gebeten, mit ihm zu gehen.«
Rita blickte ihn an. »Und Sie gehen?«
»Wenn er es wünscht.«
»Gut so.«
Als er dann wieder zu sich kam, bemerkte er, daß die Frauen im Sturm verschwunden waren. Es war dunkel. Die Windstöße wurden stärker. Er bereitete sich ein Abendessen, Grütze und Speck. Danach kletterte er hinauf in die obere Koje, zündete die zischende Butanlampe an und las *Der Mord an Roger Ackroyd* vom Anfang bis zum Ende.

Viertes Kapitel

1.

Der Süden, in den er heimkehrte, war anders als der Süden, den er verlassen hatte. Er war glücklich, sieghaft, christlich, reich, patriotisch, republikanisch.
Das Glück und die Heiterkeit des Südens verwirrten ihn. Er hatte sich im Norden wohl gefühlt, weil da alle andern sich schlecht gefühlt hatten. Selbstverständlich gab es auch im Norden ein Glück. Das heißt, fast jeder hätte geleugnet, unglücklich zu sein. Und gewiß war der Norden sieghaft. Er hatte nie einen Krieg verloren. Aber die Nordstaatler waren in ihrem Sieg grämlich geworden. Jedermann war für sich, verschlossen in sich selbst, und er, der Techniker, hatte sich daran gewöhnt, unter ihnen zu leben. Ihre Städte, so reich und geschäftig sie waren, erschienen zugleich wie ausgebombt. Und sein eigenes Glück kam von der Entdeckung des Unglücks unter ihrem Glück. Er konnte im Norden heimisch sein, weil der Norden unheimisch war. Es gibt vieles, das ärger ist, als unheimisch zu sein in unheimischen Breiten – eigentlich ist das sogar eine der Bedingungen, heimisch zu sein, wenn man selber unheimisch ist. Zum Beispiel ist es weit ärger, unheimisch zu sein, heimzugehen, wo jeder daheim ist, und dann immer noch unheimisch zu sein. Der Süden war daheim. Deswegen war seine Heimatlosigkeit im Süden weit ärger; denn er hatte erwartet, sich da heimisch zu fühlen.
Das Glück des Südens hatte etwas Großartiges. Es war ein beinahe unbezwingbares Glück. Es forderte einen heraus, ihm alle möglichen Namen zu geben. Jeder war in der Tat glücklich. Die Frauen waren schön und bezaubernd. Die Männer waren gesund, erfolgreich und witzig. Sie konnten erzählen. Sie hatten alles, was der Norden hatte, und noch

mehr. Sie hatten eine Geschichte; sie hatten ein Land, umwittert von Erinnerungen; sie beherrschten die Kunst des Gesprächs; sie glaubten an Gott und verteidigten die Verfassung; und sie wurden obendrein reich. Sie genossen sowohl die Vorteile des Siegs als auch die Vorteile der Niederlage. Ihr Glück war aggressiv und unwiderstehlich. Er war dazu bestimmt, genauso glücklich wie die andern zu sein, obwohl sein voriges Glück doch vom Unglück des Nordens gekommen war. Wenn die Leute hier unten glücklich und heimisch sind, so sagte er zu sich selbst, dann werde auch ich glücklich und heimisch sein.

Während er in dem Trav-L-Aire immer weiter in den Süden vordrang, kam er an mehr und mehr Autos vorbei, die Konföderierten-Plaketten an den vorderen Stoßstangen hatten und Plastikchristusse an den Armaturen. Die Programme im Radio wurden patriotischer und religiöser. Mehr als einmal unterbrach Dizzy Dean seine Sportübertragung und forderte die Hörer auf, in die ihnen passende Kirche oder Synagoge zu gehen. »Sie werden sehen: es ist eine reiche und lohnende Erfahrung«, sagte Diz. Mehrmals am Tag gab es ein patriotisches Programm, genannt »Lebenslinien«, welches Gott pries, die Regierung der Vereinigten Staaten attackierte und für Bohnen und Mais warb.

Was war auszusetzen an einem Mr. und einer Mrs. Williston Bibb Barrett, die in einem nagelneuen Haus in einer nagelneuen Vorstadt mit der bildschönen Adresse »2041 Country Club Drive, Druid Hills, Atlanta, Georgia« lebten?

Nichts war daran auszusetzen, und doch verschlechterte sich sein Zustand. Das Glück des Südens stürzte ihn in wilde Verzweiflung.

Was war daran auszusetzen, daß er heiratete und lebte, in der lang-langen Nacht, vom Zauber Kittys umfangen?

Nichts; und doch verschlechterte sich sein Gedächtnis, und er wurde angefallen von den geisterhaften Heerscharen der *déjà vus* und erwachte oft, ohne zu wissen, wo er war. Sein Knie zuckte wie ein Fisch. Er mußte die linke Tasche all seiner drei Hosen auftrennen, um die Hand durchstecken und die Kniescheibe festhalten zu können.

Es war auch ungemütlich, unter Leute zu geraten, die genau so empfindsam waren wie er selber. Er hatte sich gewöhnt gehabt an ordentliche, standfeste, nachdenkliche postprotestantische Yankees (sie waren gleichsam seine Nahrung: die Exprotestanten, Postprotestanten, Paraprotestanten – die nachdenkliche Art, die sich nach etwas Unbestimmtem sehnte; und er war der, der sie in Schwung brachte); und hier fand er sich mit einem Schlag in einer Mannschaft, wie man sie sich leichtfüßiger, scharfäugiger und gottesfürchtiger gar nicht vorstellen konnte. Jedermann ging in die Kirche und war überdies spaßig, klug und empfindsam. Großartig waren sie, geborene Gewinner (wie hatten sie eigentlich verloren?). Sein Empfangssystem war freilich außergewöhnlich, sogar für den Süden. Nachdem er zwei, drei Tage herumgestanden war, als wunderlich-nervöser Vogel, war er eingeweiht. Bald war er imstande, lustigen Geschichten zuzuhören und selber ein paar zu erzählen.

Die Vaughts hatten ihn gern um sich und merkten nicht, wie es um ihn bestellt war. Er war nämlich besonnen und freundlich wie immer und schwieg die meiste Zeit, und das war es auch, was sie von ihm erwarteten, alle – bis auf Sutter.

Er war Sutter noch nicht begegnet. Doch eines Tages sah er seinen Wagen, als er und Jamie im sonnigen Winkel des Golfschuppens saßen, gleich neben der »Sechser«-Bahn, gegenüber dem Haus der Vaughts.

Jamie las immer noch die *Theorie der Mengen*. Der Techniker dagegen bedachte, wie es seine Gewohnheit war, das Mysterium der Einzigartigkeit der Dinge. Er hatte Grund zu glauben, daß dies genau der Golfplatz war, wo sein Großvater, um 1925 herum, mit dem großen Bobby Jones eine Schaurunde gespielt hatte. Es war ein Platz der alten Art, der aus dem goldenen Zeitalter der Country Clubs stammte, mit robusten Unterständen aus grüngebeiztem Holz, aus der Mode gekommenen Ballunterlagen an jeder Abschlagstelle und ballbremsenden Sandgruben, so friedvoll wie ein ehemaliges Schlachtfeld. Durch die *roughs* liefen tiefeingetretene Pfade, wo die Caddies vom Grün auf die Bahn kreuzten. Um des Technikers Gedächtnisverlust war es nun folgend bestellt: er vergaß die gesehenen Dinge, doch Dinge, von denen er gehört hatte, ohne sie zu sehen, erschienen ihm vertraut. Alt-neues, wie ein fünfzigjähriger Golfplatz, wo einst Bobby Jones gespielt hatte, wurde zum Schauplatz geisterhafter Erinnerung.

Er fragte sich, wie es um ihn stand. Was war besser: bei klarem Verstand durch die Straßen von Memphis zu gehen, mit allem im Kopf, was man gestern getan hatte und morgen tun mußte – oder in Memphis zu sich zu kommen und sich an nichts zu erinnern?

Jamie hatte ihn gefragt, woran er denke. Als er es ihm erzählte, sagte Jamie: »Du hörst dich an wie Sutter.«

»Hast du ihn gesehen?«

»Ich habe ihn gestern besucht. Da drüben fährt er.«

Aber er sah nur noch den Wagen, einen verblichen-grünen Ford Edsel, der aus der Zufahrt bog und verschwand, die Golfstraße hinunter. Jamie erklärte ihm, Sutter fahre einen Edsel als ein Zeichen des Debakels der Ford Motor Company, und um zugleich an den letzten Sieg des amerikanischen Volks über Marktforschung und Meinungsumfragen zu gemahnen. Der Techniker hörte das eher mit Unbehagen; es klang nach Überspanntheit; nach jemandem, der seine eigenen Gesten bewundert.

2.

Die Vaughts bewohnten ein Schloß gegenüber einem Golfplatz. Es lag in einem alten Vorort, unten in einem schönen grünen Tal, getrennt von der Stadt durch einen Hügelrükken. Es gab eine Reihe anderer Hügel, die letzten Ausläufer der Appalachen, dazwischen andere Täler mit neueren Vororten und neueren Country Clubs.
Die Häuser in dem Tal stammten aus den zwanziger Jahren, einer Zeit, als die Reichen noch heroische Epochen nachzuempfinden suchten. Gleich gegenüber dem Schloß, oben auf dem südlich anschließenden Rücken, stand ein runder, rosenfarbener Tempel. Es handelte sich dabei um den Wohnsitz eines Millionärs, der ein römisches Bauwerk bewunderte, errichtet vom Kaiser Vespasian zu Ehren der Juno, und es da hatte nachbauen lassen, in rötlichem Alabama-Backstein und Georgia-Marmor. Nachts, in farbiges Licht getaucht, wirkte es noch röter.
Das Schloß der Vaughts bestand aus purpurnem Ziegelwerk, die man entzweigebrochen hatte, mit der gezackten Seite nach außen. Es hatte Fachwerkgiebel, einen gedrungenen normannischen Turm und Flügelfenster mit Scheiben aus Flaschenglas. Wie sich herausstellte, war Mr. Vaught sogar reicher, als der Techniker geglaubt hatte. Zu seinem ersten Vermögen kam er durch die Erfindung und Herstellung eines neuen Zapfenlagers für Kohlewaggons. Nach dem Zweiten Weltkrieg verlegte er sich darüber hinaus auf Versicherungsgesellschaften, Grundstücks- und Fahrzeughandel. Nun war er der Besitzer und Leiter der zweitgrößten Chevroletvertretung in der Welt. Sein Talent, so vermutete der Techniker, bestand darin, hinter die Warengezeiten zu kommen, zu wissen, wann es Zeit zu kaufen und zu verkaufen war. Daher rührte also seine seltsame Art, umherzuhüpfen wie ein Eichelhäher, das Ohr gespitzt, ohne in Wirklichkeit jemandem zuzuhören! Das bedeutete eher, daß

er eingestimmt war in die Musik und den Rhythmus der Spekulation, gleichsam in der Schwebe wippend, wie ein Schulbub, der sich bereitmacht fürs Sprungseil. So gelang es auch dem Techniker allmählich, nicht auf ihn zu achten: was er sagte – das stellte sich nun heraus –, besagte gar nichts, war überhaupt nicht als Mitteilung gemeint, sondern eher als jenes vertraute Gesumm, mit dem Lugurtha, die Köchin, ihr Keksbacken begleitete.

Es wohnten noch andre Leute in dem Schloß. Jene »Myra«, die Mrs. Vaught immer wieder vor dem Techniker erwähnte, so als kenne er sie, stellte sich heraus als Myra Thigpen, Mr. Vaughts Stieftochter aus einer früheren Ehe. Die Thigpens lebten in dem Vaught-Schloß, während ihr eigenes Heim errichtet wurde, auf der anderen Seite des Golfplatzes. Lamar Thigpen arbeitete für Mr. Vaught, als Personalchef. Myra betrieb eine Grundstücksmaklerei. Sie war eine ansehnliche Frau mit starken weißen Armen und einer schweren braunen Haarwolke und erinnerte den Techniker an die Geschäftsfrauen, die er, von Charleston bis Chattanooga, auf dem Weg zum Lunch in den Holiday Inns gesehen hatte. Hatte zuvor Mrs. Vaught ihn verwirrt, indem sie tat, als müsse er Myra kennen, so brachte ihn nun diese durcheinander, indem sie tat, als kenne sie ihn seit je. Stimmte das vielleicht gar? »Erinnern Sie sich an den alten Hoss Hart aus Greenwood, der auf die Staatsuniversität von Mississippi ging und später nach Ithaca zog?« fragte sie ihn. »Meinen Sie Mr. Horace Hart, der Checkerboard Feed vertrat?« fragte der Techniker zurück, der sich tatsächlich genau an so jemanden erinnerte; vor fünfzehn Jahren hatte er ein, zweimal seinen Namen gehört. »Vor kurzem habe ich ihn dabei getroffen«, fuhr Myra fort, »wie er für Civitan Früchtekuchen am Boys' State verkaufte. Er erzählte mir, wie Sie, er und Ihr Vater auf einem Hausboot auf dem White River Enten jagten.« »Auf dem White River?« Der Techniker kratzte sich am Kopf. Erinnerte Hoss Hart sich an etwas, das er vergessen hatte? »Wenn Sie Hoss sehen«, sagte Myra, indem sie ihn schwesterlich rempelte, nach Art der Kommilitonen an der Mississippi-Staatsuniversität, »dann fragen Sie ihn bloß, ob er sich Legs' entsinnt.« »Sehr wohl.« »Sagen Sie nichts von einer Miss Heimkehr 1950 – sagen Sie bloß Legs und warten Sie, was er antwortet.« »Sehr wohl, ich werde ihn fragen.«

Sutter zeigte sich nicht, doch der Techniker war sicher, daß er ihm bei seinem Kommen begegnen würde – Sutter, so sagte man ihm, verbrachte gelegentlich die Nacht in dem Haus. Seine frühere Wohnung befand sich neben dem Quartier, das den beiden jungen Männern zugewiesen war, im zweiten Stockwerk über der großen Vier-Wagen-Garage. Noch am Tag seiner Ankunft erforschte der Techniker das Apartment und entdeckte zweierlei. Das eine war eine Flasche billigen Whiskeys in der Kredenz der kleinen Küche zwischen den Wohnungen; das andere war ein ausgebrochenes Astloch im Kabinett, durch das man gerade in Sutters Schlafzimmer schaute. Er hängte seinen Rucksack darüber. Es steht schlecht mit mir, überlegte der Techniker, und deshalb sollte ich stillsitzen wie ein Engländer in seinem Bau, und sehen, was zu sehen ist.

An dem Ort war gut sein, man konnte sich da sammeln. Tagsüber echote die Talmulde von den schwachen, fernen Rufen der Golfer; nachts stand ein gelber Herbstvollmond über dem Hügelrücken, und die Flutlichter spielten an dem rosigen Koloß des Junotempels. Seine Aufgaben waren leicht. In Wirklichkeit hatte er gar keine Aufgaben. Nach der Insel war keine Rede mehr von Jamies Plänen, bei seiner Schwester in der Kiefernödnis oder bei seinem Bruder in der Stadt zu leben. Dem kranken Jugendlichen schien es recht, in die Garagenwohnung zu übersiedeln. Drei Wochen nach ihrer Ankunft waren die beiden jungen Männer und Kitty an der vierzig Meilen entfernten Universität eingeschrieben,

und zwei Wochen später gehörten der Techniker und Jamie der »Phi Ny«-Verbindung an und hatten sich auch den dort üblichen Gruß angeeignet. Kitty verwirklichte ihr Vorhaben; sie wurde kein »Tri Delt«, sondern ein »Chi Omega«. Gleich nachdem sie eingeschrieben waren, brachen am Morgen alle drei auf zur Universität, mit dem Techniker als Chauffeur, in Mrs. Vaughts Lincoln, Kitty in der Mitte, und hatten dann bei der Heimkehr noch Zeit genug, im Gartengras zu sitzen und die brandneuen Lehrbücher durchzublättern, mit den glatten glänzenden Seiten und dem fruchtigfrischen Druck. Der Techniker, welcher gerade von Mr. Vaught seinen Oktoberscheck erhalten hatte, kaufte sich einen 25-Dollar-Rechenschieber, so dick und glatt wie ein Packen von Mah-jongg-Karten, in den hinten eine kleine Sichtscheibe eingelassen war.
Später am Nachmittag spielte er Golf. Er lieh sich dazu Jamies Schläger aus und bildete eine Vierergruppe mit Mr. Vaught und zwei angenehmen Gesellen, Lamar Thigpen und einem Mann aus der Agentur. Des Technikers Geschicklichkeit beim Golf kam ihm zustatten. (Beim Golf war er gut. Es war eher das Leben, das ihm zusetzte. Er hatte seinem Vater als Caddie gedient und war mit dreizehn auf achtzig Schläge gekommen.) Nicht, daß er so viel besser war als die andern; aber er war stark, und der Ball flog regelmäßig weit. Als der alte Mann, der das wußte, irgend etwas von »mein Partner« nuschelte, seine Wette schloß und ihn an den ersten Abschlag winkte – er, der Mann von der Agentur und Lamar hatten schon abgespielt –, da gelang ihm beinahe ein As. Der Schläger sauste durch die Luft, und der Ball zischte ab, gleichsam breitgedrückt, lag zuerst tief, hob sich dann und überflog das Vier-Schläge-Grün. Die gegnerische Gruppe tauschte verblüfft-komische Südstaatlerblicke aus.
»Also sowas«, sagte Justin, der Mann von der Agentur, ein großer langsamer umgänglicher Mensch, »der gute alte Junge« in dieser Szenerie.

»Sieh dir das an«, sagte Lamar.
»So«, sagte Mr. Vaught, schon unterwegs auf der Spielbahn.
»Weiter, Partner.«
Er tat fünf weitere solche Weitschläge und schaffte es glücklich mit sechsunddreißig.
»Verflixt«, sagte Lamar.
Sie nannten ihn Bombo, Tarzans Sohn, und Mr. Clean. Der Techniker mußte lachen. Es waren gutherzige, lustige Kerle.
Die sechste Spielbahn des zweiten Platzteils führte an dem Schloß vorbei. Es war Brauch, nach dem Abschlag die Lage der Bälle zu markieren und zu dem Patio hinüberzuschwenken, wo David, der Butler, bereits die Eisgetränke bereithielt. Zu dem Brauch gehörte es auch, daß die Gespräche, anders als sonst, ernsthaft sein sollten, in der Regel über Politik, und manchmal sogar über philosophische Fragen. Die Stimmung dieser »Pause am sechsten Loch« war so pessimistisch wie entspannt. Es stimmte: die Weltlage war schlecht, aber nicht so schlecht, daß es nicht eine Annehmlichkeit war, dergleichen an einem goldengrünen Nachmittag von sich zu geben, entspannt nach der körperlichen Anstrengung, bei einem gezuckerten Bourbon, der so gut schmeckte wie er roch. Drüben auf der anderen Bahnseite warteten, einen Steinwurf weit weg, im Respektabstand, die Caddies, vier schwarze Bürschchen, die über den Hügelrükken aus der Stadt gekommen waren und nun die Schläger schwangen, welche sie den großen, abgeteilten, mit Reißverschlüssen, Knaufen und Kappen versehenen Golftaschen entnahmen.
Die Golfer äugten philosophisch in ihren Whiskey und rückten dann und wann mit feierlichen *Schadenfreude*-Sprüchen heraus, ähnlich wie das vier erfolgreiche Gentlemen in dem alten Virginia von 1774 getan haben mochten.
»Das Problem ist, daß einem gerade da keine Rechtschaffenheit begegnet, wo man sie am dringendsten benötigt«, sagte

Lamar Thigpen, ein ansehnlicher Bursche, der sich im Sitzen auf die bloßen braunen Arme schlug und um sich blickte. Er war etwa fünfundvierzig, und sein Körper war am Erschlaffen, was ihn beunruhigte: er preßte, mit aufgerollten Ärmeln, den angespannten Bizeps gegen die Brust.
»Ich werde euch meine Meinung sagen«, sprach zum Beispiel Justin: »Wenn sie das Land zugrunderichten wollen, bin ich gar nicht so dagegen.«
Aber sogar diese Unheilssprüche hatten nichts Grämliches an sich.
»Niemand mehr weit und breit außer uns Niggern«, pflegte schließlich ein dritter zu sagen. »Spielen wir Golf.«
Ein bißchen mühsam standen sie dann auf – der Schweiß getrocknet, die Muskeln steif geworden – und wanderten zu ihren Bällen. Mr. Vaught kam jeweils erst mit seinem zweiten Schlag ins Spiel, weil er es mit dem ersten fast nie auf hundert Meter brachte (wenn er dabei freilich auch jedesmal genau in der Mitte der Bahn blieb). So pflanzte er sich jetzt mit seinem Messingschläger auf, holte gemächlich nach hinten aus und vollführte, mit verbissener Bedächtigkeit, seine Schwünge; dann, überlaufen von Schauern und Zukkungen, als sei er von einem gräßlichen Übel befallen, stieß er, gleich einem überdrehten Mechanismus, an dem die Federungen herausspringen, aus allen Richtungen herab auf den Ball – er schlage, so Lamar zu Justin, wie jemand, der vom Baum fällt – und ließ zum Abschluß gewöhnlich einen kleinen Schrei hören, Entschuldigung und Mißbilligung in einem: »Wuup!«, welcher alles Widrige und vom Üblichen Abweichende bannen sollte – und ging davon, ein hüpfender Häher.

3.

Da der Techniker in der Garagenwohnung lebte und sich eher im Anrichtezimmer aufhielt (statt im Wohnraum, in dem Mrs. Vaughts Patrioten- und Antifluorisations-Klüngel ein und aus ging), begegnete er vor allem den Bediensteten. Er begegnete ihnen; doch er lernte sie nicht kennen. Der Techniker war, in dem ganzen Süden, der einzige Weiße, der nicht wußte, was von Negern zu wissen war. Er wußte sehr wenig von ihnen; in Wahrheit gar nichts. Seit jenen frühen Tagen mit einem Kindermädchen war er vor ihnen auf der Hut, wie sie auch vor ihm. Wie viele andere hatte er einen kleinen Schwarzen zum Freund gehabt, doch zum Unterschied von den andern, die mit ihren kleinen schwarzen Freunden eitel Liebe und Verständnis genossen hatten, war sein Gefühl von Anfang an eins der Verwirrung und der Unbehaglichkeit gewesen. Mit dreizehn mied er Neger wie ein überempfindlicher alternder Liberaler.

Ohne Zweifel waren diese eigentümlichen Verhaltensweisen eine Folge seiner schwankenden seelischen Gesundheit. Jedenfalls war kein seltsameres Zusammentreffen vorstellbar als das zwischen ihm und den Bediensteten der Vaughts. Er brachte die Neger durcheinander, und sie ihn. Die Vaught-Dienerschaft fühlte sich von dem Techniker bedrängt und ging ihm aus dem Weg. Man stelle sich ihre Gefühle vor: selbstverständlich war auch ihr Leben von ihrem Radar bestimmt. Dieses war ihre besondere Gabe; mit seiner Hilfe behaupteten sie sich. Sie richteten es aus auf das Sortiment der Signale um sie herum und reagierten mit einer in zweihundert Jahren gesammelten Geschicklichkeit. Sie reagierten nicht nur, beantworteten nicht bloß die Signale, sondern verhießen dem Übermittler Heim und Schutz, gaben ihm, dem Übermittler, Grund zu glauben, er befinde sich in einem befreundeten, vertrauten Territorium. Er sollte sich als Sinnbringer fühlen – eben als der Übermittler: wir verstehen einander. Hier aber kam dieser seltsame junge Mann, welcher überhaupt kein Signal übermittelte, sondern eher, so wie auch sie, ganz Ohr, ganz Auge, ganz Antenne war. Er nahm sie wirklich wahr. Ein Südstaatler nimmt einen Neger zweimal wahr: einmal als Kind, wenn er erstmals seine Kinderfrau erblickt, und dann, wenn er im Sterben liegt und ein Schwarzer ihm die Bettwäsche wechselt. Doch all die Jahrzehnte dazwischen nimmt er ihn nicht wahr. Und daher weiß er so wenig über Neger wie über Marsmenschen – noch weniger: denn von den letzteren weiß er, daß er nichts weiß.

Hier aber kommt dieser seltsame junge Mann daher, der sich aufführt wie einer von uns und mich zugleich aus den Augenwinkeln anschaut. Worauf wartet er denn? Sie wurden nervös und mieden ihn. Er hatte etwas von jenem weißen Kind, das nur im Küchenbereich aufwächst. Er pflegte im Anrichtezimmer zu sitzen, sie zu beobachten und mit ihnen zu sprechen, aber sie, die Schwarzen, wußten nicht, was mit ihm anfangen. Sie nannten ihn »er«, so wie sie seit jeher die Frau des Hauses »sie« nannten. »Wo ist er?« fragte vielleicht einer von ihnen, wobei er zur Küchentür hinausspähte und dann fast immer ihm genau in die Augen blickte: »Uh-oh.«

»Er«, der Techniker, saß gewöhnlich in dem Anrichtezimmer, einem großen, unregelmäßigen Raum mit einem einzelnen Erkerfenster. Es war eigentlich gar kein Raum im Wortsinn, sondern eher, nach der Errichtung aller notwendigen Räume, eine im Hauszentrum übriggebliebene Örtlichkeit. Mr. Vaught, welcher ebenfalls nicht wußte, was er nicht wußte, war sein eigener Architekt gewesen. Die Decke war gestuft; viele Türen und kleine Vorräume führten in das Zimmer. An dessen einem Ende saß gewöhnlich David und polierte im Erker das Silber. Das andre, dunkle Ende ging auf die »Bar«, einen staubigen Alkoven mit blauen Spiegeln, summenden, fluoreszierenden Lampen und Chromhockern.

Sie war eins der ersten Beispiele dieses Stils, ein Produkt der zwanziger Jahre, nach der Art der flotten Bars in den Filmen mit Richard Barthelmess und William Powell. Doch sie war seit Jahren außer Betrieb, und auf den Spiegelregalen reihten sich jetzt Putzmittelflaschen, Duftsprays und Behälter mit Silberpolitur, verschlossen mit schmierigen Lappen. Es konnte vorkommen, daß Schwarzer und Weißer zusammen in der Anrichte saßen, vielleicht weil es der Verbindungsraum zwischen Eßzimmer und Küche war, vielleicht aber auch, weil es, genau genommen, überhaupt kein Raum war.
David Ross unterschied sich von den übrigen Schwarzen. Es war, als sei er weder den Negern nachgeraten noch den Weißen. Er war ein gutgelaunter Siebzehnjähriger, zu schnell gewachsen, unbeholfen wie nur je ein unbeholfener Jugendlicher. Er hatte die Größe eines Basketballspielers und trug sommers wie winters denselben schweren dumpfigen Tweed, dessen Aufschläge gequollen waren, als litten sie an einer chronischen Infektion. Da er den Butler darstellen sollte, trug er eine entsprechende Jacke mit kleinen elfenbeinenen Druckknöpfen, aber seine Arme ragten gut zwei Spannen über die Ärmel hinaus. Er polierte immerzu Silber, wobei er ständig ein gewaltiges weißes Lächeln zeigte; er belachte alles, was ihm begegnete, mit einem Lachen, das zwischen den Zähnen zischte. Wenn er einmal nicht lachte, erschien sein Gesicht nackt und fremd. Etwas an ihm störte den Techniker. Er war nicht schlau genug. Er, der Techniker, war tausend Mal schlauer (obwohl er das gar nicht nötig hatte). Er, David, war zu unbeholfen. Zum Beispiel antwortete er immer wieder auf Anzeigen in Magazinen, wie etwa *Erlernen Sie die Elektronik! Aufgeweckte junge Männer gesucht! Verdienen Sie fünfzig Dollar pro Tag! Lassen Sie sich den Werkzeugkasten kommen!* Und der Kasten kam, und David zeigte ihn aller Welt, doch seine langen Schwarz-und-rosa-Finger kamen nie ganz zurecht mit den Verknüpfungen und dem Lötkolben. Er war wie der Sohn eines

Reichen! Nie im Leben hätte der Techniker 10 Dollar für einen Montagekasten ausgegeben. Nicht doch, David, sagte er zu ihm, bestell das doch nicht, um Himmels willen! Wie kam es, daß er so gar kein Gespür hatte? Warum war er nicht entweder schlau wie ein Weißer oder schlau wie ein Schwarzer? So hatte er von beiden nur das Schlechteste: Weißenblödheit und Schwarzenblödheit. Warum klärt ihn denn niemand auf? Und eines Tages klärte er ihn auf. »Verdammt, David«, sagte er, als dieser ihm die Montageteile für ein Eiswürfelgerät zeigte, welches angeblich in jeden Kühlschrank paßte. »Wem möchtest du denn dergleichen verkaufen?«

»All den Leuten in der Gegend«, rief David, wobei er sein Lachen zwischen den Lippen hervorzischte und mit einer großen schlaffen Hand zum Golfplatz hinwinkte. »Die Leute hier draußen haben jede Menge Geld, und kaum einer von zehn besitzt einen Kühler mit diesem speziellen Gerät.« (Er hatte die Broschüre gelesen.) »Es gibt bloß zwei Marken, wo es schon von vornherein eingebaut ist.«

»Aber wozu brauchen sie es denn?« seufzte der entgeisterte Techniker.

»Für die Abende, wenn sie sich ihre Drinks allein machen müssen! Sollen sie sich denn da mit den altmodischen Einsätzen herumärgern, an denen sie sich nur die Knöchel wundschürfen?« (Ein weiterer Satz aus der Broschüre.) »In anderen Kühlern gehört das da nämlich nicht zur S.A.«

»S.A.?« fragte der Techniker.

»Standard-Ausrüstung.«

»Oh. Dann wirst du also um zehn am Morgen an der Tür einer Lady läuten, und wenn sie dir öffnet, wirst du sie fragen, ob sie dir gestattet, daß du ihr diesen Eiswürfler vorführst.«

»Genau so«, sprach David und zischlachte den grämlich blickenden Techniker an.

»Genau nicht so«, pflegte dieser dann zu stöhnen. Verflixt,

David konnte ja nicht einmal Silber polieren. In den Rillen blieb jedesmal Silbercreme zurück. Trotzdem schaute der Techniker ihm gern bei der Arbeit zu. Morgensonne und Silber spielten zusammen, wie Fische knapp unter der Wasseroberfläche. Das Metall erschien sämig-satinhaft. Der offene Behälter mit der Silbercreme, der klumpige Fetzen und der strenge Geruch erinnerten ihn an etwas, ohne daß er hätte sagen können, an was.
Aber verdammt sei ihre schreckliche Unbedarftheit, ereiferte er sich, während er auf das schimmernde Silber starrte. Diese Hilflosigkeit, sie wird noch uns alle zugrunderichten. David führte sich doch tatsächlich auf, als meine es jedermann gut mit ihm! Wäre ich ein Neger, ich wäre durchtriebener. Ich wäre unerschütterlich und durchtrieben wie ein Jude, und ich würde sie unterkriegen. Ich würde nicht lockerlassen, bis ich sie untergekriegt hätte. Das wäre etwas für mich! Ich hätte als Neger auf die Welt kommen sollen – meine Verkehrtheit fände dann ihre Kehre, und ich würde sie unterkriegen, und das Leben wäre einfacher.
Gott, David, diese verfluchte Unschuld, sie wird uns noch alle zugrunde richten. Du glaubst, man meint es gut mit dir, und so führst du dich auf wie ein Säugling. Sie sind dabei, dich zu mißbrauchen und das richtet uns alle zugrunde, dich, sie, uns. Und das ist ein Jammer; denn so schlecht sind sie nun auch wieder nicht. Sie sind nicht schlecht. In Wirklichkeit sind sie besser als die meisten. Aber du, du wirst uns alle zugrunde richten mit deiner Unbedarftheit. Gottes furchtbare Rache an uns, sagte – laut Jamie – Val, bestehe nicht darin, die Sieben Plagen auf uns oder die Assyrer (auch nicht auf die Yankees) auszuschütten, sondern dich unter uns leben zu lassen mit dieser gräßlichen Unbedarftheit, welche zum Mißbrauch einlädt, immer wieder am Tag, Tag für Tag, unser ganzes Leben lang. Und wem ist das zu verdenken? Und so sei das Beste von uns, so sagte sie – laut Jamie –, nur gut auf die Weise, wie ein Vergewaltiger im

nachhinein gut sei; denn ein Vergewaltiger kann im nachhinein gut sein, sogar besonders gut, und besonders glücklich.
Aber verflucht sei er, dachte er, er und seine krass-schwarz-ungeschickt-säuglingshafte Unbedarftheit. Wie komme ich, um alles in der Welt, dazu, hier im Schweiße meines Angesichts herumzusitzen, zu Tode betrübt über seine Unbedarftheit? Laß ihn doch seine fingerknöchelschonenden Eiswürfler verkaufen, und wenn er sich daran schneidet, soll es mir recht sein. Auch mir geht es nicht gut.
Lugurtha Ross, Davids Mutter, war Köchin. Ehrbar war sie, tiefschwarz, mit einem kupfernen Schimmer, und einer geraden indianischen Nase. Sie ging jeder Zwistigkeit aus dem Weg. An nichts lag ihr mehr als an inbrünstiger Übereinstimmung. Eins ihrer Hauptgesprächsthemen war die Jugendkriminalität. »Kinder haben keine Achtung mehr für ihre Eltern«, pflegte sie auszurufen. »Es ist unmöglich, sie zu bessern!« – obgleich David doch ihr einziges am Leben gebliebenes Kind war und man ihn sich unmöglich als einen Kriminellen vorstellen konnte. Wie sie es sagte, klang es, als seien alle in demselben Boot; hätten die Kinder nur mehr Respekt, gäbe es keine Probleme mehr. Oft am Abend buk sie Kekse, und während sie das Mehl auf die Marmorunterlage siebte und den Teig auswalkte, sang sie, mit einer hohen züchtigen Diakonissenstimme, nicht etwa Spirituals, sondern selbsterfundene Lieder.

In einem Flugzeug
Zog sie an ihrer süßen Zigarette
Sie flog weg in einem Flugzeug
Und zog an ihrer süßen Zigarette

John Houghton, der Gärtner, wohnte in einem Zimmer unter dem Apartment des Technikers. Er war ein alter kleiner Neger mit schlammtrüben Augen, einem pflaumengleich verzogenen Gesicht, welches einen borstigen Fleck

rahmte: seinen Schnurrbart. Er war mindestens fünfundsechzig, schlank und flink wie ein Bub. Er stammte aus dem tiefsten südlichen Georgia und hatte bei der Eisenbahn gearbeitet, und einmal, vor vierzig Jahren, als Mörtelträger bei der Errichtung des Muscle Shoals Damms. Als Mr. Vaught sein Schloß errichtete, hatte er der Baufirma als Nachtwächter gedient. Mr. Vaught fand Gefallen an ihm und stellte ihn an. Er war freilich immer noch ein Landneger, mit den entsprechenden Eigenheiten. Manchmal spielten Jamie und David mit ihm Karten, nur um ihm dabei zuzuschauen. Das einzige Spiel, das er kannte, war ein seltsames Südgeorgia-Spiel mit Namen Klippklapp. Man spielte reihum die Karten aus, mit diesem und jenem Trick, ohne daß dabei jedoch irgendeine Regel zu erkennen war. Wenn John Houghton an die Reihe kam, erhob er sich jedesmal, holte weit aus und ließ die Karte niedersausen mit einem gewaltigen *Ha-a-a-umpf!*, so als schwinge er einen Schmiedehammer, wobei er im letzten Moment dann einhielt und die Karte sanfter hinlegte als eine Feder. David zischte sein Lachen hervor. »Was möchtest du spielen, John?« pflegte er den Gärtner zu fragen: er wollte ihn dazu bringen, daß er »Klippklapp« sagte. »Laß uns Klippklapp spielen«, sprach also John Houghton, der auch zum Mischen der Karten jeweils sich erhob. Dabei stopfte er sie dann ineinander und vollführte dazu unablässig furchterregende Finten und Kniebeugen gleich einem Boxer. »Klippklapp«, schrie David und konnte nicht mehr vor Lachen. John Houghton aber beachtete das gar nicht, sondern erzählte ihnen statt dessen von seinen Abenteuern in der Stadt, wo einen die Polizei, wenn man beim Kartenspielen erwischt wurde, »von den Sohlen blies« und einlochte.
»Was meinen Sie mit von den Sohlen blasen?«, fragte der verdutzte Techniker.
»Ich meine genau das!«, schrie John Houghton. »Ich meine: sie blasen dich von den Sohlen.«

An manchen Abenden pflegte John Houghton seine Jacke anzulegen, eine übergroße Marinejacke mit Zugschnüren und tiefen aufgesetzten Taschen, den Kragen aufzustellen, der bis über Ohrenhöhe ging, so daß gerade nur die Spitze seines knorrigen runzligen Kopfes hervorschaute, die Hände tief in die aufgesetzten Taschen zu schieben und die Lieferstraße hinabzuschlendern, die sich am Hügel hinter den großen Häusern entlangschlängelte. Da traf er die Dienstmädchen auf dem Heimweg von der Arbeit.
Nachts, manchmal sogar nachtlang, kamen aus dem Zimmer unterhalb dem des Technikers Geräusche wie von einem Handgemenge und, so schien es ihm, von Flucht und Verfolgung; ein Stuhlschrammen, ein jähes Trippeln von Füßen, und ein Gekreische, das, so hätte er beschwören können, nicht bloß von einer, sondern von mehreren Stimmen kam, ein Gekreische, so greulich wie lächerlich; als umrundeten Verfolger und Beute immerfort das Zimmer, Wand um Wand.

4.

Es war der letzte Sommertag, und die drei Studenten saßen draußen im Garten und durchblätterten ihre neuen Lehrbücher. Die Dorngrasmücken waren früh zurückgekehrt und scharrten im herbbittern Laub. Die Oktobersonne blendete auf den hellglänzenden Seiten, die nach Essig und dem kommenden Jahr rochen. Es war, als gäbe der Chemietext die zarte Ausdünstung unerhörter neuer Verbindungen ab. Von der Anthologie erhob sich ein noch feinerer Geruch, exotisch und zugleich geschäftsmäßig: des Poeten Unordnung einerseits, sein Schweiß und sein Geschmier, und des Professors Büro-Ordentlichkeit andrerseits, die wohltuende Schlußstrich-Tinte. Im Vergleich dazu erschien alles übrige formlos, der vergangene Sommer, der brachliegende Garten, das eigene Leben. Ihre ganze Hoffnung beruhte auf den Büchern, der geregelten Folge der Kapitel und der Unterkapitel, den Tabellen, den Zusammenfassungen, dem Inhaltsverzeichnis, der schön klar gedruckten Seite.

Die einstige, scheinhafte Zuversicht und Grazie der Schultage kehrte zurück. Wie seltsam war es doch, daß die Schule so gar nichts zu tun hatte mit dem Leben. Das übliche Gerede von der Schule als einer Vorbereitung für das Leben – was für ein schlechter Witz. Es gab zwischen den beiden überhaupt keine Beziehung. Die Schule machte alles nur schlimmer. Die Grazie und die Ordnung der Schule ließen ihn unfähig zurück für das, was folgte.

Jamie ging mit einem wunderlichen physikalisch-chemischen Nachschlagewerk um, gedrungen und dick wie ein deutsches Handbuch. Wenn man es emporhob, fühlte man sich als Deutscher: ein vollständiges Wissensvolumen, eine *Wissenschaft*, ein Wissensklumpen in einer Hand. Kitty arbeitete mit einem atlasgroßen 15-Dollar-Sammelwerk der Weltliteratur von Heraklit bis Robert Frost – jeweils das Gesamtwerk. Der Techniker begnügte sich mit einem kleinen schmalen Band *Die Theorie der großen Zahlen*, sowie mit seinem Rechenschieber, den er in einer Scheide mit sich führte, wie einen Dolch. Dasitzend in dem bangen Gerbgeruch des herbstlichen Gartens hantierte er mit seinem Gerät und las Cosinus und Kubikwurzeln ab. Mit seinen Werkzeugen, prächtigen leuchtenden nützlichen Gegenständen wie dem Rechenschieber, vergaß er die beklemmenden Oktobergärten und schreienden Eichelhäher.

Jeder dachte für sich, er habe das beste Fach gewählt, das wirkliche, das Mark der Universität, während die andern sich selbst betrogen. Man stelle sich nur vor, was ein Chemiestudent von einer Gedichtanthologie hält.

Junior, Lamar Thigpens Sohn, kam heraus zu ihnen und machte Musik mit seinen Thunderbird-Autoschlüsseln, doch

sie mochten ihn nicht so recht, sprachen auch nicht mit ihm, so daß er schließlich wieder verschwand. Er war ein bleicher sauertöpfischer Student im zweiten Jahr, der auf dem Campus lebte und an den Wochenenden heim zum Schloß fuhr. Mürrisch wie er war, hatte er aber an der Universität viele Freunde, die ihn trotz seiner Verdrießlichkeit gern hatten. Vor Fußballspielen brachte er sie mit ins Schloß, und wenn jedermann behaglich im Anrichtezimmer saß und trank, stand er auf und fiedelte mit seinen Wagenschlüsseln.
Der Techniker, das sei wahrheitshalber gesagt, war in einer schlechten Verfassung. Die ersten Wochen an der Universität hatten ihn ernstlich durcheinandergebracht. Jetzt fühlte er sich auf einmal wie vor den Kopf geschlagen, wirr und schläfrig, und so entschuldigte er sich und verkroch sich in einen sonnigen Winkel der Gartenmauer, wo er sich zusammenkauerte und einschlief. Die Spatzen beäugten ihn und hüpften herum in den trockenen, papierenen Myrtenblättern, welche sich kräuselten wie Orangenschalen und in der Sonne mit einer klaren Flamme zu brennen schienen.
Niedergeschlagen hatte ihn die denkbar angenehme Atmosphäre an der Universität. Aus allen Richtungen kamen gewaltige Freundschaftsstrahlungen und stürzten ihn in Unbehaglichkeit. Um zehn Uhr am ersten Morgen trat er vor Nervosität von einem Bein auf das andre. War nicht der Campus der annehmlichste Ort, an dem er jemals gewesen war? Jeder, der ihm entgegenkam, war glücklich, gutaussehend, zuversichtlich, zuvorkommend und eins mit sich selber – während er dagegen einzelgängerisch, tölpelhaft, verschlossen war und nicht wußte, wohin blicken. Vollkommen Fremde in Hemdsärmeln richteten auf den Wegen das Wort an ihn. Schöne kleine plattfüßige Mädchen, die in frischen Baumwollröcken dahinscharwenzelten, riefen ihm zu: Hi! Es zuckte in seinem Knie. Die Burschen sagten: He!, und die Mädchen sagten: Hi! Er hatte natürlich die Art der Nordstaatler angenommen, mit überhaupt niemand zu

reden. In New York bekommt man es allmählich eingebläut, nicht mit Fremden zu sprechen; wenn man's doch tut, gilt man als Homosexueller. Tatsächlich hatte er bemerkt, daß die Studenten im Norden Angst davor haben, für Homosexuelle gehalten zu werden, und alles daran setzen, zu beweisen, daß sie's nicht sind. In Princeton sprach man auf den Campuswegen nicht nur nicht zu Fremden; man nahm sich auch in acht vor neuen Bekanntschaften. Es gab da wahrhaftig welche, die ihren eigenen Wert an der Anzahl derer maßen, bei denen sie es sich leisten konnten, sie öffentlich zu übersehen. Einmal ließ er sich dadurch beinahe zu einer Schlägerei hinreißen und lernte in der Folge boxen. Damals noch an die südliche Art gewöhnt, richtete er das Wort an einen ihm auf dem Weg Entgegenkommenden, einen kühlen, pfeiferauchenden Gent (da es regnete, steckte ihm die Pfeife Kopf nach unten im Mund), dem er vor kaum einer halben Stunde bei einer Eßrunde vorgestellt worden war. »He!« sagte der Techniker, worauf der andre stracks durch ihn durchschaute, an seiner Pfeife süffelte und ihn schnitt. Nun war der Techniker nicht annähernd so ehrbestimmt wie sein Vater, aber immer noch ehrbestimmt genug, zudem nicht an Mißachtung gewöhnt, und hatte schließlich zum Großvater einen großen Showdowner gehabt (»Ich hab dir doch gesagt, du feiger beleintuchter Ku-Klux-Bastard, daß du um vier aus der Stadt verschwunden sein sollst«, usw.). So machte er, ohne sich zu besinnen, kehrt, packte den andern am Ellbogen und wirbelte ihn herum. »Entschuldigen Sie«, sprach der höfliche Techniker, »aber vor kaum dreißig Minuten bin ich Ihnen vorgestellt worden, und gerade eben sprach ich Sie an und sah des weiteren, daß Sie sahen, daß ich Sie ansprach, und daß Sie sich entschieden, meinen Gruß nicht anzuerkennen. Ich schlage nun vor, ihn doch anzuerkennen.« Oder etwas dergleichen aus dem einfältig-förmlichen Wortschatz, den er im Umgang mit Fremden verwendete. »Pardon«, sagte der andre und schaute ihn an wie einen Verrückten (der er ja auch war). »Ich glaube, ich war mit den Gedanken ganz woanders.« Und dahin war er, an seiner Pfeife süffelnd. Später beobachtete der Techniker, daß er diese sogar an schönen Tagen verkehrtherum rauchte. Er war ein Choate Absolvent und hatte offensichtlich erfahren, daß der Techniker von der Ithaca High School kam. Der letztere sagte zu sich selber: Wenn du diese Kerle auf dem Campus herausfordern willst, dann solltest du darauf besser vorbereitet sein. Du könntest es mit einem Schläger zu tun bekommen, einem Koloß. Und es wäre doch keine Freude, jemanden herauszufordern und dann grün und blau geprügelt zu werden. Also ging er zum Boxen, wurde ein beachtlicher Mittelgewichtler und hatte mit Choate Snobs oder sonst wem diesbezüglich keine Schwierigkeiten mehr.

Aber inzwischen war er es, der die Yankee-Art angenommen hatte. Er beäugte die Leute auf den Wegen schon von weitem, um zu sehen, wann sie den Mund auftun würden. Es fehlte ihm das Gefühl für den richtigen Abstand, und so sagte er seine He! und Hi! zu früh. Vom Grinsen tat ihm das Gesicht weh. Es war schließlich doch etwas dran an dem kühlen Yankee-Stil, seiner eigenen Wege zu gehen und niemanden zu beachten. Hier dagegen strahlte die Luft von Verwandtschaftspartikeln. Ja, das war es. Diese schönen kleinen Plattfußmädchen grüßten einen wie die eigene Schwester! Wie darauf reagieren? Er hatte es vergessen. Er errötete bei dem Gedanken, sie anzurühren. Dann erinnerte er sich: genau das war die Weise, in der man sie anrührte – das Schwester-Bruder-Gehabe. Jedermann war großartig und glaubte das auch von aller Welt. Nicht nur einmal hörte er ein Mädchen zum andern sagen: »Sie ist die großartigste Person, die ich je gekannt habe!«

Ebenso verfuhren sie auch mit den Lehrgängen: alles, was irgendwie akademisch erschien, wurde durch ihre Art der Einstufung aufgehoben. »Professor So-und-so? Er ist der zweitfescheste Professor in den Vereinigten Staaten!« »Wirtschaft 4? Weltweit anerkannt als der schwierigste Lehrgang, den es je gegeben hat!« Usw. Und zum Fenster hinaus puffte der intellektuelle Krimskrams, für null und nichtig erklärt, selbst wenn man glatte Einsen schaffte – gerade dann.

Es verstand sich von selbst, daß ihn in solch zwischenmenschlichem Paradies bald das nackte Grauen befiel. Er schlitterte, gleich einem Auto auf Eis. Sein Knie zuckte so arg, daß er sich bewegte wie ein Spastiker, die Hand durch die Tasche geschoben, bei jedem Schritt die Kniescheibe anstupsend. Wurde er, in fünfzehn, zwanzig Metern Entfernung, Entgegenkommender ansichtig, so begann er mit dem Grinsen und bereitete sich auf die Begegnung vor. »Hi!« grölte er dann, aber leider Gottes zehn Meter zu früh.

Unter den papierenen Myrten des Gartens scharrte der Singspatz wie ein Küken – einmal mit diesem Fuß, dann mit jenem –, und die gelben Blätter kräuselten sich in einer klaren Flamme. Daneben putzte John Houghton mit einer altmodischen Federschere den Saum der Ziegelmauer aus: immer wieder das Zusammenschnappen der Klingen, die Ziegel entlang.

Er träumte seinen üblichen Traum: wieder zurück in der High School zu sein, im Lernstoff festgefahren, die Korridore auf und ab irrend, an geschäftigen Klassenzimmern vorbei. Wo war seine Klasse? Er konnte sie nicht finden, und er brauchte doch die nötigen Punkte für den Abschluß.

Jemand küßte ihn auf den Mund, küßte ihn vielleicht wirklich, während er da schlief; denn er hatte einen entsprechenden Traum, traf Alice Bocock hinter dem Regal der Bibliothek und gab ihr einen zarten Zehn-Uhr-Morgen-Kuß.

Hinter ihm Schritte, und dann Stimmen. Er hob mühsam ein Lid. Der Singspatz scharrte Laub zur Seite und blickte um sich wie ein Küken. An seinen Wimpern tanzten Feuer-

kreise, die auseinanderbrachen in Bogen und Bündel aus Farbe.
»Sehr gut, meine kleine göttliche Hebe. Spiel nur die Gemeinschaftsschülerin Betty und amüsier dich auf der Flirt-Route –«
»Flirt-*Route*!«
» – und bei all dem Getändel, nach dem es dich verlangt. Trink deine Tasse leer, meine kleine Hebe, und laß mich dann wissen, wann es dir wieder ernst ist.«
»Von was, in aller Welt, *sprichst* du eigentlich?« – das kam in Kittys neuem, gleichsam gepanzerten Gemeinschaftsschulenstil, wobei sie den Kopf neigte in einem Winkel, welcher gespielte Verblüffung andeuten sollte, und zugleich woandershin blickte.
Engländer, der er war, wachte er reglos in seinem Bau. Er rührte sich nicht, obwohl seine Wange, in das Laub gepreßt, stach. Die Sonne fiel auf eine durchbrochene Wand aus Sasanquablättern. Er hörte, ohne sie zu sehen, Kitty und Rita unmittelbar neben sich; sie saßen wohl da im Gras.
Eine Bewegung ließ ihn aufschauen. An dem Garagengebäude, in einiger Entfernung von ihm, befand sich ein in den Garten ragender Balkon – eigentlich gar kein rechter Balkon, sondern eher eine Art Brüstung, welche die häßliche Mauer unterbrach und so dem Garten einen reizvoll klösterlichen Anstrich gab; zu klein als Standplatz – aber da stand jedenfalls ein Mann, mit den Händen in den Taschen, und blickte hinunter in den Garten.
Es war ein Vaught, mit den schwarzen Brauen, den lebhaften Farben und den sozusagen ungleichständigen Polizeihundaugen – jedoch ein überaus fein gezeichneter Vaught. Bewegungslos, gab er zugleich den Eindruck, ungebärdig, auf dem Sprung zu sein. Er wirkte so fröhlich wie verstört. Sutter, das sollte der Techniker noch herausfinden, wirkte immer wie gerade erst aufgewacht, eine Gesichtshälfte gerötet und zerknittert, die Haare von dem Polster gleich-

sam gegen den Strich gebürstet. Es war etwas Altväterisches an ihm. Vielleicht lag das an seinen Kleidern. Er war in Hemdsärmeln, aber sein Hemd und seine Hosen waren von der Art, wie man sie nur zu Anzügen trägt. Das »Beinkleid« hätte zu einem 35-Dollar-Curlee-Anzug gehören können. Es war mit dem ersten Blick klar, daß er nie eine Freizeithose und ein Sporthemd tragen würde. Er gemahnte einen an einen Junggesellen von 1940: kommt heim, schlüpft in ein ordentliches weißes Hemd und ordentliche Anzugshosen, und tritt vor das Haus in die Abendluft. Am allerauffälligsten: wie dünn er war. Er war dünn, wie ein Kind dünn ist, mit nur ganz wenig Fleisch an den Knochen. Das Hemd, gestärkt und an einer Seite zusammengeklebt, umgab fremd seinen Körper. Er war dünn von der Art, wie sie einen jungen Mann beunruhigen kann. Bei diesem Mann jedoch: nichts dergleichen. Seine Dünnheit war ihm egal. Er beachtete sie gar nicht.
Sutters Hände bewegten sich in den Taschen, während er Rita und Kitty beobachtete.
»Worum geht es?« fragte Rita gerade. »Woher auf einmal das Bedürfnis nach Namenlosigkeit?«
Kitty antwortete nicht. Der Techniker hörte, wie sie mit der Hand über das frischgeschnittene Gras ribbelte.
»Hm?« fragte Rita sacht.
»Nichts ist anders, Rita«, trällerte Kitty.
Sutter verdrehte den Kopf. Etwas war mit seiner Wange: eine Schattenbahn, eine deutliche Unregelmäßigkeit, wie von einem Schmiß.
»Auf den Weg, Minnie-Katze«, sagte Rita, und die Frauen erhoben sich lachend.
Bevor sie sich umwenden konnten, hatte sich Sutter, immer noch mit den Fingern am Kleingeld in der Tasche, durch das offene Fenster zurückgezogen. Rita blickte rasch auf, wobei sie sich mit der Hand die Augen beschattete.

5.

»Ein prächtiger Golfplatz, nicht wahr? Sie müssen wissen, ich bin eine der ersten, die in solch einer Vorstadt aufgezogen wurden. Sind Sie nicht der Will Barrett?«

Er hatte gerade vom Patio aus den Golfern zugeschaut und drehte sich jetzt schnell herum, verärgert: es mißfiel ihm, überrascht zu werden. Da stand eine Frau, die er zuerst für eine Jungfer von der Heilsarmee hielt, worauf er sich, noch mehr verärgert, ihre milden Gaben um ein Haar verbeten hätte. Doch dann erkannte er, daß sie eine Vaught war. Sie mußte Val sein.

»Früher«, so fuhr sie fort, bevor er antworten konnte, »pflegten sich die Leute an eine Kindheit in alten Stadthäusern zu erinnern, oder auf schmutzigen Bauernhöfen im Hinterland. Aber ich erinnere mich an den Golfplatz und das Schwimmbecken. Als ich ein Mädchen war, verbrachte ich jeden warmen Tag am Pool und blieb vom Morgen bis zum Abend, nahm da sogar die Mahlzeiten ein. Sogar jetzt noch kommt es mir seltsam vor, einen Hamburger zu essen ohne runzlige Finger und Chlorgeruch.« Sie lachte nicht, sondern starrte weiterhin an ihm vorbei auf die Golfspieler. Ihre Versonnenheit, so überlegte er, war wohl eine der kleinen Exzentrizitäten, wie Nonnen sie sich gestatteten. Er hatte noch nie mit einer Nonne gesprochen. Aber vielleicht war sie ja gar keine rechte Nonne; sie war ja nicht einmal entsprechend gekleidet – trug nur einen schwarzen Rock und eine schwarze Bluse, dazu etwas wie eine Haube mit Schleier. Doch zweifellos war sie eine Vaught, wenngleich eine von der plumperen, kartoffelernährten Art mit ungesunder Gesichtsfarbe. Ihr Handgelenk war breit, milchweiß und formlos: unwillkürlich stellte er sich vor, daß beim Durchtrennen da weder Sehnen noch Knochen, sondern eine einheitliche Nonnensubstanz erschien.

»Ich habe Sie gesucht, Barrett. Einmal war ich dabei, wie Ihr

Vater vor dem Frauenverein eine Rede über *Noblesse oblige* und unsere Pflicht gegenüber den Schwarzen hielt. Es war eine sonderbare Erfahrung und eine sonderbare Schar von Nobelfrauen. Nicht daß ich viel weiß über *Noblesse oblige*, aber er hat ihnen ganz schön die Hölle heiß gemacht. In einer Sache hatte er jedenfalls recht, und das war die Frage des Charakters. Auch heutzutage ist davon nicht viel die Rede.«

»Ist das der Grund, weshalb Sie Nonne geworden sind?« fragte er höflich.

»Es mag dazu beigetragen haben. Ich bin gekommen, um Jamie zu treffen, und jetzt sind Sie an der Reihe.«

»Ja bitte.«

»Jamie sieht schrecklich aus.«

»Ja.« Er war dabei, mit ihr das Trauergelände von Jamies Krankheit zu betreten, aber auch davon kam sie wieder ab. John Houghtons Schere klipp-klappte entlang der Ziegelmauer hinter ihr und scheuchte einen Finken aus den Azaleen, ein prächtiges kleines Männchen im smokingschwarzen und zimtenen Federkleid. Sie starrte mit dem gleichen, milden, zerstreuten Blick auf den Vogel hinunter.

»Ist John Houghton immer noch hinter den Schulmädchen her?«

»Wie bitte? Oh. Ja, doch.«

Der einfühlsame Techniker, endlich erlöst von ihrer Erinnerungsseligkeit, konnte nun ganz auf sie eingehen. Was sollte man halten von dieser ihrer verschrobenen Flüchtigkeit? War das katholisch – eine Art von berufsmäßigem Unernst (Tod und Sünde sind unser Geschäft, also können wir dazu die Achsel zucken), beinahe Frivolität, wie Elektriker, die sich demonstrativ an Hochspannungsdrähte lehnen? Oder handelte es sich eher um eine raffinierte Vaught-Methode: Rita und all die andern machen so viel her wegen Jamie – das ist der Grund, warum ich, usw. Sein Radar schwankte und

konnte sie nicht peilen. Er war unbestimmt verärgert. Sie mißfiel ihm.
»Wie lang hat Jamie noch?«
»Was? Zu leben – Oh, Rita sagt, Monate. Ich glaube, sie sagte vier Monate. Aber ich meine, länger. Im Augenblick geht es ihm viel besser.«
»Jamie hat mir erzählt, Sie und er seien gute Freunde.« Sie starrte immer noch auf das winzige, bernsteingelbe Auge des Finken, der da kauerte mit gerecktem Kopf, wie gelähmt.
»So ist es.«
»Er sagt, ihr würdet vielleicht gemeinsam irgendwohin gehen.«
»Jamie ändert oft seine Meinung. Einmal wollte er bei Sutter leben, dann wieder unten bei Ihnen.«
»Und jetzt möchte er mit Ihnen irgendwohin?«
»Weg von der Schule?«
»Ja.«
»Er weiß, daß ich jederzeit dazu bereit bin.« Dann fügte er hinzu: »Ich kann verstehen, daß er weg will.«
»Ja, darüber möchte ich mit Ihnen reden.«
Er wartete.
»Mr. Barrett –«
»Ja bitte.«
»Es ist gut möglich, daß nicht einer von uns, sondern Sie es sind, der Jamie in den letzten Tagen seines Lebens oder gar bei seinem Tod zur Seite sein wird.«
»Das ist wohl richtig«, sagte der Techniker, der zugleich zwischen den Schulterblättern ein Warnprickeln spürte.
»Alle schätzen Sie sehr hoch ein – wenn auch aus seltsam verschiedenen, sogar gegensätzlichen Gründen. Das fällt mir auf. Sie sind offenbar ein richtiger Mitmensch, was kaum erstaunlich ist, wenn man bedenkt, wessen Sohn Sie sind.«
»Ah –« begann der Techniker, wobei er die Brauen runzelte und sich den Kopf kratzte.
»Obgleich ich nicht sagen kann, daß ich mit Ihrem Vater

übereinstimme, was seine Gründe dafür betrifft, Schwarze besser zu behandeln anstatt sie zu verdreschen, wäre es mir immer noch lieber, er hätte die Oberhand behalten über die üblichen Schurken – und wenn auch aus den falschen Gründen.«
»Vielleicht«, sagte der Techniker mit Unbehagen. Er wollte weder seines Vaters »Gründe« erörtern noch die ihren, die vielleicht noch ausgefallener waren.
»Doch so oder so sehe ich, daß Sie ein vielschichtiger und einfühlsamer junger Mann sind.«
»Ich weiß zu schätzen –« begann der Techniker trübsinnig.
»Sie wären für Jamie sogar der Richtige, wenn Sie nicht die Zuneigung für ihn empfänden, die Sie, wie ich Grund habe zu glauben, doch empfinden.«
»Ja«, sagte der andere achtsam. Es gelang ihm immer noch nicht, aus ihr klug zu werden. Er war mit sehr wenigen Katholiken zusammengekommen und mit keiner einzigen Nonne.
»Mr. Barrett, ich möchte nicht, daß Jamie einen ahnungslosen Tod stirbt.«
»Ahnungslos?«
»Ich möchte nicht, daß er stirbt, ohne zu wissen, weshalb er hierher kam, was er hier tut, und weshalb er wieder geht.«
»Wie bitte?« Dem Techniker war es, als sollte er sich das Ohr weitziehen, was er dann aber unterließ.
»Vielleicht könnten Sie bei Gelegenheit die Rede darauf bringen.«
»Worauf?«
»Auf das System des Heils.«
»Warum tun das nicht Sie?« Er beäugte sie genauso gespannt wie der Fink. Sie zeigte keine Reaktion.
Dann seufzte sie und ließ sich nieder. Der Fink, vom Bann befreit, flog weg. »Ich habe es getan.«
Obwohl der Techniker aufrecht dastand, bog er den Oberkörper leicht von ihr weg.

»Es ist sonderbar, Mr. Barrett, aber meine Worte waren fürwahr das letzte auf Erden, was ihn interessiert hätte. Er nahm sie nicht bloß als das übliche Zeug auf, das ihn mehr oder weniger gleichgültig läßt. Nein, sie waren für ihn, von allen möglichen Dingen, das ganz und gar letzte. Finden Sie das nicht seltsam?«
»Ich weiß nicht. Aber wenn Sie, als seine Schwester, ihm nicht vermitteln können, was Sie glauben, wie können Sie dann von mir erwarten, ihm zu vermitteln, was ich nicht glaube?«
Doch sie spielte schon wieder ihr Spiel: hatte ihn herausgefordert, und entzog sich nun. »Als ich zuletzt hier war, ließen sie sich nicht kutschieren«, sagte sie, wobei sie an ihm vorbei auf die Golfer starrte. Ob alle Nonnen so über das Heil schäkerten? »Und trotzdem liest er mit Freuden diesen Unsinn.«
»Was für einen Unsinn?«
»Dieses Buch da über Funkgeräusche aus den Galaxien, Geräusche, die angeblich gar keine Geräusche sein sollen. Haben Sie's ihm gegeben?«
»Nein.«
Sie übersah seinen Ärger. »Es ist mir aufgefallen«, sprach sie düster, gar nicht an ihn persönlich gerichtet, »daß es in der Regel ein schlechtes Zeichen ist, wenn Sterbende auf Verbindung mit anderen Welten aus sind, insbesondere wenn sie sozusagen vergeistigen.«
»Glauben Sie denn nicht an andere Welten und, hm, an Geister?«
»Den sogenannten Vergeistigten habe ich immer mißtraut«, murmelte sie, mehr im Selbstgespräch. »Wissen Sie, was die Frauen über diesen und jenen vergeistigten Priester sagen?«
»Nein.« Wie sollte er das denn wissen?
»Ich meide dergleichen Vögel. Doch nein, in Wirklichkeit schulde ich Vergeistigten, vor allem Damen, sehr viel – sie sind sehr großzügig, wenn ich sie anbettle. Es ist überra-

schend, was für Leute sich manchmal als großzügig erweisen. In der letzten Woche brachte ich den örtlichen *Klonsul of the Klan* dazu, uns einen Seven-Up-Automaten zu überlassen. Glauben Sie nicht an die Möglichkeit, auf dem Weg über ein ganz gewöhnliches Mißfallen zu Christus zu gelangen und dann erst die Liebe Christi zu entdecken? Kann Mißfallen nicht ein Zeichen sein?«

»Ich weiß nicht«, sprach der müde Techniker.

Sie hielt inne und schaute ihn zum ersten Mal an. »Mr. Barrett, Jamies Heil liegt vielleicht in Ihrer Hand.«

»Hm? Entschuldigen Sie, aber abgesehen davon, daß ich nicht weiß, was das Wort ›Heil‹ bedeutet, würde ich einen solchen Auftrag auf jeden Fall ablehnen, Miss, nein, Schwester –«

»Val.«

»Schwester Val.«

»Nein«, lachte sie. »Nur Val. Ich bin Schwester Johnette Mary Vianney.«

»Tatsächlich?«

Seine Ablehnung, so fiel ihm auf, war begleitet von einem vergnüglichen Prickeln, verquer und vertraut zugleich. Vertraut deswegen, weil – ja, nun erinnerte er sich, wie sein Vater einen Priester abwies und dabei eine Art von Genugtuung erlebte, obwohl er, der Vater, für die Katholiken eingetreten war, als diese ihren Ärger mit dem Klan hatten. »Mr. Barrett«, so drang der Priester in ihn, mit der gleichen fröhlichen Unverfrorenheit: »Ich weiß nicht, ob es Ihnen bewußt ist, aber Sie haben gerade, he-he, eins meiner Pfarrkinder gefeuert, und ich möchte Sie bitten, sie wieder einzustellen. Sie hat eine Familie und keinen Gatten –« »Und wer könnte das sein?« sagte sein Vater, in einem unheilverkündend gesitteten Tonfall. »Souella Johnson.« Souella Johnson war nicht nur eine Weinsüfflerin, sondern hatte zudem, als es ihr nicht gelang, im Haus Gallo-Sherry zu finden, im Lauf der Zeit, gleichsam als dürftigen Ersatz,

mindestens sechs Kisten von zwanzig Jahre altem Bourbon gekippt. »Nichts da, mein Herr«, sagte sein Vater und knallte den Telefonhörer auf.
»Nichts da«, sagte er zu Val, mit ähnlicher Genugtuung. Vielleicht sind wir, uns selber zum Trotz, wahre Protestanten, überlegte er, oder vielleicht ist gerade der Protest alles, was davon übriggeblieben ist. Denn in dem eigensinnigen Protest gegen die katholische Albernheit sind wir am tiefsten wir selber. Freilich: war ihr Ansinnen nun echte katholische Unverfrorenheit, oder etwas, auf das sie gekommen war durch eine komplizierte Vaught-Dialektik? Oder war es doch Liebe zu ihrem Bruder?
Er sah ihr an, daß er wunderlich dreinblickte. »Was ist denn?« fragte sie mit einem Lächeln. Für den Bruchteil einer Sekunde gewahrte er in ihr seine Kitty, gewahrte es an ihren gekräuselten Lippen und kecken Augen. Es war, als sei seine Kitty, sein goldenes Sommer-und-Carolina-Mädchen, fett, blasser als blaß, und mit ungesunder Gesichtsfarbe aus dem Gefängnis gekommen.
»Was denn?« fragte sie wieder.
»Ich habe mich gefragt«, sagte der Techniker, welcher immer die Wahrheit sprach, »wie Sie es schaffen, jeweils so weit zu kommen, daß Sie sich die Freiheit herausnehmen können, Leute um etwas zu ersuchen.«
Sie lachte wieder. »Jamie hatte recht. Sie sind ein guter Kumpan. Aber ich kann Sie doch fragen, oder nicht?«
»Gewiß.«
»Das ist wie die Geschichte von dem Buben, der von einem Haufen Mädchen geschlagen wurde, der jedoch – gut. Aber es ist eigentümlich, wie man die unwahrscheinlichsten Leute fragen kann – man fragt sie geradeheraus: Sie sind ja eindeutig unglücklich; warum hören Sie also nicht auf zu stehlen und Schwarze zu mißhandeln? Gehen Sie Ihre Sünden beichten und empfangen Sie den Leib und das Blut unseres Herrn Jesus Christus – und wie oft werden die dann

verblüfft dreinschauen und sich auf den Weg machen und das Entsprechende tun. Nur fordert man eben viel zu selten andre Leute zu etwas auf.«
»Ich verstehe.«
»Jetzt muß ich zu Sutter.«
»Aber ja.«
Er nickte in der üblichen Protestantenmanier von Verwirrung und Ironie, ungewiß, ob er sich verbeugen, die Hand reichen, oder zu Boden blicken sollte. Aber darauf kam es gar nicht mehr an: sie war gegangen, ohne sich um dergleichen zu kümmern.

6.

Jamie war nicht in dem Apartment. Aus dem Nebenraum kamen Stimmen, die, so überlegte er, die Sutters, Vals und vielleicht auch Jamies waren. Das alte Gelüst nach Allwissenheit kam über ihn – verloren wie er war in seiner eigenen Möglichkeit – heimgekehrt in den Süden, wie um zu entdecken, daß da nicht einmal die ihm eigene Heimatlosigkeit heimisch war. Doch er widerstand dem Drang zu lauschen. Ich will weder horchen noch belauern, sprach er (und schlug dafür mehrere Serien gegen den Sandsack): denn in Hinkunft werde ich sein, was ich bin, ungeachtet der mir eigenen Möglichkeit; worauf er das Teleskop abmontierte, durch das er und Jamie das Verhalten von Golfern studiert hatten, welche am Tee Nr. 5 ihren Ball ins Wasser verschlugen. Einige mogelten. Es war ein besonderes, wenngleich unscheinbares Vergnügen, die Gesichtsausdrücke der Männer zu beobachten, die versonnen und arglos dastanden, während unterdessen ein geschäftiger Fuß den Ball aus dem Naß kickte.
Er lag auf dem Bett, die Füße kerzengerade aufgerichtet, und

der kalte Schweiß brach ihm aus. Er überlegte, welcher Tag es war, und welcher Monat, und sprang auf, um seine Gulf-Kalenderkarte aus der Brieftasche zu holen. Das Gemurmel im Nebenzimmer schien sich zu entfernen. Ein Stuhl schrammte. Um ihn herum heulte der Leerraum seiner eigenen Möglichkeit und saugte ihn weg in die Richtung des Kabinetts. Er zwängte sich da hinein, und in wenigen Augenblicken war er darin verborgen wie ein Engländer in Somerset, die Kabinettür hinter ihm geschlossen, der Rucksack auf seinem Rücken wie ein Meßgewand.

Das Loch in der Wand gab einen etwa Hundert-Grad-Blickwinkel von Sutters Zimmer frei. Es war im Rancho-Stil möbliert: Ahorncouch und Stuhl mit Wagenradarmen. An der Wand hingen Bilder von den großen Momenten der Medizingeschichte: »Die erste Anwendung der Anästhesie«; »Dr. Lister beim Impfen«; »Das Anstechen der Bauchwassersucht«. Er erinnerte sich, daß Mrs. Vaught Sutter den Raum eingerichtet hatte, als dieser auf der Universität war. Sutter saß in dem Wagenradstuhl und spielte müßig mit einer Pistole herum, zielte hierhin und dorthin, legte sich die Mündung an die Wange. Val war gerade am Gehen: er sah nur noch etwas von einem schwarzen Rock und einem Schuh aus rissigem Leder. Aus der Nähe wirkte Sutter weniger jugendlich. Seine olivfarbene Haut zeigte einen gelblichen Einschlag. Seine Rotwangigkeit rührte von einem Netz geplatzter Äderchen. Seine Fingerspitzen waren schrumplig und fleckig von Chemikalien.

»– von New York her«, sagte Val. »Er ist Ed Barretts Sohn. Bist du ihm schon begegnet?«

»Ich habe ihn im Garten gesehen.« Sutter zielte mit der Pistole auf etwas oberhalb des Kopfes des Technikers.

»Was war dein Eindruck von ihm?«

Sutter zuckte die Achseln. »Weißt du, er ist –« Seine freie Hand, vorgestreckt wie eine Klinge, bewegte sich auf und ab.

»Ja?« sagte Val.
»– nett«, schloß Sutter, mit einer Stimme, in der mehrere Nebenbedeutungen mitschwangen, »du weißt ja.«
»Ja.«
Mein Gott, dachte der Kabinett-Engländer: Sie wußten bereits Bescheid über ihn, stimmten überein, und übermittelten einander ihre vielschichtige Übereinstimmung durch ein einziges Wort!
»Leg dieses Ding weg«, sagte Val.
»Warum?«
»Eines Tages wirst du dir noch den Schädel wegschießen – aus reinem Versehen.«
»Das würde dir mehr zusetzen, als wenn ich es absichtlich täte, nicht wahr?«
»Und dir würde es gefallen, solch einen absurden Tod zu sterben, nicht wahr?«
Das war alles, was der Techniker hörte. Eine große Aufregung hatte sich seiner bemächtigt, sei es, weil sie von ihm redeten, sei es, weil er die Pistole sah: jedenfalls verließ er das Kabinett und schritt in dem Schlafzimmer auf und ab. Er maß sich den Puls: 110. Eine Tür wurde geschlossen, und die Treppenstufen krachten unter einem schweren Schritt. Er stand eine Zeitlang und lauschte. Unten fuhr ein Auto an. Er ging zum Fenster: es war ein Volkswagen-Kleinbus, lackiert in einem Schulbusgelb, gefleckt von rötlichem Staub.
Das Blut pochte ihm in den Ohren. Er war schon auf dem Weg zur Tür, als der Schuß krachte. Es war weniger ein Geräusch als eine starke Erschütterung. Fusseln flogen von der Wand, als würde ein Teppich geklopft. In seinen Ohren schrillte es. Dann stand er, ohne zu wissen, wie er da hingeraten war, auf dem winzigen Treppenabsatz vor Sutters Tür; der Herzschlag spürbar bis in die Kehle hinauf. Sogar jetzt noch, obwohl nicht ganz bei klarem Bewußtsein, dachte er zuallererst an die Umgangsformen. So war es

schicklicher, Sutters Außentür zu benützen als den Zugang geradewegs durch die kleine Küche, die, zusammen mit dem Kabinett, die beiden Wohnungen trennte. Und nun, während er an der Tür stand, die Knöchel schon erhoben, kam ein Zögern über ihn. Klopfte man nach einem Schuß? Mit einem Schluchzer des Entsetzens – des Entsetzens weniger über Sutter, als über sich selber – stürzte er in das Zimmer.
Der Wagenradstuhl war leer. Der Techniker preschte vor.
»Sie müssen Barrett sein.«
Sutter stand an einem Kartentisch, fast verdeckt von der Tür, und reinigte die Pistole mit einem in Gewehröl getauchten Flanellpropfen.
»Entschuldigung«, sprach der Techniker, welchen es schwindelte. »Mir war, als hätte ich ein Geräusch gehört.«
»Ja.«
»Es klang wie ein Schuß.«
»Ja.«
Er wartete, doch Sutter sagte nichts mehr.
»Ist die Pistole versehentlich losgegangen?«
»Nein, ich habe ihn erschossen.«
»Ihn?« Plötzlich hatte der Techniker Angst, sich umzudrehen.
Sutter deutete mit dem Kopf zur Wand. Da hing noch ein Medizin-Bild: »Der alte arabische Arzt.« Der Techniker hatte es nicht gesehen, weil sein Spähloch sich noch eine Spanne unterhalb des Rahmens befand. Indem er nähertrat, bemerkte er, daß der Araber, der ein paar Schelme mit Phiolen und Fläschchen versorgte, geradezu zerschossen war. Jetzt erst ging ihm auf, daß es sich bei seinem Spähloch um einen Fehlschuß handelte, weit weg von dem Muster der Kugellöcher.
»Warum ihn?« fragte der Techniker, der, mit knapper Not dem Schicksal des hinter der Tapetenwand ins Jenseits beförderten Polonius entronnen, bezeichnenderweise ganz ruhig geworden war.

»Wissen Sie, wer das ist?«
»Nein.«
»Das ist Abubacer.«
Der Techniker schüttelte ungeduldig den Kopf. »Da ich nun hier bin, möchte ich Sie fragen –«
»Sehen Sie das Gedicht hier? In ein paar kurzen, schlecht geschriebenen Zeilen ist die ganze Unechtheit der westlichen Welt enthalten. Und siehe! Der Name Abubacer besorgte das gleiche für den Rest. Weshalb besorgte er das gleiche für den Rest?«
»Ich weiß es nicht«, sagte der Techniker. Seine Augen stierten auf den abmontierten Lauf der Waffe. Der kräftige Stahlgeruch von Hoppe's Waffenöl erinnerte ihn an etwas Unbestimmtes.
»Da«, sagte Sutter, wobei er das Magazin lud, »nimmt der ganze traurige Zug der Katastrophen seinen Ausgang. Zuerst Gott; dann ein Mann, der die vollkommene Übereinstimmung mit sich selbst darin findet, dem Menschen um des Menschen willen zu dienen und Gott aus dem Spiel zu lassen; dann endlich verwandelt Gott sich höchstpersönlich hollywoodgerecht in eine verspielt-sentimentale Jean Hersholt oder vielleicht in den Judge Lee Cobb, welcher zunächst über Abubacers Frechheit empört ist und dann doch seinen Sinn ändert: Himmel, so spricht er, das ist doch, recht bedacht, ein wackerer Kerl, der seinem Nächsten dient, ohne sich bei mir erkenntlich zu zeigen – und so bezähmt Gott seinen Stolz und schickt den Engel los, damit der dem Abubacer die gute Nachricht bringt – das neue Evangelium. Wissen Sie, wer den Westen erledigt hat?«
»Nein.«
»Es war nicht Marx, oder die Unmoral, oder die Kommunisten, oder die Atheisten, oder wer auch immer von denen. Es war Leigh Hunt.«
»Wer?« fragte der geistesabwesende Techniker, der immer noch gebannt auf den Colt Woodsman starrte.

»Wäre ich ein Christ, ich würde ohne ein Zögern den Antichrist benennen: Leigh Hunt.«
»Leigh Hunt«, sagte der Techniker, indem er sich die Augen rieb.
»Ich bin froh, daß Sie mit Jimmy gekommen sind«, sagte Sutter. »Setzen Sie sich doch.«
»Jawohl.« Immer noch nicht ganz bei sich, ließ er sich von Sutter zu dem Wagenradstuhl führen. Doch bevor er sich setzen konnte, drehte Sutter ihn dem Licht zu, das durch das Fenster fiel.
»Was ist los mit Ihnen?«
»Es geht mir jetzt wieder gut. Vor ein paar Minuten war ich ziemlich durcheinander. Ich bin vielleicht nicht ganz gesund.« Er erzählte Sutter von seinen Gedächtnislücken.
»Ich weiß. Jimmy hat es mir erzählt. Glauben Sie, daß Ihnen wieder etwas dergleichen bevorsteht?«
»Ich weiß es nicht. Vielleicht könnten Sie –«
»Ich? Oh nein. Ich praktiziere schon seit Jahren nicht mehr. Ich bin Pathologe. Ich untersuche die Verletzungen an den Leichnamen.«
»Ich bin davon unterrichtet«, sagte der Techniker und setzte sich müde nieder. »Doch ich habe Grund zu glauben, daß Sie mir helfen können.«
»Was für einen Grund?«
»Ich sehe sofort, wenn jemand etwas weiß, das ich nicht weiß.«
»Sie meinen also, ich wüßte etwas?«
»Ja.«
»Und woran sehen Sie das?«
»Das weiß ich nicht. Aber ich kann es. Ich hatte fünf Jahre lang einen Analytiker, der sehr gut war, aber er wußte nichts, was ich nicht gewußt hätte.«
Sutter lachte. »Haben Sie ihm das gesagt?«
»Nein.«
»Sie hätten es tun sollen. Es wäre besser für seine Arbeit gewesen.«

»Ich frage aber Sie.«
»Ich kann nicht praktizieren. Ich bin nicht versichert.«
»Versichert?«
»Die Versicherungsgesellschaft hat mir die Haftpflicht aufgekündigt. Und ohne diese darf ich nicht praktizieren.«
»Ich bitte Sie nicht darum zu praktizieren. Ich möchte nur wissen, was Sie wissen.«
Aber Sutter zuckte nur die Achseln und wandte sich wieder dem Colt zu.
»Warum hat man Ihnen die Haftpflicht aufgekündigt?« fragte der Techniker verzagt. Er wollte etwas fragen, wußte aber nicht, was.
»Ich hatte die Idee, gesunde Leute ins Krankenhaus zu stecken und die wirklich kranken heimzuschicken.«
»Warum haben Sie das getan?« fragte der Techniker mit einem schwachen Lächeln. Er war unschlüssig, ob der andre nur spaßte.
Wieder zuckte Sutter die Achseln.
Der Techniker schwieg.
Sutter schob einen Bausch durch den Lauf. »Ich hatte einmal einen Patienten, der unter dem Zwang lebte, glücklich sein zu müssen. Das gelang ihm fast, aber nicht ganz. Also wurde er deprimiert. Er war kreuzunglücklich darüber, daß er nicht glücklich war. Ich steckte ihn in die Unheilbarenstation des Krankenhauses, wo er umgeben war von Sterbenden. Da fand er sehr schnell seine Lebensgeister wieder und strahlte vor Heiterkeit. Leider Gottes erlitt er eine schwere Herzkranzarthrose, bevor ich ihn zurück nach Hause schicken konnte. Als offenbar wurde, daß er im Sterben lag, nahm ich ihn auf eigene Verantwortung aus dem Sauerstoffzelt, so daß er daheim sterben konnte, mit Familie und Garten. Die Leute vom Krankenhaus waren damit nicht einverstanden. Seine Frau verklagte mich auf eine halbe Million Dollar. Die Versicherungsgesellschaft mußte zahlen.«
Der Techniker, der immer noch leicht lächelte, beobachtete

den andern wie ein Falke. »Dr. Vaught, kennen Sie die Ursache für Gedächtnisverlust?«
»Die Ursache? So wie ein Virus die Ursache für Windpokken ist?«
»Haben Sie schon viele Fälle erlebt?«
»Betrachten Sie sich denn selber als einen Fall?«
»Ich möchte es gern wissen.«
»Sie sind ein sehr hartnäckiger junger Mann und stellen sehr viele Fragen.«
»Und es fällt mir auf, daß Sie sie nicht beantworten.«
Die Pistole war wieder zusammengebaut. Sutter setzte sich, schob das Magazin ein, zog die Kappe zurück und brachte eine Kugel in Position. Er entsicherte und zielte auf den arabischen Arzt. Der Techniker hielt sich gegen den Schußknall die Ohren zu, aber Sutter ließ mit einem Seufzer die Pistole sinken.
»Also gut, Barrett, was fehlt Ihnen?«
»Bitte?«
»Ich warte auf die Antwort. Was fehlt Ihnen?«
Seltsam, daß der Techniker daraufhin lange Augenblicke stumm blieb.
Sutter seufzte. »Nun gut. Wie alt sind Sie?«
»Fünfundzwanzig.«
Sutter hatte, so schien es dem Techniker, etwas von einem unwilligen Handwerker, einem Holzbearbeiter, der sich den Mantel angezogen und die Werkstätte abgeschlossen hat. Nun kommt ein letzter Kunde. Nun gut, wenn Sie darauf bestehen. Er nimmt dem Kunden das Holz ab, klopft es ab, streicht mit einem Daumen an der Maserung entlang.
»Sind Sie homosexuell?«
»Nein.«
»Haben Sie Mädchen gern?«
»Ja.«
»Sehr?«
»Sehr.«

»Haben Sie Verkehr mit Mädchen?«
Der Techniker schwieg.
»Mögen Sie darüber nicht sprechen?«
Er schüttelte den Kopf.
»Haben Sie darüber mit Ihrem Analytiker gesprochen?«
»Nein.«
»Wollen Sie behaupten, daß Sie ihm in all den fünf Jahren niemals gesagt haben, ob Sie Verkehr mit Mädchen hatten?«
»Nein.«
»Warum nicht?«
»Das ging ihn nichts an.«
Sutter lachte. »Mich auch nicht. Haben Sie's ihm gesagt?«
»Nein.«
»Sie sind ihm nicht gerade entgegengekommen.«
»Vielleicht haben Sie recht.«
»Glauben Sie an Gott?«
Der Techniker runzelte die Stirn. »Ich nehme es an. Warum fragen Sie?«
»Meine Schwester war gerade da. Sie meinte, Gott liebt uns. Glauben Sie das?«
»Ich weiß nicht.« Er bewegte sich ungeduldig.
»Glauben Sie an den Eintritt Gottes in die Geschichte?«
»Darüber habe ich nicht nachgedacht.«
Sutter blickte ihn neugierig an. »Woher kommen Sie?«
»Aus dem Mississippi-Delta.«
»Was für ein Mensch war Ihr Vater?«
»Bitte? Na ja, er war ein Verteidiger der Schwarzen und –«
»Das ist mir bekannt. Ich meine: Was für ein Mensch war er? War er ein Gentleman?«
»Ja.«
»War sein Leben bestimmt von Hoffnung oder von Verzweiflung?«
»Das ist schwer zu beantworten.«
»Der Wievielte ist heute?«
»Der neunzehnte.«

»Welchen Monats?«
Der Techniker stockte.
»Was bedeutet das Sprichwort: ›Was du heute kannst besorgen –‹?«
»Ich müßte darüber nachdenken«, sagte der Techniker und blickte schummrig drein.
»Können Sie's mir nicht gleich sagen?«
»Nein.«
»Sie können's wirklich nicht?«
»Nein.«
»Warum nicht?«
»Sie wissen warum.«
»Sie meinen, genausogut könne man von einem, der sich an ein Riff klammert, die Konjugation eines unregelmäßigen Verbums verlangen?«
»Nein. Ich klammere mich an kein Riff. So schlimm ist es auch wieder nicht. Angst habe ich keine.«
»Was ist es dann?«
Der Techniker blieb stumm.
»Verhält es sich nicht eher so, daß es Ihnen nicht wichtig erscheint, Rätsel zu lösen? Nicht so wichtig wie –« Sutter hielt inne.
»Wie was?« fragte der Techniker mit einem Lächeln.
»Ist es nicht an Ihnen, mir das zu sagen?«
Der Techniker schüttelte den Kopf.
»Meinen Sie damit, Sie wissen es nicht, oder: Sie wollen es mir nicht sagen?«
»Ich weiß es nicht.«
»Also gut. Kommen Sie.«
Sutter zog ein sauberes Taschentuch hervor und drehte sein Gegenüber ein zweites Mal dem Licht zu. »Sie werden es gar nicht spüren.« Er zwirbelte das Taschentuch an der Spitze zusammen und berührte damit des anderen Augapfel. »O.K.«, sagte Sutter, setzte sich nieder und verfiel in ein langes Schweigen.

Dann war es der Techniker, der sprach. »Sie scheinen mit irgend etwas zufrieden zu sein.«
Sutter erhob sich jäh und ging in die kleine Küche. Er kehrte zurück mit einem halben Glas von dem dunkelbraunen Bourbon, welcher dem Techniker schon aufgefallen war.
»Was ist es denn?« fragte der letztere.
»Was ist was?«
»Was ist es, das Sie zufriedengestellt hat?«
»Daß Sie die Wahrheit gesagt haben.«
»Worüber?«
»Darüber, daß, wenn Sie glauben, jemand habe Ihnen etwas zu sagen, Sie ihm dann glauben, was er Ihnen sagt. Ich sagte Ihnen, Sie würden das Taschentuch nicht spüren, und so spürten Sie es nicht. Sie beherrschten Ihren Hornhautreflex.«
»Meinen Sie, daß, wenn Sie mich anweisen, etwas zu tun, ich es tue?«
»Ja.«
Der Techniker erzählte ihm kurz von seinen *déjà vus* und von seiner Theorie der schlechten Umgebungen. Der andere hörte ihm mit lebhaftem Mienenspiel zu und nickte gelegentlich. Sein mangelndes Überraschtsein und seine verhohlene Belustigung erzürnten den Techniker. Er war noch mehr erzürnt, als am Ende seines Berichts sein Gegenüber abschließend nickte, so als wollte er sagen: Ja, diese Geschichte kennen wir beide – und danach nicht von ihm, dem Techniker, sprach, vielmehr von Val. Offensichtlich hatte ihr Besuch ihn sehr beeindruckt. Es war, als ginge man zum Arzt, mit Schmerzen, und müßte sich dort einen Sermon über Politik anhören. Sutter hatte doch viel von einem Arzt.
»Wissen Sie, warum Val gekommen ist? Es geht Sie an, weil es Jimmy angeht.«
»Nein, ich weiß es nicht«, sagte der Techniker düster. Verdammt, wenn meine Geschichte für ihn so alltäglich ist, warum erzählt er mir dann nicht, worauf sie hinausläuft?

»Ich sollte ihr etwas versprechen«, sagte Sutter und blickte den andern mit hellen Nichtmediziner-Augen an. »Für den Fall nämlich, daß sie nicht anwesend wäre, sollte ich dafür sorgen, daß Jimmy vor seinem Tod getauft würde. Was halten Sie davon?«

»Weiß nicht.«

»Es kam folgendermaßen«, sagte Sutter, besonders lebhaft. »Mein Vater war Baptist, und meine Mutter Episkopalianerin. Mein Vater setzte sich durch, als Jimmy geboren wurde: er blieb ungetauft. Sie wissen natürlich, daß Baptistenkinder erst getauft werden, wenn sie alt genug sind, von sich aus danach zu verlangen – gewöhnlich mit zwölf, dreizehn. Dann wurde mein Vater selber Episkopalianer, und so gab es, als die Zeit kam, niemand, der Jamie die Frage stellte – oder er wollte nicht. Ehrlich gesagt, glaube ich, war es jedem peinlich. Es ist heutzutage ein peinliches, ja sogar leicht lächerliches Thema. Auf alle Fälle geriet Jamies Taufe mehr und mehr in Verzug. Man könnte sagen, er sei ein Opfer von Vaters sozialem Aufstieg.«

»Tatsächlich?«, sagte der Techniker, wobei er sich mit den Fingern auf die Knie trommelte. Er war vor den Kopf gestoßen von Sutters munterem, geradezu geschwätzigem Interesse an derlei Gegenständen. Es gemahnte ihn an einen Satz seines Vaters während einer seiner nächtlichen Wanderungen. »Mein Sohn«, so sprach er durch das dichte herbstliche Gewebe aus Brahms und dem schweren, kernigen Geruch der Baumwollsamen-Ölmühle: »Hab keine Angst vor Priestern.« »Nein, nein«, sagte der verdatterte Jugendliche. Wie konnte sein Vater nur annehmen, er würde sich vor Priestern ängstigen?

»Gut«, sagte er endlich und erhob sich zum Gehen. Obwohl es ihm immer noch nicht einfiel, was er fragen wollte, fürchtete er jetzt, über Gebühr zu bleiben. Doch als er bei der Tür war, wurde es ihm klar. »Moment«, sagte er, so als sei es Sutter, und nicht er, der am Weggehen war. »Ich weiß, was ich fragen möchte.«

»Los.« Sutter leerte den Whiskey und blickte zum Fenster hinaus.

Der Techniker schloß die Tür, durchquerte den Raum und blieb hinter Sutter stehen. »Ich möchte wissen, ob eine Nervenkrankheit verursacht werden kann durch Nichtausübung von Geschlechtsverkehr.«

»Ich verstehe«, sagte der andere, und lachte nicht, wie der Techniker es doch befürchtet hatte. »Was hat Ihr Analytiker gemeint?« fragte er, ohne sich umzudrehen.

»Ich habe ihn nicht gefragt. Aber in seinem Buch schreibt er, daß die Bedürfnisse aus einem Hunger nach Berührung entstünden, und daß die höchste Erfahrung die sexuelle Intimität sei.«

»Sexuelle Intimität«, sagte Sutter nachdenklich. Er drehte sich plötzlich um. »Entschuldigen Sie, aber ich verstehe immer noch nicht, warum Sie sich gerade mich aussuchen. Warum fragen Sie nicht Rita oder Val, zum Beispiel?«

»Ich frage Sie.«

»Warum?«

»Ich weiß nicht warum, doch ich weiß, daß ich, wenn Sie mir antworten, Ihnen glauben werde. Und ich bin sicher, Sie wissen das auch.«

»Ich werde Ihnen nicht antworten«, sagte Sutter nach einer Pause.

»Warum nicht?«

Sutter wurde rot vor Zorn. »Ich vermute nämlich, Sie sind zu mir gekommen, weil jemand Ihnen von mir erzählt hat und Sie bereits wissen, was ich sagen werde – oder es sich wenigstens einbilden. Und ich glaube, diesen Jemand zu kennen.«

»Nein, mein Herr, das ist nicht so«, sagte der Techniker ruhig.

»Verdammt will ich sein, wenn ich bei diesem Humbug mittue.«
»Es ist kein Humbug.«
»Ich werde Ihnen nicht antworten.«
»Warum nicht?«
»Um des Himmels willen, für wen halten Sie mich? Ich bin kein Guru, und ich möchte keine Schüler. Sie sind an den Falschen geraten. Oder gehört das zu Ihrem Plan?« Sutter blickte ihn scharf an. »Ich vermute, Sie sind ein Virtuose in diesem Spiel.«
»Ich war einer. Aber diesmal ist es kein Spiel.«
Sutter wandte sich ab. »Ich kann Ihnen nicht helfen. Huren Sie, wenn Ihnen danach ist, und lassen Sie sich's gutgehen, doch verlangen Sie nicht von mir ein Verdienstabzeichen, welches Ihnen bestätigt, daß Sie ein Christ oder ein Gentleman sind, oder auf was auch immer Sie aus sein mögen.«
»Ich bin nicht deswegen zu Ihnen gekommen.«
»Weswegen denn?«
»Eigentlich wollte ich Sie fragen, worauf *Sie* aus sind?«
»Lieber Gott, Barrett, trinken Sie einen.«
»Ja, mein Herr«, sprach der Techniker versonnen und ging in die Kitchenette. Vielleicht hatten Kitty und Rita recht, dachte er, während er sich den schauerlichen Bourbon eingoß. Vielleicht ist Sutter unreif. Die Wangen brannten ihm noch immer von dem Wort »huren«. In Sutters Mund klang es noch unanständiger als das gebräuchliche Vulgärwort.

7.

»Ich muß weg«, sagte Jamie.
»Gut. Wann?«
Nachdem er von Sutter weggegangen war, hatte der Techni-

ker ein Kapitel von Freemans *R. E. Lee* gelesen und bewegte immer noch die Schultern in dem alten offiziellen Englisch, mit dem der Geschichtsschreiber da die fürchterlichen Stümpereien der Konföderierten korrigierte, in diesem Fall die Stümperei vor Sharpsburg, als General Lees Schlachtplan aufgefunden worden war von einem Sergeanten der Union: das Papier war um drei Zigarren gewickelt und lag in einem Graben in Maryland. Ich werd's herausreißen, bevor er die Stelle findet, dachte der Techniker und beugte sich leicht vor.

»Ich meine, weg von der Stadt.«

»Sehr gut. Wann?«

»Sofort.«

»Recht so. Und wohin?«

»Ich sag's dir später. Gehen wir.«

Von der Anrichte aus konnte er in die Küche blicken, die erfüllt war von einer stofflichen, tickenden Stille; die Stille, die sich ausbreitet spätabends, wenn der Koch nicht mehr da ist.

In diesem Augenblick jedoch kam David mit seinen üblichen Herzensergießungen. Rita hatte mit ihm ein ernstes Gespräch geführt. In den letzten paar Tagen war David zu dem Entschluß gekommen, Sportreporter zu werden. Der Techniker stöhnte. Sportreporter, um Christi willen; über einsneunzig groß, schwarz wie Pech, redet, als habe er Melasse im Mund, und möchte Sportreporter werden.

»Nein«, sagte er zu David, als er es hörte. »Kein Sportreporter.«

»Aber was soll ich denn tun!« rief David.

»Mach's wie ich«, sagte der Techniker mit seriöser Miene. »Schau und wart. Halt die Augen offen. In der Zwischenzeit bekomm heraus, wie du so viel Geld verdienen kannst, daß du dir keine Sorgen zu machen brauchst. In deinem Fall, zum Beispiel, würde ich erwägen, Leichenbestatter zu werden.«

»Ich möchte kein Leichenbestatter sein.«
Er blieb David, von königlichem Geschlecht, doch verdorben. Mochte er also Sportreporter werden.
Er hörte unwillkürlich Rita: wie sie David ernsthaft von einem Bekannten bei CBS erzählte, einem lieben, wunderbaren Kerl, der ihm vielleicht helfen könnte, ihm zumindest eine gute Sportreporter-Schule empfehlen würde. Das allerseltsamste: der einfühlsame Techniker sah tatsächlich, wie David sich als Sportreporter sah – als einen wendigen Burschen (er bewunderte Frank Gifford), der über das Augusta-Masters-Turnier berichtete (er trug fast immer die kleine gelbe Golfmütze, die Son Junior ihm gegeben hatte).
Jamie war eingeschnürt in seinen alten Hausmantel, in dem er wirkte wie ein Patient des Veteranenspitals. Während Rita mit David sprach, erzählte Son Junior dem Techniker und Kitty, es gebe das Gerücht, ein schwarzer Student werde in der kommenden Woche auf dem Campus auftauchen. Es gehörte zu der Besonderheit des Anrichtezimmers, daß Son Junior »dieser Nigger« sagen konnte, ohne damit David beleidigen zu wollen. Rita blickte Son streng an – der in der Tat geistlos genug war, sich mit dem »Nigger« an David zu wenden.
Sutter saß allein an der blauen Bar. Der Techniker war erst spät dazugekommen und hatte den Zusammenstoß – welcher Art auch immer – zwischen Sutter und Rita versäumt. Jetzt saßen sie jedenfalls in einem großen Abstand voneinander, und Rita war von ihm abgekehrt. Sutter schien unbeteiligt und lagerte zurückgelehnt in einem Küchenstuhl, den Whiskey in der Hand, das Gesicht fahl in dem schwirrenden Blaulicht. Er wurde von der Familie weniger gemieden, als vielmehr in einen neutralen Bezirk abgeschoben, wie man ihn vielleicht jemandem mit einem Gebrechen zuweist. Man wich ihm aus, mochte man zugleich auch liebenswürdig sein.
»Na, Sutter«, sagte Lamar Thigpen, als er an die Bar trat, um sich einen Drink zu holen.

Kitty brachte Son auf ein anderes Thema, indem sie ihn fragte, welche Band bei dem Panhellenischen Tanzball spielen werde. Später flüsterte sie dem Techniker zu: »Nimmst du mich mit?«
»Wohin?«
»Zum Panhellenischen.«
»Wann ist das?«
»Samstagabend, nach dem Tennessee-Match.«
»Und welcher Tag ist heute?«
»Donnerstag, Tropf.«
»Jamie möchte irgendwohin.« Er stellte sich lustlos vor, wie er sieben Stunden auf einem Ball herumstehen und sich schieläugig trinken würde, indes Kitty die Nacht durchtanzte. »Wohin möchtest du, Jamie?«
Aber Jamie wollte es Kitty nicht sagen.
»Son möchte, daß ich mit ihm gehe«, meinte Kitty.
»Ist er denn nicht dein Neffe?«
»Nicht wirklich. Myra ist mit uns nicht blutsverwandt. Sie ist Vaters Stieftochter aus einer anderen Ehe.«
»Du kannst trotzdem nicht mit Son gehen.«
»Warum nicht!« rief sie, wobei ihre Augen groß wurden. Seit sie eine Gemeinschaftsstudentin geworden war, pflegte Kitty anstelle ihres Schauspielerinnen-Geträllers einen kleinen, abgeschmackten Schwesternschafts-Ausruf, wozu sie die Augen verdrehte. Sie trug eine Kaschmirjacke, mit einem vor die Brust gesteckten winzigen goldenen Schwesternschaftskreuz.
»Ich sage dir, du kannst nicht.« Er wurde ganz schwach bei dem Gedanken, Kitty zusammen mit Son Junior zu sehen, der ein kümmerlicher sauertöpfischer Unzüchtling war, die Art von Kerlen, die bei Bällen selbstgefällig in den Männertoiletten herumlungert und Zoten reißt.
»Warum *nicht*?« fragte sie, wobei sich wiederum die Augen verdrehten, aber nicht, ohne zugleich kurz auf die Anstecknadel hinabzuspähen.

»Er ist ein Lumpenkerl.«
»Aber! Er mag dich doch.«
Das stimmte. Auf irgendwelchen Hellenistischen Umwegen hatte Son erfahren, daß der Techniker in seinen Princetontagen ein Mittelgewichtler gewesen war und keinen einzigen Kampf verloren hatte. »Wir sind in allem gut, außer im Boxen«, hatte er zu ihm gesagt und das Ansehen der Phi-Ny-Verbindung auf dem Campus gemeint. Der so Angesprochene erklärte sich bereit, beim Boxen und Golf mitzutun. Und als es dann einmal zu einem unklaren Gerempel kam, hatte Son einen der Brüder vor ihm gewarnt – »ein kleiner Schlag von ihm, und dein Hintern küßt den Verandaboden«. So hatte er sich dem Techniker genähert, mit seiner großen sauertöpfischen Verbindungsfreundschaft.
Jetzt näherte Son sich wieder, schlich sich heran und redete und redete, während er zugleich mit den Schlüsseln seines Thunderbird wirbelte. Er sprach zum tauben Ohr des Technikers, doch dieser begriff immerhin, daß Son ihn einlud, im nächsten Sommer auf einem Führungstreffen am Hauptsitz der Verbindung in Columbus, Ohio, den Jahrgang zu vertreten. »Es gibt da immer hervorragende Redner«, sagte Son. »Das Thema dieses Jahres wird der christliche Hellenismus sein.«
»Ich weiß das wirklich zu schätzen, Son«, sprach der Techniker.
»Schau, Kitty«, sagte er, als Son sich entfernt hatte. Er nahm sein Verbindungsabzeichen ab. »Warum trägst du nicht meins?« Es war eine glänzende Idee. Er hatte erst vor kurzem entdeckt, daß es auf der Universität etwas galt, wenn ein Mädchen das Abzeichen eines Burschen trug; es kam fast schon einem Verlobungsring gleich. Wenn sie seine Nadel trüge, würde Son nicht mit ihr auf den Ball gehen.
»Gehst du mit mir auf den Ball?«
»Ja. Wenn Jamie keinen Einspruch erhebt. Ich habe ihm versprochen, daß wir zusammen wegfahren.«

»Mach dir wegen Jamie keine Gedanken.«
Unter seinen Augen steckte sie sein goldenes Schild neben das entsprechende, das von einem lieblichen, weichen Blau war. Freude! dachte er zärtlich und kreuzte sein gesundes Knie über das kranke, damit dieses nicht unten gegen den Kartentisch schnellte.

Jamie gab ihm einen Stoß. Er war zornig, daß sie nicht bei dem Herz-Spiel waren (mein Herzspiel ist woanders, dachte der Techniker rührselig). »Was ist nun?« flüsterte der Junge ungestüm. »Bist du bereit zum Aufbruch?«

»Ja.«

»Gut. Was hältst du davon: wir fahren zur Küste und –«

Bevor Jamie aber weiterreden konnte, erblickte der Techniker in der dunklen Türöffnung des Eßzimmers Mrs. Vaught, die ihn zu sich winkte. Der Techniker entschuldigte sich.

Sie hatte ein Buch für ihn. »Es ist mir nicht verborgen geblieben, was Sie heute nachmittag im Garten gelesen haben!« Sie schüttelte den Finger gegen ihn.

»Wie bitte? Oh.« Er erinnerte sich an den *R.E.Lee* und merkte sofort, daß der Anblick Mrs. Vaught auf den Sprung gebracht hatte.

»Ich habe hier ein Buch zu demselben Thema. Ich bin sicher, es wird Sie packen«, sagte sie, wobei sie lachte und sich grämlich über sich selber lustig machte: sicheres Zeichen ihres Bekehrungseifers.

»Sehr wohl. Vielen Dank. Handelt es vom Bürgerkrieg?«

»Es ist die Richtigstellung der offiziellen Version von General Kirby Smith' Kapitulation von Shreveport, die Geschichte hinter der Geschichte. Wir glauben doch alle, daß General Kirby Smith sich ergeben wollte.«

»Ja, das ist wahr.«

»Nein, es ist nicht wahr. In Wirklichkeit hielt er stand, bis er handelseins wurde mit den Rothschilds und den internationalen Bankern in Mexico, bezüglich der Aushändigung

von Texas und Louisiana an Maximilians Jüdische Republik.«
»Wie bitte?« Er rüttelte an seinem gesunden Ohr.
»Hier ist der Beweis«, sagte sie, nahm das Buch zurück und suchte mit dem Finger darin, wobei sie weiterhin grämlich sich selber auslachte. Sie las: »Bei einem Treffen der Rothschilds, 1857 in London, sprang Disraeli auf und erklärte: ›Wir werden die Vereinigten Staaten zweiteilen, einen Teil für Sie, James Rothschild, den andern für Sie, Lionel Rothschild. Napoleon III. wird tun, was ich ihm sage.‹ «
Der Techniker rieb sich die Stirn und versuchte sich zu konzentrieren. »Ist es also falsch, daß Kirby Smith in Shreveport kapituliert hat?«
»Er wollte es gar nicht! Seine Leute haben kapituliert, zu unserem Glück.«
Sie zitierte weiter aus den »Bayrischen Illuminaten«, und er beugte sich zu ihr, um sie nicht ansehen zu müssen – blickte statt dessen hinab auf seine Schuhe, die genau eine Linie mit der Schwelle zur Eßzimmertür bildeten.
»Entschuldige, Mutter«, sagte Jamie und zupfte an des Technikers Ärmel. Er war offensichtlich an die Meinungsäußerungen seiner Mutter gewöhnt und überhörte sie.
»Lesen Sie das!« Sie drückte ihm das Buch wieder in die Hand, wobei sie den Kopf schüttelte über den eigenen Eifer.
»Jawohl.«
»Bill«, sagte Jamie.
»Was?«
»Los!«
»Gut. Wohin möchtest du?«
»Fahren wir mit dem Camper hinunter zur Golfküste und bleiben wir dort am Strand. Nur für das Wochenende.«
»Du möchtest dir also das Tennessee-Match nicht ansehen?«
»Nein.«
»Also morgen, nach den Vorlesungen?«

»Eigentlich – na gut.«
»Abgemacht.«
Sie wollten sich wieder dem Herz-Spiel widmen, aber Lamar Thigpen kam ihnen dazwischen. »Kennt ihr schon die Geschichte von dem Alligator, der in ein Restaurant ging?« Er nahm sie am Kragen und schob sie gegeneinander wie ein Liebespaar.
»Nein«, sagte der höfliche Techniker, obwohl das nicht die Wahrheit war. Witze machten ihn jedesmal nervös. Warum mußte er sich mit den undurchsichtigen Bedürfnissen eines Witzerzählers befassen? Jamie hörte gar nicht zu – er hatte eine Entschuldigung: ich bin krank und brauche niemandem gefällig zu sein.
»Die Kellnerin brachte ihm die Speisekarte. Der Alligator sagt zu ihr: Haben Sie auch Nigger? Sie bejaht. Da sagt er, gut, ich nehme zwei.«
»Warum fahren wir nicht heute nacht, Bill?« fragte Jamie.
»Ist ja gut, Mr. Thigpen«, sagte der Techniker, in der Umklammerung des andern, der ihm wie ein hungriger Liebhaber auf die Wange starrte. Rita hatte Jamie beobachtet und wußte, daß etwas nicht stimmte. Der Techniker, abgelenkt durch Lamars schreckliche Bedürfnisse, merkte das erst, als er Ritas kräftige, keinen Spaß zulassende Stimme hörte.
»Komm her zu mir, Tiger.« Sie nahm den Jungen am Arm. Jamie schüttelte sie zornig ab. Er schaute verbissen, zupfte an seinem Daumen und tat, als dächte er nach.
»Hör zu, Tiger«, sagte Rita, der es nun gelang, ihn auf Davids Stuhl zu ziehen, wobei sie ihn aber nicht anschaute; denn er war den Tränen nahe.
Jamie blickte starr um sich, doch seine Augen schimmerten, die Nackenlinie gezeichnet von Erregung und Verletzlichkeit. Der Techniker wünschte, Son Junior möge hinausgehen. Er hatte bemerkt, daß es in solchen Situationen immer jemanden gibt, der alles nur noch schlechter macht.

David verschwand schnell. So einfältig er sonst auch sein mochte, so schnell begriff er – wie nur je ein Schwarzer –, wenn die Weißen ihre weißen Schwierigkeiten bekamen. Rita zerrte Jamie hinab auf Davids Stuhl.

»Ich kann das Match gar nicht erwarten«, rief Kitty. »Willst du mir nicht zuschauen, wie ich sie anfeuere, Jimmy?« In den letzten Monaten hatte sie sich von der Ballerina in die Anführerin des Beifallchors verwandelt. »Wir sind Nummer eins! Wir sind Nummer eins!« so pflegte sie zu singen und sich dabei den weißen Rock so geschickt über die Beine zu wirbeln, daß der Techniker, überwältigt von Stolz und Liebe, beinahe von der Haupttribüne fiel.

»Nein, es geht nicht um das Match«, sagte Rita, die, beharrlich zur Seite blickend, mit einem kräftigen Tätscheln unentwegt Jamies Arm bearbeitete. Kittys Schachzug richtete nichts aus – das wollte sie sagen. Doch mit ihrem war es genauso.

»Jamie und ich haben vor, an diesem Wochenende hinunter zur Küste zu fahren«, sagte der Techniker.

Alle schauten auf Jamie, doch der brachte kein Wort hervor.

»Doch nicht an diesem Wochenende?« rief Kitty.

»Ich fahre«, sagte Jamie, so laut, daß seine Stimme zugleich quiekte und trompetete.

»Verlaß dich auf mich, Tiger«, sagte Rita, die mit ihrem Getätschel fortfuhr.

Verdammt, hör auf ihn zu tätscheln, dachte der Techniker.

Rita fuhr mit einer Hand durch Jamies Haar (wie meine Mutter, dachte der Techniker, der ein jähes *déjà vu* erlebte: sie zerzauste mir für den Photographen die Haare, damit es »englisch« wirkte und nicht glatt). »Val war heute hier und hat ihn verwirrt mit einigen ihrer – Ideen.«

»Das ist es nicht«, sagte Jamie, dessen Stimme sich von neuem selbständig machte.

»Ich glaube, er möchte wirklich hinunter ins Tyree County, um Abstand zu gewinnen, und ich nehme ihm das nicht übel.«
»Das ist es nicht.«
»Aber du hast es doch gesagt.«
»Das war vorher.«
»Mißverstehen Sie mich nicht«, wandte sich Rita aus irgendeinem Grund an den Techniker. »Ich bin der Meinung, daß Val dort unten Großartiges leistet. Zufällig weiß ich ein bißchen über diese Dinge; schließlich habe ich mit Indianerkindern gearbeitet, die genauso schlimm dran sind. Nein, ich verneige mich vor ihr. Aber so einfach daherzukommen, nachdem sie sich, was Jamie betrifft, im letzten Jahr rar gemacht hat, und diesem Burschen, der, ungeachtet der Tatsache, daß er ein Schuft und ein Stromer ist« – sie zerzauste Jamies Haar – »gleichwohl den ersten Platz im National Science Wettbewerb erreicht hat, vorzuschlagen, ein einfältiger Ire im schwarzen Rock solle ihm Wasser über den Kopf gießen, wobei er zugleich Worte in einer toten Sprache nuschelt (und sie zudem nuschelt in dem fürchterlichen Kirchenlatein): entschuldige, aber ich meine, diese ganze Geschichte ist mehr als seltsam. Obwohl ich offen sage, daß ich nicht verstehe, weshalb sie dich verwirrt. Doch hör mir jetzt zu: wenn du dorthin willst, Tiger, werde ich dich chauffieren und den Wasserkrug halten, oder was dabei eben zu halten ist.«
»Ich fahre *nicht* dorthin«, sagte Jamie mit zusammengepreßten Zähnen. »Und wenn ich fahre, ist das *nicht* der Grund.«
Der Techniker atmete auf. Jamies Zorn erwies sich stärker als seine Tränen.
»Ich bin auch Baptist«, sagte Son Junior, wobei er sauertöpfisch seine Schlüssel wirbelte. Er hatte nicht ganz begriffen, wußte aber immerhin, daß es um das Thema Religion ging.
»Das ist es nicht«, rief Jamie, von neuem gefoltert. »Es liegt mir weder –«

In diesem Augenblick kam Mr. Vaught, den es an keinem Platz lange hielt und der deswegen regelmäßig seinen Rundgang durch das Haus machte – hin und zurück zwischen der Anrichte und dem Wohnzimmer, wo sich gewöhnlich Mrs. Vaught und Myra Thigpen aufhielten –, zufällig an der Wand der Anrichte vorbei.
»Wir haben alle dasselbe Ziel, und ich glaube nicht, daß es den Herrgott schert, auf welche Weise wir dahinkommen«, rief er, zog seine Manschetten vor und setzte seinen Weg fort.
»In der Bibel steht, nenn keinen Menschen Vater«, sagte Lamar Thigpen streng und blickte sich nach dem Widersacher um.
Sutter, der den Techniker keinen Moment lang aus den Augen verloren hatte, seufzte und goß sich ein weiteres Glas von dem dunkelbraunen Bourbon ein.
Jamie stöhnte, und der Techniker kam zu der Erkenntnis, daß es aus der Situation keinen Ausweg mehr gab: vertan die Argumente; immer trat die Witzelei dazwischen.
Rita wartete ab, bis die Thigpens entschwunden waren, und winkte dann die Kartenspieler näher zu sich. »Wenn ihr wissen wollt, was mich so kribblig macht – und ich bin fast sicher, daß es Jamie ähnlich ergeht –« sie sprach mit leiser Stimme –: »Es ist diese unendlich trostlose Mischung aus Buchstabenglaube und Rassismus.«
»Nein nein nein«, stöhnte Jamie lauthals und hielt sich dabei tatsächlich den Kopf. »Was kümmert mich das. Das ist es doch nicht.« Er starrte Rita zornig an, was den Techniker in Verlegenheit brachte, der von Ritas starkem Hang zu gedämpft-vertraulichem Gespräch wußte und dem es nichts ausmachte, ihr gefällig zu sein. »Das tut nichts zur Sache«, rief Jamie und blickte über die Schulter, als erwartete er jemanden. »Das kümmert mich überhaupt nicht.«
»Was kümmert dich denn?« fragte Rita nach einer Pause.
»Es geht einzig – ich kann's nicht erklären.«

»Jamie zieht es fort«, sagte der Techniker. »Er möchte eine Zeitlang in einer ungewohnten Gegend verbringen und dort einfach dahinleben, ohne den üblichen Umgang – zum Beispiel den Camper an einem Strandstück abstellen.«
»Das ist es«, sagte Jamie sofort, nüchtern.
»Wer sagt's denn?« meinte Rita. »Habe ich davon denn nicht den ganzen Sommer lang geredet?« Sie sprach ernst mit ihnen. Warum schlossen sie nicht ihr Semester ab und kamen ihr dann nach in ihr Haus in Tesuque? Noch besser wäre es, wenn sie und Kitty jetzt schon dahingingen, weil für männliche Studenten Anrechnungspunkte doch wichtiger seien als für weibliche (alle machten ein Wesen aus Jamies Anrechnungspunkten), und dort alles vorbereiteten, so daß die zwei jungen Männer dann nachkommen könnten. »Ich weiß, was du vorhast, Tiger. Und auf diese Weise bekommst du zwei Fliegen auf einen Schlag: dein neues Leben, und zugleich deinen Entlassungsschein aus der geschlossenen Gesellschaft.«
Jamie blickte finster und öffnete den Mund.
»Das ist schön, Rita«, sagte der Techniker. »Das hört sich wirklich großartig an. Doch ich glaube, Jamie geht es um jetzt, um die Gegenwart.« Er stand auf. »Jamie.«
»Einen Augenblick«, sagte Kitty und strich sich die Jacke glatt, wobei sie einen letzten Blick auf die zwei Ansteckzeichen warf (unvorstellbar, daß sie mein ist! frohlockte der Techniker – dieser von Kaschmir umhüllte Schatz!). »Bitte. Nicht so rasch. Ich habe das Gefühl, ihr seid alle verrückt. Ich gehe zu dem Match und ich gehe zum Ball und ich gehe morgen früh auf die Universität.« Auch sie stand auf. »Wir treffen uns um sechs Uhr dreißig in der Garage.«
Zu des Technikers Überraschung protestierte Jamie nicht. Irgend etwas hatte ihn beschwichtigt. Jedenfalls sprach er nicht mehr vom Wegfahren, und erhob sich schließlich und lud den Techniker zum Bett-Rommé ins Apartment. Er fand Vergnügen an einer solchen behaglichen Einzelpartie, wozu

er jeweils die Betten zusammenschob und einen kleinen Lichtstrahl auf das Tablett zwischen ihnen lenkte, wo die Karten lagen.

Son Junior und sein Vater begannen mit ihrem Lieblingsdisput über die Football-Mannschaften der Big-Ten-Gruppe und die der Southeastern Conference.

»Alles in allem sind die Big Ten besser«, sagte Son sauertöpfisch. »Alle ihre zehn Mannschaften sind gleich gut.«

»Ja«, sagte Lamar, »aber es gibt im Südosten immer zwei oder drei Teams, die die Big Ten in die Tasche stecken. Und Big Ten weiß das auch. Zufällig ist mir bekannt, daß Alabama und Mississippi schon seit Jahren versuchen, gegen Ohio State und Michigan zu spielen. Es gelingt ihnen nicht, und ich kann es Ohio und Michigan nicht verdenken.«

In diesem Augenblick kam Myra, Lamars Frau, in das Anrichtezimmer, und der Techniker war froh, einen Vorwand zum Gehen zu haben. Er wußte im voraus, sie würde mit einem von beiden anfangen: entweder mit ihrem Gemahl streiten, oder der von ihr bewunderten Rita den Hof machen. Beides war lästig. So oder so war das eine Schrekkensszene, aus der immerhin ein gewisses prickelndes Vergnügen bezogen werden konnte – das allerdings nur von kurzer Dauer war.

Jetzt machte sie sich an Rita heran, und es war klar, daß sie sich gleich wieder blamieren würde. Es war etwas an Rita, das sie durcheinanderbrachte. Am Abend zuvor hatten Kitty und Rita, beinahe ernsthaft, davon gesprochen, statt nach New Mexico nach Italien zu gehen. Rita sagte, sie habe einmal in Ferrara gelebt, in einem Haus, wo angeblich einer von Lucrezias Gatten ermordet worden war. Oh ja, fiel da Myra ein, sie wisse alles über Lucrezia Bori, die Frau, die für das Massaker der Bartholomäusnacht verantwortlich sei. Und weiter ging's mit einem Mischmasch über die Hugenotten – die Familie ihrer Mutter seien Hugenotten aus

Südcarolina, usw. Sie konnte gar nicht mehr aufhören. Der Techniker schlug die Augen zu Boden.
»Entschuldigung«, sagte Rita endlich. »Aber von wem sprechen wir eigentlich? Von Lucrezia Bori, der Opernsängerin, von Lucrezia Borgia, der Herzogin von Ferrara, oder von Katharina de Medici?«
»Auch ich bringe die beiden oft durcheinander«, sagte der arme schweißgebadete Techniker.
»Aber doch nicht alle drei«, sagte Rita.
Hatte sie es denn nötig, so grausam zu sein? Der Techniker saß zwischen den beiden, erstarrt in einem insgesamt nicht einmal so unangenehmen Grauen. Er begriff keine der zwei Frauen: weder, weshalb die eine so ergeben ihr Haupt auf den Richtblock legte, noch, weshalb die andre es so bereitwillig abhackte. Und trotzdem: war es Irrtum oder Einbildung, daß sich Rita trotz ihrer Feindseligkeit zu Myra hingezogen fühlte? Etwas Wollüstiges war an solchen nächtlichen Hinrichtungen.
An diesem Abend freilich war er für dergleichen nicht empfänglich, und so ging er mit Jamie weg. Er achtete darauf, nicht sein Buch über General Kirby Smith' Kapitulation von Shreveport im Jahr 1865 zu vergessen. Er war der tristen, fruchtlosen Siege des General Lee müde und wünschte, die ganze Geschichte ein für allemal hinter sich zu bringen.

8.

Der Mann ging auf und ab im Dunkel der Wassereichen, wobei er immer wieder in das Laternenlicht eintauchte, welches einen schwachgelben Schein versprühte. Der Knabe saß auf den Stufen zwischen den Azaleen, in Betrachtung versunken. Er stellte sich immer vor, die einzelnen Lichtein-

heiten sehen zu können, wie sie wegpulsten von dem Glühfaden.
Wenn der Mann an dem Knaben vorbeikam, geschah es manchmal, daß die beiden zueinander etwas sagten; dann pflegte der Mann weiterzugehen, unter der Laterne umzukehren und auf dem Rückweg an das Gesagte anzuknüpfen.
»Vater, du solltest in der Nacht nicht so herumgehen.«
»Warum nicht, mein Sohn?«
»Vater, sie haben doch angekündigt, dich umzubringen.«
»Sie werden mich nicht umbringen, mein Sohn.«
Der Mann ging. Der Junge lauschte der Musik und dem Gesumm der Baumwollsamen-Ölmühle. Ein Polizeiwagen fuhr zweimal vorbei und hielt an; der Polizist sprach kurz zu dem Mann unter der Straßenlaterne. Der Mann kam zurück.
»Vater, ich weiß, die Polizei sagt, diese Leute hätten geschworen, dich zu töten, und du solltest im Haus bleiben.«
»Sie werden mich nicht töten, mein Sohn.«
»Vater, ich hab' sie gehört, am Telefon. Sie haben gesagt, du bist für die Nigger, und hilfst den Juden und Katholiken, und verrätst dein eigenes Volk.«
»Ich habe niemanden verraten, mein Sohn. Und mir liegt an keinem von denen, weder an Negern, noch an Juden, Katholiken oder Protestanten.«
»Sie haben dir mit dem Tod gedroht, für den Fall, daß du sprechen würdest.«
»Ich habe gestern abend gesprochen, und ich bin nicht tot.«
Durch ein offenes Fenster hinter dem Knaben kam die Musik von dem Plattenspieler. Beim Blick in die Höhe sah er die Pleiaden, einen leuchtkäfergleichen Schwarm in der schweren Luft.
»Warum gehst du nachts auf und ab, Vater?«
»Ich höre gern im Freien Musik.«

»Möchtest du, daß sie dich umbringen, Vater?«
»Weshalb fragst du mich das?«
»Was wird geschehen?«
»Ich werde sie aus der Stadt jagen, mein Sohn, jeden einzelnen dieser Dreckskerle.«
»Gehen wir doch in den Garten, Vater. Du kannst auch dort Musik hören.«
»Wechsle die Platte, mein Sohn. Die Nadel ist schon wieder hängengeblieben.«
»Jawohl.«

Der Techniker wachte auf und horchte. Etwas war geschehen. Es war kein Laut zu hören, doch die Stille war keine gewöhnliche Stille. Es war die Stille danach; die Stille, die zuvor gebrochen worden war. Sein Herz schlug Alarm. Er öffnete die Augen. Auf seinen Knien ein Viereck Mondlichts.
Ein Schuß war gefallen. Hatte er das nur geträumt? Ja. Aber warum war die Nacht so drückend? In der Stille war ein Nachhall von ruchbar gewordener Schmach.
Es war auch nicht aus Sutters Zimmer gekommen. Er wartete und lauschte, lange, lange, ohne sich zu bewegen. Dann zog er sich an und ging hinaus in das Mondlicht.
Der Golfplatz bleich wie das Wasser eines Sees. Südwärts hing der Junotempel niedrig im Himmel, gleich einem gewaltigen feurigen Stern. Das Gesträuch, jetzt aufgewachsen zu Bäumen, warf tintige Schatten, die im Mondlicht zu wandern schienen.
Lange Zeit starrte er auf den Tempel. Was war an ihm? Er allein war nicht gebrochen und umgewandelt von dem Prisma aus Träumen und Erinnerung. Doch jetzt erinnerte er sich. Es war der feurige alte Canopus, der nach dem Sirius zweithellste Fixstern am Himmel, der große rote Stern des Südens, welcher einmal im Jahr heraufkam und niedrig im Himmel stand, über Baumwollfeldern und Röhricht.

Er wandte sich endlich ab und ging schnell zu dem Trav-L-Aire, nahm die Taschenlampe aus dem Handschuhfach, lief auf dem kürzesten Weg durch den Hof und betrat das Schloß durch die Hintertür; gelangte, durch die dunkle Anrichte, in die Eingangshalle, umrundete da stracks den Treppenpfosten und stieg hinauf, ins zweite und dann ins dritte Stockwerk, so als wüßte er genau, wo er sei, obwohl er erst einmal im zweiten Stock gewesen war und noch nie weiter oben. Wieder eine Umrundung, und dann eine letzte Flucht von schmalen Holzstapfen empor, hinein in den Dachboden. Es war ein großer, unausgebauter Raum, mit Stegen aus über die Balken gelegtem Bauholz. Er kroch durch die Abräume und Höhlungen des Dachbodens, eingekerbt da in das alte Kiefernkernholz der zwanziger Jahre. Das Holz war noch warm und duftete von der Nachmittagssonne. Er leuchtete mit der Taschenlampe in jeden Winkel. Als er das Geräusch hinter sich hörte, schaltete er die Lampe aus, tat einen großen Schritt zur Seite (aus der Feuerlinie?) und wartete.

»Bill?«

Ein Wandschalter wurde angeknipst. Licht fiel aus einer Reihe von Glühbirnen aus dem Dachfirst. Das Mädchen, den Überwurf mit beiden Händen um sich gezogen, näherte sich ihm und blickte ihm ins Gesicht. Ihre Lippen, von denen der Lippenstift abgerieben war, erschienen leicht angeschwollen und zeigten die violette Farbe von Blut.

»Ist alles in Ordnung mit dir?«

»Ja.«

»Ich habe dich draußen gesehen.«

Er antwortete nicht.

»Was suchst du denn?«

»Ich habe etwas gehört.«

»Du warst im Garagengebäude und hast hier oben etwas gehört?«

»Ich wußte nicht, woher es kam. Ich glaubte, es käme vom Dachboden.«
»Warum?«
»Gibt es hier oben einen Raum?«
»Einen Raum?«
»Einen Raum, der abgetrennt ist vom übrigen Dachboden?«
»Nein. Das ist schon alles.«
Er sagte nichts.
»Du weißt nicht, wo du bist, oder?«
»Wo bin ich?«
»Wo bist du?«
»Ich weiß es.« Er wußte es jetzt wirklich, aber es war ihm recht, daß sie meinte, er wüßte es nicht. Sie war besser – mehr sie selbst –, wenn er Hilfe brauchte.
»Ich glaube, du bist schlafgewandelt.«
»Möglich.«
»Komm. Ich bringe dich zurück.«
»Das ist nicht nötig.«
»Ich weiß, daß es nicht nötig ist.«
Er ließ sich von ihr bis zur Anrichte bringen. Sie war sanft und liebevoll, und ganz und gar nicht künstlich. Seltsam, so dachte er, als er kurz darauf in seinem und Jamies Raum stand: es geht uns gut, wenn wir hilfsbedürftig sind, und wir sind hilfsbedürftig, wenn es uns gut geht. Ganz nah fühle ich mich ihr nur, wenn sie meine Wunden pflegt.
»Hat jemand geschossen?« fragte er sie beim Gehen.
Sie hatte den Kopf geschüttelt, aber gelächelt. Zeichen, daß sie ihn lieber hatte, wenn er im Irrtum war.

Das Mondlicht-Viereck hatte Jamies Gesicht erreicht. Mit verschränkten Armen lehnte der Techniker an seinem Bett und starrte hinunter auf den Jugendlichen. Die Augenhöhlen waren von einem grundlosen Schwarz. Trotz der kräftigen dunklen Brauenlinie erschienen Nase und Mund verwischt und nicht recht ausgebildet. Er erinnerte den Techniker an die Horace-Mann-Absolventen, mit beweglichen Pudding-und-Akne-Gesichtern, mit guter Auffassungsgabe und flinken Lauschern: Ja, ich weiß. Bliebe Jamie am Leben, so wäre es nicht schwer, sich vorzustellen, wie er für die nächsten vierzig Jahre ganz bei der Sache und daher unschuldig bliebe, und auf diese Weise nach dem Ablauf der vierzig Jahre immer noch der bewegliche, kindliche Pudding wäre. Er gehörte zu den Glücklichen. Doch irgendwie war es, selbst für Jamie, nicht so wichtig, ob er lebte oder ob er starb – wenn man davon absah, was er in den nächsten vierzig Jahren vielleicht »tun«, das heißt, als seinen Beitrag »zur Wissenschaft leisten« würde. Der Unterschied zwischen mir und ihm, so überlegte er, besteht darin, daß ich mir derlei Ablenkungen nicht erlauben kann (Ablenkungen wovon?). Wie kann man die Theorie der Großen Mengen überhaupt ernst nehmen, wenn man in dieser sonderbaren, weder neuen noch alten Umgebung lebte, wo einerseits die göttliche Juno spukte, und andrerseits der Geist des großen Golfers Bobby Jones? Aber es war mehr als das. *Etwas wird geschehen*, kam ihm plötzlich zu Bewußtsein. Ein Schauer überlief ihn. An mir ist es, zu warten. Warten, das ist es. Warten und schauen.

Es war, als öffneten sich Jamies Augen in den tiefen Höhlen. Sie schienen seinen Blick zu erwidern, jedoch nicht mit dem üblichen Strahlen, das aus war auf geheimnisvolle Übereinstimmungspunkte in dem Raum zwischen ihnen beiden, sondern spöttisch: Ah, du betrügst dich selber, schien Jamie zu sagen. Aber als sich der Techniker mit einem verwirrten Lächeln vorbeugte, sah er, daß die Augen geschlossen waren.

Ein Strich gelben Lichts fiel durch den Raum. Ein Umriß zeigte sich auf der Schwelle der Kitchenette und winkte ihm: Rita.

Kaum war er in dem winzigen Raum, da schloß sie die Tür und flüsterte: »Schläft Jamie?«

»Ja.«
Sutter stand da und starrte in den Ausguß. Dieser war staubig, mit einem papierenen Klebestreifen auf dem Grund.
»Wir wollen von Ihnen eine kleine Erklärung«, sagte Rita.
Sutter nickte. Der Techniker schnüffelte. Die Luft in der Kitchenette stand still und roch verbraucht. Die Insassen, wie erleichtert durch die Ablenkung, wandten sich nun ihm zu, mit einem milden, ungerichteten Interesse.
»Ich möchte wissen, ob Sie immer noch vorhaben, mit Jamie wegzufahren«, sagte Rita.
Der Techniker rieb sich die Stirn. »Wie spät ist es?« fragte er – niemand im besonderen. War das nun die wahre Essenz des Hasses, so fragte er sich, diese althergebrachte, beinah behagliche Boshaftigkeit, immer weiter zwischen ihnen wachgehalten, mit ihrem leicht erotischen Beigeschmack? Sie widmete sich ihm so freundlich, wie ermattete Liebende ein fremdes Kind begrüßen.
»Zwei Uhr dreißig«, sagte Sutter.
»Was also, Bill?« fragte Rita kurz.
»Was? Ah, Jamie«, wiederholte er, wobei er Sutters Blick auf sich spürte. »Ja, sicher. Aber Sie wußten doch die ganze Zeit, daß ich mit ihm fahren würde. Warum also fragen Sie?«
»Ich habe Grund zu der Annahme, daß Jamie unruhig wird, und daß er möglicherweise Sutter bitten wird, mit ihm irgendwohin zu gehen. Und ich bin der Meinung, daß Sutter da überfordert ist.«
Er warf einen Seitenblick auf Sutter, aber dessen Ausdruck blieb freundlich-unaufmerksam.
»Sie sind es, der verlangt wird, Bill«, sagte er schließlich. »Jimmy will Sie, nicht mich.«
»Was ist demnach die Schwierigkeit«, fragte der verwirrte Techniker, mit einem Gefühl, als stehle ihre Teilnahmslosigkeit sich ihm in die Knochen.

»Die Schwierigkeit«, sagte Sutter, »ist folgende: Rita möchte sicher sein, daß Jimmy nicht mit mir geht, wohin auch immer.«

»Warum nicht?«

»Das ist eine gute Frage, nicht wahr, Rita?« sagte Sutter, wobei er sie freilich immer noch nicht richtig anschaute (konnten sie ihren gegenseitigen Anblick nicht ertragen?). »Warum möchtest du nicht, daß Jimmy mit mir geht?«

»Wegen deiner bewußten Kultivierung des Zerstörungstriebs, wegen deiner Todessehnsucht, von deinem ausgefallenen Sexualleben ganz zu schweigen«, sagte Rita, immer noch lächelnd, auf dem Umweg über den Techniker an Sutter gerichtet. »Jeder nach seiner Fasson – doch Jamie solltest du dabei herauslassen.«

»Was würde ich denn deiner Meinung nach tun?« fragte Sutter.

»Ich weiß, was du getan hast.«

»Jamie hat auch davon gesprochen, Val aufzusuchen«, sagte der Techniker, nicht ohne Hintergedanken. Er wurde nicht recht klug aus dem Paar und suchte nach einer Gewißheit. Val war sein trigonometrischer Punkt.

»Val«, sagte Rita, mit einem Nicken. »Ja, mit Hilfe der beiden, Sutter und Val, kann man ihm auf die schönste Weise den Garaus machen. Binnen drei Wochen hätten sie ihn erledigt, und Val würde seine Seele gen Himmel senden. Wenn ihr nichts dagegen habt, möchte ich doch weiterhin den Lebenden dienen.«

»Ihn erledigt?« Sutter runzelte die Stirn, ohne aber den leeren Blick von dem Techniker abzuwenden. »Soviel ich weiß, war er in einer Aufwärtsphase.«

»Er war.«

»Wieviel weiße Blutkörperchen?«

»Achtzehntausend.«

»Wie hoch ist der Anteil der unreifen Zellen?«

»Zwanzig Prozent.«

»Auf welches Medikament ist er gesetzt?«
»Prednison.«
»War es zuerst nicht Aminopterin?«
»Das ist schon ein Jahr her.«
»Wieviel rote?«
»Weniger als drei Millionen.«
»Ist seine Milz ertastbar?«
»Das ist es, was ich an dir und deiner Schwester so mag«, sagte Rita.
»Was denn?«
»Eure große Anteilnahme für Jamie, der eine für seinen Leib, die andre für seine Seele. Nur daß euer Interesse eher periodisch ist.«
»Das ist es nun, was mich interessiert«, sagte Sutter. »Dein Interesse, meine ich.«
»Spar dir deine Spitzen, Bastard. Du kannst mir nichts mehr anhaben.«
Sie stritten mit der durchtriebenen, geistesabwesenden Boshaftigkeit verheirateter Paare. Statt anzugreifen, nickten sie schläfrig und lächelten sogar dabei.
»Was verlangst du also von diesem jungen Mann?« fragte Sutter, wobei er den Kopf schüttelte, wie um sich wachzuhalten.
»Mein Haus in Tesuque ist offen«, sagte Rita. »Teresita ist da und könnte kochen. Die Michelins sind nebenan. Ich habe sogar herausgefunden, daß die beiden auf das College in Santa Fé überwechseln könnten, ohne irgendwelche Anrechnungspunkte zu verlieren am Ende dieses Semesters.«
»Wer sind die Michelins?« fragte der Techniker.
»Ein Pianistenduo«, sagte Sutter. »Warum gehst nicht du mit ihm, Rita?«
»Überrede ihn, und ich gehe«, sagte Rita gleichgültig.
»Rita«, sagte Sutter, in derselben milden Art, die der Techniker weder als die übliche Freundlichkeit noch als

besonders ausgekochte Boshaftigkeit einordnen konnte, »was liegt dir wirklich an Jimmys Schicksal?«
»Es liegt mir daran.«
»Sag mir ehrlich: gibt es für dich einen Unterschied, ob Jimmy nun am Leben bleibt, oder ob er stirbt?«
Der Techniker schrak zusammen, doch Rita antwortete geläufig. »Du weißt sehr wohl, daß es keinen Sinn hat, wenn ich dir antworte. Es sei denn, ich sagte, daß so etwas wie Teilnahme nun eben besteht, genauso wie man das Leben dem Tod vorzieht. Ich sehne mich nicht nach dem Tod, weder nach dem meinen, noch nach dem deinen, noch nach dem Jamies. Es verlangt mich nicht nach deiner Version von Spaß und Spiel. Ich wünsche für Jamie, daß er, in der wenigen Zeit, die ihm bleibt, die höchstmögliche Erfüllung erlangt. Ich wünsche ihm Schönheit und Freude, und nicht den Tod.«
»Das ist doch der Tod«, sagte Sutter.
»Hören Sie nun, Bill?« sagte Rita, lächelnd, aber immer noch nicht ganz da.
»Ich bin nicht sicher«, sagte der Techniker mit zusammengezogenen Brauen. »Doch vor allem verstehe ich nicht, was Sie von mir wollen, da Sie doch wissen, daß ich, zu jeder Zeit, dorthin gehen werde, wohin es Jamie verlangt.«
»Ich weiß, Bill«, sagte Rita klagend. »Doch offensichtlich glaubt mein Ex-Mann, es bestünden für Sie Gründe, zu bleiben.«
»Was für Gründe?« fragte er Sutter.
»Es ist ihm unvorstellbar, daß nicht jedermann so selbstbezogen ist wie er«, warf Rita ein, bevor Sutter antworten konnte.
»Ja, das ist wahr, es ist mir unvorstellbar«, sagte Sutter.
»Doch was die Gründe betrifft, Bill: ich weiß, daß Sie gewisse Schwierigkeiten haben, und es war mein Eindruck, daß Sie von mir Hilfe erwarteten.« Sutter öffnete und schloß dabei Wandschranktüren, auf der Suche nach der Flasche,

die doch deutlich sichtbar auf der Theke stand. Der Techniker reichte sie ihm hin.
»Und was ist der zweite Grund?«
»Der zweite Grund: ich nehme nicht an, Sie sind begierig, Kitty zu verlassen.«
»Kitty?« Des Technikers Herz schlug einen sonderbaren Zusatzschlag.
»Ich wurde unabsichtlich Zeuge, wie Sie im Garten, unter einer Gouverneur-Mouton-Kamelie liegend, von ihr geküßt wurden.«
Seine Hand, die er gerade hatte an die Lippen führen wollen, hielt auf halbem Weg inne. Dann hatte ihn also tatsächlich jemand geküßt, nicht Alice Bocock im Traum, sondern Kitty selbst, warm und gerötet von der Sonne, mit winzigen, glitzernden Schweißtropfen an der Unterlippe. Er zuckte die Achseln. »Ich verstehe nicht, was das –«
»Die Frage ist nicht, ob Sie bleiben, sondern ob Kitty mit Ihnen ginge.«
»Das glaube ich nicht«, sagte der Techniker, dem bei dieser Vorstellung vor Freude das Blut in die Wangen stieg. Der Gedanke war ihm noch gar nicht gekommen.
»Die weitere Frage ist, ob, für den Fall, daß ihr zu dritt fahrt, Rita damit überhaupt einverstanden wäre.«
»Du kannst mir nichts mehr anhaben, du Bastard«, sagte Rita, freilich, wie es schien, nicht zorniger als zuvor.
»Du hast natürlich recht«, sagte Sutter heiter-ernst, wobei er sie, über seinen Drink hinweg, zum ersten Mal anblickte. »Du hattest auch früher immer recht, und ich hatte unrecht. Ich ertrug das Wohlergehen nicht. Wir waren gut, du und ich, genau, wie es deiner Vorstellung entsprach, und am Ende ertrug ich es nicht. Du warst produktiv, und ich, zum ersten Mal seit langer Zeit, war es auch, dank dir. Nach deinen Worten waren wir Leute, die sich selbst verwirklichten, voll erfolgreich, wenngleich auch ein wenig befangen, in unserer Kultivierung von Freude, Genuß, Scheu, Frische,

und im Gleichgewicht zwischen der Zucht und Selbständigkeit von Erwachsenen einerseits, und kindlichem Übermut andrerseits, wie du es zu nennen pflegtest; obwohl ich dir sagen möchte, daß ich nie wirklich zurechtkam mit deiner Verwendung von Fachausdrücken wie ›Penisneid‹ in den Alltagsgesprächen –«

»Entschuldigung«, sagte der Techniker und setzte einen Fuß in Richtung Tür. Doch Rita stand ihm deutlich im Weg und beachtete ihn gar nicht.

»Ich bekenne«, fuhr Sutter fort, »daß schließlich ich es war, der versagte. Keine härtere Aufgabe, als Genies des Orgasmus zu sein – weit anspruchsvoller noch als der Kalvinismus. So ertrug ich das Wohlsein nicht mehr und mußte mich an Teresita heranmachen. Es verlangte mich nach dem altväterischen Humbug, wie es andre Männer nach dem geliebten Zuhause verlangt. Du hast mir niemals wirklich vergeben. Und doch vergebe ich dir, in diesem Augenblick, daß du –«

»*Wage es nicht*«, sagte Rita, mit einem erstickten Flüstern, wobei sie sich Sutter und zugleich, zufällig, dem Techniker näherte, welcher die Gelegenheit ergriff und entwich. Im Gehen hörte er Sutter:

»Du behauptest immer, ich sähe dich verkehrt. So will ich dir nun sagen, daß du dich in dir selber täuschst, und dich täuschst auch in dem, was du willst. Es ist alles recht mit dir, abgesehen von der Gehässigkeit und dem Dünkel und der Neigung zu einer gewissen Affigkeit. Du bist ein wunderbares Mädchen, ein wunderbares Georgia-Mädchen – wußten Sie, Bill, daß Rita aus Georgia stammt? –, welches zu weit weg geraten ist von zuhause. Georgia-Mädchen haben nichts zu schaffen am Lake Chapala. Komm her –«

»Gemein, gemeiner, gemeinst –« sagte Rita. Der Techniker schloß die Tür.

Beweis, daß der Techniker nicht in dem üblichen Sinn ein Lauscher oder ein Voyeur war: als er in sein Zimmer kam, begab er sich nicht nur nicht in das Kabinett, sondern schloß sogar die zugehörige Tür, sprang ins Bett und zog sich das Polster über den Kopf. So hörte er nichts und hätte auch nicht sagen können, ob Rita blieb oder ging.

9.

Am Freitagmorgen, auf dem Weg zu den Vorlesungen, beugte Jamie sich vor und fing an, mit dem Aschenbecher des Lincoln zu spielen. »Ich-ah-«, sagte er mit einem kleinen Lächeln – sie redeten in dieser Stunde kaum, der Techniker chauffierte, die Geschwister schauten hinaus auf die Straße wie aus einem Schulbus – »ich habe beschlossen, die Schule zu verlassen und westwärts zu gehen, besser gesagt, zu übersiedeln.«
»Und wann soll das sein?« fragte der Techniker.
»Ich bin bereit.«
»Hast du das Einverständnis deiner Eltern?«
»Ja.«
Es war ein tauiger, heller, geisterhafter Oktobermorgen. Die alterssilbrigen Rock City Scheuergebäude lehnten sich vor in die erste Sonne. Regenpfeifer liefen schreiend die brachen Felder entlang, die von zähen Spinnweben übersät waren, flach wie Untertassen. Dann und wann querte der Lincoln tiefe Eisenbahnsenken, erfüllt von dem Violettlicht des Eisenkrauts.
»Also im Juni«, sagte Kitty beiläufig und verdrehte das Kinn, um einen Blick auf die Anstecknadeln – ihr Unterpfand – auf der Kaschmirjacke zu erhaschen. »Kann ich mit euch gehen? Die Merced Ranch steht uns offen!« rief sie, in dem Gemeinschaftsstudenten-Ton, wobei sie die Augen verdrehte.
Doch der Techniker war schon dabei, den Lincoln zu

wenden. Es war Mrs. Vaughts Wagen, ein guter alter solider polierter schwarzer Viertürer, an Bug und Heck abgerundet im Stil der fünfziger Jahre, und innen nach Bohnerwachs riechend wie der Salon eines Schiffs.
»Wohin, um alles in der Welt?« rief Kitty.
»Zurück zum Camper.«
»Zum Camper. Warum?«
»Jamie sagte, er möchte westwärts. Dafür ist der Camper geeigneter als dieses Auto.«
»Aber er meinte doch nicht sofort!«
»Ich habe es so aufgefaßt.«
Sie waren bis Enfield gekommen. Schon nach den wenigen Wochen ihres Pendelns war jeder Abschnitt der Strecke ihnen vertraut geworden: und das war nun der Punkt, wo sie es jedesmal mit einer unseligen Verkehrsampel zu tun bekamen, welche sie, an einer unbefahrenen Kreuzung, für endlose fünfundvierzig Sekunden festhielt. Und jedesmal, wenn sie um diese Zeit vorbeikamen, schnitt eine Sonnen- und Schattenlinie über die Lettern an einem aufgegebenen Lagerhaus, SALOMON, dessen erstes O herausgefallen war und auf den Ziegeln seinen Umriß hinterlassen hatte. Enfield war ein aufgelassenes Kohlendepot an der (Louisville & Nashville-Eisenbahn.
»Jamie, sag ihm, er soll wieder umdrehen. Ich habe eine Vorlesung um acht, und du auch.«
Aber Jamie lächelte nur immerzu und spielte mit seinem Aschenbecher.
Auch der Techniker lächelte, doch mehr aus Freude, daß sie neben ihm saß und ihn an Arm, Hüfte und Wade berührte. Was für eine lieblich-schön-duftige Chi Omega war sie, mit ihrem Rock und ihrer Jacke! Eine schöne, braunknieige Chorleiterin der Anfeuerungsrufe, neben der zu sitzen einen auch selber befeuerte. Sie schirmte die beiden ab von der tristen, verkommenen Landschaft. Ohne sie wäre er geradewegs in eine dieser verlassenen Eisenbahnschluchten ge-

sprungen, die noch hallten von dem Echo der Zugsignale von 1930.
»Das Tennessee-Match ist doch morgen«, lachte sie, ernsthaft betroffen; denn jetzt glaubte sie ihnen. Über Nacht war sie zu einer Partisanin für die Mannschaft der »Colonels« geworden, welche im Augenblick als die Nummer zwei in den Vereinigten Staaten galten. »Tennessee ist Nummer vier, und wenn wir sie schlagen –«
»Das ist richtig«, sagte Jamie, der nun, da alles geregelt war, sich zurücksetzte und die Landschaft betrachtete. Diese zeigte sich inzwischen, eine Viertelstunde später, völlig verändert; im Zurückfahren schien ihnen die Sonne ins Gesicht. Die Weiler schienen belebt von dem üblichen morgendlichen Treiben.
»Wann kannst du fertig sein?« fragte ihn Jamie.
»Der Camper ist in dreißig Minuten geladen!«
»Gut.«
»So etwas habe ich –«, sagte Kitty und trommelte mit ihrem Vorlesungsstift auf die Weltliteratur-Anthologie.
Er sah, daß sie zornig war. Wäre Jamie nicht dabei gewesen, so hätte er auf der Stelle angehalten, sie auf die wunderbaren Schmollippen geküßt und ihre liebliche, kaschmirumhüllte Gestalt an sich gezogen, mitsamt dem Chi-Omega-Abzeichen. Es war das Schwesterliche an ihr, das ihn begeisterte: die große süße Schwester um acht Uhr morgens, deren Mund noch nach der Frühstücksbutter und dem Zuckersirup schmeckte.
»Du kommst natürlich mit uns«, sagte er zu ihr und jagte den Lincoln auf dessen bewährt-geschmeidiger Federung dahin.
»Ha! Nicht mit mir, mein Junge«, rief sie und ließ ihre verärgerten Gemeinschaftsstudentinnen-Blicke blitzen.
»Es ist mir ernst.«
»Mir auch.«
»Ist es dir recht, wenn deine Schwester mitkommt, Jamie?«

»Es ist mir gleich, wer mitkommt. Ich jedenfalls gehe.«
»Warum, um Himmels willen?« Zum ersten Mal wendete sie sich unmittelbar an ihren Bruder.
»Was meinst du mit warum?« fragte er sie ärgerlich. »Muß es denn ein Warum geben?«
Als Kitty nicht antwortete und schon mit den Tränen kämpfte, sagte Jamie: »Ich habe keine Lust, das Tennessee-Match zu sehen.«
»Und ich weiß zufällig, wie gern du Chemie 2 hast. Bubba Ray Ross hat es mir gesagt. Und ich bin sicher, du, Billy, weißt das auch?«
»Nein.«
»Ich interessiere mich weder für Chemie 2«, sagte Jamie, »noch für 3, noch für 4.«
»Für was, in aller Welt, interessiert du dich dann?« Kitty lächelte zornig, zerrte heftig ihren Rock in die Kniekehle und suchte auf ihrem Schoß einen Platz für die Anthologie.
»Ich –, ich möchte diese Reise unternehmen. Nein, in Wirklichkeit möchte ich umziehen. Ich habe mich schon erkundigt – es ist möglich.«
»Umziehen! Wohin? Wo wirst du denn wohnen – im Camper?«
»Ich kenne doch diesen Jungen, der in Albuquerque zur Schule geht. Gerade gestern habe ich Nachricht von ihm bekommen. Wir schreiben einander dann und wann. Ich könnte bei ihm wohnen. Sein Vater hat irgendein Geschäft, draußen am Highway.«
»Guter Gott. Sag ihm doch etwas, Billy.«
»Alles, was ich möchte, ist, daß Jamie mir sagt, ob er abgemacht hat, bei jemandem zu wohnen, oder ob er wünscht, daß ich mit ihm gehe.«
»Wenn es dir recht ist, ja.«
»Gut.«
»Willst du mir damit sagen, daß du in diesen kleinen Laster

hüpfen, losfahren, ihn irgendwo parken und mir nichts dir nichts zur Schule gehen wirst?«
Jamie lächelte, beugte sich vor und sprach zu beiden, mit veränderter Stimme. »Ich erinnere mich, im letzten Schuljahr den Roman eines russischen Schriftstellers gelesen zu haben. Ich glaube, sein Name war Gontscharow, ein wunderbarer Schriftsteller. Kennt ihr ihn?«
»Nein«, sagte der Techniker, während Kitty schwieg.
»Er ist wirklich ein guter Schreiber«, sagte Jamie und fing wieder das Spiel mit dem Aschenbecher an, »zumindest was diesen Roman betrifft. Der handelte von einem jungen Mann, einem Häftling oder einem Flüchtling, ich weiß es nicht mehr. Er durchquerte, von West nach Ost, ganz Rußland in einem Viehwagen, zusammen mit Hunderten andern. Er hatte eine Gehirnentzündung – was auch immer das sein mag: auf Gehirnentzündungen bin ich immer nur in russischen Romanen gestoßen. Es war Sommer, und sie fuhren durch Sibirien, Tage um Tage, vielleicht sogar Wochen. Der Wagen war vollgepfercht. Er hatte nichts als eine winzige Ecke für sich, mit ein bißchen Stroh. Und obwohl er ziemlich krank war und manchmal sogar delirierte, ging es ihm seltsamerweise gar nicht so schlecht. Durch die Stäbe des Wagens konnte er die Felder sehen, die bedeckt waren von kleinen blauen Blumen, und natürlich den Himmel. Der Zug blieb immer wieder stehen, und Bauersfrauen brachten ihm dann Schüsseln mit Blaubeeren und frische warme Milch. Das war das Besondere: obwohl er niemanden kannte, und obwohl der Zug jeweils nur kurz hielt, liefen dem Zug die Berichte von dem jungen Mann voran, und man erwartete ihn. Und obwohl jedermann sonst in dem Zug schließlich darniederlag von der Mühsal der Fahrt, ging es mit ihm tatsächlich aufwärts! Eine wirklich gute Geschichte. Ich glaube, ich habe nie einen besseren Roman gelesen.«
»Das ist schön, Jamie, das ist schön, und ich bin ganz deiner

Meinung«, sagte Kitty verdrießlich. »Aber ich verstehe immer noch nicht, warum –«

Der Techniker unterbrach sie. »Kommst du mit?«

»Ich? Bei Gott, nein.«

Sie schwiegen, als der Lincoln die Golfstraße hinaufbog. In der Garage, die nach nassem Beton roch, weil David sie besprengt hatte, stieg Jamie aus, während der Techniker Kitty zurückhielt.

»Was ist«, sagte sie, immer noch weggedreht. Sie schaffte es nicht, ihn anzublicken.

»Ich möchte dir etwas sagen.«

»Was?«

»Oder dich eher etwas fragen.«

»Was?«

»Ich möchte, daß du mit uns kommst.«

»Machst du dich lustig?«

»Nein, ich möchte, daß du mich heiratest.«

»In der nächsten halben Stunde?«

»Schau. Jamie möchte weg, und ich bin der Meinung, wir sollten mit ihm gehen.«

»*Weshalb* möchte er weg?« Sie war immer noch verdrossen, doch unter ihrer Verdrießlichkeit wurde eine Beruhigung spürbar. Obwohl sich ein Fuß weiterhin außerhalb des Autos befand, und obwohl sie ihre Bücher fest im Arm hielt, wurde sie, kaum merklich, nachgiebiger.

»Wir können morgen in Louisiana getraut werden.«

»Nun weiß ich also alles. Ich verkünde hiermit, daß ich *alles* weiß.«

»Leg dein Buch weg.«

»Was?«

»Gib mir das Buch.«

»Wozu?«

Doch sie gab es ihm, und er warf es auf den Rücksitz und umfing sie, während der abkühlende Motor des Lincoln in den Schallraum der Garage tickte. Oh ihr verdammten

geraden Lincoln-Lehnen! Über ihren Acht-Uhr-Glanz geriet er vor Zärtlichkeit fast außer sich. »Ich liebe«, sagte er, küßte sie und ergriff Besitz von ihrer warmen schwellenden Kniekehle, von der er sich über alles angezogen fühlte, wenn sie die Anfeuerungschöre lenkte. Aber die bösen Lincolnsitze waren gegen ihn.
»Himmel«, rief Kitty und befreite sich. »Was ist heute morgen nur los mit dir und Jamie! Ihr seid verrückt!«
»Komm in meine Arme.«
»In meine Arme – du meine Güte.«
»Du hast die Frage nicht beantwortet.«
»Welche Frage?«
»Willst du mich heiraten?«
»Jesses«, sagte sie: eine neue Manier, die sie von den Chi-Omega-Leuten hatte. Und indem sie sich ihre Weltliteratur vom Rücksitz angelte, ließ sie ihn allein in der Garage.

10.

Jamie wurde fröhlich und bekam rote Wangen, als sie den Trav-L-Aire rüsteten. Während der Techniker damit beschäftigt war, den üblichen Vorrat an Grütze, Buttermilch und Speckschwarten einzuschichten und den Wassertank mit dem süßen Wasser des Tales zu füllen, als Vorsorge gegen das üble Laugensalzwasser der Wüste, steckte Jamie die obere Koje gleichsam als seinen privaten Bereich ab. Es war ein breites Bett, querschiffs gelegen, mit einem schönen Blick nach vorne hinaus. Dazu gehörte ein Brett für sein Radio und ein zurückversetztes Leselicht, wie bei den Oberkojen der alten Schlafwagen. Jamie verfiel auf die Idee, die Matratze durch ein Kajütenpolster zu ersetzen, was ihm nicht allein den engen, harten Winkel verschaffte, auf den er aus war, sondern auch eine Rille übrigließ, gerade breit genug für seine Bücher.

»Nehmen wir möglichst viel Milch mit«, sagte er.

»Gut.«

»Ich habe in letzter Zeit eine Menge Milch getrunken. Ich habe drei Pfund zugenommen.«

»Schön.«

Jamie streckte sich auf dem harten Bett aus und schaute dem Techniker zu, wie er einstapelte, was Lugurtha in der Küche ihm gegeben hatte. »Weißt du, ich bin überzeugt, daß ich bei einem einfachen Leben meine Energie erhalten und stärker werden könnte. Ich glaube ehrlich, es ist eine Frage des einfachen Lebens und der Erhaltung der Energie. Ich werde genau hier wohnen, aufstehen, zur Schule gehen, zurückkommen, aufstehen, essen, zurückkommen, undsoweiter. Meinst du nicht auch?«

»Ja.« Es schien ganz und gar nicht unvernünftig.

»Wirst du Kitty wirklich heiraten?«

»Ich habe sie gefragt. Aber wenn ich's tue, und sie kommt mit, ändert das für dich nichts. Wenn ich heiraten sollte, ist das hier dein Bezirk: wenn nicht, ist er deiner und meiner.«

»Was, wenn sie nicht, hm – mitgeht? Bleiben wir dann trotzdem zusammen?«

»Wenn du es möchtest.«

»Gut«, sagte Jamie und begann seine Bücher alphabetisch einzuordnen. »Wo hast du dein Teleskop?«

»Hier.«

»Ach ja. Hör zu. Ich nehme meinen Freylinghausen-Sternenatlas mit. Es heißt, die Atmosphäre in New Mexico sei viel, viel klarer.«

»Das stimmt. Aber jetzt solltest du deine Eltern aufsuchen, Jamie. Es genügt nicht, daß du mir sagst, sie hätten dir die Erlaubnis gegeben. Sie müssen es mir selber sagen.«

»Gut.«

»Wir fahren, bis wir müde werden, und fahren weiter, wenn uns danach ist.«

11.

Es wurde ein Vormittag, an dem es nur um Praktisches ging. In der Halle des Schlosses erwarteten ihn, auf dem langen Eßtisch, zwei Briefe. Er bekam sonst nie Post. Die Briefe waren schon über zwei Wochen alt und adressiert an das Y.M.C.A. in New York, weitergeschickt an die Hauptpost in Williamsburg, und von dort an die Vaughts. Beide handelten von Geld. Einer stammte von seinem Onkel Fannin, der in Shut Off, Louisiana, lebte. Sein Onkel erinnerte ihn daran, daß, mochte der »Platz« auch seit vielen Jahren verkauft sein, gewisse Schürfrechte zurückbehalten worden waren – und er habe kürzlich ein Pachtangebot von der Superior Oil Company of California erhalten. Die Rechte seien bekanntlich im Gemeinschaftseigentum der zwei überlebenden männlichen Barretts. Ob er, der jüngere, seine Absicht, was diese Angelegenheit betraf, kundtun würde? Er, der ältere, sei bereit, das Angebot unverzüglich anzunehmen. Der Anteil eines jeden käme auf 8300 Dollar. Der Brief war verfaßt in einer klaren Bleistiftschrift, auf liniiertem, von einem Block gerissenem Papier.
Auch der andere Brief hatte mit Geld zu tun. Die First National Bank of Ithaca wünschte, ihn von der Existenz eines Sparkontos zu unterrichten, welches auf seinen Namen lautete, eröffnet für ihn von seinem Vater im Jahre 1939, mit Zins und Zinseszins stünde es auf 1715 Dollar und 60 Cents. Die Benachrichtigung erfolge aufgrund der gegenwärtigen Umstrukturierung der Bank. Er dachte nach – 1939. Das war das Jahr seiner Geburt.
Jamie verspätete sich. Seine Kleider lagen noch auf dem Bett

im Garagenapartment. Der Techniker wartete gut vierzig Minuten auf ihn und ging dann zu dem Haus zurück. Lugurtha buk Kekse für das morgige Football-Picknick. Auf der Marmorplatte, die bestreut war mit Mehl, rollte sie einen weichen Teigfladen aus. Kitty begegnete ihm im Anrichtezimmer, mit einer versteckten Fröhlichkeit, und drängte ihn in die »kleine« Anrichte, die eigentliche Vorratskammer, ein dunkles, kaltes Kabinett, wo in Behältern Kartoffeln und Zwiebeln gelagert waren. Er starrte sie an.
»Mein Liebling«, wisperte sie und gab ihm einen leidenschaftlichen Kuß. Sie ging auf eine ganz neue Weise mit ihm um – als bestünde sie, lustvoll, nur noch aus Armen und Beinen. Er empfand ein vages Unbehagen. »Weißt du was?«
»Was?« Durch zwei Türöffnungen sah er Lugurtha, wie sie den Teig in die Luft hielt, wobei ihre Finger unter ihm tanzten, sich zurückzogen, und ihn dennoch, sich über die Schwerkraft hinwegsetzend, nicht fallen ließen.
»Jamie hat sich entschlossen, erst nach Weihnachten zu fahren.«
»Warum?«
»Dann hat er seine Semesterpunkte und kann die Schule wechseln, ohne Zeit verloren zu haben.«
»Wo ist er jetzt?«
»Im Wintergarten. Liebling, weißt du denn nicht, was das bedeutet?«
»Ja, aber –«
»Was ist denn?« Mit einem Schwung hakten sich ihre Hände hinten um sein Kreuz, in einer neuen Ehefrauen-Manier, und dann drückte sie ihn und bog sich zugleich von ihm weg, wie ein Franzosenmädchen, das sich von ihrem Soldaten verabschiedet.
»Ich fürchte, er tut es für mich. Für uns.«
»Er möchte es!«
»Ich fürchte, du hast ihn dazu überredet.«

»Es war seine Idee!«
»Wer hat mit ihm gesprochen?«
Ihre Augen glitzerten triumphierend. »Rita!«
»Rita?« Er überlegte. »Wußte Rita denn, daß du und ich heute eventuell mit Jamie fahren würden?«
»Ja!« Sie sagte das mit einem triumphalen Schwung.
»Und sie hat Jamie überredet, zu bleiben?«
»Sie hat ihn zu gar nichts überredet. Es war seine Idee. Er möchte einfach mehr Zeit für die Reisevorbereitung.« Sie buchtete sich mit der Zunge schalkhaft die Wange aus. »Was für ein Unding! Stell dir vor, wir drei mitten im Winter in Arkansas umherstreunend wie eine Bande von Wanderarbeitern.« Sie schüttelte vor ihm den Kopf, zärtlich nach Ehefrauenart. »Ich habe eine gute Nachricht, Tropf.«
»Bitte?«
»Du solltest wissen, daß du hier bei Freunden bist.«
»Ja.« Was er ihr nicht zu sagen vermochte: wenn ich heiraten kann, dann kannst du auch mitkommen. Ich kann sogar diesen neuartigen ehelichen Stallgeruch ertragen, diese triste Landserliebe, wenn du dich gemeinsam mit mir auf den Weg machst. Jamie wird bald sterben – deshalb muß er weg von hier. Aber auch ich muß weg von hier. Und jetzt sind wir eingeschlossen in die Speisekammer, in eine kalte Kartoffelliebe, und du bist die Frau Kastellan mit den Schlüsseln am Gürtel. »Ich gehe besser zu Jamie.«
»Er wird's dir sagen. Was ist denn?« Ihre Finger berührten seine Stirn, auf der die Schweißperlen standen.
»Mir ist heiß.«
»Es ist eiskalt hier drinnen.«
Seine Augen wurden starr. Lugurthas Beschäftigung mit dem Kuchenteig, das rasche Kneten auf dem mehlbestreuten Marmor, erinnerte ihn an etwas. Sie sang:

In einem Flugzeug
Zog sie an ihrer süßen Zigarette.

Kitty, seine Hand immer noch in der ihren, führte ihn zum Wintergarten und zeigte – nicht ihn den andern, sondern die andern ihm, so als seien sie Trophäen, Beweisgegenstände: Jamie, ausgestreckt auf dem Sofa, mit einem nassen Taschentuch auf den Augen; Mrs. Vaught, die darauf wartete, ihnen beiden die Hände zu reichen, auch sie sozusagen neu, eine herzliche kleine Pferdedame, den Kopf zur Seite geneigt, der Kneifer Blitze der Familienliebe blitzend; und Rita, in lässiger Haltung, breitbeinig, hinten am Kohlenofen. Mrs. Vaught, nach einem kurzen Händedruck, küßte ihn (o Schreck). Sie sagte nichts, doch es war eine Erleichterung spürbar, die zarte, gelassene Atmosphäre größerer Ereignisse.

Der Wintergarten war ein ungenutzter Zeremonial-Ort. Er hatte ihn zuvor erst einmal betreten: als Mr. Vaught ihm seinen alten »Philco« zeigte, ein Stehradio, welches glänzte von Zedernholz. Es hatte einen abgeschrägten Lautsprecher, und es funktionierte noch. Mr. Vaught schaltete es an, worauf sich die Röhren aufheizten und genau das Rauschen von 1932 und den Geruch der erwärmten Bespannung von sich gaben, wie man sie benutzte, um die Sendungen von Ben Bernie, Ruth Etting, sowie die Chase&Sunborn-Stunde zu hören.

Der kalte Wind schlug gegen die altmodischen Doppelfenster, drang auch herein und wirbelte auf den Fliesen unter dem Korbgestühl Staubknäuel auf. Es gab da noch chinesische Lackschachteln, Miniatur-Zeichenkästen, ein Mahjongg-Spiel und einen großen Tisch, der einem Gong glich. Der Messing-Kohlenbehälter zeigte eine Szenerie mit fidelen niederländischen Bürgersleuten. Der zum ersten Mal benützte Ofen verbreitete einen Geruch von verbranntem Firnis. In einer Ecke stand ein anderthalb Meter großer Storch mit leeren Augenhöhlen, und einem Schnabel, der als Zigarrenschneider diente.

Mrs. Vaught schlang ihren Arm um den seinen und rückte

mit ihm leicht gegen das Feuer vor. »Habe ich dir erzählt, daß ich einen Sommer lang sehr gut bekannt war mit deiner Mutter?«

»Nein, ma'am.«

»Es war in dem alten Tate Springs Hotel. Lucy Hunicutt war das ansehnlichste junge Mädchen, das mir je begegnet ist – nichts als schwarzes Haar und große violette Augen. Und noch und noch Beaus, die sie umschwärmten. Sie war eine teuflische Tennisspielerin und trug eine kleine Mütze wie Helen Wills. Jeder nannte sie ›Little Miss Poker Face‹. Aber einen Jungen gab es, der abgrundtief in sie verliebt war – Boylston Fink aus Chattanooga (er ist jetzt Aufsichtsratvorsitzender von Youngstown und Reading), der schönste Mann, den ich je gesehen habe. Er kam freilich nie dazu, mehr als drei Schritte mit ihr zu tanzen: jedesmal trat ein andrer dazwischen. So sagte sie ihm zu, mit ihm zu tanzen, wenn er herausfände, welches ihr Lieblingsstück sei. Irgendwie gelang ihm das. Es war ›Violets‹. Und stell dir vor, er bat das Orchester, es zu spielen, während alle noch beim Essen waren. Dann kam er quer durch den Saal – alle Augen auf ihn gerichtet – zu ihrem Tisch, verbeugte sich und sagte: Miss Hunicutt, ich glaube, das ist unser Tanz. Es war ganz schön dreist, nicht wahr, aber sie stand auf! Und sie tanzten das ganze Stück, auf der Tanzfläche für sich allein. In meinem ganzen Leben habe ich nichts Romantischeres gesehen.«

Es war, als habe die Erinnerung an jene freundlichere Epoche Mrs. Vaught der schrecklichen Probleme der Gegenwart enthoben. Sie wurde weich. Sein Radar spürte das, ohne es recht einordnen zu können: den Bezug zwischen der Vergangenheit und den irrwitzigen Gegenwartsproblemen mit der Fluorbeigabe. Bei ihm war es gerade umgekehrt! Es waren die alten Zeiten, mit ihrem Aroma, mit ihren großen Gelegenheiten, die ihn mit Grauen erfüllten! Für ihn war die Vergangenheit gespenstisch.

Jamie lag mit dem Taschentuch über den Augen und sagte nichts. Mit Mrs. Vaughts Erlaubnis ging der Techniker zu ihm und setzte sich neben ihn auf das Sofa.
»Was ist passiert?«
»Was meinst du damit?« fragte Jamie ärgerlich.
»Ich habe geglaubt, wir würden fahren.«
»Es macht mir nichts aus, noch eine Zeitlang zu warten. Schließlich eilt es ja nicht, oder?«
»Aber die Verschiebung war doch nicht deine Idee?«
»Selbstverständlich!«
»Ich habe gepackt und bin fahrbereit.«
»Ich weiß. «
»Wenn du gehen möchtest, brauchst du nur aufzustehen, und wir fahren los. Und ich glaube, Kitty kommt mit uns. Aber auch wenn sie nicht mitkommt – ich bin bereit.«
»Ich weiß.« Jamie blickte ihn unter dem Taschentuch forschend an. Der Techniker errötete.
»Wenn du meinetwegen bleibst, lehne ich das ab. Ich möchte wirklich lieber losfahren. Verstehst du?«
»Ja.«
»So frage ich dich, bei deiner Ehre, ob du meinet- oder sonst jemandes wegen bleibst. Wenn das so ist, dann laß uns aufbrechen.«
Jamie nahm das nasse Tuch weg und wischte sich den Mund ab, antwortete jedoch nicht. Während der Techniker wartete, drang ihm die Kaltluft in das Schuhwerk. Draußen im abgeernteten Garten schrieen die Häher. Über dem Philco hing ein großer trüber Stich der Kathedrale von Reims, worauf Touristen von 1901, mit Sonnenschirmen, breiten Hüten und Turnüren, das Portal bevölkerten. Plötzlich bemerkte er, daß die drei Frauen verstummt waren. Indem er den Kopf ein wenig wendete, sah er, daß sie ihn und Jamie beobachteten. Doch als er sich erhob, hatten Kitty und ihre Mutter die Köpfe zusammengesteckt und unterhielten sich in der allerlebhaftesten Manier, wobei Mrs. Vaught etwas an

ihren Fingern abzählte, so als stelle sie eine Art Liste zusammen. Jamie legte sich das Tuch über die Augen.
Rita stand immer noch am Feuer, die Füße weit auseinandergestellt, die Hände am Rücken verflochten. Sie verfolgte mit ironischen Blicken, wie der fröstelnde Techniker näherkam, um sich zu wärmen.
»Woran fehlt's denn?«
»Wie bitte?«
»Sie und Jamie scheinen über irgend etwas nicht ganz glücklich zu sein.«
»Jamie sagte mir heute früh, er wolle verreisen, Richtung Westen, auf der Stelle. Ich sagte ihm, ich sei einverstanden. Und jetzt fürchte ich, daß er die Reise um meinetwillen verschiebt. Glauben Sie denn nicht, daß die Reise eine gute Idee ist?« Er blickte sie aufmerksam an.
Sie zuckte mit den Achseln. »Ach, ich weiß es nicht. Was macht eine Verzögerung um ein paar Wochen denn aus – so oder so? Vielleicht wäre es besser, wenigstens so lange zu warten, bis jedermann weiß, was er und sie wirklich wollen. Im Augenblick jedenfalls kann ich nicht umhin, eine gewisse Voreiligkeit festzustellen. Ich halte es für keine schlechte Idee, nach gefaßten Beschlüssen erst einmal eine Zeitlang abzuwarten, damit man sieht, ob sie auch Bestand haben.«
Als er sie ansah, verschob sie den Kiefer, machte die Augen schmal und bewegte das Kinn vor und zurück, auf der Kuppe ihres Daumens. Es war eine Geste, die ihn seltsam an seinen Vater erinnerte. Jäh traf ihn ein Schlag von Wiedererkennen und namenlosem, süßem Grauen, lief ihm wie Elektrizität das Rückgrat hinab und an den Nerven zwischen den Rippen entlang. *Sie forderte ihn heraus.* Sehr gut, sagten die verschmälerten Augen und die spöttisch verschnörkelten Brauen (ja, es waren die Augen und die Brauen des Gesetzes): Warten wir ab, was kommt. Vielleicht weiß ich etwas über dich, was du nicht weißt. Warten wir ab, ob es dir gelingt, zu tun, was du tun willst – hierzubleiben und

dich zu verheiraten, nach allen Regeln der Kunst eine Frau zu ehelichen, deine Ehefrau zu lieben und ein Eheleben zu führen. Warten wir ab. Ich fordere dich heraus.
Aber: meinte man es nun gut mit ihm, oder wurde er abgetan? Sagte sie: Es wäre schade um dich, wenn du bliebest; oder: Dir fehlt alles, was dich befähigen würde, zu bleiben? Er blinzelte ihr zu und öffnete den Mund, um etwas zu sagen, aber in diesem Augenblick zupfte ihn Kitty am Ärmel. »Gehen wir, mein Herr.«
»Was?«
»Ich habe ein paar Anrufe zu erledigen. Kommst du mit?«
»Sicher.«
Zwischen den Leuten in dem Raum – in dem Luftraum – war eine Veränderung eingetreten, eine Verschiebung der Gegenstände zu eigenartigen neuen Mustern, wie in einem Kaleidoskop. Doch am geheimnisvollsten verwandelt hatte sich seine Kitty. Ihre Wangen waren gerötet, und sie schwenkte die Schultern in der Schulbluse wie eine Sekretärin, die zwischen drei Tischen hantiert. Sie war betriebsam. Nichts mehr war übrig von dem einsamen Mädchen auf der Parkbank, in Betrachtung versunken und in sich gekehrt wie er, welches in der Vorstellung zusammen mit ihm das altehrwürdige grüne Louisiana durchstreifte, und des Abends auf der rückwärtigen Stufe des Campers lagerte, mit dem gleichen Sinn für die Einzigartigkeit der Zeit und die Vortrefflichkeit des Orts. Nein, sie war Miss Katherine Gibbs Vaught, und ihr Photo, so die Vorstellung jetzt, erschiene in Bälde im *Commercial Appeal.*
»Wohin gehen wir?« fragte er sie und versuchte, Schritt zu halten, während sie durch die Anrichte segelte.
»Ich soll dich bei jemand abliefern, der ein Wörtchen mit dir reden möchte.«
Er kam erst wieder zu sich in Kittys winzigem Sprite, die Knie in der Höhe der Ohren, indes sie losbrausten, über den Bergrücken und hinunter in die Stadt.

»Was ist das hier?« fragte er, als sie dann auf einem etwa Morgen-großen Gelände hielten, das bestückt war mit brandneuen Autos.
»Das Geschäft, Wirrkopf. Vater möchte mir dir sprechen!«
Er saß blinzelnd da, die Hände auf den Knien. Das »Geschäft« war Mr. Vaughts Confederate Chevrolet Vertretung, die zweitgrößte in der Welt. Scharen von Verkäufern mit Colonel-Hüten und roten Spazierstöcken schlängelten sich zwischen hübschen Biscaynes und sportlichen Corvettes durch. Es bestand ein auffallender Gegensatz zwischen flottem Kopfschmuck und tropenvogelhellen Automobilen einerseits, und den düster-angstvollen Mienen der Verkäufer andrerseits.
»Komm doch«, rief Kitty, die ihm schon weit voraus war.
Sie fanden Mr. Vaught in einem riesigen Ausstellungsraum, einem weiteren halben Hektar voll mit Chevrolets. Er stand in einem ausgegrenzten Bürobereich und unterhielt sich mit Mr. Ciocchio, seinem Verkaufsleiter. Kitty stellte den Techniker vor und verschwand.
»Sehen Sie sich diesen Milchknaben an«, sagte Mr. Vaught zu Mr. Ciocchio und ergriff den Neuankömmling unter der Achsel.
»Jawohl«, sagte der andre und bedachte den Techniker mit einem so herzlichen wie vorsichtigen Blick. Der Verkaufsleiter war ein großer Norditaliener, den Kopf eindrucksvoll umgeben von festem, gekräuseltem Haar. Mit seinem Colonel-Hut sah er aus wie Garibaldi.
»Wissen Sie, wozu er imstande ist?«
»Nein.«
»Er schlägt einen Golfball fast dreihundert Meter weit, und er studiert ein Buch mit dem Titel *Die Theorie der großen Zahlen.* Was denken Sie von solch einem Burschen?«
»Das ist großartig.« Mr. Ciocchio lächelte und nickte unverändert herzlich. Der Techniker bemerkte, daß seine

Augen nicht übereinstimmten: eins blickte an seinem linken, das andre an seinem rechten Ohr vorbei.
»Er findet sich überall zurecht.«
Der Techniker bekräftigte das grimmig. Er wußte schon seit langem, daß dieser alte Kerl da, sein Arbeitgeber, die Boshaftigkeit als eine Art Machtmittel einsetzte. Und das war wohl auch sein Geheimnis: daß er sie bei gleichwem einsetzte.
»Bitte«, sagte er, wobei er sich höflich aus Mr. Vaughts Meistergriff befreite. »Kitty meinte, Sie wünschten mich zu sehen. Eigentlich wollte ich Sie schon vorher sehen. Jamie sagte, er möchte in den Westen, und ich antwortete, ich würde ihn dahin bringen, wenn Sie einverstanden wären.«
Mr. Ciocchio ergriff die Gelegenheit und verschwand so schnell wie Kitty.
»Doch jetzt, so scheint es, ist alles wieder anders. Jamie möchte die Reise verschieben. Ich sollte außerdem hinzufügen, daß ich Kitty gebeten habe, mich zu heiraten. Ich ergreife also die Gelegenheit, Sie von meinen Absichten zu unterrichten und um Ihr Einverständnis zu ersuchen. Gleichwohl – wenn ich recht verstanden habe – bin ich jetzt hier, weil Sie es so wollten.«
»Also gut«, sagte der alte Mann, trat einen Schritt zurück und bedachte ihn mit seinem allerverschmitztesten Blick. Ah! Zumindest weiß er, daß ich nicht auf ihn hereinfalle, dachte der Techniker. »Billy, mein Junge«, sagte er dann mit veränderter Stimme und humpelte mit einem ganz neuartigen Hinken (was für ein Gauner!) zur Bürobrüstung hin. »Wirf einen Blick auf das Gelände hier. Willst du wissen, was daran nicht stimmt?«
»Ja, bitte.«
»Siehst du die Kerle dort draußen?« Er deutete mit dem Kopf auf ein halbes Dutzend von Obersten, welche sich verdrießlich durch das Wagenfeld wanden.
»Jawohl.«

»Ich sage dir etwas ganz Seltsames. Alles stimmt an diesen Kerlen dort – bis auf eines. Sie möchten verkaufen. Sie kennen jede Bücherweisheit über das Verkaufen. Aber eins können sie nicht: sie können nicht schließen.«
»Schließen?«
»Den Kreis schließen, abschließen, einen Kauf abschließen. Sie schaffen es nicht, einen Kunden hierherein zu den anderen Kerlen zu lotsen.« Er wies auf weitere Oberste, welche an Pulten in der abgegrenzten Bürofläche saßen. »Da werden die Verträge abgeschlossen. Aber die schaffen es nicht, die Leute hereinzulotsen. Sie stehen draußen herum und reden, und einer ist netter und zuvorkommender als der andre. Und der Kunde sagt schließlich, gut, vielen Dank, ich komme wieder. Und weg ist er. Das Seltsame ist dabei, daß so etwas nicht lehrbar ist – ich meine, den richtigen Moment zum Kaufabschluß. Wir brauchen einen Koordinator.«
»Wie bitte?«
»Wir brauchen einen Verbindungsmann, eine Art Küchenchef, der die Töpfe beobachtet und merkt, wann bei jedem die Garzeit ist. Verstehst du mich?«
»Jawohl«, sagte der Techniker trübsinnig.
»Ich werde dir die ganze Wahrheit sagen«, sprach der alte Mann, im Tonfall vollkommener Aufrichtigkeit. »Weder mit Liebe noch mit Geld kann man jemanden kaufen, der gut ist. Zwanzigtausend im Jahr würde ich bezahlen für jemanden, der einfach nur gut ist.«
»Jawohl.«
»Ich versteh's nicht.«
»Was, bitte?«
»Warum sind diese Kerle bloß so armselig? Schau sie dir an. Sie sind der armseligste Haufen, den ich jemals gesehen habe.«
»Meinen Sie damit, sie sind unglücklich?«
»Schau sie dir an.«
Mr. Vaught hatte recht. »Warum sind sie so armselig?«

»Wenn du das herausbekommst, zahle ich dir fünfundzwanzigtausend.«
»Jawohl«, sagte der Techniker geistesabwesend; er hatte Kitty erblickt, die in ihrem Sprite auf ihn wartete.
»Hör zu, mein Lieber«, sagte der alte Mann und zog ihn wieder zu sich heran. »Ich werde dir die Wahrheit sagen. Ich weiß nicht, was zum Teufel vor sich geht da draußen, mit diesen Weibern, Jamie und so weiter. Was auch immer du vorhast, es ist mir recht. Und ich bin entzückt, mehr als entzückt, das von dir und Kitty zu hören. Ich weiß, wir zwei verstehen uns. Und ich wäre überglücklich, wenn du hierher kämst, wann immer dir danach ist.«
»Jawohl«, sagte der Techniker sauertöpfisch.

Am Abend ging es dem Techniker in dem Maße schlecht, wie es ihm am frühen Morgen desselben Tages, als er sich auf den Weg zur Universität gemacht hatte, gut gegangen war. Seine Knie zuckten. Einmal glaubte er, die schrecklichen Räuberpartikel zu hören, die in dem bleichen Himmel über New York und Jersey sirrten. Obendrein ging es allen anderen in dem Anrichtezimmer besser denn je zuvor. Es war der Abend vor dem Tennessee-Match. Die Luft erschien beschwingt und unbeschwert, erfüllt von Erregung und Hoffnung, die gerichtet waren auf das morgige Spiel, entrümpelt von dem alten, tristen Stückwerk der Vergangenheit. Am kommenden Tag würden unsere eigenen Leute, die guten, lächelnden, umgänglichen Burschen, denen man auf den Campuspfaden begegnete, auf dem Spielfeld freilich eine wilde, schwarzbehelmte Vernichtungsmannschaft, auf den noblen, bewährten Tennessee-Sturm stoßen. Ein großes Spiel ist mehr als nur ein Spiel. Es entfacht die Hoffnung und die Erwartung auf gewaltige Taten. Es war Brauch, die Nacht davor ein wenig zu trinken und sich das Bevorstehende auszumalen.
Gewöhnlich war auch ihm, dem Techniker, nichts lieber als die

Vorfreude eines Football-Wochenendes. Doch in dieser Nacht spürte er ein böses Unbehagen. Jamie und Sutter, die beiden Brüder, waren, über eine halbe Stunde lang, an der blauen Bar in ein Gespräch vertieft gewesen. Und Rita hatte Kitty beiseite genommen in den Erker und redete dort mit ihrer neuen nüchternen Gesetzesmiene, während Kitty zu einer lieblich rosigen Braut aufgeblüht schien. Immer wieder suchten ihn ihre Blicke und sandten ihm geheime scheue Mary-Nestor-Signale. Jetzt war sie es, die Signale aussandte, und er war der Verschlossene, Verdrehte. Einmal nur hatte sie das Wort an ihn gerichtet, und dann bloß, um zu flüstern: »Vielleicht bringe ich eine Sweetheart-Zeremonie zustande, mit den Chi Omegas als Jungfern.« »Wie bitte? Was ist das denn?« fragte er, wobei er das gesunde Ohr spitzte und sich das Knie festhielt. Doch bevor er herausbekam, was sie meinte, war sie schon wieder weg. Er empfand Unbehagen.

Noch etwas setzte ihm zu. Der Thigpen-Sohn hatte eine Wagenladung von seinem Universitätsjahrgang mitgebracht. Son, so grämlich er auch war, mit nichts anderem im Sinn als Thunderbird und Verbindung (dabei weniger die Brüder selbst als die Idee, den Hellenismus, wie er es nannte), hatte gleichwohl die Begabung, eine Menge Freunde um sich zu versammeln, muntere Jungen und Mädchen, die ihn trotz seiner Blässe und Sauertöpfigkeit gern hatten. Nun hatte er diese gutartige Gesellschaft abgeliefert, stand abseits und fiedelte mit seinen Thunderbird-Schlüsseln. Seine Gäste stammten aus dem Delta, dem Land des Technikers, wenngleich dieser sie nicht kannte. Doch er kannte ihren Schlag, und es setzte ihm zu, daß er so wenig mit ihnen gemeinsam hatte. Wie selbstverständlich war ihre Art, und wie vereinzelt und »yankeefiziert« war er – obgleich sie ihn sofort als einen der Ihren aufnahmen, als jemanden, der genauso selbstverständlich war wie sie. Bei den jungen Männern handelte es sich um Sewanee-Episkopalianer, sympathische, friedliche, trinkfeste, einnehmende Burschen, zuvorkom-

mend zu Frauen und ganz und gar eins mit sich selber, eins für die nächsten fünfzig Jahre mit ihrem eigenen Vorhandensein und den eigenen guten Namen. Sie wußten, was sie waren; wie die Dinge waren; und wie die Dinge sein sollten. Was den Techniker betraf: er wußte es nicht. Ich bin doch auch aus dem Delta, dachte er, indem er, mit der Hand tief in der Tasche, sein Knie festhielt, und ich bin Episkopalianer – warum bin ich nicht wie sie, selbstverständlich-vorhanden? Ah, wie Rooney Lee sein! Die Mädchen waren genauso vertraulich zu ihm, obwohl er keinem von ihnen jemals begegnet war. Liebreizende, kleine, goldene Rebhühner waren sie, in Herbstfelderfarben, grüngefiedert und blütenstaubüberpudert. Ihre Stimmen waren wie leise Musik, und ihre nach oben gerichteten Gesichter waren wie Blumen. Sie unterschieden sich überhaupt nicht von den liebreizenden, kleinen, störrischen, beherzten Frauen, welche am Ende der Baumwollreihen saßen und den Süden zusammenhielten, bis ihre Männer, vom Krieg geschlagen und gemartert, aus Virginia dahergetorkelt kamen; welche in ihren Schaukelstühlen saßen und jedem seinen Platz anwiesen. Ein tödliches Grauen jagten sie einem ein! Und daneben nun er und seine Kitty, die, ja, ein wenig Schwerfüßige, mit einer Neigung, zu forcieren wie ein Vorstadtmädchen aus Neuengland, und sich des eigenen Geschlechts nicht ganz sicher, sozusagen ein Wechselbalg (rosig war sie jetzt, weil sie herausgefunden hatte, was sie war – eine Braut). Zum Beispiel war Kitty, die sich doch zehn Jahre lang damit beschäftigt hatte, immer noch eine schlechte Tänzerin, indes man bei jedem einzelnen dieser Delta-Rebhühner sicher sein konnte, daß man sie im Arm hielte wie eine Feder.
Sie sprachen über Politik und über den Schwarzen, der, so ging das Gerücht, an diesem Wochenende auf dem Campus eintreffen sollte. »Kennt ihr den Unterschied zwischen einem Nigger und einem Affen?« sagte Lamar Thigpen, die Arme gleich um drei der Deltaner gelegt. Sie sind trotz allem

gute Kerle, dachte der Techniker zerstreut, spähte zu Mr. Vaught hin, welcher die Wände abschritt, überlegte, daß er ihn etwas hatte fragen wollen, und ging ihm nach, wobei er mit jedem Schritt seine Kniescheibe hineindrückte wie ein Kinderlähmungsopfer. Sie sind gute Kerle und so sehr eins mit sich selber und ihrer Umwelt, die ihnen so hell und sicher wie das Paradies erscheint. Morgen war das Spiel, und das machte sie glücklich. Sie wußten, was sie wollten, und wen sie haßten. Oh, warum bin ich nicht wie sie, dachte der arme Techniker, der in keiner Weise ein Liberaler war – dergleichen beschäftigte ihn überhaupt nicht –, dem vielmehr Weiß und Schwarz gleichermaßen Rätsel aufgaben, so daß er sich den Luxus des Hasses nicht erlauben konnte. Ach, aber in ihrem Haß waren sie doch prächtig, fiel ihm auf, während er dahinhumpelte. Dann vergaß er, was er Mr. Vaught hatte fragen wollen, blieb jäh stehen und befühlte sich den Puls. »Es geht mir ganz und gar nicht gut«, sprach er zu sich selbst.

»Was ist?« fragte Sutter, der ihn von seinem Küchenstuhl in der blauen Bar beobachtet hatte. Jamie, bemerkte der Techniker, war gegangen.

»Ich fühle mich nicht gut. Wo ist Jamie?«

»Er ist schlafen gegangen.«

»Ich wollte ihn fragen, was er nun vorhat.«

»Machen Sie sich keine Sorgen um ihn. Er ist in Ordnung. Aber was ist mit Ihnen?«

»Ich glaube, ich werde krank. Ich spüre, wie mir das Gedächtnis schwindet.«

»Was ist das für ein Buch, das Sie vorhin lasen?«

»Freemans *R.E. Lee.*«

»Fühlen Sie sich immer noch so angezogen vom Bürgerkrieg?«

»Nicht mehr so sehr wie früher.«

»Wie sehr war das?«

»Als ich in Princeton war, jagte ich ein Monument der

Union in die Luft. Es handelte sich nur um eine Gedenktafel, die versteckt war in dem Unkraut hinter dem Chemiegebäude, aufgestellt von dem 1885-Jahrgang, zur Erinnerung an jene, die es auf sich genommen hatten, die schändliche Rebellion zu unterdrücken, oder irgend etwas in der Art. Die Tafel tat mir weh. Ich stellte im Chemielabor einen Liter Trinitrotoluol her und sprengte sie, an einem Samstagnachmittag. Aber es gab niemanden, der wußte, was da überhaupt in die Luft gejagt worden war. Wie es schien, war ich der einzige, der wußte, daß sich da ein Monument befunden hatte. Man nahm an, es handle sich um einen Streich von Harvard. Später, in New York, überprüfte ich bei jedem Flugzeugabsturz die Passagierliste, um zu sehen, wieviele Südstaatler umgekommen waren.«

»Und trotzdem gehören Sie nicht zu denen.« Sutter deutete mit dem Kopf auf die Thigpens.

»Nein.«

»Sind Ihre nationalistischen Gefühle am stärksten jeweils vor dem Einsetzen Ihrer Amnesiezustände?«

»Vielleicht«, sagte der Techniker und bestarrte sich in dem schwirrenden blauen Licht des Spiegels. »Aber das ist es nicht, was mich interessiert.«

Sutter blickte ihn an. »Was interessiert Sie also?«

»Ich –«. Der Techniker hob die Schultern und verstummte.

»Was?«

»Warum geht es ihnen so gut«, deutete er auf die Deltaner, »und mir so schlecht?«

Sutter musterte ihn. »Die Frage ist, ob es ihnen so gut geht, wie Sie glauben, und wenn, dann ist die weitere Frage, ob es notwendig etwas Schlechteres ist, sich unter diesen Umständen mies statt gut zu fühlen.«

»Das sagt mir überhaupt nichts«, sprach der Techniker ärgerlich.

»Eines Morgens«, sagte Sutter, »bekam ich einen Anruf von einer Dame. Ihr Mann habe einen Nervenzusammenbruch.

Ich kannte ihn. Sie wohnten zwei Häuser weiter. Er war Präsident von Fairfield Coke und ein sehr ordentlicher Kerl, freundlich, gesund, großzügig. Neun Uhr morgens – so ging ich einfach hinüber. Seine Frau ließ mich ein. Da stand er im Wohnzimmer, für die Arbeit gekleidet, in seinem Haspel-Anzug, rasiert, geduscht, blührosa, sogar noch mit seinem Aktenköfferchen in der Hand. Alles war in Ordnung, außer daß er schrie, wobei sein Mund ein vollkommenes O bildete. Sein Hund heulte, und seine Kinder äugten hinter der Stereoanlage hervor. Seine Frau fragte mich nach meiner Meinung. Nachdem ich ihn beruhigt und ein wenig mit ihm geredet hatte, sagte ich, das Schreien sei an sich nichts Schlimmes; in manchen Fällen täte es einem Menschen besser, zu schreien, als nicht zu schreien – außer, daß er damit die Kinder erschreckte. Ich verordnete ihm die Unheilbaren-Station, und binnen zwei Wochen war er heil wie Quellwasser.«

Der Techniker beugte sich ein wenig vor. »Das verstehe ich. Jetzt möchte ich folgendes wissen: sind Sie der Meinung, in der Unheilbaren-Station entdeckte er nur, daß es gar nicht so schlimm um ihn stand, oder war es noch etwas anderes?«

Sutter blickte ihn seltsam an, gab jedoch keine Antwort.

»Sind Sie seinetwegen auch in Schwierigkeiten gekommen?«

Sutter zuckte die Achseln. »Das lag nahe. Seine Frau war versessen auf Tiefenpsychologie und schickte ihn zur Analyse, bei einem eingefleischten Freudianer, wie man sie nur noch hier im Süden finden kann, und da wurde er dann verrückt. Natürlich gab sie mir die Schuld, weil durch mich die Behandlung zu spät begonnen habe. Aber verklagt hat sie mich nicht.«

Der Techniker deutete mit dem Kopf auf die Deltaner. »Was ist mit ihnen?«

»Was soll mit ihnen sein?«

»Würden Sie auch die in die Unheilbaren-Station stecken?«

»Sie schreien doch nicht.«
»Sollten sie denn schreien?«
»Das behaupte ich nicht. Ich sage nur: wenn sie schrieen, hätte ich ihnen, früher einmal, helfen können. Jetzt kann ich nicht einmal das tun. Ich bin Pathologe.«
Der Techniker runzelte die Stirn. Er spürte eine Aufwallung von Zorn. An Sutters verdreht-eiliger Sprechweise war etwas unangenehm Ironisches. Man konnte sich vorstellen, wie er in zehn Jahren in einer Bar herumgeistern und in ähnlicher Weise vor irgendeinem Fremden dahinplappern würde. Er fing an zu begreifen, warum die andern ihm auswichen und ihn allein ließen.

12.

Er konnte nicht schlafen. Wie er so dalag und dem Treiben unten in John Houghtons Zimmer lauschte, begann er ein wenig wegzugleiten und wußte nicht mehr genau, wo er war, wie ein Kind, das wachliegt in einem fremden Bett. In dem Bett daneben atmete Jamie regelmäßig. Um drei Uhr früh war er elender dran denn je; sein Zustand war nur noch vergleichbar dem, den er erlebt hatte, als er – noch während der Präsidentschaft Eisenhowers – drei Monate lang für einen Blumenhändler in Cincinnati arbeitete und bestürmt wurde von gewaltigen *déjà vus* schwüler, grüner, immerzu wachsender Gegenstände.
Endlich trat er hinaus in das Treppenhaus, sah unter Sutters Tür ein Licht und klopfte. Sutter antwortete sofort. Er saß in dem Wagenradstuhl, in denselben Kleidern wie zuvor, die Füße flach auf dem Boden, die Arme symmetrisch auf den Lehnen; ohne Drink und ohne Buch.
Nach einiger Zeit wandte ihm Sutter den Kopf zu. »Was kann ich für Sie tun?« Die nackte Glühbirne an der Decke

tauchte seine Augenhöhlen in bläuliche Schatten. Der Techniker fragte sich, ob Sutter eine Droge genommen hatte.
»Ich habe Grund zu der Annahme, daß mir ein Anfall von Gedächtnisverlust bevorsteht«, sagte der Techniker sachlich. Er stellte den Kragen seines Pyjamas auf; es war kalt in dem Raum. »Ich dachte, Sie könnten mir vielleicht helfen.«
»Jimmy liegt dort im Sterben. Meinen Sie nicht, ich sollte eher versuchen, ihm zu helfen?«
»Ja, aber ich werde leben, und nach Ihren Worten geht das vor.«
Sutter lächelte nicht. »Warum kommen Sie damit zu mir?«
»Ich weiß es nicht.«
»Was kann ich für Sie tun?«
»Sagen Sie mir, was Sie wissen.«
»Warum heiraten Sie nicht und leben glücklich bis an Ihr Ende?«
»Warum hat der Mann, von dem Sie mir erzählten, so geschrieen? Sie haben es mir nicht gesagt.«
»Ich habe ihn nicht gefragt.«
»Aber Sie kannten den Grund.«
Sutter zuckte die Achseln.
»Was ist ein seelisches Problem?« fragte der Techniker und spitzte sein gesundes Ohr.
»Ein seelisches Problem«, wiederholte Sutter langsam.
»Was stimmte nicht mit ihm, Dr. Vaught?« Der bleiche Techniker kippte fast vornüber, wie die Clowns mit den am Boden festgenagelten Schuhen.
Sutter stand bedächtig auf, wobei er sich mit beiden Händen kräftig den Kopf kratzte.
»Kommen Sie hierher.«
Sutter führte ihn zum Kartentisch, von dem die schmutzigen Lappen entfernt worden waren, der aber immer noch kräftig nach dem Hoppe's-Waffenöl roch. Er ergriff zwei verchromte Eßzimmerstühle und stellte sie beidseits des Tisches auf.

»Setzen Sie sich. Recht so. Ich glaube, Sie sollten schlafen gehen.«
»Gut.«
»Geben Sie mir Ihre Hand.« Sutter nahm seine Hand, indem er sie umgriff wie beim indianischen Faustringkampf. »Schauen Sie mich an.«
»Gut.«
»Macht es Sie verlegen, Hand in Hand mit einem Mann zu sitzen und ihn anzuschauen?«
»Ja.« Sutters Hand fühlte sich trocken und sehnig an wie Besenstroh.
»Zählen Sie mit mir bis dreißig. Wenn wir zuende gezählt haben, werden Sie fähig sein zu tun, was ich Ihnen sage.«
»Gut.«
Als sie zuende gezählt hatten, sagte Sutter: »Sie behaupten zu glauben, ich wüßte etwas über Sie. Nun werden Sie auch tun, was ich Ihnen sage.«
»Gut.«
»Wenn Sie diesen Raum verlassen, werden Sie sich in Ihr Zimmer begeben und da neun Stunden tief schlafen. Verstehen Sie?«
»Ja.«
»Wenn Sie morgen aufstehen, wird etwas geschehen. In der Folge werden Sie eher in der Lage sein, zu entscheiden, was Sie tun möchten.«
»Gut.«
»Es kann sein, daß die nächsten paar Tage für Sie schwierig sein werden. Ich werde Ihnen jetzt nicht sagen, was zu tun ist, aber ich sage Ihnen jetzt, daß Sie die Freiheit haben werden, zu handeln. Verstehen Sie mich?«
»Ja.«
»Wenn Sie nicht mehr weiterkönnen, das heißt, wenn Sie in eine Lage kommen, wo jeder Augenblick bedrohlich wird, dann kommen Sie, und ich werde Ihnen helfen. Vielleicht

bin ich dann nicht hier, aber Sie werden mich finden. Verstehen Sie mich?«
»Ja.«
»Großartig. Gute Nacht.« Sutter gähnte, schob den Stuhl zurück und fing wieder an, sich mit beiden Händen den Kopf zu kratzen.
»Gute Nacht.«
In seinem ausgekühlten Bett rollte sich der Techniker zusammen wie ein Kind und versank jäh in einen tiefen und traumlosen Schlaf.

13.

Er erwachte an einem kalten, diamanthellen Morgen. Jamies Bett war leer. Als er den Hof überquerte, brachen die Thigpens gerade zum Match auf. Lamar kredenzte John Houghton einen Drink, den dieser leerte in einem Schluck, den kleinen Finger weggestreckt. John Houghton zeigte sich dafür erkenntlich mit einem Bockstanz, wobei er mit gewaltigen Sprüngen niederstieß und dann federleicht aufschnellte, und zugleich in die Hände klatschte, indem er bloß so die Schwielen aneinanderrieb. Der Techniker, welcher bleich und blinzelnd in der Sonne stand, fürchtete, Lamar könnte sagen »Bespring sie!«, oder etwas dergleichen. Er sagte es nicht. Als die kleine Karawane aufbrach und die drei Bediensteten winkend auf ihrer Hintertreppe standen – Lugurtha ließ ihre Schürze flattern –, da schüttelte Lamar statt dessen geradezu zärtlich den Kopf: »Es geht doch nichts über die alten Formen!« sagte er. Das Gefolge der Vaughts schien ihn an eine frühere, freundlichere Zeit zu erinnern, mochte das purpurne Schloß auch wenig von einem Vorkriegs-Herrenhaus an sich haben, und noch weniger der Golfplatz von einer Baumwollplantage.

Kitty aß in der Anrichte Eierkekse. Es war ihm, als blicke sie unruhig. Doch als er sie dann auf den Mund küßte, der noch nach Sirup schmeckte, erwiderte sie seinen Kuß mit ihrer neuentdeckten ehelichen Leidenschaft, und zugleich ein wenig abwesend.

»Rita möchte dich sehen«, sagte sie, während sie ihn durch das dunkle Eßzimmer führte. »Es ist etwas geschehen.«

»Wo ist Jamie?«

»Ich fürchte, es geht um ihn.«

»Komm ein bißchen hierher«, sagte er und versuchte, sie hinter einen Wandschirm mit schillernden Schmetterlingsflügeln zu ziehen. Er fühlte sich wie ein schläfriger Ehemann.

»Später, später«, sagte Kitty abwesend. Zum ersten Mal merkte er, daß das Mädchen zutiefst durcheinander war.

Als sie Ritas Turm-Schlafzimmer betraten, bekam Kitty, das fiel ihm auf, von einem Augenblick zum andern ein dickliches Armesünder-Gesicht. Sie sah aus wie Jamie. Sie zögerte, wie eine Vierzehnjährige, die ins Direktorenbüro bestellt worden ist, und ihre edlen morgendlichen Kurven verwandelten sich zurück in Babyspeck.

Rita war bekleidet mit einem schweren Seidenkimono und lag aufgestützt auf einem großen Bett, das übersät war mit Zeitschriften, Zigaretten, Brille, geöffneter Post. Sie las gerade ein Buch, das sie jetzt mit dem Gesicht nach unten ablegte. Aus Gewohnheit und Neugier beugte er sich vor, um den Titel zu sehen: *Die Kunst des Liebens.* Der Techniker empfand eine unbestimmte Enttäuschung. Auch er hatte das Buch gelesen, und obwohl er sich während der Lektüre sehr wohl gefühlt hatte, war jegliche Wirkung auf sein Leben doch ausgeblieben.

Rita stand rasch auf, steckte sich eine unangezündete Zigarette in den Mund und ging mit großen Schritten zwischen ihnen hin und her. Ihre Art, dabei das Profil als eine einzige, unheilverkündende Linie darzubieten (irgend

etwas Endgültiges hatte sich ereignet), war so beeindrukkend, daß er das Buch vergaß.
»Diesmal haben sie den Bogen überspannt«, sagte sie endlich, wobei sie am Fenster stehenblieb und sich mit der Daumenkuppe das Kinn rieb. »Besser gesagt, *er* hat ihn überspannt.«
»Wer?« fragte der Techniker.
»Sutter«, sagte sie, indem sie sich ihm zuwandte. Kitty stand neben ihm, plattfüßig und knopfäugig wie die typische Unterstufenschülerin. »Sutter ist weggefahren und hat Jamie mit sich genommen«, sagte Rita ruhig.
»Wohin denn, Rita?« rief Kitty aus, freilich eher rhetorisch, mit verdrehten Augen. Sie spielte die Überraschte, für ihn.
Rita zuckte die Achseln.
»Ich habe eine Vorstellung, was ihr Ziel sein könnte«, sagte der Techniker.
Rita rollte die Augen. »Dann sagen Sie's uns doch, um des Himmels willen.«
»Jamie wollte entweder in den Westen oder zu Val.«
»Dann schlage ich vor, Sie springen schnurstracks in Ihren kleinen Laster und holen ihn zurück.«
»Was ich nicht verstehe«, sagte der Techniker abwesend, wobei er sich die Faust an die Stirn legte, so als versuchte er mühsam, Klarheit zu gewinnen: »Warum ist Dr. Sutter weggefahren? Er hat mir gesagt –. Ich hatte jedenfalls nicht die geringste Ahnung, daß er vorhatte, sich zu verändern.«
»Wie es scheint, ist er vielmehr verändert worden«, sagte Rita trocken.
Er merkte, daß Kitty nicht bei der Sache war. Etwas war geschehen, und sie wußte davon.
»Um was für eine Veränderung handelt es sich?« fragte er.
»Sutter ist vom Krankenhaus entlassen worden.« Sie nahm die Brille ab und steckte sie in die tiefe Tasche ihres Kimonoärmels. Ihr bleiches hartes Gesicht wirkte nackt, ernsthaft und rechtschaffen, wie das eines Chirurgen, der aus

dem Operationszimmer tritt und sich die Gesichtsmaske abnimmt. »Man kam überein, ihn nicht anzuzeigen, wenn er nur ginge.«

»Anzeigen? Weshalb?« Wie er es gewohnt war, bemaß der Techniker die Bedeutung ihrer Äußerungen nicht an ihren Worten, sondern an den Signalen. Und daß diese Bedeutung in der Tat groß war, ersah man an ihrer Lässigkeit, daran, was sie sich erlaubte gerade im Umgang mit den kleinen Dingen. Sie zündete sich eine Zigarette an, hielt sie, mit der Geläufigkeit eines Marinesoldaten, in der hohlen Hand und betrieb so zwischen ihnen dreien ein imaginäres Lagerfeuer.

»Weshalb wollten sie ihn anzeigen?« wiederholte der Techniker seine Frage. Innerlich sträubte er sich gegen die Begierde nach schlechten Nachrichten. Wann käme endlich der Augenblick, da schlecht schlecht wäre und gut gut, und man man selber wäre und klar wüßte, was was war?

»Sutter«, sagte Rita, wärmte sich die Hände an dem unsichtbaren Glimmen und trat leicht von einem Bein auf das andre, »überredete eine Stationsschwester, ihre Patienten, von denen einige todkrank waren, alleinzulassen und ihn in einen unbelegten Raum zu begleiten, welcher, so glaube ich, ›Endstation‹ genannt wird. Da wurden sie dann entdeckt von der Nachtaufseherin. Sie lagen im Bett, um sich herum gewisse Abbildungen. Wynne Magahee hat mich letzte Nacht angerufen – er ist der Chef. Er sagte zu mir: ›Schau, es ist uns schnurzegal, was Sutter in seiner freien Zeit mit den Schwestern treibt oder ihnen antut. Aber, zum Teufel, Rita, wenn kranke Menschen alleingelassen werden, dann – Und zu allem Überfluß hat es jemand von der Station herausgefunden und will gegen das Krankenhaus Klage erheben.‹ Und ich mußte darauf Wynne antworten: ›Wynne, es ist nicht an dir, uns Erklärungen zu geben, sondern eher an uns –‹«

Kitty neben ihm war pausbäckig wie ein Eichhörnchen

geworden. »Sie waren *nicht* todkrank, Rita«, sagte sie müde, so als habe sie das schon oft gesagt. »Es war die Station mit den chronischen Krankheiten.«
»Sehr gut, sie waren nicht todkrank«, sagte Rita und warf dem Techniker einen ironischen Blick zu.
Kittys Unterlippe zitterte. Arme Kitty, nun hatte auch sie zu leiden. »Armer Sutter«, flüsterte sie und schüttelte den Kopf. »Aber warum in der Welt hat er –«
»Wie unglückselig die Situation auch sein mag«, sagte Rita grimmig: »Daß man Sutter entdeckt hat, war nicht nur ein dummer Zufall oder ein Mißgeschick. Wie es sich trifft, hat Sutter sein Rendezvous genau ein paar Minuten vor dem Zeitpunkt angesetzt, an dem die Nachtaufseherin mit ihren Runden beginnt.«
»Willst du damit sagen, daß Sutter sich absichtlich erwischen ließ?« rief Kitty.
»Es gibt Bedürfnisse«, sagte Rita kühl, »welche diesem oder jenem Wertsystem vorgehen. Ich vermute überdies, daß unser Freund hier sehr viel mehr über die Situation weiß als wir.«
Doch obwohl Kitty sich ihm zuwandte, war er verärgert und wollte nicht antworten. Er wußte auch gar nicht, wovon Rita redete. So fragte er nur: »Wann ist es eigentlich passiert?«
»Donnerstag nacht.«
»So wußte er, als ich in der vergangenen Nacht mit ihm sprach, daß er entlassen war?«
»Ja. Und er wußte auch, daß er und Jamie heute früh wegfahren würden.«
»Aber er hat mir doch gesagt, ich würde ihn finden, falls –« Der Techniker brach ab und verstummte. Dann fragte er: »Sind Mr. und Mrs. Vaught unterrichtet?«
»Ja.«
»Was haben sie gesagt?«
»Papa schlug die Hände über dem Kopf zusammen – Sie

können es sich vorstellen – und stürzte aus dem Zimmer. Mutter legte sich ins Bett.«
Er schwieg.
»Ich hatte angenommen, Ihre Verpflichtungen als Hauslehrer-und-Begleiter schlössen auch eine gewisse Verantwortung für sein Leben ein. Als er das letzte Mal mit Sutter wegging, ging er daran beinahe zugrunde.«
Fast hätte er gegrinst über ihre herzhafte Bosheit. Er dachte an seine Tanten. Diese Bosheit war ihm vertraut; sie gehörte gleichsam zu dem Mobiliar seines Familienwohnzimmers. Er blickte auf seine Uhr. »Ich kann in zehn Minuten losfahren. Wenn er im Tyree County ist, bin ich morgen wieder zurück. Wenn sie nach New Mexico unterwegs sind – was ich annehme –, dann wird es länger dauern. Ich werde es versuchen in Santa Fe und in Albuquerque. Kitty?« Er wartete in der Tür, ohne sie anzusehen.
Als sie sich nicht von der Stelle rührte, schaute er auf. Das Mädchen war in Bedrängnis. Sie rang die Hände. Zum ersten Mal sah er jemanden, der die Hände rang.
»Kommst du mit mir?«
»Ich kann nicht«, sagte sie, mit offenem Mund und tonlos wie eine Vierzehnjährige, die dem Lehrer nachspricht.
»Warum nicht?«
»Bill«, sagte Rita mit verkniffenen Brauen, »Sie können von diesem Kind doch nicht verlangen, daß es mit Ihnen verreist. Es kann ja sein, daß Sie tatsächlich nach New Mexico müssen.«
»Wir können morgen in Louisiana heiraten. Mein Onkel lebt da und wird das Nötige erledigen.«
Sie schüttelte freundlich den Kopf. »Hört zu, Leute. Bill, Sie finden Jamie, bleiben dann bei ihm, oder bringen ihn heim. So oder so gebe ich mein Wort, daß dieses Mädchen gelaufen kommen wird, so schnell sie ihre kleinen Beine tragen. Und dir, Kitty, versichere ich, daß er zurückkommt. Schauen Sie sie an, Gefreiter.«

Doch statt dessen schaute er auf Rita.
Sie forderte ihn heraus! Wenn du gehst, sagten die klaren grauen Augen, dann wissen wir beide, daß du nicht mehr zurückkommst. Ich fordere dich heraus!
Und Kitty: durch irgendeinen seltsamen Zauber war diese gebieterische Löwin in ein zwitscherndes Vogeljunges mit kleinen, dünnen Beinen verwandelt worden.
»Kitty, ich muß noch kurz auf mein Zimmer, und dann fahre ich.«
»*Wart.*« Lautlos wie ein Täubchen flog sie hin zu ihm – und brachte immer noch kein Wort hervor.
»Was ist?« sagte er mit einem Lächeln.
Rita hakte sich bei ihnen ein und schubste sie gegeneinander.
»Wenn es dir etwas sagt, Liebes«, sprach sie zu Kitty: »Ich setze auf ihn. Gefreiter?«
»Bitte?« fragte der verdutzte Techniker.
»Idiot«, sagte Rita und verabreichte ihm mit ihrem seidenen Ellbogen einen Rippenstoß. »Das arme Mädchen überlegt, ob Sie zurückkommen.«
Dann bemerkte er einen feinen Schimmer von Einverständnis in Ritas Augen, und es war ihm, als sähe er sie beide, Kitty und Billy, als puppengleiche Figuren vor der magischen Wand einer Zauberin zappeln. Und das allerseltsamste daran war, daß ihm das gar nichts ausmachte.

Ein Zettel war mit einer Haarspange an die Zündung des Trav-L-Aire geheftet.
Wir treffen uns in einer Stunde. Nimm die 81 –
Meinte sie die 81 in der Nord- oder in der Südrichtung?
Bieg an der Hügelkuppe rechts ab –
Himmel, welcher Hügel? Und welche Seite?
Wart auf mich an dem Schild Zu Verkaufen *und dem Briefkasten –*
Vor oder nach dem Abbiegen?
aber so, daß man uns von der Straße aus nicht sehen kann. K.

Vor wem hatte sie Angst?
Es blieb ihm noch Zeit, Sutters Stadtwohnung aufzusuchen – aus zwei Gründen: einmal, um sich zu vergewissern, daß Sutter tatsächlich gefahren war (denn Rita war eine Lügnerin), und zweitens, um – sollte er nun gefahren sein – einen Anhaltspunkt oder ein Zeichen zu finden (Sutter hatte ihm vielleicht etwas dergleichen hinterlassen).
Also hinauf auf den Berg und abwärts durch verlassene Straßen – war denn heute ein Feiertag? Nein, das Match! Alle waren beim Match oder saßen vor den Fernsehern, und die Straßen und die Autos und die gelegentlichen Flaneure wirkten, als hätten sie eigens *nichts* mit dem Match zu schaffen – zu den »Kenilworth Arms«, einer altersgeschwärzten Stuckfestung, einem Relikt der prunkvollen Zwanziger. Er fuhr hinauf in einem Aufzug mit rubinrotem Glas in der Tür und nahm einen engen verfliesten Flur, der etwas von einem feuchten Hohlweg hatte. Die Stille, die Leere von Sutters Wohnung begann schon an der offenen Tür; auch diese war mit einem rubinroten Fensterchen ausgestattet. Das Apartment hatte einen vertieften Wohnraum und sah aus wie jenes von Thelma Todd, in den Hollywood Hills 1931. Auf dem Fußboden stand geöffnet eine altersbrüchige Gladstone-Tasche mit einem erst vor kurzem gerissenen Griff, und im Badezimmer eine grüne Dose mit Mennen's Talk. In einem Schreibtischfach fand er, einem Notizblock beigelegt, eine Esso-Karte des Südostens der Vereinigten Staaten. Eine leichte Bleistiftlinie lief südwestwärts zu einem X, welches in den Badlands oberhalb der Golfküste eingetragen war, bog nach Nordwesten ab, und stieß hinter Shreveport an den Kartenrand. Er kurbelte das Flügelfenster auf. Das schwache Rauschen der Stadt unten füllte den Raum wie eine Meeresmuschel. Er setzte sich auf die Stufen der Balkonempore und blickte hinab in den Schacht des Wohnzimmers, wo das Durcheinander herrschte, mit einem deutlichen Beigeschmack von Sexuali-

tät. Die orangenen Kerzenstümpfe, das rubinrote Glas und die Leuchter an den Wänden waren sozusagen Embleme des Sexuellen, allerdings einer ver-rückten, archaischen Spielart des Sexuellen. Hier, so stellte er sich vor, wurden Feste mit Pauken und Trompeten gefeiert. Warum hatte sich Sutter solch einen Ort zum Wohnen ausgesucht, in dem es geisterte von ehemaligen Orgien? Er hatte mit dieser Zeit doch gar nichts zu tun. Der Techniker öffnete den Notizblock. Es schien sich dabei um eine Art von Patientenbuch zu handeln, mit gelegentlichen Autopsie-Protokollen und viel Gekritzel dazwischen.
Sutter hatte gegeschrieben:

Ein Individuum, Name bekannt, weiß, männlich, etwa 49.
Augen, Ohren, Nase, Mund: neg. (oben Gebißprothese).
Haut: 12 cm Quetschung am rechten Hinterkopf.
Rippenfell: Neg.
Lunge: Neg.
Herzbeutel: 10 cm^3 rosa schaumiger Flüssigkeit.
Herz: Infarkt an der Vorderwand der rechten Kammer; Koronararterie: leicht verengt, örtliche Verkalkungen; frische Verstopfung am vorderen Unterabschnitt der rechten Koronalarterie.
Bauch: neg., ausgenommen leichte Zirrhose an der Leber, mit fibrösem, teilbarem Gewebe; zentrale Lobularbereiche makroskopisch sichtbar.

Polizeireport: Subjekt aufgefunden in einem Raum oberhalb von »Mamie's«, 16. Straße, hinter früherem Eisenbahndepot. Spur zurückverfolgt zum Jeff Davis Hotel. Aus Little Rock, Teilnehmer am Optikerkongreß. Spur vom Hotel zu einer Männerrunde in Lagerhaus (Mädchen-Einlage plus Film, keins von beidem auf Optikerprogramm), von da zu Mamie's, von da ins Zimmer darüber, da niedergeschlagen oder -gestoßen; Kopfverletzung aber nicht Todesursache. Mamie außer Verdacht gestellt.

Unzüchtigkeit = alleinige konkrete Metaphysik des Laien im Zeitalter der Wissenschaft = Sakrament der Enteigneten. Dinge,

Personen, Beziehungen entleert, nicht durch die Theorie, sondern durch die laienhafte Lektüre der Theorie. Es bleibt nur noch die Beziehung von Haut zu Haut, und die Hand unters Kleid. So glaubt der Laie jetzt, daß das ganze Spektrum der Beziehungen zwischen Personen (z. B. ein Mann und eine Frau, welche verbunden scheinen durch den althergebrachten Komplex von Beziehungen – Zuneigung, Treue und dergleichen, Verständnis, Humor, etc.) begründet ist auf dem »realen« Substrat des genitalen Sex. Der letztere ist »real«, das andre ist es nicht. (Vgl. Whiteheads Verlagerung des Realen)

Der Wissenschaftler selber ist in der Ausübung seiner Wissenschaft kein Wüstling; der Preis jedoch für die Schönheit und Eleganz der wissenschaftlichen Methode = die Entfremdung des Laien. Unzüchtigkeit = das Klima im Vorraum der Wissenschaft. Unzucht steht in einer Wechselbeziehung zu Wissenschaft und Christentum und wird von beiden bestärkt.

Die Wissenschaft, welche (in der Sicht des Laien) konkrete Dinge und Beziehungen auflöst, läßt intakt die Berührung von Haut zu Haut. Zweifache Verstärkung der genitalen Sexualität: einmal, weil es sich um Berührung handelt, daher um Körperliches, daher »Reales«; und dann, weil sie korrespondiert mit theoretischen (d.i., sexuellen) Substraten aller übrigen Beziehungen. Daher genitale Sexualität = zweifach »real«.

Das Christentum ist immer noch lebensfähig genug, der Unzucht die Unart zu garantieren, welche dieser essentiell ist (die Unzucht des Ostens z. B. ist planlos und oberflächlich).

Der perfekte Wüstling = ein Mann, der sowohl im Vorraum der Wissenschaft lebt (nicht im Forschungslabor) als auch im Zwielicht des Christentums, z. B. ein Techniker. Der perfekte Wüstling = ein abgefallener Südstaatenchrist (der als solcher nicht nur die Erinnerung an das Christentum verkörpert, sondern auch an eine in Raum und Zeit versunkene Region), der gegenwärtig in Berkeley oder Ann Arbor lebt, welche keine wirklichen Orte sind, sondern Stätten abstrakter Aktivität, die gleichwo vor sich gehen könnten –

eine Landkarte aus lauter Koordinaten; der vielleicht angestellt ist als Eignungstester oder Meinungsbefrager oder Computer-Programmierer oder in sonst einem parawissenschaftlichen Beruf. Hausfrauen aus dem mittleren Westen, nehmt euch in acht vor so jemandem! Die Hand-unterm-Kleid eines vollkommen Fremden steht im Dienst sowohl des theoretischen als auch des körperlichen »Realen«.

Ich streite nicht ab, Val, daß eine Erneuerung eures sakramentalen Systems eine Alternative zur Unzüchtigkeit ist (die einzige andre Alternative: das althergebrachte Sakrament überhaupt zu vergessen), denn die Unzüchtigkeit ist selber eine Art von Sakrament (ein teuflisches, wenn du so willst). Der Unterschied besteht darin, daß mein Sakrament einsatzbereit ist, und deines nicht.

Die sogenannte sexuelle Revolution ist nicht, wie verkündet, eine Befreiung des sexuellen Verhaltens, sondern eher das Gegenteil. In früheren Zeiten, sogar unter Königin Victoria, war der geschlechtliche Verkehr das natürliche Ende und der Höhepunkt verschiedengeschlechtlicher Beziehungen. Jetzt beginnt man mit Sexuellem, statt mit einem Händedruck, und wartet dann ab, um zu sehen, was dabei herauskommt (z. B. könnten wir später ja Freunde werden), vergleichbar Hunden, die einander begrüßen mit der Nase-zum-Schwanz und dem Schwanz-zur-Nase.

Aber ich bin kein Wüstling, Val, anders als der Optiker (nun ein Leichnam) – der vorgeblich ein »anständiges« Leben führte, ein häuslicher Mensch, für den ein Kongreß Männerrunden und Callgirls bedeutet. Ich akzeptiere die gegenwärtige sexuelle Grundlage aller menschlichen Beziehungen und versuche, darüber hinaus zu gehen. Kann sein, daß ich schnüffle wie ein Hund, doch danach versuche ich eher, menschengleich zu sein, als mich menschlich zu maskieren und zu schnüffeln wie ein Hund. Ich bin ein ehrlicher, demütiger, und sogar moralischer Wüstling. Ich kultiviere das Unzüchtige mit dem Ziel, mich darüber hinwegzusetzen.

Frauen sind heutzutage, versteht sich, die natürlichen Wüstlinge, weil sie durch die Wissenschaft nicht nur enteignet sind von dem

Komplex der menschlichen Beziehungen (aller, ausgenommen den Orgasmus), sondern auch in ihren Vororthäusern im Müßiggang gefangen sind, so daß ihnen nichts zu tun bleibt, als pseudowissenschaftliche Artikel im Reader's Digest und schmutzige Romane zu lesen (eins als die natürliche Präambel des andern). Die Zivilisation der Vereinigten Staaten ist die seltsamste in der gesamten Geschichte der Menschheit: eine Gesellschaft von anständigen, großzügigen, sexbesessenen Männern und Frauen, wo einer den andern seinen Begierden überläßt, die Männer drinnen in der Stadt und bei den Kongressen, ihre Frauen in den Vorstädten, welche die ideale Heimstatt und Brutstätte der lüsternen Träumereien sind. Ein Betrug an den Frauen, wenn du mich fragst.

Sei nicht zu streng mit Rita. Sie ist nur verdrossen, nicht anormal. (Die große Entdeckung meiner Praxis: daß es so etwas wie »Schizophrenie« oder » Homosexualität«, als platonische Kategorien wahrscheinlich gar nicht gibt, vielmehr nur Verdrossenheit, Rachsucht, Gehässigkeit, Unredlichkeit, Angst, Einsamkeit, Begierde, sowie Verzweiflung – womit ich nicht sagen will, daß wir keine Psychiater brauchen. Wie es scheint, geht es euch einfach nicht überragend, Leute.)

Der einzige Unterschied zwischen dir und mir besteht darin, daß du meinst, Reinheit und Leben kämen allein vom Verspeisen des Leibes und vom Trinken des Blutes Christi. Ich weiß nicht, woher sie kommen.

Der Techniker erhob sich schwankend von dem Fußboden des vertieften Wohnzimmers, wo er Sutters Patientenbuch gelesen hatte, und ging in das Bad. Im Urinieren starrte er hinab auf die rotbraune Klosettmuschel und den schwarzen Fliesenboden. Einmal, so erinnerte er sich, hatte sein Vater das Haus eines reichen Syrers aufgesucht, um dort dessen Testament aufzusetzen. »Die Betten waren mit schwarzen Leintüchern bezogen«, vertraute er seinem Sohn dann an, wobei seine Stimme sich geradezu überschlug. Und auch jetzt noch war etwas gleichsam Levantinisches und Ver-

schrobenes an solcher Art, das anständige Weiß von Badezimmern und Bettüchern zu verfälschen.
Er steckte die Esso-Karte in das Patientenbuch und ging hinunter zum Camper. Die Lektüre von Sutters Aufzeichnungen hatte eine seltsame Auswirkung auf ihn: statt sich nun zu beschäftigen mit »amerikanischen Frauen« und »Wissenschaft« und »Sexualität«, wendete er sich mit Erleichterung dem Alltäglichen zu. Er fuhr zu einer Tankstelle und studierte, während der Motor versorgt wurde, die Esso-Karte, wobei er von einem Moment zum andern, fast hellseherisch, die Entfernung bis Jackson, New Orleans, und Shreveport errechnete. Als der Tankwart mit dem Ölmeßstab kam und daran dann die Schicht des schönen grünen »Uniflow« herzeigte (ein bißchen niedrig), da sog er den heißen gesunden Geruch des Öls ein und spürte in den eigenen Muskeln den langen federnden Stahl.

14.

Gleich hinter dem Sattel des äußersten Hügels, der letzten Falte der Appalachen, welche einen noch unwirtlichen neuen Golfplatz und ein gleißend helles Feld von marmorbestückten Dachfirsten (fünfhundert »Goldmedaillon-Häuser«) überragte, fand er ohne Schwierigkeit Briefkasten und Einfahrt. Das rüstige Gefährt brauste die felsige Steigung hinauf, vorwärtsdrängend wie ein Dachs, und tauchte dann in ein Rhododendron-Dickicht. Kräftige fleischige Blätter fegten an dem Aluminiumrumpf seines Schiffs entlang und klatschten wieder hinter ihm zusammen. Er bog ab in die Wälder, aber von Kitty keine Spur. Während er auf sie wartete, lag er in Jamies Koje und studierte von neuem die Karte, die er in Sutters Wohnung gefunden hatte. Sutters Patientenbuch verwirrte ihn; es gab darin keine Anhalts-

punkte. Doch die Karte, mit ihren sich überschneidenden Linien, winzigen Flugzeugen und gekreuzten Schwertern, welche Schlachtfelder bezeichneten, wirkte beruhigend: sie wies ihm mögliche Richtungen.
Im Rhododendron pfiffen die Spatzen, und dann schnellten die Zweige auseinander – in der Öffnung stand Kitty, den Arm umgeben von Licht und Luft.
»Oh, ich bin froh, dich zu sehen«, rief er, sprang auf und umfaßte sie, ohne sein Glück erst einmal fassen zu können. »Du bist da!« Und sie war da, in Lebensgröße, und roch nach frischen kleinen Anziehsachen und den brandneuen Kunststoff-Jeans. Sie waren nicht ganz das Richtige, die Jeans, zu neu und zu eng an den Schenkeln und zu ordentlich aufgeschlagen, wie bei einem Macy-Mädchen, das auf dem Weg in die Catskills ist; doch sein Herz schlug dabei nur noch höher. Er lachte und umarmte sie; hielt ihren Charme im Arm.
»Jetzt mach«, rief sie erglühend.
»Wie?«
»Such im Radio das Spiel.«
»Das Spiel?«
»Tennessee führt.«
»Gut«, sagte er und schaltete das Radio an. Aber statt zuzuhören, sagte er zu ihr: »Also. Ich bin sehr zuversichtlich. Ich sehe jetzt, daß ich in der Zeit, da ich bei deiner Familie war, zu sehr versucht habe, mich an meine Umgebung anzupassen und in zwischenmenschlichen Beziehungen erfolgreich zu sein.«
»Liebling«, sagte Kitty, wieder in der Rolle des unfertigen, gutaussehenden College-Mädchens.
»Folgendes werden wir tun«, sagte er, wobei er sie auf den Knien hielt und tätschelte. »Wir gehen nach Ithaca und holen dort mein Geld ab. Dann überqueren wir den mächtigen Mississippi und suchen meinen Onkel auf, welcher in der Nähe der Stadt Shut Off, Louisiana, lebt, wickeln

dort ein weiteres kleines Geschäft ab, heiraten, und brechen auf in Richtung Westen, spüren Jamie auf, entweder in Ritas Haus in Tesuque oder auf Sutters Ranch bei Santa Fé, und leben danach in Albuquerque oder vielleicht in Santa Fé, parken den Camper in einem ausgetrockneten Flußbett und werden Studenten der ›University of New Mexico‹ – so etwas gibt es da ja auf jeden Fall –, und halten uns Jamie zur Verfügung, wie auch immer es ihm beliebt. Wir könnten auf Sutters alter Ranch wohnen, an den Abenden da sitzen und die kleinen gelben Vögel beobachten, wie sie von den Bergen herabgeschwirrt kommen. Laß mich dir sagen, daß mir solch ein Umschwung der Dinge von großem Nutzen erscheint, wofür ich Jamie danke, und daß ich unsagbar glücklich bin, dich mit mir zu sehen.«

Kitty freilich wirkte abwesend und versuchte, der Radioübertragung zu folgen. Dann jedoch überlegte sie es sich, ergriff ihn am Arm und zog ihn mit ihrer warmen schweren Hand hinaus aus dem Trav-L-Aire. Als er sich wieder gefaßt hatte, zeigte sie ihm ein Haus-und-Grundstück, in der rührigen Manier eines Maklers. »Myra hat mir den Schlüssel gegeben. Weißt du, sie möchte nämlich, daß ich für sie arbeite! Sie verdient Geld noch und noch.« Es handelte sich um ein regelrechtes Felshaus, von dem Hügel vorspringend in die Baumkronen. Sie schloß die Tür auf.

»Was ist das denn?« fragte er, indem er an seinem Ohr rüttelte. Die roten und blauen Linien der Esso-Karte flimmerten ihm noch auf der Netzhaut, und er war nicht in der Stimmung für Häuser. Aber sie waren bereits drinnen, und sie zeigte ihm die gewachsten Pflastersteine, den offenen Kamin und den Ausblick auf die traurigen Hügelausläufer und auf das weiße Feld der Goldmedaillon-Häuser.

»Das ist das Mickle-Haus. Myra hat es angesetzt für siebenunddreißig fünf, aber der Familie läßt sie es für zweiunddreißig. Ist es nicht bezaubernd? Sieh dir doch den Stein an, aus dem der Kamin gemauert ist.«

»Siebenunddreißig fünf«, sagte der Techniker unbestimmt. »Siebenunddreißigtausend fünfhundert Dollar. Im Sommer gibt es derartige Preise nicht.«
Sie nahm ihn mit hinaus zu einem farnbewachsenen schmalen Tal, wo ein kleiner Bach plätscherte, über den eine ländliche Brücke führte. Während sie neben ihm ging, steckte sie ihm hinten die Hand in den Gürtel, in dem freundschaftlichen Eheleute-Stil, wie man ihn bei alten Paaren sieht.
»Willst du sagen, daß du hierher zurückkommen und da leben möchtest?« fragte er sie schließlich, indem er den Blick über die farndurchwachsenen Episkopalwälder und die traurige Aussicht schweifen ließ und sich vorstellte, wie er für die nächsten vierzig Jahre die Meisen füttern würde.
»Erst müssen wir Jamie finden«, rief sie. »Komm.« Sie zog ihn zum Trav-L-Aire. »Wart, bis ich diesen armen Jamie erwischt habe.« Doch wiederum überlegte sie es sich anders. »Oh. Ich habe vergessen, dir das Fuchsloch zu zeigen, wie Captain Mickle es zu nennen pflegte: es ist in den Felsen unter der ›Brücke‹ gebaut. Und es ist schall- und frauensicher, sogar den Türknauf kann man abnehmen – der richtige Ort für einen alten Brummbären wie dich. Du kannst in dem Loch meinetwegen ganz für dich sein.«
»Nein, danke. Das entspricht uns beiden nicht«, sagte der Techniker, mit einem mißtrauischen Blick auf den Episkopal-Efeu, der sich ihm um die Knöchel zu schlingen schien.
»Der alte Captain Andy«, sagte Kitty und schüttelte dabei freundlich den Kopf. »Er war ein bißchen verschroben, aber ein lieber Mensch. Er pflegte auf der Brücke hin und her zu streunen, wie er das nannte, das Teleskop unterm Arm, den Horizont abzusuchen und dann ›Ahoi!‹ zu rufen.«
»Ist das die Möglichkeit«, sagte der Techniker düster, wobei er sich schon als einen bärbeißigen, wenngleich liebenswerten Sonderling sah, der durch sein Fernrohr auf die Bussarde und Krähen spähte, wie sie über dieser kümmerlichen Ebene

kreisten. »Komm«, sagte er, indem er ihr einen versteckten Blick zuwarf. Sie war zugleich freundlich, grausam und nachsichtig. Es war, als seien sie schon fünf Jahre verheiratet. Ahoi! Er mußte von hier weg. Aber, das sah er klar, es würde geradezu die Hölle sein, sie einzuschließen in einem trockenen Flußtal in New Mexico. Sie war ein Hausmensch.

Schließlich jedoch ließ sie sich von ihm in den Camper setzen, und ab ging's, den letzten Abhang der Appalachen hinunter, welcher schräg vorstieß in die Herbstsonne, hinunter durch die Tupelobäume und den dreifingrigen Sassafras.

»Wieviel Geld hast du?« fragte sie.

Er hob die Achseln. »Um die fünfzehntausend – wenn ich meine Geschäfte abgewickelt habe.« Ein Gedanke munterte ihn auf. »Das ist nicht annähernd genug für Captain Andys Haus, so günstig das Angebot auch sein mag.«

»Wirst du das hier für mich verwahren?«

Die Esso-Karte lag offen auf dem Armaturenbrett. Und geradewegs über das alte Arkansas fiel er jetzt, der Scheck, ein richtiger *chèque*, maschinengedruckt, beglaubigt, gestanzt, verrechnet, rottintig, mit schraffierter Oberfläche, rauh wie ein Käsereiber. Der Techniker wäre beinah in den Graben gefahren. Eine kleine Armee roter Fraktur-Nullen marschierte schnurstracks gen Oklahoma, vorgebeugt im Wind. Der Scheck kam ihm bekannt vor. Hatte er ihn nicht schon einmal gesehen?

»Du hast ihn schon einmal gesehen. Erinnerst du dich?«

»Ja«, sagte der Techniker. »Woher stammt er?«

»Es ist meine Mitgift, Dummkopf. Dreh ihn um.«

Er fuhr an eins der Goldmedaillon-Häuser heran (was war eigentlich gegen sie einzuwenden? Waren sie nicht weit erfreulicher als der Bussardsitz dort oben auf dem Hügelrücken?) und las laut die lavendelblaue Handschrift: »Gilt nur als Deposit, hinterlegt bei Williston Bibb Barrett.«

»Weißt du, wie ich auf das ›Bibb‹ gekommen bin?«

»Nein.«
»Ich habe Jamie dazu gebracht, in deine Brieftasche zu äugen.«
»Was soll ich damit tun?«
»Behalt ihn. Gib mir deine Brieftasche. Ich stecke ihn hinein.«
»Gut.«
»Es ist wirklich eine Versicherung.«
»Was für eine Versicherung?«
»Für den Fall, daß du meinetwegen knapp wirst. Ich weiß, du würdest keinem Mädchen Geld stibitzen. Nicht wahr?«
»Nein.«
Schon stahl sich der markzerfressende Efeu den Berghang herunter. Rasch ließ er den Motor an und brauste mit dem Trav-L-Aire den düsteren Hügelfluß abwärts.
»Kommen wir vielleicht an der Schule vorbei?«
»Ja.«
»Könnten wir da halten und meine Bücher holen?«
»Gut. Aber warum möchtest du deine Bücher?«
»Wir haben am Mittwoch eine Prüfung in vergleichender Literaturgeschichte.«
»Am Mittwoch.«

Eine halbe Stunde später, als in einem besonders düsteren Wald die Dämmerung herabsank, schlug sie sich mit der Hand auf den Mund. »Du lieber Himmel, wir haben das Match vergessen.«
»Ja.«
»Schalt das Radio an. Vielleicht erfährst du das Resultat.«
»Gut.«

15.

In beiden Richtungen war viel Verkehr, und es war Nacht, bevor sie beim Campus ankamen. Der Techniker stoppte den Trav-L-Aire unter einer Straßenlaterne und spitzte sein Ohr.

Irgend etwas stimmte nicht. Entweder es stimmte etwas nicht mit der Stadt, oder mit seinem Kopf? Gewiß war jedoch, daß über den Baumkronen ein seltsames grünliches Licht flackerte. Ein flaches Knallen war zu hören, weder wie aus Revolverkammern, noch wie von Gewehren, vielmehr zweisilbig, mit dem Ton auf der zweiten Silbe. Am nächsten Block hielt ein altes Auto, und drei Männer mit Gewehren stiegen aus und verschwanden sofort zwischen den Bäumen. Es waren keine Studenten. Sie wirkten wie die Männer, die an Tankstellen am Südrand von Jackson herumlümmeln.

»Ich frage mich, ob Tennessee gewonnen hat«, sagte Kitty. »Warum bleibst du hier stehen?«

»Ich glaube, ich lasse den Camper da.« Die britische Vorsicht erwachte in ihm. Er setzte den Camper zurück in eine Lücke hinter einer Anschlagtafel.

Sie trennten sich an einer Gabelung der Campus-Promenade: sie ging zum Chi Omega Haus, um die Bücher zu holen, und er machte sich auf den Weg zu seiner *Theorie der großen Zahlen*. »In zehn Minuten hier«, sagte er, erfüllt von Unruhe.

Dunkle Gestalten rasten auf den Pfaden an ihm vorüber. Von irgendwo, zum Greifen nah, kam das Geräusch laufender Füße, das schwere, unheilverkündende Geräusch eines Erwachsenen, welcher rennt, so schnell er kann. Wie aus dem Nichts erschien ein Mädchen, eine vollkommen Fremde, ergriff ihn an den Mantelärmeln und näherte ihr Gesicht auf eine Handbreit dem seinen. »Hi«, sagte er.

»Er ist hier«, schluchzte sie und zerrte an seinem Gewand, wie eine Zehnjährige. »Bring ihn um! Bring ihn um! Bring

ihn um!« schluchzte sie, indem sie nun an seinen Aufschlägen riß.
»Wen?« fragte er und blickte sich um.
Sie forschte in seinem Gesicht, und als sie da nicht fand, worauf sie aus war, stieß sie ihn buchstäblich von sich und lief weiter.
»Wen?« fragte er wiederum, doch sie war verschwunden. Als er in den Lichtkreis einer Lampe kam, zog er seinen Plastikkalender von Gulf Oil hervor und hielt ihn empor, um zu sehen, was für ein Tag es war. Er hatte es vergessen, und das beunruhigte ihn jetzt noch mehr.
An dem Konföderierten-Denkmal rannte eine Gruppe von Studenten auf ihn zu, eine seltsam abgeknickte Einzelriege. Dann sah er, warum. Sie trugen eine lange Flaggenstange. Die Flagge war eingerollt, und er konnte nicht erkennen, ob es die der Vereinigten Staaten oder der Konföderierten war. Der Junge am Kopf der Riege war einer aus dem zweiten Jahrgang, namens Bubba Joe Phillips. Er war bekannt als ein »Schlitzohr«, das heißt, als einer, der weiß, wie man zu Geld kommt mit Hilfe des Campus-Betriebs, zum Beispiel durch das Dekorieren des Turnsaals für Ballveranstaltungen. Sonst ein sonniger, kraushaariger Jugendlicher, stürmte er jetzt vorwärts, mit vorstehenden, blicklosen Augen. Er war nicht mehr er selbst, im Rausch, weder in Angst noch in Raserei, und sah den Techniker nicht, obwohl er fast in ihn hineinrannte.
»Was sagt man dazu!« sprach dieser liebenswürdig und trat behende zur Seite, in der Meinung, sie wollten an ihm vorbei, den Pfad hinunter, auf dem er gekommen war. Doch als sie vor dem Konföderierten-Denkmal angelangt waren, wendeten sie sich um zu den Lichtern und zu dem Lärm. Sie hielten genügend Abstand zu ihm; aber was er nicht sah, und worum sie sich nicht kümmerten, das war die dunkle Flaggenstange hinter ihnen, welche bei ihrer Wende in einem weiten Bogen ausscherte. Er sah sie zwar, jedoch nur in dem

Bruchteil einer Sekunde, bevor der Messingknopf ihn an der Gürtelschnalle erwischte. Er grunzte. Es tat nicht sehr weh; er lächelte sogar. Er hätte sich niedergesetzt, wäre die Drahtumzäunung nicht gewesen, die ihn bei den Fersen packte und hintüber kippte. Er wurde gefällt, als sei ein Hebel an ihn angesetzt worden, und hätte sein Kopf den Rand des Denkmalsockels getroffen, wäre es um ihn geschehen gewesen; doch statt dessen prallte er an die geschrägte Oberfläche des alten, porös gewordenen Vermont-Marmors, und der Techniker rollte weg, ins weiche Erdreich unter einen Lebensbaum.

Über ihn herein brach der Dämmer der Entdeckung, das Vorgefühl, endlich sich den innersten und daher unzugänglichsten Geheimnissen zu nähern. »Aber warum ist es –?« fragte er laut, mit schon schwindendem Bewußtsein, wobei er gleichwohl einen Zeigefinger hob. Dann legte er sich nieder unter dem dunklen Gesträuch.

Fünftes Kapitel

1.

Er erwachte kurz nach der Morgendämmerung, aber nicht unter dem Lebensbaum. Obwohl er niemals herausfinden sollte, wie er dahin gekommen war – mag sein, daß er schon zuvor einmal erwacht war, sich erinnert hatte, weggekrochen war, wieder das Bewußtsein verloren hatte –, lag er in der Kabine des Trav-L-Aire, auf dem Rücken, wie ein Lastwagenfahrer. Als er sich aufsetzte, schmerzte ihn der Kopf. Aber er startete und fuhr langsam hinaus auf die Straße und nahm, ohne sich dessen bewußt zu sein, eine bestimmte Route hinten durch die Stadt. Die Straßen waren überstreut mit zerbrochenem Glas. Ein Auto hatte gebrannt und war vollkommen verkohlt. Er überholte einen Armeelaster und einen Polizeiwagen und nahm dann schnurstracks Richtung hinaus aufs Land.

Dann hörte er eine Sirene. Der Camper brauste den Highway hinunter, zeitweise auf zwei Rädern wie ein flüchtender Planwagen, dann eine Anhöhe hinauf, bis zu einem Picknickplatz, in den er abbog, und weiter, hinein in ein Wachsmyrtengehölz. Ein Streifenauto fuhr vorüber, danach noch eines; die Sirenen verklangen zu einem Grollen.

Er wartete in dem duftenden Myrtenkeller, bis die Sonne herauskam und die liebe graue Haube des Campers tüpfelte. Was ist das für ein Ort? Wohin bin ich unterwegs? – so fragte er sich, indem er sich den wunden Kopf betastete. Keine Antwort; er wußte es nicht. Er bemerkte eine Karte und einen Notizblock auf dem Nebensitz und schlug den Block auf.

Ich bin der einzige ehrliche Amerikaner.

Worin ich mit dir nicht übereinstimme, Val: in eurer Emphase für die Sünde. Ich leugne nicht, anders als so viele meiner Kollegen, daß die Sünde existiert. Doch was ich sehe, ist nicht Sündigkeit, sondern Erbärmlichkeit. Erbärmlichkeit ist das Leiden. Außerdem ist man nicht verurteilt, diesen Fehler zu begehen. Genauso leicht kann man auf dem Leben bestehen (und es in Fülle erleben), wie sich behaupten gegen die Sünde. Eure Taktik ist schlecht. Unzüchtigkeit ist sündig, doch sie rührt in diesem Fall nicht von einer Rebellion gegen Gott (kannst du dir heutzutage etwas dergleichen überhaupt vorstellen – ich meine, wen kümmert's?) – sondern von der Erbärmlichkeit.

Die Amerikaner sind keine Teufel, aber sie sind dabei, teuflisch unzüchtig zu werden. Was mich angeht, so stelle ich die Unzüchtigkeit über die Erbärmlichkeit. Die Amerikaner praktizieren jene mit Hilfe ihres Christentums und sind erbärmlich in beidem. Wo dein Schatz ist, da ist dein Herz, und ihrer ist *zwischen den Beinen.*

Die Amerikaner sind das christlichste Volk, und auch das unzüchtigste. Ich bin ihnen nicht gewachsen! Weißt du, woher es kommt, daß die Russen, die Atheisten, im Geschlechtlichen so genügsam sind, indessen die Amerikaner, das allerchristlichste Volk, auch das allerunzüchtigste ist?

Main Street, U.S.A.: an der einen Ecke eine nach Rassen getrennte Ein-Million-Dollar Kirche, an der andern Ecke ein Drugstore mit schmutzigen Zeitschriften, an der dritten ein Pornokino, und an der vierten eine Mädchenbar mit einem Präservativautomaten in der Herrentoilette. Eine einzige Creme-zur-Hinausschiebung-des-Höhepunkts. Sogar unsere offizielle Züchtigkeit ist eine unzüchtige Art von Züchtigkeit. Schau dir doch im Fernsehen ein Rührstück an, wo jedermann züchtig ist (und auch traurig, wie du bemerken wirst, so traurig, wie nur Unzüchtigkeit traurig ist; ich bin der einzige Amerikaner, der sowohl unzüchtig als auch fröhlich ist). Ohne Frage: diese Leute, die so bekümmert und züchtig dasitzen und reden, fummeln unter dem Tisch zugleich aneinander herum. Es gibt keine Alternative für sie.

Das Rührstück ist nach außen hin züchtig und insgeheim unzüchtig. Das amerikanische Theater ist nach außen hin unzüchtig und insgeheim homosexuell. Ich bin außen und innen heterosexuell und außen und innen unzüchtig. Deshalb bin ich der einzige ehrliche Amerikaner.

Letzte Nacht nannte Lamar Thigpen mich unamerikanisch. Das ist eine Lüge. Ich bin mehr Amerikaner als er, denn ich entscheide mich offen für die Unzüchtigkeit, und er praktiziert sie insgeheim. Ich vereine in mir die neue amerikanische Unzüchtigkeit mit der alten amerikanischen Heiterkeit. Was mir fehlt, ist nur das Christentum. Wäre ich ein so guter Christ, wie ich unzüchtig und heiter bin, so wäre ich der neue Johnny Appleseed.

Mein Gott, was soll das alles nur, dachte der arme, verstörte, zitternde Techniker, sprang mit einem Schluchzer aus dem Wagen und lief auf und ab, wobei er die Arme schwenkte, um sich zu wärmen. Ein starker Schmerz überfiel ihn am Hinterkopf, so jäh, daß er beinahe ohnmächtig wurde. Er setzte sich auf eine Picknickbank und betastete sich den Schädel: da war eine klebrige Beule von der Größe eines Hamburgers. »Oh, wo bin ich hier?« stöhnte er laut, in der Hoffnung, durch solches Fragen auch eine Antwort zu finden. »Wohin bin ich unterwegs, und was ist mein Name?« Als keine Antwort kam, griff er nach seinem Portemonnaie. Doch schon bevor die Hand am Ziel war, spürte er die erschreckende Luftigkeit und Dünnheit seines Hintertaschenstoffs. Die Tasche war leer, und die Lasche aufgeknöpft. Indem er aufsprang, klopfte er sich möglichst rasch all seine Taschen ab (um das Geld sozusagen zu überraschen, ehe es sich aus dem Staub machte). Er suchte den Camper. Kein Zweifel: Das Portemonnaie war weg, verloren oder gestohlen. Aber in seiner vorderen Tasche fanden sich 34 Dollar 32 Cents. Ein Lehrbuch in der Kabine enthüllte dann, was er, kaum daß er es sah, zu erkennen glaubte: seinen Namen.

Er erspähte durch die Wachsmyrten ein großes Schild des Highway US 87 und befragte dazu seine Karte. Wenigstens bin ich auf dem richtigen Weg, dachte er, als er die Bleistiftlinie gewahrte. Doch nein! Etwas versetzte ihm einen Ruck, irgend etwas Unerledigtes, Vergessenes, an Dringlichkeit nur vergleichbar dem Badewannenhahn, den man hat laufen lassen. Es gab da etwas, das erledigt werden mußte, gerade jetzt. Aber was? Er schlug seinen armen pochenden Kopf gegen das Lenkrad, ohne daß es ihm weiterhalf. Das, worum es ging, war ihm zu nah, als daß er sich daran erinnern konnte, wie der letzte heftige Moment eines Traums.

Kein Wunder, daß er so durcheinander war. Er hatte Kitty vergessen, sie auf dem Campus gelassen, und erinnerte sich nun an nichts, als daß er eben vergessen hatte. Es gab einzig den namenlosen Ruck, der an ihm zerrte. Aber er hatte auch vergessen, was Sutter ihm in der Nacht zuvor gesagt hatte – *Suchen Sie mich auf*; es blieb nur der gewaltige Ruck, der ihn in die Gegenrichtung drängte. Er zuckte die Achseln: Nein, ich kehre nicht um. Denn ich bin jetzt hier.

Es blieb ihm nichts als die alltäglichen Verrichtungen. Bedachtsam zog er den Zündschlüssel heraus, schloß sich im Camper ein und setzte das Heißwassergerät in Gang. Nach einer Dusche in der winzigen Nische rasierte er sich sorgfältig, nahm drei Aspirin gegen sein Kopfweh, sowie zwei Kapseln gegen seine Verwirrtheit. Dann zog er sich die langen weiten Macy-Hosen und das Brooks-Brothers-Hemd an, dessen Kragen ihm in die Haare hineinragte, womit er sich gleichsam zusammenfügte, seine alte Princetonherrlichkeit wiederherstellte (seltsamerweise hatte er die Vaughts und sogar das Y.M.C.A. vergessen und erinnerte sich an Princeton), und kochte, und verspeiste dann eine Schüssel voll Grütze und ein ganzes Viertelpfund Scheibenspeck.

Als er den Camper startete und aus dem Myrtendickicht

rückwärts herausstieß und sich auf seinen Weg machte, den US 87 hinunter, da zögerte das Auto und blickte über die Schulter zurück, wie ein Pferd, das den Stall verläßt. »Nicht da hin! – da komme ich doch her«, sprach der Reiter erzürnt und gab dem Biest die Sporen.

Mehrere Stunden lang brauste er auf dem Highway südwärts, indem er der Bleistiftlinie auf der Esso-Karte folgte. Er wagte es nicht, den Inhalt seiner Taschen weiter zu überprüfen, aus Angst, er würde nicht erkennen, was ihm da in die Finger geriete, oder eher aus Angst, er bliebe, konfrontiert mit dem handfesten Beweis seiner selbst, immer noch unwissend und könnte gerade dadurch die bestehende dünne Verbindung verlieren. Er glich einem Mann, der einen Schuß in die Eingeweide erhalten hat: er traute sich nicht, den Blick zu senken.

Es war ein frostiger Morgen. Die welken Maisblätter hingen nach unten wie gefrorene Fetzen. Ein Regenpfeifer ließ sich schreiend herab auf eine frisch gewendete Furche, wobei die Zickzackflügel an den lehmigen, aufgeworfenen Erdschollen entlangstrichen. Der Erdgeruch, die schleimige Rauhreifkälte in den Nüstern und der Schwall der motorenwarmen Autoluft an seinen Füßen erinnerten ihn an etwas – ans Jagen! – an in der Nase trocknenden Rotz und den heißen Eiweiß-Dunst gerade erlegter Wachteln.

Am späten Vormittag verlangsamte er und bog, mit dem Finger auf der Karte, von dem Highway ab auf eine verkratzte Schotterstraße, welche meilenlang durch ein lichtes Waldland führte, bewachsen mit Stangeneichen und dürren, krebsbefallenen Kiefern. Einmal kam er durch eine kleine Stadt, mit einem schmalen Gerichtsgebäude und einem alten, mit Brettern verschalten Hotel am Hauptplatz. Auf der Veranda standen noch verrottete Schaukelstühle. Entweder bin *ich* schon hier gewesen, dachte er, vielleicht mit meinem Vater, als er einen Rechtsfall vertrat, oder es war *er* mit *seinem* Vater, und er hat mir davon erzählt.

Hinter der Stadt hielt er am Fuße eines Hügels. Oben stand ein großes schwärzliches Gebäude mit gekehlten Eisensäulen. Er suchte nach einem Wegweiser, fand aber nur einen bejahrten Blechpfeil, der nach Norden zeigte: *Chillicothe Handelsschule, Chillicothe, Ohio, 892 Meilen.* Auf der halben Höhe des Hügels stoppte er wieder und entzifferte die Aufschrift im Giebelfeld: *Phillips Academy.* Himmel, ich kenne diesen Ort, dachte er. Entweder bin *ich* hier zur Schule gegangen, oder es war mein Vater. Es war eine von jenen altmodischen Landschulen mit dreißig, vierzig Schülern und zwei oder drei Lehrern. Dr. Soundso unterrichtete Griechisch, und Oberst Soundso unterrichtete Militärkunde. Aber vielleicht handelt es sich nur um ein *déjà vu.* Es gibt jedoch einen Weg, das herauszufinden, überlegte der kluge Techniker. Falls er wirklich schon hier gewesen war, dann sollte er in der Lage sein, sich an eine Sache zu erinnern, und diese Erinnerung dann zu beglaubigen. Ein *déjà vu* dagegen verleiht nur den Schein von Gedächtnis. Er legte die Stirn auf das Lenkrad und grübelte. Es kam ihm so vor, als sei eine Betonplatte, eine Art Hof, hinter der Schule.
Aber mochte da etwas Derartiges auch gewesen sein – jetzt gab es keine Spur mehr davon. Oben auf dem Hügel fand er zu seiner Enttäuschung statt dessen eine unwirtliche Ansiedlung, Nissen-Hütten, errichtet aus dem Überschuß von Armeebeständen, samt einer kuppelförmigen Geodäsie-Station, die sich in die Kiefernwälder hineinzogen, jedes Gebäude ausgestattet mit einer silbrigen Butankugel. Das Ganze hatte etwas von einer Kolonie auf dem Mond. Es war zunächst niemand zu sehen, doch schließlich stieß er auf eine schwarzgekleidete Frau. Sie fütterte einen Falken, der in einem Hühnerkorb hockte, mit Innereien. Sie kam ihm vertraut vor. Er beäugte sie und überlegte sich, ob er sie kannte.
»Sind Sie nicht –«, fragte er.
»Valentine Vaught«, sagte sie und fuhr fort, den Falken zu füttern. »Wie geht es Ihnen, Bill?«

»Nicht so gut«, sagte er und versuchte, herauszubekommen, was sie von ihm wußte. Er zog Sutters Patientenbuch aus der Brusttasche und nahm Kenntnis von ihrem Namen darin.
»Ist das von Sutter?« fragte sie, ohne freilich einen Finger zu rühren.
»Vielleicht«, sagte er vorsichtig. »Möchten Sie es haben?«
»Ich kenne das alles schon, mein Lieber«, sagte sie trokken. »Wenn er betrunken ist, schreibt er mir Briefe. Wir haben seit jeher gestritten. Ich habe allerdings damit aufgehört.«
Erklär mir, was an mir zerrt, wollte er sagen; doch statt dessen fragte er: »Ist das nicht die alte Phillips-Schule?«
»Ja, sie war es. Sind Sie hier zur Schule gegangen?«
»Nein, mein Vater. Oder vielleicht mein Großvater. Gab es nicht früher hier irgendwo einen Tennis- oder Basketballplatz?«
»Nicht daß ich wüßte. Ich habe eine Nachricht für Sie.«
»Welche?«
»Sutter und Jamie waren hier. Sie trugen mir auf, Ihnen zu sagen, daß sie unterwegs sind nach Santa Fé.«
Sie schien ihn erwartet zu haben. War er hier auf seinem Weg? Er nahm die Karte heraus. Wer hatte die Route eingezeichnet?
»Sutter und Jamie«, wiederholte er. Von neuem überfiel sie ihn, die schreckliche, an ihn gestellte Forderung, der Erinnerungsruck, der so heftig war, daß ihm der Schweiß ausbrach.
»Ich muß weiter«, murmelte er.
»Um Jamie zu finden?« fragte sie.
»Ich glaube«, sagte er unruhig. Doch statt loszufahren, schaute er sie an. Zum zweiten Mal spürte er, daß er sie nicht mochte. Diesmal kam es vor allem von ihrem Getue um den Falken. Es handelte sich um einen Hühnerfalken mit rostbraunen Schultern und schwarzen Schnabellöchern. Sie kümmerte sich um den Falken mit einer Übertriebenheit, die ihn verärgerte. Es empörte ihn geradezu; es war, als setze

sich der Papst in Szene mit einem Kanarienvogel. Es fehlte nur noch, daß sie den Vogel anredete mit St. Blasius.
»Sie tun hier eine großartige Arbeit«, sagte er, mit einem Erinnerungsschimmer, und fügte dann, Gott weiß warum, hinzu: »Ich habe die Katholiken immer gerngehabt.«
»Ich wünschte, ich könnte das gleiche sagen«, sprach sie und reichte dem Falken eine Niere.
Es kam darauf an, so sann er, der Zeit selbst Form und Substanz zu geben. Die Zeit wurde angeschaltet und lief zwischen ihnen ab, gleich den Spulen eines Aufnahmegeräts. War das denn nicht der Grund seines Gedächtnisverlusts: daß unversehens all die kleinen Zeitereignisse, die kleinen Zeit-Füller, wie das Räuspern, das Stuhlscharren und das Getuschel, aufhörten, und das Band lief ohne Geräusche?
»Wie dem auch sei: Ihr Bischof ist ein sehr mutiger Mann«, hörte er sich, noch leichtfertiger, sagen – denn er kannte ihren Bischof überhaupt nicht.
»Meiner Ansicht nach ist er ein Angsthase.«
»Ich fahre jetzt«, sagte er, wobei er vor Zorn errötete. Wahrhaftig: ihre Faxen taten ihm nicht gut. Beeinflußbar, wie er war, fing er schon an zu spüren, wie ihre Art auf ihn überging, ihre schwirrende, zugleich starräugige Innerlichkeit.
»Warum schreiben Sie alles auf?« fragte sie und blickte ihn zum ersten Mal an.
Er zog die Brauen zusammen. »Vielleicht habe ich Ihnen schon erzählt, daß ich an Gedächtnisverlust leide. Im übrigen habe ich mir bloß Ihren Namen aufgeschrieben.« Und plötzlich erinnerte er sich ihres Ordensnamens: Johnette Mary Vianney: erinnerte sich seiner genau, weil er schwierig und fremd war. Indem er von neuem ihre Tracht in Augenschein nahm, überlegte er, daß sie so etwas wie eine selbsternannte Nonne sein mußte, von den Oberen möglicherweise noch nicht anerkannt. Deshalb mochte sie ihren

Bischof nicht! – er hatte ihr die Lizenz, oder wie auch immer man das nannte, verweigert.
»Wenn Sie Jamie treffen«, sagte sie, wieder an den Falken gerichtet, »seien Sie lieb zu ihm.«
» Warum?«
»Er bedauert sich selbst und hat angefangen, Chalil Dschibran zu lesen, was sogar bei Gesunden ein schlechtes Zeichen ist. Haben Sie's ihm etwa gegeben? Sutter würde so etwas sicher nicht tun.«
»Wer? Nein.« *Wenn er es benötigt, daß man lieb zu ihm ist, Schwester, warum haben Sie das nicht besorgt?* Statt dessen sagte er: »Mögen Sie Ihre Arbeit hier?« Ohne sich dessen bewußt zu sein, suchte er seine Taschen ab. Jammer, ich bin sicher, ich hatte etwas sehr Wertvolles bei mir.
»Wir sind sehr arm hier«, sagte sie und betrachtete ihn neugierig.
Er errötete. »Es tut mir leid, aber meine Brieftasche ist wohl verlorengegangen oder gestohlen worden. Ich –«, begann er und betastete sich den wunden Hinterkopf. »Sonst hätte ich Ihnen gern eine Spende für Ihre Arbeit dagelassen.«
»Beten Sie statt dessen für uns«, sagte sie, wie ihm schien, nicht recht bei der Sache.
»Ja. Wo sind sie jetzt?«
»Wer? Oh. An den Wochenenden kommen die Schüler nicht.«
»Natürlich nicht«, sagte er herzlich. Er überlegte, ob es Samstag oder Sonntag war. Wieder gab es ihm einen Ruck. »Ich habe gehört, die Armut hier im Tyree County sei unvorstellbar.«
»Das ist es nicht einmal so sehr«, sagte sie gleichgültig.
»Das nicht? Was dann?«
»Die Kinder sind stumm. Sie können nicht sprechen.«
»Ah, sie sind geistig zurückgeblieben – sicherlich Pellagra, aus Vitaminmangel.«
»Nein, ich meine, sie sind stumm, richtig stumm. Elf-,

zwölfjährige Kinder, die nicht sprechen können. Ich brauchte ein halbes Jahr, um herauszufinden, warum. Sie wachsen auf unter allgemeinem Schweigen. Niemand zuhause redet. Sie kennen nicht einmal dreißig Wörter. Sie kennen nicht Wörter wie Bleistift, oder Falke, oder Brieftasche.«
»Sie zu unterrichten, muß eine lohnende Erfahrung sein.«
»Ja, sehr«, sagte sie, wie ihm schien, ohne Ironie.
Ein vielschichtiges System angelernter Verpflichtungen hielt ihn davon ab zu gehen. Da er ihr kein Geld geben und sich dadurch freikaufen konnte, mußte er sie bezahlen, indem er ihr zuhörte; denn so einfältig er auch war, so verstand er sich doch auf zwei Dinge, auf die sich nicht viele Leute verstehen. Er verstand es, zuzuhören, und er verstand es, jenes Geheimste, Schmerzhafteste zu erahnen, das fast jedermanns Teil war. Er würde ihr sein Radar zur Verfügung stellen.
»Sind Sie deswegen hierhergekommen?« fragte er sie. »Wegen der Kinder, meine ich.«
»Weswegen ich hierhergekommen bin«, sagte sie unbestimmt. »Nein, das war nicht der Grund. Jemand hat mich gebeten.«
»Wer hat Sie gebeten?« sprach er in Richtung des Falken, mit dem gleichen lächelnden Starrblick wie sie.
»Eine Frau in der Bibliothek der Columbia University.«
»Eine Frau in der Columbia-Bibliothek hat Sie gebeten, hier herunter zu kommen?«
»Es war nicht ganz so. Jedenfalls war das nicht das erste, worum sie mich gebeten hat.«
»Worum bat sie Sie als erstes?«
»Ich schrieb gerade eine Arbeit über Pareto. Jene Nonne und ich, wir teilten uns dieselbe Nische an den Regalen. Sie verfaßte ihre Dissertation über John Dewey, den sie sehr bewunderte – Sie wissen ja, wie sehr sie sich gerade mit denen einlassen, die sie noch ein paar Jahre zuvor verachtet haben.«

»Nein, das weiß ich nicht«, sagte der Techniker. Sein Schädel begann wieder wehzutun.
Sie ging nicht darauf ein. »Ich war mir bewußt, daß sie mich beäugte und die Fühler nach mir ausstreckte. Seltsam war, daß es mich nicht im geringsten überraschte, als sie mich ansprach.« Von neuem versank sie in sich selbst.
»Was sagte sie?« fragte der Techniker, so sanft wie Dr. Gamow.
»Sie sagte: Was ist los mit Ihnen? Ich sagte: Was meinen Sie damit? Sie sagte: Sie sehen aus wie halb tot.« Sie schüttelte den Kopf und fütterte den Falken mit einem Knäuel von Innereien.
»Ja«, sagte der Techniker, nach einem langen Augenblick.
»Ich sagte: Ja, ich bin halb tot. Sie sagte: Warum? Ich sagte: Ich weiß es nicht. Sie sagte: Wäre es Ihnen recht, lebendig zu sein? Ich sagte: Das wäre mir recht. Sie sagte: Gut, kommen Sie mit mir. Und so war das.«
»Das war was?« fragte der Techniker mit gerunzelter Stirn. »Was kam dann?«
»Ich folgte ihr zu ihrem Mutterhaus, einem häßlichen Backsteingebäude in Paterson, New Jersey.«
»Und was war dann?«
»Das war alles. Man unterwies mich, ich legte eine Generalbeichte ab, erhielt die Absolution, wurde getauft, gefirmt und legte die ersten Gelübde ab, das alles innerhalb von sechs Wochen. Man hielt mich für verrückt. Der Bischof von Newark verlangte ein Attest von meinem Arzt, daß es in der Familie keine Fälle von Geisteskrankheit gäbe. Dabei habe ich sie doch nur beim Wort genommen. Die meisten von ihnen waren Iren der Enkel-Generation, aus Orten wie Bridgeport und Worcester, Mass. Sie sagten auch nie ›Massachusetts‹, sondern immer: ›Ich bin aus Worcester, Mass.‹ Mich nannten sie ›Alabam‹.« Wieder verstummte sie.
»Wie sind Sie hierher gekommen?«
»Sie fragten mich, ob es mir recht wäre, mit Schwester Clare

zusammenzuarbeiten, unten in ihrer Alabama-Mission. Ich glaube, sie wollten mich loswerden. Ich hatte ihnen zwar immer wieder gesagt, daß ich an all das Zeug glaubte. Aber so sehr ich mich auch bemühte: es gelang mir nicht, die fünf Gottesbeweise zu behalten, genausowenig wie den Unterschied zwischen Substanz und Akzidenz. Ich fiel durch. Sie wußten nicht, was sie mit mir anfangen sollten, und so meinten sie, sechs Monate bei Sister Clare unten in Alabama würden mich kurieren. Schwester Clare ist eine teuflisch-böse alte Vettel.«

»Ist sie hier?«

»Nein. Sie hatte einen Nervenzusammenbruch – nicht ich, wie man es erwartet hatte. Sie wurde in unser Erholungsheim nach Topeka geschickt. Sie wußten nicht, daß auch ich teuflisch böse sein kann. Ich war darin ausdauernder als sie. Das ist es, was ich nicht verstehe: daß ich an all das Zeug glaube – Gott, die Juden, Christus, die Kirche, die Gnade und die Vergebung der Sünden – und daß ich denkbar böse bin. Christus ist mein Herr, und ich liebe ihn, aber ich bin eine große Hasserin – und Sie wissen doch, was Er dazu bemerkt hat. Ich hoffe immer noch, daß meine Feinde in der Hölle braten. Was soll ich nur tun? Wird Gott mir vergeben?«

»Ich weiß nicht. Warum sind Sie geblieben?«

»Auch das war eher ein Zufall.« Sie schlang einen guten halben Meter Darm um die Sitzstange, und der Falke blinzelte. Der Techniker dachte an den anderen Falken, vom Central Park: den konnte ich aus Meilenentfernung besser sehen als diese Kreatur da, die mir gegenüberhockt.– Himmel, mein Teleskop: Ob es noch im Camper ist? »Ich glaube, ich blieb nicht so sehr aus Nächstenliebe als aus Faszination für ein sprachliches Phänomen – das war mein Fachgebiet, müssen Sie wissen. Es hängt zusammen mit der Stummheit der Kinder. Wenn sie plötzlich durchbrechen in die Welt der Sprache: das ist sehenswert. Sie sind wie Adam

am Schöpfungsmorgen. Was ist das? fragen sie mich. Das ist ein Falke, erzähle ich ihnen, und sie glauben mir. Ich denke, ich habe in ihnen mich selber wiedererkannt. Sie waren nicht am Leben, und dann erwachten sie zum Leben, und also glauben sie einem. Die Augen fallen ihnen buchstäblich aus dem Kopf beim Baltimore-Katechismus: Stellen Sie sich das vor. Ich erzähle ihnen, daß Gott sie erschaffen hat, damit sie glücklich sind, und daß sie, wenn sie einander lieben und die Gebote einhalten und die Sakramente empfangen, allezeit glücklich bleiben werden. Sie glauben mir. Ich bin nicht sicher, daß das bei sonst jemandem gegenwärtig der Fall ist. Ich habe mehr Einfluß als der Papst. Natürlich habe ich nicht einmal das Recht, hier zu sein – ich habe ja die Schlußgelübde nicht abgelegt. Aber man hat mich nicht zurückgerufen.«
»Das ist äußerst interessant«, sprach der Techniker, der nun tatsächlich auf den Camper zuging. Er hatte seine Pflicht getan und war nun fahrbereit. Er hatte endlich ein Bild von ihr. Sie gehörte zu jenen Enthusiasten, die sich der eigenen Seltsamkeit entgegenstellen, vergleichbar einem Sammler bestimmter 1928er Kühlerhauben, der seine Trophäen herzeigt mit einer verdrehten, geradezu reumütigen Mißbilligung ihrer besonderen Ausgefallenheit. Er konnte das verstehen. Und war es nicht auch so, daß ihre Ungezwungenheit nur ein Winkelzug war, und daß sie *ihre* Fühler nach *ihm* ausstreckte? Wenn es so war, hatte er nichts dagegen; er war sogar darauf eingestellt, einen nachdenklichen Ausdruck anzunehmen, so als wollte er sagen: Lassen Sie mir Bedenkzeit, Schwester. Aber er war eben fahrbereit.
So leicht sollte er jedoch nicht entwischen. Sie änderte ihr Verhalten vollkommen, wurde freundlich und lebhaft, und machte mit ihm die »Zehn-Dollar-Führung« durch ihre Stiftung. Fast eine Stunde lang ließ er sich ohne Gegenwehr durch die zwischen die krebsbefallenen Kiefern verstreuten Außengebäude schleppen. Stärker noch als zuvor kam ihm

dabei eine Mondstation in den Sinn, angesichts der silbrigen Kugeln, die jede Einheit mit Nahrung belieferten: ein Ort des rohen und behelfsmäßigen Neuanfangs auf irgendeinem verdammten Planeten. Im nachhinein blieb in seinem armen, verwirrten Gedächtnis nichts als ein verschwommener Eindruck von Seven-Up-Automaten, Plastik-Kruzifixen, und abgewetztem, angenagtem Holzwerk, wie man es antrifft in alten Turnhallen. Leben in Reinkultur, dachte er. Eine weitere Stunde in diesem trüben, krebsbefallenen Wald, und ich läge steif wie ein Leichnam, die Füße in die Höhe.
Aber sie wollte ihn nicht weglassen, und als sie ihn zum zweiten oder dritten Mal an den hölzernen Aborten vorbeiführte und wieder einmal eine Tür öffnete, auf daß er hineinröche in die stechende Notdurft, da kam ihm die Idee. Mit bebenden Fingern schob er die Hand in die Tasche und brachte eine unordentliche Faustvoll von Scheinen zutage, was ihm selbst, wie er erst später entdeckte, gerade noch Münzen im Wert von $ 1,36 ließ. »Eine kleine Spende für Ihren Bautenfonds«, murmelte er errötend.
»Ich werde für Sie beten«, sagte sie abwesend. »Und werden auch Sie für mich beten, daß mir genügend Gnade zuteil wird, manche Leute nicht mit Haß zu verfolgen, so sehr sie es auch verdienen mögen?«
»Gewiß«, sagte der Techniker herzlich. In diesem Augenblick hätte er allem zugestimmt.
Sie nahm das Geld mit flüchtiger Dankbarkeit, schob es sorgfältig in einen schwarzledernen Beutel, den sie an ihrem Gürtel trug, und versank auf der Stelle wieder in die frühere lächelnde, wimpernklimpernde, päpstliche Innerlichkeit, worin sie sozusagen selber entsühnte, so daß sie Notiz nehmen konnte von Gottes Geschöpfen, von kleinen Dingen, und dergleichen. Sie kehrte zurück zu dem Falken, und er ging.

2.

Der Trav-L-Aire flog in den Sonnenuntergang hinein, weg von den letzten Ausläufern des alten und ausgelaugten Südens der roten Hügel und Cardui-Zeichen und Gott-ist-die-Liebe-Kreuzen. Hinunter zwischen höckrigen Bergkegeln und Lößklippen, die durchschnitten waren wie Kuchen. Abgestorbene Bäume, gehüllt in Waldreben, standen altweiberhaft. Hinunter, und endlich hinaus, hinein in die weite, verschwenderische Delta-Ebene, die sich rauchig und fruchtbar in den Oktoberdunst erstreckte. Das Land summte und gärte in seiner eigenen Üppigkeit. Die Baumwollernte war noch im Gang, gewaltige, teure McCormicks- und Farmalls-Maschinen grasten die Reihen der Stauden ab. Käfer sausten heran und zerspritzten bernsteinfarben auf der Windschutzscheibe. Der Trav-L-Aire durchfurchte die schwere Luft wie ein Boot, durchstieß die mächtigen Eiweißgerüche, jetzt das süße Ferment der Luzerne, jetzt den Duft des Baumwollsamen-Mehls, so kräftig wie der von Schinken in der Küche. Immer, seit der Abfahrt von New York, hatte dieses Gefühl mitgespielt, wenn es ihm auch jetzt erst ganz zu Bewußtsein kam: sich herumgetrieben zu haben in hochgelegenen Gegenden, in Senken dazwischen, und hier und dort haltgemacht zu haben (Himmel, wo war das nur gewesen? Wo hatte er den letzten Monat verbracht? Er zermarterte sich das Gehirn) – und nun endlich angekommen zu sein unten auf dem Schwemmgrund, der schwarzen strotzenden Urstromebene. Er stoppte den Trav-L-Aire und stieg aus. Bussarde kreisten, getragen von der schweren Wiege-Luft; drei, vier Reihen von Bussarden, die durch einen meilenhohen Luftschlot kurvten. Ein Würger, der Neger Geistervogel, saß auf einem Telefondraht und beäugte ihn durch seine schwarze Maske. Es war ein achtlos verschwenderisches Land, die Gräben ranzig und besudelt, von Unkraut durchwachsen der Abfall: alte Maytags, Coca-

Automaten; eine Hudson Supersix, auf eine Ackerwende gekippt, aus der eine eigene Ernte emporwuchs. Doch über die Gräben und über die Ackerwenden streckten sich – kamen zur Sache – die Furchen feingesiebter, mehliger Erde, sauber wie ein japanischer Garten, nur eben vierzig Meilen lang, geradewegs, wie mit dem Lineal, hineingezogen in die rauchige Ferne. Die Baumwollblätter waren von einem dunklen Graugrün, so dunkel wie neue Geldscheine. Baumwolltransporter waren unterwegs, und die Entkörnungsmaschinen brummten. Die kleinen Städte waren so verlottert wie reich. Von den Geschäftsfronten zogen sich durchhängende Blechdächer über den Gehsteig hin zu den schlammigen Cadillacs. An der Ausfahrt eines verfallenden, senffarbenen I.C.-Depots stand eine Staffel mächtiger glitzernder Erntegeräte, wie ein Panzerbataillon.

Stracks durch das Delta flog er, hinab in eine Zunge der Yazzo-Ebene, nach Ithaca, so genannt von einem aus Virginia, der Perikles mehr bewunderte als Abraham und genug hatte von den schottisch-irischen »Bethels« und »Shilohs«. Drüben im Dunst erhob sich der bräunliche Rücken der Chickasaw Bluffs und, genau dahinter, die vertrauten altersschwachen Betontürme des Schlachtfelds von Vicksburg.

Als er bei Roscoe's Tankstelle hielt, redete Roscoe, als sei er niemals weg gewesen.

»Wie steht's, Will?« fragte er, während er den Füllstutzen einführte und zugleich den Trav-L-Aire in Augenschein nahm, dem er mit einem Zucken des Mundwinkels seine Anerkennung bewies, ohne freilich ein Wort darüber zu verlieren.

»Gut. Und du, Roscoe?«

»Campst du hier, oder fährst du weiter?«

»Campen? Ich fahr' weiter.«

»Kennst du diese Nigger dort drüben?«

»Wen? Nein.«

»Aber sie scheinen dich zu kennen.«
Hinter den Tanksäulen stand ein flaschengrüner Chevrolet, ein kräftiger alter zweitüriger Bel Aire, rund wie eine Schildkröte, und voll mit Schwarzen und einem syrisch wirkenden Paar. Der Fahrer, ein würdevoller, spitzköpfiger Predigertyp, machte ihm eindeutig Zeichen. Der höfliche Techniker, welcher der letzte gewesen wäre, jemanden zu brüskieren, nickte und lächelte zurück, obwohl sie ihm ganz und gar unbekannt waren. Oder kannte er sie vielleicht doch? Oh der schreckliche Ruck der unerinnerten Vergangenheit! Dann, noch während er nickte, öffnete sich, schmerzhaft, in ihm eine Perspektive, und er erinnerte sich – nicht an sie, sondern an Kitty! Der grüne Chevrolet wirbelte zurück, doch da stand auf dem Weg, löwingleich, Kitty. Herrgott im Himmel, stöhnte er, ich habe Kitty alleingelassen. Lieber Jesus, sprach er, und klopfte sich von neuem die Tasche ab. Der Hunderttausend-Dollar-Scheck – ich habe ihn verloren. Doch sogar noch im Stöhnen vollbrachte er ein abschließendes fröhliches Nicken, und schoß dann mit dem Trav-L-Aire hinaus in den Verkehr. Ach, meine liebreiche, kurvenreiche und überhaupt reiche Chi-Omega-Alabama-Braut, dachte er, und verabreichte seinem zuckenden Knie ein paar harte Schläge. Ich muß sie sofort anrufen.
Aber als er ein Dutzend Blocks passiert hatte, merkte er, daß der grüne Chevrolet genau links neben ihm fuhr. Die Insassen auf dem Vordersitz preßten die Schultern gegen die Lehnen, um dem Fahrer, der wild gestikulierte, den Blick freizugeben. »Barrett!« Der Chevrolet fing an auszuscheren, gleich einem Begleitboot auf hoher See. Er kann immer noch nicht fahren, dachte der Techniker, obwohl er gar nicht wußte, daß er den Pseudoneger kannte. Im gleichen Augenblick wurde er eines Tumults vor dem neuen Gerichtsgebäude ansichtig. Auf der einen Seite der Straße marschierten Demonstranten mit Transparenten, auf der andern Seite stand eine Menge und schaute zu. Kavalleristen mit Leucht-

stäben ordneten den Verkehr. Irgendwo hinter ihm heulte eine Sirene. Er hatte genug von dem Gedränge, von den Polizeisirenen, und vor allem von dieser eigentümlichen Wagenladung lästiger Schwarzer, und bog mit dem Trav-L-Aire, ohne langsamer zu werden, in eine Seitengasse zwischen dem »Club 85« und den »Krystal Hamburgers«. Die Kabine schwankte beängstigend, Geschirrstücke rasselten in den Ausguß. Die Gasse war ein Segment der aufgegebenen Flußuferstraße und führte hinüber auf die Leeseite des Deichs. Ohne zu zögern ließ er das kräftige Gefährt deichauf brausen, und dann weiter in die Au, hinein in eine Weidenkolonie.

Niemand folgte ihm.

Er wartete in der Kabine den Louisiana-Sonnenuntergang ab. Als es dann dunkel wurde, wanderte er mit seinem Fäßchen hin zum Highway und fand da blind ein verwunschenes »Piggly Wiggly« und ein neu-altes »Rexall« (neu vor zehn Jahren), in seiner Abwesenheit erstaunlicherweise geblieben, was es war.

Meine liebliche Gemeinschaftsschülerin Kitty, stöhnte er, während er sich in dem Geschäft mit Grütze, Buttermilch und Speck versorgte: ich muß sie sofort anrufen. Der Gedanke, sie könnte unter demselben Dach mit Son Thigpen leben, diesem sauertöpfischen, dickhäutigen Autoschlüssel-Raspler, versetze ihn in Zuckungen und Eifersucht. Dann freilich, als er in einer Telefonzelle stand, entdeckte er, daß er all sein Geld, bis auf neun Cents, ausgegeben hatte! Fluchwürdige Dummheit, Erzfeind Schicksal, was soll ich tun ? Ich werde sie am Morgen anrufen, wenn ich auf der Bank gewesen bin, um den Scheck sperren zu lassen, sprach er zu sich selber und kehrte zu dem Camper zurück, besser gelaunt als erwartet.

Nach dem Abendessen, als er in der oberen Koje lag und den patriotischen und religiösen Radiosendungen lauschte, hörte er ein Geräusch vom Strom, ein schwaches, anhaltendes

Röhren, wie von einer Brandung. Er fand im Fach eine Taschenlampe und trat hinaus ins Freie. Ein paar Schritte entfernt nickten die Weiden und schlugen aus gegen die Strömung. Er kniete nieder und untersuchte die dickeren Stämme. Das Wasser ging hoch, fiel jedoch bereits. Der Himmel war klar. Er begab sich zurück in seine Koje und hörte sich »Profit-Forschung« an, ein Programm, welches Geldtips für schlechtere Zeiten gab, und las in Sutters Notizbuch:

Leicht fettleibige junge Person weiblichen Geschlechts, farbig, zirka 13
Haut: Impfmal l. Schenkel; sternförmige Bindegewebswucherung unter dem Kinn.
Kopf: Zertrümmerungsbruch des rechten Scheitelbeins und des rechten Jochbogens.
Gehirn: Blutaustritt unter der harten Hirnhaut, ausgedehnte Rißwunde an der rechten Großhirnrinde; Ziegelstückchen.
Brustkorb: Splitterbrüche der rechten Rippen, 1 bis 8; Blutaustritt im Rippenfellbereich; ausgedehnte Rißwunden an den Lungenflügeln, Ziegelstückchen. Herz: neg.
Magen: neg. Genit.: neg.
Nach Polizeibericht wurde die Person aufgefunden in Kellertoilette der Emmanuel-Baptistenkirche, nach Explosion. Kirchturm stürzte auf sie.

Aber lassen wir den Süden beiseite.

Du bist es, die mich interessiert. Du bist im Unrecht, und du betrügst dich in einer weit schlimmeren Weise. Weißt du, wozu du es gebracht hast? Du hast dich selbst für nichtig erklärt. Was du anfangs tatest, das verstehe ich noch. Du entschiedest dich für den »Skandal«, den »Zeit-Kniff«, das »Juden-Christus-Kirche«-Zeug, Gottes vorgeblichen Eingriff in die Geschichte. Du handeltest entsprechend, verließest alles und gingst weg, um unter Fremden zu bleiben. Ich verstehe das, auch wenn ich es unannehmbar finde, daß, erstens, mein Heil von den Juden kommen soll, daß, zweitens, mein Heil eher vom Neuigkeiten-Hören abhängt als von der eigenen Berechnung, und daß ich, drittens, die Ewigkeit mit Südstaaten-Baptisten verbringen soll. Doch ich verstehe, was du getan hast, und hatte sogar Freude an dem Ärgernis darin – denn die transzendierenden wissenschaftlichen Arschlöcher aus Berkeley und Cambridge und die künstlerischen Arschlöcher aus Taos und La Jolla geben mir nicht das geringste Ärgernis.

Doch ist dir bewußt, was du dann tatest? Du stießest deine Dialektik um und erklärtest dich selber für nichtig. Anstatt mutig bei deinem Ärgernisgeben zu bleiben, fingst du an, von der Glorie der Wissenschaft zu reden, von der Schönheit der Kunst, und von der wunderbaren lieblichen Erde! Das schlimmste: Du schlossest in deine Umarmung sogar die Südstaaten-Geschäftsleute ein – was alles verdorben hat! Nach dir ist der Südstaaten-Geschäftsmann der neue Adam, gerissen wie ein Yankee, jedoch obendrein ein Christ und im Besitz des tragischen Gefühls, usw., usw., usw.; während du doch in Wahrheit nur entzückt warst, weil du den örtlichen Coca-Cola-Vertreter dazu gebracht hattest, dir einen neuen Turnsaal zu spenden.

Aber was du nicht weißt: daß du für nichtig erklärt bist. Nimm an, du habest sie alle versöhnt, die Weißen und die Nigger, die Yankees und die Ku-Klux-Klan-Leute, Wissenschaftler und Christen – was bleibt dann übrig von dir und deinem »Skandal«? Nichtig geworden! Denn Gott, Religion und das alles – sie bedeuten gar nichts mehr; sie bedeuten nicht einmal deinen Mitchristen mehr etwas. Und du bist dafür nicht blind. Das ist ja auch der Grund, daß du bist, wo du bist: Deinen kleinen Tyree-Einfältlingen bedeutet es etwas (obwohl es in zehn Jahren nicht einmal mehr denen etwas bedeuten wird: sie werden entweder Moslems sein und dich zutiefst hassen, oder sie werden der Mittelklasse angehören und verhurt sein wie alle Welt).

Der Grund dafür, daß ich religiöser bin als du und tatsächlich der religiöseste Mensch, den ich kenne: wie du habe ich den Lumpenkerlen den Rücken gekehrt und bin hineingegangen in die Wüste, doch anders als du habe ich danach nicht ihren Speichel aufgeleckt.

Es gibt etwas, das du nicht weißt. Sie sind am Gewinnen, ohne dich. Sie sind dabei, die Welt neu zu schaffen und den Raum zu erobern, und ob ihr, du und Gott, es billigt und sie mit Weihwasser besprengt, das kümmert sie nicht im geringsten. Sie werden dich sogar mögen; denn sie wissen es, so oder so, daß es auf das gleiche herauskommt. Das einzige, was du erreichen wirst: dich selbst für nichtig zu erklären. Bleib doch wenigstens mutig bei deiner Revolte.

Sutters Notizbuch bewirkte gleichsam eine Lockerung seiner Nervenenden, wie eine langsam sich drehende Stange im Gehirn. Nicht unangenehm verwirrt, schaltete er das Licht aus und schlief ein bei dem Peitschen der Weiden und einem spanischsprachigen Programm für Kubaflüchtlinge, von einem Sender in New Orleans.

3.

Am nächsten Morgen wanderte er auf dem Damm nach Ithaca hinein; bog ein in die Stadt unter einem großen weißen Himmel. Neues Gras, verdorrt im letzten Frost, war weiß geworden und kräuselte sich wie Wolle. Von seinen Füßen spritzten Heuschrecken weg. Unten, wo die Stadt umschlossen war von der langen Dammkrümmung, wurden die höckrigen Kronen der Eichen, eine verzahnt in der anderen, einzig unterbrochen von den Kirchtürmen und der Kuppel des Gerichtsgebäudes. Da stieg zu ihm auf der so vielfältige wie abgezirkelte Klang menschlicher Betriebsamkeit, die zivilen Morgenklänge akzeptabler Unternehmungen, das Gepolter von Bauholz, das Zufallen einer Hintertür, ein Maschinengeklirr, und die Anfeuerungsrufe eines Arbeitstrupps: Ho-Ho-Ho-*Ruck*!
Hier war es, wo er einst mit seinem Vater ging und redete,

über die Galaxien und das sich ausdehnende Universum, und sein Vergnügen fand an dem Gedanken von der Bedeutungslosigkeit des Menschen in dem gewaltigen, einsamen All. Sein Vater pflegte dann »Dover Beach« herzusagen, wobei er den Kiefer schrägstellte und den Kopf hin und herbewegte wie F.D. Roosevelt:

denn die Welt, die sich
vor uns zu strecken scheint gleich einem Traumland,
So mannigfaltig, schön und neu,
Enthält in Wahrheit weder Freude, oder Liebe oder Licht,
Und auch Gewißheit nicht, auch Frieden nicht, auch Hilfe
nicht im Schmerz –

oder er sprach von dem Großvater und den Tagen der Großtaten: »Und so blickte er hinab auf ihn, wie er da saß in seinem Friseurstuhl, und er erklärte ihm: ›Ich sag's dir jetzt ein für allemal, Hurensohn, deswegen hör gut zu. Sollte Richter Hampton etwas zustoßen, werde ich weder Fragen stellen, noch werde ich die Polizei rufen, sondern ich werde dich suchen, und wenn ich dich finde, werde ich dich umbringen.‹ Und Richter Hampton ist nichts zugestoßen.«
Jenseits des alten braunen schlierigen Stroms, jenseits der einander durchdringenden Wasser, erstreckte sich, undeutlich im Dunst, die Küste von Louisiana. Als er auf gleicher Höhe war mit dem Quartierschiff der Staats-Ingenieure, begann sein Knie zu zucken, und er setzte sich in das hohe Gras unter einem Flußleuchtturm. Er hatte einen kleinen Anfall. Es kam zwar zu keinem Krampf, doch seine Augen schossen unter den geschlossenen Lidern hin und her. Er träumte, alte Männer säßen im Kreis um ihn herum und belauerten ihn.
»Wer ist da?« rief er, sprang auf die Füße und bürstete sich sein Macy-Gewand ab. Jemand hatte ihn gerufen. Aber da war niemand und nichts außer dem weißen Himmel und den höckrigen, verzahnten Eichen der Stadt.

Er ging hinunter in die Front Street, vorbei an den syrischen und jüdischen Kurzwarengeschäften und dem chinesischen Kolonialwarenladen, bog scharf in die Market Street ein und kam zu dem eisernen Löwen vor der Bank. Der Löwe war hohl und hatte ein Loch zwischen den Schultern, aus dem es immer nach Urin roch.
Spicer CoCo und Ben Huger, zwei Pflanzer in seinem Alter, standen hinter ihm am Schalterfenster und neckten ihn, in der besonderen, anspielungsreichen Manier des unteren Delta.
»Er holt sich, nehme ich an, all sein Geld und verschwindet dann wieder?« sagte Spicer CoCo.
»Mir fällt auf, daß er seinen Kutschermantel anhat. Ich nehme an, er wird *ein Weilchen* hierbleiben«, sagte Ben Huger.
Er war verpflichtet, zu grinsen, mit ihnen herumzualbern, sie in Schach zu halten, während er sich mit dem Schalterfräulein über den Scheck unterhielt. »Doris«, sagte er zu der hübschen rundlichen Brünetten – er mußte rasch ihren Namen aussprechen, bevor er ihn wieder vergaß –: »Kann ich einen Scheck sperren lassen?«
Sie reichte ihm ein Formular zum Ausfüllen. »Hallo, Will. Es ist schön, dich zu sehen.«
»Danke.« Er kratzte sich am Kopf. »Du mußt nur wissen, daß es sich nicht um meinen Scheck handelt, und daß er auch nicht von dieser Bank stammt. Es war ein auf mich übertragener Scheck. Ich – ich habe ihn verlegt.« Er hoffte, um die Nennung des Betrags herumzukommen.
»Dann laß doch den Bezogenen den Sperr-Antrag stellen«, sagte sie und starrte ihn zugleich munter und abwesend an. »Wie lang ist es her, daß du ihn verloren hast?«
»Ich erinnere mich nicht – vielleicht zwei Tage.«
»Derselbe alte Will.«
»Bitte?«
»Du hast dich überhaupt nicht verändert.«

»Nein?« sagte er, erfreut, das zu hören. »Und ich meinte, es sei schlimmer geworden mit mir.« Ich werde Mr. Vaught anrufen, dachte er, und versank ins Grübeln. Wie seltsam, daß sie mich zu kennen scheinen, und daß ich dergleichen von ihnen nie geglaubt hätte. Vielleicht ist das mein Fehler gewesen.

»Weißt du, warum er sein Geld abhebt?« sagte Spicer.

»Nein, warum?« fragte Ben.

Die beiden standen hinter ihm, schnippten mit den Fingern und ließen in ihren Hosen die Knie spielen. Sie redeten in einer bestimmten gedehnten Manier, welche man in Ithaca als Witzdialekt benutzte; sie hatte etwas von der Redeweise der Neger, und unterschied sich zugleich davon.

»Er ist auf dem Weg zum Match. Es ist offensichtlich, daß er nur wegen seines Geldes in die Stadt gekommen ist – schau, er hat seine üblichen Gehschuhe unter einer Brücke versteckt und seine Stadtslipper angezogen!« Und er zeigte auf des Technikers Wildlederschuhe.

»Das ist meiner Aufmerksamkeit entschlüpft«, sagte Ben.

»Aber sieh doch, wie er immer noch seinen Fuß wirft à la Cary Middlecoff, als wollte er einen *langen Ball* anpeilen.«

»Er ist hergekommen, um sein Geld abzuheben und auf das Match zu wetten und mit unserem Geld abzuziehen, weil er denkt, wir wüßten nicht, daß sie die Nummer eins sind.«

»Was redet ihr zusammen!« rief der Techniker, lachend und kopfschüttelnd, überkommen von einem gereizten Wohlgefühl – während er zugleich versuchte, vor Doris Mascagni die Rede auf sein Sparkonto zu bringen. »Die Nummer eins seid doch ihr«, sagte er, indem er sich nervös herumdrehte.

»Was du nicht sagst, Will.« Sie schüttelten einander die Hand, wobei sie weiterhin Seitenblicke warfen, in der schrägen Ithaca-Manier.

Was für liebenswerte Gestalten sie doch sind! dachte er, während Doris ihm das Geld abzählte. Warum bin ich je von hier weggegangen? Ben Huger hielt ihn zurück und erzählte

eine Geschichte von einem Mann, der einen golfspielenden Gorilla kaufte. Dem Gorilla war das Golfspielen beigebracht worden von dem besten Trainer der Welt. Der Käufer des Gorillas war im übrigen ein Spieler, der bis dahin wenig Glück gehabt hatte. Diesmal aber schien er es gut getroffen zu haben. Wenn er den Gorilla nämlich mit aufs Spielfeld nahm und ihm einen Schläger und einen Ballkorb aushändigte, flog jeder Ball geradewegs weit über vierhundert Meter. So meldete er den Gorilla beim Meisterturnier in Augusta an. Beim ersten Abschlag, einem Fünfer-Par, folgte der Gorilla Nicklaus und Palmer. Er führte seinen Ball mit Leichtigkeit und kam auf das über vierhundert Meter entfernte Grün. Triumph, dachte der Spieler, welcher dem Gorilla als Caddie diente, endlich hab ich's geschafft. Er stellte sich schon vor, wie er, nachdem er die fünfzigtausend Dollar für den ersten Preis eingestrichen hätte, an der Offenen Britischen Meisterschaft teilnähme. Doch als die drei nun zum Grün kamen und der Spieler dem Gorilla den Putter zum Einlochen reichte – das Loch gerade fußweit entfernt –, da holte der wiederum voll aus und schlug den Ball weitere vierhundert Meter. Dann –
Jetzt weiß ich, was ich tun werde, dachte der Techniker, der heftig schwitzte, geradezu außer sich vor gereiztem Entzükken. Ich werde hierher zurückkehren und Hampton bearbeiten, die Stätte meines Großvaters, die schon seit langem im Dornröschenschlaf schlummert, und mit den glänzenden Gestalten hier ein herrliches Leben führen.
»Bleibst du ein Weilchen daheim, Will?« fragten sie ihn.
»Ein Weilchen«, sagte er unbestimmt und verließ sie, froh, solch beängstigendem Entzücken zu entwischen.
Fast unbewußt nahm er die Kemper Street, einen engen, verlotterten Boulevard, welcher schnurgerade zur Flußkrümmung führte. Er war immer noch gesäumt von den staubigen alten Myrten, Chinabeeren und Pferdetrögen, und an einer Stelle war im Gehsteig eine aus Fliesen gefügte

Markierung eingelassen: *Radwanderclub 1903*. Die Straße führte in ein Negerviertel. Die traditionellen Holzhäuser wurden abgelöst durch Beton-Nachtbars und Reihenhäuser, einige davon in winzige Kirchen umgewandelt, indem man Rechtecktürme angefügt und das Ganze mit Ziegelpapier überzogen hatte. Er ließ sich auf einem Trog nieder, der angefüllt war mit Laub und immer noch einen schwach-herben Sonne-Sommer-Geruch ausströmte, und vertiefte sich in die Essokarte, wobei er besonders die Golfküste, New Orleans, Houston, sowie Punkte weiter im Westen in Augenschein nahm. Jäh überkam es ihn, daß er nirgendwo ansässig war und keine Adresse hatte. Während er von neuem seine Taschen durchsuchte, erblickte er eine neuerrichtete gelbe Plastiktelefonzelle – und erinnerte sich an Kitty. Er legte dann die Münzen dort auf dem Stahlsims bereit und starrte gleichzeitig die Kemper Street hinunter, auf das alte städtische Gefängnis an der Ecke zur Vincennes Street. Dort auf der obersten Stufe hatte sein Großonkel, der Sheriff, oder, wie die Schwarzen ihn nannten, der Großsheriff, gestanden, in einer Sommernacht des Jahres 1928.
Neben dem Golfplatz, unterhalb des rosa Junotempels, läutete in dem purpurnen Schloß das Telefon.
Der Großsheriff schob die Hände in seine hinteren Taschen, so daß sein Rockschoß den Pistolenknauf freigab. »Ich fordere euch höflich auf, zurück zu euren Häusern und Familien zu gehen. Heute nacht wird es hier keine Ausschreitungen geben, weil ich den ersten Kümmerling, der seinen Fuß auf die unterste Stufe setzt, umlegen werde. Verschwindet. Sofort.«
»Hallo.« Es war David.
»Hallo, David.«
»Ja bitte.« Er stand sicher in der kleinen Halle zwischen der Anrichte und der großen Eingangshalle und hielt den Hörer so locker in der Hand, als sei der in die Gabelung eines Bäumchens gefallen.

»Hier ist, hm, Will Barrett.« Das hörte sich seltsam an, denn die Schwarzen hatten nie einen Namen für ihn gehabt.
»Wer? Jawohl! Mister Billy!« David fühlte sich aufgefordert, die rechte Antwort zu finden – sollte er Überraschung zeigen? oder Freude? – und verfiel statt dessen auf eine falsche Munterkeit, wurde sich dessen bewußt und ging über zu Ausgelassenheit: »Ts-ts.«
»Ist Miss Kitty da?«
»Nein. Sie ist weg.«
»Wohin?« Er wurde mutlos. Sie war mit Rita unterwegs nach Spanien. »Vorlesung.«
»Ach ja.« Heute war Montag. Er überlegte.
»Jawohl«, sagte David und gab so dem Schweigen eine Höflichkeitsform. »Ich habe bemerkt, daß der kleine feine Sprite nicht da war, als ich hier ankam. Und ich war pünktlich.«
»Ist denn sonst jemand da?«
»Nur Miss Rita.«
»Auch recht. Übermittle Miss Kitty eine Nachricht.«
»Jawohl.«
»Sag ihr, daß ich auf dem Campus verletzt worden bin, daß ich einen Schlag auf den Kopf bekommen habe, und daß ich einen Rückfall hatte. Sie wird schon verstehen, was ich meine. Sag ihr, daß ich krank war, aber daß es mir jetzt besser geht.«
»Jawohl. Ich werd's ihr sagen. *Krank?«* David, der auf die berühmte Neger-Einfühlungsgabe abzielte, wirkte statt dessen schrill ungläubig. Oh David, David, dachte der Techniker, indem er den Kopf schüttelte: Was ist nur los mit dir? Du bist weder weiß noch schwarz noch irgendwas.
»Es geht mir inzwischen besser. Sag ihr, ich werde sie anrufen.«
»Jawohl. «
»Auf Wiedersehen, David.«
»Auf Wiedersehen, Mister Billy!« schrie David und unterdrückte seine Ausgelassenheit.

Der Techniker erreichte Mr. Vaught in seinem Chevroletgeschäft.
»Billy mein Junge!« rief der Alte. »Bist du noch auf dem Campus?«
»Bitte? Nein, nein. Ich –«
»Ist mit dir alles in Ordnung, mein Junge?«
»Jawohl. Ich bin nur verletzt worden –«
»Geht es dort unten immer noch hoch her?«
»Hier unten?«
»Wie bist du da weggekommen? Man wollte Kitty nicht gehen lassen. Ich habe sie gestern holen müssen. Man hat sie alle im Keller des Studentinnenhauses festgehalten, die ganze Nacht. Die Armee war auf dem Campus.«
»Jawohl«, sagte der Techniker, der nur verstand, daß eine größere Katastrophe passiert war, und daß in dem Tumult sein eigener Fall nicht zählte.
»Und du bist sicher, daß mit dir alles in Ordnung ist?«
»Man hat mich niedergeschlagen, aber ich habe mich am nächsten Morgen davongemacht«, sagte der Techniker bedächtig, »Nun bin ich unterwegs, um –« Er stockte.
»Um Jamie zu finden. Gut so.«
»Ja. Jamie. Sir«, fing er wieder an. Eins war ihm jetzt klar: der Krawall auf dem Campus gab ihm die Möglichkeit, zu sagen, was immer er wollte.
»Ja?«
»Bitte, hören Sie mir genau zu. Es ist etwas geschehen, von dem ich glaube, daß Sie es wissen sollten, damit Sie noch eingreifen können.«
»Wenn du das glaubst: ich bin bereit.«
»Jawohl. Also: Kittys Scheck ist weg, verloren oder gestohlen, der Scheck über hunderttausend Dollar.«
»Wie bitte?« Mr. Vaughts Stimme klang, als sei er in den Hörer gekrochen. Schluß mit den Scherzen: jetzt ging es um Geld, um Chevrolets.
Der Techniker hatte freilich erkannt, daß er vorbringen

konnte was immer, und mochte es noch so unerhört sein: man würde sich damit befassen, handeln, und ihm keine Vorwürfe machen.
»Ich schlage vor, den Scheck zu sperren, wenn das möglich ist.«
»Es ist möglich«, sagte der alte Mann, in der Stimmlage vollkommener Neutralität. Der Techniker hörte, wie er das Telefonbuch nach der Nummer der Bank durchblätterte.
»Er war auf mich übertragen, sollte ich vielleicht noch hinzufügen.«
»Er war auf dich übertragen«, sagte der andere, als notierte er es sich. *Also gut. Diesmal ist es an dir, zu reden, und an mir, zuzuhören. Diesmal.*
»Ich habe vergeblich versucht, Kitty zu erreichen. Sagen Sie ihr, daß ich sie anrufen werde.«
»Ich werd's ihr sagen.«
»Sagen Sie ihr, daß ich zurückkomme.«
»Du wirst zurückkommen.«
Nachdem er aufgehängt hatte, saß er da, starrte auf das alte Gefängnis und dachte an seinen Verwandten, den Großsheriff. Neben der Telefonzelle befand sich das »Dew Drop Inn«, ein Gebäude mit abgerundeten Ecken, aus Sichtbeton und Glasziegeln, ein Lokal, das ihm wohlbekannt war. Es gehörte einem Schwarzen mit dem Beinamen »Zarte Abendbrise«, von dem behauptet wurde, er sei weibisch. Als er aufgestanden war und an der offenen Türe vorbeikam, hörte er ein *Pssst!*, von jemandem, der fast in Greifweite sein mußte.
Er hielt inne und runzelte die Stirn. »Bist du das, Breeze?«
»Barrett!«
»Was ist?« Er wendete sich blinzelnd um. Aus dem dunklen Innern schaute ihn ein Augenpaar an.
»Komm herein, Barrett.«
»Vielen Dank, aber –«
Hände faßten ihn und zogen ihn hinein. Genau durch diese

Bewegung wurde in seinem Gedächtnis ein Riegel aufgestoßen. Eigentlich erinnerte er sich gar nicht – sondern spulte, aus den Kulissen auf die Bühne gestoßen, fehlerlos seinen Part ab.
»Mr. Aiken«, sprach er höflich und tauschte einen Händedruck mit seinem alten Freund, dem Pseudoschwarzen.
»Herein mit dir. Hör, ich nehme es dir nicht im geringsten übel –«, begann der andere.
»Erlauben Sie mir bitte eine Erklärung«, sagte der Techniker und blinzelte umher in der wässrigen Dunkelheit, die nach Süßbier und besprengtem Beton roch. Es mußten noch mehr Leute anwesend sein, aber seine Augen waren noch immer geblendet. »Als ich Sie gestern sah, wußte ich nicht, wo ich Sie hintun sollte. Wie Sie sich vielleicht erinnern, erzählte ich Ihnen im letzten Sommer von meiner Nervenkrankheit, als deren Folge ich an Gedächtnisverlust leide. Außerdem erhielt ich gestern, oder vorgestern, einen Schlag auf den Kopf –«
»Hör zu«, rief der Pseudoschwarze. »Alles in Ordnung! Du kannst dir gar nicht vorstellen, wie froh ich bin, dich zu sehen. Du solltest besser auf dich aufpassen!«
»Nein, Sie verstehen nicht –«
»Laß gut sein«, sagte der Pseudoschwarze.
Der Techniker zuckte die Schultern. »Wie geht's, Breeze?« Er erblickte den Eigentümer, einen unförmigen, haihäutigen Neger, der immer noch den gerollten und verknoteten Nylonstrumpf als Kopfbedeckung trug.
»Gut, gut«, sagte Breeze und gab ihm die Hand, wobei er freilich an den Zähnen saugte und an ihm vorbeiblickte. Er war sicher, daß Breeze sich an ihn erinnerte, sich jedoch zugleich fragte, was er hier wollte. Breeze kannte ihn von der Zeit, als der Techniker die Abkürzung durch das Gäßchen hinter dem Drop Inn zu nehmen pflegte, auf dem Weg zum Country Club, wo er seinem Vater als Caddie diente.

»Wo ist Mort?« fragte der Techniker, der sich allmählich an die Düsternis gewöhnte.
»Mort hat's nicht geschafft«, sagte der Pseudoschwarze, in einem Tonfall schwer von Kummer, und stellte ihn seinen neuen Freunden vor. Es handelte sich um zwei Männer, einen Neger und einen Weißen, sowie um eine weiße Frau. Die Männer, so entnahm er dem vor Aufregung bibbernden Pseudoschwarzen, waren Berühmtheiten – und in der Tat kamen sie sogar dem Techniker, der nicht auf dem laufenden war, vertraut vor. Der weiße Mann, welcher mit einem schönen, verdrossenen, unordentlichen Mädchen – eine Dreiheit von schwarzem Haar, weißem Gesicht und schwarzer Jacke – in einer Nische saß, war Schauspieler. Obwohl wie ein Landstreicher gekleidet, wirkte er hochmütig-starr. Er warf dem Techniker einen einzigen unheilvollen Blick zu und hatte dann keine Augen mehr für ihn. Bei der Vorstellung gab er ihm nicht die Hand.
»Ist das der Merle, von dem du geredet hast?« fragte der Schauspieler den Pseudoschwarzen, wobei er mit einer genaubemessenen, kleinen, wunderbaren, die Bühne beherrschenden Kopfbewegung auf den Techniker deutete.
»Merle?« wiederholte der verblüffte Techniker. »Ich heiße nicht Merle.« Obwohl die Schroffheit und der Hochmut des Schauspielers ihn zunächst erzürnten, war er bald gebannt von dessen Gehabe und seiner erstaunlichen Kunst, ganz im Augenblick zu leben. Dazu genügten ihm eine gewisse Kopfbewegung, ein Ruck mit der Schulter, wobei er mit einem Sektquirl spielte, und eine bewußt ernste Miene. Seine Lippen paßten aufeinander, wie nur Lippen aufeinanderpassen konnten. Der einfühlsame Techniker, der an diesem Tag nicht wußte, welches Gesicht er zeigen sollte, spürte jetzt, wie seine eigenen Lippen geradezu im Triumph zusammenfanden. Vielleicht wäre er am besten Schauspieler geworden!
»Sie sind hier wegen des Festivals, wegen des, hm, Morali-

tätsstücks«, sagte er, um zu zeigen, daß sein Gedächtnis zurückkehrte.
»Ja«, sagte der Pseudoschwarze. »Kennst du den Sheriff hier?«
»Ja«, antwortete der Techniker. Sie standen an der Bar, unter einer Ballsaal-Kugel, in der sich wässriges Sonnenlicht von den Glasziegeln spiegelte. Der Pseudoschwarze stellte ihm die andere Berühmtheit vor, einen Dramatiker, einen schmalen, froschäugigen Neger, welcher beinahe in einem Bulldog Drummond Trenchcoat verschwand; anders als sein weißer Gefährte, grüßte er den Techniker freundlich und betrachtete ihn sogar mit inständiger Neugier. Hier fühlte dieser einmal jenen mächtigen, weißglühenden Radarstrahl auf sich gerichtet, den er sonst auf andere richtete. Mit diesem Burschen war nicht zu spaßen. Es war ihm das fast Unmögliche gelungen: er hatte sich sein Negerradar bewahrt und ihm weiße Reizbarkeit und Unruhe hinzugefügt. Er zappelte herum und kam auf einen zu wie ein echter Yankee, doch, anders als ein Yankee, hatte er dabei seinen großen Ohrschirm ausgefahren. Schon war er dem Techniker auf der Spur: es handelte sich bei diesem um einen weiteren seltsamen Kerl, einen aus dem Süden, der, mit seinen Drähten sozusagen durcheinandergeraten, nicht mehr wußte, wer er eigentlich war. Während er sein Bier trank, beäugte er den Techniker von der Seite. War der Schauspieler ganz Selbstdarsteller – was ihm großartig gelang –, so bestand der Dramatiker nur aus Augen und Ohren, ohne sich der eigenen Person im geringsten bewußt zu sein: hätte er sich denn sonst den Trenchcoatkragen so aufgestellt, daß dieser als großer Lappen die Wangen bedeckte? Der Schwarze wirkte lächerlich, aber sein Aussehen war ihm gleichgültig. Dem Schauspieler war so etwas nicht gleichgültig. Und was den armen Techniker betraf, der sich auf beides einstimmte: was war er nun eigentlich, Schauspieler oder Dramatiker?

»Sie haben sich tatsächlich nicht an ihn erinnert, nicht wahr?« fragte der Schwarze den Techniker.
»So ist es.«
»Er schwindelt dich nicht an, Forney«, wandte sich der Stückeschreiber an den Pseudoneger.
»Ich wußte es«, rief dieser. »Barrett und ich, wir sind alte Kumpane. Stimmt's?«
»Stimmt.«
»Haben wir nicht gemeinsam die Philadelphia-Geschichte gemeistert?«
»Ja.« Dem Techniker war es, als gebrauche der andere das Wort »Philadelphia« wie eine Trophäe, einen aus der Reihe von Wimpeln für gewonnene Schlachten, während er, der Techniker, sich doch einzig an jene Schlacht erinnerte, in der er von einer erzürnten Hausfrau aus Haddon Heights, New Jersey, eins auf die Nase bekommen hatte.
»Meinst du, du könntest die örtliche Polizei zu etwas überreden?«
»Wozu?«
»Bugs freizulassen.«
»Bugs?«
»Bugs Flieger. Sie haben ihn letzte Nacht, nach der Festspielaufführung, ins Gefängnis gesteckt, und wie wir hören, ist er zusammengeschlagen worden. Du mußt wissen, Mona hier ist Bugs' Schwester.«
»Bugs Flieger«, überlegte der Techniker.
Der Schauspieler und das weiße Mädchen blickten einander an, wobei der erstere seine Kiefernmuskeln spielen ließ wie Spencer Tracy.
»Sag dem Merle da«, sprach der Schauspieler mit hohler Stimme, »daß Bugs Flieger ein wenig Gitarre spielt.«
»Merle?« fragte der verdutzte Techniker, indem er die anderen anschaute. »Spricht er zu mir? Warum nennt er mich Merle?«

»Sie haben also tatsächlich noch nie von Flieger gehört?« fragte der Stückeschreiber.
»Nein. Ich war in jüngster Zeit ziemlich beschäftigt. Ich sehe nie fern«, sagte der Techniker.
»Fernsehen«, sagte das Mädchen. »Jesus im Himmel.«
»Was hat Sie denn so beschäftigt?« fragte der Stückeschreiber.
»Ich bin erst seit kurzem weg aus New York, wo ich mich, als Folge einer Nervenkrankheit, nicht zurechtfand«, antwortete der Techniker, welcher allzeit die Wahrheit sprach. »Bei meiner Rückkehr hierher in den Süden fand ich mich allerdings noch weniger zurecht.«
»Auch mir ging's nicht gut«, sagte der Stückeschreiber gleichbleibend freundlich, ganz und gar nicht spöttisch. »Ich bin sehr labil.«
»Könntest du mit dem Sheriff reden?« fragte der Pseudoschwarze.
»Selbstverständlich.«
Breeze brachte noch mehr Bier, und sie saßen alle in der Rundnische an der Ecke, unter den Glasziegeln.
»Junge, sind Sie wirklich von hier?« fragte der Stückeschreiber den Techniker.
»Fragen Sie Breeze.« Der Techniker blickte finster. Warum nannten diese Leute ihn nicht beim Namen?
Doch als der Stückeschreiber sich an Breeze wandte, nickte dieser nur und zuckte zugleich mit den Achseln. Breeze, das sah der Techniker, war äußerst nervös. Des Technikers Anwesenheit verwirrte ihn. Er wußte nicht, wie er mit ihm umgehen sollte, ob in der üblichen, ironischen Ithaca-Manier (»He, Will, wohin des Wegs?« »Zum Golf, als Caddie.« »Stimmt es, daß dein Daddy dir dafür fünf Dollar pro Runde gibt?« »Der gibt mir keine fünf Dollar«) – oder in der feierlich-grimmigen Art der andern. Doch schließlich sagte Breeze abwesend, sozusagen ganz ohne Umgangston: »Das ist Will Barrett, Rechtsanwalt Barretts Sohn. Anwalt

Barrett hat vielen geholfen.« Aber jetzt bemerkte der Techniker, daß es noch etwas anderes war, das Breeze nervös machte. Er blickte immer wieder zur Tür hinaus, die einen Spalt offenstand; er hatte Todesangst.

Der Pseudoschwarze freilich wollte sich über ernstere Dinge unterhalten. Er stellte den andern einige interviewähnliche Fragen über das Rassenproblem, während er die ganze Zeit (nur der Techniker bemerkte es) mit seiner an der Krawatte befestigten Kamera Bilder schoß.

»Es ist ein Moralproblem«, sprach der Schauspieler und zerbrach den Sektquirl zwischen den Fingern, wie nur Schauspieler Sektquirle und Bleistifte zerbrechen. Der Pseudoschwarze führte aus, der Schauspieler sei mit Mona, seiner Gefährtin, von Hollywood eingeflogen, um unter großen persönlichen Opfern an den augenblicklichen Aktionen teilzunehmen, Opfern sowohl finanzieller als auch emotionaler Natur – letztere, weil er hineingezogen worden sei in einen Sorgerechtsstreit, im Verlauf dessen seine Frau das Schlafzimmer gestürmt und Mona an den Haaren gerissen habe.

»Natürlich ist es ein Moralproblem«, sagte der Stückeschreiber. Jetzt entsann sich der Techniker, eins seiner Stücke gesehen zu haben, zusammen mit Midge Auchincloss. Es handelte von einem Künstler, der sich verbraucht, seine schöpferische Kraft verloren hat. Dann jedoch findet er den Mut, sich seiner inneren Wahrheit zu stellen: seiner Liebe zu dem jüngeren Bruder seiner Frau. Er setzt der freudlosen, unschöpferischen Ehe ein barmherziges Ende zugunsten einer sinnvolleren Beziehung zu seinem Freund. Die letzte Szene zeigt die Liebenden, wie sie im Fenster der Künstlerwohnung am linken Seine-Ufer stehen und hinaufblicken zu den schimmernden Türmen von Sacré-Cœur. »Der Welt ist das Heilige abhanden gekommen«, sagt der Junge. »Ja, wir müssen es wiederentdecken«, repliziert der Künstler. »Es ist an uns, das Heilige wiederzuentdecken.« »Es ist lang her,

seit ich einer Messe beigewohnt habe«, sagt der Junge, mit einem Blick auf die Kirche. »Laß uns unsere eigene Messe feiern«, repliziert der Künstler, wie Pelleas, und berührt mit einer scheuen Hand des Jungen Goldhaar.
»Zarte Abendbrise«, fiel dem Techniker auf, wurde immer unruhiger. Seine Haut erschien noch grauer, noch haifischähnlicher, und er schnippte mit den Fingern einen komplizierten Rhythmus. Einmal, nachdem er durch den Türspalt gespäht hatte, rief er den Als-ob-Neger beiseite.
»Breeze meint, die Polizei ist auf dem Weg hierher«, verkündete dieser dann mit ernster Miene.
»Woher weißt du das?« fragte der Dramatiker Breeze.
»Ich weiß es.«
»Wie haben sie erfahren, daß wir hier sind?«
»Frag doch Merle«, sagte der Schauspieler.
»Sei nicht kindisch«, sagte der Als-ob-Neger mit zusammengezogenen Brauen. »Ich war's doch, der Barrett hier hereingezerrt hat, erinnere dich. Er gehört zu uns.«
»Der Mann ist zweimal vorbeigegangen«, sagte Breeze, indem er mit den Fingern einen Trommelwirbel schnippte. »Das nächste Mal kommt er ins Haus.«
»Wie willst du das wissen?« fragte der falsche Neger und blickte interessiert drein wie ein Reporter.
»Ich weiß es, das ist alles.«
»Großartig«, sagte der Stückeschreiber. Seine Freude, so fiel dem Techniker auf, rührte daher, daß er das Leben so offen und zugleich künstlich vor sich sah wie ein Drama – ein Charakter war grundverschieden vom andern.
»Bill«, sagte der falsche Schwarze mit gewichtiger Stimme. »Mona muß weg von hier. Du weißt doch, was ihr sonst zustößt?«
Der Techniker überlegte kurz. »Wollt ihr alle aus der Stadt hinaus?«
»Ja. Wir sind nur noch wegen Bugs hier.«
»Was ist mit Ihrem Chevrolet?«

»Sie haben ihn vor einer Stunde geschnappt.«
»Warum nehmt ihr nicht den Bus?«
»Genau an der Busstation haben sie Bugs erwischt.«
»Sie kommen«, sagte Breeze.
Es wurde gegen die Tür gehämmert. »Folgendes«, sagte der Techniker plötzlich. Wie immer anders als die andern, konnte er denken nur, wenn Denken unmöglich war. Wenn jedoch Denken von ihm erwartet wurde, konnte er nicht denken. »Nehmt meinen Camper. Hier.« Er zeichnete rasch eine Skizze vom Highway und der alten Flußstraße. »Er steht da hinter dem Deich. Ich werde mit der Polizei reden. Nehmt die Hintertür. Sie chauffieren«, sagte er zu Mona, indem er ihr den Schlüssel gab. Der Schauspieler bedachte ihn mit einem klaren Graublick. »Die andern sitzen hinten.« Das Hämmern dröhnte in den Ohren. »Wenn ich nicht zum Deich nachkomme«, schrie der Techniker, »sucht meinen Onkel auf, in Louisiana. Nehmt die Brücke bei Vicksburg. Mein Onkel heißt Fannin Barrett, in Shut Off. Ich treffe euch dort.« Er entnahm seiner Brusttasche ein Bündel von Straßenkarten, zog da eine einzelne Staatskarte hervor, markierte darin ein X, schrieb einen Namen auf und übergab die Karte Mona. »Wer ist es?« fragte er Breeze, der reglos an der schütternden Tür stand.
»Mister Ross und Mister Gover«, sagte Breeze eifrig, so als umschmeichele er schon die Polizei.
»Kennen Sie die beiden, Merle?« fragte der Schauspieler, mit einem neuen, anerkennenden Blitzen in den Augen.
»Ja.«
»Wie sind sie?«
»Gover ist in Ordnung.«
»Mach die Tür auf, Breeze.« Die Stimme war ganz nah.
»Jawohl.«
»Nein, laß zu –«, fing der Techniker an.
»Man hat gesagt, aufmachen.« Es war zu spät. Der Eingang

ergleißte zuerst von Sonne und wurde dann verdunkelt von Uniformen.
»Wie steht's, Beans. Hallo, Ellis«, sagte der Techniker und ging zugleich auf sie zu.
»Wo ist der Hurensohn?« fragte Beans Ross, ein kräftiger, großer, fetter Mensch mit einem hübschen, gebräunten Gesicht und grüngetönter Sonnenbrille, wie sie bei Highway-Polizisten üblich ist, obwohl er nur bei der Stadtpolizei war.
»Ich bin Will Barrett, Beans«, sagte der Techniker und streckte seine Hand hin. »Der Sohn von Mister Ed.«
»Sowas«, sagte Beans und schob sich die Brille hinauf in die Stirn. Er nahm sogar die Hand des andern, und für einen winzigen Augenblick schien zwischen ihnen Friede möglich.
»Was zum Teufel tust du hier?« Beans zog aus seiner Tasche einen kleinen Totschläger, der vom Gebrauch so glatt war wie eine Haut.
»Ich erklär's. Aber unternimm erst einmal nichts gegen Breeze.« Er wußte sofort, was Beans vorhatte.
»Breeze«, sagte Beans tonlos, ohne den Angesprochenen anzuschauen.
»Zarte Abendbrise«, welcher wußte, was von ihm erwartet wurde, nahm die Strumpfmütze ab und enthüllte seinen Scheitel. Blicklos, nur mit einem schnellen Ruck seines Handgelenks, schlug Beans Breeze mit dem Totschläger gegen das Stirnbein, und Breeze fiel zu Boden.
»Verdammt, Beans«, sagte der Techniker. »So geht das nicht.«
»Hast du etwas zu sagen?«
»Ja.«
»Wo ist die Hure?« fragte Beans, beugte sich mit einer zugleich freundschaftlich-verschwörerischen, ihn umwerbenden und geringschätzigen Gebärde vor und stieß seinen Mittelfinger an des Technikers Hosenschlitz.
Der Techniker grunzte auf vor Schmerz, krümmte sich

leicht und glaubte sich an etwas zu erinnern. War ihm solch ein Schlag an den Hosenschlitz nicht auch schon in der Kindheit zugestoßen? Die Erniedrigung erschien ihm vertraut.

»Laß das, Beans«, sagte Ellis Gover, der kopfschüttelnd zwischen die beiden trat. »Der Junge ist in Ordnung.«

Des Technikers Übelkeit legte sich, doch inzwischen hatte Beans in der Nische Mona erblickt. Ohne die Augen von ihr zu tun, zog er Ellis an sich heran und fiel in einen Flüsterton. Der Techniker hatte Zeit, sich aufzurichten und den Fuß in die Ecke zwischen Pfosten und Schwelle der vorderen Tür zu stemmen. Erstmals in seinem Leben kam alles zusammen – Augenblick, Position, Ziel –, und endlich einmal wurden die Dinge so klar, wie sie es zu sein pflegten in den altehrwürdigen Zeiten. Er traf Beans an der Nackenwurzel, so fest wie den Sandsack im Y.M.C.A. von New York. Beans' Mütze und Gläser flogen weg, und er setzte sich auf den Boden. »Ganz ruhig, Ellis«, sagte der Techniker sofort, indem er sich dem großen, jüngeren Polizisten zuwandte. Zu den andern sagte er beiläufig: »Hinaus hier«, und winkte sie über Beans' ausgestreckte Beine zur Eingangstür hinaus. »Nehmt an der Ecke ein Taxi.«

»Moment«, sagte Ellis. Aber er hielt sie nicht auf.

»Laß gut sein, Ellis. Sie haben nichts getan. Sie verschwinden aus der Stadt, und das ist es ja, was ihr wollt.«

»Aber, verflucht«, sagte Ellis, der immerzu den gefällten Polizisten anstarrte, »du hast Beans niedergeschlagen.«

»Schon recht, doch schau einmal auf Breeze«, gab der Techniker zur Antwort und deutete mit dem Kinn auf den Schwarzen, der dalag wie ein Leichnam. Er ergriff Ellis am Ellbogen, wie er es zu tun pflegte zu der Zeit, als er mit ihm zusammen in der Football-Mannschaft spielte, Ellis als Läufer (Staatsauswahl), der Techniker als Verteidiger (nicht in der Staatsauswahl): wenn es ein »Gedränge« gab, hatte der Techniker, welcher dabei die Signale erteilte, Ellis, der

etwas schwer von Begriff war, genauso wie jetzt am Oberarm gekniffen, knapp über dem Ellbogen.
»Herrgottsakrament, Will.«
»Hör zu, Ellis«, sagte der Techniker, schon im Weggehen. »Du zeigst mich an, um dich zu entlasten, verstanden? Erklär Beans, die andern hätten dich behindert. Ist das klar?«
»Ja, aber –«
»Jetzt hilf Beans auf, damit er mir nachrennen kann.« Er sagte das, obwohl Beans immer noch k.o. war, kniff Ellis ein letztes Mal in der alten »Gedränge«-Manier, nickte ihm entsprechend zu und verschwand rasch durch die Hintertür, hinaus in die Heck's Alley.
»Will«, rief Ellis wieder – ganz rechtens erschien das alles ihm nicht. Doch der Techniker hatte die Gasse bereits überquert, bewegte sich auf eine gewisse Planke in einem Zaun zu, die gebröckelt war zu der Form des Staates Illinois und von der er jetzt, nach fünfzehn Jahren, wußte, daß sie von einem einzigen Nagel festgehalten wurde, war auch schon da durch, und hinein in Miss Mamie Billups' Hinterhof. Miss Mamie saß gerade auf ihrer Seitenveranda. Er bückte sich, um unter ihrem Satsuma-Baum durchzuschlüpfen.
»Wie geht's, Miss Mamie?« fragte der höfliche Techniker mit einer Verbeugung und steckte sich zugleich die Krawatte in den Mantel.
»Wer ist da?« rief die alte Frau scharf. Alle Welt stahl ihr die Satsuma-Früchte.
»Will Barrett, Miss Mamie.«
»Will Barrett! Komm sofort her, Will!«
»Ich kann im Moment nicht«, sagte der Techniker und bog in die Theard Street ein. »Bin gleich wieder da!«

4.

Seine Freunde warteten auf ihn, aber nicht lange genug. Als er um die »Milliken-Kurve« kam – er hatte sich auf der von Stadt und Highway abgekehrten Seite des Deichs bewegt –, rumpelte der Trav-L-Aire gerade aus der Weidenau heraus, hinauf auf den Deich – und zwar schräg! Die Kabine schwankte gefährlich. Er hatte vergessen, Mona zu warnen. Er schlug die Hände vor das Gesicht: Mona, in der Absicht, dem Wagen die Steilauffahrt zu ersparen, brachte ihn gerade dadurch auf die Kippe. Als er jedoch aufblickte, war die Gefahr vorbei, der Deich leer.

Es war zwei Uhr, und er war hungrig. Am Deichende der Theard Street kaufte er sich ein halbes Dutzend *Tamales*-Laibchen von einem Straßenverkäufer (freilich nicht demselben, dessen Ruf *Heiß gebraten!* in den fünfziger Jahren die Sommernächte durchschallt hatte). Er fand einen Fleck mit hüfthohem Elefantengras, hinter der Au, vor allen Blicken vom Deich her verborgen, und rollte sich da eine Höhlung zurecht, die butterblumengleich zur westwärts ziehenden Sonne hin geneigt war. Es war so warm, daß er den Mantel auszog und die Ärmel aufrollte. Er aß die Tamales langsam, darauf bedacht, sich nicht das Gewand zu beschmutzen. Das Fleisch war gut, aber einmal biß er auf ein Schrotkorn: Hase oder Eichhörnchen? Danach wusch er sich die Hände im Flußwasser, das sich durch die unteren Bereiche der Au schlängelte, und trocknete sie mit dem Taschentuch. Zu seiner Höhlung zurückgekehrt, saß er eine Zeitlang mit gekreuzten Beinen und schaute einem Schleppboot zu, welches drüben am Louisiana-Ufer einen weiten Fächer von Schwefel-Lastkähnen das tote Wasser hinaufzog. Dann krümmte er sich zusammen, faltete den Rock, innen nach außen, zum Polster und schlief ein.

Er erwachte steif vor Kälte. Die Nacht war bedeckt und mondlos, aber er konnte das Sternbild des Skorpions erkennen, der sich trübe über Louisiana krümmte, wie im Krampf zusammengezogen um den großen blutigen Antares. Er schloß alle drei Knöpfe seiner Jacke und lief an der inneren Böschung des Deichs entlang, von der Stadt aus nicht zu sehen; so wurde ihm wieder warm. Als er auf der Höhe der Gipsmühlenschlote war, überquerte er schnell den Deich, lief hinunter in die Blanton Street und nahm den Weg auf den Gleisen der Illinois Central, welche eine Kurve um die Highschool beschrieben. Unter dem Sportplatzdach war es stockdunkel, aber seine Muskeln erinnerten sich an jeden einzelnen Abstand. Die unüberdachten hinteren Sitzreihen strömten einen schwachen Geruch von Kellererde und Urin aus. Beim »Chinesen« nahm er die Tangentialstraße zur Houston Street, die durch ein wohlhabendes Negerviertel – saubere Reihenhäuser mit Blumengärten – führte, dann hinein in die schwere summende Luft und den feisten Duft der Baumwollsamen-Ölmühle, und wieder heraus bei der De Ridder Street.

Er stand in der tintigen Wassereichen-Finsternis und blickte hin zu seinem Elternhaus. Es war unverändert; nur die Galerie oben war verglast worden, und aus einem Fenster im zweiten Stock ragte eine Fahnenstange. Seine Tanten saßen auf der Veranda. Sie waren samt Fernseher und übrigem dahin übersiedelt. Er trat näher, bis er sich zwischen den Azaleen befand. Da waren sie also, fidel und gesund, jünger denn je zuvor – seine Tanten. Drei schauten sich »Triff's reich« an; zwei spielten Canasta; eine las *Rasse und Vernunft* und aß dazu »Whitman's Leckereien«. (Jetzt fiel ihm ein, daß Sophie Liebesbriefe an Bill Cullen zu schreiben pflegte.) Was für eine ausdauernde, kräftige Bande sie doch waren! – kräftig wie Muschiks, und gewaltige Hasser, wenngleich nicht bösartig: sie wären schlicht glücklich gewesen, ihn zur Tür hereinkommen zu sehen, hätten ihn mit offenen Armen empfangen, rosig, unbeschwert, die Arterien mädchenhaft geschmeidig, die Ehemänner seit vierzig Jahren tot, so lange schon dahin, daß er sich nicht entsann, daß je jemand von ihnen redete; christliche Damen durch und durch, vier Protestanten (presbyterianisch, schottisch-irisch), zwei Katholiken, Kreolen, aber auf Dauer ausgesöhnt, ökumenisiert, durch *bon appétit*, Gelächter, herzhaften Haß.

Hier unter den Wassereichen war es, daß sein Vater ruhelos in den Sommernächten auf und ab zu gehen pflegte, die Hände in den Taschen und den Kopf gesenkt, den Gehsteig entlangschlenderte, das rechte Bein werfend in seiner alten Princeton-Schlendermanier. Hier unter den Wassereichen oder dort unter der Straßenlaterne parlierte er mit den Vorbeigehenden, Fremden und Freunden, Weißen und Schwarzen, Dieb und Polizist. Der Knabe saß auf den Eingangsstufen, nah genug, mit dem Vater zu sprechen, nah genug, das Grammophon zu bedienen, welches seinen Stapel von Vorkriegsplatten mit 78 Umdrehungen abspielte, freilich nie ohne Komplikation. Der Mechanismus knackste und surrte, und herab klappte die Platte und drehte sich ein Weilchen, schrammend unter der schlingernden Nadel. Durch das offene Fenster kam Brahms, beinahe immer Brahms. Den Gehsteig auf und ab schlenderte der Vater, wendete unter der Laterne, manchmal mit einem Klienten, manchmal allein. Die Klienten: Schwarze und Weiße, im großen und ganzen eine kümmerliche Mannschaft, die in solchen Augenblicken jedoch begierig, angestrengt und aufmerksam lauschte, schließlich sogar von diesem und jenem Erkenntnisblitz befallen. In den Musikpausen hörte der Knabe Redebruchstücke: »Genauso ist es! Genau das habe ich mir auch gedacht!« – wenn der Vater zum Beispiel etwas über die Wertlosigkeit guter Absichten und den Wert eines guten Charakters hatte verlauten lassen –, »Ich werde genau tun, was Sie sagen«; wobei die Passanten mit ihm natürlich um fünfzig Cent oder fünf Dollar feilschten, aber einer dabei geradeso taktvoll wie der andre, sie so gut in ihrem Geschäft wie er in dem seinen. Der lauschende Knabe: woher nur rührte das Grauen in seiner Brust, wenn er den Unterredungen zuhörte und dem schönen, schrecklichen Brahms, der hinausschallte in die summende Sommernacht und die schwere, feiste Luft?

Die Tanten stießen ein Gebrüll aus. Im Fernsehen hatte Bill Cullen einer Dame aus Michigan City, Indiana, ein Kajütenboot zugesprochen.

An einem solchen Abend war es gewesen – er fuhr sich mit der Hand über die Augen, streckte sie aus und berührte die korkige Rinde der Wasscreiche, von der dabei ein Zischen kam –, daß sein Vater gestorben war. Der Sohn saß auf den Stufen, der alte Brahms erklang, der Vater schlenderte und sprach mit einem Fremden über die Schönheit des Lebens und die Einsamkeit der Galaxien. »Jawohl«, sagte der Fremde, »ich habe auch schon davon gehört« (daß der nächste Stern zwei Lichtjahre entfernt war).

Als der Mann zurückkam, fragte ihn der Knabe:

»Vater, warum gehst du im Finstern, wenn du doch weißt, daß sie geschworen haben, dich umzubringen?«

»Ich habe keine Angst, mein Sohn.«

Nach Westen hin standen auf dem Damm, Kühlerhaube an Kühlerhaube, die Autos der Weißen, beim Parken noch mit eingeschalteten Scheinwerfern, dann dunkel. Vom Osten, hinter der Baumwollsamen-Ölmühle, schallte das Negerlachen.

Der Mann ging, bis es Mitternacht war. Einmal hielt ein Polizeiwagen an. Der Polizist sprach zu dem Mann.

»Du hast gewonnen«, sagte der Junge, als der Mann zurückkam. »Ich habe den Polizisten gehört. Sie haben die Stadt verlassen.«

»Wir haben nicht gewonnen, mein Sohn. Wir haben verloren.«

»Aber sie sind fort, Vater.«

»Warum sollten sie hierbleiben? Sie haben doch gewonnen.«

»Wie meinst du das, Vater?«

»Sie haben es nicht nötig, zu bleiben. Denn sie haben herausgefunden, daß wir letzten Endes sind wie sie, und daß es demnach für sie keinen Grund gibt, zu bleiben.«
»Wir sind wie sie, Vater?«
»Einst waren sie es, die Unzucht trieben, bestachen und sich bestechen ließen, und wir taten das nicht, und deswegen haßten sie uns. Jetzt sind wir wie sie – warum sollten sie also bleiben? Sie wissen, daß sie mich gar nicht zu töten brauchen.«
»Woher wissen sie das, Vater?«
»Weil wir alles verloren haben.«
»Was verloren?«
»Es gibt freilich etwas, das sie nicht wissen.«
»Und was ist das, Vater?«
»Sie mögen gesiegt haben – aber ich brauche nicht zu wählen.«
»Was wählen?«
»Sie.«
Als er sich diesmal zum Gehen wendete, rief der Junge, er möge bleiben.
»Was ist?«
»Geh nicht.«
»Ich gehe nur bis zur Ecke.«
Aber diese Nacht, die Nacht des Sieges, war erfüllt von Grauen. (Das Allertraurigste ist der Sieg, sagte der Vater.) Der Schmelz Brahms' war faul, die sieghafte Heiterkeit des Großen-Horn-Themas klang falsch, gefälscht, verlogen. Im Untergrund war alles von Übel.
»Vater.«
»Ja?«
»Warum bist du so gern allein?«
»Wenn du alles bedacht hast, bist du allein.« Er tauchte ein in die Eichenfinsternis.
»Geh nicht.« Die Schreckensherrschaft der schönen, sieghaften Musik traf ihn ins innerste Herz.

»Ich gehe doch nicht, mein Sohn«, sagte der Mann und kehrte zu den Stufen zurück. Aber anstatt da stehenzubleiben und sich neben den Knaben zu setzen, ging er an ihm vorbei und legte kurz eine Hand auf des anderen Schulter. Die Hand war so schwer, daß der Knabe aufblickte, um seines Vaters Gesicht zu sehen. Der Vater jedoch setzte seinen Weg fort, ohne ein Wort zu sagen: ging in das Haus, und weiter durch den alten, so engen wie langen Flur zur hinteren Veranda, öffnete den einstigen Vorratskasten, der jetzt als Gewehrschrank diente, nahm den zweiläufigen Zwölfkaliber-Hinterlader ab, lud ihn, ging die Hintertreppe hinauf in den Dachboden, fügte die Mündung in die Brustbeinkerbe und schaffte es, mit den beiden Daumen beide Abzüge zu erreichen. Auf diese Weise sei es passiert, hatte der Sheriff dem Jungen erklärt; nur so konnte es passiert sein.

Der Knall schlug durch die Musik, lauter als zwanzig Grammophone, ein einziger Knall, der jedoch länger andauerte und heftiger donnerte als ein Einzelschuß. Der Junge schaltete das Grammophon aus und ging hinauf.

»– und Anacin ist magenverträglich«, sagte Bill Cullen gerade.

Wieder tastete seine Hand sich vor, wußte ihren Weg, obwohl er nichts sehen konnte, und rührte an den winzigen eisernen Pferdekopf des Anschirrpfostens, fuhr an dem kalten Metall hinunter bis zu der Stelle, wo die Eiche es in einem Bogen umwachsen hatte. Seine Fingerspitzen trafen auf die warme, schuppige, raschelnde Rinde.

Wart. Während seine Finger den Übergang zwischen Eisen und Rinde erforschten, verschmälerten sich seine Augen, so als sähe er einen Lichtschimmer auf dem Eisenschädel. *Wart.* Ich glaube, er irrte sich, und er blickte in die falsche Richtung. Nein, nicht er, sondern die Epoche. Die Epoche irrte sich, und also blickte man in die falsche Richtung. Es war nicht einmal sein persönlicher Fehler; denn er war eins mit seiner Epoche, und es gab überhaupt keine andere Richtung, in die man hätte blicken können. Es war die schlimmste aller Epochen, eine Zeit gefälschter Schönheit und gefälschten Siegs. *Wart.* Es war ihm entgangen! Nicht in Richtung Brahms ging der Blick, und nicht zur Einsamkeit hin, und nicht zur alten, traurigen Poesie, sondern (er riß an seinem Ohr) *hierhin*, zur Eigenartigkeit, Märchenhaftigkeit und Außerordentlichkeit des Eisens und der Rinde, die (er schüttelte den Kopf) die –

Das Auditorium im Fernsehen lachte sein rasches, gehorsames und vor allem dankbares Los-Angeles-Lachen: einst waren wir allein daheim, in dem alten, traurigen Heim unserer Väter, und hier sind wir endlich zusammen und glücklich.

Ein Schwarzer kam unter der Straßenbeleuchtung pfeifend auf ihn zu, ein junger Mann in seinem Alter. In der Wassereichen-Dunkelheit sah der Neger ihn zunächst nicht (obwohl es bis jetzt doch seine, des Negers, Sache gewesen war, ihn als erster zu sehen); dann aber, ein paar Schritte entfernt, sah er ihn und blieb für einen langen Augenblick stehen. Sie blickten einander an. Es gab nichts zu sagen. Ihre Väter hätten vieles zu sagen gehabt: »Letztlich, Sam, ist doch alles eine Charakterfrage.« »Jawohl, Anwalt Barrett, da haben Sie recht. Wie ich gerade heut' abend zu meiner Frau gesagt habe –« Für die Söhne aber gab es nichts zu sagen. Der Techniker blickte den andern den ganzen langen Augenblick unverwandt an. Du bist in einer Klemme, und ich weiß das, aber was du nicht weißt, und auch nicht glauben würdest, und selber herausfinden mußt, ist, daß auch ich in einer Klemme bin, und daß du dahinkommen mußt, wo ich bin, damit du überhaupt weißt, wovon ich rede. Das weiß ich, und deswegen gibt es jetzt nichts zu sagen. Aber in der Zwischenzeit wünsche ich dir alles Gute.

Erst jetzt, verspätet, und als werde es von ihm verlangt, fuhr der Schwarze zusammen und ging weiter.

Während der Techniker seine Tanten betrachtete, kam ein Streifenwagen langsam die De Ridder Street heruntergefahren und hielt kaum ein paar Meter entfernt hinter dem Eisenpferd. Ein Polizist – weder Ross noch Gover – stieg die Stufen zur Veranda empor und sprach mit Tante Sophie. Sie schüttelte einige Male den Kopf, die Hand an der Kehle, und als der Polizist gegangen war, schaltete sie den Fernseher aus. Bei ihrer Erzählung geriet sie vor Aufregung in leichtes Stottern. Tante Bootie vergaß Whitman's Leckereien in ihrem Schoß und verstreute beim Aufstehen Nougats und »Vogeleier« überallhin, ohne daß aber jemand sich darum kümmerte.
Ohne besondere Vorsicht nahm er den Weg durch die Azaleen, ums Haus herum, zur vergitterten Hintertür, die verschlossen war, und die er, ohne zu wissen, wie das geschah, öffnete, indem er zurück gegen die Scharniere schob, so daß die Bolzen sich von ihrer zerwetzten hölzernen Nut lösten, und ging geradewegs die zwei Stiegen zum Dachboden hinauf, stracks hinein in den fensterlosen Innenraum, welcher eingebaut war in den Hausgiebel. Seine schon erhobene Hand bewegte sich vor und fand die Schnur. Die alte 25-Watt-Klarglasbirne gab ein gelbes, feines Licht, ein Licht mit deutlichen Einzelstrahlen, richtigen Streifen. Nichts in dem Raum war angerührt worden; es befanden sich da immer noch: des Großvaters Armeedecke, ausgegeben in Plattsburg, die Wickelgamaschen, ein Gurt, die Kaiser-Wilhelm-Helme, die Fünf-Pfund-Feldstecher mit einer Artillerieskalen-Gravur in jeder Linse. Er nahm den Hinterlader, entsicherte ihn und legte an auf die gelbe Birne. Das Rohr war noch fleckig von Pulverkörnchen. Daneben das Faltboot: ein englisches Erzeugnis aus silbrigem Zeppelinmaterial mit lackierten Fichtenholzsparren, mit deren Hilfe es in seine Form gebracht werden konnte. Es lag da, wie es vor zehn Jahren gelegen hatte, halb demontiert, unordentlich verpackt: von einer Entenjagd, die er und sein

Vater unternommen hatten, auf dem White River, in den frühen fünfziger Jahren. Als sei jetzt die Nacht ihrer Rückkehr, kniete er sich abwesend hin und legte das Boot fertig zusammen, wobei er sich der Einpassungen der Sparrenenden in die Blechbuchsen und sogar der tölpeligen britischen Anweisungen entsann: »Lassen Sie sich nicht entmutigen, wenn Sparren L nicht sofort in Buchse J paßt – Geduld ist erforderlich.«

Nachdem er das Boot verpackt hatte, legte er sich auf das schmale Bett, lehnte sich hinten gegen die Wand und zog sich die steife, kratzende Armeedecke bis zu den Achseln. Stundenlang saß er so, schlaflos-wachsam, und folgte mit den Augen dem gelbsprühenden Licht in jeden Winkel des Dachbodenzimmers.

Es war acht Uhr, als er hinunterging, über der einen Schulter das britische Boot, über der andern den Artilleriefeldstecher. Die Tanten waren noch nicht auf. Als er D'los Küchengeschlurfe hörte, schlüpfte er, um sie nicht zu erschrecken, zur Hintertür hinaus und trat geräuschvoll wieder ein.

»Himmel, wenn das nicht Mr. Billy ist«, sagte D'lo, wobei sie, weil sich das so gehörte, mit den Augen rollte. Zugleich blickte sie auf die Wanduhr. Die Streiche der Weißen konnten sie so wenig überraschen wie ihn.

D'lo rührte in dampfenden Grütze- und Teigtöpfen, die freie Faust im Hüftfleisch versunken, die Knie von dem Übergewicht zueinandergedreht, die alten rosa Pantoffel unter die Fersen getreten. Eine Ahnung überkam ihn, sie könne von seiner Anwesenheit gewußt haben. Er bat sie, den Tanten nichts zu sagen.

»Von mir werden die nichts erfahren!«

»Ich bin überrascht, daß du noch hier bist.«

»Wohin soll ich denn?«

»Geht es bei ihnen immer noch so hoch her?«

»Hoch her! Ich würde es anders ausdrücken.«

»Die Polizei sucht mich.«

»Oh«, sagte D'lo. Diesmal war ihr Tonfall ernst. Aber er war sich nicht sicher, ob sie nicht ohnehin alles wußte.
D'lo brachte ihm das Rasiermesser seines Vaters und bereitete ihm, während er sich in dem unteren Badezimmer wusch und rasierte, ein großes Grütze-Wurst-Eierkeks-Frühstück. Beim Gehen gab er ihr zwanzig Dollar.
»Ich danke dir«, sagte D'lo förmlich und schob den Schein in die Strumpfrolle unterhalb ihres fetten alten Knies, welches sich wölbte in sechs verschiedenen Wülsten gewaltigen zimtfarbenen Fleisches.
Eine Treppenstufe knackste. »Das ist *sie*«, sagte D'lo. *Sie* war Sophie, die Herrin, diejenige, welche die Befehle erteilte.
»Auf Wiedersehen, D'lo«, sagte er, indem er das Boot auf die Schulter nahm.
»Ist recht, Mister Billy«, sprach sie höflich, ließ den Grützelöffel in den Topf fallen und kräuselte die Lippen, in einer vielschichtigen Bezeugung seiner Seltsamkeit, ihrer, eher milden, Sympathie, und der Distanz zwischen ihnen beiden. (Es handelte sich vielleicht nicht einmal um Sympathie, sondern eher um ein gutmütiges Gewährenlassen: ist schon recht, du warst ein lieber kleiner Junge, aber treib's nicht zu bunt mit mir, geh jetzt, hinaus aus meiner Küche.)
Nicht lange, und er hatte den Deich überquert, hinunter zwischen die Weiden, wo er das Boot, samt zweiblättrigem Paddel, betriebsfertig machte. Es war ein strahlender Tag. Der Strom war gerillt von glitzernden stahlfarbenen kleinen Wellen, wie ein nördlicher See. Er stieß ab, wobei er nach Kajak-Art in dem Achternloch hockte, ließ sich hinaus in die Strömung treiben, vorbei an den mit blauem Naß gefüllten Deichbaugruben, und fing jetzt zu paddeln an, glitt hin über das weite Wasser, welches überzulaufen und sich uhrglasgleich zu wölben schien von den mächtigen sämigen Wallungen, die Massen von kaltem Grundwasser an die Oberfläche drückten – flußab, vorbei an dem alten Fort Ste. Marie am

Louisiana-Ufer, dessen Festungsmauern sich zurückverwandelt hatten in Geißblatt und Brombeergestrüpp. Er kannte da jeden Gang, jede Schießscharte, jeden Magazinraum, und blickte kaum hin. Zwei Schwarze in einem Kahn spannten unter der überstehenden Böschung eine Fangleine aus. Sie bedachten ihn mit einem unerwartet langen Blick und blickten dann noch einmal unter den Armen hindurch, während sie sich an der Leine entlanghangelten. Er runzelte die Stirn und fragte sich, ob mit seinem Gesicht etwas nicht stimmte. Dann fand er die Lösung: schließlich bot er einen ungewöhnlichen Anblick – ein Mann mit Mantel und Krawatte, der um neun Uhr an einem Dienstagmorgen in einem käferkleinen Boot steckte. Sie wurden nicht schlau aus ihm. Aber dann gab es doch etwas Neues! Als er an dem Fort vorbeitrieb, rieb er sich die Augen. Von der Brüstung flatterte ein Wimpel, das Stern-Streifen-Banner! Und das gesamte Fort war umgeben von einem drei Meter hohen Hurrikanzaun. Natürlich! Genau in diesem Moment, vor hundert Jahren, war das Fort durch Admiral Footes Kanonenboote eingenommen worden. Man bereitete die Hundert-Jahr-Feier vor! Sicherlich würde man, wäre der Moment gekommen, die »Konföderierten« (die als solche Kostümierten) in die Umzäunung stecken.
Als er jedoch an dem Fort vorbei war, sah er zu seiner Überraschung »Wachen« an dem Zaun entlang patroullieren, und drinnen sogar ein paar Gefangene, die freilich von einem Konföderiertenhaufen so verschieden waren, wie man sie sich verschiedener gar nicht vorstellen konnte: Männer zusammen mit Frauen! Die Männer zwar ordentlich mit Bärten, aber beide Geschlechter in Blue Jeans und Shirts, allesamt geradezu verrufen aussehend. Und Neger! Und drüber, an dem Wimpel vorbeischreitend, zeigte sich – Guter Gott! – Milo Menander, der Politiker, welcher offensichtlich die Rolle von Beast Banks verkörperte, dem schmählichen Kommandanten des schmählichen Staatsge-

fängnisses, in das die Festung nach ihrer Einnahme umgewandelt worden war. Großartig! Und paßte er nicht glänzend in die Rolle: wallende Locken, dicke Zigarre, Handgebärde napoleonisch – ein nach allen Regeln bösartig wirkender alter Mann wie nur je einer!?
Doch Moment! Irgend etwas stimmte wieder einmal nicht. Kamen sie mit ihren Feierlichkeiten nicht um zwei Jahre zu spät? Das Fort fiel schon ziemlich zu Anfang des Bürgerkriegs, und jetzt schrieb man doch das Jahr 19-- Welches Jahr war eigentlich? Er zupfte heftig an seinem Ohr und klopfte seine Tasche vergebens nach seiner Kalenderkarte ab. Eine weitere Ungereimtheit: wenn Beast Banks das Fort unterworfen und besetzt hatte, warum flatterte da noch immer das Stern-Streifen-Banner?
Seine Vorstellung versagte, obwohl er doch ein Meister der Vorstellungskraft war. Es war hier vielleicht einiges nicht in Ordnung – aber mit ihm selber war es nicht viel anders. Gleich würde er wieder die räuberischen Partikel sirren hören. Außerdem hatte er im Augenblick Wichtigeres zu tun und noch viele Meilen vor sich. Die britische Vorsicht erwachte in ihm, und er senkte den Kopf und glitt unten an der Festung vorbei, geräuschlos wie ein Engländer an Helgoland.
Er legte an beim früheren Fährenlandeplatz, aufgegeben nach dem Bau der Vicksburg-Brücke und jetzt nur noch ein morastiger Wall aus morscher Erde, durchlöchert von Uferschwalben. Er legte sein Boot zusammen, verpackte es, vergrub es und ging hinaus auf die tiefgelegene Fährstraße, welche zwischen Lößrinnen verlief, wo jetzt wie allezeit rauchiges Morgenzwielicht und Wurzelgerüche lagerten (hier auf der Louisiana-Seite, jenseits des Stroms, gab es stets die düstergrüne Landschaft aus Sümpfen, Hütten und Negerfriedhöfen, die glitzerten von roten und grünen Medizinfläschchen – die Baumstümpfe waren nämlich die Sitze von Geistern), vorbei an überfluteten Eichenniederungen, die

dunstigen Schneisen bevölkert von haarigen Buntspechten. Obwohl Louisiana doch gar nicht weit weg war von zuhause, hatte es sich immer in einem Ferndunst gezeigt, entrückt in Zeit und Raum. Dort in den Sümpfen lebten die gleichen großen Vögel, die einst Audubon, dem Vogelmaler, begegnet waren. Hechte und Flußratten stellten den Bisamratten nach und fingen Welse. Es war eine Gegend der kleinen und erfreulichen Tätigkeiten.

»He, Merum!«
Onkel Fannin stolzierte auf der Hinterveranda auf und ab, das Gesicht schmal und dunkel wie ein Stück Rinde. Er hielt den Browning-Automatik im Arm. Die Waffe war silbrig abgewetzt, das Blau zeigte sich nur noch in den Rinnen der Gravur. Der Abzugsbügel war dünn geworden wie der Hochzeitsring eines alten Mannes.
»Mayrom!«
Er rief nach seinem Diener Merriam, aber er verballhornte dessen Namen bei jedem Ruf.
Es war bezeichnend für den Onkel, daß er den Neffen ohne Überraschung begrüßt hatte, als sei es gar nichts Ungewöhnliches, daß dieser aus dem Nirgendwo dahergeschlendert war, nach fünf Jahren, mit seinen Artillerie-Feldstechern. Er hatte im Auf- und Abgehen kaum innegehalten.
»Wir wollen ein Wachtelvolk aufspüren, oben in Sunnyside«, sagte er, so als sei er es, der die Erklärungen schuldig war.
Der Techniker blinzelte. Hatten die andern nicht auf ihn gewartet?
Der Trav-L-Aire war nirgends zu sehen, und Onkel Fannin wußte nichts von ihm oder einer Gesellschaft von »Schauspielern«, wie der Techniker sie genannt hatte (mit dem Hintergedanken, daß eine Gruppe aus Schwarzen und Weißen gnädiger aufgenommen würde, wenn es sich um Künstler handelte).

Merriam kam um die Hausecke, mit zwei Hühnerhunden, einer alten, braun-weiß gefleckten Hündin, die mit gesenktem Kopf und vorhanggleich baumelnden Zitzen dahintrottete – es war mit ihr nicht zu spaßen –, und einem jungen Hund namens Rock, welcher ein Idiot war. Er legte seine Schnauze in des Technikers Hand und stieß ihn kräftig an. Er hatte einen eisenharten Schädel und war übersät mit Warzen: Onkel Fannin hatte ihm für jeden seiner Fehler eins aufgebrannt. Merriam, das sah der Techniker, hatte Rock gern und lebte in der Angst, der Onkel könnte wieder auf ihn feuern. Merriam war ein kleiner, schwerer Neger, mit einem gestriemten, verspannten Gesicht, das ihm beim Reden Schwierigkeiten machte. Eine geradezu wilde Schwärze ging von ihm aus. Der Techniker freilich wußte, daß dieses Wilde Teil seines guten Wesens war. Er trug eine unförmige weiße Jacke, aus der die Füllung herausstach wie bei einer Vogelscheuche.

Es war keine richtige Jagd, zu der sie aufbrachen. Onkel Fannin hatte nur vor, Wachtelvölker zu markieren, für die kommende Saison. Später im Herbst würden, oben von Memphis oder unten von New Orleans, Geschäftsleute anreisen, für die er den Führer zu spielen hätte. Der Techniker schlug das ihm angebotene Gewehr aus, aber er ging mit den beiden. Sie fuhren in die Wälder mit einem alten, hochflossigen De Soto, dessen Rücksitz entfernt worden war, um Platz für die Hunde zu schaffen. Eine Wand aus Hühnerzaundraht trennte die Vordersitze ab. Die Hunde steckten die Schädel zu den Fenstern hinaus und fletschten die Zähne in den Wind, während die Füße auf der Metallunterlage schrammend Halt suchten. Der Wagen roch nach altersbitterem Autostahl, nach erdigen Säcken und nach dem trocken-elektrischen Fell der Hühnerhunde.

Merriam saß mit den zwei Barretts vorn, rutschte aber zugleich fortwährend herum, um zu zeigen, daß er nicht zu ihnen gehörte. In einer schönen Mißbilligung seiner Lage beanspruchte er kaum etwas von dem Sitz, und das wenige beanspruchte er nicht aus eigenem, gehorchte vielmehr einzig den Gesetzen der Schwerkraft. Merriam wäre wohl auch in der Luft geschwebt, hätte man solches von ihm verlangt.

Der De Soto stürmte dahin und gab bei jedem Schlagloch nicht etwa bloß ein schnelles Krachen von sich, sondern schien sich jedesmal aufzulösen, mit einer Geräuschfolge, als würfe man eine Kette gegen eine Mauer, wobei die Hunde in alle Richtungen purzelten. Wenn Onkel Fannin auf die Bremsen stieg, wurden die Tiere nach vorn geworfen, und ihre Kinnbacken stießen gegen die Schultern der Passagiere, zogen sich aber gleichzeitig schon entschuldigend zurück, mit einem bekümmerten Zähnefletschen oder Grinsen.

Sie pirschten auf einem ehemaligen Pflanzungsdamm, der schon längst wieder den Wäldern gehörte und als ein bloßer Hochpfad durch Dickicht führte. Der Techniker, immer noch in Dacron-Gewand und Wildlederschuhen, trottete, die Hände in den Taschen, hinterdrein. Rock bekam wieder eins draufgebrannt, wenn auch nur mit Vogelschrot und auf eine Entfernung, die nichts bewirkte als eine neuerliche Warzenaussaat.

»Meruum!«

»Jawohl.«

Merriam trug ein brandneues, einschüssiges, vernickeltes Sechzehn-Kaliber von Sears Roebuck, das einer silbernen Flöte glich.

»Sieh dir doch diesen Hundsfott an.«

»Ich sehe ihn.«

Vor ihnen stand die Hündin Maggie in Anschlag, den Leib nadelgleich gekrümmt, mit bebendem Schweif. Rock, der weit vorausgelaufen war, kam nun in Hakensprüngen zurück, hinter sie, und hüpfte wie ein Bock, um einen Einblick ins Gras zu bekommen. Er witterte nichts.

»Er wird sie gleich über den Haufen rennen«, sagte der Onkel.
»Nein, nein, Sir«, sagte Merriam, der zugleich jedoch Rock besorgt im Auge behielt.
»Was also wird er tun?«
Der Techniker bemerkte, daß der Onkel die Frage ironisch meinte, in einer Anspielung auf die angeblich magischen und zauberischen Fähigkeiten der Schwarzen – sie wüßten im voraus, was Tiere unternehmen werden, und dergleichen.
»Verdammt, er rennt sie *wirklich* über den Haufen!« Der Ton war jetzt ernst.
»Er wird es nicht tun«, sagte Merriam.
Natürlich rannte Rock, Idiot der er war, Maggie über den Haufen und landete geradewegs in der Mitte der Brut, worauf die Wachteln in alle Richtungen auseinanderstoben (erst oben in der Luft, im letzten Moment, war ihm eine Ahnung gekommen von dem, was da unter ihm lag, und so versuchte er noch zu bremsen und wild zurückzustrampeln, wie Goofy). Onkel Fannin gab drei Schüsse ab, zwei auf die Wachteln und einen auf Rock, und fing schon beim Schießen, wie alle Meisterschützen, zu sprechen an, so als sei das Schießen selbst ganz bedeutungslos. »Schau dir den Hahn dort an, eins, zwei und –« *Whamm!* Er traf drei der Vögel, einen mit einer Ladung, und zwei, die einander gerade kreuzten, mit der nächsten. Der dritte Schuß traf Rock. Der Techniker öffnete den Mund, um etwas zu sagen, doch da ging ein vierter Schuß los.
»Herr des Himmels«, stöhnte Merriam. »Er hat noch einmal auf ihn geschossen.« Er lief weg und kümmerte sich um Rock.
Der Onkel hörte das gar nicht mehr. Er war schon den Deich hinabgestiegen, auf der Suche nach einem Einzeltier, das mit hängenden Flügeln, klumpig, torkelig, in die Wälder abgeschwenkt war. Onkel Fannin brach, Schulter und Hüften voran, in das Unterholz ein und lud dabei das Gewehr neu;

Gras und Gesträuch peitschten ihm um die Beine. Als er den Vogel nicht fand, obwohl sie doch seine Landestelle gesehen hatten, erklärte Merriam den beiden Barretts, die Wachtel habe sich vor den Hunden versteckt.
»Wie in aller Welt versteckt sie sich denn vor den Hunden?« sagte der verärgerte Onkel.
»Sie versteckt sich eben«, sprach Merriam, eher an den Techniker gerichtet. »Die haben eine Art, sich so zu verstecken, daß kein Hund auf Erden sie sieht oder riecht.«
»Ach zum Teufel, komm jetzt. Paß auf den Hund auf.«
»Ich hab' ihnen dabei zugeschaut!«
»Wie verstecken sie sich denn?« fragte ihn der Techniker.
»Sie scharren mit beiden Füßen Reisig und Stöcke zusammen, schlüpfen darunter und legen sich auf den Rücken, die Beine in die Höh', und die Hunde laufen einfach über sie hinweg.«
»Paß auf den verdammten Hund auf, Mayrim!«

Nach dem Abendessen sahen sie fern. Ein alter Rundtisch und zwei verstellbare Lederliegestühle (die Art, für die in den Zeitungen am Ende des Comic-Teils geworben wird) standen in einer Art Lichtung, die vor Zeiten geschaffen worden war, indem man Tante Felices gutes New-Orleans-Mobiliar hinweggeschoben hatte in die dunklen Winkel des Raums. Merriam hatte seinen Zuschauerplatz auf einem Hühnersitz oben auf einem Stapel von Sesseln und Tischen. Der einfühlsame Techniker erkannte sofort, daß er auf Merriams Stuhl saß, aber Onkel Fannin gab vor, der Stuhl sei eigens für den Neffen aufgestellt worden (wie das?), und Merriam gab vor, sein Platz sei immer auf der Hühnerstange hoch oben im Düstern. Doch als die beiden, Onkel Fannin und Merriam, sich beim Zuschauen unterhielten, wendete sich der Onkel manchmal versehentlich an den anderen Liegesitz:

»Er geht jetzt, aber keine Sorge, der kommt wieder zurück.«
»Jawohl«, kam Merriams Stimme aus der Dunkelheit herab.
»Jetzt hat er eine Kugel abbekommen, oder?«
»Scheint so.«
»Aber Chester wird mit denen doch nicht allein fertig.«
»Bravo Chester!« brüllte Merriam.
»Schieß.«
Nach jedem Werbespot erhob sich Onkel Fannin und rüttelte kurz an seinem Sitz, um sich auf die Fortsetzung des Films vorzubereiten.
»Er schafft's nicht mehr mit seinem Bein!«
»Er braucht jetzt nicht sein Bein, um es zu schaffen«, sagte der Onkel, und als er bemerkte, daß es sein Neffe war, der neben ihm saß, zwinkerte er ihm zu und verabreichte ihm einen Rippenstoß, um ihm zu bedeuten, daß er Merriam nicht ernst nahm.
Merriam machte das nichts aus. Sie sprachen über die Westernhelden, so als seien diese wirkliche Menschen, mit klar erkennbaren Beweggründen. Während eines Werbespots erzählte Merriam dem Techniker von einer Sendung, die sie vor einer Woche gesehen hatten. Diese hatte ihn sehr beeindruckt, denn der Held, ihrer beider Favorit, ein schwarzer Ritter von einem Mann, Gentleman und zugleich Krakeeler, war darin arg verdroschen worden. Es handelte sich um Teil eins einer Serie, und so lag der Held für Merriam noch immer darnieder.
»Ich habe zu Mister Fanny gesagt –« – Merriam sprach mit verspanntem Kiefer, in einem Schwall, so als wolle er die Worte loswerden, ehe sie sich in seinen Wangen verfingen – »die einzige Möglichkeit, ihn zu kriegen, besteht darin, daß sie ihm in den Rücken fallen. Mister Fanny dagegen meinte, sie würden ihn so oder so in den Dreck treten. Ich sagte, dazu müßten sie ihm erst in den Rücken fallen. Und was ist

passiert? Einer von ihnen lenkte seine Aufmerksamkeit ab, rief ›Schau her!‹, und er schaute, und schon hatten sie ihn umgangen und trampelten ihn nieder, Himmel, ganz arg traten sie ihn, fast nur gegen den Kopf. Zwei Tage lang lag er auf offener Straße, und die Leute hatten Angst, ihm zu helfen, jeder hatte Angst vor diesem Mister ...« Merriam schnippte mit den Fingern. »Ich komm' nicht auf seinen Namen, aber er war ein kräftiger, kleiner Mann, kleiner als Sie oder Mister Fanny, die Haare vorn hinaufgekämmt, ungefähr so –« Merriam zeigte es ihnen und beschrieb den Mann, damit der Techniker ihn erkannte, sollte er ihm zufällig begegnen. »Sie nahmen ihm Geld, Waffe und Pferd ab und ließen ihn in der Sonne liegen. Wer kommt dann daher? Der andre Mann da – um ihn zu töten. Und ich sagte zu Mister Fanny: Es gibt eins, was dieser andre Mann nicht weiß – nämlich, daß er diese kleine, nette Pistole bei sich hatte, und daß sie ihm diese nicht abnahmen, weil er sie am Herzen verborgen hatte.«

»Was in aller Welt kann man denn ausrichten mit einem Derringer gegen einen Dreißig-Dreißig«, sagte der Onkel geringschätzig, zugleich jedoch ein bißchen schüchtern, auf der Hut vor dem Techniker: dieser sollte keine schlechte Meinung von Merriam bekommen. Der Onkel setzte sich für ihn ein!

»Ich bin neugierig, wie das ausgeht«, sagte der Techniker. »Kommt heute der zweite Teil?« fragte er Merriam.

»Jawohl.«

»Dieser Bursche hieß Bogardus«, sagte der Onkel dann. »Er hatte ein Repetiergewehr, und er konnte mit diesem so flink umgehen wie du mit der Automatik hier.«

»Jawohl«, sagte Merriam, aber ohne Überzeugung.

Immer noch kein Zeichen von dem Trav-L-Aire; und um Mitternacht ging der Techniker zu Bett – ging, ohne darüber nachzudenken, hinauf in das Zimmer im zweiten Stock, welches er während der Sommermonate zu benutzen pflegte, eine schmale Zelle unter der Dachrinne, möbliert mit einem Schrank, einer Schüssel, einer Kanne, einem Topf, sowie einem altmodischen Federbett samt Polster. Immer noch lag der Schädel da auf dem Schrank, zugehörig seinem Namensvetter, Dr. Williston Barrett, dem Ur-Einzelgänger in der Familie, Absolvent des alten Jefferson Medical College, aus Überzeugung ein Gegner der Sklaverei, der aber gleichwohl aufbrach zum Kampf in Virginia, und danach, wie er sagte, genug hatte von den Sterbenden, den Toten und auch den Lebenden, vom Norden wie vom Süden, von der Menschheit im ganzen, heimkehrte, und dort, statt zu praktizieren, Zuflucht zum eigenen Opium nahm und eine Art Philosoph wurde, als welcher er noch sechzig Jahre lebte – der einzige langlebige Barrettmann. Der Schädel war elfenbeingelb geworden und trug die Bleistiftspuren von Kindergenerationen; seine Wölbung war abgesägt, der Deckel befestigt durch Silberscharniere; auch die Hirnschale darunter war in die Bestandteile zerlegt und scharniert und gab ihrerseits Einblicke in eine zarte Kruppe von Sinuszellen.

Es war kalt, doch er kannte das Federbett. Er entkleidete sich, wusch sein T-Shirt, breitete es auf dem Marmorständer zum Trocknen aus und schlüpfte unter die Decke. Die Flut der Gänsedaunen schlug warm über ihm zusammen. Genauso hatte er sich seit je das Zubettgehen in Mitteleuropa vorgestellt. Er benützte das Polster als Stützlehne und stellte Sutters Patientenbuch auf den dicken Saum.

R. R., männlich, weiß, ca. 25, gut entw., aber unterern. 10 mm Einschußwunde in der rechten Schläfe, geringe Pulver- und Schmauchspuren, rechter Augapfelvorfall, Hämatome; sternförmige Austrittswunde an der linken Mittelohrbasis, Durchm. ungef. 28 mm. Polizei sagt Suizid.

Aus Lieut. B's Report: R. R., geb. Garden City, Long Island; absolv. LIU und MIT letzten Juni. Angestellt bei Redstone

Munitionsfabrik seit 15. Juni. Fuhr hierher gestern, 3. Juli, nach Arbeitsschluß, kaufte sich S & W. 38 Revolv. bei Pioneer Sports, nahm Zimmer im Jeff D. Hotel, aufgefunden um 9 Uhr früh, angezogen auf dem Bett liegend, ungefähr. Eintritt des Todes 4. Juli, 1 Uhr nachts.

Lieut. B.: »Hatte das ganze Leben vor sich, etc.« »Einer, der bisher immer Glück gehabt hat, etc.« »Keinerlei Schwierigkeiten mit Frauen, Alkohol, Drogen oder Geld, etc.« »???«

Mutmaßliche Selbstmordursache: langanhaltender Zustand von Abstraktion; Folge: Transzendenz; Folge: Unzüchtigkeit als die einzige Möglichkeit des Wiedereintritts in die auf bloße Immanenz zusammengeschrumpfte Welt; Wiedereintritt in die Immanenz via Orgasmus; Postorgasmus-Transzendenz jedoch um 7 Teufel schlimmer als die Transzendenz zuvor.

Wer der Transzendenz, als der Folge der Abstraktion, zum Opfer fällt, d. h., sein Selbst in Positur bringt zur und gegen die Welt, welche *pari passu* zusammenschrumpft zu Immanenz und nur noch sichtbar wird als Exemplar, Muster, Koordinate, und wer zugleich nicht sein Gleichgewicht findet in der Schönheit des Ablaufs einer Methode einer Wissenschaft, der hat keine andere Wahl, als den Wiedereintritt in die immanente Welt anzustreben *qua* Immanenz. Doch da es keine Wiedereintritts-Avenue gibt, ausgenommen die geschlechtliche, und da die Mit-Prämisse des Wiedereintritts der Orgasmus ist, gibt es für die Postorgasmus-Verzweiflung kein Heilmittel. Aus meiner Serie von vier Selbstmorden bei Wissenschaftlern und Technikern sind 3 postkoitale (Spermatozoen im Kanal), 2 davon in einem Hotelzimmer. Hotelzimmer = Ort der Überschneidung von Transzendenz und Immanenz: das Zimmer selbst, eine dreiachsige Koordinate zehn Stockwerke über der Straße; die Hure, die heraufkommt = die pure Immanenz soll eintreten. Aber dieser Eintritt hilft nichts: man entgleitet in die Transzendenz. *Es gibt keinen Wiedereintritt aus der Sphäre der Transzendenz.*

Lieut. B.: »Vielleicht sind sie so schockiert von dem, was sie auf die Welt losgelassen haben –« – die Theorie von der Büchse der Pandora, etc. »Vielleicht ist das der Grund dafür, daß er es getan hat«, etc.

Ich: »Unsinn, Lieutenant. Das Gegenteil ist der Fall. Diese *Schadenfreude* ist es gerade, die sie aufrechterhält«, etc.

Was ich dem Lieut. nicht sagen kann: Wäre R. R. ein ordentlicher Lüstling gewesen, so hätte er sich nicht umgebracht. Sein Tod ist nicht die Folge von Unzüchtigkeit, sondern eines Versagens der Unzüchtigkeit.

Ich zu Val: Nimm Schweden: die Zunahme an Selbstmorden in Schweden ist nicht Folge einer Zunahme der Unzüchtigkeit, sondern einer Abnahme der Unzüchtigkeit. Als Schweden sich im postchristlichen Zeitalter befand, ohne aber das Christentum ganz vergessen zu haben (zwischen 1850 und 1914, ungefähr), war die schwedische Unzüchtigkeit intakt, die Selbstmordrate zu vernachlässigen. Aber jetzt, in der wahrhaft postchristlichen (und nicht bloß postchristlichen, sondern auch ohne Gedächtnis ans Christentum sich befindlichen) Epoche, Abnahme der Unzüchtigkeit und Zunahme der Selbstmorde in umgekehrtem Verhältnis.

Val zu mir: Verkauf Schweden nicht so billig. (Auffällig, wie ihre Sprache zu dem beklagenswerten, verkürzten Jargon geworden ist, den man bei so vielen Priestern und Nonnen und im *Sonntagsblatt* findet.) Der nächste große Heilige muß aus Schweden kommen, etc. Einzig aus dem Elend der völligen Transzendenz des Selbst und des völligen Niedergangs der Welt der Immanenz kann ein Mensch erstehen, der imstande ist, sich wiederzuentdecken, mitsamt der Gotteswelt, etc. Jederzeit bin ich bereit, das suizidale Schweden einzutauschen gegen das christliche Alabama, etc.

Ich zu Val: Sehr gut gesagt, aber haben wir beide denn nichts anderes zu reden?

Die Kurbelstange drehte sich dem Leser im Kopf, die Nervenübergänge fanden zueinander, und er schlief traumlos zehn Stunden, ohne Pillen.
Am nächsten Morgen gab es immer noch kein Zeichen von dem Trav-L-Aire, doch dafür ein gewaltiges, dampfendes Frühstück aus Hirn, Eiern und Apfelringen, welches aufgefahren wurde vor den Zenith-Fernseher. (Man schaute sich Captain Kangaroo an, und Onkel Fannin und Merriam gackerten wie verrückt bei den Taten des Captain K. und des Mister Greenjeans, wobei der Techniker nachsann, wie es kam, daß Onkel und Diener, die doch solide, dreidimensionierte Leute waren, echte Einwohner des dunstigen Natchez-Trace-Country, mitgerissen werden konnten von den tristen Gags aus der Madison Avenue? Aber sie wurden ganz und gar mitgerissen, gluckten ausgelassen – und er, der Techniker, fand das recht: mehr Macht für Captain K.)
Nachdem er mit dem Onkel die Ölpachtsache durchgesprochen hatte, läutete das Telefon. Es war der Hilfssheriff von Shut Off. Ein kleiner »Laster« war, wie es schien, gestohlen worden von einer Bande von Niggern und auswärtigen Agitatoren; und darin hatte man Bücher und Papiere auf den Namen Williston Bibb Barrett gefunden. Ob Mr. Fannin diesbezüglich etwas wüßte? Wenn dem so sei, und wenn es sich um sein oder seines Anverwandten Eigentum handelte, möge er doch Anspruch erheben, nach Shut Off hinunterkommen und es abholen.
Der Onkel verdeckte den Hörer mit der Hand und unterrichtete seinen Neffen.
»Was ist eigentlich mit den, hm, Negern und den auswärtigen Agitatoren passiert?« fragte dieser ruhig.
Wie es schien, nichts. Sie befanden sich im Augenblick in Shut Off. Man wartete nur auf ein Wort von Mr. Fannin, das ihre verrückte Geschichte widerlegen sollte, sie hätten den Laster von seinem Verwandten ausgeliehen, und die ganze

Horde würde ins Gefängnis geworfen, oder gar ins Verlies des Fort Ste. Marie.
»Das Verlies. Das also ist es«, sagte der Neffe, unwillkürlich erleichtert. »Und was, wenn ihre Geschichte bestätigt wird?« fragte der Onkel.
In diesem Fall würde man sie binnen zwanzig Minuten in den nächsten Bus nach Memphis setzen.
»Dann bestätige die Geschichte«, sagte der Neffe. »Und sag ihm, ich würde in einer Stunde meinen Camper abholen kommen.« Er wollte seine Freunde frei und außer Gefahr, aber auch, daß sic verschwunden wären, wenn er nach Shut Off käme.
Nach dem Abschied von seinem Onkel und von Merriam – diese warteten schon darauf, mit den Hunden in dem De Soto losbrausen zu können –, brach er auf zu der ehemaligen Anlegestelle, wo er das Boot hervorholte und dann etwa eine Meile flußab trieb, bis zu dem Wiesenland, welches den Strom von Shut Off trennte. Zu dem Namen Shut Off war die Stadt folgend gekommen: vor vielen Jahren war einer der Mäandersporne des Flusses durchgebrochen und hatte die durch den Mäander gebildete Halbinsel vom Land abgeschnitten.

5.

Der Knabe und der Mann frühstückten im Speisewagen »Savannah«. Der Kellner stützte den Schenkel gegen den Tisch, während er die narbigen Nickel-Silber-Messer an ihren Platz legte. Das Wasser in der schweren Glaskaraffe schaukelte, ohne daß dabei ein Tropfen verlorenging, so als seien Wasser und Glas im Lauf der Zeit zusammengewachsen.
Ein Mann kam durch den Gang, blieb stehen und sprach

zum Vater, wobei er immerzu die Morgenzeitung zu- und auffaltete.
»Bitter ist das, Ed. Bitter wie Hechtbrühe.«
»Ich weiß, Oscar. Mein Sohn, ich möchte dich dem Senator Oscar Underwood vorstellen. Oscar, das ist mein Sohn Bill.«
Er erhob sich zum Händeschütteln und wußte dann nicht, ob er stehenbleiben oder sich setzen sollte.
»Bill«, sprach der Senator zu ihm, »wenn du erwachsen bist, richte deine Handlungen immer nach deinen eigenen Erleuchtungen. Mehr braucht es nicht.«
»Jawohl«, sagte er, im Vertrauen, das würde ihm gelingen.
»Senator Underwood hat genau das getan, mein Sohn, unter großen persönlichen Opfern«, sagte der Vater.
»Jawohl.«

Er erwachte mit dem In-Bild des Senators Underwood, erinnerte sich sogar der Adern auf seinem Handrücken, welche über eine Sehne vor- und zurückschnellten, sooft er die druckfrische Zeitung zu- und auffaltete.
Guter Gott, dachte er, indem er seinen fünf Fuß langen Spielraum abschritt, ich gleite schon wieder weg. Ich kann doch Senator Underwood gar nicht begegnet sein, oder? War das ich mit meinem Vater, oder er mit seinem Vater? Wie kann ich wissen, wie er aussah? Wie sah er eigentlich aus? Ich muß das herausfinden.
Als er sich vorbeugte, erblickte er einen Wald von Bohrtürmen. Er zog sich an und ging ins Freie. Der Camper parkte auf dem Schotterplatz einer Fernfahrer-Raststätte. In dem Café erfuhr er, daß er sich in Longview, Texas, befand. Während er auf das Frühstück wartete, las er in Sutters Notizbuch:

Was Rita betrifft, Val, bist du im Unrecht. Sie hat mir das Leben gerettet und sie hat es gut gemeint mit Kitty – obwohl das keine

Antwort auf deine Anklage ist. Ich hatte den alten, ruinierten Süden des transzendierenden Südwestens wegen verlassen. Doch dort ließ mich die Transzendenz im Stich, und Rita nahm sich des Stromers, der ich war, an, nährte mich und kleidete mich.

An dem Tag, bevor ich von zuhause wegging, stand ich in einem Lustwäldchen am Golfplatz. Meine Versicherung war mir aufgekündigt worden, und ich hatte keine Möglichkeit mehr, Patienten ins Krankenhaus einzuweisen, und daheim behandeln konnte ich sie nur auf mein eigenes Risiko. Der Wald war das Lustwäldchen meiner Jugend: Liebespaare pflegten es aufzusuchen und »Lustige Witwe«-Dosen zurückzulassen. Ich hatte darin den Lustträumen der Jugend nachgehangen. Es war der Platz, von dem aus ich Jackie Randolph beäugte, wie sie, ohne Caddie und ohne Partner, ihren Wagen die Bahn Nr. 7 hinaufzog. Winkte sie herein ins Gehölz und flüsterte ihr ins Ohr. Sie schaute auf ihre Uhr und sagte, sie habe 20 Minuten vor ihrem Bridge-Essen. Sie breitete ihr Golftuch über die Kiefernadeln, ließ ihre Spikes-Schuhe an und spuckte mir ihre Flüche ins Ohr.

Die Unschuld mexikanischer Dorffrauen.

Am selben Abend gab mein Vater mir 100 000 Dollar, weil ich bis 21 nicht geraucht hatte.

Blätterte in den Stellenangeboten für Ärzte, sah da einen Job in einer Santa-Fé-Klinik annonciert, gab telefonisch meine Zeugnisse durch (die durchwegs gut waren), wurde sofort akzeptiert, belud meinen Edsel und war dahin. Die Klinik war trostlos – meine Bestimmung fand ich erst in der »Sangre de Christo«-Gästeranch.

Der *Genius loci* der westlichen Wüste stellte sich nicht ein. Ich hatte mir einen freischwingenden Sinn für geographische Transzendenz erhofft, jene besondere Ortlosigkeit und Reinheit des Südwestens, welche sowohl Doc Holliday als auch Robert Oppenheimer angezogen hatten, der eine ein handfester Valdosta-Mann, die Konkretheit in Person, der andre der Glücklichste aller Abstrakten, welcher die Gipfelleistung des 20. Jahrhunderts geschafft hat, d. h., das in einer Landschaft der reinen Transzendenz ausgeführte Projekt, das wiederum den größtmöglichen Effekt ausübte auf die Sphäre der Immanenz, die Welt. (Beide Männer, das ist bemerkenswert, entwickelten in der Wüste Waffen, der erstere ein besonderes Modell eines abgesägten Gewehrs, welches er an einer Schnur um den Hals trug.)

Bei mir stellte sich kein Erfolg ein. Ich behandelte alte Leute gegen das Pensionssyndrom und nichtsnutzige Weiber gegen wunde Stellen am Hintern und namenloses Begehren. Ich kaufte mir mit meinem Geld eine Ranch, zog hinaus und lag binnen Monatsfrist darnieder mit einer akuten Depression, lag darnieder draußen in der Wüste, bedrängt von Myriaden von Teufeln: nicht die kleinen schwarzen Kerle des Heiligen Antonius, sondern lüsterne Teenager, die sich gestikulierend vom Bettpfosten schwangen. Ich aß nicht mehr. Rita fand mich (sie war auf der Suche nach Freiwilligen-Ärzten für ihre Indianerkinder), nahm mich mit sich nach Tesuque, in ihr gemütliches Haus, nährte mich, kleidete mich, richtete mich auf, die Vernunft in Person. Sie rettete mir das Leben, und ich heiratete sie, um am Leben zu bleiben. Wir hatten es gut miteinander. Wir aßen von der reinen Frucht der Transzendenz. Anders als ich ist sie kein Lüstling. Sie glaubt an die »Liebe« wie du, freilich an eine andere Art Liebe. Sie »fällt in Liebe«. Sie fiel in Liebe zu mir, weil ich sie brauchte, und danach zu Kitty, weil sie meinte, ich bräuchte sie nicht, wohl aber Kitty, mit ihrem Anschein von Verlorenheit. Jetzt freilich ist Kitty »in Liebe gefallen« zu jemand anderm, und Rita ist aus dem Spiel. Ich forderte sie auf, all das zu vergessen (z. B. das mit der »Liebe«) und mit mir zusammen zurück in den Südwesten zu gehen, wo wir es doch nicht schlecht miteinander hatten. Aber sie zürnt mir noch immer. Ich vergebe ihr ihre Sünden, sie jedoch vergibt mir nicht die meinen. »Ihre Sünden«: wie alle weltlichen Heiligen sanktioniert sie alles, was sie selber ist. Sogar ihre Sünden sind verdienstvoll. Ihr Interesse an Kitty heißt bei ihr »Erweiterung des Mädchenhorizonts«, oder »Errettung des jungen Mädchens vor den Rassisten«. Und an Jamie war ihr nur gelegen, damit durch ihn Barrett ausgeschaltet würde. Sie platzte beinahe vor Wut, als ich diesen Verdacht aussprach, obwohl ich ihr zugleich erklärte, daß das gar nicht so arg sei – daß sie sich nicht schlimmer verhalte als alle Welt. Val, möchtest du wissen, was mein einziger wirklicher Vorwurf gegen sie ist? Es handelt sich um etwas Geringfügiges, aber es hat mich sehr getroffen. Es war ein Ausdruck, den sie gebrauchte vor ihren Transzendenz-Freunden: sie pflegte ihnen zu sagen, sie und ich, wir seien »gut im Bett«. Ich bin ein altmodischer Alabama-Lüstling, und ich mag nicht, wenn eine Frau freizügige Ausdrücke gebraucht.

Mit einem Gefühl ungewohnten Stolzes – so bin ich also Kittys »jemand«! – hielt er vor der Gemeindebibliothek von Longview und suchte in der *Columbia Encyclopedia* nach dem Senator Oscar W. Underwood. Der Senator war 1929 gestorben, zehn Jahre vor des Technikers Geburt. Als er die Bibliothekarin fragte, wo er ein Photo des Senators finden könnte, schaute sie ihn zweimal an und sagte, sie wüßte es nicht.

Am selben Abend rief er, von einem Parkplatz in Dallas, Kitty an. Zu seiner gewaltigen Erleichterung klang aus ihrer Stimme vor allem Besorgnis um ihn. Sie hatte sogar richtig vermutet, daß er verletzt worden war und einen anderen Anfall von »Amnesie« erlitten hatte – was sie, wie er bemerkte, als etwas außerhalb von ihm betrachtete, eine magische medizinische Wesenheit, einen Drachen, welcher jederzeit von ihm Besitz ergreifen könnte. Zudem waren glücklicherweise die Ereignisse der Campusnacht für sich so gewalttätig gewesen, daß sein eigenes Verschwinden kaum zu zählen schien.

»Ach Lieber«, rief Kitty, »ich glaubte schon, du seist tot.«

»Nein.«

»Ich hatte, so oder so, keine Möglichkeit, zu dir zurückzukommen. Sie pferchten uns unten im Keller zusammen und ließen uns erst Sonntag nachmittag heraus.«

»Sonntag nachmittag«, sagte der Techniker unbestimmt.

»Geht es dir gut?« fragte Kitty ängstlich, als er nicht weiterredete.

»Ja. Ich bin jetzt auf dem Weg, hm, Jamie zu finden.«
»Ich weiß. Wir verlassen uns auf dich.«
»Ich wünschte, du wärest bei mir.«
»Ich auch.«
Auf einmal war es wieder da. Liebespuls, Lendenschmelz – wie einfach schien das Leben. Was »wieder da« war – wie hatte er es vergessen können? –, das war sein Ziel, Kitty zu heiraten, einen Beruf zu ergreifen und ein alltägliches Leben zu führen, Golf zu spielen wie andere Leute auch.
»Wir werden heiraten.«
»O ja, Liebling. Myra ist dabei, uns beiden das Mickle-Haus freizuhalten, bis du wieder hier bist.«
»Uns beiden«, sagte er abwesend, »das Mickle-Haus?« Himmel. Captain Andy war ihm ganz entfallen, samt seinem Ausblick auf die klägliche Ebene.
»Ihr zwei Dummköpfe sollt zurück, wohin ihr gehört.«
»Wer?«
»Du und Jamie.«
»O ja. Gut so.«
»Du hättest es nicht tun sollen.«
»Was denn?«
»Vater meinen Aussteuer-Scheck sperren lassen.«
»Jemand hat ihn gestohlen.«
»So bist du also immer noch einverstanden, ihn anzunehmen?«
»Selbstverständlich.«
»Er hat mir einen andern ausgestellt.«
»Gut.«
Kaum hatte er jedoch aufgehängt, kehrten seine bösen Vorahnungen zurück. Stocksteif lag er auf dem Bett, die Füße in die Höhe, und hörte im Radio patriotische Sendungen. Endlich eingeschlafen, erwachte er jäh, mit einem heftigen Ruck. Er spähte aus dem Fenster, um zu sehen, was denn los sei. Böse, niedrig fliegende Wolken spiegelten ein rotes Hochofenglimmen von der großen Stadt wider. Noch tiefer

unten, genau von den Baumkronen, kam, so bildete er sich ein, ein räuberisches Sirren. Ohne weitere Zeit zu verlieren, entnabelte er sich von dem schrecklichen Dallas und brauste hinaus auf die Autobahnen, und hatte bei Sonnenaufgang die 58 erreicht, auf dem Weg ins Panhandle.

Tags darauf an Amarillo vorbei, durch ein schwarzes, tundrahaftes Land mit Schneezäunen und vereinzelten Hütten, zum Ratonpaß hinauf. Er hielt zum Tanken an einer altertümlichen Humble-Station, einer Baracke inmitten einer Moräne von Ölkanistern, zerfetzten Keilriemen und gerissenen Schläuchen. Der Wind heulte daher von Colorado, stürmte die Eisenbahnsenke hinab wie ein Güterzug. Der schwarze Berghang war gemustert von Schnee. Der Tankwart trug einen alten Schaffellmantel und war schrägäugig wie ein Chinese. Erst im nachhinein fiel dem Techniker ein, daß es sich um einen Indianer gehandelt hatte. Er steuerte den Trav-L-Aire hinaus auf eine flache Tundrastelle, sperrte sich ein und schlief zwanzig Stunden lang.

Als er erwachte, war es sehr kalt. Er zündete den Propanstrahler an. Während er wartete, daß es in der Kabine warm würde, erblickte er seinen eigenen Namen in Sutters Patientenbuch.

Barrett: sein Problem ist, daß er wissen möchte, was sein Problem ist. Sein »Problem«, so meint er, ist eine Unordnung von der Art, daß, wenn er nur den rechten Experten mit der rechten Erklärung ausfindig macht, die Unordnung begradigt werden und er zur Tagesordnung übergehen kann.

Das heißt: sein Wunsch ist es, auf seiner Transzendenz zu bestehen und einen Mit-Transzendierer (z. B. mich) ausfindig zu machen, der ihm erklären soll, wie es sich verhält mit der Immanenz (z. B. der »Umgebung«, den »Gruppen«, der »Erfahrung«, etc.), auf eine Weise, die ihn zum Glück führt. Deshalb werde ich ihm nichts erklären. Denn sogar wenn ich der »Richtige« wäre – seine Einstellung ist selbstzerstörerisch.

(Transzendierer aus dem Süden sind die ärgsten von allen – denn sie hassen die überkommene, verstockte Immanenz des Südens. Südstaatler stechen ihre Lehrmeister aus, geradeso wie die chinesischen Marxisten die Sowjets ausstechen. Hast du jemals mit einer freudianischen Sozialarbeiterin aus Georgia gesprochen? Freud bekäme es mit dem Grausen.)

Ja, Barrett hat Witterung aufgenommen von der Transzendentalfalle. Doch was kann man ihm sagen? Was kannst du ihm sagen, Val?

Nehmen wir einmal an, du seist im Recht: dieser Mensch ist ein Wanderer (d. h., weder ein transzendierendes noch ein immanentes Wesen, sondern ein Wanderer), welcher es aus diesem Grunde versäumt, eine Nachricht aufzunehmen, die für ihn von größter Wichtigkeit ist (d. h., die Nachricht von seinem Heil), und auf die er doch achtgeben sollte. Also sagst du zu ihm: Sieh, Barrett, die Ursache deines Problems liegt nicht in einer Unordnung deines Organismus, vielmehr in der Struktur des Menschen, der gut daran tut, sich zu fürchten, und gut daran tut, alles zu vergessen, was nicht beiträgt zu seinem Heil. Mit anderen Worten: dein Gedächtnisverlust ist kein Krankheitssymptom. Also sprichst du: wohlan die Nachricht, auf die du die ganze Zeit gewartet hast, und teilst sie ihm mit. Und wie verhält sich nun Barrett? Er lauscht mit dem ihm eigenen Diensteifer und sagt am Ende vielleicht sogar *Ja!* Doch er wird die Nachricht auf seinem Transzendenz-Hochsitz nur als ein weiteres Versatzstück an Erklärung empfangen, sie in seinen Immanenz-Fleischwolf stecken, und dann abwarten, ob es besser wird mit ihm. Mir hat er gesagt, er habe Sympathie für die großen Weltreligionen. Was nun, Val?

Was mich betrifft: ich spüre keine Sympathie für dergleichen. Wir sind verdammt zur Transzendenz und zur Abstraktion, und ich habe den einzigen uns verbleibenden Weg zum Wiedereintritt in die Welt gewählt. Was gibt es denn Besseres als die Schönheit und die Begeisterung im Praktizieren der Transzendenz (Wissenschaft und Kunst) *und* im Sich-Ergötzen an der Immanenz – die Schönheit und Begeisterung der Liebeswollust? Was gibt es Besseres, als tagsüber mit allen Kräften auf vorgeschobenem Posten zu arbeiten, umhegt von der Wissenschaft, und abends zu La Fonda zu gehen, wo man dann einer Fremden begegnet, einer hübschen Frau? Dort trinken wir dann etwas, wir zwei ansehnlichen Fünfunddreißigjährigen, sie dunkeläugig, mit verschatteten Wangen, versponnen in die eigene Transzendenz. Wir tanzen. Die Gitarre bringt das Herz zum Klingen, und auch das Essen geschieht mit Herzenlust. Unter dem Tisch ein sachtes Berühren der Knie. Man beugt sich zu ihrem Ohr, redet. »Gehen wir.« »Aber wir haben doch noch etwas bestellt.« »Wir können ja zurückkommen.« »Gut.« Das Blut rauscht von Begehren und Zärtlichkeit.

Rita sagt, ich liebe niemanden. Das ist nicht wahr. Ich liebe weibliche Wesen. Wie liebenswert sie sind, sie alle, unsere liebreichen, einsamen, verwirrten amerikanischen Frauen. Was für Schätze. Wenn eine von ihnen zur Tür hereinkommt, geht mir das Herz auf. Du sagst, es gäbe etwas Besseres. *Ich warte.*

Er irrt sich wahrscheinlich in einem, dachte der schlaftrunkene Techniker: in der Extremheit seiner Alternativen – Gott, Nichtgott, Atemstocken angesichts einer nackten Frau. Meine Schwierigkeit dagegen besteht darin, an einem Mittwochnachmittag einen gewöhnlichen Augenblick nach dem anderen zu überleben.
War es so nicht mit allen »religiösen« Menschen?

6.

Abwärts, talab, hinein in den sonnigen gelben Canyon des Rio Grande, talab entlang der kiefernbestandenen Abhänge, hinab zu den Ockerfelsen und den roten Mergelgründen. Er hielt an, um den berühmten Fluß zu betrachten. Wenn er zwischendurch aus seiner Gedächtnislosigkeit erwachte, glich er in vielem einem Seemann, dickhäutig und einfältig, mit einem Drang, sich im Zickzack die Sehenswürdigkeiten

einzuverleiben, jede Einzelheit an ihnen zu erforschen. Aber was für ein Plätscherflüßchen war doch der Rio Grande, kein Vergleich mit dem »Big Muddy Water«, dem Mississippi! Das Gerinne des weißsäuerlichen Wassers hatte etwas von einem Baustellenausfluß. Neben ihm raschelte es in einer goldenen Espe wie von einer Folie in der Sonne, ohne daß freilich ein Wind ging. Er trat näher. Ein einzelnes Blatt tanzte da an seinem Stiel, geheimnisvoll enthoben allen physikalischen Gesetzlichkeiten.
An einer Phillips-66-Station in Santa Fé beschrieb ihm ein anderer Indianer den Weg zum »Rancho la Merced«. Der Indianer kannte wohl den Namen der Ranch, nicht aber den Eigentümer. Südlich der Stadt galt es vom Highway abzubiegen, hinein in die Wüste, an struppigem Wacholder und duftenden Nußpinien vorbei, ausgetrocknete Flußläufe hinauf und hinunter. Einige Male mußte er aussteigen, um Viehgatter zu öffnen.
Rancho Merced übertraf gewissermaßen seine Erwartungen. Die Anlage war nicht groß, infolge ihrer Niedrigkeit jedoch erschien sie weitläufig. Man blickte gleichsam auf sie herab, fand sich darin wie in einem Sportwagen, mit der gleichen Erwartung von Lebenszuwachs, so nah unten am Erdboden. Die Fenster, eingelassen in fußbreite Lehmziegelmauern, waren geöffnet. Er klopfte. Keine Antwort. Es waren Reifenspuren zu sehen, ohne Auto. Er ging um das Gebäude herum. Die Nußpinien wurden überragt von einer häßlichen, verzinkten Zisterne und einer Windmühle. Obwohl deren Flügel nicht zusammengeklappt war, drehte er sich nicht. Es war drei Uhr am Nachmittag.
Er ließ sich nieder am Fuß der Zisterne und roch an einer Handvoll Erde. Die Stille hier hüllte ihn nicht ein. Sie begab sich gleichsam parallel zu ihm, hatte mit ihm und seiner Vergangenheit nichts gemein. Augenblick für Augenblick umgeben von baumwollenem Schweigen; die jeweilige Sekunde ohne Vorgänger. Es war Nachmittag, doch ein

anderer Nachmittag als der im Staate Mississippi. In Mississippi ist es immer Mittwochnachmittag, oder vielleicht Donnerstag. Das Land dort ist bevölkert, eine Handvoll Erde spricht unmittelbar zum Herzen, *déjà vus* schwirren auf gleich einem Funkenregen. Sogar in der südlichen Wildnis gibt es immer die Empfindung, es sei jemand in der Nähe und betrachte einen aus der Tiefe der Wälder. Hier war niemand. Hier wurde man nicht beobachtet. Die Stille brachte alles zum Schweigen, die kleinen Bäume erschienen voneinander getrennt durch Schweigeräume. Der Himmel war ein leerer Landkartenhimmel. Weit hinten, bei Albuquerque, vierzig Meilen entfernt, erhob sich ein Berg wie die Hand des Betrachters nah vor dessen Gesicht.
Das ist der Ort der reinen Möglichkeit, dachte dieser, mit einem Kribbeln hinten im Nacken. Was ich jetzt bin, ist ohne Bezug zu dem, was ich vor einem Moment gewesen bin, und was ich im nächsten Moment sein *kann*.
Die Eingangstür war unversperrt. Er trat gebückt ins Haus. Eine Zeitlang stand er blinzelnd in der kühl-kellerhaften Dunkelheit. Die Fenster gingen hinaus auf die stillhelle Wüste. Er lauschte: das Schweigen veränderte sich. Es wurde ein Schweigen, majestätisch und »vorletztlich« gleich der lastenden Orchesterpause vor einem Schlußakkord. Sein Herz begann zu pochen. Dann wurde ihm klar: was fehlte, war das kleine Gesumm und Geklicke der elektrischen Haushaltsgeräte. Er ging in die Küche. Der Kühlschrank leer, der Heißwasserboiler kalt, doch auf dem Regal vier Büchsen mit »Chef Boy-ar-dee Spaghetti«. Das Bettzeug im Schlafzimmer zusammengefaltet, bereit zum Abtransport in die Wäscherei, ein Stapel auf jedem Bett. Kein Anzeichen von Kleidern oder Koffern. Auf dem Schreibtisch war ein jahraltes *Life*heft liegengeblieben. Auf der Rückseite erkannte er Sutters Schrift; sie lief um alle vier Ecken der »Winston«-Reklame herum. Begierig hielt er das Heft ins Licht – ob es eine Botschaft für ihn war? ein Fingerzeig zu

Sutters gegenwärtigem Aufenthaltsort? –, vertiefte sich in das Geschriebene und drehte das Heft langsam, während er las. Sutters Schrift war diesmal schwer zu entziffern.

Kennedy. Nichts als Gerede; niemand hat gesagt, wer er war. Ein großer Mann war er deswegen, weil seine Lächerlichkeit sich im Einklang befand mit seiner Brillanz, seiner Schönheit und seiner Liebe zu dem Land. Er ist der einzige öffentliche Mensch, dem ich jemals geglaubt habe, aus dem Grund, daß heutzutage nur noch ein lächerlicher Mensch glaubhaft sein kann. In ihm sah ich die alte Adlerschönheit der Vereinigten Staaten von Amerika. Ich habe ihn geliebt. Sie, die – (unleserlich: Bourgeois? Bürger? Bastarde?) wollten ihn tot. Recht so, das wird ihnen von Nutzen sein, denn jetzt –

Die Handschrift lief aus in das braune Gestrichel eines Mädchenschenkels, und er konnte nichts mehr entziffern.
Er runzelte die Stirn. Unversehens fühlte er sich enttäuscht und unbehaglich. Das war es nicht, wonach er suchte, und es tat ihm ganz und gar nicht gut.
Unter einem Bett fand er ein Photobuch mit Abbildungen von, wie ihm erschien, indischen Statuen in einem Dschungelgarten. Die Skulpturen stellten verschlungene Paare dar. Die Liebenden umklammerten einander, und ihre rautenförmigen Augen starrten blind aneinander vorbei. Der Frauennacken eine anmutige Krümmung; die Männerhand unten an den Brüstekugeln; sein ausgehöhlter Steinschaft gegen die Dschungelruine ihrer Flanke gepreßt.
Er saß dann draußen wartend in der Kabine des Trav-L-Aire. Die »Blut Christi«-Bergkette, die Sangre de Cristo Range, färbte sich rot. Am späten Nachmittag erhob sich eine Brise. Die Windmühle knisterte, und dann schwirrten kleine gelbe Fliegenschnäpper vom Berg herab und reihten sich auf am Zisternenrand.
Unversehens wurde es dunkel, und die Sterne erschienen. Sie näherten sich gleichsam und hingen binnen kurzem groß

und niedrig wie gelbe Lampen bei einem Gartenfest. Er erinnerte sich plötzlich an sein Teleskop, holte es aus der Kabine und befestigte es an der Kabinentür wie einen Eßnapf. Im Blick das Viereck des Pegasus, zog er die Schärfe auf einen Wischfleck an dem Schweif, und da zeigte es sich nun, das große kalte Feuer der Andromeda, vornübergekippt, mit dem Ausmaß eines Flammenrads, welches sich langsam und lautlos herumdrehte, wie gehemmt, gleich einem Aufruhr, betrachtet von ferne. Er erschauerte. Es ist vorbei mit den Teleskopen, dachte er, und mit den unermeßlichen Galaxien. Was soll ich mit der Andromeda? Was mir nottut, ist meine Alabama-Braut, ist mein traulicher Camper, das Anzünden eines Streichholzes, ein wärmender Butanstrahler und ein freundliches Lichtviereck auf der Nachbarerde, sowie eine heiße Tasse Luzianne zwischen uns, zum Schutz gegen die Kälte der Wüste, und ein warmes Bett, wo einer träumend in des anderen Armen läge, indes die alte Andromeda sich durch die Nacht wälzte.
Er kehrte nach Santa Fé zurück, fand dort einen behaglichen Platz im Camino Real, in einem Pappelhain am trockenen Bett des Santa Fé River, und ging Eßsachen kaufen. Grütze gab es keine, und so mußte er sich mit »Weizencreme« begnügen. Am folgenden Morgen, nach dem Frühstück, rief er alle Hotels, Motels, Kliniken und Krankenhäuser der Stadt an, doch niemand wußte etwas von einem Dr. Sutter Vaught.
Zwei Tage später, vor Kälte zitternd, von einem Bein aufs andre tretend, die Arme um sich geschlungen, las er auf der Plaza – er wußte nichts Besseres zu tun – die Inschrift auf dem Denkmal der Union.

Den Helden der Bundesarmee, die ihr Leben ließen in der Schlacht von Valverde, im Kampf gegen die Rebellen, am 21. Februar 1862

Seltsamerweise berührte das überhaupt nichts in ihm – kein Aufwallen gegen den Übel- und Umschlagstag von Valverde, an dem das Heer, durch den Fehler eines Soundso, den Durchbruch nach Kalifornien verpaßt hatte. Hätte man in der Folge den Pazifik erreicht . . . Doch es war ihm nur kalt. Um zehn Uhr stieg die Sonne über die Lehmziegelgeschäfte, und es wurde wärmer. Indianer füllten die Plaza. Sie breiteten ihre Schmucksachen und bestickten Gürtel auf dem hartgestampften Boden aus und saßen, mit von sich gestreckten Beinen, gegen die sonnigen Mauern gelehnt. Es wirkte ansteckend. Er fand einen freien Fleck und streckte seine Macy's-Hosen zwischen dem Samtzeug der anderen aus. Die Rothäute, mit ihren tellerflachen Gesichtern, blickten ihn völlig ausdruckslos an. Er machte sich daran, in Sutters Patientenbuch zu lesen.

Du zitierst die Bemerkung Oppenheimers über die großen Stunden von Los Alamos, als die klügsten Köpfe des Westens im geheimen versammelt waren und durch ihre Gespräche über Gott und die Welt die Nacht zum Tage machten. Du sagst, ja, sie redeten *sub specie aeternitatis,* so wie Männer an jedem Ort und zu gleichwelcher Zeit gesprochen haben könnten, und sie merkten nicht, daß –

Zufällig blickte er auf und gewahrte einen dünnen Mann in Hemdsärmeln, der gerade ein aus Lehmziegeln gemauertes Geschäft verließ. Er trug einen Papiersack aufrecht in der Armbeuge. Sein Hemd bauschte sich hinter ihm wie ein Spinnaker. Ohne zu zögern sprang der Techniker auf und lief los. Doch als er den dünnen Mann erreichte, saß dieser schon in einem staubigen Edsel und war am Abfahren.
»Bitte«, sagte der höfliche Techniker, indem er daneben herlief und sich hinabbeugte, um den Fahrer zu sehen.
»Was?« Der Edsel fuhr zugleich weiter.
»Warten Sie, bitte.«
»Sind Sie Philip?« fragte der Fahrer.
»Wie?« sagte der Techniker und hielt sich die Hand ans gesunde Ohr. Momentlang war er nicht sicher, ob er es nicht doch sei.

»Sind Sie Philip, und ist das hier die Gaza-Wüste?« Der Edsel hielt. »Haben Sie mir etwas zu sagen?«
»Wie bitte? Nein, nein. Ich bin Williston Barrett«, sagte der Techniker eher förmlich.
»Ist schon recht, Williston«, sagte Sutter. »Ich habe mir nur einen Scherz erlaubt. Steigen Sie ein.«
»Ich danke Ihnen.«
Das Autodach war immer noch gescheckt von den Zürgelbeeren und den Flecken der Spatzen aus Alabama. Edsel oder Nicht-Edsel: der Wagen fuhr mit dem hohlen, blechernen Geräusch aller alten Fords.
»Wie haben Sie mich gefunden?« fragte Sutter. Anders als die meisten Dünnen hockte er in einer Weise da, die seine Dünnheit noch übertrieb, mit gerecktem Hals, eine Hand am schmalen Brustkorb.
»Ich habe in Ihrer Wohnung eine Karte mit der eingezeichneten Route gefunden. Ich erinnerte mich an den Namen der Ranch. Ein Indianer erklärte mir den Weg. An der Ranch war niemand, und so wartete ich auf der Plaza. In Ihrer Wohnung befand sich auch das hier.« Er übergab Sutter das Patientenbuch. »Vielleicht haben Sie's vergessen.«
Sutter warf einen Seitenblick auf das Buch, ohne danach zu greifen. »Ich habe es nicht vergessen.«
»Es hat mir viel zu denken gegeben.«
»Es ist ganz unwichtig. Alles, was darinsteht, ist entweder falsch oder bedeutungslos. Werfen Sie's weg.«
»Es ist anscheinend bestimmt für Ihre Schwester Val.«
»Nein.« Nach einer Pause blickte Sutter ihn an. »Warum sind Sie hierhergekommen?«
Der Techniker fuhr sich mit der Hand über die Augen. »Ich – bilde mir ein, Sie hätten mich dazu aufgefordert. Oder nicht? Ich bin auch gekommen, um Jamie zu treffen. Die Familie möchte ihn bei sich haben«, sagte er – und entsann sich dessen erst, sowie er es aussprach. »Oder sie möchte zumindest wissen, wo er ist.«

»Sie wissen, wo er ist.«
»Wirklich?«
»Ich habe sie gestern abend angerufen. Ich habe mit Kitty geredet.«
»Was hat sie gesagt?« fragte der Techniker unbehaglich und legte sich unwillkürlich die Hand auf den Brustkorb, als sei auch er ein dünner Mann.
»Erst einmal sagte sie, daß Sie hierher unterwegs seien. Ich habe Sie erwartet.«
Der Techniker erzählte Sutter von seinem Gedächtnisverlust. »Auch jetzt ist mir das meiste noch unklar«, sagte er, indem er sich die Augen rieb. »Aber ich wußte, daß ich hier etwas zu erledigen hatte.«
»Was erledigen?«
Er zog die Brauen zusammen. »Wie gesagt: ich sollte Sie treffen, und Jamie finden.« Er hielt inne, in der Hoffnung, der andere werde ihm etwas erklären, doch Sutter schwieg. Als der Techniker zufällig den Blick senkte, sah er in dem Papiersack zwei Flaschen »Two Natural«-Bourbon. Der Korken zeigte ein Würfelpaar, auf die Glückszahl sieben gefallen. »Wie geht es Jamie? Wo ist er?«
»Jamie ist sehr krank.«
»Haben Sie's Kitty gesagt?«
»Nein.«
»Warum nicht?«
»Jamie möchte nicht, daß sie herkommen.«
»Wie krank ist er?«
»Er hat eine akute Rachenentzündung.«
»Ist das denn so etwas Schlimmes?«
»Es wäre nicht schlimm, hätte er nur weiße Blutkörperchen.«
»Ich verstehe.«
»Die Bakterien haben außerdem eine alte rheumatische Schädigung aufgefrischt.«
»Sie wollen sagen, an seinem Herzen?« fragte der Techniker,

und wappnete sich zugleich gegen die schreckliche Süße der schlechten Nachrichten.
Sutter freilich grunzte nur und chauffierte seinen Edsel dahin, in altmodischer Sportsmannmanier, den Zeigefinger um die Lenkradspeiche gehakt, den linken Ellbogen auf die Türleiste gestützt. Dann hielt der Edsel in einer schattigen Straße mit hohen viktorianischen Häusern, welche ein langgestrecktes Fachwerkgebäude flankierten.
»Ist er in dem Krankenhaus?« fragte er Sutter.
»Ja«, sagte dieser, traf aber keine Anstalten auszusteigen. Statt dessen zögerte er höflich, mit gesenkten Wimpern, gleichsam gesittet, über das Lenkrad gebeugt, so als warte er auf den andern.
Der Techniker blinzelte. »Ist Jamie da drin?«
Sutter nickte und lehnte sich mit einem Seufzer zurück. »Ich bin sehr froh, daß Sie hier sind«, sagte er, indem er auf das Lenkrad klopfte.
»Möchten Sie, daß ich –«
»Gehen Sie hinein zu ihm. Ich muß zur Arbeit. Ich bin in ein paar Stunden zurück.«
»Wo arbeiten Sie?«
»In einem Ranch-Hotel«, sagte Sutter abwesend. »Ich bin da so etwas wie ein Schiffsarzt. Es ist nur vorübergehend, bis –« Er zuckte mit den Achseln. »Jamie und ich hatten nichts mehr zu essen.«
Als der Techniker ausstieg, rief Sutter ihn zurück.
»Ich habe vergessen, die *Purpura* zu erwähnen.«
»Purpura?«
»Das sind Blutflecken, wie Quetschungen. So ist eben die jüngste Entwicklung bei ihm, nichts besonders Ernstes, aber auf den ersten Blick vielleicht beunruhigend. Mir fiel ein, es könnte Sie erschrecken, wenn Sie nicht davon unterrichtet wären.«
»Danke.« Keine Sorge, dachte der Techniker selbstsicher. Es wird mich nicht erschrecken.

7·

Aber der Purpurausschlag brachte ihn völlig außer Fassung. Jamies Gesicht war übersät mit Flecken von einer grausigen Farbe, vergleichbar der von Ölglitsch. Es war, als sei aus der Tiefe ein Gasgemisch, eine Sumpfablagerung an die Oberfläche gekommen. Mit ihm zu sprechen, hieß, sich einen Ruck zu geben: als müßte man erst einen Garten des Bösen durchdringen, um ihn selbst zu erspähen.
Es schien gleichwohl seltsam und unpassend, daß Jamie sich hier befand. Er war so krank, wie man nur krank sein konnte, und doch lag er in einem sozusagen windstillen Zimmer. Wie konnte einer denn wirklich krank sein, ohne besondere Beachtung und Beobachtung? Die Tür stand weit offen, und jeder konnte herein. Aber niemand kam. Er war allein. Gab es keine offizielle Kenntnisnahme von seiner Krankheit, keine Autoritätsperson zwischen Besucher und Patienten? Man brauchte sich bloß unten nach der Zimmernummer zu erkundigen und dann die Treppe hinaufzusteigen. Dem Techniker kam es vor, als sei Jamie eigentlich gar nicht krank.
Der Patient schlief. Minutenlang stand der Besucher unschlüssig herum, mit einem vorsichtigen Lächeln, wurde dann unruhig und beugte sich über das Krankenbett. Von der Polstermulde strahlte eine säuerliche Hitze aus. In Jamies Halsbucht pulste eine breite Ader in einem komplexen Rhythmus. Jamie war kaum dünner geworden. Vielmehr war es unter seiner Haut zu einer Anlagerung eines neuartigen Gewebes – oder Wassers? – gekommen. Sein Gesicht, auch zuvor schon aufgequollen und von der Krankheit gezeichnet, war noch formloser geworden.
Doch kaum hatte der Techniker sich gesetzt, da öffnete der Patient die Augen und redete ihn an, wie wenn nichts wäre.
»Was hast du in der Gegend zu suchen?« Obwohl das Fieber

ihm aus den Augen schaute, glich seine Art, im Bett zu liegen, immer noch der eines Soldaten. Er lagerte da wie ein Verwundeter, grimassierte, rieb sich den Schenkel.
»Ich wollte dich und Sutter finden.«
»Gut, du hast mich gefunden. Und was jetzt?«
»Nichts«, sagte der Techniker, so verschroben wie der andre. Er stand auf. »Ich komme später wieder.«
Jamie lachte und forderte ihn auf, sich wieder zu setzen. »Was ist mit deinem Bein?« fragte der Techniker.
»Rheumatismus.«
Jamie redete nun freundlich von Sutter, wobei er hin und wieder den Atem anhielt, in seinem neuen Krieger-Stil. »Du solltest diesem Halunken einmal zuschauen«, sagte Jamie und schüttelte den Kopf.
Der Techniker lauschte lächelnd, während Jamie von Sutters Ranch-Hotel erzählte, dessen Bungalows Namen wie »O.K. Corral« und »Boot Hill« hatten. Sutter wohnte im »Doc's«. »Obwohl es sich Ranch-Hotel nennt, ist es in Wirklichkeit eine Art Etappenziel für Strohwitwen. Der alte Sutter ist geschäftig wie ein einarmiger Tapezierer.«
»Ich kann's mir vorstellen«, sagte der Techniker, so herzlich wie düster. Er bemerkte, daß Jamie Duldsamkeit mit den Schwächen der Erwachsenen spielte. »Wo befindet sich die Ranch?«
»Auf der Straße nach Albuquerque. Es ist das größte Ranch-Hotel der Welt. Hast du ihn getroffen?«
»Ja.« Der Techniker erzählte, wie er zufällig Sutter begegnet war, gerade nachdem dieser zwei Flaschen »Two Natural« gekauft hatte. »Trinkt er denn immer noch so viel von dem Whiskeyzeug?«
»Weiß Gott«, wisperte Jamie fröhlich und ruckte wieder mit seinen Beinen.
Nach einer Weile brach ihm der Schweiß aus, und so jäh er erwacht war, so jäh sank er wieder in sich zusammen, fiel zurück in seine heiße Polstermulde. Himmel, ich bin zu lang

geblieben, dachte der Techniker. Aber als er sich zum Gehen erhob, hielt eine Hand ihn zurück, mit einem schwachen Anflug von Mißbilligung.
»Was ist denn?« sagte der Techniker mit einem Lächeln.
Doch es kam keine Antwort, nur die Hand bewegte sich über die Decke, bedachtsam wie bei einer spiritistischen Séance. Lange Augenblicke stand der Techniker leicht vornübergebeugt und horchte. Die Hand wurde ruhig. Sicher schläft er jetzt, dachte er und atmete auf. Dann merkte er, daß ein weicher Aderrücken an Jamies Hals wild hämmerte.
In offener Panik drehte er nun an Schaltern und drückte auf Knöpfe, wobei er die Augen nicht von dem kranken Jungen ließ. Wie rasch starb man eigentlich? Als niemand kam – verflucht, was war das nur für ein Haus? –, stürzte er hinaus in den Flur und zickzackte zwischen den Wänden hin zum Schwesternzimmer. Dort saß eine kräftige Blondine mit einer hohen Stirn, welche unter einem messingfarbenen Haarkegel hervorleuchtete. Sie hatte etwas von der Königin Elisabeth I. Sie machte Eintragungen in eine Tabelle.
»Entschuldigen Sie, Schwester«, sagte der höfliche Techniker, als sie nicht aufblickte.
Sie schien nicht zu hören, obwohl er nur wenige Schritte entfernt war.
»Entschuldigung«, sagte er laut, zugleich jedoch nickend und lächelnd, um, sollte sie aufblicken, seine Kühnheit abzuschwächen.
Aber sie blickte nicht auf! Sie machte weiterhin ihre Eintragungen in violetter Tinte.
Er sah sich selber in einem Konvexspiegel, an einer Ecke angebracht, damit man die Halle im Auge behalten konnte; er stand da wie ein Schüler vor dem Lehrerpult. Er zog die Brauen zusammen, öffnete die Tür zur Station und trat ein. Ein unheilvolles Eidechsenauge starrte ihn an, senkte sich dann allmählich und verhielt bei – seiner Hand! Er berührte

den Metalldeckel einer Tabelle. Unwillkürlich errötete er und zog die Hand zurück: die Lehrerin hatte ihn bei einer Missetat ertappt. Sie vertiefte sich wieder in die Arbeit.
»Schwester«, sagte er mit erstickter Stimme. »Seien Sie so freundlich und kommen Sie zu Zimmer 322. Der Patient hat einen Anfall.«
Sie antwortete immer noch nicht! Er ballte bereits die Faust – er würde sie schlichtweg niederschlagen –, als sie endlich die Füllfeder zuschraubte und, immer noch ohne Blick für ihn, aufstand und an ihm vorbeirauschte. Er folgte ihr, heiß vor Wut – wenn sie nicht zu Jamie geht, schlage ich sie. Und sogar als sie dann zu Jamies Zimmer abbog, tat sie, als habe das mit seiner Aufforderung nicht das geringste zu schaffen; sie handelte immer noch nach dem eigenen Kopf.
Aber das zählte jetzt nicht mehr! Sie war endlich bei ihm und maß ihm den Puls. Der Besucher sah durch die offene Tür, wie sich Jamies Kopf müde in der heißen Polstermulde drehte. Sein Haß löste sich. Er vergab ihr. Und jetzt wich auch die Furcht, Jamie könnte sterben, der Erkenntnis, daß es sich bloß um eine Rachenentzündung handelte.

Als er am Nachmittag wiederkam, ging es Jamie tatsächlich besser. Der Besucher hatte einen Packen Karten mitgebracht, und sie spielten Rommé, in einem zauberisch gelben Sonnenlicht. Der Tod schien fern. Wie kann jemand in diesem Augenblick die Treff Sechs ausspielen, und im nächsten Augenblick sterben? Der kranke Jamie bat darum, emporgehievt zu werden, und saß nun da wie ein sehr alter Mann; schwankte ein bißchen, wenn die Ader an seinem Kopf heftiger pochte.
An den folgenden paar Tagen spielten sie Karten, vormittags und nachmittags. Sutter kam am Abend dazu. Es war, als habe das Universum sich zusammengezogen, um einen eigenen Raum für die zwei jungen Männer zu bilden. Wenn es dabei bleibt – so schien Jamie zu sagen (und der Besucher

stimmte zu) –, bei diesem kleinen, sonnigen Winkel, wo wir spielen und bescheidene Verrichtungen vornehmen können, dann ist es unmöglich, daß etwas Ernsthaftes passiert. Zum ersten Mal verstand der Techniker, daß Männer eine ganze Woche hindurch beim Pokern saßen, Frauen ein Leben lang beim Bridge. Das Spiel, das war es schon. Man wurde ungeduldig bei allem, was nicht zum Spiel gehörte – etwa wenn eine Schwester hereinkam, um die Urinflasche zu leeren. Die Zeit wurde nur spürbar in den kurzen, erträglichen Spannen zwischen den hell aufperlenden Spielen. Das jeweilige Ergebnis, zusammengezählt und dann kundgetan, gab dem Ganzen den erfreulichen Alltagsanstrich einer kleinen, ordentlichen Tätigkeit.

Es wurde dabei auch selbstverständlich, daß einer dem andern zu Diensten war, und daß jede Art Dienst gefordert werden konnte. Wie so oft zwischen zwei jungen Männern, kam es zu einer übermütigen Übereinkunft, wonach gerade die Ausgefallenheit einer Forderung nach Gehorsam verlangt.

»Geh und kauf mir einen Liter Apfelmus«, sagte Jamie am Ende eines Spiels.

»Gut.«

Sutter kam spät am Abend. Er gebärdete sich so leutselig wie nervös und erzählte ihnen, in nicht ganz ernstem Tonfall, von seinen beiden neuen Patientinnen, »edlen, intelligenten Frauen, die immer noch D.H. Lawrence lesen und immer noch an die dunklen Götter des Bluts glauben, aber warum einen Gott daraus machen, das war wohl der Methodist in ihm. Jedenfalls, könnt ihr euch vorstellen, daß jemand gerade *hier draußen, jetzt,* noch Lawrence liest?«, usw. Wie unruhig, wie gesprächig war Sutter doch geworden! Unversehens dämmerte dem Techniker, daß Sutter seltsamerweise das Krankenzimmer nicht ertrug. Gerade das Spital machte ihn nervös. Außerdem fiel ihm auf, daß Jamie verdrießlich wurde; denn Sutters Kommen unterbrach den goldenen Kreis der Kartenspiele. Sie wünschten beide, Sutter möge wieder verschwinden. Und wenn Jamie die Stirn runzelte und den Kartenpacken nahm, verstand Sutter diesen Wink und verschwand tatsächlich. Er machte dem Techniker ein Zeichen, und dieser folgte ihm ins Solarium.

»Ich kann Ihnen nicht oft genug sagen, wie froh ich bin, daß Sie hier sind«, sagte er, wobei er die Füße genau auf eine schwarze und eine weiße Bodenkachel stellte. Das Krankenhaus war alt und gut erhalten; es hatte etwas von einem Armeespital aus den Tagen Walter Reeds, des Militärarztes. »Er will mich nicht sehen, und er hat sonst niemanden – oder jedenfalls niemanden mehr.«

Der Techniker blickte ihn neugierig an. »Ich dachte, gerade darauf seien Sie und er auch aus gewesen.«

»Ich wollte verhindern, daß er – versackte. Ich glaubte, er würde dabei aufleben, obwohl ich zugleich immer fürchtete –« Sutter wurde zerstreut.

»Ist er denn nicht versackt?«

»Ihr Erscheinen war von großer Bedeutung«, sagte Sutter eilig und schaute auf die Uhr.

»Was ist mit ihm? Wie kommt es zu diesen Anfällen?«

»Herzblock«, sagte Sutter abwesend. »Verbunden mit Störungen auf der rechten Seite und einem Lungenödem. Und wie Sie sehen, kann er nicht lange lesen. Seine Netzhaut ist infiltriert. Lesen Sie ihm doch bitte vor.«

»Was meinen Sie mit Herzblock? Ist das etwas Ernstes?«

Sutter zuckte mit den Achseln. »Wollen Sie mich fragen, ob er heute sterben wird oder in der nächsten Woche?« Er blickte den andern von der Seite an. »Können Sie den Puls messen?«

»Ich glaube schon.«

»Ich kann keine Privatschwester auftreiben. Wenn Sie da sind, und er fällt in Ohnmacht, fühlen Sie ihm den Puls. Man

kann fast sicher sein, daß dieser binnen Sekunden hochschnellen wird. Jetzt muß ich –«
»Um Himmels willen, warten Sie. Wovon sprechen Sie überhaupt?«
»Wenn sein Puls dann gleichmäßig bleibt, o.k. Wenn er flattert, rufen Sie den diensthabenden Arzt.«
»Guter Gott, was meinen Sie mit ›Flattern‹?«
»Versuchen Sie, Ihren Kopf mit seinem Puls mitzubewegen. Wenn Sie das nicht können, flattert er.«
»Warten Sie.«
»Was ist?«
»Nichts.«
Sutter beäugte ihn wieder von der Seite, schob die Hände in die Taschen und vollführte ein geistesabwesendes Hüpfspiel auf den Fliesen. Mit seinem Hosenbund unten an den Hüften und seinem über die Taille gebauschten Hemd glich er dem glücklichen Charles Lindbergh der dreißiger Jahre, wie er dasteht in einem Propellerwirbel.
»Ich werde Ihnen sagen, was Sie tun sollen«, sprach Sutter.
»Was?« fragte der Techniker düster.
»Rufen Sie Val an. Erklären Sie ihr, wie krank Jamie ist. Er hat Val gern und möchte sie sehen, möchte sie aber nicht von sich aus herbestellen.«
»Warum rufen nicht Sie –«, begann der Techniker.
»Nein, nein. Und Sie werden Folgendes tun«, sagte Sutter und zog ihn näher, in einer seltsam neckischen Vertraulichkeit: »Rufen Sie Rita an.«
»Rita«, wiederholte der verblüffte Techniker.
»Ja, rufen Sie Rita und Val an, und sagen Sie ihnen, sie möchten, ohne den andern etwas zu sagen, hierherkommen.« Er hielt den jüngeren Mann am Arm, in einer verschrobenen Parodie auf Lamar Thigpens Kumpelstil.
»Weshalb rufen nicht Sie die beiden an: schließlich sind Sie doch der Bruder der einen und der –«

»Weil ich wie Jamie bin. Auch mir widerstrebt es, der zu sein, der anruft.«
»Es tut mir leid. Jamie hat mich gebeten, sie nicht anzurufen. Und er vertraut mir.«
»Dann haben Sie doch nichts zu befürchten«, sagte Sutter, wobei seine Augen leer wurden.
»Aber –«
Sutter war jedoch schon gegangen.

8.

Als Sutter weg war, konnte der goldene Kreis der Spiele wiederhergestellt werden. Jamie war benommen und kurzatmig, aber er fühlte sich zugleich recht wohl. Seine Krankheit war so beschaffen, daß sie ihm erlaubte, ein besseres Verhältnis zu sich selber zu finden. Schon hatte er die kleinen Vorteile und Warmzonen des Siechseins entdeckt. Es war gar nichts so Arges, dazuliegen und die auf dem Tischchen gereihten Karten im Auge zu haben, sich auf den Ellbogen zu stützen, um ein Spiel anzufangen, und hernach zurückzusinken in eine gutartige Müdigkeit. Er hüllte sich in sein Fieber kuschelig ein, wie in einen Schal. Am folgenden Nachmittag saß der Techniker neben dem Bett in dem sonnigen Winkel, welcher nach altem Wachs und vertrauenerweckendem Äther roch. Draußen in der stillen Luft vollführten die buttergelben, mathematisch flächigen Espenblätter in dem Sonnenlicht einen Brown'schen Tanz, bewegt von einem unbewegten Molekularwind. Jamie spielte eine Karte aus, redete, und blickte zugleich an dem Kopf des Technikers vorbei, auf einen Punkt, wo sich vielleicht zwischen ihnen beiden irgendeine besondere und geheimnisvolle Wahrnehmung ereignen würde. Dann sank er in seine Polstermulde zurück und schloß die Augen.

»Tu mir einen Gefallen.«
»Gut.«
»Besorg mir eine Ausgabe der *Schatzinsel* und eine Packung Sodakekse.«
»Gut«, sagte der Techniker, indem er sich erhob.
Der Junge erklärte, er habe gerade an die Szene gedacht, wo Jim das Beiboot stiehlt und sich damit hinaus ins Meer treiben läßt, flach auf dem Boden liegend, um nicht gesehen zu werden, wobei er die ganze Zeit Sodakekse ißt und zum Himmel aufschaut.
»Geh auch am Postamt vorbei und sieh nach, ob da vielleicht ein Brief lagert.«
»Ist recht.«
Doch als er mit den Keksen und einem aufgequollenen, modrigen Bibliotheksexemplar der *Schatzinsel* (das Frontispiz stellte den struppigen Ben Gunn dar) zurückkam, war Jamie mit den Gedanken woanders.
»Kein Brief da?«
»Nein.«
»Wir werden Folgendes tun ...«
»Was?«
»Ruf Val an.«
»Gut.«
»Sag ihr, ich hätte ein Hühnchen mit ihr zu rupfen.«
»Gut. Möchtest du jemanden von deiner Familie sehen?«
»Nein. Und ich möchte auch Val nicht sehen. Übermittle ihr nur eine Nachricht.«
»Gut.«
»Frag sie, was aus dem Buch über Entropie geworden ist.«
»Entropie? Du stehst also mit ihr im Briefverkehr?«
»Sicher. Und laß nicht locker wegen des Buchs. Sie hat versprochen, es mir zu schicken. Sag ihr, meiner Meinung nach habe sie die Lust an der Auseinandersetzung verloren. Sie behauptet, es gebe eine historische Bewegung in Rich-

tung der negativen Entropie. Aber was sagt das? Verstehst du?«
»Ja.«
Die Augen des Jungen suchten ihn und schwenkten wiederum weg, zu dem Punkt im Luftraum, wo die beiden eine zarte, unausgesprochene Übereinstimmung fanden und gemeinsame Sache gegen Vals Argumentation machten.
»Unten ist eine Telefonzelle. Aber spielen wir zuerst das Spiel zuende.«
Doch sie spielten das Spiel nicht zuende. Jamie erlitt einen Fieberanfall (wenngleich es der Techniker erst mit Verzögerung merkte).
»Gib mir eine Leitung«, sagte der Junge, in einem eigentümlich munteren Tonfall. Der andere glaubte, Jamie wolle telefonieren.
»Eine Leitung, eine Leine«, rief Jamie ihm zur Tür hin nach.
»Eine Leine?«
»Lei-hen.«
Jetzt erst wurde ihm klar, daß der Junge phantasierte und die Wörter verballhornte.
»In Ordnung.«
Er wartete ab, bis Jamie die Augen geschlossen hatte, kehrte zum Bett zurück und drückte auf den Summer. Diesmal kam sofort jemand, eine freundliche, kleine, brünette Schwesternschülerin, welche Jamie die Temperatur maß und dann den diensthabenden Arzt holen ging, allerdings, wie ihm zu seiner Freude auffiel, ohne Anzeichen von Unruhe. Jamie lag demnach nicht im Sterben.
Vielleicht sollte er trotzdem jemanden herbeirufen. Zweifellos war Jamie elend krank, und ebenso zweifellos hatte Sutter das Weite gesucht. Es war das Sprunghafte, Unvorhersehbare an Jamies Krankheit, das ihn am meisten bestürzte. Zum ersten Mal konnte er sich vorstellen, daß große Menschenmassen, wie in China oder in Bombay, einfach so

dahinsterben, ohne daß jemand sich besonders darum kümmert.
Als er an der Schwesternstation vorbeiging und dabei die Taschen nach Münzen abklopfte, begegnete er dem Blick der unangenehmen Blonden. Ihr übelwollender Ausdruck überraschte ihn. Ihre vorstehenden Augen erschienen geradezu poliert von Ablehnung. Sie haßte ihn – erstaunlich – bis ins Innerste!
Nachdenklich stapelte er das Geld auf der Metalleiste der Telefonzelle. Als das Klicken der Verbindung ostwärts einsetzte, starrte er durch die offene Tür hinaus in den wie von der Restwelt ausgegrenzten Nachmittagsraum, mit seinem Spektralgelb und seinen flächigen Distanzen. Konnte man von hier aus überhaupt Alabama anrufen?
Nein; die Leitungen waren besetzt.
Er versuchte es eine halbe Stunde lang und gab es dann auf.
Als er in das Zimmer zurückkam, rieb die freundliche Schülerin Jamie mit Alkohol ab. Danach setzte sich der Patient, wieder klar im Kopf, auf und fing an, *Die Schatzinsel* zu lesen und Sodakekse zu knabbern.
»Möchtest du, daß ich dir vorlese?« fragte ihn der Techniker.
»Nein, es geht schon so.«
Jamie war höflich, aber der Techniker sah, daß er allein sein wollte.
»Ich bin nach dem Abendessen zurück.«
»Fein.« Der Patient lächelte sein herzlichstes Lächeln; denn er wollte den Besucher loshaben. Von allen Kreisen war das Buch der sicherste, sonnigste, am schwierigsten zu zerstörende.

9.

Tags darauf ging es Jamie sogar noch besser. Das Fieber war verschwunden. Er war nur müde und wollte schlafen. Erstmals redete er ernsthaft davon, heimzufahren, nein, nicht heim, sondern zur Golfküste, wo sie in den Sanddünen liegen und Kraft für das nächste Semester sammeln könnten. »Ich bin fest überzeugt, daß das kalte Salzwasser und die warmen sonnigen Dünen zusammen genau das Richtige wären!«
Der Techniker nickte. Es hörte sich vernünftig an.
Würde er, der Techniker, ihn dahinbringen?
»Fahren wir«, sagte der, indem er sich erhob.
Jamie lachte und nickte, zum Zeichen, daß er wußte: der andere meinte es ernst. »Aber morgen fahren wir, ohne Spaß«, sagte er, als der Techniker ihn für seinen Ruheschlaf zurechtbettete.
»Wir können es in drei Tagen schaffen«, meinte der Besucher. »Dein Mönchskissen erwartet dich unverändert in der oberen Koje.«
Jamie sagte nichts mehr von einem Anruf bei Val.
Im Augenblick freilich war es dann noch der Techniker, welcher in der oberen Koje lag und las:

Christus, verlasse uns. Du bist zu viel mit uns zusammen, und ich mag deine Freunde nicht. Es besteht keine Hoffnung, Christus wiederzuerobern, es sei denn, er verläßt uns. Schließlich gibt es etwas noch Schlimmeres als die Gottverlassenheit: wenn Gott seine Zeit überzieht und mit den Falschen gemein wird.

Du sagst: kümmere dich nicht darum, sondern laß erst einmal ab von der Hurerei. Aber ich bin deprimiert und transzendent. Unter einer solchen Voraussetzung ist die Hurerei der einzige Kanal zum Realen. Glaubst du denn, ich suche Ausreden?

Du bist auch im Unrecht darüber, was die Sündigkeit des Selbstmords in der jetzigen Epoche betrifft, oder: des Umgangs mit solcher Möglichkeit; denn der freie Zugang zum Tod ist erst die Bedingung, sich selbst zurückzugewinnen. Der Tod ist freilich gegenwärtig so geächtet wie zuvor die Sünde. Nur noch der Selbstmord steht einem offen. Mein »Selbstmord« war die Folge des Zusammenbrechens des Sexuellen als einer Weise des Wiedereintritts aus der vorgeblichen Transzendenz.

Folgendes ist passiert: meine Depression begann im letzten Sommer, als ich Jamies Blutabstrich sah, und niedergeschlagen war ich nicht, weil er sterben würde, sondern weil ich wußte, daß sein Sterben nicht richtig sein würde: in einem Sauerstoffzelt, mit Beruhigungsmitteln, problemlos für alle andern, er selbst ohne Bewußtsein, was mit ihm geschähe. Mißversteh mich nicht: es ging mir nicht um die Taufe.

Depression und Wollust. Ich wurde zum Mesa Motel gerufen, um mir einen Kranken im Diabetes-Koma anzuschauen (eigentlich nur, um ihm Blut abzunehmen – in diesem Sommer war ich kaum mehr als ein Techniker). Danach erspähte ich am Schwimmbecken eine stämmige Blondine, fühlte mich angezogen von ihren Augen, die zugleich lüstern und vergnügt waren. 41, Fliegerin, Siegerin im Powder Puff Derby in den vierziger Jahren, schaffte es mit einer alten Lockheed P-38 von San Diego nach Cleveland. Wir tranken zwei Gläser Whiskey pur. Ich flüsterte in ihr Ohr und ging mit ihr auf ihr Zimmer. Nachher vollkommen darnieder. Zurück zur Ranch, Schuß in den Kopf. Verfehlte das Gehirn, schoß mir die Wange weg.

Wiederherstellung im Krankenhaus. Die Reinheit der Pein. Die Reinheit des Todes. Die süße Reinheit der kleinen mexikanischen Schwester. Wurden die Amerikaner von der Lüsternheit befallen, als sie den Tod verbannten?

Als ich keine Wange hatte und skelettgleich grinste, sah ich etwas klar. Aber ich wurde geheilt und vergaß, um was es sich gehandelt hatte. Nächstes Mal werd ich nicht danebentreffen.

Das war die letzte Eintragung in Sutters Patientenbuch. Nachdem der Techniker zuende gelesen hatte, stieg er aus

dem Trav-L-Aire und warf das Heft in die Müllverbrennungsanlage des Alamogordo-Campingplatzes. Während er zuschaute, wie es glosend verbrannte, wobei ihm der Kopf tiefer und tiefer sank und der Mund erschlaffte und austrocknete, wurde ihm bewußt, daß jemand zu ihm redete. Es handelte sich um den Besitzer eines anderen Trav-L-Aire, einen pensionierten Feuerinspektor aus Muncie. Er und seine Frau, so erzählte er ihm gerade, hatten hier die Mittelstation ihrer jährlichen Tour von Victoria, British Columbia, nach Key West erreicht. Auf ihrem Weg südwärts fuhren sie genau vor dem vordringenden Winter her, und nordwärts dann fuhren sie mit dem vordringenden Frühling. Es gehörte zu den Umgangsformen der Straße, daß Camperinhaber einander ihre Ausstattung vorführten. So lud der Techniker ihn zu sich. Der Mann aus Indiana bemühte sich um höfliches Interesse – der Techniker hatte den gewöhnlichsten aller Trav-L-Aires –, doch es war offensichtlich, daß er eine Überraschung plante. Nachdem er seine Kabine vorgeführt hatte, welche mit einem getönten Sonnenschutzdach versehen war, drückte er auf einen Knopf. Über der rückwärtigen Tür klappte eine Tafel heraus, und eine Vorrichtung aus Aluminiumspieren und grünem Netzwerk schnellte in sechs Richtungen auseinander. Mit einem abschließenden Grunzen seines eingebauten Motors fuhr das Ding aus zu dem straffen Würfel eines Vorgestells, groß genug für ein Bridgespiel. »Schmeißen Sie Ihre Gittertür weg und lassen Sie dafür das da einbauen«, sprach der Mann aus Indiana zu ihm. »Es gibt nichts Besseres für das westliche Florida, bei all den Stechfliegen dort.«
»Großartig«, sagte der Techniker, wobei er nickte und sich zugleich die Hand durch die Tasche schob; denn sein Knie hatte zu zucken begonnen.
Zu seinem bescheidenen Camper zurückgekehrt, wurde er auf einmal ergriffen von wildem Begehren. Das Herz schlug ihm mächtig, bis hinauf zum Halsansatz. Unvorstellbar

klare, grobkörnige Bilder formten sich vor seinen Augen. Diesmal jedoch, anstatt das Opfer eines Anfalls zu werden, anstatt das Gedächtnis zu verlieren, wie es ihm so oft in der Vergangenheit zugestoßen war, wurde er sich auf das heftigste der unscheinbarsten Eindrücke bewußt, des leichten Brutzelgeräusches des Servel-Kühlschranks, des wassergleichen Widerscheins auf dem Plastik-Tischchen, wovon gleichsam die Staubteilchen aufwirbelten. Sein Gedächtnis, statt zu schwinden, wurde vollkommen. Er entsann sich an alles, sogar einer einzelnen Wahrnehmung, die sich vor Jahren ereignet hatte, eine unter Myriaden, so unbedeutend, daß er sich damals schon fünf Minuten später nicht mehr daran erinnert hätte: auf einem College-Erkundungsgang durch die kümmerlichen Wälder von New Jersey, auf der Suche nach Schraubenalgen, hatte er die Schneise irgendeiner öffentlichen Einrichtung gekreuzt. Bei den Wäldern dahinter hatte er innegehalten und über die Schulter geblickt. Nichts war zu sehen: das Gelände fiel ab, beschrieb eine leichte Senke, überwachsen mit dem besonderen, verlorenen Pflanzenwerk solcher Schneisen, nicht kleinen Bäumen oder Büschen, nicht einmal Unkraut, nur einfach den namenlosen Pflanzen, wie sie zum Beispiel wuchern rund um Umspannwerke. Das war alles. Er wandte sich ab und setzte seinen Weg fort.

Verlassene Orte wie Appomattox und abgeholzte Wälder wirkten bei ihm seit jeher als Ausgangspunkte für Stürme geschlechtlicher Leidenschaft. Jetzt aber, als er in den befremdlichen Nachmittag hinausstürzte, auf der Suche nach einer Maid (nach welcher nur?), vergaß er das gleich wieder und stöberte dafür in der Asche des Müllverbrenners. Wie hatte doch der letzte Satz gelautet? Es hatte mit ihm etwas auf sich gehabt. Aber das Notizbuch war zerstört.

Er sprang ins Führerhaus des Campers und steuerte zum Pappelhain hinaus, vollkommen weltvergessen, bis er das Schnappen der Seile an dem mit ihm verbundenen Nach-

barcamper und den Schrei des Mannes aus Indiana hörte. »Was zum –«, brüllte dieser, in der Art einer verdutzten Comic-Gestalt (aus Indiana stammte also der Ausdruck »Was zum –«).
»Ich fahre hinüber nach Albuquerque«, rief der Techniker, als sei das eine Erklärung, überlegte es sich, ebenso rasch, anders, hielt an und drückte sich an dem unverändert verdutzten Mann aus Indiana vorbei. »Pardon«, sagte er, »ich glaube, ich werde Kitty anrufen –«, wobei er, statt einer weiteren Erklärung, mit dem Kopf auf ein Telefon wies, welches wie zufällig an einem Telefonmast hing. War es überhaupt möglich, Kitty von einem solchen Zufallstelefon aus anzurufen?
Könnte er nur mit einer gewissen Person reden, so würde vielleicht sein ungezieltes Begehren aufhören, und zarte Empfindungen von Liebe würden die Stelle der Bocksaufwallungen einnehmen, welche ihn von neuem überkamen. Er klammerte sich an den Mast, gepufft von einem unbestimmten, lustvollen Molekularwind, und stieß, ihm selber unbewußt, vielleicht sogar einen Laut aus, schmetterte ihn in die Telefonmuschel, denn der Mann aus Indiana blickte wiederum verblüfft und zog sich rasch in seinen Deluxe-Sonnenwagen zurück.

10.

»Ich erinnere mich jetzt an alles, Dr. Vaught«, sagte er ruhig, nicht länger aufgeregt. »Sie sagten, ich solle zu Ihnen kommen. Hier bin ich also. Was war es, das Sie mir sagen wollten?«
Der Techniker war bei seiner ungestümen Schußfahrt durch die Wüste so zerstreut gewesen, daß er unterwegs keinen einzigen Gegenstand wahrgenommen hatte; er hätte auch

nicht sagen können, wie er hierher gekommen war. Erst jetzt, während Sutter seufzte und in sich selbst versank, fand er Zeit, Atem zu holen und sich zu vergewissern, wo er sich befand.

Sutter saß in einem Sheriffstuhl auf der Vorderveranda des »Doc's«-Bungalow. »Doc's« war einer von etwa hundert Bungalows, an den Seiten eines ausgedehnten Vierecks aus üppigem, blaugrünem Wintergras, gesäumt von Palmen, einer rechteckigen Oase inmitten einer zerzausten Mesquitstrauchwüste. Die Abendausritte waren vorbei; es war kurz vor der Nachtmahlszeit. Türen schlugen, als das Volk, in der Regel Frauen, sich langsam auf den Weg zum Proviantwagen machte. Die Sonne war bereits hinter dem Sandia Mountain untergegangen, doch der Himmel war hell, rein und leer. Die Leute lächelten und nickten im Vorbeigehen dem Doktor zu, aber dieser saß in sich zusammengefallen und reagierte nicht, die Füße in den rissigen Thom McAn-Schuhen auf das Geländer gelegt, die Curleehosen an den haarlosen Beinen emporgekrempelt.

Sutter schien ihn nicht zu hören. Er fiel noch mehr in sich zusammen und starrte auf den kahlen Berg. Der Hosenstoff bauschte sich zwischen den Beinen wie Gardinen.

»Sie haben mir also nichts zu sagen?« fragte ihn der Techniker neuerlich.

»Das ist richtig. Nichts.«

»Aber aufgeschrieben haben Sie doch sehr viel –«

»Erstens war das nicht für Sie bestimmt. Und zweitens gilt mir das alles nichts mehr. Haben Sie je den großen Philosophen Wittgenstein gelesen?«

»Nein«, sagte der andere düster.

»Am Ende seines Tractatus sprach er die Essenz seines Philosophierens aus. Worüber man nicht sprechen könne, darüber müsse man schweigen. Und wie man sagt, hielt er sich daran. Er hörte auf zu lehren, lebte in einer Hütte und gab kein Wort mehr von sich.«

»Glauben Sie diese Geschichte?«
»Nein.«
Sie schauten eine Zeitlang den Frauen zu. Dann sagte der Techniker: »Sie haben mich allerdings aufgefordert, zu Ihnen zu kommen.«
»Ist das wahr?«
»Also schulden Sie mir zumindest eine Erklärung für Ihre Sinnesänderung.«
»Was für eine Sinnesänderung?« Sutter blickte erstaunt.
»Weshalb haben Sie Ihren Sinn geändert?«
»Es gibt keine Sinnesänderung.«
Sutter nahm von dem Stuhl daneben den Colt Woodsman, der die ganze Zeit da gelegen haben mußte, den Blicken des anderen entzogen, und zielte damit auf ein Linienflugzeug, welches im letzten Sonnenlicht diamantgleich gleißte.
»Aber Val sagte mir, Sie –«
»Val.« Sutter ging mit einem Lächeln dem Flugzeug nach.
»Ich weiß, daß Sie mit Val nicht übereinstimmen.«
»Selbstverständlich stimme ich mit ihr überein.«
»Tatsächlich?«
»Oh ja, in jeder Hinsicht. In dem, was aus der Welt geworden ist, was Gott sein sollte und was der Mensch ist, und sogar in dem, was die Kirche sein sollte.«
Der Techniker seufzte. »Ja doch. Das ist alles sehr interessant, aber ich glaube, Sie wissen, weshalb ich hier bin.«
»Hören Sie, Barrett. Val hat eine Vorstellung, worauf die Kirche hinauslaufen sollte. (Und ich stimme ganz und gar damit überein!) Zum Beispiel machte es ihr überhaupt nichts aus, ginge das Christentum ein für alle Male vor die Hunde. Es macht ihr nichts aus, daß die Christenleute wie jedermann sind, wenn nicht ärger. Es macht ihr nicht einmal etwas aus, wäre Gott verschwunden, unentschuldigt ferngeblieben, und niemand bemerkte oder bedauerte das, auch die Gläubigen nicht. Denn sie will, daß wir aufbrächen und wie Schweden seien (was nicht notwendig schlecht ist) – daß wir

jedenfalls aufbrächen, Gott aus dem Spiel ließen und glücklich oder elend seien, je nachdem. Sie glaubt, daß, wenn wir unterwegs wären und das Christentum los wären, die Luft sich klären, und sogar Gott uns ein Zeichen geben könnte. Deswegen, sehen Sie, wird auch begreiflich, warum sie ihre kleine Stiftung betreibt, gerade dort in den Kiefernwäldern. Sie verstand sich selbst als jemanden, der dort, mit seinem Benzingenerator und seinen Butantanks, ganz von vorn anfängt. Haben Sie bemerkt, wie sehr der Ort einer jener Überlebensenklaven nach dem sogenannten Letzten Krieg glich? Und wahrscheinlich hat sie recht: denn wer in aller Welt würde das südliche Alabama bombardieren? Ja doch, ich stimme mit ihr überein. Ganz und gar! Es ist nur nie etwas von dem, worauf sie zulebte, eingetreten.«

»Dr. Vaught, entschuldigen Sie, aber –«

»Verstehen Sie denn nicht? Nichts ist eingetreten. Sie wurde eingekleidet für den Bräutigam, und der Bräutigam kam nicht. Sie sitzt dort draußen in den Wäldern, so als sei die Welt untergegangen und sie sei eine der Auserwählten, verschont, um das Banner weiterzutragen. Aber die Welt ist nicht untergegangen, ist in Wirklichkeit mehr mit sich selber identisch denn je zuvor. Sie und ich, wir sind in der gleichen Verlegenheit, nur daß ich es weiß, und sie weiß es nicht. Ich sitze hier in Schweden – die meisten dieser Frauen, das ist auffällig, sind Schwedinnen, spirituelle Schwedinnen –, doch ich erwarte kein Zeichen, denn es gibt keins. Ich stimme sogar mit ihr überein, daß ich, anfangs hier in der Wüste, ein Zeichen erwartet habe; doch es gab kein Zeichen, und ich habe aufgehört zu erwarten.«

»Jawohl. Das ist sehr interessant. Aber der Grund, warum ich gekommen bin, ist, wenn Sie sich bitte erinnern, Ihre Aufforderung –«

»Sie jedoch hat sich verändert, verstehen Sie, und das geschah, als wir uns trennten. Ich hatte ja einiges Verständnis für ihre Vorstellung, die Überlebende ihrer katholischen

Sache zu sein (welche, allem zum Trotz, und ich bin nicht dagegen, überdauern muß), und verbannt zu sein in diesen gottvergessenen Winkel. Das war in Ordnung. Aber sie hat sich verändert, müssen Sie wissen. *Sie schöpfte Hoffnung*. Sie nimmt an Gemeinschaftstreffen in Mobile teil. Sie arbeitet Hand in Hand mit dem Methodistenprediger, sogar mit den Baptisten. Sie korrespondiert mit Wissenschaftlern. Sie bettelt den Vertreter von Seven Up an und steckt ihm ein katholisches Pamphlet zu (›Wieviele Kirchen hat Christus gegründet?‹). Sie überredet den Klonsul des Ku-Klux-Klan, ihr eine Turnhalle zu spenden. Kurz gesagt, sie betreibt Ausverkauf. Sie ist, zum Teufel, nichts anderes mehr als ein Rotarier.«

»Jawohl, sehr richtig, doch was ich möchte –«

»Barrett.«

»Bitte?«

»Was ist besser für einen Mann: zu leben wie ein Schwede, für den Kandidaten seiner Wahl zu stimmen, ein umgänglicher Gesell zu sein, gesund und großzügig, sich ein Bier und ein schönes Weibsbild gefallen zu lassen – oder als Christ unter Christen in Alabama zu leben? Oder zu sterben wie ein Ehrenmann?«

»Ich weiß nicht«, sagte der Techniker. Er war bitter enttäuscht von Sutters Weigerung, ihn ernst zu nehmen.

»Wie geht es Jamie?« fragte Sutter.

»Besser«, sagte der andere abwesend. »Ich bin unterwegs zu ihm. Wenn Sie meine Frage beantworten, gehe ich.«

»Was für eine Frage?«

»Das letzte Mal, als ich Sie sah, wollten Sie mir etwas sagen. Worum handelte es sich?«

»Ich erinnere mich nicht.«

Der Techniker, welcher die winzige Veranda abgeschritten hatte (an der einen Seite stieß diese an »Wells Fargo«, an der andern auf »O.K.Corral«), hielt inne und blickte Sutter so lebhaft an, als sei ihm die Erleuchtung gekommen. Jetzt endlich erinnerte er sich an alles, wußte, was er wußte und was er nicht wußte und was er zu wissen wünschte. Er entsann sich sogar eines jeden Satzes in Sutters Notizbuch.

»Ich möchte wissen, was es war, das Sie entdeckt haben, als Sie im letzten Sommer hier draußen in dem – Spital waren.«

»Was?« sagte Sutter, indem er die beiden in die Luft stehenden Vorderbeine seines Sheriffstuhls hart aufsetzte.

Der Techniker ließ sich nicht einschüchtern. »Ich habe Ihr Patientenbuch ausgelesen. Ich möchte wissen, ob Sie meinten, daß nur, wenn es mit Ihnen schlecht stünde, die Dinge in einem besseren Licht erschienen als gewöhnlich.«

»Oh«, sagte Sutter und brachte seine Füße wieder in die alte Stellung. »Das ist es also. Ich erinnere mich nicht. Es ist schon so lange her, und wie ich Ihnen gesagt habe, bedeutet mir das Zeug nichts. Ich habe es aufgeschrieben, um es loszuwerden, als Ausscheidungen, Abfall.«

«Ich komme gerade von einem Telefongespräch mit Kitty.« Der Techniker besorgte sich einen anderen Sheriffstuhl. »Wir haben zwei Stunden gesprochen für vierundzwanzig Dollar. Ich mußte die Batterien wiederaufladen.«

»Gott im Himmel. Ich kann mir nicht einmal vorstellen, mit Kitty fünf Minuten zu sprechen.«

»Wir sind uns über vieles einig geworden«, sagte der Techniker stirnrunzelnd – wer war Sutter eigentlich, daß er von Kitty so herablassend reden durfte?

»Werdet ihr heiraten?« fragte Sutter höflich, wobei er seinen Stuhl um einige Grade drehte, ohne freilich die fahlen Augen von dem braunen, flächigen Berg zu lassen.

»Ja. Wenn – wenn die Situation geklärt ist. Aber das ist nicht der Grund, warum ich heute nachmittag hier herausgefahren bin. Ich möchte folgendes wissen«, sagte er, beugte sich vor und umgriff die Leiste von Sutters Stuhl, so fest, daß seine Knöchel weiß wurden: »Weshalb haben Sie Jamie hierher gebracht?«

Sutter versuchte, die Augen von dem Berg zu lösen. »Sie haben recht. Es hat nichts genützt, oder?«
»Recht? Was meinen Sie damit? Was hat nichts genutzt?«
Sutter zuckte mit den Schultern. »Jamies kleine Ferienidee.«
»Jamies? Nach dem, was Sie geschrieben haben, war es auch Ihre Idee. Was haben Sie von ihm erwartet?«
»Ich bin es nicht, der etwas erwartet hat.«
»So hat also er etwas erwartet?«
»Ja.«
»Was?«
»Er erwartete, daß etwas geschehen würde.«
»Was? Doch nicht, daß er gesund würde?«
Sutter zuckte mit den Schultern.
»Aber Sie haben ihn hierher gebracht. Sie müssen sich etwas erhofft haben.«
»Nur, daß es ihm ein wenig besser ginge.«
»Besser gehen?« Er blickte den anderen scharf an. »Nein, Sie meinen, daß er einen besseren Tod hätte, nicht wahr?«
Sutter zuckte mit den Schultern und sagte nichts.
»Sie haben noch nicht geantwortet«, sagte der Techniker nach einer Pause.
Wieder trafen Sutters Füße hart auf den Boden. »Verdammt, Barrett, was bilden Sie sich ein, indem Sie von mir Antworten fordern? Warum sollte ich Ihnen antworten? Für wen halten Sie sich? Wenn Sie sich bitte entsinnen: ich habe nie besonders um Ihre Gesellschaft gebuhlt.«
»Ich frage Sie trotzdem«, sagte der Techniker heiter.
»Warum, um des Himmels willen, mich?«
»Ich weiß es nicht.«
»Halten Sie mich denn für einen Weisheitsseicher, für den bewährten Rebellen Sutter, den die heimischen Tölpel nicht leiden können, und der deswegen, gemäß Ihrer besonderen Logik, etwas ahnt, gerade weil die Tölpel keine Ahnung haben? Hören Sie zu, Barrett. Es gibt etwas, was ich nie begriffen habe: was Sie von mir wollen. Vermutlich ist es

eins von diesen beiden: Sie möchten entweder, daß ich Sie auffordere, zu huren, oder nicht zu huren – aber, bei meinem Leben, ich komme nicht dahinter, auf was von dem beiden Sie aus sind.«

»Dann sagen Sie's mir«, sagte der Techniker mit einem Lächeln.

»Nichts werde ich Ihnen sagen.«

»Fordern Sie mich auf, keusch zu sein, und ich werde es sein. Ja! Ich werde es ohne weiteres sein!« sagte er, indem er mit der Faust sacht auf das Geländer schlug. »Sie brauchen es mir nur zu sagen.«

»Nichts werde ich Ihnen sagen.«

»Dann fordern Sie mich auf, nicht keusch zu sein.«

»Nein.«

»Warum nicht?«

»Barrett: seit wann ist Scheitern, mein Scheitern, ein Zeichen von Weisheit?«

»Von dieser Seite habe ich es noch gar nicht betrachtet«, sagte der Techniker und runzelte die Stirn. Zum ersten Mal sah er an Sutter das allerelendste Scheitern, einen Mann, der sich aufgegeben hatte, und der sich über seine, des Technikers, Anwesenheit hier wunderte.

»Ich weiß«, sagte Sutter, nicht unfreundlich. »Aber es ist besser, Sie gehen, um unser beider willen. Lassen Sie mich. Bleiben Sie bei Jamie.«

»Das versuche ich ja«, sagte der andere abwesend.

»Was?«

»Sie zu lassen.«

»Ich wünsche Ihnen innig Erfolg.«

»Ja«, sagte der Techniker und lebte auf. »Ja! Sie haben recht. Es gibt keinen Grund, weshalb ich nicht aufstehen und meiner eigenen Wege gehen sollte, oder?«

»Keinen Grund.«

»Um Ihre Frage von vorhin zu beantworten: Ja, Kitty und ich, wir werden heiraten.«

»Sie haben es schon gesagt.«
»Wir haben von vielerlei Dingen geredet.«
»Gut so.«
»Und eine vernünftige Anordnung für sie alle gefunden.«
»Gut so.«
»Es hat sich herausgestellt, daß wir in den meisten Angelegenheiten eines Sinnes sind.«
»Ausgezeichnet.«
»Wie es scheint, hat Mr. Vaught Lamar zu einem der Vizepräsidenten bestellt und wird mir die Stellung des Personalchefs anbieten. Ich glaube tatsächlich, ich würde meine Sache gut machen.«
»Ich zweifle nicht daran.«
»Zum ersten Mal weiß ich, was ich will.«
»Es freut mich, das zu hören.«
»Wir denken sogar schon an ein bestimmtes Haus: an das von Captain Andy Mickle, am South Ridge. Kennen Sie es?«
»Sogar sehr gut.«
»Sind Sie schon dort gewesen?«
»Oft und oft.«
»Warum? Oh, Sie haben Captain Andy behandelt?«
»Ein gewaltiger Langweiler. Er langweilte sich selbst zu Tod. Doch das besagt nichts gegen das Haus. Es ist ein idealer Fleck, mit der schönsten Aussicht des Südhangs.«
Der Techniker zog die Brauen zusammen; er dachte an die Bussarde, die über der trostlosen Ebene kreisten, und an Captain Andy, wie er seine »Brücke« abschritt. Doch schnell hellte sich sein Blick wieder auf. »Wir sind sogar übereingekommen, was das Bekenntnis betrifft.«
»Das *was?*«
»Das Bekenntnis. Die Kirche. Kitty ist recht religiös geworden. Sie ist überzeugt, daß es klug ist, im Schoß derselben Kirche zu sein – so hat sie sich ausgedrückt.« Der Techniker lachte nachsichtig, wobei er den Kopf schüttelte über die Art

der Frauen, und wischte sich eine lustige kleine Träne der Nachsicht vom Lid.
»Jesus«, murmelte Sutter.
»Wie?« Der andere spitzte sein gesundes Ohr.
»Nichts.«
»Sie können mich nicht täuschen, Dr. Vaught. Vergessen Sie nicht, daß ich Ihr Patientenbuch gelesen habe. Obgleich ich nicht vorgebe, alles verstanden zu haben: dieser Teil ist mir nicht entgangen.«
»Welcher Teil?«
»Ihr Bewußtsein von der Vordringlichkeit der religiösen Dimension im Leben.«
»Der religiösen Dimension im Leben?« Sutter blickte ihn argwöhnisch an. »Barrett, wollen Sie mich foppen?«
»Nein, nein.«
»Wenn es nicht das ist, dann tun Sie etwas noch Ärgeres.«
»Was bitte?« fragte der Techniker höflich.
»Schon gut.«
»Dr. Vaught«, sagte der andere ernst. »Noch etwas. Dann gehe ich.«
»Was denn?«
»Dr. Vaught: Kitty und ich werden heiraten. Ich werde bei Ihrem Vater eine gute Stellung bekommen, mich am South Ridge niederlassen und, wie ich hoffe, eine Familie gründen.«
»Ja«, sagte Sutter, nach einer Pause.
»Ich glaube, ich werde ein ordentliches Mitglied der Gemeinde sein. Gott weiß, daß der Ort einen kleinen Beitrag von gutem Willen und Verständnis sogar gebrauchen kann.«
»Kein Zweifel. Guter Wille und Verständnis. Ja. Sehr gut.«
»Also?«
»Also was?«
»Was ist falsch daran?«
»Nichts. Ich glaube, Sie werden sehr glücklich sein. Ich gehe

sogar noch weiter: ich glaube, Sie werden auch keine Probleme mehr mit Gedächtnisverlust haben. Und ich nehme es auch zurück, daß ich gesagt habe, Sie machten sich lustig über mich.«
»Ich verstehe. Dr. Vaught.«
»Was?«
»Ich weiß, daß Sie glauben, daß etwas dran faul ist.«
»Wissen Sie das?«
»Ja. Ich weiß, daß Sie glauben, daß alles dran faul ist.«
»Unsinn.« Sutter lachte. »Würden Sie denn lieber hier bei mir bleiben?«
»Nein, aber –«
»Aber was?«
»Ach nichts.« Der Techniker erhob sich. »Es ist gar nichts falsch dran. Ich sehe jetzt, ehrlich, daß an einem solchen Leben nichts falsch ist.«
»Recht so!«
»Es ist besser, etwas zu tun, als nichts zu tun – mit Verlaub.«
»Mit Verlaub.«
»Es ist gut, eine Familie zu haben.«
»Ganz recht.«
»Besser, zu lieben und geliebt zu werden.«
»Stimmt völlig.«
»Seine Fähigkeiten zu entwickeln.«
»Richtig.«
»Einen Beitrag zu leisten, und mag er noch so gering sein.«
»Noch so gering.«
»Sein Bestes zu tun, um Duldsamkeit und Verständnis zwischen den Rassen zu fördern, das sicher Vordringlichste in diesem Land.«
»Ohne Frage das Vordringlichste. Duldsamkeit und Verständnis. Ja.«
Der Techniker errötete. »Ist das denn nicht besser?«
»Ja.«
»Gewalt ist übel.«

»Gewalt ist nicht gut.«
»Es ist besser, seine Frau zu lieben, als mit einem Schock von Weibern herumzupoussieren.«
»Weit besser.«
»Ich bin sicher, daß ich recht habe.«
»Sie haben recht.«
Der Techniker starrte düsteren Blicks auf den Proviantwagen, einen langgestreckten roten Speise-Bungalow, in Diagonale zu dem Viereck. Der Hauptkoch, ein Chinese mit einer schwarzen Mütze und einem Zopf, trat heraus, ergriff das Brenneisen und schlug das eiserne Dreieck an.
»Sie müssen wissen, Dr. Vaught, ich habe ein ziemlich unnormales und einsiedlerisches Leben geführt, mit einer Neigung, alles anders als üblich zu machen. Mein Vater war ein stolzer und einsamer Mensch. Ich habe nie eine richtige Familie gehabt. Lange Zeit war in mir ein verzehrendes Verlangen nach Mädchen, nach den einfachstmöglichen Beziehungen zu ihnen, ohne Ahnung, wie sie als Menschenwesen zu behandeln seien. Zweifellos rührt ein Gutteil meiner Labilität, wie Sie ja auch angedeutet haben, von solchen unnormalen Beziehungen – oder dem Mangel an Beziehungen –«
»Wie ich angedeutet habe? Nie habe ich etwas Derartiges angedeutet.«
»Jedenfalls«, fuhr der Techniker eilig fort, indem er auf den anderen hinunterblickte, »glaube ich erstmals die Möglichkeit zu einem glücklichen, nützlichen Leben zu sehen.«
»Gut. Ich höre.«
»Dr. Vaught, warum hat dieser Mann so gebrüllt?«
»Welcher Mann?«
»Der Mann, von dem Sie mir erzählten – der Gehaltsstellenleiter von Vanderbilt – mit der prächtigen Frau und den Kindern – Sie erinnern sich.«
»Ach, Scotty. Bei Gott, Barrett, für jemanden mit Gedächtnisverlust haben Sie ein außerordentliches Gedächtnis.«

»Jawohl.«
»Vergessen Sie Scotty. Sie werden nicht brüllen. Ich kann Ihnen versichern, daß Sie nicht brüllen werden.«
»Demnach ist es also besser, nicht zu brüllen?«
»Ist das eine Frage?«
»Ja.«
Sutter zuckte mit den Achseln.
»Haben Sie mir sonst nichts zu sagen?«
»Nein, Barrett, nichts.« Sutter antwortete ihm überraschend ruhig, ohne eine Grimasse zu ziehen und ohne zu fluchen.
Der Techniker lachte erleichtert auf. »Zum ersten Male glaube ich, tatsächlich wie andere Leute leben zu können – der menschlichen Rasse anzugehören.«
»Ich hoffe, ihr werdet alle glücklich sein. Ich meine, Sie und die Rasse.«
»Ach, ich habe etwas vergessen. Ich sollte Ihnen von Kitty etwas ausrichten. Himmel, wie bin ich selbstbezogen.«
»Aber in Hinkunft werden Sie selbstlos sein.«
»Wie? Oh. Ja«, sagte der Techniker mit einem Lächeln. Er lehnte es ab, sich mit Sutters Ironie gemein zu machen. »Kitty sagte, ich solle Ihnen ausrichten, daß Lamar einen Management-Spezialkurs an der Harvard Business School besuchen wird.«
»Herrgott, was geht mich Lamar an?«
Der Techniker ließ ihn nicht aus den Augen. »Und während er sich in Boston aufhält, wird Myra in New York bei Rita bleiben.«
»Myra Thigpen. Ich verstehe. Wissen Sie was? Es paßt zusammen.«
»Rita ist bereits abgereist. Myra geht nach – danach.«
»Rita ist also abgereist.« Sutter starrte in den leeren Himmel, welcher, statt sich sonnenuntergangsrosig zu färben, kurzweg erlosch wie ein Licht.
Unter den Augen des andern begann nun Sutter müßig auf

die Ranchgäste zu zielen. Er richtete den Colt nacheinander auf die vorbeigehenden Frauen, müßig, und zugleich mit einer Achtlosigkeit, die beunruhigend war. Es war nur eine Kleinigkeit – Sutter gab sich nicht einmal die Mühe, die Waffe vor den Frauen zu verheimlichen –, doch aus irgendeinem Grund schlug dem Techniker das Herz bis hinauf zum Hals.

»Andererseits«, sagte Sutter zwischen den Schüssen, »ist es auch möglich, sinnlos zu sterben, ohne daß das zu einer Verbesserung der Lage beiträgt. Ich kannte einmal einen Mann – glücklicherweise war er nicht mein Patient –, der an einem Sonntagabend mit seiner Familie im Fernsehen Lassie anschaute. Lassie hatte in dieser Folge Freundschaft geschlossen mit einer verkrüppelten Ente und schützte sie vor Raubzeug. Bei einem Werbespot stand der Mann auf und holte seinen alten Armee-Fünfundvierziger hervor. Als seine Familie ihn fragte, was er vorhabe, antwortete er, er wolle hinaus, Raubzeug erledigen. Und er ging hinaus, zur Garage, stieg in den Zweitwagen der Familie, einen Dodge Dart, und schoß sich die Schädeldecke ab. Ist so etwas nicht hirnrissig?«

»Jawohl«, sagte der Techniker, der inzwischen von Sutters Possen mit der Pistole mehr verärgert als verängstigt war. Zudem schenkte er all den gräßlichen kleinen Fallgeschichten keinen Glauben mehr. »Das andere, was ich Ihnen mitteilen möchte –«, sagte er, während der Koch mit dem Brenneisen gerade das zweite Signal gab: »Kitty läßt Ihnen ausrichten, daß die, hm, Schwierigkeiten, was Ihre frühere Amtsstellung betrifft, beseitigt sind und daß –«

»Sie meinen, die Luft ist rein.«

»Jawohl.«

»Papa hat's gerichtet und Doc Holliday kann nach Valdosta zurückkehren.«

»Dr. Vaught, Sie sind in der Lage, einen gewaltigen Beitrag –«, begann der Techniker.

Sutter erhob sich so jählings, daß der junge Mann fürchtete, ihn von neuem erzürnt zu haben. Doch Sutters Aufmerksamkeit galt etwas anderem.
Indem der Techniker seinen Blicken folgte, gewahrte er einen Gast, der, aus dem O.K.Corral nebenan getreten, an dem Doc-Bungalow vorbeikam. Ihre Jeans, steif und blau, ließen darauf schließen, daß sie ein Neuankömmling war. Es hing ihr noch die bedrückende Alltäglichkeit des Ostens an; sie ging in den Hosen wie in einem Kleid. Obgleich sie die Daumen in den Taschen festgehakt hatte, war sie noch nicht gelockert genug, auszuschreiten wie ein Mann. Sie trug sogar einen Cowgirl-Hut (ganz und gar nicht das übliche hier), welcher, von einer Halsschnur festgehalten, hinten zwischen ihren Schulterblättern hing. Aber sie war mit den Gedanken woanders und kümmerte sich nicht um ihr Aussehen; und statt mit den andern dahinzuschlendern, ging sie allein, versonnen, und pfiff, die Zunge an den Zähnen, ein einzelgängerisches Liedchen. An ihr war die Verschrobenheit und Traurigkeit einer Achtundzwanzigjährigen, die betroffen worden ist von einem beinah tödlichen Schlag, und die nun, auf ihre Frauenart, dabei ist, diesen zu verwinden, und es eigentlich schon geschafft hat; denn sie verstand es, versonnen einherzugehen, ein Liedchen zu pfeifen und ganz bei sich zu bleiben.
Sutter, so ächzend wie fröhlich aufgestanden, rieb sich die schilftrockenen Hände. »Ich glaube, es ist Zeit zu essen. Kommen Sie mit?«
»Nein, danke. Ich habe Jamie versprochen, um sieben zurück zu sein.«
Zu seiner Erleichterung ließ Sutter den Colt im Stuhl liegen; er hatte ihn offensichtlich vergessen.
»Ich komme um neun nach.«
»Jawohl.«
»Barrett, ich glaube, Sie sollten die Familie anrufen.«
»Aber ich habe doch gerade –«

»Sagen Sie ihnen, es wäre das beste, sie kämen hierher.«
»Jawohl.«
»Sagen Sie ihnen, ich hätte Sie dazu aufgefordert.«
»In Ordnung.«
»Jemand wird nach Jamies Tod hier alles regeln müssen.«
»Ich werde doch hier sein.«
»Jemand aus der Familie.«
»Sie werden doch hier sein.«
»Nein, Barrett. Ich werde nicht hier sein.«
»Warum nicht?« fragte der andere zornig – er hatte Sutters Pflichtvergessenheit über.
»Barrett«, sagte Sutter gleichbleibend fröhlich, wobei er den Hals reckte, um dem neuen Gast auf der Spur zu bleiben, »wenn Sie nur die kleinste Ahnung haben – und Sie, mit Ihren besonderen Gaben, haben sehr viel Ahnung –, dann sollten Sie doch wissen, warum nicht.«
»Ich weiß nicht«, sagte der Techniker, vollkommen fassungslos. Er hatte seine Einfühlungsgabe verloren!
»Wenn ich Jamie überlebe«, sagte Sutter, indem er in seine zweireihige Curlee-Jacke schlüpfte, »so nicht länger als zwei Stunden. Was, in Christi Namen, soll ich denn nach Ihrer Meinung hier draußen tun? Glauben Sie, ich würde bleiben? Glauben Sie, ich würde zurückgehen?«
Der Techniker öffnete den Mund, sagte jedoch nichts. Zum ersten Mal im Leben staunte er.
»Sie wollen also nicht mit mir essen, Barrett?«
»Was? Nein. Nein, danke.«
Sutter nickte fröhlich, ließ die Pistole in die Seitentasche seiner Jacke gleiten und eilte den Pfad hinunter, dem letzten der Ranchgäste nach.
Vielleicht war es dieser Augenblick, mehr als irgendein anderer, der Augenblick seines ersten Erstaunens, der für den Techniker der Anfang von dem wurde, was man das normale Leben nennt. Von diesem Augenblick an war es, wenn man ihm begegnete, binnen kurzem möglich, sich ein

klares Bild zu machen, um was für eine Art Mensch es sich bei ihm handelte, und wie er sein künftiges Leben verbringen würde.

11.

Die freundliche kleine Brünette kam gerade aus Jamies Zimmer, als der Techniker um die Ecke bog. Er lächelte sie an, und es gab ihm einen freudigen Ruck, als sie sich ihm zuwendete, um ihn aufzuhalten. Aber sie lächelte nicht, und statt zu sprechen, streckte sie ihm ein Thermometer hin. Er starrte so eifrig darauf, daß er nichts wahrnahm als den roten Strich, der schwindelerregend nah am oberen Skalenende war.
»Ist er bei Bewußtsein?« fragte er sie.
»Ich würde es nicht so nennen. Er deliriert.«
»Glauben Sie, es wäre nötig –«
»Ich habe Dr. Bice bereits benachrichtigt.«
»Wie ist sein Puls?«
»Einhundertdreißig, aber regelmäßig.«
»Es ist kein – Flattern zu spüren?«
»Nein.«
»Könnten Sie bitte von Zeit zu Zeit kommen – ich meine, wenn es Ihnen möglich ist – so oft es Ihnen nur möglich ist – und ihm den Puls fühlen.«
Jetzt lächelte sie doch. »Freilich.«
Ein Blick auf Jamie, und er ging telefonieren. Das Gesicht des Jungen war dem Fenster zugedreht. Seine verfilzten, wie toten, strähnigen Mulm-Haare lagen auf dem Polster, gleichsam von dem Kopf abgefallen.
Als er sich unten von der Kasse die Münzen holte – er wollte Val nicht die Telefonkosten aufhalsen –, wurde er übermannt von Schmerz. Das Skandalöse daran war es, die maskenlose

Schande des Siechens und des Sterbens, was ihn überfiel und ihm den Atem nahm. Gab es für dergleichen denn keine Rechtssetzung, keine Gerechtigkeit? Gab es denn keinen Zuständigen, der gegen den Skandal des Sterbens eintrat, der dagegen die Klage einbrachte? Es war, als würde man in einem Kampf jämmerlich zusammengedroschen. *Verlieren.* Oh, so jämmerlich zu verlieren. Oh, ihr unbekümmert weiterlebenden Barbaren – die äußersten Barbaren seid ihr! –, und ich, der ich sterbe. Gerechtigkeit! Oh, bitterer Skandal.

Endlich wurden, klickend und wieder klickend, die Leitungen frei für die schmorende, fasrige Stille von Alabama. Er bildete sich ein, das Ächzen der krebsbefallenen Kiefern zu hören.

»Hallo«, rief er nach einem Zögern. »Hallo!«

»Hallo«, kam eine Stimme, tonlos und fern wie aus der Nacht der Zeiten.

»Wer ist dort?«

»Hier ist Axel.« Es klang wie ein Kind, welches einige Spannen unterhalb eines Wandtelefons stand.

»Axel: Ich möchte mit Schwester Johnette Mary Vianney sprechen.«

»Mit wem?«

Er wiederholte es.

»Wer's das?«

»Schwester –«

»Schwester Viney?«

»Ja, Schwester Viney.«

»Ja, sie's hier.«

»Bitte, hol sie, Axel.«

»Jawohl.«

In seinem Gehörgang schmorte das altertümliche Schweigen von Alabama. Der Fuß schlief ihm ein. Er mußte den Münzgang zweimal mit Vierteldollarstücken nachfüllen. Dieser schwarze Kretin Axel –

»Hallo.«
Er zuckte zusammen. Beinahe hatte er vergessen, wo er war.
»Hallo, ist dort Val? Ich meine, Schwester –«
»Hier ist Val.«
»Val, hier ist –« Ja, wer eigentlich, um des Himmels willen?
»– Will Barrett.«
»Ja bitte?« Er hörte den altbekannten, gleichförmigen Ton des Nicht-Überraschtseins heraus und verspürte eine vertraute Aufwallung von Ärger.
»Ich – Jamie bat mich, Sie anzurufen.«
»Ja?«
»Es geht um ein Buch. Ein Buch über Entropie. Eigentlich ist das aber nicht der Grund meines Anrufs –«
»Entropie«, wiederholte sie.
»Jamie sagte, Sie hätten versprochen, ihm das Buch zu schicken.«
»Wie geht es Jamie?«
»Er bat mich –«
»Lassen Sie das Buch. Wie geht es ihm?«
»Er ist sehr krank.«
»Liegt er im Sterben?«
»Ich glaube, ja.«
»Ich fahre gleich los. Ich nehme das Flugzeug in New Orleans.«
»Gut.«
Er kam vor Erleichterung fast von Sinnen. Sie würde es tun, verdreht wie sie war. Plötzlich begriff er: die Frauen, besonders die Frauen des Südens, hatten eine besondere Gabe. Sie wußten, mit den Sterbenden umzugehen! Sie waren es, die sich über den Skandal hinwegsetzten, und die das so gut verstanden, daß es ihm bis jetzt nicht einmal aufgefallen war. Noch besser wäre vielleicht eine wirkliche Südstaatlerin gewesen (sogar eine seiner Tanten!), aber auch mit dieser hier würde er sich zufrieden geben. »Sehr gut. Und bitte rufen Sie die übrige Familie an. Ich habe keine

Münzen mehr und muß zurück zu Jamie.« Sollten doch alle Frauen kommen – je mehr Frauen, desto geringer der Skandal.

»Wenn etwas passiert, bevor ich eintreffe, werden Sie es sein, der sich darum wird kümmern müssen.«

»Selbstverständlich. Worum soll ich mich kümmern?«

»Um seine Taufe.«

»Wie bitte?«

»Ich sagte: wenn ich nicht rechtzeitig ankomme, werden Sie seine Taufe in die Hand nehmen müssen.«

»Entschuldigen Sie vielmals«, sagte der höfliche, zugleich verschreckte Techniker. »So gern ich Ihnen zu Gefallen sein möchte: ich glaube nicht, diese Verantwortung übernehmen zu können.«

»Warum nicht?«

»Erst einmal gehöre ich nicht zur Familie.«

»Sie sind doch sein Freund, oder nicht?«

»Ja.«

»Würden Sie ihm Penizillin verweigern, wenn das Medikament ihm das Leben retten könnte?«

»Nein«, sagte er, wobei er sich verhärtete. Keinen von deinen katholischen Tricks, Schwester, von deinen kleinen, durchtriebenen Analogie-Schachzügen. Du hast in Paterson, New Jersey, mehr gelernt, als du meinst. Doch er sagte dann nur: »Warum versuchen Sie's nicht mit Sutter?«

»Ich weiß nicht, wo er sich befindet.«

»Er war es, der mich gebeten hat, Sie anzurufen.«

»Gut. Dann werden Sie ausharren, bis ich komme.«

»Ich halte nichts davon, jemanden zu taufen gegen seinen Willen«, sagte der schwitzende Techniker, dem nichts Besseres einfiel.

»Dann fragen Sie ihn, ob es gegen seinen Willen ist.«

»Ihn fragen?«

»Barrett, ich beauftrage Sie, ihn zu fragen.« Sie klang ernst, aber er war nicht sicher, ob sie ihn nicht auslachte.

»Es ist wirklich nicht meine Sache, Schwester.«
»Die Verantwortung liegt bei mir, doch ich übertrage sie Ihnen, bis ich komme. Sie sind doch imstande, einen Priester zu rufen, oder?«
»Ich bin nicht Ihres Glaubens, Schwester.« Woher hatte er diese feierlichen religiösen Ausdrücke?
»Dann rufen Sie irgendeinen Geistlichen, um Gotteswillen. Oder tun Sie's selbst. Ich beauftrage Sie. Alles, was Sie zu tun haben, ist –«
»Aber –«
»Wenn Sie niemanden rufen, müssen Sie es selbst tun.«
Dann, Gott weiß, werde ich jemanden rufen, dachte der umsichtige Techniker. Zugleich aber wurde er zornig. Zum Teufel mit diesem prächtigen Pärchen, Sutter und Val, den abwesenden Experten, die ihn als Hilfskraft einsetzten, der eine in der Medizin, die andre im Priesteramt. Wahrhaftig, sie beauftragten ihn. Wer waren sie, irgend jemand zu beauftragen?
»Barrett, schauen Sie. Ich weiß, Sie sind ein hochintelligenter und einfühlsamer Mensch, und Sie haben die Gabe, andere zu ergründen. Stimmt's?«
»Ich weiß nicht«, sagte er grämlich.
»Ich glaube, Sie begreifen, wenn es jemand mit etwas wirklich ernst ist, oder nicht?«
Der Techniker zuckte nur stumm mit den Achseln.
»Dann trage ich Ihnen die Verantwortung auf. Handeln Sie gemäß Ihrer Intuition.«
»Sie können nicht –« Doch die Verbindung mit dem unseligen alten Alabama war schon unterbrochen, und dieses schmorte dahin im eigenen Saft.
Der arme verwirrte Techniker nahm vier Stufen auf einmal, raste hin zu einer Tätigkeit, die ihm zugleich unklar war. Als er zum Krankenzimmer kam und Jamie ohne Bewußtsein und unbeaufsichtigt fand, hatte er deshalb eine zwiespältige Empfindung: Bestürzung darüber, daß das Schlimmste

eingetreten war, daß Jamie höchstwahrscheinlich jetzt und hier im Sterben lag; doch zugleich eine unwillkürliche Erleichterung darüber, daß Jamie bewußtlos war, und daß er ihm also die Frage nicht stellen mußte (denn gerade eine solche Frage, bei dem einverständlichen und stoischen Schweigen, welches zwischen ihnen beiden wirkte, durfte nicht sein). Da stand er nun, über Jamies pulsendes Aderwerk gebeugt, nicht nur in den Fängen der Peinlichkeit des Sterbens, sondern jetzt auch noch der Religion. Noch nie war er so zornig gewesen. Wo waren die Krankenhausleute? Wo war die Familie? Wo war der Seelsorger? Dann bemerkte er, fast beiläufig, so als sähe er eine Fliege auf dem Polster, daß etwas nicht stimmte an der Ader. Der Rhythmus war in Unordnung.

All die Zeit hatte er gewußt, daß es so kommen würde, und daß er unfähig wäre – unfähig, den Puls zu fühlen. Die Windung der Arterie schlug ruckhaft unter seinem Finger, ohne daß er daraus klug wurde. Welche Schläge sollte er zählen?

Ohne zu wissen, wie er dahin gekommen war, fand er sich wieder an dem Schwesternkäfig, wo die hochstirnige Queen Elisabeth herrschte. Wieder räusperte er sich und gestikulierte, und wieder war er Luft für sie.

»Schwester«, sagte er grimmig, zwei Schritte entfernt. Er hob tatsächlich einen Zeigefinger.

Sie redete ins Telefon.

Von einem Augenblick zum andern gab es gleichsam einen Zeitsprung, und es trug ihn durch die quergeteilte Tür – welche sich nicht einmal zu öffnen schien; er flog durch sie gleich einem Poltergeist und stand drinnen in der Station, in der Haltung eines Zuhörers. »Sie werden mich anhören, verdammt«, donnerte eine schreckliche und fremdartige Stimme, die an sie beide ging »oder ich trete Sie in den Arsch.« Eine eigentümliche Südstaatlerstimme, demnach gewiß nicht seine eigene. Doch ihre polierten Augen, rund wie eine Ein-Dollar-Uhr, waren auf *ihn* gerichtet, die Lider von unten her blinzelnd, eidechsenhaft. Ein Lächeln, das die Falten und Risse der, wie er merkte, unbemalten Lippen glättete, zeigte eine unerwartete, geisterhafte Freundlichkeit, für *ihn*. Unter seinen staunenden Blicken telefonierte sie weiter.

»Jawohl. Aber Mr. Barrett scheint ein bißchen aufgebracht zu sein. Ja, gut.« Sie kannte ihn! Sie hatte ihn vielleicht die ganze Zeit schon gekannt, und jetzt war es, als habe sich zwischen ihnen beiden eine jugendfrische Freundschaft ergeben, etwas wie ein verschmitztes Zugetansein.

Wieder kam es zu einem Zeitsprung, und auf zauberische Weise fand er sich draußen im Flur, und sie an seiner Seite, wie sie ihm freundlich-neckend in den Arm kniff. Türen flogen auf. Aufzüge landeten.

Das nächste, was er wußte: er sprach in einem geschäftsmäßigen, gesetzten Ton zu dem diensthabenden Arzt und dem Krankenhausgeistlichen, draußen vor Jamies geschlossener Tür. Die Gedächtnislücke, hervorgerufen durch seine Raserei, bestand nicht mehr; es war nur noch der Geruch davon übrig, streng, wie von verbranntem Fleisch: er preßte die Arme an sich, um die Achselhöhlen abzudichten.

Der Diensthabende war gerade aus Jamies Zimmer getreten. Er sprach ernst, zugleich aber ruhig und entspannt. Das ist es, was mir vorgeschwebt hat, dachte der Techniker aufatmend – jemand, der der Zeit selbst Maß und Form gibt. War der schlimmste aller Tode nicht jener, der sozusagen ohne Art, ohne Erlaubnis, ohne Lizenz vor sich ging?

Der Techniker nickte und wendete sich dem Geistlichen zu. Er erklärte seinen Auftrag.

»Deswegen erschien es mir rechtens«, schloß er, »das Ansinnen seiner Schwester, welche Ihrem Glauben angehört und zudem eine Nonne ist, an Sie weiterzuleiten.«

»Ich verstehe«, sagte der Priester, der freilich, anstatt zuzuhören, was der Techniker sagte, den seltsamen jungen

Mann forschend anblickte. Es war ihm offensichtlich unklar, mit wem er es da zu tun hatte. Dreimal fragte er den Techniker, woher er käme, als könnte das ihm weiterhelfen.
»Kennen Sie Father Gillis aus Conway, Arkansas?« fragte der Priester. Wenn er ihn doch nur irgendwo hintun könnte!
»Nein, nein.« Verdammt, was sollte ihnen jetzt ein gemeinsamer Freund?
Sie waren ein eigenartiges Paar, der Diensthabende und der Priester. Der Diensthabende hatte tiefliegende Augen, war grünhäutig und hohlwangig. Die Haare wuchsen ihm hinten in Locken in den Nacken hinein, hyazinthengleich. Am Hals, unter dem offenen Kragen, zeigte sich ein Hautausschlag. Doch so ungesund er wirkte – er bewegte sich mit der Beschwingtheit eines Athleten und beutelte geradezu anmutig die Fäuste. Der Priester war ein so untersetzter wie zierlicher Mann, dessen kräftiges, rotbraunes Haar frisch geschnitten und gekämmt war und am Scheitel eine weiße, blühende Kopfhaut sehen ließ. Die Goldbügel seiner Zweischärfenbrille schnitten leicht ein in die muskulösen Schläfen. Seine Hand – er gab sie dem Techniker mit einem gleichsam fragenden Druck (was für einer bist du nur? fragte die Hand) – fühlte sich dick an und war über und über mit Sommersprossen bedeckt.
»Der Puls flattert«, sagte der dürre Diensthabende, indem er sich zuerst an den Techniker wandte. Dann, als auch er aus diesem nicht so recht klug wurde, sprach er zu dem Priester weiter, wobei er sich unablässig leicht mit der Faust in die Hand schlug. »Schweres präsystolisches Rasseln. Temperatur Vierzigeinhalb. Lungenflügel bis zum siebten Zwischenraum gefüllt, Milzausfall.«
»Was heißt das?« fragte der stirnrunzelnde Techniker.
Der Diensthabende hob die Achseln, stellte sich mit der Faust in Positur für eine Schlagkombination, ohne dann freilich etwas dergleichen zu tun. »Pulmonarödem. Er ertrinkt in der eigenen Flüssigkeit.«

»Wird er noch einmal zu Bewußtsein kommen?«
Der Diensthabende zog die Brauen zusammen. Es gab ein Ritual hier, eine Art des Vorraum-Sprechens, welches er und der Priester beherrschten, der Techniker jedoch nicht. Die Frage fand keine Gnade; der Diensthabende wendete sich wieder dem Geistlichen zu.
»Wissen Sie, was dieser Scherzbold letzte Nacht zu mir gesagt hat?« (*So* wird hier gesprochen.) »Ich blödle immer mit ihm herum. Ich wollte seine Temperatur messen und fragte ihn, wie ich es tun sollte, rektal oder oral. Da sagt er zu mir: Bice, Sie sind ja Experte in beidem. Ja, ihn kann man nicht drankriegen«, sagte er, indem er den Techniker von neuem belehrte (Verstehst du nun? So wird aus dem Tod Nicht-Tod).
Der Geistliche, unbestimmt-freundlich, wartete, bis der Diensthabende geendet hatte. »Also«, sprach er dann, wobei er den Techniker am Ellbogen berührte, mit einer Andeutung von Frage, so als wollte er sich nach der Zeit erkundigen. Doch es war eine Geste voller Durchtriebenheit: der Techniker folgte ihm willenlos ins Solarium.
»Ich möchte sicher sein, daß ich Sie verstehe«, sagte der Priester, neigte den Kopf und umgriff mit seiner dicken, sommersprossigen Hand ein Wasserleitungsrohr. Gespannt beobachtete er, wie sein formvollendeter Daumennagel eine Blase des Farbanstrichs ummodelte. »Dieser junge Mann ist, wie Sie behaupten, niemals getauft worden, und obwohl er im Augenblick bewußtlos ist und das Bewußtsein vielleicht gar nicht wiedererlangen wird, haben Sie Grund zu glauben, daß er die Taufe wünscht?«
»Nein, nein. Seine Schwester wünscht die Taufe.«
»Doch er kommt aus einem katholischen Milieu?«
»Nicht aus einem römisch-katholischen, nein. Ich bin Episkopalianer,« sagte der Techniker schroff. Warum in aller Welt diese Fertigteil-Polemik? Nie im Leben hatte er an dergleichen auch nur einen Gedanken verschwendet, und

jetzt auf einmal war er ein wackerer Anglikaner, ein Verteidiger des Glaubens.

»Natürlich, natürlich. Und der junge Mann dort drinnen kommt ebenfalls aus einem protestantischen, das heißt, episkopalianischen Milieu?«

»Nicht doch. Seine Familie bestand ursprünglich aus Baptisten und wurde dann episkopalianisch – der Grund für das bisherige Ausbleiben . . .« Der Techniker, dem keine rechte Erklärung einfiel, stockte, und fügte dann hinzu: »Für das Ausbleiben der Taufe, meine ich.«

Der Priester erforschte eine weitere Blase am Wasserleitungsrohr. »Ich verstehe nicht ganz, weshalb ich geholt worden bin«, sagte er langsam. »Vielleicht wäre es besser, Sie riefen den protestantischen Hausgeistlichen.«

»Oh nein, nein«, sagte der Techniker hastig, wobei ihm der Schweiß ausbrach bei der Vorstellung, der Priester könnte ihn verlassen, und er müßte von neuem durch die Korridore taumeln. »Jamie hat keinen besonderen Glauben praktiziert, und also ist es unwichtig, wer von Ihnen ihm – beisteht.« Aus irgendeinem Grund lachte er nervös. Er wollte verhindern, daß der andere wegginge – es gefiel ihm, daß dieser keine religiösen Schalmeientöne anstimmte. Er hatte eher etwas von einem Baseball-Schiedsrichter, in seiner soliden Serge, welche sich über seinem muskulösen Körper spannte. »Wie ich Ihnen sagte, nahm mir seine Schwester, die eine Nonne ist, das Versprechen ab, nach Ihnen zu schicken. Sie ist unterwegs hierher. Sie ist eine Ordensschwester des modernen Typs. Ihr Gewand ist kurz – es geht ihr ungefähr bis hierher.« Als er merkte, daß er sich so eher schadete, fügte er eilig hinzu: »Ich könnte mir vorstellen, daß sie sich ihre eigene Regel gibt. Ihre Arbeit mit den Negern ist großartig. Sind Gründerinnen nicht oft Heilige?« Er stöhnte innerlich.

»Ich verstehe«, sagte der Priester und blickte dann sein Gegenüber von der Seite an, um – dem Techniker war das

ganz klar – herauszubekommen, ob dieser verrückt sei. Andrerseits jedoch konnte der Techniker halbwegs unbesorgt sein, solange der Geistliche nicht das Interesse verlor. Ganz offensichtlich handelte es sich hier um einen ungewöhnlichen Fall. So versuchte es der Priester noch einmal.
»Und Sie? Sind Sie ein Freund der Familie?«
»Ja, ich bin ein naher Freund und Reisegefährte des Patienten.«
»Und der andere Herr – ist er der Bruder des Patienten?«
»Sutter? Ist er hier?« Und der Techniker staunte zum zweiten Mal in seinem Leben.
»Bei dem Patienten befindet sich ein Besucher, von dem ich, aufgrund seiner Unterredung mit Dr. Bice, annehme, daß es sich um einen Arzt handelt.«
»Das muß Sutter sein.«
»Ich verstehe nur nicht ganz, warum Sie es sind, und nicht er, der nach mir gerufen hat.«
»Er war nicht da, als Jamie seinen Anfall bekam. Aber er sagte mir – er muß gerade erst gekommen sein.«
Der Priester nahm die Brille ab, wobei sich nackte Augen und eine nackte Nasenwurzel zeigten, und reinigte die Gläser sorgfältig mit einem sauberen Taschentuch. Indem er mit den Fingern eine Gabelung bildete, setzte er sich die Brille wieder auf, fügte die Bügel an die von Gesundheit strotzenden Schläfen.
»Es wäre von Nutzen, gäbe es einen Fingerzeig von dem Patienten, oder wenigstens von einem unmittelbaren Familienmitglied. Sonst möchte ich mich nicht einmischen. Es ist ein ›Muß‹.«
»Jawohl«. So verwirrt der Techniker war – er blieb doch einfühlsam. Es fiel ihm auf, daß der Priester eine bestimmte Sprechweise hatte, welche er zweifellos mit anderen Priestern teilte. Man konnte darauf wetten, daß nicht gar so wenige Geistliche zu sagen pflegten: »Das ist ein ›Muß‹«, oder vielleicht auch »Das ist jetzt die Frage der Fragen«.

»Könnten wir bitte nicht hineingehen und mit dem Bruder des Patienten reden?«
»Gut. Sehen wir, was zu sehen ist.«
Der diensthabende Arzt war nicht mehr da. Sutter lehnte am Fenster in Jamies Zimmer, den Fuß auf den Heizkörper gestellt.
»Dr. Vaught«, sagte der Techniker, indem er den Priester vorließ – endlich gelieferte Bestellung. »Das ist Pater –«
»Boomer«, sagte der Priester.
»Pater Boomer«, sagte Sutter und gab ihm die Hand, ohne jedoch den Fuß vom Heizkörper zu nehmen.
Nach einem kurzen Blick auf Jamie – der Kopf des Jünglings war zur Seite gefallen, und seine Augen waren geschlossen – sagte der Techniker zu Sutter: »Val hat mir aufgetragen, Pater Boomer zu rufen.«
»Sie haben gerade mit Val gesprochen?«
»Ja.«
»Was hat sie gesagt?«
»Sie nimmt das Flugzeug.«
»Haben Sie angerufen, weil ich Sie darum gebeten hatte?«
»Auch Jamie hatte mich darum gebeten.«
Sutter setzte beide Füße auf den Boden und blickte ihn seltsam an. »Sie wollen behaupten, daß Jamie Sie gebeten hat?«
»Er bat mich, Val anzurufen wegen eines Buchs, das sie ihm versprochen hatte. Daraus hat sich dann alles entwikkelt.«
Sutter versank in Gedanken. Das gab Gelegenheit, einen weiteren Blick auf Jamie zu werfen. Das Bett war frisch bezogen worden; die Leinenstreifendecke spannte sich eng über des Jungen knochige Brust. Dem Techniker war es, als sei Jamies Nase spitzer geworden und als hafte seine Haut an den Wangenknochen.
»Er hat eine schleimige Diarrhöe und ziemlich Flüssigkeit verloren«, sagte Sutter vom Heizkörper her. Sollte das eine

Erklärung sein? Sutter wendete sich dem Priester zu. »Ich habe es abgelehnt, daß ihm intravenös Flüssigkeit zugeführt wird, Pater«, sagte er in einem, so schien es dem Techniker, herausfordernden Ton. »Auch wenn das sein Leben um ein paar Tage verlängern könnte. Was ist Ihre Meinung dazu?«
»Kein Einwand«, sagte der Priester, wobei er sich abwesend die Faust kratzte. »Es sei denn, er ist bewußtlos, und Sie möchten aus irgendeinem Grund, daß er bei Bewußtsein wäre.«
Sutters Augen blitzten auf, und eine seiner Brauen wölbte sich fragend zu dem Techniker hin. *Was will der Kerl?* fragte ihn Sutter. Der Techniker jedoch runzelte nur die Stirn und drehte sich weg; er lehnte es ab, sich mit Sutter gemein zu machen.
»Ob er nun bei Bewußtsein ist oder nicht: ich werde ihn gerne taufen, unter Umständen«, sagte der Priester, indem er sich mit der Fingergabelung die Brille zurechtrückte.
»Unter Umständen, Pater«, sagte Sutter lebhaft.
Der Geistliche hob die Schultern. »Ich weiß nicht, wie ich herausfinden kann, ob er bereits getauft ist.«
»Ist es das, was die kirchliche Regel vorschreibt, Pater?« Sutters Augen schweiften über die Decke.
»Pater, ich denke –«, begann der Techniker streng. Er wollte mit Sutters Gealber nichts zu tun haben. Zugleich sah er, daß in Sutters Manteltasche immer noch die Pistole steckte.
»Der junge Mann hier hat mich gebeten, hereinzukommen«, sagte der Priester.
»Das ist richtig«, sagte der Techniker streng.
»Deswegen möchte ich Sie fragen«, sagte der Priester, geradewegs an Sutter gerichtet, »ob Sie einverstanden sind mit dem Wunsch Ihrer Schwester, daß ich dem Patienten das Sakrament der Taufe spende. Wenn das nicht der Fall ist, gehe ich meiner Wege.«
»Ja«, sagte der Techniker mit einem kräftigen Nicken. Seiner Meinung nach drückte der Priester, in seiner Schiedsrichter-

manier, das Problem sehr gut aus und ließ sich mit Sutter auf nichts ein.
»Bleiben Sie, Pater, auf alle Fälle«, sagte Sutter, irgendwie gezwungen.
»Ja?« Der Priester wartete.
»Warum fragen Sie ihn nicht selbst?« Sutter nickte zu dem Bett hin, das sich hinter den beiden andern befand.
Sie drehten sich um. Jamie war dabei, aus dem Bett zu steigen! Eine Hand hatte die Überdecke säuberlich zurückgeschlagen, und das linke Knie schob sich über das rechte Bein. Die Augen waren geöffnet und traten – so ernst war die Absicht – leicht hervor.
Später erzählte Sutter dem Techniker, daß Sterbende, entgegen der landläufigen Ansicht, in ihren letzten Lebensaugenblicken vielfältige Tätigkeiten entwickelten. Er erinnerte sich eines Patienten, der, an Tuberkulose sterbend, aus dem Bett geklettert war, im Waschbecken seinen Pyjama gewaschen hatte, ihn zum Trocknen aufgehängt hatte, zum Bett zurückgekehrt war, sich die Decke über das Kinn gezogen hatte, um seine Blöße zu verbergen, und gestorben war.
»Ruhig, mein Lieber.« Sutter stoppte Jamie freundschaftlich, wie im Spaß, so als sei Jamie ein Betrunkener, und winkte dann den Techniker mit ins Kabinett. »Jamie möchte für seinen Stuhlgang nicht die Bettschüssel benützen. Ich kann's ihm nicht verdenken.« Der Geistliche half Sutter, der sich wieder um Jamie kümmerte. Einen Augenblick später kündigte sich der Nase des Technikers etwas zunächst ganz Unbestimmbares an, etwas wie eine neue Anwesenheit in dem Zimmer, woraus dann ein Gestank jenseits jeder Geruchsvorstellung, wurde. Es konnte sich dabei nur um die gräßliche, allerletzte Fäulnis der Moleküle selbst handeln, um eine abscheuliche Preisgabe. Es war des Körpers Ausstoß seiner geheimsten, innersten Schande. Verdirbt das denn nicht alles? fragte sich der Techniker. Wenn doch nur die Frauen da wären – die würden das nicht zulassen. Ach,

Jamie hätte niemals von zuhause weggehen sollen! Er warf einen heimlichen Blick auf die andern. Sutter und der Priester widmeten sich ihrer Aufgabe, als sei nichts dabei. Der Priester stützte Jamies Kopf, den ein allzu dünner Hals trug. Als eine Schwester hereinkam, um das Kabinett aufzuräumen, mied der Techniker ihre Augen. Der Gestank empörte ihn. Warum verschwanden sie eigentlich nicht alle?
Sutter geleitete Jamie freundschaftlich, geradezu witzboldhaft zum Bett zurück. Auf einmal erinnerte sich der Techniker, daß das genau der Art entsprach, in der Negerdiener mit den Sterbenden umgehen: so als sei das Sterben der Witz der Witze.
»Ganz ruhig, mein Lieber. Es ist alles in Ordnung.« Sutter beugte sich über das Bett und packte Jamie am Kinn, betatschte es. »Hör zu, Jimmy. Das ist Pater Boomer. Er möchte dich etwas fragen.«
Der Jüngling jedoch stierte nur vor sich hin und schloß dann die Augen; er schien nichts verstanden zu haben. Sutter fühlte ihm den Puls und trat einen Schritt zurück.
»Wenn Sie mit ihm etwas vorhaben, Pater«, sagte er kurz, »so glaube ich, Sie tun's am besten gleich.«
Der Priester nickte und stützte sich, mit Hilfe seiner schweren, sommersprossigen Fäuste, auf das Bett. Er blickte nicht auf Jamie, sondern zur Seite, auf die Wand.
»Kannst du mich hören, mein Sohn?« fragte er, an die Wand gerichtet. Der Techniker merkte, daß der Priester endlich wurde, was er war, und wußte, was er tat.
Aber Jamie antwortete nicht.
»Kannst du mich hören, mein Sohn?« wiederholte der Priester ohne Verlegenheit, im gleichen Tonfall, wobei er einen braunen Fleck an der Wand beobachtete.
Jamie nickte und schien etwas zu sagen. Der Techniker trat einen Schritt näher und spitzte sein gesundes Ohr, behielt aber zugleich die Arme verschränkt, zum Zeichen seiner Nichteinmischung.

»Ich bin ein katholischer Priester, mein Sohn«, sagte Pater Bloomer, wobei er die gelben Haare auf seiner Faust betrachtete. »Verstehst du mich?«
»Ja«, sagte Jamie lauthals. Er nickte heftig.
»Ich wurde von deiner Schwester gebeten, dir das Sakrament der Taufe zu spenden. Wünschst du, es zu empfangen?«
Der Techniker runzelte die Stirn. Konnte der Geistliche nicht ein bißchen weniger förmlich sein?
»Val«, flüsterte Jamie und stierte auf den Techniker.
»So ist es«, bestätigte dieser. »Ich habe sie angerufen. Du hattest mich darum gebeten.«
Jamie blickte auf den Priester.
»Mein Sohn«, sagte der Priester: »Stimmst du überein mit den Wahrheiten der Religion?«
Jamie bewegte die Lippen.
»Was?« fragte der Priester, indem er sich tiefer beugte.
»Entschuldigen Sie, Pater«, sprach der einfühlsame Techniker. »Er sagte ›was‹.«
»Oh«, sagte der Geistliche und öffnete beide Fäuste. »Stimmst du überein mit der Wahrheit, daß Gott existiert, und daß Er dich geschaffen hat und dich liebt, und daß Er die Welt dergestalt geschaffen hat, daß du dich ihrer Schönheit erfreuen kannst, und daß Er selbst dein Ziel und dein Glück ist, und daß Er dich so sehr geliebt hat, daß er Seinen einzigen Sohn geschickt hat, damit dieser für dich sterbe und Seine Heilige Katholische Kirche gründe, auf daß du einträtest in den Himmel und dort Gott von Angesicht zu Angesicht sähest und mit Ihm glücklich seist immerdar.«
Ohne den Blick zu heben, sah der Techniker, wie die aufgerichtete Spitze von Sutters Thom McAn Schuh sich an der Firmenmarke des Heizkörpers hin und her bewegte.
»Ist das wahr?« sagte Jamie mit klarer Stimme, öffnete die Augen und stierte vor sich hin. Zu des Technikers Bestürzung wandte sich der Jüngling ihm zu.
Der Techniker räusperte sich und öffnete den Mund zu

einem Wort, als, zu seinem Glück, Jamies blutunterlaufene Augen zum Priester hinüberschwenkten. Er sagte etwas zu diesem, ohne sich ihm verständlich machen zu können.
Der Geistliche blickte auf zu dem Techniker.
»Er möchte wissen – warum« sagte der.
»Warum was?«
»Warum er daran glauben sollte.«
Der Priester stützte sich schwer auf seine Fäuste. »Es ist wahr, weil Gott Selbst es offenbart hat als die Wahrheit.«
Wiederum bewegten sich die Lippen des Jünglings, und wiederum wandte sich der Priester dem Übersetzer zu.
»Er fragt: Wie? Er meint damit: Wie kann er das wissen?«
Der Priester seufzte. »Wäre es nicht wahr«, sagte er zu Jamie, »so wäre ich nicht hier. Eigentlich ist genau das der Grund, weshalb ich hier bin.«
Jamie, der zu dem Techniker hinüberblickte (bitte, schau mich nicht an!) zog die Mundwinkel herab, für den andern ein untrügliches Zeichen ironischer Kenntnisnahme.
»Verstehst du mich, mein Sohn?« fragte der Priester in unverändertem Tonfall.
Keine Antwort. Draußen in der Nacht, unter der Straßenbeleuchtung, sah der Techniker einen Brotlieferwagen vorbeifahren.
»Stimmst du überein mit diesen Wahrheiten?«
Nach einem langen Schweigen sagte der Priester, immer noch auf seine Fäuste gestützt und den Blick seitwärts gerichtet wie ein Ladeninhaber: »Wenn du im Augenblick nicht an diese Wahrheiten glaubst, dann ist es an mir, dich zu fragen, ob es dich danach verlangt, an sie zu glauben, und ob du jetzt um das Vertrauen bittest, an sie zu glauben.«
Jamies Augen blieben auf den Techniker gerichtet, doch die Ironie war durchwirkt von dem ersten Glimmen des Deliriums. Er nickte dem Techniker zu.
Dieser atmete durch und blickte befreit auf. Sutter stand wie

versunken, das Kinn auf die Knöchel gelegt, die Augen halb geschlossen und glitzernd wie die eines Buddha.

Jamie öffnete den Mund, offensichtlich, um klar und hörbar etwas zu sagen; aber die Zunge wurde ihm schwer und wälzte sich aus dem Mund. Er erschauderte heftig. Sutter trat an das Bett. Er nahm den Jüngling am Handgelenk, knöpfte ihm den Pyjama auf und legte das Ohr an die knochige Brust. Er richtete sich auf und gab dem Priester ein Zeichen. Dieser entnahm seiner Tasche eine gefaltete, purpurne Schärpe und schlang sie sich um den Nacken, mit einer Geste, welche dem Techniker seltsam anmutslos und flüchtig erschien.

»Wie ist sein Name?« fragte der Priester, an niemand im besonderen gerichtet.

»Jamison MacKenzie Vaught«, sagte Sutter.

»Jamison MacKenzie Vaught«, sprach der Priester, mit weit ausgespreizten Fäusten: »Was erbittest du dir von der Kirche Gottes? Antworte mit ›Glauben‹.«

Jamie sagte etwas.

»Was bringt dir der Glaube? Antworte mit ›das Ewige Leben‹. «

Jamies Lippen bewegten sich.

Der Geistliche zog das geknickte Saugrohr aus Jamies Wasserglas. »Füllen Sie es.«

»Jawohl«, sagte der Techniker. Hatte der Priester denn keine Schale bei sich, oder wenigstens ein halbwegs geeignetes Gefäß? Er füllte das trübe Plastikbehältnis zur Hälfte.

Als er mit dem Wasser zurückkehrte, öffneten sich Jamies Eingeweide von neuen, mit dem müden, schlappen Geräusch eines Altmännerschließmuskels. Der Techniker ging die Bettschüssel holen. Jamie versuchte den Kopf zu heben.

»Nein, nein«, sagte Sutter ungeduldig, griff rasch ein und band den Sterbenden am Bett fest, indem er die Decke

gleichsam zu einem Seil faltete und mit diesem die Brust festzurrte. »Machen Sie weiter, Pater«, sagte er zornig.
Der Priester nahm das Plastikrohr. »Ich taufe dich im Namen des Vaters –« Er ließ ein bißchen Wasser auf den Ausschnitt strähnigen, verfilzten Haars tröpfeln. »Und des Sohnes –« Er goß etwas mehr. »Und des Heiligen Geistes.« Er schüttete aus, was übrig war.
Die drei Männer sahen zu, wie das Wasser über des Jünglings blutunterlaufene Stirn rann. Momentlang wurde es gestaut von den kräftigen Vaught-Brauen, sickerte dann hindurch und sammelte sich an den kleinen, rotgeschwollenen Stellen in den Augenwinkeln.
Der Priester beugte sich noch tiefer, wie der Ladeninhaber über seine Theke, und nahm die schmale wächserne Hand zwischen seine Football-Pranken. »Mein Sohn«, sagte er, in dem gleichbleibenden, nachdruckslosen, geschäftsmäßigen Tonfall, wobei er zuerst auf den braunen Fleck an der Wand und dann hinunter auf den sterbenden Jüngling blickte. »Heute verspreche ich dir, daß du vereint sein wirst mit unserem Gebenedeiten Herrn und Heiland, und daß du ihn sehen wirst von Angesicht zu Angesicht, und daß du sehen wirst seine Mutter, Unsere Herrin, sie beide sehen wirst, so wie du mich siehst. Hörst du mich?«
Die vier weißen, wurmförmigen Finger schabten an dem großen Daumen, welcher aufgequollen war von Blut. Gehörten Daumen und Finger zu demselben Wesen?
»Dann bitte ich dich, vor ihnen zu beten, für mich, für deinen Bruder hier, und für deinen Freund, der dich liebt.« Die Finger schabten wieder.
Dann richtete der Priester sich auf und wendete sich dem Techniker zu, so leeräugig, als sähe er ihn zum ersten Mal.
»Haben Sie ihn verstanden? Er hat etwas gesagt. Was hat er gesagt?«
Der Techniker, der nicht wußte, wie ihm geschah, und nicht

einmal sicher war, Jamie gehört oder sonstwie etwas von ihm erfaßt zu haben, räusperte sich.
»Er sagte: ›Lassen Sie mich nicht los.‹« Auf den verdutzten Blick des Geistlichen nickte der Techniker zum Bett hin und fügte hinzu: »Er redet von seiner Hand – der Hand dort.«
»Ich lasse dich nicht los«, sagte der Priester. Im Warten zog er dann abwesend die Lippen über die Zähne, mit dem Ausdruck eines Angestellten kurz vor Feierabend.
Mehrere Minuten vergingen. Dann ließ Sutter das Leintuch los, mit dem er all die Zeit Jamie gefesselt gehalten hatte.
»Gut, Pater«, sagte Sutter in einem ärgerlichen Ton, als der Priester sich nicht von der Stelle rührte. »Könnten Sie beim Weggehen die Schwester und den Diensthabenden hereinschicken?«
»Was?« sagte der Priester, indem er mit den freien Fingern seine Brille umspannte. »Ja, gewiß.« Er wollte zum Waschbecken, überlegte es sich, kehrte um und verließ das Zimmer. Auf der Schwelle wandte er sich noch einmal zurück. »Wenn Sie mich weiterhin benötigen, werde ich mich glücklich schätzen –«
»Nein«, sagte Sutter schroff und setzte so den Techniker in Verlegenheit. Dieser folgte dem Priester hinaus in den Flur und dankte ihm. Er überlegte, ob von ihm eine »Spende« erwartet würde, aber er hatte keine Ahnung, wie ein solches Geld-Übergeben aussehen könnte. Es einfach übergeben? So begnügte er sich damit, dem Priester kräftig die Hand zu drücken und ihm wiederholt Dank zu sagen.

12.

Er brauchte zwei Blocks, und er mußte sehr schnell gehen, um Sutter einzuholen, der mit den Händen in den Taschen dahineilte, vorgebeugt wie gegen einen heftigen Wind.
»Wohin wollen Sie?« fragte der Techniker mit überraschend lauter Stimme.
»Was?« fuhr Sutter auf. »Ach, zur Ranch.«
»Zur Ranch«, wiederholte der Techniker abwesend. Als Sutter weiterwollte, hob er die Hand. »Warten Sie.«
»Warten worauf?«
»Was war eigentlich da hinten?«
»Im Krankenhauszimmer? Sie waren doch dabei.«
»Ich weiß. Aber was haben Sie gedacht? Ich bin sicher, daß Sie etwas gedacht haben.«
»Müssen Sie denn wissen, was ich denke, ehe Sie wissen, was Sie denken?«
»Sie wollen damit doch nicht ausdrücken, daß ich immer mit Ihnen einer Meinung bin?« sagte der Techniker und forschte in Sutters Gesicht. Dann spürte er plötzlich, wie er errötete. »Nein, Sie haben recht. Ich brauche nicht zu wissen, was Sie denken. Warten Sie. Sprachen Sie von einer Ranch?«
»Ja.« Immer noch wurde er nicht klug aus Sutters Gesicht.
»Meinen Sie Ihre Ranch?«
»Ja.«
»Warum?«
»Ich bin verabredet.«
»Verabredet?« Sein Herz begann zu dröhnen. »Nein, warten Sie. Bitte, fahren Sie nicht zur Ranch!« Unwillkürlich hatte er Sutter am Ärmel ergriffen.
Sutter schüttelte ihn zornig ab. »Was, in Himmels Namen, wollen Sie jetzt?«
»Ich – was ist mit der Familie?«
»Was soll mit ihr sein?«

»Ich meine: sollten wir sie nicht erwarten? Val wird heute nacht ankommen, und die übrigen morgen.«
»Ja.«
»Sie wären auf nichts gefaßt. Soll ich mich mit ihnen treffen? Vielleicht könnte ich die Vaughts sogar noch erreichen, bevor sie abreisen.«
»Gut. Schön.«
»Dann rufe ich also den Flughafen an und erkundige mich nach den Flugzeiten.«
»Sehr gut.«
»Und wer trifft die nötigen Vorkehrungen?«
»Die Vorkehrungen? Sie hier. Sie können das großartig.«
Sutter war beim Edsel angelangt und nahm den Fahrersitz ein, ohne dem Techniker zu bedeuten, er möge miteinsteigen.
»Einverstanden. Aber warten Sie –«, rief der Techniker, als der alte, blecherne Fordmotor rasselnd ansprang; er fragte sich, ob Sutter jemals das Öl ausgewechselt hatte, oder ob sich im Motor überhaupt Öl befand.
»Was ist?«
Er spähte hinab in den finsteren Wagen.
»Dr. Vaught –«
»Was ist?«
»Was haben Sie vor?«
»Ich habe vor, etwas zu trinken.«
»Nein. Ich meine: was haben Sie vor?«
Keine Antwort. Der Techniker sah nur, daß Sutter die Hände auf das Lenkrad gelegt hatte, wie zwei Zeiger, von denen der eine auf sechs und der andre auf neun steht, den linken Ellbogen auf die Fensterleiste gestützt, in einem Fahrstil, bei welchem dem Techniker vage die vierziger Jahre in den Sinn kamen, als die Stenze aus dem Delta geradeso auf ihre Mädchen warteten und mit ihnen zu Marions Salon an der Front Street fuhren.
»Ich meine: fahren Sie heim?«

»Noch einmal, Barrett: ich fahre zur Ranch.«
»Dr. Vaught, lassen Sie mich nicht allein.«
»Was haben Sie gesagt?«
»Dr. Vaught, hören Sie mich an. Ich werde die Pläne, von denen ich Ihnen erzählt habe, verwirklichen.«
»Ich weiß.«
»Dr. Vaught, ich möchte, daß Sie mit mir zurückgehen.«
»Warum? Etwa um jenen Beitrag zu leisten, von dem Sie geredet haben?«
»Dr. Vaught, ich brauche Sie. Ich, Will Barrett –« (er zeigte tatsächlich auf sich selbst, wie um ein Mißverständnis auszuschließen) – »brauche Sie und möchte, daß Sie zurückgehen. Ich brauche Sie mehr, als Jamie Sie gebraucht hat. Jamie hatte ja auch Val.«
Sutter lachte. »Sie werfen mich um, Barrett.«
»Jawohl.« Er wartete.
»Ich werde es mir überlegen. Hier ist etwas Geld für die sogenannten Vorkehrungen.«
»Nein, nein.« Er trat zurück. »Ich habe genug.«
»Sonst noch was?«
»Nein.«
Doch als der Edsel anfuhr, stolprig und stottrig, windschief, mit wasserköpfigem Auspufftopf, in all seinem Straß und Streß, wie ein Negerauto, ein falscher Ford, da fiel ihm noch eine Frage ein, und er rannte hinterdrein.
»Warten Sie«, rief er, schon hoffnungslos zurück.
Der Edsel wurde langsamer, krachte in den Fugen, hielt an.
Kraft strömte, wie Öl, in des jungen Mannes Muskeln, und er lief nun mit gewaltigen, fröhlichen Antilopensprüngen.
Der andere wartete auf ihn.